Della stessa autrice

Fine dell'estate
Palomino
Una perfetta sconosciuta
Stagione di passione
Una volta nella vita
Un amore così raro
Due mondi due amori
Incontri
La tenuta
Ritratto di famiglia
Svolte
Promessa d'amore
Menzogne
Ora e per sempre
L'anello
Giramondo
Amarsi
Amare ancora
Cose belle
Il cerchio della vita
Il caleidoscopio
Zoya
Star
Daddy-Babbo
Messaggio dal Vietnam
Batte il cuore
Nessun amore più grande
Gioielli
Le sorprese del destino
Scomparso
Il regalo
Scontro fatale
Cielo aperto
Fulmini
La promessa
Cinque giorni a Parigi
Brilla una stella
Perfidia
Silenzio e onore
Il ranch
Un dono speciale
Il fantasma
La lunga strada verso casa
Immagine allo specchio
Dolceamaro
Forze irresistibili
Le nozze
La casa di Hope Street
Il viaggio
Granny Dan-La ballerina dello zar
Aquila solitaria
Atto di fede
Un uomo quasi perfetto
Il bacio
Il Cottage
Tramonto a Saint-Tropez
Una preghiera esaudita
Un angelo che torna
Appuntamento al buio
*Un porto sicuro**
*La casa**
*Il miracolo**
La stagione delle emozioni (Scomparso, Forze irresistibili, Il bacio)
*Sua Altezza Reale**
*Sorelle**
*Ricominciare**
*Una grazia infinita**
*Una volta ancora**
*Irresistibile**
*Gli inganni del cuore**
*Una donna libera**
*Le luci del Sud**

*Di questi libri è disponibile la versione ebook

DANIELLE STEEL

L'ANELLO

Sperling Paperback

Traduzione di Grazia Maria Griffini
The Ring

I edizione Sperling Paperback ottobre 1991

ISBN 978-88-8274-364-2
86-I-12

XXI EDIZIONE

A Omi,
con amore

Libro primo

KASSANDRA

1

KASSANDRA von Gotthard era seduta, quietamente, sulla riva del lago del parco di Charlottenburg e stava osservando i cerchi d'acqua che lentamente si facevano sempre più grandi intorno al punto in cui aveva lanciato un sassolino. Le lunghe dita aggraziate, che ne stringevano un altro, piccolo e liscio, restarono immobili per un attimo — poi buttò anche quello, a caso, nell'acqua. Era una giornata calda e piena di sole di fine estate; i lunghi capelli biondo tiziano le ricadevano sulle spalle in una sola onda, morbida e liscia, ed erano trattenuti un po' scostati dal viso, da un lato, da un pettinino d'avorio. La linea di quel pettinino fissato fra i lisci capelli dorati era perfetta e piena di grazia — come ogni altra cosa nel suo volto. Gli occhi, grandissimi, a forma di mandorla, avevano lo stesso colore azzurro intenso della bordura di fiori che si trovava alle sue spalle. Erano occhi che rivelavano la promessa di un sorriso ma, nello stesso tempo, sussurravano qualcosa di tenero e gentile — occhi che sapevano essere carezzevoli e maliziosi, per poi diventare assorti e pensosi, smarriti in qualche sogno remoto, lontano dal presente — come lo era il Charlottenburger Schloss, che si ergeva proprio di fronte a lei dall'altra parte del lago, lontano dalla città piena di animazione e di traffico. L'antico castello pareva la scrutasse come se lei appartenesse alla sua epoca, e non a quella presente. Sdraiata fra l'erba, sulla riva del lago, Kassandra pareva la donna di un quadro o di un sogno mentre le sue mani delicate scostavano lievemente i fili d'erba alla ricerca di un altro sassolino da lanciare. Poco distante, le anatre stavano scendendo nell'acqua, mentre due bambini battevano le mani di gioia. Kassandra li osservò, e diede l'impressione di scrutarli attentamente mentre loro ridevano, correndo via.

«Che cosa stavi pensando?» La voce, al suo fianco, la strappò dalle fantasticherie e lei si voltò con un lento sorriso.

«A niente.» Il suo sorriso si accentuò mentre gli tendeva

una mano, mentre il sole strappava uno scintillio al suo anello col sigillo, dalla fattura elaborata, tempestato di brillanti. Ma lui non lo notò. I gioielli che lei portava non avevano nessun interesse. Era Kassandra che lo affascinava, Kassandra — che pareva possedere il mistero della vita e della bellezza.

Si erano conosciuti durante l'inverno precedente, a un ricevimento per festeggiare la pubblicazione del secondo libro di lui, *Der Kuss*. Con il suo modo di scrivere franco ed esplicito, per un certo periodo di tempo aveva scandalizzato l'intera Germania — eppure il libro gli aveva procurato un successo ancora superiore a quello del primo. Il romanzo aveva un tema erotico e esprimeva profonda sensibilità, tanto che la sua posizione predominante sulla scena letteraria tedesca contemporanea pareva assicurata. Lui era polemico e moderno, a volte sul filo dell'immoralità ma anche dotato di grande talento. A trentatré anni, Dolff Sterne era arrivato al massimo della celebrità. E, a questo punto, aveva incontrato il suo sogno.

La bellezza di lei lo aveva lasciato senza fiato la sera in cui si erano conosciuti. Ne aveva sentito parlare; tutti a Berlino sapevano chi fosse. Pareva intoccabile, irraggiungibile — e sembrava spaventosamente fragile. Dolff aveva provato qualcosa di molto simile a una trafittura di dolore, vedendola la prima volta: indossava un abito aderente, morbido come la seta, di maglia d'oro e i suoi capelli lucenti erano coperti da un minuscolo berretto, d'oro anche quello; e teneva una pelliccia di zibellino buttata sul braccio. Ma non erano stati né tutto quell'oro né lo zibellino a lasciarlo sbalordito, piuttosto la sua presenza, la sensazione che rimanesse silenziosa e distaccata in mezzo al frastuono del salone e, per ultima cosa, i suoi occhi. Quando si era voltata e gli aveva sorriso, per un attimo lui aveva provato la sensazione di perdere i sensi.

«Congratulazioni.»

«Per che cosa?» L'aveva fissata per un attimo con gli occhi sbarrati accorgendosi di essere quasi ammutolito, con la sensazione di non avere trentatré anni ma di essere diventato un bambino di dieci, fino a quando non si era accorto che era nervosa anche lei. Non assomigliava assolutamente alla donna che si era aspettato. Era elegante, ma non superba. Ebbe il vago sospetto che tutti quegli occhi che la scrutavano, la folla che andava e veniva intorno a lei, la spaventassero. Se n'era andata presto, scomparendo come Cenerentola mentre lui stava salutando altri invitati ancora in arrivo. Aveva provato l'impulso di correrle dietro, cercarla, rivederla, fosse stato anche solo per un attimo — per fissare ancora lo sguardo in quegli occhi color lavanda.

Quindici giorni dopo si erano incontrati di nuovo. Nel parco, lì a Charlottenburg. Lui l'aveva osservata alzare gli occhi verso il castello e poi sorridere agli anatroccoli.

«Viene spesso qui?» Per un attimo erano rimasti in piedi l'uno a fianco dell'altra, in silenzio — l'aspetto di lui, alto, bruno, simpatico e piacente, spiccava in vivo contrasto con la delicata bellezza di lei. I capelli di lui avevano il colore di quella pelliccia di zibellino, gli occhi che fissavano quelli di lei avevano lo splendore lucente dell'onice. Lei annuì, poi alzò gli occhi a guardarlo con quel suo caratteristico sorriso, misterioso e infantile.

«Da piccola, venivo qui molto spesso.»

«Dunque lei è berlinese?» Al momento gli era sembrata una domanda stupida ma si era accorto di non sapere che cosa dirle.

Era scoppiata in una risata maliziosa, ma non scortese. «Sì. E lei?»

«Sono di Monaco.» Lei assentì di nuovo, poi rimasero in silenzio a lungo. Intanto lui si domandava quanti anni avesse. Ventidue? Ventiquattro? Era difficile dirlo. Poi, improvvisamente, la sentì scoppiare in una risata argentina mentre osservava tre bambini che ruzzolando sul prato con il loro cane erano riusciti a sfuggire alla governante e, adesso, sguazzavano nel lago, con l'acqua fino alle ginocchia, mentre il bulldog recalcitrante si rifiutava di seguirli di nuovo sulla riva.

«L'ho fatto anch'io, una volta. E la mia governante non mi ha più dato il permesso di venire qui per un mese intero.» Lui le sorrise. Immaginava molto facilmente quella scena. Kassandra sembrava ancora abbastanza giovane per mettersi a sguazzare in acqua anche adesso — eppure lo zibellino e i brillanti che portava facevano quasi nascere il sospetto che non fosse mai stata tanto spigliata e sbarazzina da entrare in acqua per rincorrere un cane. Eppure a lui pareva quasi di vedere quella scena con gli occhi della fantasia, mentre una governante in uniforme e cuffietta inamidata la rimproverava dalla riva. Quando avrebbe potuto accadere tutto ciò? Nel 1920? Nel 1915? Gli pareva tutto lontano anni-luce da quelle che erano state le sue occupazioni e i suoi compiti a quell'epoca. Erano stati anni in cui aveva faticato duramente per studiare e lavorare nello stesso tempo, aiutando suo padre e sua madre nel negozio di fornaio ogni mattina, prima della scuola, e per lunghe ore ogni pomeriggio. Come sembrava distante tutto ciò da questa donna stupenda e preziosa!

Dopo di allora, era tornato spesso nel parco di Charlottenburg ripetendosi di aver bisogno di aria e di esercizio fisico visto che stava a tavolino tutto il giorno ma, in cuor suo, non era riuscito a persuadersi che fosse la verità... Era venuto a cercare questo viso, questi occhi, i capelli d'oro... e finalmente l'aveva trovata, sempre lì, vicino al lago. Gli era sembrata contenta di vederlo quando si erano rivisti. E, poi, era diventato una specie di tacito accordo. Lui usciva a fare lunghe passeggiate quando aveva terminato di scrivere e, se calcolava bene i tempi, avrebbe trovato lei! Erano diventati i custodi spirituali del castello, il padre e la madre putativi dei bambini che giocavano vicino al lago. Provavano una specie di gioia possessiva nei confronti di ciò che li circondava, si raccontavano storie che appartenevano alla loro infanzia, ascoltavano ciascuno l'altro che descriveva i suoi sogni. Lei avrebbe voluto diventare un'attrice di teatro, con grande orrore del padre, ma purtroppo questo era sempre rimasto un sogno segreto. Si rendeva perfettamente conto che non avrebbe mai potuto realizzarsi; tuttavia, di tanto in tanto, le piaceva sognare che, più avanti negli anni, avrebbe forse scritto una commedia. Restava sempre incantata quando lui le parlava della propria professione di scrittore, del modo in cui aveva cominciato, di quello che aveva provato quando il suo primo libro era diventato un successo. La celebrità continuava tuttora a non sembrargli qualcosa di vero e reale — forse non sarebbe mai riuscito a considerarla tale. Ormai erano passati cinque anni da quando era uscito il suo primo romanzo, che aveva fatto furore; sette anni da quando aveva lasciato Monaco per venire a Berlino; tre da quando aveva comperato la Bugatti e due dal giorno in cui la stupenda casa antica di Charlottenburg era diventata sua... e tuttora niente di questo gli pareva reale. Forse era stato il fatto di non essere capace di crederci fino in fondo a mantenerlo giovane, a conservare al suo sguardo quell'espressione attonita e felice. Dolff Sterne non era ancora *blasé*, né per quello che riguardava la vita, né tantomeno per la sua professione di scrittore ... e meno di tutto per quello che riguardava lei.

Ascoltandolo, lei si sentiva incantare. Quando lo sentiva parlare dei suoi libri, aveva l'impressione che quelle storie fossero vere, e i personaggi reali; e quando si trovava con lui aveva l'impressione di tornare a essere viva. Man mano che le settimane passavano e i loro incontri si ripetevano, lui si andava accorgendo che la paura nei suoi occhi diminuiva sempre di più. Adesso, quando la trovava sulla riva del lago, gli pareva che ci fosse qualcosa di diverso in lei. Qualcosa di giovane, buffo, delizioso.

«Riesci ad avere un'idea di quanto mi piaci, Kassandra?» le aveva detto un giorno, in tono scherzoso, quando ormai si davano del tu, mentre passeggiavano lentamente intorno al lago, godendosi la profumata brezza primaverile.

«Allora... scriverai un libro che parla di me?»

«Dovrei farlo?»

Ma lei abbassò gli occhi color lavanda per un attimo e poi, rialzandoli di nuovo a guardarlo, scosse la testa. «Sarebbe un po' difficile. Perché non c'è quasi niente da dire. Né vittorie, né successi, né grandi realizzazioni. Niente del tutto.»

Per un attimo lunghissimo gli occhi di Dolff imprigionarono quelli di lei — quelle pupille color lavanda e quelle pupille nere si scambiavano parole che ancora non potevano essere dette. «È questo che pensi?»

«Certo, perché è vero. Sono nata in questa mia vita e continuerò a viverla fino al giorno della mia morte. Nel frattempo indosserò molti vestiti uno più bello dell'altro, mi recherò a un migliaio di cene, una più sussiegosa dell'altra, andrò ad assistere alle rappresentazioni di innumerevoli opere cantate una meglio dell'altra... e questo, amico mio, sarà tutto.» Sentendola parlare così, pareva che a ventinove anni avesse già perso ogni speranza che la sua vita potesse essere diversa.

«E la tua commedia?»

Lei alzò le spalle. Sapevano già tutti e due la risposta. Era prigioniera in una gabbia dorata. Poi, alzando verso di lui due occhi sorridenti, Kassandra scoppiò a ridere di nuovo. «Di conseguenza, la mia unica speranza di ottenere celebrità e gloria è quella che sia tu a inventare qualcosa per me, a mettermi in uno dei tuoi romanzi, a trasformarmi, nella tua fantasia, in un personaggio strano, fuori del comune.» In realtà lui aveva già fatto tutto questo, ma non aveva il coraggio di confessarglielo. Non ancora. Preferì, invece, continuare quel gioco con lei e, prendendole una mano, se la infilò sotto il braccio.

«Va bene. In tal caso, facciamolo, almeno, nel modo che preferisci. Che cosa ti piacerebbe essere? Quale personaggio ti sembra più strano e fuori del comune? Quello di una spia? Quello di una donna-chirurgo? Oppure dell'amante di un uomo famoso?»

Lei fece una smorfia e scoppiò a ridergli in faccia. «Che orrore! E che noia, davvero, Dolff. No, vediamo...» Si erano fermati per sedersi sull'erba mentre lei si toglieva l'ampio cappello di paglia e dava una scrollatina ai capelli d'oro. «Un'attrice, direi... potresti trasformarmi in una diva del teatro, a Londra... e poi...» Piegò la testa da una parte attorcigliandosi una ciocca di capelli intorno alle lunghe dita affusolate. «Poi... potrei partire per l'America e diventare una diva anche laggiù.»

«L'America, eh? Dove?»

«A New York.»

«Ci sei mai stata?»

Lei annuì. «Con mio padre quando avevo appena compiuto diciott'anni. È stato favoloso! Siamo stati...» Poi si interruppe. Aveva avuto la tentazione di raccontargli che erano stati ospiti degli Astor a New York e, successivamente, del presidente a Washington D.C. ma, chissà perché, non le pareva che fosse la cosa più giusta. Non voleva fargli colpo. Voleva che diventasse un amico. Le piaceva troppo per fare con lui tutti questi giochetti! Tra l'altro, indipendentemente dal successo che aveva ottenuto, la verità era ben diversa: Dolff Sterne non avrebbe mai fatto parte di quel mondo. Lo sapevano tutti e due. Era un argomento che non discutevano mai.

«Siete stati... che cosa?» Si era messo a scrutarla attentamente, col bel viso magro e scarno avvicinato a quello di lei.

«Siamo stati innamorati di New York. Perlomeno io.» Sospirò guardando il lago con aria malinconica.

«Assomiglia un po' a Berlino?»

Lei scosse la testa, socchiudendo gli occhi, come se volesse far scomparire il Charlottenburger Schloss. «No, è meravigliosa. Nuova, moderna, piena di animazione e di traffico, entusiasmante.»

«Mentre, naturalmente, Berlino è così noiosa!» A volte non poteva fare a meno di prenderla in giro. Per lui, Berlino era ancora tutte le cose che Kassandra aveva appena finito di descrivere riguardo a New York.

«Mi prendi in giro.» La sua voce era venata di rimprovero, ma non i suoi occhi. Le piaceva stare con lui. Amava il rituale di quelle passeggiate pomeridiane. Sempre più spesso, adesso, cercava di evadere, di sfuggire ai legami e alle restrizioni che le erano imposte da determinati obblighi quotidiani per venire a trovarsi con lui nel parco.

Gli occhi di Sterne erano pieni di dolcezza quando le rispose. «Infatti. Ti stavo semplicemente prendendo in giro, Kassandra. Ti spiace molto?»

Lei scosse lentamente la testa. «No, non mi dispiace.» E poi, dopo una pausa: «Ho la sensazione di conoscerti meglio di qualsiasi altra persona». Un pensiero inquietante, eppure anche lui provava la stessa sensazione. Nonostante ciò Kassandra continuava a essere il suo sogno, la sua illusione — ma gli sfuggiva costantemente, salvo lì, nel parco. «Hai capito quello che intendevo dire?» Lui assentì, senza saper bene che cosa rispondere. Non voleva ancora spaventarla. Non voleva che lei interrompesse quegli incontri, quelle passeggiate.

«Sì, capisco.» Molto di più di quanto non capisse Kassandra. Tanto che poi, abbandonandosi a un attimo di improvvisa follia, le prese la mano, lunga e fragile, nella propria — quella mano resa più pesante dai grossi anelli che portava. «Ti piacerebbe venire a casa mia a prendere il tè?»

«Adesso?» Le parve di sentire il cuore che palpitava in un modo strano a questa proposta. Certo che lo desiderava, ma non era sicura... non le pareva che...

«Sì, adesso. Oppure hai qualcos'altro da fare?»

Lei scosse lentamente la testa. «No, nient'altro.» Avrebbe potuto rispondergli che era impegnata, che aveva un appuntamento, che l'aspettavano in qualche posto per il tè. Invece non lo fece. Lo guardò con quegli immensi occhi color lavanda. «Mi piacerebbe.»

Si incamminarono l'uno al fianco dell'altra, ridendo e chiacchierando, un po' nervosi nel segreto del loro cuore, perché abbandonavano per la prima volta la protezione dell'Eden. Lui si mise a raccontarle buffi aneddoti e lei scoppiò a ridere affrettando il passo per restargli al fianco, facendo ondeggiare il cappello. Pareva che la loro fosse una missione che doveva essere eseguita in fretta, in modo pressante. Come se fosse proprio questo ciò a cui si erano preparati, che avevano costruito, in quei lunghi mesi di passeggiate nel parco.

La massiccia porta di legno scolpito si aprì lentamente; entrarono in un ampio ingresso di marmo. Sopra una scrivania Biedermeier era appeso un quadro grande e bellissimo. Mentre lei lo seguiva, il rumore dei loro passi riecheggiava sonoro.

«Dunque è qui dove abita il celebre scrittore!»

Lui le rivolse un sorriso nervoso mentre buttava il cappello sulla scrivania. «La casa è di gran lunga più famosa di me. È appartenuta a un barone del Sedicesimo secolo e, da allora in poi, è passata in mani molto più illustri delle mie.» Si guardò intorno pieno di orgoglio, poi le rivolse un sorriso raggiante mentre lei alzava gli occhi verso il soffitto decorato a stucchi rococò e infine li riportava su di lui.

«È bellissima, Dolff.» Sembrava diventata stranamente quieta, e lui le tese la mano.

«Vieni, ti faccio vedere anche il resto.»

Il resto della casa non deludeva le aspettative di chi aveva visto l'ingresso perché possedeva stupendi, altissimi soffitti lavorati a stucchi molto belli, porte magnifiche di legno intarsiato, piccoli lampadari di cristallo a gocce e lunghe, eleganti finestre che davano su un giardino pieno di fiori colorati. Al piano terreno si trovavano un grande salone di soggiorno e una stanza più piccola che lui usava come studio. Al piano superiore, la cucina, una sala da pranzo, una stanzetta per la servitù dove teneva una bicicletta e tre paia di sci. E più sopra ancora due immense e bellissime camere da letto con le finestre che guardavano sul castello e sul parco. Ognuna di queste camere da letto aveva un delizioso balconcino e, nella più grande di esse, c'era, in un angolo, una stretta scala a chiocciola.

«E lì, di sopra, che cosa c'è?» Kassandra pareva incuriosita. In realtà la casa era stupenda. Dolff aveva molti buoni motivi per esserne orgoglioso.

Lui le sorrise. Si rallegrava dell'ammirazione e dell'evidente approvazione che leggeva nei suoi occhi. «La mia torre d'avorio. È lì che lavoro.»

«Credevo che lavorassi nello studio del piano terreno.»

«No, quello mi serve soltanto per ricevere gli amici. Ti confesso che quel salone di soggiorno mi intimidisce ancora un po'. Ma questo...» e puntò un dito verso l'alto dai piedi della stretta scala a chiocciola «... è proprio quello che ci voleva.»

«Posso vederlo?»

«Naturalmente, se riesci a trovare un po' di posto dove mettere i piedi fra tutte le carte che ci sono intorno alla mia scrivania.»

In realtà non c'erano carte ammucchiate intorno alla scrivania in ordine perfetto. Si trattava di una stanzetta dalle proporzioni armoniose, con un panorama di trecentosessanta gradi. Vi si trovava anche un piccolo camino, ed era stipata di libri in ogni angolo. Effettivamente chiunque avrebbe potuto trovare accogliente, per viverci, un locale di quel genere e Kassandra si lasciò cadere in un'ampia poltrona di cuoio rosso con un sospiro felice.

«Che posto stupendo! È meraviglioso!» Intanto stava fissando con aria sognante il loro castello.

«Credo che sia questo il motivo per il quale ho comprato la casa. La mia torre d'avorio, il panorama.»

«Non mi sento di darti torto anche se tutto il resto è stupendo!» Si rannicchiò nella poltrona, con una gamba ripiegata sotto di sé e alzò gli occhi a sorridergli con un'espressione di pace e di serenità che lui non le aveva mai visto prima. «Sai che cosa ti dico, Dolff? Qui, finalmente, mi sento a mio agio, ho la sensazione di essere a casa. Un po' come se avessi aspettato tutta la vita solo di venire qui.» Mentre parlava, i suoi occhi lo fissavano con uno sguardo deciso, senza sfuggirgli.

«Forse...» la voce di Dolff si levò lieve come un bisbiglio nella stanza «... la casa non ha fatto altro che aspettare te per tutti questi anni... esattamente come ti ho aspettata io.» Si accorse di provare un fremito che lo percorse da capo a piedi. Non aveva avuto nessuna intenzione di confidarglielo, tuttavia gli occhi di lei non si incupirono di collera. «Scusami, mi è sfuggito senza volerlo!»

«Per carità, Dolff!» Gli tese una mano e, di nuovo, il suo anello col sigillo, tempestato di diamanti, scintillò al sole. Dolff prese dolcemente quella mano e, senza più fermarsi a riflettere, l'attirò con lentezza fra le proprie braccia. E la tenne lì stretta per quella che gli parve un'eternità, mentre si baciavano sotto il limpido cielo di un azzurro primaverile e si stringevano convulsamente l'uno all'altra, nella torre d'avorio. Kassandra lo baciò con un'avidità e una passione che ottennero soltanto lo scopo di accrescere il suo ardore e sembrò che fossero passate ore e ore prima che Dolff riacquistasse la presenza di spirito necessaria a tirarsi indietro e a staccarsi da lei.

«Kassandra...» Nei suoi occhi si leggevano la felicità e il tormento insieme, ma lei si ricompose e andò a guardare fuori, verso il parco, voltandogli le spalle.

«No, non farlo.» La sua voce era lieve come un sussurro. «Non dirmi che ti dispiace. Non voglio sentirlo... non posso...» Poi, tornando a girarsi verso di lui, gli mostrò due occhi colmi di una sofferenza simile alla sua. «Ti ho desiderato per tanto tempo!»

«Ma...» Dolff si odiò per quelle esitazioni, anche se capiva di doverlo dire, non fosse altro che per lei.

Lei alzò una mano per farlo tacere. «Capisco. Kassandra von Gotthard non dice cose simili, vero?» I suoi occhi si indurirono. «Hai perfettamente ragione. Non le dico. Però ho avuto un gran desiderio di farlo. Oh, Dio, come l'ho desiderato! Non sono mai riuscita nemmeno a capire quanto lo avessi desiderato... fino a questo momento! Prima, non mi era mai successo. Fino a oggi ho sempre vissuto la mia vita nel modo in cui dovevo viverla. E sai con che cosa mi ritrovo, Dolff? Con niente. Sai chi sono? Nessuno. Sono vuota.» Poi, con gli occhi annebbiati dalle lacrime, aggiunse: «E cercavo te per riempire la mia anima». Gli voltò di nuovo le spalle. «Scusami.»

Lui la raggiunse in silenzio e le circondò la vita con le braccia. «No, non deve dispiacerti. E non pensare mai di non essere nessuno. Per me, sei tutto. Tutti questi mesi, ho desiderato soltanto di conoscerti meglio, di stare con te, di darti qualcosa di quello che io sono, di avere una parte di te. Solo che non voglio farti del male, Kassandra. Non voglio costringerti a entrare nel mio mondo perché dopo potresti non essere più capace di vivere nel tuo. Non ho nessun diritto di fare questo. Non ho nessun diritto di portarti in un posto dove non potresti essere felice.»

«Che cosa? Qui?» Si girò a guardarlo incredula. «Credi che potrei essere infelice qui con te? Anche soltanto per un'ora?»

«Proprio qui sta il punto. Per quanto tempo, Kassandra? Per un'ora, due? Un pomeriggio?» Appariva angosciato mentre la affrontava.

«Potrebbe bastare. Perfino un istante di questo in tutta la mia esistenza sarebbe sufficiente.» Poi, mentre le labbra delicate erano scosse da un tremito, abbassò la testa. «Io ti amo, Dolff... Ti amo... io...»

Lui le chiuse le labbra con la propria bocca e lentamente ridiscesero la stretta scala a chiocciola. Ma non procedettero oltre. Prendendola dolcemente per mano, lui la condusse verso il letto e le tolse lentamente l'elegante abito di seta grigia, e la sottoveste di satin di un morbido color beige, fino a quando raggiunse i pizzi raffinati che si trovavano più sotto, e il velluto della sua carne. Rimasero lì distesi insieme per ore, mentre le labbra le mani i corpi e i loro stessi cuori si fondevano, diventando una cosa sola.

Da quel giorno erano passati quattro mesi e la loro relazione amorosa li aveva cambiati. Gli occhi di Kassandra scintillavano felici e illuminati da un sorriso; lo stuzzicava, si divertiva a scherzare e a giocare con lui, a volte si metteva seduta a gambe incrociate su quel bellissimo letto grande, di legno scolpito, raccontandogli buffi aneddoti e descrivendogli quello che aveva fatto il giorno prima. Quanto a Dolff, il suo lavoro aveva assunto una nuova dimensione, una nuova intensità e pareva dotato, adesso, di una nuova forza — come se questa scaturisse dai più profondi recessi del suo essere. Provavano, insieme, qualcosa che — ne erano sicuri — nessuno aveva mai provato prima con un'altra persona. Erano una fusione del meglio di due mondi: la volontà spietata e decisa di lui di eccellere, conquistandosi una posizione ben meritata; quello di lei, il fragile, palpitante tentativo di liberarsi dalle sue catene dorate.

A volte andavano ancora a passeggiare nel parco, ma meno di frequente, e, adesso, quando uscivano insieme dalla casa di Dolff, lui spesso si accorgeva che Kassandra era triste. C'erano troppe altre persone, troppi bambini e bambinaie, troppe altre coppie che frequentavano il parco. Lei avrebbe voluto rimanere sola con Dolff nel loro mondo segreto. Non le garbava che le venisse ricordata l'esistenza di un mondo al di là delle mura della casa di lui, un mondo nel quale non avevano niente in comune.

«Vuoi tornare indietro?» Lui la stava già osservando da un po', in silenzio. Lei era allungata sull'erba, in una posizione piena di grazia, con il vestito di pallido voile color malva drappeggiato sulle gambe, il sole che strappava riflessi dall'oro dei suoi capelli. Sull'erba, accanto a lei, era posato un cappellino di seta in tinta con l'abito; le sue calze erano dello stesso color avorio delle scarpe di capretto col tacco alto, scollate. Al collo portava un pesante filo di perle e, dietro di lei, sul prato, giacevano i guanti di capretto e la borsetta di seta color malva, con il fermaglio d'avorio, fatta appositamente come accessorio per quel vestito.

«Sì, voglio tornare indietro.» Si alzò rapidamente in piedi, con un sorriso felice. «Che cosa stavi guardando?» Dolff l'aveva fissata tanto intensamente!

«Te.»

«Perché?»

«Perché sei di una bellezza talmente incredibile! Ti rendi conto che, se volessi scrivere qualcosa parlando di te, mi troverei impacciato, senza sapere quali parole usare!»

«Basterebbe che tu dicessi che sono brutta, stupida e grassa.» Sogghignò lievemente, guardandolo, e scoppiarono a ridere insieme.

«Ma ti farebbe piacere?»

«Enormemente.» Era tornata a essere maliziosa e sbarazzina.

«Be', se non altro non ti riconoscerebbe nessuno se ti descrivessi a questo modo!»

«Hai intenzione sul serio di scrivere qualcosa su di me?»

Lui rimase assorto per un attimo lunghissimo mentre s'incamminavano insieme verso la casa che amavano. «Un giorno lo farò. Ma ancora, no.»

«Perché?»

«Perché sono ancora troppo affascinato da te per scrivere qualcosa di coerente. Anzi...» e, dall'alto della sua statura, abbassò gli occhi verso di lei per sorriderle «... non è escluso che io non riesca mai più essere coerente.»

I pomeriggi che trascorrevano insieme erano sacri e, spesso, erano assillati dall'incertezza perché non sapevano se passarli a letto oppure comodamente seduti nella torre d'avorio, a parlare del suo lavoro. Kassandra era la donna che lui aveva aspettato d'incontrare per buona parte della sua vita. E con Dolff, Kassandra aveva trovato qualcosa di cui aveva sempre avuto un disperato bisogno, cioè una persona che comprendesse le tortuose complessità del suo spirito, i desideri e le nostalgie, i frammenti, il senso di ribellione contro le restrizioni del suo mondo. Erano arrivati a un accordo. Erano entrambi consapevoli che, per il momento, non avevano scelta.

«Vuoi prendere un tè, tesoro?» Lei buttò cappellino e guanti sulla scrivania nell'ingresso e aprì la borsetta alia ricerca del pettine. Un pettine di onice e avorio, intarsiato, bellissimo e costosissimo, come ogni altra cosa che possedeva. Lo rimise nella borsetta e si voltò verso Dolff con un sorriso. «Smettila di guardarmi ridendo in quel modo, sciocco... tè, hai detto?»

«Sì, cioè volevo dire no. Lascia perdere, Kassandra.» Poi

la prese saldamente per mano. «Vieni di sopra.»

«Di' la verità, hai intenzione di farmi vedere un tuo nuovo capitolo?» Gli rivolse quel suo sorriso incomparabile mentre le scintillavano gli occhi.

«Naturale! Ho un nuovo libro, tutto intero, che voglio discutere a fondo con te.»

Un'ora più tardi, mentre Dolff dormiva placidamente accanto a lei, Kassandra si mise a guardarlo con gli occhi pieni di lacrime. Poi scese cautamente dal letto. Come odiava l'idea di lasciarlo, sempre! Ma erano quasi le sei. Si richiuse alle spalle, senza far rumore, la porta della grande stanza da bagno di marmo bianco e ne tornò fuori dieci minuti più tardi, vestita da capo a piedi, con un'espressione triste, piena di desiderio e di nostalgia, dipinta in viso. Si soffermò vicino al letto e, come se lui avesse sentito la sua presenza, aprì gli occhi.

«Te ne vai?»

Lei annuì e per un attimo si guardarono desolati. «Ti amo.»

Lui capiva. «Anch'io.» Si mise a sedere sul letto, tendendole le braccia. «Ci vediamo domani, tesoro mio.» Lei sorrise, lo baciò di nuovo, gli mandò un altro bacio con la punta delle dita dalla soglia della stanza e poi scese rapidamente le scale.

2

Il tragitto in automobile da Charlottenburg a Grunewald, che si trovava un poco più distante dal centro della città, richiedeva meno di mezz'ora. Kassandra sapeva di poterlo compiere anche in un quarto d'ora esatto se teneva abbassato a tavoletta l'acceleratore della sua piccola Ford coupé azzurro scuro; aveva scoperto ormai da molto tempo quale fosse la strada più corta per tornare a casa. Si accorse che il cuore le batteva più in fretta del solito mentre lanciava un'occhiata all'orologino da polso.

Quel giorno era in ritardo; tuttavia le sarebbe restato ugualmente il tempo per cambiarsi. Si stizzì accorgendosi di essere nervosa. Che assurdità sentirsi sempre una quindicenne che torna a casa in ritardo sull'ora stabilita per il «coprifuoco»!

Ben presto apparvero le strade strette, piene di curve, di Grunewald e, alla sua destra, la distesa piatta, lucente come uno specchio, del Grunewaldsee. Sulla superficie del lago non si vedeva nemmeno un'increspatura e tutto ciò che Kassandra poteva sentire era il cinguettio degli uccelli. Gli imponenti e lussuosi edifici che si allineavano lungo un lato della strada si ergevano solidi e massicci dietro cancellate di ferro e muri di mattoni, nascosti dagli alberi, ammantati di silenzio, mentre nelle camere da letto dei piani superiori le cameriere aiutavano le loro padrone a vestirsi. Ma lei aveva ancora un po' di tempo, non era troppo in ritardo.

Fermò bruscamente l'automobile davanti all'ingresso del viale del loro giardino e scese in fretta e furia per infilare la chiave nella massiccia serratura di ottone del cancello. Ne spalancò i due battenti e, risalita al volante, lo oltrepassò. Avrebbe mandato qualcuno più tardi a richiuderlo. Adesso non ne aveva il tempo. La ghiaia scricchiolò rumorosamente sotto i pneumatici della sua Ford mentre osservava la casa con l'occhio di chi la conosceva bene. Era stata costruita in uno stile vagamente «alla francese» e si allungava in due ali sterminate ai lati della porta d'ingresso padronale. Era a tre piani, in pietra grigia, che le dava un aspetto raffinato e severo, e più sopra era sormontata da un altro piano ancora con i soffitti bassi, incassati sotto il bel tetto a mansarda dall'elegante struttura. Quello era il piano destinato alla servitù. Al piano inferiore, in quel momento, le luci erano accese quasi in ogni stanza. Poi, più sotto ancora si trovavano le sue, oltre ad alcune camere da letto per gli ospiti e due accoglienti biblioteche, una che guardava sul giardino, l'altra sul lago. Al piano in cui si trovava il suo appartamento, una luce soltanto era accesa mentre, al piano terreno, tutte le stanze erano illuminate a giorno. Sala da pranzo, salone, la biblioteca più grande, la piccola sala per fumatori rivestita di legno scuro, con gli scaffali pieni di libri rari. Per un attimo si domandò per quale motivo, al piano terreno, quella sera erano state accese tutte le luci, poi se ne ricordò e si portò una mano alla bocca, esterrefatta.

«Oh, mio Dio... oh, no!» Si sentì il cuore in gola mentre abbandonava l'automobile davanti a casa. L'ampio prato, con l'erba tagliata alla perfezione, era deserto — perfino le aiuole fitte di fiori, parevano rimproverarla mentre saliva a passo veloce la breve rampa di gradini. Come aveva fatto a dimenticarsene? Che cosa avrebbe detto lui? Con cappellino e guanti stretti in una mano, la borsetta infilata molto poco elegantemente sotto il braccio, si accanì con la propria chiave contro la serratura della porta d'ingresso. Ma in quel preciso momento le venne spalancata di fronte e lei si trovò a fissare la faccia intransigente di Berthold, il maggiordomo, con la testa calva che luccicava alla vivida luce dei due grandi lampadari a gocce dell'ingresso, la cravatta bianca e la giacca a code impeccabili come sempre. I suoi occhi, talmente glaciali da non registrare nemmeno la disapprovazione, si limitarono a fissarsi, completamente inespressivi, in quelli di lei. Alle spalle di Berthold, una cameriera in divisa nera, con grembiulino e cuffietta di pizzo bianchi, passò frettolosamente.

«Buona sera, Berthold.»

«Signora.» La porta si chiuse risolutamente alle sue spalle e quasi nello stesso momento Berthold batté insieme i tacchi.

Kassandra sbirciò nervosamente nel salone. Grazie a Dio tutto era pronto. Fino a poco prima, quella serata, una cena per sedici persone, era stata l'ultimo dei suoi pensieri. Per fortuna se n'era già occupata minuziosamente la mattina con la governante. Frau Klemmer aveva tutto sotto controllo, come al solito. Salutando i domestici con un cenno del capo mentre passava, Kassandra si mise a salire in fretta le scale, rimpiangendo di non poter fare i gradini due alla volta come a casa di Dolff quando correvano di sopra, a letto... a letto... il lampo di un sorriso le illuminò gli occhi ripensandoci, ma fu costretta con uno sforzo a scacciare il pensiero di lui dalla propria mente.

Si soffermò un attimo sul pianerottolo, rivolgendo un'occhiata al lungo corridoio con la passatoia grigia. Ogni cosa intorno a lei era color grigio perla: la seta che tappezzava le pareti, i folti tappeti, i tendaggi di velluto. Lì c'erano due stupendi cassettoni Luigi XV, squisitamente intarsiati, con il piano di marmo; e a intervalli regolari, alle pareti, erano appese antiche *appliques* con le lampadine affusolate, a forma di fiamma. Fra l'una e l'altra, si trovavano alcune piccole incisioni di Rembrandt che appartenevano alla famiglia da anni. Alla sua destra e alla sua sinistra, due file di porte; da sotto una di esse filtrava un po' di luce. Si arrestò incerta per un attimo, poi riprese a correre lungo il corridoio verso la propria camera. L'aveva appena raggiunta quando sentì una porta che si apriva alle proprie spalle e il corridoio, fiocamente illuminato, venne improvvisamente inondato di luce.

«Kassandra?» La voce era severa ma, quando si voltò ad affrontarlo, gli occhi non lo erano affatto. Alto, snello, ancora bellissimo a cinquantotto anni, con gli occhi di un azzurro più freddo di quelli di lei, i capelli un po' biondi un po' candidi. Era un bel viso, il suo, di quelli che capitava di vedere nei ritratti degli antichi Teutoni, e le spalle erano ampie e squadrate.

«Come mi dispiace... non sono riuscita a... ho fatto terribilmente tardi...» per un attimo rimasero immobili, fissandosi negli occhi. Quante cose restavano ancora non dette.

«Capisco.» Ed era vero. Capiva molto di più di quanto lei immaginasse. «Credi che ce la farai? Sarebbe imbarazzante se tu fossi in ritardo.»

«Non lo sarò. Te lo prometto.» Intanto Kassandra lo scrutava con rammarico. Ma la sua tristezza non era per quella cena di cui si era completamente dimenticata, ma per la gioia che non provavano più insieme.

Lui le sorrise dall'altra riva dell'enorme baratro che pareva separare le loro vite. «Sbrigati. E... Kassandra...» fece una pausa e lei capì, mentre il senso di colpa, a ondate, le saliva alla gola soffocandola. «Sei già stata di sopra?»

Lei scosse la testa. «No, non ancora. Ci andrò prima di scendere.»

Walmar von Gotthard assentì e richiuse senza far rumore la porta. Dietro quella porta si trovava il suo appartamento privato — un'ampia camera da letto spartana, arredata con mobili antichi, di legno scuro, tedeschi e inglesi; un tappeto persiano dalle calde tonalità rosso vino e blu-mare che copriva il pavimento di legno dal colore caldo. Le pareti della camera da letto erano rivestite di legno, come quelle del suo studio, comunicante, il sancta sanctorum. Del suo appartamento privato facevano parte anche un grande spogliatoio e una stanza da bagno. L'appartamento di Kassandra era ancora più spazioso. In quel momento, entrando come una folata di vento dalla porta della sua camera, lei buttò il cappellino sul copriletto imbottito di satin rosa. Le sue stanze le assomigliavano moltissimo — esattamente come quelle di Walmar assomigliavano a lui. Qui ogni cosa era soffice e morbida, nelle tonalità avorio e rosa, di satin e di seta, lievi, drappeggiate, come per nasconderla dal mondo. Le tende erano così sontuose e pesanti da oscurarle la vista del giardino e, nell'insieme, tutta la camera era riparata e difesa, come la sua vita con Walmar, e la nascondeva dal mondo esterno. Lo spogliatoio era più o meno grande come la camera da letto — una fila di armadi a muro che contenevano le raffinate toilettes del suo guardaroba, una intera parete di scarpe, fatte su misura, di fronte alla quale erano sistemate file e file di scatole di satin rosa, che contenevano i cappellini. Dietro un quadretto, il dipinto di un impressionista francese, era nascosta la cassaforte in cui si trovavano i gioielli. E al di là dello spogliatoio, un salottino con la vista del lago. Qui si trovava una agrippina che era stata della sua mamma, e un piccolo scrittoio francese da signora. Qui c'erano i libri che, adesso, lei non leggeva più; un album da disegno che non toccava più da marzo. Era quasi come se non vivesse nemmeno più lì. Tornava a vivere soltanto fra le braccia di Dolff.

Dopo essersi tolta scalciando le scarpe color avorio ed essersi slacciata frettolosamente l'abito, spalancò le ante degli armadi a muro, ripassando mentalmente la lista di quello che vi era appeso. Ma, mentre fissava con gli occhi sbarrati il contenuto degli armadi, fu costretta a restare immobile per un attimo perché si sentiva quasi mancare il respiro. Che cosa stava facendo? Che cosa aveva fatto? Perché si era lasciata coinvolgere in quell'assurda avventura? Quali speranze poteva mai avere di vivere una vera vita con Dolff? Lei sarebbe stata per sempre la moglie di Walmar. Lo sapeva, lo aveva sempre saputo fin dal giorno in cui lo aveva sposato a diciannove anni. Lui, allora, ne aveva quarantotto e quel matrimonio era sembrato la cosa più giusta da fare. Walmar era stato socio di suo padre, alla direzione della banca gemella di quella di cui il padre era proprietario: dunque, anche una combinazione di affari oltre che un matrimonio. Per persone come Kassandra e Walmar, tutto ciò era più che mai sensato e ragionevole. Avevano lo stesso stile di vita, conoscevano le stesse persone. Già in passato le loro famiglie erano state legate da parentela, in seguito ad altri matrimoni. Tutto, nel loro, avrebbe dovuto funzionare. Non aveva importanza il fatto che lui fosse molto più anziano di lei perché non era né vecchio, né senile. Walmar era sempre stato un uomo pieno di fascino come dimostrava anche adesso, a distanza di dieci anni dalle loro nozze. Ma c'era di più: Walmar la capiva. Aveva sempre capito che lei era una persona fragile, chiusa in se stessa, diversa dalle altre, e sapeva da quante premure fosse stata circondata, con quanta delicatezza fosse stata allevata nei suoi primi anni. E lui l'avrebbe protetta nei momenti più duri e difficili della vita.

Di conseguenza, Kassandra si era trovata con la propria esistenza già pronta, e tracciata davanti, secondo formule e schemi tradizionali, spianata da mani molto più abili delle proprie. Non le restava altro che fare quello che ci si aspettava da lei. Walmar l'avrebbe protetta e circondata di tenerezza, l'avrebbe custodita e guidata continuando a conservarle intatto, intorno, quel bozzolo che era stato filato per lei alla sua nascita. Kassandra von Gotthard non aveva niente da temere da Walmar; anzi, non aveva niente da temere in nessun senso, all'infuori, forse, di se stessa. E adesso lo capiva, meglio di quanto non l'avesse mai capito prima.

Dopo aver aperto un piccolissimo buco in quel bozzolo che la proteggeva, era volata via, se non materialmente, con lo spirito. Con tutto ciò, doveva sempre rientrare a casa alla sera, a recitare la sua parte, a essere la persona che ci si aspettava che fosse, a fare la moglie di Walmar von Gotthard.

«Frau von Gotthard?»

Kassandra si voltò di scatto sentendo quella voce che le arrivava alle spalle, nello spogliatoio. «Oh, Anna... grazie. Non credo che avrò bisogno del tuo aiuto.»

«Fraülein Hedwig mi ha detto di riferirle...» Oh, Dio, ecco, era arrivato il momento... Kassandra le voltò di nuovo le spalle, sentendosi trafiggere dal senso di colpa fin nell'intimo del suo essere «... che i bambini vorrebbero vederla prima di andare a letto.»

«Salgo subito appena mi sono vestita. Grazie.» Il tono della sua voce fece capire alla ragazza in uniforme di pizzo nero di andarsene. Kassandra conosceva a perfezione le varie sfumature di voce da usare — l'intonazione giusta, le parole giuste — erano qualcosa che aveva nel sangue. Mai scortese, mai in collera, a volte appena un po' brusca, era una perfetta signora. Questo era il suo mondo. Ma non appena la porta si richiuse senza rumore dietro la cameriera, Kassandra si lasciò cadere su una poltrona, nello spogliatoio, con le lacrime agli occhi. Si sentiva impotente, dilaniata. Questo era il mondo dei suoi doveri, la vita per la quale era stata preparata. Proprio tutto quello da cui scappava in fretta e furia ogni giorno quando andava a raggiungere Dolff.

Walmar era la sua famiglia, adesso. Walmar e i bambini. Non aveva nessun altro a cui rivolgersi. Suo padre, ormai, era morto. E la mamma, che si era spenta due anni dopo papà, aveva provato anche lei questo senso di solitudine? Non c'era nessuno a cui domandarlo, nessuno che lei conoscesse, capace di rivelarle la verità.

Fin dal principio, con Walmar, si erano tenuti a rispettosa distanza. Walmar aveva proposto che avessero camere da letto separate. Però c'erano state alcune piacevoli serate nel suo *boudoir*, una bottiglia di champagne in ghiaccio nel secchiello d'argento e... di qui, dopo un po', erano finiti a letto insieme, anche se questo era capitato sempre più di rado dopo la nascita del loro ultimo bambino, avvenuta quando Kassandra aveva ventiquattro anni. Il bambino era nato per taglio cesareo e lei aveva corso il pericolo di morire. Walmar si era preoccupato al pensiero dei rischi che avrebbe potuto comportare un'altra gravidanza, e anche lei. Da allora in poi, le serate con il secchiello d'argento dello champagne in ghiaccio si erano fatte sempre meno frequenti. Da marzo in poi, non ce n'era stata più nessuna, nel suo *boudoir*. Walmar non aveva fatto domande. Non c'era voluto molto per farglielo capire; era bastato accennare a una serie ripetuta di visite nello studio del dottore, a un doloretto, un malessere, un mal di testa; e Kassandra si ritirava presto nella sua camera ogni sera. Andava bene così — Walmar aveva capito. Ma in realtà, quando lei tornava in questa casa, nella sua casa, nella sua camera da letto, capiva che non andava affatto bene, che non era giusto. Che cosa avrebbe fatto adesso? Erano queste le promesse della vita? Avrebbe continuato ad andare avanti così all'infinito? Probabilmente. Fino a quando Dolff non si fosse stancato di quel gioco. Perché se ne sarebbe stancato, era inevitabile. Kassandra lo aveva già capito anche se forse lui non ci era ancora arrivato. E poi, che cosa? Un altro? E un altro ancora? Oppure più nessuno del tutto? Mentre si fissava con occhi vuoti nello specchio, non ebbe più la sicurezza di niente. Kassandra che si era dimostrata tanto sicura nella casa di Charlottenburg quel pomeriggio, non aveva più lo stesso controllo di sé. Capiva soltanto di essere una donna che aveva tradito il marito e il proprio stile di vita.

Respirando a fondo, si alzò e tornò davanti al grande armadio-guardaroba. Non aveva importanza quello che erano i suoi sentimenti e i suoi pensieri, ora; doveva vestirsi. Il minimo che potesse fare per Walmar era apparire, a quella cena, con aria composta e decorosa. Gli invitati erano tutti banchieri, come lui, accompagnati dalle rispettive mogli. Kassandra era sempre la più giovane in quelle riunioni ma riusciva ugualmente a cavarsela bene.

Per un attimo provò un desiderio intenso di richiudere con un tonfo l'anta dell'armadio e salire di corsa di sopra, per stare con i bambini — quei «miracoli» che le tenevano nascosti su, all'ultimo piano. I bambini che giocavano intorno al lago, a Charlottenburg, glieli facevano sempre ricordare — e provava sempre una sottile fitta di dolore quando si rendeva conto di conoscere molto poco i propri figli, come conosceva poco quei piccoli estranei ridenti sulla riva del lago. Adesso la loro mamma era Fraülein Hedwig. Lo era sempre stata, e lo sarebbe stata anche in futuro. A Kassandra, quando era di fronte al maschietto e alla femminuccia, pareva di essere un'estranea, anche perché assomigliavano tutti e due talmente a Walmar e tanto poco a lei... «Non dire assurdità, Kassandra. Non puoi occuparti tu della bambina.»

«Ma io voglio occuparmene.» Aveva alzato verso Walmar due occhi pieni di tristezza il giorno successivo a quello in cui Ariana era nata. «È mia.»

«Non è tua, è nostra.» Le aveva sorriso dolcemente mentre gli occhi di Kassandra si colmavano di lacrime. «Si può sapere che cosa avresti intenzione di fare, restare alzata tutta la notte a cambiarle i pannolini? Dopo due giorni saresti esausta. Non si è mai sentito niente di simile, è... una sciocchezza.» Per un attimo era sembrato quasi contrariato. Ma, no, non era una sciocchezza. Era quello che lei voleva, ma purtroppo sapeva che non gliel'avrebbero mai permesso.

La bambinaia era arrivata il giorno successivo a quello in cui avevano lasciato l'ospedale e aveva portato con sé la neonata, Ariana, al terzo piano. Quella sera, quando Kassandra era salita a vedere la bambina, la Fraülein l'aveva severamente ammonita perché veniva a disturbarla. Walmar aveva insistito che la neonata doveva essere portata da lei e, quindi, non c'era motivo che Kassandra salisse di sopra. Purtroppo la piccina le veniva portata soltanto una volta al giorno, alla mattina e, dopo, quando Kassandra si presentava su, nella sua camera, si sentiva sempre rispondere che era arrivata troppo presto o troppo tardi, che la bambina dormiva, oppure era agitata, si lamentava, era di cattivo umore. E Kassandra veniva rispedita a languire nella sua camera. «Aspetta che sia più grande», le ripeteva Walmar. «Perché, così, potrai giocare con lei quando vorrai.» Ma quando arrivò quel giorno, era troppo tardi. Kassandra e la bambina erano due estranee. La bambinaia aveva vinto. E quando arrivò il secondo figlio, tre anni più tardi, Kassandra si accorse di star troppo male per avere la forza di lottare.

Quattro settimane in ospedale e un altro mese intero a letto, a casa. Poi altri quattro mesi di terribile depressione. E quando anche questa passò, si rese conto di aver definitivamente perso la battaglia. Il suo aiuto, o il suo amore, o il suo tempo, non occorrevano. Lei era semplicemente una bella signora che veniva a trovare i bambini, indossando abiti eleganti, avvolta da una nuvola di raffinato profumo francese. Kassandra portava su, di nascosto, caramelle e dolci, spendeva un capitale in giocattoli uno più strano e bizzarro dell'altro ma non le era consentito dare ai bambini quello di cui avrebbero avuto bisogno e loro, d'altra parte, riversavano già da molto tempo sulla bambinaia ciò che lei avrebbe desiderato avere in cambio da loro.

Asciugate le lacrime, Kassandra si impose con uno sforzo di riacquistare il controllo di sé, scelse un vestito dall'armadio e attraversò la stanza per andare a prendere un paio di scarpe di camoscio nero. Ne aveva nove paia, tutte da sera, ma scelse quelle che aveva comperato per ultime con un'apertura tondeggiante in punta che lasciava intravedere le unghie dei piedi laccate di smalto di colore vivace. Le calze di seta frusciarono lievi quando le tolse dalla scatola di satin per sostituirle alle altre, color avorio, che aveva addosso prima. Subito si rallegrò di aver fatto in tempo a farsi un bagno a casa di Dolff. Adesso, mentre, ben dritta, si infilava cautamente il vestito nero, provò la sensazione incredibile di non esistere affatto nel mondo di Dolff. La casa di Charlottenburg sembrava un sogno lontano. Questa era la sua realtà. Il mondo di Walmar von Gotthard. Lei era inequivocabilmente e innegabilmente sua moglie.

Chiuse la cerniera lampo del vestito, che era una guaina lunga e aderente di crèpe di lana nera con le maniche lunghe e molto accollato, lungo fino alla caviglia, quel tanto che bastava a lasciar intravedere le scarpe di camoscio nero. Aveva un taglio severo e singolare, ma solo quando si voltava ne veniva rivelata tutta la squisita bellezza — e anche la bellezza di lei. Infatti un'ampia scollatura ovale, a forma di gigantesca goccia, le metteva a nudo il dorso dal collo fino alla cintola mettendo in risalto l'avorio liscio e lucente della sua schiena perfetta come un raggio di luna riflesso su un oceano scuro in una notte d'estate.

Buttandosi sulle spalle una corta mantellina di seta per proteggere il vestito, Kassandra si pettinò con cura i capelli, li raccolse, attorcigliandoli, sulla nuca e fissò quella crocchia liscia ed elegante, che aveva così creato, con lunghe forcine di corallo nero. Soddisfatta dell'effetto ottenuto, si ripulì gli occhi dal mascara e si rifece completamente il trucco del viso, poi si diede un'ultima occhiata allo specchio e si fissò alle orecchie due lunghi diamanti a goccia. Alle mani aveva già infilato il grosso anello di smeraldo che portava spesso alla sera e quello col sigillo, tempestato di brillanti, che teneva sempre alla mano destra. Un anello che aveva abbellito le mani delle donne della sua famiglia per quattro generazioni. Portava le iniziali della sua bisnonna in piccoli brillanti e scintillava ogni volta che coglieva un riflesso di luce.

Girò appena la testa sulla spalla a lanciarsi ancora un'ultima occhiata e si accorse di avere l'aspetto di sempre, stupendo, incantevole, sereno. Nessuno avrebbe immaginato il tormento che quell'aspetto nascondeva. Nessuno avrebbe indovinato che aveva trascorso il pomeriggio fra le braccia di Dolff.

Nel corridoio grigio, lungo, immerso nel silenzio, si soffermò solo un istante ai piedi della scala che portava al terzo piano. Una pendola, in un angolo, scoccò lentamente, in toni cupi, le ore. Tutto sommato, era in orario. Le sette, e gli ospiti erano attesi per le sette e mezzo. Quindi aveva mezz'ora da passare con Ariana e Gerhard prima che andassero a letto. Trenta minuti per fare la mamma. Mentre saliva le scale per andare a trovarli, si domandò quanto sarebbe stato, sommandolo insieme, il tempo destinato a loro dalla mamma in tutta la vita. Quante mezz'ore moltiplicate per quanti giorni? Ma, del resto, a lei era forse capitato di vedere più spesso sua madre? Sapeva perfettamente che non era mai stato così, quando raggiunse l'ultimo gradino della scala. E che l'unica cosa che conservasse del passato, l'unica cosa viva e tangibile, era quell'anello col sigillo che aveva sempre visto infilato al dito di sua madre. Sulla porta della grande stanza da gioco dei bambini si fermò per un attimo, e bussò. Nessuna risposta; però dall'interno le parve di sentire risate e gridolini di gioia. Dovevano già aver mangiato da parecchio tempo; adesso era l'ora del bagno. Poi Fräulein Hedwig avrebbe imposto sia all'uno sia all'altra di mettere via i giocattoli e la cameriera addetta al loro servizio li avrebbe assistiti in questo compito. Ma, per fortuna, almeno erano rientrati in città, adesso — infatti per gran parte dell'estate erano rimasti in campagna e Kassandra non li aveva nemmeno visti. Per la prima volta quell'anno lei non aveva provato nessun desiderio di lasciare Berlino, perché c'era Dolff. Fortunatamente gli impegni per un'opera di beneficenza di cui si occupava le avevano fornito il pretesto, disperatamente cercato, per restare in città.

Bussò di nuovo e, stavolta, la sentirono. Fräulein Hedwig la invitò a entrare. E quando lei entrò nella stanza calò un improvviso silenzio: i bambini si fermarono, sospendendo i loro giochi, e la guardarono con aria di intimidito rispetto. Di tutto, era proprio questo che Kassandra odiava di più. L'espressione che avevano quando la guardavano — come se fosse la prima volta.

«Ciao, bambini!» Kassandra sorrise e aprì le braccia. Per un attimo nessuno si mosse e poi, dietro l'incitazione di Fraülein Hedwig, Gerhard si fece avanti per primo. A lui bastava essere stimolato a farlo solo per un attimo e si precipitava subito, con entusiasmo, fra le braccia di sua madre. Tuttavia la voce di Fraülein Hedwig fu pronta a fermarlo.

«Gerhard, non toccare! La mamma è vestita per la cena.»

«Non importa.» Le sue braccia rimasero spalancate come prima ma il bambino si tirò indietro e lei non fece in tempo a stringerlo a sé.

«Ciao, mamma.» Aveva gli occhi grandissimi e azzurri come quelli di lei, ma la faccia era di Walmar. Aveva fattezze perfette e delicate, un bel sorriso, i capelli biondi, il corpo ancora paffuto e grassoccio del bambino molto piccolo, benché avesse quasi cinque anni. «Oggi mi sono fatto male a un braccio.» E glielo mostrò, continuando a tenersi a rispettosa distanza. Kassandra si allungò per esaminarlo, con delicatezza.

«Vediamo. Era una graffiatura impercettibile circondata da un'ammaccatura ancora più impercettibile ma, per lui, si trattava di qualcosa di importante, quando alzò gli occhi dal braccino per riportarli su quella signora vestita di nero.

«Sì.» Assentì. «Però non ho pianto.»

«Bravo! Sei stato molto coraggioso.»

«Lo so.» Sembrava molto contento di sé ma, subito, si allontanò di corsa per andare a prendere un giocattolo che aveva dimenticato in un'altra stanza e Kassandra rimase sola con Ariana, la quale continuava a sorriderle timidamente ma senza staccarsi dal fianco di Fraülein Hedwig.

«Non mi dai un bacio oggi, Ariana?» La bambina fece segno di sì, e, infine, si avvicinò, esitante, con movimenti danzanti, delicati come la sua bellezza che prometteva di offuscare perfino quella della madre. «Come stai?»

«Bene, grazie, mamma.»

«Niente lividi, niente tagli, niente per me da baciare?» La bambina scosse la testa e si scambiarono un sorriso. A volte Gerhard le faceva ridere tutte e due. Era ancora così piccolo! Ariana, invece, era sempre stata diversa. Riflessiva, silenziosa, molto più timida del fratello. Kassandra a volte si domandava se le cose sarebbero andate diversamente se non ci fosse stata una bambinaia a occuparsi di loro. «Che cosa hai fatto oggi?»

«Ho letto e ho fatto un disegno.»

«Posso vederlo?»

«Non è ancora finito.» Non lo era mai.

«Non importa. Mi piacerebbe vederlo ugualmente.» Ma Ariana diventò rossa fino alla radice dei capelli e scosse la testa. Kassandra si sentiva più che mai un'intrusa; di nuovo provò il solito desiderio, che Hedwig e la cameriera destinata al servizio dei bambini scomparissero o, almeno, andassero in un'altra stanza, in modo da poter restare sola con la sua bambina. Capitava solo in rarissime occasioni che rimanesse sola con i bambini. Hedwig era sempre lì nei dintorni per controllarli, per impedire che le prendessero la mano.

«Guarda che cosa ho qui!» Gerhard era ritornato, a salti, già in pigiama, stringendo fra le braccia un grosso cane di pezza.

«E dove lo hai preso?»

«Me lo ha dato la baronessa von Vorlach. Me lo ha portato oggi, nel pomeriggio.»

«Davvero?» Kassandra lo guardava senza capire.

«Ha detto che dovevi prendere il tè con lei ma forse te ne eri dimenticata.» Kassandra chiuse gli occhi e scosse la testa.

«Povera me! È vero. Dovrò telefonarle. Ma questo cane è magnifico. Gli hai già dato un nome?»

«Sì, Bruno. Ariana, invece, ha ricevuto un gattone bianco.»

«Davvero?» Ariana si era ben guardata dal dirglielo. Quando mai ci sarebbe stata un po' di confidenza fra loro? Forse quando la bambina fosse cresciuta, sarebbero diventate amiche. Ma adesso era troppo tardi e, nello stesso tempo, troppo presto.

Giù dalle scale la pendola fece sentire di nuovo i suoi rintocchi e Kassandra li guardò, con una stretta al cuore. Gerhard ricambiò quello sguardo, avvilito. «Devi proprio andare?»

Kassandra assentì. «Mi spiace. Ma papà ha invitato della gente a cena.»

«E tu? Non hai invitato nessuno?» Gerhard la guardò con curiosità e lei sorrise.

«Sì, le ho invitate anch'io, queste persone. Lavorano nella banca del papà e in qualche altra banca.»

«Chissà come sono noiose.»

«Gerhard!» Hedwig intervenne prontamente a rimproverarlo ma Kassandra scoppiò in una risata.

Poi abbassò la voce con aria da cospiratrice e si rivolse di nuovo al suo adorabile bambino: «Certo che sarà noioso... ma non dirlo a nessuno... è un nostro segreto».

«Però tu sei molto carina.» La scrutò da capo a piedi con aria piena di approvazione e lei gli baciò la manina paffuta.

«Grazie.» Lo prese fra le braccia, allora, e lo baciò lievemente sulla testolina bionda. «Buona notte, piccolino. Ti porti il cane nuovo a letto?»

Lui scosse la testa con fermezza. «Hedwig dice che non posso.» Kassandra si alzò in piedi e rivolse un garbato sorriso alla donna, più anziana di lei, massiccia e corpulenta.

«Io penso che possa portarlo a letto.»

«Benissimo, signora.»

Gerhard rivolse uno sguardo raggiante a sua madre e si scambiarono ancora un altro sorriso d'intesa; poi gli occhi di

Kassandra ritornarono ad Ariana. «Porti anche tu a letto con te quel bel gattone?»

«Credo di sì.» Prima, però, lanciò un'occhiata a Hedwig; poi un'altra a sua madre — e Kassandra ebbe di nuovo l'impressione di sentir morire qualcosa dentro di sé.

«Domani devi farmelo vedere.»

«Sissignora.» Queste parole ferirono Kassandra fin nel profondo ma si sforzò di non mostrare la propria sofferenza mentre baciava dolcemente sua figlia, salutava con un cenno della mano i due bambini e richiudeva senza rumore la porta dietro di sé.

In fretta, per quel tanto che il vestito nero stretto e attillato le consentiva, Kassandra cominciò a scendere lo scalone e arrivò in fondo nel preciso momento in cui Walmar accorreva a salutare i primi invitati.

«Ah, sei qui, tesoro.» Si voltò a sorriderle, con un lampo di ammirazione negli occhi, come sempre, per il suo aspetto. Fece le presentazioni fra sbattere di tacchi di uomini impettiti e mani che venivano baciate. Si trattava di una coppia che Kassandra aveva visto parecchie volte a riunioni o ricevimenti per il personale della banca ma che non era mai venuta, prima, a casa. Li salutò con cordialità e prese Walmar sottobraccio mentre entravano nel grande salone.

Fu una serata di conversazione cortese ed educata, di cibi squisiti, dei migliori vini francesi. Gli ospiti chiacchierarono più che altro di questioni bancarie, di viaggi. I bambini e la politica rimasero due argomenti stranamente assenti dalla conversazione degli invitati anche se si era nel 1934, anche se la morte del presidente von Hindenburg, proprio quell'anno, aveva eliminato anche l'ultima minaccia al potere di Hitler. In realtà non era un argomento che meritasse di essere discusso. Da quando Hitler era diventato cancelliere l'anno precedente, tutti i banchieri della nazione avevano conservato le loro posizioni. Erano importanti per il Reich, avevano un compito da svolgere, come Hitler svolgeva il suo. Per quanto negativa fosse la loro opinione nei suoi confronti, Hitler non aveva intenzione di sollevare problemi che li toccassero direttamente. Vivi e lascia vivere. C'era anche chi si mostrava contento del Reich.

Walmar non era uno di loro ma condivideva con pochissimi altri questa opinione. Era rimasto sbalordito di fronte alla crescente potenza dei nazisti e, più di una volta, in privato, aveva avvertito i suoi amici che una situazione simile non poteva portare che a una guerra. Ma non c'era motivo di discuterne proprio quella sera. Le *crêpes flambées*, servite con lo champagne, sembravano molto più interessanti del Terzo Reich.

L'ultimo degli invitati non si congedò fino all'una e mezzo quando Walmar si rivolse con uno sbadiglio di stanchezza a Kassandra: «Credo che la nostra cena abbia avuto un grande successo, tesoro. L'anatra è stata più di mio gusto del pesce».

«Davvero?» Intanto Kassandra prendeva nota mentalmente di parlarne con la cuoca la mattina dopo. Servivano sempre cene pantagrueliche composte di antipasti, minestra, una portata di pesce e una di carne, insalata, formaggio, dessert e, come conclusione, la frutta. Era quello che gli invitati si aspettavano, quindi erano questi i pasti che venivano serviti.

«Ti sei divertita?» La guardò con aria piena di gentilezza mentre cominciavano a salire lentamente lo scalone.

«Naturalmente, Walmar.» Era commossa che gliel'avesse domandato. «E tu?»

«Per me è stata una serata proficua. Probabilmente riusciremo a condurre in porto quell'affare con i belgi, di cui stavamo discutendo. Era importante che Hoffman venisse stasera. E sono molto contento che sia venuto.»

«Bene. In tal caso sono contenta anch'io.» Mentre lo seguiva sempre più assonnata, si domandò se, dunque, era quello il suo scopo nella vita — offrire il proprio incoraggiamento a Walmar per l'affare con i belgi e a Dolff per il nuovo libro. Si trattava solo di questo? Di aiutare sia l'uno sia l'altro ad avere successo nelle proprie imprese? Ma se era questo il suo impegno nei loro confronti, perché non fare la stessa cosa anche per i figli? E, concludendo il ragionamento, perché non farlo anche per se stessa? «Sua moglie mi è sembrata molto carina.»

Walmar si strinse nelle spalle e le sorrise, ma c'era un'ombra di sofferenza nei suoi occhi. «A me, no. Ho paura che tu mi abbia viziato! Di fronte a te...»

Lei gli sorrise fissandolo negli occhi. «Grazie.» Ci fu un attimo di impaccio quando si trovarono lì, uno di fronte all'altra, in cima allo scalone. Era il momento di separarsi. Sembrava più facile nelle serate in cui non avevano niente da fare. Lui si ritirava nello studio, e lei di sopra, da sola, a leggere un libro. Ma il fatto di aver salito lo scalone insieme li lasciava a un punto in cui le loro strade si dividevano — era un atto, questo, che continuava a essere sempre pieno di significato, e dava sia all'uno sia all'altra l'impressione di essere molto soli. Prima avevano sempre avuto la certezza di potersi ritrovare, se volevano, più tardi in camera di lei ma, adesso, non era un segreto che questi incontri non ci sarebbero più stati. Ogni volta che raggiungevano quel pianerottolo avevano la sensazione di dirsi addio. E sembrava che, quando si davano la buona notte, si dicessero molto di più.

«Mi sembra che tu stia meglio in questi ultimi tempi, tesoro. Non voglio alludere alla tua bellezza.» Le sorrise dolcemente. «Parlo della salute.»

Lei ricambiò il sorriso. «Sì, credo anch'io di sentirmi meglio.» Ma qualcosa si era spento nel suo sguardo mentre pronunciava queste parole; poi si affrettò ad abbassare rapidamente gli occhi, sfuggendo quelli di lui. Ci fu un attimo di silenzio mentre la pendola faceva sentire sommessamente i suoi rintocchi, e suonava il quarto.

«È tardi, farai meglio ad andare a letto.» Le diede un bacio sui capelli e si avviò a passo risoluto verso la porta della sua camera. Lei rimase a fissare le sue spalle che si allontanavano e mormorò a fior di labbra: «Buona notte»; poi si avviò a passo svelto lungo il corridoio verso la propria.

3

Il vento soffiava a folate fredde e irregolari intorno alle gambe di Dolff e Kassandra, mentre passeggiavano lungo il bordo del lago davanti al Charlottenburger Schloss. Quel pomeriggio, nel parco, erano soli. I bambini avevano ripreso la scuola, e gli innamorati e i vecchietti che ci venivano a dar da mangiare agli uccelli erano troppo delicati di salute per uscire in una giornata così fredda. Dolff e Kassandra, invece, erano felici, nella loro solitudine, mentre camminavano.

«Hai abbastanza caldo?» Lui abbassò gli occhi a guardarla sorridendo e lei scoppiò in una risata.

«Con questa roba addosso? Mi vergognerei di confessare il contrario!»

«Giustissimo.» Dolff lanciò uno sguardo pieno di ammirazione alla nuova pelliccia di zibellino talmente ampia e lunga che sfiorava quasi il suolo. Kassandra portava anche un cappello della stessa pelliccia inclinato da un lato; i lisci capelli d'oro erano raccolti in una crocchia sulla nuca. Aveva le guance rosate per il vento e gli occhi sembravano di un color lavanda ancora più intenso del solito. Dolff, che le circondava le spalle con un braccio, la guardò di nuovo con fierezza. Si era in novembre e, ormai, Kassandra era sua da più di otto mesi.

«Che cosa provi adesso che hai finito il libro?»

«Come se fossi disoccupato.»

«Senti molto la mancanza dei tuoi personaggi?»

«In principio la sento, terribilmente.» Poi la baciò sui capelli. «Ma la sento un po' meno quando sono con te. Non hai voglia di rientrare adesso?»

Kassandra assentì e tornarono indietro verso la casa di lui, affrettandosi lungo gli ultimi isolati fino a quando arrivarono alla porta. Dolff la spalancò per farla passare ed entrarono nell'ingresso. Ormai lei si sentiva sempre più a proprio agio lì, in quella casa. La settimana prima si erano addirittura avventurati a fare un giro insieme in alcuni negozi d'antiquario e avevano comperato due seggiole nuove e un altro piccolo scrittoio.

«Tè?» Lei alzò gli occhi a sorridergli affettuosamente e Dolff, per tutta risposta, fece segno di sì con la testa, seguendola in cucina. Kassandra mise il bricco sul fornello e scostò da sotto il tavolo una delle seggiole, vecchiotte e un po' sgangherate.

«Riesci a immaginare che cosa stupenda sia averti qui con me, bella signora?»

«E tu sei capace di immaginare che cosa stupenda sia per me essere qui?» A poco a poco era scesa a patti con l'antico senso di colpa. Questo era il suo modo di vivere, molto semplice — qualche mese prima si era sentita molto confortata nel venire a sapere inavvertitamente che una delle sorelle di suo padre aveva avuto lo stesso amante per trentadue anni. Forse questo era anche il suo destino. Invecchiare con Dolff e con Walmar, utile a tutti e due, ben sapendo che la trama della sua vita era irrevocabilmente intrecciata con quella di Dolff ma circondata dalle braccia protettrici di Walmar. Che cosa c'era di così terribile, in fondo? Qualcuno, fra loro, ne soffriva sul serio? Per quello che la riguardava, le capitava di rado di sentire un po' di rimorso. Solo in compagnia dei bambini soffriva ancora un po', ma questo le era capitato fin da molto tempo prima che Dolff entrasse nella sua vita.

«Ecco, sei tornata di nuovo seria. A che cosa stavi pensando?»

«Oh, a noi...» Ridiventò pensierosa mentre gli versava il tè. Come era tutto diverso lì, in quell'accogliente cucina! Com'era diverso dall'elaborata cerimonia che si svolgeva nella casa di Grunewald quando lei invitava un gruppo di amici per il tè e Berthold, il maggiordomo, li scrutava con aria cupa.

«Possibile che pensare a noi ti faccia diventare così seria?»

Lei si voltò ad affrontarlo mentre gli porgeva la tazza. «A volte. Io prendo tutto questo molto seriamente, sai.»

Dolff la guardò gravemente. «Lo so. Anch'io.» Poi scoprì all'improvviso di avere una gran voglia di dirle quello che non aveva mai detto prima: «Se le cose fossero... differenti... è necessario che tu sappia che... ti vorrei per me per sempre».

Lei lo scrutò con uno sguardo penetrante. «E adesso?» La sua voce si alzò dolce come una carezza.

«Continuo a volerti per me sempre.» E poi, con un piccolo sospiro: «Ma non posso farci niente».

«Io non me lo aspetto neppure.» Si sedette di fronte a lui con un lieve sorriso. «Io sono felice così.» Poi gli disse qualcosa che non aveva mai detto prima: «Questa è la parte più importante della mia vita, Dolff». Per lui, invece, che lei fosse una parte della sua vita, significava tutto. In quell'ultimo anno quante cose erano cambiate nel suo modo di vivere! Anche il resto del mondo stava cambiando intorno a loro e Dolff era molto più sensibile di lei riguardo a questo. Kassandra gli sfiorò dolcemente una mano, costringendolo a riscuotersi da queste riflessioni. «E, adesso, parlami del libro. Che cosa ha detto il tuo editore?»

Ma nello stesso momento in cui lei aveva pronunciato queste parole, una curiosa espressione apparve negli occhi di Dolff. «Non molto.»

«Non gli piace?» Kassandra sembrava scandalizzata. Il libro era stupendo. Lo aveva letto anche lei, rannicchiata sotto le coperte, nei freddi pomeriggi d'inverno. «Che cosa ha detto?»

«Niente.» Si accorse che lo sguardo di Dolff si faceva duro. «Non sono sicuri di poterlo pubblicare.» Dunque era questa l'ombra che gli aveva visto negli occhi quando era arrivata subito dopo pranzo. Perché aveva aspettato a dirglielo? D'altra parte era proprio una sua caratteristica quella di nasconderle i suoi problemi, al primo momento. Preferiva sempre sentirla parlare di se stessa.

«Sono impazziti? Ma... il successo che ha avuto il tuo ultimo libro?»

«Quello non c'entra!» Le voltò le spalle alzandosi per andare a mettere la tazza nell'acquaio.

«Dolff, non capisco.»

«Neanch'io, ma credo che lo capiremo. Il nostro amato leader ce lo mostrerà fin troppo presto.»

«Ma si può sapere di che cosa stai parlando?» Continuava a fissare le sue spalle e, poi, i suoi occhi pieni di collera quando tornò a voltarsi verso di lei.

«Kassandra, hai una vaga idea di quello che sta accadendo?»

«Vuoi alludere a Hitler?» Lui assentì. «Passerà. La gente si stancherà di lui e gli entusiasmi si spegneranno.»

«Oh, davvero? È questo che pensi?» E poi, con amarezza: «È questo che pensa tuo marito?» Lei trasalì a sentirlo parlare di Walmar.

«Non so. Non ne parla molto. Perlomeno, non con me. Nessuna persona che abbia un minimo di buon senso trova simpatico Hitler, come è logico, però non credo che sia pericoloso come ritengono alcuni.»

«In tal caso sei una stupida, Kassandra.» Mai, prima, Dolff le aveva parlato con quel tono di voce. Tuttavia all'improvviso lei scoprì tutta la rabbia e l'amarezza che, prima, non le aveva mai rivelato. «Lo sai per quale motivo il mio editore non vuole impegnarsi, e prende tempo? Non perché il mio ultimo libro non si è venduto, e nemmeno perché non gli piace il nuovo manoscritto. È stato tanto sciocco da lasciarmi capire quanto gli piaceva prima di... alzare le barriere! Ma perché c'è di mezzo il partito...» La guardò con un'angoscia che le straziò il cuore. «Perché io sono un israelita, Kassandra... perché sono un ebreo!» La sua voce, mentre pronunciava queste ultime parole, si era abbassata fino a trasformarsi in un bisbiglio appena percettibile. «Un ebreo, secondo loro, non deve avere successo, non deve vincere premi nazionali. Se Hitler otterrà che le cose vadano come lui vuole, non ci sarà più posto, assolutamente, per gli ebrei nella Nuova Germania.»

«Ma tutto questo è pazzesco.» L'espressione del viso di Kassandra gli faceva chiaramente capire che non gli credeva. Si trattava di qualcosa di cui non avevano mai discusso. Lui le aveva parlato dei suoi genitori, del suo passato, dell'infanzia, della panetteria, però non si era mai dilungato a parlare del fatto di essere ebreo, e di quello che la sua religione potesse significare, o no, per lui. Kassandra aveva semplicemente registrato il concetto che lui fosse ebreo e, poi, se n'era completamente dimenticata. Se, in qualche rara occasione, le capitava di pensarci, non le dispiaceva questa idea perché le sembrava che fosse una persona diversa, insolita, in un modo molto piacevole. In ogni caso, nei loro discorsi questo argomento non era mai più affiorato e, anche a lei, capitava di pensarci solo di rado. Adesso, a poco a poco, cominciava a comprendere con chiarezza ciò che questo poteva significare.

Rifletté sulle conseguenze della situazione che Dolff le aveva appena descritto. «Impossibile! Dici sul serio? Non può essere come credi.»

«Non può essere? Sta già cominciando ad accadere anche ad altri. Io non sono l'unico. E accade soltanto agli ebrei. Non accettano più i nostri libri, non vogliono più pubblicare i nostri articoli, non rispondono alle nostre telefonate e non si fanno trovare. Credimi, Kassandra, lo so.»

«Allora vai da un altro editore.»

«Dove? In Inghilterra? In Francia? Io sono tedesco e voglio pubblicare qui i miei libri.»

«In tal caso, fai quello che dici. Non possono essere tutti stupidi.»

«Non sono stupidi. Sono molto più saggi di quanto noi non pensiamo. Intuiscono già quello che sta succedendo, e hanno paura.»

Kassandra lo fissò, sconvolta e scandalizzata di fronte a quello che stava ascoltando. No, la situazione non poteva essere così negativa come lui pensava. Era rimasto semplicemente turbato e sconvolto perché gli avevano rifiutato la pubblicazione del romanzo. Si lasciò sfuggire un lungo sospiro e gli prese una mano. «Anche se fosse vero, non durerà a lungo. Può darsi che prendano una posizione meno rigida quando si accorgeranno che Hitler non ha intenzione di combinare tutti i guai che loro si aspettano.»

«Che cosa ti fa pensare che cambierà idea?»

«Non può fare quello che dici. Come sarebbe possibile? Il potere resta tuttora nelle mani giuste. Le banche, le industrie, le antiche famiglie sono ancora la spina dorsale del paese; e nessuno di loro si lascerà abbindolare dalle sue concioni, e dal suo turpiloquio! Può darsi che le classi sociali inferiori ne rimangano sedotte ma... chi sono, in fin dei conti?»

Dolff, quando le rispose, aveva l'aria cupa. «Le 'antiche famiglie', come le hai definite, può anche darsi che non si lascino abbindolare ma, allora, devono parlar chiaro e far sentire la loro opinione contraria, altrimenti il nostro destino è segnato! A parte il fatto che ti sbagli anche su qualcos'altro. Ormai non hanno più nessun potere in questo paese. Il potere è nelle mani dell'uomo della strada, di eserciti di piccoli uomini qualsiasi, i quali sono privi di potere, se presi individualmente, ma diventano fortissimi come gruppo, gente che è stanca di quella 'spina dorsale' di cui tu parli, stanca delle classi sociali più alte e delle 'antiche famiglie' e delle banche. È questa gente che crede in ognuna delle parole predicate da Hitler; sono convinti di essersi trovati un nuovo Dio. E se dovessero mettersi tutti insieme, ecco quale diventerà il vero potere in questo paese. Nel caso succedesse, ci troveremo tutti nei guai, non soltanto gli ebrei, ma anche le persone come te.» Kassandra rimase terrorizzata a sentire quello che le stava dicendo. Se Dolff aveva ragione... ma non era possibile... no, non poteva avere ragione.

Gli sorrise e si alzò in piedi per fargli scorrere lievemente le mani sul petto. «Mi auguro che niente sia così tragico come queste tue predizioni.» Allora lui la baciò dolcemente e la condusse di sopra, circondandole la vita col braccio. Kassandra avrebbe voluto domandargli che cosa aveva intenzione di fare riguardo al nuovo libro ma le spiaceva insistere su quell'argomento, non voleva far rivivere altri suoi timori. E poi, di fronte a un autore della sua grandezza, sembrava poco probabile che i pregiudizi di Hitler contro gli ebrei, e gli scrittori ebrei in particolare, potessero avere importanza. Dopo tutto, lui era Dolff Sterne.

Quella sera Kassandra era pensierosa quando rientrò, al volante della sua macchina, a Grunewald; non faceva che riflettere, tornando e ritornando con la mente, su ciò che Dolff aveva detto. E l'espressione che aveva letto nei suoi occhi l'angosciava ancora quando entrò in casa. Aveva un'ora tutta per sé prima di cena e, quella sera, invece di salire dai bambini, cercò un rifugio nella propria camera. E se Dolff avesse avuto ragione? Che cosa poteva significare? E soprattutto che cosa poteva significare per tutti loro? Tuttavia, mentre entrava lentamente nella vasca piena di acqua calda, giunse alla conclusione che, con ogni probabilità, tutta quella storia non era che una sciocchezza. Il libro sarebbe stato pubblicato. E, dopo, Dolff avrebbe vinto un altro premio. A volte, gli artisti sono un po' pazzi. Sorrise ricordando altri momenti di quel pomeriggio. E stava sorridendo ancora tra sé quando sentì bussare alla porta della camera da letto e, distrattamente, gridò alla cameriera di entrare.

«Kassandra?» Ma non era Anna. Era la voce di suo marito.

«Walmar? Sono nella vasca da bagno!» Aveva lasciato le porte spalancate. Si domandò se sarebbe entrato, ma quando le giunse di nuovo la sua voce, non si era avvicinata; quindi, continuò a parlargli attraverso la porta spalancata.

«Vuoi venire da me quando sei vestita, per favore?» Sembrava serio e, per un attimo, lei provò un tuffo al cuore — aveva paura. Che cosa aveva intenzione di fare? Di affrontarla? Chiuse gli occhi trattenendo il fiato.

«Vuoi entrare?»

«No, bussa soltanto alla mia porta prima di cena.»

Non sembrava in collera ma, piuttosto, preoccupato.

«Tra pochi minuti vengo.»

«Bene.»

Sentì la porta che si richiudeva di nuovo senza rumore e si affrettò a terminare il bagno. Ci mise solo pochi minuti a truccarsi e a passarsi un pettine fra i capelli. Per cena, scelse un completo molto semplice in grigio tortora con una camicetta di seta bianca allacciata da una morbida cravatta al collo. Le scarpe erano di camoscio grigio, le calze della stessa tonalità delicata; poi infilò rapidamente il doppio filo di perle nere che erano state il gioiello preferito di sua madre e gli orecchini in *parure*. Quando si scrutò per l'ultima volta nello specchio prima di incamminarsi per il corridoio, scoprì di avere un'aria austera e quieta. L'unico tocco di colore era dato dai capelli e dall'intenso azzurro degli occhi. Arrivata davanti alla porta di Walmar, bussò leggermente e, dopo un attimo, sentì la sua voce che diceva: «Entra!» Varcò la soglia della stanza sentendo il lieve fruscio della gonna di seta contro le gambe. Walmar era seduto in una delle accoglienti poltrone di cuoio marrone dello studio; si affrettò a deporre il rapporto che stava leggendo alla sua entrata. «Hai un aspetto incantevole, Kassandra.»

«Grazie.» Lo scrutò, fissandolo dritto negli occhi e vi lesse la verità, la sofferenza. Istintivamente provò il desiderio di allungare le braccia verso di lui, di cercarlo, di offrirgli conforto. Eppure, mentre lo osservava, si accorse di non avere il coraggio di avvicinarsi. Improvvisamente intuì che lo stava fissando dall'orlo di un abisso. Un abisso invalicabile che si era creato fra loro — perché lui si era tirato indietro.

«Prego, siediti.» Lei ubbidì e Walmar si mise a osservarla attentamente. «Sherry?» Fece segno di no con la testa. Le era bastato guardarlo negli occhi per accorgersi che lui sapeva. Girò la faccia dall'altra parte, sfuggendo il suo sguardo, cercando di dargli l'impressione che le piacesse godersi il calore delle fiamme. No, non aveva niente da dirgli. Non le restava che affrontare le sue accuse e, alla fine, arrivare a una soluzione. Ma che cosa poteva fare? Quale dei due uomini doveva abbandonare? Aveva bisogno di tutti e due, li amava tutti e due. «Kassandra...» Lei continuò a tenere gli occhi fissi sulle fiamme del camino e, alla fine, si decise a rivolgerli verso suo marito.

«Sì.» Una parola che le uscì penosamente dalle labbra, con voce rauca.

«C'è qualcosa che devo dirti. Si tratta di una questione...» sembrava in preda a mille tormenti ma ormai sapevano entrambi che era impossibile tornare indietro, «... estremamente penosa da discutere con te e sono sicuro che dev'essere altrettanto sgradevole anche per te.» Sentiva i tonfi sordi del cuore che le rombavano orribilmente nelle orecchie tanto che riusciva ad ascoltarlo a malapena. La sua vita era troncata. Adesso cominciava la fine. «Ad ogni modo devo parlarti. Per amor tuo. Per la tua salvezza. E forse per la nostra.»

«La mia salvezza?» Era soltanto un mormorio, quello di Kassandra, che lo guardò con gli occhi sgranati, confusa.

«Ascoltami, per favore.» Poi, come se fosse un compito immane anche per lui, Walmar si abbandonò contro la spalliera della poltrona e sospirò. E quando lei lo guardò, si accorse che i suoi occhi scintillavano delle lacrime che si sforzava di ricacciare. «So tutto... me ne sono reso conto... già da parecchi mesi... che tu sei andata a cacciarti in una... in una situazione che potremmo definire difficile.» Kassandra chiuse gli occhi ascoltando il suono di quella voce che le riecheggiava nelle orecchie. «Voglio che tu sappia che io sono... che io capisco... che non sono del tutto privo di comprensione.» I grandi occhi tristi si riaprirono.

«Oh, Walmar...» Lentamente le lacrime cominciarono a scenderle sulle guance. «Io non voglio che... non posso...»

«Smettila. E ascoltami.» Per un attimo, dal tono della voce, le era sembrato suo padre... Dopo un altro sospiro, lui continuò. «Quello che sto per dirti è terribilmente importante. Ma voglio anche che tu sappia che ti amo, visto che questa situazione, ormai, non è più un segreto. Non voglio perderti, qualunque cosa tu possa pensare di me anche adesso.»

Lei scosse la testa e, tirando fuori di tasca un fazzolettino di pizzo, si soffiò il naso fra le lacrime. «Io non ho altro che rispetto nei tuoi confronti, Walmar. E ti amo, anche.» Era vero. Lo amava e si sentiva morire un po', di fronte al suo dolore.

«In tal caso stai a sentire quello che devo dirti. Devi smettere di vederti con il... tuo amico.» Lei lo fissò con gli occhi sgranati, pieni di orrore, ammutolita. «Ma non per le ragioni che credi. Ho ventinove anni più di te, tesoro mio, e non sono uno stupido. A volte capitano queste cose e possono fare molto male alle persone che vi si trovano coinvolte ma, se sono affrontate nel modo più giusto, si tratta di prove alle quali si riesce anche a sopravvivere. In ogni caso non è di questo che ti sto parlando, adesso. Quello che voglio dirti è completamente diverso. Ti sto dicendo che, per ragioni che non riguardano assolutamente me o il nostro matrimonio, devi smettere di vedere... Dolff.» Sembrava che gli provocasse una sofferenza inaudita solo pronunciare il nome dell'altro uomo. «Anzi, perfino se tu non fossi nemmeno sposata, ora, e se tu non lo fossi mai stata, si tratterebbe ugualmente di una relazione che non potresti permetterti di continuare.»

«Che cosa vuoi dire?» Kassandra si alzò in piedi di scatto, infuriata — in un attimo la gratitudine che provava per la benevola comprensione di Walmar era completamente scomparsa. «Per quale motivo? Perché è uno scrittore? Credi forse che sia uno dei soliti tipi di *bohémien*? Santo cielo, Walmar, guarda che è un uomo pieno di dignità, un uomo meraviglioso!» Mentre fissava Walmar negli occhi, non le era ancora balenato quanto fosse assurdo difendere l'amante di fronte al marito.

Lui si lasciò andare di nuovo contro la spalliera della poltrona con un altro sospiro. «Mi auguro che tu non mi consideri tanto meschino e di mentalità tanto ristretta da eliminare gli scrittori, gli artisti, e le altre persone come loro, dall'elenco delle mie amicizie. Non sono mai stato colpevole di opinioni così grette, Kassandra. E andrebbe a tuo credito se lo ricordassi. Sto parlando di una cosa completamente diversa. Ti sto dicendo...» si sporse lievemente verso di lei e riprese a parlare con improvvisa veemenza «... che non puoi permetterti di frequentare quell'uomo, di stare con lui, di essere vista in casa sua non perché sia uno scrittore... ma perché è un ebreo. E ti assicuro che sono profondamente disgustato di doverti dire tutto questo perché trovo che quanto sta cominciando ad accadere nel nostro paese sia ignobile e vergognoso; purtroppo è un fatto innegabile ma tu sei mia moglie, la madre dei miei figli, e non voglio vederti assassinata o sbattuta in prigione! Lo capisci questo, accidenti? Ti rendi conto di quanto sia importante?»

Kassandra lo fissava incredula. Era un po' come il proseguimento dell'incubo cominciato quando Dolff le aveva detto certe cose, quel pomeriggio. «Non vorrai raccontarmi che, secondo te, potrebbero ammazzarlo, vero?»

«Non so quello che faranno e la verità è che non so nemmeno più che cosa pensare. Ma finché continueremo a vivere in disparte, tranquillamente, restando fuori da quello che succederà, saremo al sicuro, *tu* sarai al sicuro, Ariana e Gerhard saranno al sicuro. Ma quell'uomo non è al sicuro. Kassandra, ti prego...» Si protese verso di lei e le afferrò una mano. «Se dovesse succedergli qualcosa, non voglio che tu vi rimanga coinvolta. Se le cose fossero diverse, i tempi fossero diversi, proverei una profonda sofferenza per quello che stai facendo ma chiuderei gli occhi; adesso, invece, non posso farlo. Devo fermarti. Sei tu che devi fermare te stessa.»

«Ma... e lui?» Kassandra era troppo spaventata perfino per piangere, ora. L'enormità di ciò che Walmar le aveva detto aveva contribuito a chiarirle le idee e a renderla lucida.

Walmar scosse la testa. «Non possiamo alzare un dito per aiutarlo. Se è furbo, se è intelligente, e se le cose continuano ad andare avanti come stanno andando adesso, farebbe meglio a lasciare la Germania.» Walmar la guardò. «Diglielo.» Kassandra, di nuovo seduta, fissava le fiamme, senza sapere cosa rispondergli. Ad ogni modo, di una cosa era sicurissima: che non avrebbe mai rinunciato a lui. Né ora, né mai.

I suoi occhi incontrarono per un attimo quelli di Walmar: malgrado la collera, vi si poteva leggere un lampo di tenerezza nei suoi confronti. Gli si avvicinò e lo baciò dolcemente su una guancia. «Grazie per essere tanto onesto e corretto.» Lui non l'aveva biasimata per essergli infedele. Era preoccupato soltanto per la sua salvezza e forse, magari anche per quella del suo amico. Che uomo straordinario! Per un attimo sentì rinascere una vampata d'amore nei suoi confronti, come non le succedeva da anni. Lo guardò, posandogli una mano sulla spalla. «Dunque la situazione è brutta fino a questo punto?»

Lui assentì. «Forse anche peggio. Il fatto è che finora non lo sappiamo.» Poi, dopo un attimo: «Ma lo sapremo».

«Trovo difficile convincermi che la situazione possa sfuggire di mano a questo modo.»

Lui la guardò con drammatica intensità mentre lei si accingeva a lasciare la stanza. «Farai quello che ti ho chiesto?» Lei avrebbe voluto promettergllielo, assicurargli che lo avrebbe fatto, ma qualcosa era impercettibilmente cambiato fra loro. Walmar sapeva la verità, ed era meglio così. Non era più costretta a mentirgli.

«Non lo so.»

«Non hai scelta.» La sua voce, ora, si era fatta irosa. «Kassandra, ti proibisco di...» ma lei in silenzio, piano piano, era già sgusciata fuori dalla stanza.

4

Un mese e mezzo più tardi uno degli scrittori amici di Dolff scomparve. Era molto meno celebre di lui ma, come Dolff, aveva incontrato parecchie difficoltà quando si era rivolto agli editori per pubblicare la sua opera più recente. La sua fidanzata telefonò a Dolff, in piena crisi isterica, alle due del mattino. Proprio quella notte era rientrata a casa dopo aver fatto visita a sua madre a Monaco ma aveva scoperto che qualcuno era penetrato con la forza nell'appartamento, Helmut era scomparso e c'era del sangue sul pavimento. Quanto al manoscritto sul quale stava lavorando, i fogli erano sparsi per tutta la stanza. I vicini avevano sentito delle urla, poi delle grida di dolore, ma non era riuscita a sapere altro. Dolff era andato a incontrarla nei paraggi dell'appartamento di Helmut, l'aveva fatta salire in automobile e l'aveva condotta a casa propria. Il giorno dopo la ragazza era partita per rifugiarsi da una sorella.

Quando Kassandra arrivò poche ore più tardi, quella stessa mattina, lo trovò disperato per la scomparsa di Helmut.

«Non riesco a capire, Kassandra. A poco a poco, il nostro paese sta diventando pazzo. È come un lento veleno che corre nelle vene della Germania. Alla fine arriverà al cuore e ci ucciderà. Anche se questa è l'ultima delle mie preoccupazioni.» La guardò con aria tetra e lei aggrottò le sopracciglia.

«Mi vorresti spiegare che cosa significa tutto questo?»

«Secondo te che cosa può significare? Quanto tempo pensi che passerà prima che vengano a cercare me? Un mese? Sei mesi? Un anno?»

«Non dire sciocchezze. Helmut non era un romanziere ma uno scrittore di saggi di carattere squisitamente politico e aveva apertamente criticato Hitler fin da quando è salito al potere. Non ti accorgi della differenza? Per quale ragione pensi che dovrebbero avercela con te? Per un romanzo come *Der Kuss*?»

«Vedi, Kassandra, non sono sicuro che ci sia questa grande

differenza fra noi.» Si guardò intorno con aria inquieta. Ormai non si sentiva nemmeno più sicuro in casa propria; era come se si aspettasse di vederli arrivare da un momento all'altro.

«Dolff... tesoro, per favore... sii ragionevole. Quella che è successa è stata una cosa terribile ma non può succedere a te. Tutti ti conoscono. Non possono farti scomparire così... di colpo, dalla sera alla mattina.»

«Perché? Chi può impedirglielo? Tu, per esempio? O chiunque altro? No, naturalmente. Che cosa ho fatto io, per Helmut, la notte scorsa? Niente. Uno stramaledetto, assoluto niente!»

«Va bene, e allora parti, per amor del cielo! Puoi andare in Svizzera. E pubblicare lì i tuoi libri. Così sarai al sicuro.»

Ma lui si limitò a guardarla con occhi spenti. «Kassandra, sono un tedesco. E questo è anche il mio paese. Ho il diritto di restare qui esattamente come tutti gli altri. Perché diavolo dovrei andarmene?»

«Ma, insomma, si può sapere allora che stai cercando di dirmi?»

Era il loro primo litigio in un anno.

«Sto cercando di dirti che il mio paese si sta distruggendo, come distrugge il suo popolo, e che questo mi disgusta profondamente.»

«Ma tu non puoi impedirlo. Se è questo che credi, vattene prima di venire distrutto anche tu.»

«E tu, Kassandra? Resterai qui illudendoti che nessuno, che niente potrà mai toccarti? Non hai paura che succeda?»

«Non so... non so... ormai non so più niente di niente.» La donna squisita e bellissima aveva già da settimane l'aria stanca. Sentiva tensioni e pressioni che gravavano su di lei da parte dei due uomini, ora, e si accorgeva di essere impotente di fronte alle loro paure. Cercava di essere rassicurata, voleva la conferma che tutto quello in cui credeva non sarebbe mai cambiato e loro, invece, non facevano che ripeterle, entrambi, che ogni cosa stava cambiando; eppure tutto ciò che Walmar voleva da lei era soltanto che smettesse di frequentare Dolff e tutto ciò che Dolff voleva era prendersela contro qualcosa che nessuno di loro aveva il potere di cambiare. Dolff continuò a parlare in tono sempre più sconnesso per un'altra mezz'ora e lei, di colpo, scattò in piedi infuriata. «Insomma, si può sapere che cosa vuoi da me? Che cosa posso fare?»

«Niente, maledizione... niente...» Poi scoppiò in lacrime per l'amico perduto e la afferrò, stringendola convulsamente fra le braccia, mentre scoppiava in singhiozzi. «Oh, Dio... Kassandra... Oh, Dio...»

Lo tenne stretto fra le braccia anche lei, allo stesso modo, a lungo, consolandolo, come avrebbe fatto con suo figlio. «Non agitarti... calma, tesoro... ti amo...» Purtroppo non restava altro da dire, ma adesso cominciava a sentirsi imprigionare anche lei dalle grinfie della paura. E se fosse stato Dolff quello che avevano trascinato fuori dalla sua casa, urlante, nella notte? E se si fosse trovata lei nei panni della fidanzata di Helmut, colta da una crisi isterica? No, niente di tutto questo poteva succedere né a lei... né a lui... erano cose che non succedevano... e non sarebbero successe nemmeno a loro...

Quando rientrò a casa verso la fine del pomeriggio, Walmar la stava aspettando: non era nel suo studio ma nel grande salone. Le fece cenno di raggiungerlo e chiuse lentamente la grande porta a doppio battente. «Kassandra, questa faccenda sta diventando insostenibile.»

«Non voglio discuterla.» Gli voltò le spalle, mettendosi a fissare le fiamme che crepitavano nel camino sotto il ritratto del nonno di Walmar, i cui occhi sembravano seguissero sempre ogni persona che si trovava in quella stanza. «In ogni caso non è questo il momento adatto per farlo.»

«Il momento adatto non ci sarà mai.» Poi: «Se non ti deciderai a fare quello che ti chiedo, ti manderò via».

«Non voglio andar via. Non voglio lasciarlo proprio adesso.» Era assurdo, era una follia discuterne, con Walmar, ma non aveva altra scelta. Ormai lui sapeva tutto già da due mesi e, anche se avesse dovuto costarle moltissimo, non aveva intenzione di cedere di un millimetro. Nella sua vita aveva già rinunciato a troppe cose. Ai suoi sogni di fare l'attrice e recitare in teatro, ai suoi figli... no, non avrebbe rinunciato a Dolff.

Si voltò ad affrontarlo. «Walmar, non so che cosa fare. Mi sembra assurdo dover credere a quello che sento raccontare in questi giorni. Che cosa sta succedendo a tutti noi? Alla Germania? Tutto per colpa di quello stupido ometto?»

«Eppure sembra proprio che sia così. Chissà, forse ha saputo scatenare qualcosa di simile alla follia che abbiamo sempre tenuto compressa in fondo alla nostra anima. Forse tutte le persone che lo hanno accolto con tanto favore agli inizi aspettavano semplicemente qualcuno che diventasse la loro guida.»

«Non può fermarlo nessuno prima che sia troppo tardi?»

«Forse è già troppo tardi. Ha il potere di eccitare e commuovere la gente. Promette progresso, ricchezza, successo. E per coloro che non hanno mai provato niente di tutto questo, è una specie di ipnosi. Non riescono a resistere.»

«E per gli altri, per noi?»

«Non ci resta che aspettare, e vedere. Ma non per il tuo amico, Kassandra. Se le cose continuano così, non potrà nemmeno permettersi il lusso di aspettare. Oh, Dio, ti prego, ascoltami, devi ascoltarmi. Vai a stare da mia madre per qualche giorno. Pensaci. In questo modo avrai un po' di tempo per restare lontano da noi, tutti e due.» Ma lei non voleva avere un po' di tempo per stare lontano da loro. E non voleva lasciare Dolff.

«Ci penserò.» Ma lui capì dal tono della voce che non lo avrebbe fatto. E non aveva alternative. Per la prima volta nei quasi sessant'anni della sua vita, Walmar von Gotthard si sentì un uomo sconfitto. Kassandra lo seguì con gli occhi quando si alzò e si avviò alla porta; allora tese lentamente una mano. «Walmar... non fare quell'espressione... sono... sono dolente...» Lui, però, si limitò a voltarsi a guardarla dalla porta.

«Sei dolente, Kassandra. E anch'io. E lo saranno anche i bambini prima che questa faccenda sia finita. Quello che stai facendo ti distruggerà e forse, alla lunga, distruggerà tutti noi.»

Ma Kassandra von Gotthard non gli credette.

5

In febbraio Walmar e Kassandra parteciparono al gran Ballo di Primavera. Il tempo era ancora gelido ma ci si sentiva allargare il cuore al pensiero di poter festeggiare la prospettiva della primavera. Kassandra portava una pelliccia di ermellino lunga fino ai piedi su un abito da sera di velluto bianco dal taglio semplicissimo. Il corpetto era ampiamente scollato, a prendisole, e la gonna cadeva con una linea perfetta dalla vita alle scarpine bianche di satin. Aveva raccolto i capelli in cima alla testa in una massa di ricciolini fitti e soffici ed appariva più bella che mai, come se non avesse la minima preoccupazione al mondo. Il fatto che Dolff si fosse intestardito tutto il giorno, di nuovo, per la questione del manoscritto non pubblicato e con Walmar non si scambiassero quasi più una parola mentre continuavano la loro battaglia privata non aveva lasciato nessuna traccia su di lei. Addestrata fin dalla nascita a non rivelare assolutamente niente, ma a mostrare solo gentilezza e garbo al di fuori dal rifugio segreto della propria camera da letto, Kassandra sorrideva educatamente a ogni persona che le veniva presentata e ballava volonterosamente con tutti gli amici di Walmar. Come sempre il loro ingresso aveva provocato una certa sensazione non soltanto per i lussuosi abiti che portava ma per la singolare bellezza del suo viso, che eclissava l'eleganza delle sue toilette.

«Ha un aspetto stupendo, Frau Gotthard. Sembra la regina delle nevi.» Il complimento proveniva da un uomo appena conosciuto, forse un banchiere anche lui. Walmar lo aveva salutato con un cenno del capo asciutto e cordiale e si era affrettato a dare il proprio consenso quando costui gli aveva chiesto il permesso di invitare Kassandra a fare un ballo. Cominciarono a girare lentamente per il salone, alla musica di un valzer, e Kassandra seguì con lo sguardo Walmar che si era messo a chiacchierare con qualche amico.

«Grazie. Devo pensare che lei conosce mio marito?»

«Solo superficialmente. Abbiamo avuto il piacere di combinare qualche affare, un paio di volte. Ma le mie... attività, in quest'ultimo anno, sono state di una natura un po' meno commerciale.»

«Ah? Si è preso un periodo di congedo?» Kassandra gli rivolse un garbato sorriso mentre continuavano a ballare il valzer.

«No, assolutamente. Ho dedicato tutti i miei sforzi ad assistere il nostro Capo nella sistemazione delle finanze del Terzo Reich.» Pronunciò queste parole con un tale impeto entusiastico che Kassandra, un po' sconcertata, lo guardò negli occhi

«Capisco. Quindi dev'essere stato molto impegnato.»

«Assolutamente. E lei?»

«I miei figli e mio marito occupano gran parte del mio tempo.»

«E il resto del suo tempo?»

«Come dice?» Kassandra cominciava a sentirsi sempre più a disagio fra le braccia di quello sconosciuto, così audace e deciso.

«Mi pare di capire che lei, in un certo senso, è una protettrice delle arti.»

«Davvero?» Kassandra si scoprì a pregare in cuor suo che il ballo finisse presto.

«Infatti.» Le rivolse un garbato sorriso ma nelle sue pupille balenò un lampo agghiacciante. «Per quanto... non sprecherei troppo del mio tempo in quell'occupazione. Perché vede, il nostro concetto delle arti sta per cambiare radicalmente con l'assistenza del Terzo Reich.»

«Ah, sì?» Per un attimo Kassandra si sentì svenire. Che cosa stava facendo quest'uomo? Voleva metterla in guardia per quello che riguardava Dolff? Oppure era lei che se ne faceva una fissazione (come ormai lo era diventata anche per Dolff) e si sentiva minacciata a ogni stormir di fronde?

«Precisamente. Abbiamo... abbiamo artisti talmente inadeguati... Sono persone con una mentalità talmente malata quelle che fanno gli scrittori, oggi!» Dunque era a Dolff che alludeva. «Tutto questo dovrà cambiare.»

All'improvviso lei si sentì accecare dalla collera. «Forse è già cambiato. Mi pare che non pubblichino più le opere di quelle stesse persone, o sbaglio?» Oh, Dio, che cosa stava facendo? Che cosa avrebbe detto Walmar se l'avesse sentita? Ma il ballo stava per finire. E lei si sarebbe liberata di quello sconosciuto diabolico. Eppure provava una gran voglia di aggiungere ancora qualcosa.

«Non badi a tutte queste sciocchezze, Frau Gotthard.»

«È quello che avevo intenzione di fare.»

«È incoraggiante sentirglielo dire.» Davvero? Ma, insomma, a che cosa voleva alludere quell'uomo? Ormai, però, lui la stava già riaccompagnando da Walmar. Era tutto finito. E, per tutta la serata, lei non lo rivide più. Tornando a casa, avrebbe voluto parlarne con Walmar ma aveva paura di mandarlo in collera — o peggio, di mettergli paura. Fra l'altro, il giorno successivo Dolff si mostrò talmente di buon umore che evitò di parlarne anche con lui. In fondo, che cosa poteva significare? Uno stupido banchiere aveva perso la testa per Hitler e il Terzo Reich? E con questo?

Dolff era giunto a una decisione. Avrebbe continuato a scrivere indipendentemente dal fatto di poter pubblicare i suoi libri. In ogni caso si sarebbe anche battuto per cercare di vederli stampati. E, anche se si fosse trovato ridotto sul lastrico e alla fame, voleva rimanere. Nessuno lo avrebbe scacciato dalla terra natia. Aveva tutti i diritti di starci, e di far fortuna, anche se era un ebreo.

«Non avresti voglia di una passeggiata nei dintorni del castello?» Kassandra gli sorrise. Sarebbe stata la prima volta che uscivano a fare quattro passi negli ultimi quindici giorni.

«Sì, mi piacerebbe.»

Camminarono per quasi due ore vicino al castello e al lago, osservando i pochi bambini che ci erano venuti a giocare, sorridendo, a volte, ad altri passanti come loro. Finalmente pareva che avessero ritrovato la stessa atmosfera del loro primo inverno, quando si incontravano lì, di tanto in tanto, per caso; si cercavano con ansia pur temendo ciò che il futuro poteva riservare a tutti e due.

«Sai che cosa pensavo sempre quando venivo qui a cercarti?» Dolff le sorrise, prendendole una mano e stringendola forte nella propria mentre camminavano.

«Che cosa?»

«Di solito riflettevo dicendomi che eri la donna più sfuggente e misteriosa che avessi mai conosciuto e che sarei stato felice per il resto della vita se avessi potuto trascorrere anche un solo giorno con te.»

«E adesso? Sei felice sì o no?» Gli si strinse più vicino: indossava una corta giacca di pelliccia, che la faceva sembrare una pallottolina soffice e piumosa, su una lunga gonna di tweed e calzava scarpe di camoscio marrone bruciato.

«Non sono mai stato più felice di così. E tu? Non è stato troppo difficile per te quest'ultimo anno?» Era quello che lo preoccupava in modo particolare, quasi sempre. Perché era Kassandra a essere sottoposta a ogni genere di tensioni, con Walmar e i bambini, soprattutto adesso che Walmar sapeva tutto. Lei, infatti, gli aveva riferito l'ammonimento di Walmar.

«Non è stato pesante. Anzi, stupendo.» Lo guardò con occhi carichi d'amore. «È tutto quello che ho sempre desiderato... pur pensando, sempre, che non sarei mai riuscita ad averlo.» In realtà non avrebbe potuto averlo. Non in senso assoluto. E non per sempre. Ma anche questo poteva bastare. Bastavano solo questi pomeriggi, tanto preziosi, che trascorreva con Dolff.

«Avrai sempre me, Kassandra. Sempre. Anche quando sarò morto e scomparso.»

Ma lei lo scrutò con occhi pieni di infelicità. «Non dire cose simili.»

«Alludevo semplicemente a quando sarò sull'ottantina, scioccherella! Non ho intenzione di morire, né di andare in nessun posto, senza di te.» Allora lei gli sorrise e ben presto si trovarono a correre, mano nella mano, lungo il lago. Poi, senza darsi spiegazioni, senza domandarselo nemmeno, ripresero la strada di casa e salirono lietamente di sopra dopo aver bevuto il tè. Ma lo avevano bevuto in fretta perché stavano pensando a ben altro; fecero l'amore con passione e con ansia, come se avessero disperatamente bisogno l'uno dell'altra più di qualsiasi cosa al mondo. Verso la fine del pomeriggio si addormentarono, Kassandra rannicchiata, stretta stretta, fra le braccia del suo amante.

Fu Dolff il primo a riscuotersi accorgendosi che qualcuno tempestava di tonfi sordi e rapidi la porta al piano di sotto; poi ci fu un fragoroso scalpiccio sulle scale che portavano lì da loro. Rimase per un attimo con l'orecchio teso ma, subito, si risvegliò completamente e si mise a sedere di scatto sul letto. Accorgendosi che lui si muoveva, Kassandra si riscosse e, poi, come se avesse intuito il pericolo, sbarrò gli occhi. Senza rivolgerle nemmeno la parola, Dolff buttò da parte le coperte e si alzò di scatto dal letto arrestandosi, nudo, al centro della grande camera proprio nel momento in cui loro entravano impetuosamente dalla porta. Alla prima occhiata ebbe l'impressione che si trattasse di un vero e proprio esercito di soldati in uniforme bruna, con la fascia rossa al braccio ma, in realtà, erano soltanto quattro.

Avvolgendosi nella vestaglia, Dolff rimase impassibile senza cedere, senza indietreggiare di un centimetro. «Che cos'è questa storia?» Ma loro si limitarono a ridere. Anzi, ce ne fu uno che lo afferrò brutalmente per un braccio e gli sputò in faccia.

«State un po' a sentire che cosa dice questo ebreo!» Si trovò improvvisamente imprigionato nella stretta di due di loro mentre un terzo gli allungava un pugno violento al ventre. Lasciandosi sfuggire un'esclamazione di dolore, Dolff si piegò in due, accasciandosi sul pavimento. Stavolta il terzo uomo si mise a prenderlo a calci e subito il sangue sgorgò da una ferita alla bocca, mentre il quarto girava intorno a sé gli occhi per la stanza, con la massima calma.

«Guarda un po'! Che cos'abbiamo qui sotto le coperte? Una sgualdrina ebrea per riscaldare il nostro illustre scrittore?» Con un gesto improvviso buttò indietro le coperte esponendo completamente il corpo nudo di Kassandra allo sguardo interessato degli altri. «È anche carina. Alzati.» Dopo essere rimasta immobile per un attimo, lei ubbidì, mettendosi a sedere e, poi, posando i piedi sul pavimento con un gesto elegante e pieno di grazia, mentre il suo corpo snello e flessuoso era scosso da un tremito e gli occhi, immensi e colmi di terrore, fissavano in silenzio Dolff. I quattro uomini la guardavano — i tre che tenevano Dolff imprigionato rivolsero un'occhiata interrogativa al quarto, per cercar di capire che cosa avrebbe fatto. Questo la scrutò attentamente dalla testa ai piedi, divorandola con gli occhi, ma lei non se ne accorse perché continuava a guardare Dolff, ancora ansante, sostenuto da due uomini in uniforme, sanguinante, ripiegato su se stesso. Infine il quarto compagno si voltò verso di loro con un sogghigno. «Portatelo via.» Poi, prendendo un'espressione divertita, mentre si toccava la cintura, aggiunse: «A meno che non preferisca rimaner qui a guardare».

Dolff riacquistò di colpo la sua lucidità mentale. Cercò disperatamente con gli occhi Kassandra e, poi, voltandosi infuriato a quello che comandava il gruppetto, gridò: «No! Non dovete toccarla!»

«Per quale motivo non dovremmo toccarla, signor Famoso Autore? Ha la sifilide, per caso?» I quattro uomini scoppiarono a ridere contemporaneamente e Kassandra rimase senza fiato, allibita. Man mano che si rendeva conto, sempre più pienamente, di ciò che stava per succederle, si sentiva colmare da un terrore immenso, che non aveva mai conosciuto. A un segnale del sergente, quelli che tenevano prigioniero Dolff lo trascinarono fuori dalla stanza e, pochi istanti più tardi, un tonfo fragoroso le fece capire che lo avevano spinto giù dalle scale. Seguì uno scambio di voci irate e Kassandra, al di sopra di tutte le altre, sentì quella di Dolff. Gridava il suo nome e cercava di lottare per divincolarsi dagli uomini che lo avevano catturato ma un'altra serie di rumori, che dovevano essere quelli di un serrato corpo a corpo, lo fecero tacere prontamente. Poi le arrivò il rumore di qualcosa che veniva rotolato giù, in fondo alle scale e la voce di Dolff non la raggiunse più mentre, inorridita, riportava gli occhi verso l'unico uomo rimasto che aveva cominciato a slacciarsi i calzoni.

«Lo ucciderete... oh, mio Dio, lo ucciderete!» Si tirò indietro convulsamente da lui, con gli occhi sbarrati, il cuore in gola. Ormai non pensava quasi più a se stessa ma soltanto a Dolff, che forse poteva già essere morto.

«E se anche lo uccidessimo?» Il suo aggressore pareva divertito. «In fondo non sarebbe una gran perdita per la nostra società. E forse nemmeno per te. Non è altro che un povero ebreo. E tu, bella mia? La sua affascinante principessa ebrea?» Gli occhi di Kassandra ebbero un lampo; nelle sue pupille color lavanda, mescolata al terrore, c'era anche la collera.

«Come osa! *Come osa!*» Fu un grido di angoscia quello che le sfuggì dalle labbra mentre, staccandosi dal muro, gli si precipitava addosso, a graffiargli la faccia con le unghie. Ma bastò un gesto abile e improvviso dello sconosciuto, che la colpì in pieno con un manrovescio, a farla ammutolire.

Quando riprese a parlare, la voce dell'aggressore era pacata e sommessa, ma il suo viso contratto dalla tensione. «Basta così. Hai perso il tuo amichetto, piccola ebreuccia, e adesso scoprirai che cosa si prova a essere posseduti da una persona che appartiene a una razza superiore. Ti insegnerò una lezione, cara mia.» Con queste parole, si era tolto rapidamente la cintura e l'aveva colpita con una potente sferzata al petto. Trasalendo per il dolore atroce, Kassandra se lo coprì con le braccia e chinò la testa.

«Oh, Dio...» Poi, rendendosi conto che era suo dovere farlo, alzò di nuovo gli occhi a fissarlo con un'espressione in cui alla vergogna si univa la collera. L'avrebbe uccisa. L'avrebbe violentata e poi uccisa. Doveva dirglielo. Doveva... non le restava altra scelta. No, lei non si sentiva coraggiosa come Dolff. Guardò furente l'uomo che l'aveva appena sferzata con la cintura, sempre stringendosi le braccia contro i seni che le sanguinavano: «Io non sono ebrea».

«Oh, no?» Adesso le era tornato vicino, e la cintura aspettava di ferirla ancora. Guardandolo, abbassando gli occhi sui suoi calzoni si accorse di qualcosa che era fin troppo vero, innegabilmente: quell'uomo aveva un'erezione. La calma, dimostrata solo pochi minuti prima, adesso stava cedendo il passo a una frenesia, a un desiderio violento, che presto sarebbe diventato incontrollabile.

«Ho i documenti nella borsetta. Sono...» trasalì angosciata al pensiero di quello che stava facendo «... Kassandra von Gotthard. Mio marito è il presidente della banca Tilden.»

Per un attimo l'uomo rimase sconcertato, guardandola con furore e sospetto, evidentemente incerto sul da farsi. Poi socchiuse gli occhi. «E tuo marito sa che sei qui?»

Lei tremò: dirgli che Walmar lo sapeva, sarebbe stato come provocare anche la sua completa rovina, oltre a quello che era già successo! Dirgli che Walmar lo ignorava, sarebbe stato sacrificare se stessa. «La mia governante sa benissimo dove mi trovo.»

«Molto intelligente.» Intanto si stava infilando lentamente la cintura nei passanti dei calzoni. «I documenti?»

Lei glieli indicò. «Sono là dentro.» Con due passi lui aveva raggiunto la borsetta di coccodrillo marrone con il fermaglio d'oro. Lo staccò quasi per aprirla, vi frugò dentro per un attimo e infine trovò il portafoglio nascosto in una tasca laterale. Con gesti bruschi e stizzosi ne estrasse la patente, i documenti di identità e scaraventò tutto sul pavimento. Ringhiava quasi dal furore, compiendo questi gesti, e, alla fine, le si avvicinò con aria minacciosa. No, non aveva funzionato. Quest'uomo se ne infischiava altamente di chi lei fosse. Kassandra si raddrizzò, sforzandosi di affrontare con coraggio quello che l'aspettava.

Lui rimase a guardarla per un attimo lunghissimo e poi le allungò un altro schiaffo in piena faccia. «Puttana! Sudicia puttana! Se fossi tuo marito, ti ammazzerei. E un giorno, per un motivo più o meno simile, morirai anche tu, come quel bastardo ebreo. Sei una cosa che fa schifo. Schifo. Sei la vergogna della tua razza, del tuo paese. Lurida sgualdrina!» Poi, senza aggiungere una sola parola, si voltò e la lasciò; scese le scale con l'accompagnamento sonoro del tonfo dei suoi tacchi sui gradini man mano che si allontanava finché, in ultimo, lei sentì il rumore della porta d'ingresso che sbatteva. Era finita... finita... tremando paurosamente da capo a piedi, cadde in ginocchio; dai seni continuava a colarle il sangue goccia a goccia, aveva la faccia ammaccata e dolorante, gli occhi colmi di lacrime. Lentamente si sdraiò sul pavimento e scoppiò in singhiozzi.

Le sembrò di essere rimasta in quella posizione per ore e ore, singhiozzando, spasimando al ricordo dell'ultimo istante in cui aveva visto Dolff, terrorizzata al pensiero di quello che sarebbe accaduto. Poi, improvvisamente, pensò che potevano tornare indietro a distruggere la casa. Allora, con gesti concitati, guardandosi intorno ansiosamente, si infilò i vestiti. Soffermandosi per un attimo nella camera da letto dove, insieme con Dolff, avevano dato vita ai loro sogni, posò lo sguardo, singhiozzante, nel punto in cui lo aveva visto per l'ultima volta; poi, inconsciamente, tese una mano ad accarezzare i vestiti che lui aveva indossato solo poche ore prima, che aveva buttato distrattamente sul pavimento per fare appassionatamente l'amore con lei, i vestiti dai quali esalava ancora quel sottile profumo speziato, all'aroma di limone, che gli piaceva... li accarezzò per un attimo, vi fece scorrere lentamente le dita, si portò la sua camicia alla faccia, con un singhiozzo. Poi uscì di corsa dalla camera da letto e scese le scale. Quando si trovò in fondo vide la pozza di sangue dove lui doveva essere caduto e le tracce sanguinose, orribili, lasciate dal suo corpo quando lo avevano trascinato, svenuto, fuori dalla sua casa. Fuggì, letteralmente, dalla palazzina e si mise a correre sconvolta verso la sua automobile parcheggiata solo poco più in giù, sulla strada.

In seguito non avrebbe mai saputo dire come fosse tornata a Grunewald — eppure ci era arrivata, singhiozzando, con le mani strette intorno al volante. Era scesa a fatica, lentamente, aveva aperto il cancello; poi, risalita al posto di guida, aveva portato la macchina fin davanti alla porta di casa e vi era entrata servendosi della propria chiave. In silenzio, con le lacrime che le scendevano sulle guance, aveva fatto le scale di corsa, era entrata nella camera da letto, aveva chiuso la porta con un tonfo, si era guardata in giro, eccola di ritorno, a casa... questa era la camera da letto rosa che aveva visto tanto spesso... rosa... rosa... per un attimo le parve di riuscire soltanto a vedere quel colore, mentre tutto le girava vorticosamente intorno... e crollò di schianto, svenuta, sul pavimento.

6

QUANDO riprese i sensi Kassandra si accorse di essere distesa nel proprio letto con una compressa fredda sulla fronte. Intorno a lei tutto era avvolto dall'oscurità; le pareva di sentire un curioso ronzio. Poi si accorse che quel ronzio proveniva da lei, dall'interno della sua testa. A una grande distanza le pareva di vedere Walmar chino a scrutarla e poi posarle qualcosa di umido e pesante sulla faccia. Poi capì che le veniva tolta la camicetta, provò un senso terribile di bruciore e infine qualcosa di caldo venne spalmato delicatamente sui suoi seni nudi. Le sembrò che passasse un tempo infinito prima di riuscire a vederlo con chiarezza ma, alla fine, quel ronzio cessò — adesso Walmar era seduto in silenzio nella poltrona vicino al letto. Taceva, stava lì immobile mentre lei, distesa sul letto, con gli occhi rivolti al soffitto si rifiutava di parlare — e, forse, non era neppure in grado di farlo. Walmar non le chiese niente. Continuò a cambiarle le compresse. La stanza rimase avvolta dall'oscurità per ore e ore e quando, di tanto in tanto, si sentiva bussare alla porta, Walmar andava a mandarli via. Lei gli rivolse un'occhiata piena di gratitudine, poi si abbandonò al sonno. Era mezzanotte quando si svegliò di nuovo; una tenue luce ardeva a una certa distanza nel suo *boudoir* e Walmar era sempre lì, a vegliarla in silenzio.

Ma alla fine non riuscì più a dominarsi; dall'espressione degli occhi di lei aveva capito che, finalmente, aveva riacquistato la conoscenza e non era più sotto shock. Quindi doveva assolutamente cercare di capire, per la salvezza di lei, ma anche per la propria. «Kassandra, adesso devi parlare. Devi dirmi tutto. Che cosa è successo?»

«Ti ho disonorato.» La voce di lei era fievole, si sentiva appena — ma Walmar scosse la testa e le prese una mano.

«Non fare la sciocca.» Poi, dopo un altro attimo: «Tesoro, parla. Devi parlare. Bisogna che io sappia». Anna era corsa da lui, urlando che doveva essere successo qualcosa di terribile a Frau von Gotthard perché era svenuta, forse morente, sul pavimento della sua camera da letto. Terrorizzato, lui si era precipitato a cercarla e aveva scoperto che non era morente ma sotto shock, selvaggiamente picchiata. Quindi adesso «doveva» sapere. «Kassandra?»

«Voleva... uccidermi... violentarmi... gli ho detto... chi ero.» Walmar si sentì correre lungo la schiena un brivido di paura.

«Chi?»

«Loro... lo hanno preso...» Poi cominciò a bisbigliare con voce colma di orrore: «Hanno preso Dolff... lo hanno picchiato... loro... lui... sanguinava... e poi loro... lo hanno trascinato... giù dalle scale...» Si alzò a sedere di scatto, colta da un urto di vomito a vuoto, e ricadde sul letto mentre Walmar, impotente, le sedeva vicino, porgendole un asciugamano rosa con le cifre. Quando quell'attacco di nausea passò, Kassandra fissò con occhi vacui suo marito. «Poi uno di loro è rimasto indietro... per me... e io gli ho detto... gli ho detto...» lo guardò con aria patetica. «Credevano che io fossi ebrea.»

«Hai fatto bene a spiegare chi eri... A quest'ora saresti morta se non lo avessi fatto. Può darsi che non uccidano lui ma, con ogni probabilità, avrebbero ucciso te.» In realtà sapeva che molto più facilmente era vero il contrario, ma doveva mentirle, per amor suo.

«Che cosa gli faranno?»

Walmar la prese fra le braccia e lei singhiozzò a lungo, per quasi un'ora. Poi rimase lì accasciata, infinitamente stanca; lui l'aiutò a distendersi di nuovo, in silenzio, sui guanciali e spense la luce. «Adesso devi dormire. Rimarrò qui con te tutta la notte.» Fu quello che fece, ma quando si svegliò al mattino, lui era già andato via da un po', a riposare. Per Walmar era stata una notte di angoscia, costretto a scrutare il viso pallido di Kassandra, sconvolto dagli incubi sotto i grossi lividi che, a poco a poco, si facevano più scuri. Chiunque fosse l'uomo che l'aveva schiaffeggiata, lo aveva fatto senza risparmiarsi. Quindi, avendola sotto gli occhi, un'ora dopo l'altra, Walmar si accorse di essere arrivato a odiarli come mai li aveva odiati prima.

Questo era il Terzo Reich. Era a cose simili che avrebbero dovuto prepararsi per gli anni venturi? Dunque ci si doveva rallegrare al pensiero di non essere ebrei? Walmar si rifiutava di immaginare che il proprio amato paese potesse trasformarsi in una nazione di assassini e di delinquenti, gente che picchiava le donne, violentava gli innocenti, si azzardava a mettere sotto censura gli artisti semplicemente perché appartenevano a una determinata razza. Che cosa era accaduto al loro mondo se questo sembrava il prezzo che la sua adorata Kassandra doveva pagare? Era indignato e, a modo suo, provò anche lui orrore e dolore per la sorte di Dolff.

Quando la lasciò per andare a farsi un bagno e bere una tazza di caffè, volle anche scorrere rapidamente i giornali, ma lo fece con terrore. Sapeva quello che avrebbero fatto, lo sapeva già, e infatti si aspettava di trovare una breve notizia nella quale si parlava di un «incidente» accaduto a Dolff. Perché era così che avevano già risolto questioni simili in precedenza. Questa volta, invece, non c'era nessun trafiletto del genere, «privo di importanza», nella cronaca. O piuttosto, era talmente piccolo che gli sfuggì in una delle ultime pagine.

Quando Walmar tornò al capezzale di Kassandra due ore più tardi, lei era sveglia, silenziosa, con gli occhi vacui rivolti al soffitto. Lo aveva sentito entrare in camera ma non aveva girato la testa per guardarlo.

«Ti senti meglio?» Ma lei, per tutta risposta, rimase a guardare il soffitto. Di tanto in tanto chiudeva le palpebre. «Posso procurarti qualcosa?» Stavolta fece segno di no con la testa. «Forse ti sentiresti meglio se ti facessi un bel bagno caldo.» Invece lei rimase ancora lì immobile a lungo, con gli occhi rivolti al soffitto e, poi, alla parete che aveva di fronte; alla fine, come se questo le costasse uno sforzo immane, li spostò lentamente verso di lui.

«E se venissero a uccidere te e i bambini?» Non faceva che pensare ad altro da quando si era svegliata.

«Non dire sciocchezze, non lo faranno.» Adesso, però, lei non ne era del tutto convinta. Sapeva che erano capaci di tutto. Strappavano la gente dal letto e la assassinavano o, come minimo, la conducevano via. «Kassandra... tesoro... siamo tutti al sicuro, non corriamo pericoli.» Tuttavia perfino Walmar sapeva di mentire. Nessuno era più al sicuro. Un giorno non sarebbe toccato soltanto agli ebrei.

«Non è vero, ti uccideranno. Perché ho detto chi ero. Verranno qui... e faranno...»

«No, non verranno.» Le impose di tornare a guardarlo. «Non faranno niente di tutto questo. Sii ragionevole. Io sono un banchiere. Hanno bisogno di me. Non faranno del male né a me né alla mia famiglia. Ieri, non ti hanno forse lasciata andare quando hai detto chi eri?» Lei annuì senza parlare ma sapevano tutti e due che non sarebbe mai più stata al sicuro.

«Ti ho disonorato.» Ormai era questo il suo ritornello.

«Smettila! Adesso è finita. È stato un incubo. Un brutto sogno, un sogno orribile, ma è passato. Adesso devi svegliarti!» Già, svegliarsi... ma per quale motivo? Quando Dolff non c'era più? Per rivivere sempre più spesso lo stesso incubo. Perché non ci sarebbe stato altro che il vuoto e, in aggiunta al vuoto, sofferenza e un orrore che, Kassandra lo sapeva, non sarebbe mai più riuscita a dimenticare. L'unica cosa che desiderava, adesso, era dormire. Per sempre. Un sonno cupo, profondo, dal quale non risvegliarsi mai più. «Devo andare in ufficio per un paio d'ore, per quella riunione con i belgi, poi tornerò a casa e resterò qui con te tutto il giorno. Te la senti di stare sola?»

Lei assentì. Walmar si chinò a baciarle le lunghe dita affusolate della mano sinistra. «Ti amo, Kassandra. Vedrai che tutto si sistemerà.» Diede ordine ad Anna che le portasse una leggera colazione, da lasciarle su un vassoio vicino al letto, e poi uscì. E le fece capire che, qualsiasi cosa avesse visto in camera della padrona, non doveva essere un argomento di cui parlare con gli altri domestici.

Anna assentì con aria comprensiva e, mezz'ora più tardi, entrò in camera con il vassoio della colazione che depose vicino a Kassandra. Era il solito vassoio bianco, di vimini, che Kassandra si vedeva portare ogni mattina, coperto da una tovaglietta di pizzo, bianco anche quello. In un sottile vaso era infilata una lunga rosa rossa e il servizio per la prima colazione era quello preferito dalla nonna, di Limoges. Kassandra, però, non disse niente quando arrivò il vassoio. Fu solo dopo che

Anna ebbe lasciato la stanza che si riscosse, provando un certo interesse per il giornale del mattino, infilato al suo solito posto, di lato. Doveva guardarlo, doveva assolutamente... chissà, forse ne sarebbe apparsa una piccola notizia della cronaca. Poche parole che le consentissero di sapere qualcosa del destino di Dolff. A fatica, penosamente, si sforzò di mettersi a sedere, appoggiandosi a un gomito, e aprì il giornale sul letto. Ne lesse ogni riga, ogni pagina, ogni articolo e, al contrario di Walmar, i suoi occhi scoprirono quel trafiletto nell'ultima pagina. Si diceva semplicemente che Dolff Sterne, romanziere, aveva avuto un incidente con la sua Bugatti ed era rimasto ucciso. Leggendo queste parole, Kassandra si lasciò sfuggire un grido di dolore; poi — di colpo — un profondo silenzio calò nella stanza.

Rimase immobile per quasi un'ora e, infine, si mise a sedere, con un gesto pieno di risolutezza, sull'orlo del letto. Si sentiva ancora debole, vacillante, con la mente confusa, ma riuscì ugualmente a raggiungere la stanza da bagno e ad aprire i rubinetti dell'acqua nella vasca. Poi si fissò nello specchio e vide gli occhi che Dolff aveva amato, gli occhi che lo avevano seguito, mentre quegli uomini lo trascinavano fuori dalla camera da letto, dalla sua casa, lontano dalla sua vita e dalla propria.

Riempì la vasca da bagno e chiuse la porta. Fu Walmar che la trovò con le vene dei polsi tagliate, senza vita.

7

La Hispano-Suiza marrone scuro che trasportava Walmar von Gotthard, i suoi figli Ariana e Gerhard e Fraülein Hedwig si mise solennemente in moto per seguire il nero carro funebre.

Era una mattina grigia di febbraio; fin dall'alba, a intervalli, c'erano stati nebbia e scrosci di pioggia. La giornata era triste come Walmar e i bambini, che sedevano impettiti, tenendosi stretti alle mani della bambinaia alla quale erano profondamente affezionati. Avevano perso la loro bella signora. La donna dai capelli d'oro e dagli occhi color lavanda se n'era andata.

Soltanto Walmar comprendeva fino in fondo ciò che era accaduto. Soltanto lui capiva quanto Kassandra fosse stata profondamente dilaniata, e quanto a lungo. Non soltanto fra due uomini ma fra due mentalità, due esistenze, due stili di vita. Non era mai riuscita ad adattarsi completamente alle rigide norme dell'esistenza per la quale era nata. Forse qualcuno aveva commesso un errore costringendola a prenderne l'impronta. Forse sarebbe stato meglio, e più saggio, lasciarla a un uomo più giovane. Ma era stata così giovane e libera, così incantevole e piena di calore umano, così profondamente tutto ciò che lui aveva sempre sognato di trovare in una moglie! Poi altri pensieri lo assillavano. Forse aveva sbagliato a tenerla lontana dai bambini.

Mentre l'automobile continuava a correre senza sosta, implacabilmente, Walmar scrutò di sottecchi la bambinaia alla quale i suoi figli adesso appartenevano. Una faccia segnata dagli anni, squadrata, occhi buoni e gentili, mani salde. Prima era stata la governante dei suoi nipoti. Fraülein Hedwig era una brava donna. Eppure Walmar capiva che, in parte, era anche a causa sua se adesso sua moglie non c'era più. Dopo la tragedia avvenuta il giorno prima, Kassandra si era scoperta una donna senza scopi nella vita. La perdita di Dolff era stata troppo tragica e sconvolgente, e troppo grande da sopportare la paura di tutto quello che, per colpa sua, avrebbe potuto accadere a Walmar. Forse era stato un atto di vigliaccheria, o di pazzia — eppure Walmar capiva fin troppo bene che c'era anche qualcosa di più. Il messaggio che aveva lasciato vicino alla vasca da bagno, era stato scritto con mano tremante. Diceva soltanto: «Addio... mi spiace... K.». I suoi occhi tornarono a colmarsi di lacrime al ricordo... *Auf Wiedersehen*, mio caro...

La Hispano-Suiza marrone venne a fermarsi davanti alla

cancellata del cimitero di Grunewald, con i suoi tumuli verdeggianti, circondati da bordure di fiori variopinti; le stupende lastre di pietra scolpita li fissavano solennemente sotto la pioggia che aveva ricominciato a cadere.

«Lasciamo qui la mamma?» Gerhard pareva scandalizzato. Ariana si limitò a sbarrare gli occhi. Fraülein Hedwig annuì. I cancelli si spalancarono e Walmar fece segno all'autista di proseguire.

La funzione funebre breve, in forma privata, si era svolta nella chiesa luterana di Grunewald. Presenti, soltanto i bambini e sua madre. Quella sera sui giornali sarebbe stato pubblicato un breve trafiletto con la notizia del decesso di Kassandra, attribuito a una malattia improvvisa, un attacco inspiegabile di un tipo di influenza letale. Aveva sempre avuto un'aria talmente fragile che questa versione dei fatti non sarebbe stata difficile da accettare. Quanto alle autorità e ai funzionari che sapevano la verità, sarebbero stati troppo intimoriti dall'importanza di un personaggio come Walmar per rivelarla.

Il parroco della chiesa luterana li aveva seguiti al cimitero con la sua sgangherata automobile. Non avevano potuto celebrare le esequie nella chiesa cattolica che frequentavano abitualmente. Il suicidio di Kassandra lo aveva automaticamente vietato; tuttavia il sacerdote luterano era stato cortese. Arrivato il momento, scese in silenzio dalla sua automobile, seguito dalla madre di Walmar, la baronessa von Gotthard, la quale scese invece dalla sua Rolls con autista. I due autisti in livrea dei von Gotthard restarono un po' in disparte, con molta discrezione, mentre la bara veniva calata dal carro funebre e deposta sul terreno. Un impiegato del cimitero era già lì ad aspettarli, con aria grave, l'ombrello aperto, quando il sacerdote tirò fuori di tasca una piccola Bibbia nella quale aveva segnato qualche passo.

Gerhard si era messo a piangere piano piano, aggrappandosi convulsamente alle mani di Fräulein Hedwig e di sua sorella; Ariana si guardava intorno. Quanti monumenti, quanti nomi. Com'erano imponenti quelle lastre tombali, com'erano grandi quelle statue, e quanti tumuli e quegli alberi dall'aspetto così curioso! In primavera, tutto sarebbe stato verdeggiante e molto bello ma, adesso, all'infuori dei praticelli che coprivano alcuni tumuli, tutto sembrava triste e desolato. Capiva, girando gli occhi intorno a sé, che non avrebbe mai dimenticato quel giorno. La sera prima aveva pianto per la sua mamma. Era sempre stata un po' spaventata da quella bellezza abbagliante, da quegli immensi occhi tristi, dai capelli lucenti. Fräulein Hedwig le aveva sempre raccomandato di non toccarla perché c'era il rischio di sporcarle il vestito. Sembrava così strano, ora, lasciarla lì, in quella cassa, sotto la pioggia. Ariana si sentiva triste pensando alla mamma, tutta sola, sotto uno di quei lisci e verdeggianti mucchi di terra.

Kassandra doveva essere sepolta nella tomba di famiglia dei von Gotthard. Vi si trovavano già il padre di Walmar, il fratello maggiore, i suoi nonni e tre zie. Adesso avrebbe dovuto lasciare anche Kassandra insieme con gli altri — la sua sposa luminosa e affascinante, la fragile moglie dalla risata misteriosa e dagli occhi stupendi. Il suo sguardo si spostò dalle lastre tombali ai figli: Ariana aveva soltanto una vaga somiglianza con sua madre, Gerhard nessuna. Ariana, con le sue lunghe gambe da puledrina, era in piedi vicino a lui; indossava un abitino bianco, calze bianche, il cappottino di velluto blu scuro con il colletto di ermellino, ricavato dagli avanzi dello stupendo mantello di sua madre. Di fianco a lei, il piccolo Gerhard, molto simile alla sorella, in pantaloncini bianchi corti, calze bianche, e lo stesso cappottino blu scuro. Adesso erano tutto ciò che restava a Walmar, questi due bambini ritti in piedi al suo fianco. Giurò in cuor suo di proteggerli dal male che aveva distrutto con tanta brutalità sua moglie. Indipendentemente da quello che stava accadendo al suo paese, indipendentemente dal modo vergognoso in cui venivano rinnegati determinati valori, non avrebbe mai permesso che succedesse qualcosa ai suoi figli. Li avrebbe salvati, li avrebbe tenuti lontani dal veleno nazista fino a quando la Germania non si fosse nuovamente liberata di Hitler e dei suoi pari. Non ci sarebbe voluto molto e, una volta passata la tempesta, si sarebbero ritrovati di nuovo in salvo.

«...Conserva questa tua figlia, Padre, nella pace eterna che adesso ha trovato al Tuo fianco. Che possa riposare in pace. Amen.»

Le cinque persone presenti si fecero il segno della croce in silenzio e rimasero immobili per un attimo a fissare la bara di legno scuro. Gli ombrelli di Walmar e del parroco li proteggevano perché le cateratte del cielo, che pareva piangesse con loro, si erano aperte di nuovo. Tuttavia sembrava che nessuno di loro badasse alla pioggia che cadeva fitta e sottile tutt'intorno. Alla fine Walmar fece un cenno di assenso e sfiorò le spalle dei bambini.

«Venite, figlioli, adesso dobbiamo andare.» Gerhard, però, non voleva lasciare sua madre; si limitò a scuotere la testa e a sgranare gli occhi. Allora Fraülein Hedwig fu costretta a ricondurlo con decisione fino alla macchina e a farvelo salire. Ariana li seguì in fretta, voltandosi ancora una volta per un'ultima occhiata al luogo in cui si trovava la cassa e in cui suo padre era rimasto solo — adesso che anche la nonna era già andata via. Il parroco tornò in fretta e furia verso la propria automobile e Walmar rimase con gli occhi abbassati verso la bara coperta da una sola corona di grandi fiori bianchi. Orchidee, rose e mughetti — tutti fiori che lei amava.

Per un attimo provò l'impulso di portarla via con sé; non voleva lasciarla lì, in quel luogo, con altri che erano stati tanto diversi da lei. Le zie, suo padre, il fratello maggiore che era morto in guerra. Lei era stata una creatura dall'aspetto tanto infantile, ed era ancora così giovane! Kassandra von Gotthard, morta a trent'anni. Walmar, immobile, si sforzava inutilmente di convincersi che non c'era più.

Finalmente fu Ariana che venne a cercarlo. Sentì le piccole dita sottili che si insinuavano in una delle sue mani e, abbassando gli occhi, la trovò lì, al suo fianco, con il cappottino blu e il collettino di ermellino fradici di pioggia.

«Adesso dobbiamo andare, papà. Ti accompagnamo a casa.»

Pareva così saggia, matura e piena di affetto; nei suoi grandi occhi azzurri gli sembrò di ritrovare qualcosa di altri che aveva conosciuto. Ariana, ferma vicino a lui, era incurante della pioggia. Teneva gli occhi alzati a scrutarlo, stringendolo forte per mano. Allora, in silenzio, lui fece segno di sì con la testa. Aveva il viso bagnato di lacrime, e di quella pioggia d'inverno.

Dal suo cappello di morbido feltro l'acqua gli scendeva sgocciolando sulle spalle, e quella minuscola mano si teneva stretta forte alla propria.

Non girò la testa a guardarsi alle spalle; nemmeno la bambina lo fece. Mano nella mano, salirono in silenzio nella Hispano-Suiza e l'autista richiuse la portiera. Poi i becchini del cimitero di Grunewald cominciarono lentamente a coprire la bara di Kassandra von Gotthard fino a quando anche questa sarebbe diventata un tumulo verdeggiante e lei vi avrebbe continuato a riposare con tutti gli altri che erano giunti lì prima di lei e non aveva mai conosciuto.

Libro secondo

ARIANA
BERLINO

8

«Ariana?» Era in piedi, giù in fondo allo scalone, e l'aspettava. Se lei non si spicciava, sarebbero arrivati in ritardo. «Ariana!»

Lassù in alto si trovava il piano della casa dove un tempo erano state sistemate le camere dei bambini adesso trasformate in una serie di altri locali, più adatti per due adolescenti. Di tanto in tanto pensava di trasferirli al piano di sotto per averli più vicini, ma ormai loro si erano abituati a restare lassù e, in fondo, lui non aveva mai trovato il coraggio di riaprire le stanze di sua moglie. Le porte dell'appartamento di Kassandra, vuoto, ormai erano chiuse da sette anni.

La pendola suonò la mezza e in quel momento, come se avesse atteso quel segnale, la luce si accese sul pianerottolo superiore. E lei apparve, mentre Walmar alzava gli occhi — un'autentica visione in un abito di organdis bianco dalla gonna ampia a teli sovrapposti, con un ramoscello di roselline bianche fra i capelli d'oro. Dalla scollatura dell'abito soffice e bianco come la neve, usciva il collo lungo e snello, candido come l'avorio; le sue fattezze erano quelle delicate e perfette di un cammeo e, mentre lo guardava, i suoi splendidi occhi azzurri s'illuminarono di gioia. Lentamente cominciò a scendere lo scalone per raggiungerlo mentre Gerhard, occhieggiando da quella che era la porta della loro antica stanza dei giochi, la guardava ridacchiando. Fu lui, infatti, a spezzare l'incanto di quel momento esclamando, rivolto al padre che aspettava, incantato, ai piedi dello scalone: «Niente male, vero, la ragazza?» Allora Ariana e suo padre sorrisero. Walmar assentì e rivolse un altro, stanco, sorriso a suo figlio.

«Direi che ha un aspetto addirittura favoloso!» Walmar aveva compiuto sessantacinque anni quella primavera. E i tempi non erano facili, né per un uomo della sua età né per chiunque altro. Ormai il paese era in guerra da quasi tre anni. Anche se niente era cambiato nel loro modo di vivere. Berlino era sempre una città splendida, piena di traffico e di un'animazione che, a volte, toccava punti di eccitazione frenetica, una città in cui i ricevimenti erano all'ordine del giorno, come le rappresentazioni a teatro e all'opera, come innumerevoli nuove forme di divertimento che lui cominciava a trovare faticose per un uomo della sua età. In aggiunta c'era la tensione continua di guidare con mano ferma la famiglia, di dirigere la banca, di tenersi alla larga da guai e fastidi, di fare in modo che i suoi figli non fossero contaminati dal veleno che ormai scorreva liberamente nel sangue del paese. No, non era stato facile. Tuttavia, fino a quel momento, ce l'aveva fatta bene in ogni campo. La Banca Tilden era ancora solida, i suoi rapporti con il Reich buoni, il suo stile di vita solido e sicuro e, proprio grazie alla sua importanza come banchiere, finché avesse continuato a essere utile al partito, nessuno avrebbe disturbato né lui né i suoi figli.

Quando Ariana e Gerhard avevano raggiunto l'età in cui ci si aspettava la loro adesione a un gruppo giovanile del partito, era stato spiegato molto pacatamente che Gerhard aveva qualche difficoltà negli studi, soffriva di una leggera forma di asma ed era paurosamente timido quando si trovava in compagnia di ragazzi della sua età. Era sempre stato così fin dalla morte di sua madre... naturalmente era comprensibile... e Ariana... no, nessuno era sicuro che si sarebbe ripresa, un giorno, da quel colpo durissimo. Un vedovo nobile, che proveniva da una famiglia aristocratica, i suoi due giovani figli, e una banca. Non occorreva niente di più per sopravvivere in Germania, salvo la pazienza di sopportare, la saggezza di tacere, la volonterosa predisposizione a essere cieco e muto.

Ricordava ancora come era rimasta inorridita Ariana un giorno in cui, tre anni dopo la morte di sua madre, era andata dal pellicciaio di famiglia. Quando era piccola, Rothmann, il pellicciaio, le aveva sempre offerto una tazza di cioccolata calda e pasticcini e, di tanto in tanto, qualche codina di visone in regalo. Quella volta, quando era andata da lui, aveva trovato una dozzina di uomini con la fascia nazista al braccio fermi, di guardia, fuori dal negozio. Questo era buio e deserto, il tendone lacerato, le vetrine fracassate, il lussuoso arredamento scomparso e, sulle vetrine un cartello con un'unica parola: *Juden*.

Ariana si era precipitata piangendo da suo padre, alla banca, ma lui si era affrettato a chiudere la porta del suo ufficio e a risponderle con molta fermezza: «Non devi raccontarlo a nessuno, Ariana! A nessuno! Non devi discutere quello che è successo né fare domande. Ti raccomando di non riferire a nessuno quello che hai visto!»

Lei lo aveva guardato confusa. «Ma c'era anche altra gente che l'ha visto! I soldati, erano tutti fuori di guardia, armati, e le vetrine... e poi... papà... non mi sbaglio, sai... ho visto del sangue!»

«Tu non hai visto niente, Ariana. Non sei nemmeno andata in quel posto.»

«Ma...»

«Silenzio! Tu oggi hai pranzato con me, al Tiergarten, poi siamo rientrati qui alla banca, insieme. E siamo rimasti qui per un po', hai bevuto una tazza di cioccolata calda e, infine, l'autista ti ha riaccompagnata a casa. Sono stato chiaro?» Lei non l'aveva mai visto così, non riusciva a capirlo. Possibile che papà fosse spaventato? Ma nessuno poteva toccarlo. Era un banchiere importante. Fra l'altro, non era nemmeno ebreo. Ma perché avevano portato via Rothmann e che cosa sarebbe successo al suo negozio? «Ci siamo capiti, Ariana?» La voce di suo padre si era alzata aspra, quasi collerica — eppure Ariana aveva intuito che quella collera non era rivolta a lei.

«Sì, capisco.» Poi con una vocina fievole aveva rotto il silenzio per domandare: «Ma perché?»

Walmar von Gotthard aveva sospirato lasciandosi andare contro lo schienale della poltrona. Il suo era un ufficio grande e sontuoso, la scrivania enorme... e, seduta di fronte a lui, dall'altra parte, benché avesse dodici anni, Ariana gli era sembrata così piccola! Che cosa poteva dirle? Come spiegarle?

Un anno dopo questo incidente, era successo il peggio.

In settembre era scoppiata la guerra. Da quel giorno Walmar aveva scelto una linea di condotta da seguire con ancor più precauzione del solito, tuttavia sapeva che i suoi sforzi venivano ripagati. I suoi figli erano protetti, al sicuro. Ora Gerhard aveva dodici anni e mezzo e Ariana sedici appena compiuti. Molto poco era cambiato nella loro vita e, anche se avevano sempre sospettato che lui odiasse Hitler, si trattava di un sospetto che non avevano mai discusso nemmeno fra loro. Era pericoloso ammettere di odiare Hitler. Tutti lo sapevano.

Vivevano ancora nella casa di Grunewald, frequentavano le stesse scuole, andavano alle funzioni religiose nella stessa chiesa ma si recavano molto di rado in visita ai conoscenti. Walmar li controllava molto severamente, per la loro stessa salvezza, come aveva spiegato in modo esauriente — e questo ormai aveva un senso. Dopo tutto, il paese era in guerra. Si vedevano ovunque uniformi, soldati che ridevano, belle ragazze e, alla sera, a volte sentivano anche un po' di musica quando i loro vicini davano una festa per gli ufficiali e gli amici. Sotto certi aspetti pareva che, in quell'epoca, a Berlino si vivesse fra l'allegria più smodata. I ragazzi, invece, sapevano che — sotto altri aspetti — intorno a loro c'era molta tristezza. Molti padri dei loro amici erano al fronte, a combattere. E qualcuno aveva già perso il padre o il fratello in guerra. Per Ariana e per Gerhard, invece, anche se dovevano sopportare le punzecchiature maliziose degli altri ragazzi, era un sollievo sapere che avevano un padre troppo vecchio per correre questo pericolo. Avevano già perso la mamma, non avrebbero sopportato di perdere anche lui.

«Però non sei troppo vecchio per le feste e i ricevimenti», aveva detto Ariana a Walmar con un pallido sorriso. Era la primavera dei suoi sedici anni e provava una vera e propria smania di andare al suo primo ballo. Era già stata abbastanza grande, in quell'epoca lontana, per ricordarsi che, quando la mamma era viva, i suoi genitori facevano una vita mondana molto attiva. In quegli ultimi sette anni, però, da quando la mamma era morta, Walmar aveva trascorso ogni attimo del suo tempo alla banca oppure a casa, nel suo appartamento privato oppure in compagnia dei bambini, a giocare a carte. Quella vita fatta di balli, feste e ricevimenti era cessata bruscamente quando Kassandra si era tolta la vita. D'altra parte i bambini sapevano pochissimo della loro madre. I fatti che avevano provocato la morte di Kassandra erano verità dolorose di cui Walmar non li aveva mai messi a parte. «Allora, papà? Possiamo andare? Per favore?» Lo aveva guardato con un'aria talmente supplichevole che lui si era messo a sorridere.

«Un ballo? Ora? Durante la guerra?»

«Oh, papà, tutti gli altri vanno alle feste. Perfino qui, a Grunewald, stanno alzati tutta la notte.» Era vero, perfino in un quartiere residenziale e perbene come quello, il chiasso e la baldoria andavano avanti regolarmente fino alle ore piccole.

«Non sei un po' troppo giovane?»

«Niente affatto.» Lo aveva guardato con aria piena di sdegno e, per un attimo, gli era parso che assomigliasse stranamente a sua madre. «Ho sedici anni.»

Alla fine, con l'aiuto del fratello, Ariana era riuscita a ottenere ciò che voleva e, adesso, eccola, come la principessina di una fiaba, vestita dell'abito di organdis bianco confezionato dalle mani esperte di Fraülein Hedwig.

«Sei stupenda, tesoro!»

Lei gli rivolse un sorriso quasi infantile, mostrandogli tutta la propria ammirazione per il frac, con cravatta bianca, che Walmar indossava. «Anche tu.»

Gerhard, però, era ancora in cima allo scalone a osservarli; e lo sentirono scoppiare in una risatina. «Io trovo che avete un'aria molto sciocca tutti e due.» Però sembrava anche molto fiero di loro.

«Vai subito a letto, brutto mostro!» gli gridò allegramente Ariana, girando appena la testa a guardarlo, mentre continuava a scendere con passo lieve gli ultimi gradini.

La Hispano-Suiza era stata sostituita appena prima che scoppiasse la guerra da una Rolls-Royce nera e grigia che adesso li attendeva sul viale. L'anziano autista era fermo, in piedi, vicino alla porta. Ariana, che si era messa una leggera cappa sulle spalle, salì lentamente nella vettura mentre l'abito da sera bianco le frusciava soffice, tutt'intorno. La festa si teneva al Teatro dell'Opera e, quando vi giunsero i von Gotthard, l'edificio era già illuminato a giorno. L'ampio boulevard appariva più bello che mai; Unter den Linden non era minimamente cambiato dallo scoppio delle ostilità.

Walmar diede un'occhiata piena di fierezza a sua figlia, seduta come una principessina da fiaba al suo fianco, nell'interno della Rolls-Royce. «Emozionata?»

Lei assentì felice. «Molto.» Era letteralmente in estasi alla prospettiva del suo primo ballo.

Questo fu ancora più bello e divertente di quanto non si aspettasse. Lo scalone dell'Opera era stato coperto da una passatoia rossa, il grande foyer centrale con il suo stupendo soffitto decorato era illuminato da mille luci. Dovunque, intorno a loro, donne elegantissime in abito da sera, coperte di gioielli e brillanti, uomini in uniforme, con le decorazioni, oppure in frac. Per Walmar, l'unica nota sgradevole della serata fu la grande bandiera rossa che sventolava con l'emblema bianco e nero del Reich.

La musica li accolse, sommessa, uscendo a tratti dal foyer e, intorno a loro, l'andirivieni di un numero incredibile di persone elegantemente vestite, ingioiellate, stupite e incantate. Gli occhi di Ariana sembravano due grandi acquamarine, che spiccavano lucenti sul delicato color avorio del viso; la sua bocca uno stupendo rubino di raffinata fattura.

Fece il primo ballo con suo padre e, subito dopo, Walmar si affrettò a raggiungere con lei i confini sicuri di un gruppo di suoi amici. C'erano parecchi banchieri di sua conoscenza, raccolti intorno a un tavolo, vicino alla pista da ballo dove le coppie giravano vorticosamente al ritmo dei valzer.

Ariana stava chiacchierando allegramente con alcuni di loro già da una ventina di minuti quando Walmar si accorse che si era avvicinato un giovanotto alto, che la stava osservando già da un po', con visibile interesse, mentre conversava a bassa voce con un amico. Walmar girò subito gli occhi dall'altra parte e invitò sua figlia a fare un altro ballo. Forse quel modo di comportarsi non era del tutto onesto né corretto, ma gli pareva necessario rimandare l'inevitabile il più a lungo possibile. Lo aveva già immaginato, conducendola lì, che Ariana avrebbe ballato anche con altri uomini! Eppure le uniformi... le uniformi... era inevitabile... non gli restava che pregare in cuor suo che la giudicassero tutti troppo giovane, una bambina... e, quindi, non la trovassero attraente.

Tuttavia, mentre faceva volteggiare lentamente Ariana lungo il bordo della pista da ballo, Walmar si rese conto che gli occhi di tutti gli uomini erano puntati su di lei. Era così giovane, fresca e incantevole ma c'era anche qualcosa di più — sì, in Ariana, c'era un senso pacato e sicuro di forza che richiamava l'attenzione di chiunque si fosse appena soffermato a scrutare quei suoi grandi occhi azzurro cupo. Era un po' come se avesse la risposta a un segreto. Aveva notato questa reazione nei propri amici. Una caratteristica, quella di Ariana, che ipnotizzava gran parte degli uomini. Quel viso quieto, gli occhi pieni di gentilezza e, poi, il sorriso che appariva, d'un tratto, sulle sue labbra come un raggio di sole, d'estate, su un lago... C'era qualcosa in Ariana che attirava — una specie d'incantesimo, uno spirito vivo che si sarebbe voluto conoscere più a fondo malgrado la sua giovinezza. Era parecchio più piccola di statura di suo fratello e con una struttura ossea ancora più delicata. Con la cima della testa arrivava appena alla spalla del padre, ma pareva che volasse mentre i suoi piedi seguivano lievi le giravolte del valzer.

Fu quando Walmar la ricondusse al loro tavolo che il giovane ufficiale finalmente si avvicinò. In silenzio, Walmar si irrigidì. Perché non poteva essere uno degli altri? Perché non era una persona che non portasse l'uniforme — un uomo qualsiasi, non un seguace del Reich? Perché ormai era così che considerava quegli uomini in uniforme — non erano gente comune ma soltanto un branco di malfattori avidi e lussuriosi... erano stati loro, tutti insieme, con ciò che rappresentavano e con le loro minacce, a uccidere sua moglie.

«Herr von Gotthard?» Walmar rispose con un cenno breve e asciutto e il giovanotto alzò immediatamente il braccio destro nel saluto ormai familiare. «*Heil Hitler.*» Walmar rispose con un altro cenno del capo e, stavolta, con un sorrisetto glaciale. «Credo che questa sia la sua figliola, vero?»

Walmar provò l'impeto improvviso di schiaffeggiarlo ma, dopo aver lanciato un'occhiata ad Ariana e un'altra allo sconosciuto, rispose in tono duro e tagliente. «Sì. A dir la verità è un po' troppo giovane per essere qui, stasera, ma le ho dato il permesso di venire a patto che resti con me.» Ariana non nascose di essere profondamente sconcertata e offesa di fronte a tale dichiarazione, ma non protestò. Quanto al giovanotto, annuì con aria comprensiva e poi posò di nuovo gli occhi sulla principessina da fiaba, rivolgendole un sorriso smagliante. Aveva due lunghe file di denti candidi e perfetti, che venivano messi ancor più in risalto dalle labbra sinuose e dalla bellezza del sorriso. L'azzurro dei suoi occhi non era molto diverso da quello delle pupille di Ariana ma, se i capelli di lei erano di un biondo chiarissimo, quelli dello sconosciuto erano di un nero corvino. Alto, snello, aveva le spalle larghe, i fianchi stretti e le gambe lunghe — e tutto ciò veniva messo ancor più in evidenza dalla uniforme che portava, e dagli stivali lucenti.

Stavolta il giovane ufficiale abbozzò un inchino rivolgendosi al padre di Ariana, secondo le usanze di un'epoca precedente a quella in cui ci si salutava alzando il braccio destro con un gesto secco, alla hitleriana, avvicinò i piedi sbattendo i tacchi e si raddrizzò di scatto. «Werner von Klaub, Herr von Gotthard.» Poi il sorriso luminoso tornò a rivolgersi ad Ariana. «Vedo anch'io che la signorina Gotthard è ancora molto giovane, ma mi considererei estremamente onorato se lei volesse affidarmela solo per un ballo.» Walmar esitò. Conosceva la famiglia del ragazzo, adesso se ne rendeva conto, rifiutare sarebbe stata un'offesa non soltanto al nome che portava ma anche alla sua uniforme. Ariana, poi, aveva un'aria così speranzosa, era così carina! Come faceva a rifiutare? Non poteva lottare contro quegli uomini di uniforme quando ormai erano stati loro a prendere completamente possesso del mondo in cui vivevano!

«Suppongo di non poter sollevare obiezioni a questa richiesta, vero?» Rivolse uno sguardo pieno di affetto a sua figlia. La sua voce era carica di tenerezza e di rammarico.

«Posso, papà?» Com'erano grandi e speranzosi quegli occhi, com'erano azzurri e splendenti...

«Sì, puoi.»

Von Klaub s'inchinò nuovamente, ma stavolta ad Ariana, e la condusse via. Cominciarono a ballare lentamente, come il Principe Azzurro e Cenerentola, come se fossero stati creati per adattarsi alla perfezione l'uno all'abbraccio dell'altra. Era un piacere guardarli, disse una persona che si trovava di fianco a Walmar. Forse era vero, ma non per lui. Perché Walmar si stava accorgendo che, nella sua vita, era entrata una nuova minaccia. E, cosa più importante, era entrata anche nella vita di Ariana. Man mano che cresceva, diventava sempre più graziosa, sempre più incantevole — non avrebbe potuto tenerla eternamente prigioniera in casa! A un certo momento l'avrebbe perduta e forse proprio per colpa di uno di «loro». Com'era strano, pensò mentre li seguiva con lo sguardo. In un'altra vita, in un'altra epoca, von Klaub sarebbe stato il benvenuto nella sua casa e nell'esistenza di sua figlia, ma adesso... per Walmar quell'uniforme aveva cambiato ogni cosa. L'uniforme, e quello che rappresentava. Era più di quanto riuscisse a sopportare.

Quando il ballo terminò, Ariana lanciò uno sguardo a suo padre. I suoi occhi esprimevano una chiara domanda e Walmar, per un attimo, fu lì lì per scuotere la testa, negandole il suo permesso, ma subito si accorse di non poterle fare un'offesa simile. Quindi annuì ancora. E, dopo, un'altra volta. Poi, molto saggiamente, il giovane ufficiale tedesco la riaccompagnò da suo padre, si sprofondò in un inchino e augurò la buona notte. Ma qualcosa nel modo in cui sorrideva ad Ariana, fece capire a Walmar che lo avrebbero rivisto ancora.

«Quanti anni ha, Ariana? Non lo ha detto?»

«Ventiquattro.» Guardò suo padre dritto negli occhi con un lieve sorriso. «È molto simpatico, sai. Ti piace?»

«La domanda, piuttosto, è un'altra: a te piace?»

Lei si strinse nelle spalle senza dargli una risposta precisa e Walmar, per la prima volta dall'inizio della serata, si mise a ridere. «Dunque si comincia, eh? Tesoro mio, scommetto che spezzerai mille e mille cuori.» Si augurava soltanto che, fra tutti, non spezzasse il proprio. L'aveva difesa con tanto accanimento da quel veleno... e adesso capiva come non sarebbe riuscito a sopravvivere se Ariana si fosse comportata in modo contrario a tutti i suoi principi.

Ma lei non diede segno di volerlo fare, non commise nulla per tradire lui e i suoi principi man mano che i pochi anni successivi passavano. Werner von Klaub era effettivamente venuto a trovarli, ma solo un paio di volte. Aveva trovato Ariana affascinante e incantevole come quella prima sera, tuttavia si era accorto che era molto giovane e paurosamente timida. Non la trovava affatto divertente, come le altre donne che, in quegli ultimi tre anni, si erano lasciate incantare dal fascino della sua uniforme. Ariana non era pronta, e Werner von Klaub non aveva per lei un tale interesse da persuadersi ad aspettare.

Suo padre provò un notevole sollievo quando le visite terminarono e Ariana non sembrò particolarmente rattristata dal fatto di non vederlo più. Le piaceva la vita di casa con il padre e il fratello e aveva moltissimi amici della sua età a scuola. La spietata battaglia condotta da Walmar per proteggerla l'aveva fatta rimanere, sotto certi aspetti, più giovane della sua età. Eppure a controbilanciare tanta innocenza c'era la saggezza che aveva acquisito per mezzo del dolore e della morte. La perdita della mamma, anche se Kassandra era sempre stata un personaggio remoto della sua infanzia, anche se la dura realtà di quella perdita era stata debitamente velata, aveva lasciato un segno inequivocabile su di lei. La mancanza di una mamma a cui potersi rivolgere aveva portato una traccia di tristezza, che si intravedeva sempre nell'espressione dei suoi occhi. Tuttavia si trattava di un dolore segreto, di un'indicazione che qualcosa mancava dentro di lei — niente che fosse dovuto al duro prezzo che la guerra poteva far pagare. Malgrado i continui e sempre più frequenti bombardamenti di Berlino dal 1943 in poi, e il tempo, sempre più lungo, che passava in cantina con Gerhard, il padre e la servitù, durante le incursioni aeree, Ariana non aveva avuto nessun vero contatto con le tragedie della guerra fino a quando non aveva compiuto diciotto anni, nella primavera del 1944.

Quella era stata la primavera in cui gli Alleati avevano intensificato i loro sforzi e Hitler si era affrettato a emettere nuovi decreti che confermavano il suo impegno, ormai, per una guerra totale.

Ariana era rientrata a casa da scuola e aveva trovato suo padre chiuso nel grande salone con un amico, a dar retta a ciò che le aveva riferito Berthold, ormai molto anziano e sordo come una campana.

«Non ha detto di chi si tratta?» Ariana gli sorrise. Berthold faceva parte dei suoi ricordi, anche i più lontani nel tempo. Era sempre stato una presenza nella sua vita.

«Sì, signorina.» Le sorrise bonariamente e la sua facccia impassibile, che pareva sempre impietrita, si illuminò di un caldo sorriso solo per lei. Poi fece segno di sì con la testa come se avesse capito quello che Ariana gli aveva detto e lei si rese subito conto che era accaduto il contrario.

Ma poiché ormai conosceva il suo debole, ripeté la domanda parlando a voce più alta, diversamente da suo fratello che spesso lo prendeva apertamente in giro per il fatto di essere sordo. Ma Berthold accettava qualsiasi cosa dal signorino Gerhard. Perché Gerhard era il suo beniamino. «Volevo sapere se mio padre ha detto come si chiama la persona che è venuta a fargli visita.»

«Ah... no, signorina. Non ha detto niente. È stata Frau Klemmer a farli entrare. Io in quel momento ero giù, ad aiutare il signorino Gerhard con i suoi esperimenti di chimica.»

«Oh, Dio, quelli no!»

«Come, prego?...»

«Non importa, Berthold, grazie.» A passi rapidi e disinvolti, Ariana attraversò l'ingresso. La casa e la numerosa servitù erano sempre stati un elemento costante nella sua vita. Non riusciva a immaginare di poter vivere altrove.

Sul pianerottolo del piano superiore, mentre si avviava verso la sua camera, incontrò Frau Klemmer. Proprio quella mattina, con Frau Klemmer, avevano parlato a lungo di un loro segreto — la possibilità di riaprire l'appartamento della mamma. Ormai erano passati nove anni e Ariana stava per compierne diciotto. Non le garbava più di dividere l'ultimo piano con Gerhard, che era chiassoso e disordinato e faceva scoppiare continuamente gli intrugli che preparava con i suoi strumenti di chimica nel tentativo di fabbricare piccole bombe. Con papà avevano già preso la decisione che gli studi all'università sarebbero stati rimandati fin dopo la guerra. Quindi, nel giro di due mesi, finita la scuola, avrebbe potuto dedicarsi di più alla casa. Poi c'era anche un lavoro di volontariato al quale stava pensando. Già ora, due giorni alla settimana, era impegnata in un ospedale. Eppure le sembrava logico che, dopo aver terminato il liceo, anche la sua posizione in casa assumesse una maggiore importanza. La prospettiva di occupare l'appartamento di sua madre le piaceva moltissimo... sempre che fosse riuscita a ottenere il permesso di papà.

«Non gliel'ha ancora domandato?» le chiese Frau Klemmer con un sussurro da cospiratrice, e Ariana fece segno di no con la testa.

«Non ancora. Stasera. Se riesco a liberarmi di Gerhard dopo cena.» Sospirò alzando gli occhi al cielo. «È letteralmente pestifero!» Gerhard aveva appena compiuto quindici anni.

«Secondo me, se lascia a suo padre il tempo di pensarci, probabilmente acconsentirà. Gli farà piacere averla più vicino. Salire tutte quelle scale fino al terzo piano per venire da lei lo stanca.» Era una ragione logica e convincente, ma Ariana non era del tutto persuasa che sarebbe stata quella a convincerlo. Per quanto avesse sessantotto anni, a Walmar non piaceva che gli si ricordasse la sua età.

«Ci penserò. Volevo parlargliene subito ma c'è qualcuno con lui. Sa di chi si tratta? Berthold ha detto che lo ha fatto entrare lei.»

«È vero.» Per un attimo parve sconcertata. «È Herr Thomas. E aveva un aspetto proprio brutto, ma brutto!...» Del resto, chi aveva un bell'aspetto in quei tempi? Perfino il padre di Ariana pareva esausto quando tornava a casa dalla banca. Il Reich faceva sentire sempre più prepotentemente la sua pressione sui banchieri del paese perché gli procurassero i fondi che loro faticavano a trovare.

Non appena Frau Klemmer se ne andò, Ariana rimase un attimo incerta: non sapeva se scendere di nuovo a raggiungere suo padre. Avrebbe preferito sgusciare non vista nell'appartamento che era stato della mamma, ammirare la stupenda camera da letto e controllare se il *boudoir* era grande abbastanza per trasferirvi la sua scrivania. Tutte cose, queste, che poteva fare più tardi. Avrebbe preferito scendere per pochi minuti a salutare l'amico di papà.

Herr Thomas aveva trent'anni meno di Walmar; tuttavia malgrado la grande differenza di età, suo padre aveva sempre manifestato un grande affetto per quell'uomo così garbato e gentile. Thomas aveva lavorato per quattro anni con Walmar ma, alla fine, aveva preferito studiare legge. Ancora mentre frequentava l'università, aveva sposato una compagna di studi, e nel giro di quattro anni avevano avuto tre bambini. Il più piccolo aveva tre anni, adesso, ma Herr Thomas non lo aveva più visto da quando aveva quattro mesi. Sua moglie era ebrea e, con i bambini, gli era stata portata via. Per i primi due anni di guerra Max era riuscito a tenere a bada i nazisti. Ma alla fine non aveva più potuto lottare contro l'inevitabile. Sarah e i bambini gli erano stati strappati. Nel 1941, tre anni prima. La disperazione di perderli lo aveva quasi annientato e anche adesso, quando veniva a trovare il padre di Ariana, dimostrava almeno quindici anni in più dei trentasette che aveva. Si era messo a lottare disperatamente per ritrovarli e, durante quell'ultimo anno, Ariana aveva capito che, pur rinunciando alla speranza, non si era rassegnato. Provò a bussare delicatamente alla porta a doppio battente ma riuscì a sentire soltanto il sommesso mormorio delle loro voci che parlavano, dall'altra parte. Stava per andarsene quando, finalmente, sentì il padre che la chiamava.

Aprì lentamente la porta e mise dentro la testa. Con un dolce sorriso domandò: «Papà? Posso entrare?» ma ciò che vide la lasciò sbalordita, senza più sapere se era meglio richiudere la porta e andarsene oppure restare. Maximilian Thomas era seduto e lei non poteva vederlo in faccia, però si accorse subito che le sue spalle erano scosse da un tremito e si teneva la testa fra le mani. Con gli occhi sbarrati guardò il padre aspettando di essere mandata via ma, con sua grande meraviglia, Walmar le fece segno di rimanere. Anche lui non sapeva più che cosa fare, ora. C'era talmente poco da dire! Forse sua figlia avrebbe potuto offrire a Max un conforto maggiore di quello che lui era riuscito a dargli. Per la prima volta Walmar ammetteva non soltanto con se stesso ma anche di fronte ad altri che Ariana non era più una bambina. Se fosse stato Gerhard ad apparire sulla porta, lo avrebbe immediatamente spedito al piano di sopra con un gesto rapido e deciso della mano. Ma Ariana adesso non era più una bambina e possedeva tutta la gentile dolcezza di una donna. Le fece segno di venire avanti e, quando lei si avvicinò, Max lasciò ricadere le mani dalla faccia.

Ciò che Ariana gli lesse negli occhi, quando gli andò vicino, fu un'espressione disperata, annichilita. «Max... che cos'è successo?» Si lasciò cadere in ginocchio al suo fianco e, istintivamente, gli tese le braccia. E, con un gesto altrettanto naturale, lui si protese verso Ariana; singhiozzando sommessamente, si abbracciarono. Per lunghi, interminabili minuti, Max non disse nulla; poi, alla fine, si asciugò gli occhi e si staccò lentamente da lei.

«Grazie. Scusami se...»

«Per carità, ti comprendiamo.» Walmar si avvicinò al lungo tavolo antico dove, su un vassoio d'argento, si trovavano alcune bottiglie di cognac e ciò che rimaneva della sua provvista di scotch inglese. Senza domandare a Max che cosa preferisse, gli versò un bicchiere di brandy e gliel'offrì in silenzio. Max lo prese e si mise a sorseggiarlo lentamente mentre si asciugava di nuovo gli occhi pieni di lacrime.

«Si tratta di Sarah?» Ariana non poté fare a meno di domandargli. Aveva avuto notizie? Per quanto tempo aveva tentato senza successo di ottenere delle informazioni dai nazisti?

Per tutta risposta, gli occhi di Max cercarono i suoi: vi si leggeva la disperazione per ciò che aveva appena saputo quel giorno stesso, in tutto il suo orrore; vi si leggeva la conferma dei suoi più gravi sospetti. «Sono tutti...» non riusciva a pronunciare l'altra parola «...morti.» Tentò di respirare a fondo, penosamente, e depose il bicchiere di brandy. «Tutti e quattro... Sarah e i bambini...»

«Mio Dio!» Ariana lo fissò angosciata, desiderando con tutto il cuore di domandargliene il motivo. Purtroppo lo sapevano già. Perché erano ebrei... *Juden*... «Sei proprio sicuro?»

Lui assentì. «Mi hanno detto che dovrei essere grato e felice. Che adesso posso ricominciare da capo con una donna della mia razza. Oh, Dio... oh, Dio... i miei bambini... Ariana...» Inconsciamente, le tese di nuovo le braccia e, di nuovo, lei lo abbracciò stringendolo forte. Stavolta anche le sue guance erano inondate di lacrime.

Walmar, intanto, si rendeva conto che doveva persuadere Max a entrare nell'ordine di idee di partire immediatamente.

Non poteva più restare a Berlino. «Max, ascoltami. Adesso devi riflettere. Che cosa hai intenzione di fare?»

«Che cosa vorresti dire?»

«Puoi restare qui, adesso? Adesso che sai?»

«No, non lo so... non lo so... qualche anno fa avrei voluto andarmene... Nel trentotto avevo detto a Sarah che... ma lei non voleva... c'erano le sue sorelle, sua madre...» Ormai era un ritornello che ben conoscevano. «E dopo quello che è successo, sono rimasto perché dovevo assolutamente rintracciarla. Pensavo che se avessi saputo dove lei si trovava, avrei potuto trattare con quella gente, avrei potuto... oh, Dio, avrei dovuto capirlo...»

«Che non sarebbe cambiato niente... è così?» Walmar guardò l'amico condividendo il suo dolore. «Ma adesso sai la verità. Se tu dovessi restare, comincerebbero a tormentarti. Si metterebbero a sorvegliarti, a controllare quello che fai, dove vai, chi frequenti e perché. Probabilmente ti sospettano da anni, per via di Sarah e, quindi, adesso devi assolutamente partire.»

Max Thomas scosse la testa. Walmar sapeva fin troppo bene di che cosa stava parlando. Già due volte lo studio d'avvocato di Thomas era stato praticamente distrutto e le parole «Simpatizzante degli ebrei» incise su ogni mobile, e scritte sui muri. Lui, invece, era rimasto. Doveva rimanere. Per trovare sua moglie. «Credo di non aver ancora capito, fino a questo momento, che è finita, che... che lei... che ormai non ho più nessuno da cercare.» Si lasciò ricadere con la testa contro la spalliera della poltrona mentre i suoi occhi erano illuminati, in un lampo, da questa atroce verità. «Ma dove potrei andare?»

«In qualsiasi posto. In Svizzera, se riesci ad arrivarci. E in seguito, magari, negli Stati Uniti. Ma vattene dalla Germania, Max, altrimenti ti distruggerà se tenti di rimanere.»... *Né più né meno come ha distrutto Kassandra... e prima di lei, Dolff...* Il ricordo di quello che era accaduto si rinnovava atroce in lui mentre guardava la faccia l'uomo tanto più giovane.

Max fece segno di no con la testa. «Non posso.»

«Perché non puoi?» Walmar, improvvisamente, si infuriò. «Sei tanto patriottico da voler rimanere? Vuoi ancora bene a questo paese che è stato così gentile nei tuoi confronti? Dio santo, figliolo, quali motivi hai per rimanere? Vattene al più presto di qui, accidenti!»

Ariana osservava sia l'uno sia l'altro, spaventata; non aveva mai visto suo padre comportarsi in un modo simile, prima. «Max... forse papà ha ragione. Del resto non è escluso che, più avanti, tu possa tornare.»

Walmar, invece, si era alzato in piedi e li stava guardando con occhi scintillanti di collera. «Se sei furbo, ti guarderai bene dal fare una cosa simile. Ricomincia da capo altrove. In qualsiasi posto, Max, dove vuoi, ma vattene di qui prima che il mondo intero ti crolli addosso.»

Max Thomas alzò gli occhi verso Walmar con un'espressione smarrita. «Mi è già crollato addosso.»

Walmar sospirò profondamente e tornò a sedersi in poltrona senza staccare gli occhi dall'amico. «Sì, me ne rendo conto. Lo capisco. Però, Max, hai ancora la tua vita da vivere. Hai già perso Sarah e i bambini.» La sua voce era piena di dolcezza eppure Max scoppiò di nuovo in pianto. «È un dovere nei loro confronti e nei confronti di te stesso quello di sopravvivere, ora. Per quale motivo aggiungere un'altra tragedia a quelle che già sono avvenute, e un'altra morte?» Oh, se almeno avesse potuto dire tutto questo a Kassandra. Se almeno lei lo avesse capito!

«Come faccio ad andarmene?» Max lo guardò, riflettendo, eppure non riusciva ancora a comprendere che questo significava lasciare la sua casa, i suoi, il paese nel quale erano nati i suoi figli e dove aveva fatto tanti sogni!

«Non so. Possiamo pensarci. Immagino che, con la confusione di questi tempi, potresti semplicemente scomparire. Anzi...» sembrava che Walmar ci stesse riflettendo seriamente «... se tu lo facessi adesso, immediatamente, potrebbero pensare che la notizia ti ha fatto impazzire. Potresti essere scappato chissà dove, magari essere arrivato addirittura al suicidio... potresti aver fatto qualsiasi cosa! Del resto, in principio, non sospetteranno niente. Può darsi che lo facciano in seguito.»

«E questo che cosa significa? Che io esco di qui stasera e mi incammino verso la frontiera? Con che cosa? La mia cartella, il soprabito, e l'orologio d'oro del nonno?» L'orologio di cui parlava era infilato, come sempre, nel taschino del panciotto.

Walmar era ancora assorto nelle sue riflessioni. Assentì lentamente. «Magari.»

«Vuoi scherzare?»

Ariana li osservava, sconvolta da quello che stava ascoltando. Non riusciva a capire ciò che stava succedendo. Possibile che uccidessero donne e bambini, e che lasciassero altri liberi di fuggire, a piedi, verso la frontiera nel cuore della notte? Si sentiva piombare addosso una paura che non aveva mai conosciuto — e il suo visetto color avorio sembrava ancora più pallido del solito.

A questo punto Walmar guardò attentamente Max. Aveva un'idea. «Sì, sto parlando sul serio. La mia opinione è che dovresti andartene subito.»

«Stasera?»

«Forse non è proprio il caso di partire stasera ma, non appena possibile, non appena avremo ottenuto i documenti necessari. In ogni caso penso che tu stasera dovresti, come minimo, scomparire!» Poi, dopo aver bevuto un altro sorso di cognac: «Che cosa ne dici?»

Max era stato ad ascoltare attentamente le parole di Walmar e capiva che ciò che l'anziano banchiere gli stava dicendo aveva una logica rigorosa. Quale motivo gli restava per mantenersi fedele a un paese che gli aveva già distrutto tutto ciò che gli era caro?

In silenzio, assentì. Poi, dopo qualche minuto: «Hai ragione. Partirò. Però non so ancora dove andrò... né come».

I suoi occhi adesso erano fissi in quelli di Walmar — invece l'anziano banchiere guardò sua figlia. Quello che stavano vivendo era un vero e proprio «giro di boa» nelle loro esistenze.

«Ariana, non sarebbe meglio che tu ne andassi, ora?» Per un attimo nessuno dei tre si mosse e Ariana rivolse un'occhiata interrogativa a suo padre. «Vuoi che me ne vada, papà?» Avrebbe preferito di gran lunga rimanere. Con lui e con Max.

«Puoi rimanere, se vuoi. Ma devi capire che è importantissimo che tutto questo sia un segreto. Non devi parlarne con nessuno. Nessuno. Né con Gerhard né con la servitù. Con nessuno. Nemmeno con me. Quello che accadrà, accadrà in silenzio. E, quando sarà finito, faremo come se non fosse nemmeno accaduto. Sono stato chiaro?» Lei annuì e, per un attimo, Walmar si chiese se non era una follia coinvolgere anche sua figlia in quanto stava per accadere; d'altra parte, ormai erano tutti coinvolti, chi più chi meno. Presto avrebbe potuto accadere anche a loro stessi. Era venuto il momento che lei lo sapesse. Ci pensava già da parecchio tempo. Sua figlia doveva capire che la situazione era disperata. «Ripeto: sono stato chiaro, Ariana?»

«Sì, chiarissimo, papà.»

«Molto bene.»

Chiuse gli occhi per un attimo e poi si voltò verso Max. «Stasera te ne andrai di qui uscendo dalla porta principale della casa e avrai un'aria ancora più angosciata e preoccupata di quando sei entrato. Poi scomparirai... molto semplice! Incamminati verso il lago. Più tardi potrai tornare indietro. Penserò io a farti entrare quando, qui, tutte le luci saranno spente. Rimarrai per un paio di giorni. E poi partirai. Di nascosto. Per raggiungere la frontiera. Per la Svizzera. Poi, amico mio, sarai scomparso definitivamente. Per cominciare una nuova vita.»

«Come potrò finanziarmi un'impresa del genere? Sei in grado di ritirare dalla banca il mio denaro?» Max aveva preso un'espressione preoccupata e Walmar scosse la testa.

«A questo non pensare. Devi pensare soltanto a come tornare qui stanotte. E, poi, a come raggiungere la frontiera. Lascia che sia io a occuparmi del denaro e dei documenti.»

Max non nascose di essere impressionato, e anche un po' sorpreso, dal modo di comportarsi del suo anziano e rispettabilissimo amico. «Conosci qualcuno che possa fare cose del genere?»

«Sì, lo conosco. Avevo già fatto qualche ricerca in proposito sei mesi fa in caso... ce ne fosse stato bisogno.» Ariana era sbalordita ma rimase in silenzio. Non immaginava nemmeno lontanamente che suo padre avesse preso addirittura in considerazione una simile eventualità. «Dunque ci siamo capiti?» Max annuì. «Vuoi restare a cena? Dopo, potresti andar via facendoti notare ancora di più, e non susciteresti sospetti.»

«Va bene. Ma dove mi nasconderai?»

Walmar rimase in silenzio per un attimo — si stava chiedendo ànche lui la stessa cosa. Stavolta fu Ariana a trovare la risposta. «L'appartamento che era della mamma.» Walmar le lanciò subito un'occhiata dispiaciuta e Max si accorse anche lui di ciò che significava quello scambio tacito di occhiate. «Papà, è l'unico posto dove non va mai nessuno!» Anche se lei e Frau Klemmer ci erano andate proprio quello stesso giorno. Forse era stato questo il motivo per il quale quelle stanze le erano subito venute in mente. La famiglia e i domestici, ormai, erano quasi riusciti a fingere con loro stessi che l'appartamento di Kassandra non facesse più parte di casa von Gotthard. «Papà! È vero! Lì potrebbe stare al sicuro. E quando sarà andato via, penserò io a mettere tutto di nuovo a posto. Nessuno lo saprà mai.»

Walmar rimase in silenzio per quello che parve un attimo lunghissimo. L'ultima volta che era entrato in quelle stanze, sua moglie giaceva cadavere in una vasca da bagno piena di sangue. Poi non ci aveva messo più piede. Non sopportava lo strazio di quegli ultimi ricordi, di quella faccia ammaccata, di quegli occhi disperati, di quei seni straziati dalla fibbia della cintura del nazista, che l'aveva quasi violentata. «Immagino che non ci sia altra scelta.» Lo disse con un'angoscia che soltanto Max comprese. Sapevano entrambi di cosa fossero capaci i nazisti.

«Mi spiace di costituire un problema per te, Walmar.»

«Non dire assurdità. Ti vogliamo aiutare.» E poi, con un pallido sorriso: «Forse un giorno sarai tu ad aiutare noi».

Seguì un lungo silenzio nella stanza e infine fu Max a parlare: «Walmar, stai pensando sul serio di andar via anche tu?»

L'anziano banchiere sembrò pensieroso. «Non ne sono sicuro. La mia posizione è molto più in vista della tua. Mi sorvegliano. Mi conoscono. Hanno bisogno di me più di quanto non ne abbiano di te. Io, per loro, rappresento una fonte di denaro. La banca Tilden è importante per il Reich. Per quel che mi riguarda, è come se avessi un macigno intorno al collo, ma è anche la mia salvezza. Un giorno potrà trasformarsi nella pistola che mi troverò puntata alla tempia. Ma se ci fossi costretto, farei esattamente quello che stai per fare tu.» Ariana rimase sconvolta nel sentirlo parlare in questo modo. Non aveva mai sospettato che suo padre potesse pensare di fuggire. Poi, come se avesse aspettato quella battuta per fare la sua entrata, Berthold bussò e si presentò ad annunciare che la cena era servita. Tutti e tre lasciarono la stanza in silenzio.

9

WALMAR von Gotthard attraversò in punta di piedi, senza far rumore, la sua casa e si dispose ad aspettare nell'ingresso. Aveva consigliato a Max Thomas di arrivare scalzo, attraverso il giardino. Così avrebbe fatto meno rumore che camminando sulla ghiaia con le scarpe. Gli aveva consegnato la propria chiave del cancello. Max li aveva lasciati verso le undici e adesso mancavano pochi minuti alle tre. La luna era piena, tonda, e quindi non gli fu difficile vederlo mentre attraversava correndo il grande prato. Si scambiarono solo un rapido cenno, nemmeno una parola di saluto, mentre Max Thomas si ripuliva accuratamente i piedi con i calzini. Il terriccio delle aiuole fiorite poteva lasciare qualche traccia sul pavimento di marmo bianco. Walmar si rallegrò che Max fosse così lucido e ci avesse pensato. Pareva un uomo diverso da quello che solo dieci ore prima — si era accasciato singhiozzante e disfatto, su una poltrona del suo studio. Adesso che stava per darsi alla fuga, Max Thomas capiva che la sua sopravvivenza poteva dipendere soltanto dall'intuito, dalla prontezza, dalla necessità di non perdere la testa.

I due uomini salirono rapidamente lo scalone e pochi minuti più tardi raggiunsero la porta in fondo al lungo corridoio. Per un attimo Walmar si fermò, in attesa, come se non fosse del tutto sicuro di voler entrare. Ma Ariana li stava aspettando e, accorgendosi che erano arrivati, socchiuse la porta e fece capolino dallo spiraglio. Quando scorse il volto serio e grave di Max, la spalancò tirandosi indietro per farli entrare; Walmar, però, si limitò a scuotere la testa, fermo in corridoio, come se non si sentisse ancora abbastanza forte per oltrepassare quella soglia. Max entrò in fretta. Forse era venuto il momento per Walmar di spalancare di nuovo quella porta; forse, come per Max, era tempo anche per lui di buttarsi il passato dietro le spalle.

Richiuse la porta senza rumore dietro di sé e seguì Ariana che, a gesti, faceva capire di passare nella stanzetta che era stata il salottino di sua madre, dove tessuti e tappezzerie rosa avevano assunto una tonalità ancora più chiara e sbiadita. L'agrippina si trovava sempre nell'angolo e Ariana vi aveva già disteso qualche coperta calda in modo che Max potesse dormirci.

Portandosi un dito alle labbra bisbigliò: «Ho pensato che sarebbe più al sicuro, dormendo qui. Nel caso qualcuno entrasse, non potrebbe vederlo dalla camera da letto». Suo padre annuì e Max le rivolse un'occhiata piena di gratitudine — ma, intorno agli occhi, sul viso, era segnato dalla fatica. Walmar lo guardò per un'ultima volta, annuì e infine se ne andò seguito rapidamente da Ariana. Aveva promesso di procurarsi i documenti il più presto possibile. E per la salvezza di Max si augurava di averli in mano fin dalla sera dopo o entro un giorno.

Ariana e suo padre si lasciarono in corridoio, senza una parola, immersi ciascuno nei propri pensieri. Lei tornò nella propria camera pensando a Max e al viaggio solitario che stava per iniziare. Come ricordava ancora bene Sarah, una donnina piccola di statura, con occhi scuri e ridenti! Animata, vivace, sempre pronta a raccontare buffi aneddoti, e com'era stata gentile con Ariana ogni volta che si incontravano! Quanto tempo pareva passato da allora! Ariana aveva pensato spesso a lei in quegli ultimi tre anni, chiedendosi dove fosse, che cosa le avessero fatto... che cosa avessero fatto ai bambini... Adesso lo sapevano!

Erano gli stessi pensieri di Max quando si sdraiò senza far rumore sulla agrippina rivestita di satin rosa, nel salotto della donna che aveva visto solo una volta, quando aveva conosciuto Walmar. Una donna stupenda, affascinante, con quella massa di capelli color biondo tiziano. L'aveva giudicata la visione più incantevole e singolare della sua vita. Poco tempo dopo aveva saputo che era morta. Di influenza, gli avevano detto. Adesso, invece, disteso lì, nel suo salotto, gli parve di intuire che il motivo della sua morte doveva essere stato diverso. Senza accorgersene, tacitamente, Walmar gli aveva comunicato una strana sensazione — come se capisse, come se anche lui avesse sofferto per mano nazista. Non sembrava possibile, ma come si faceva a dire il contrario?

Quanto a Walmar, quando si trovò nella propria camera, andò alla finestra a guardare il lago sotto la luna — ma non era il lago che i suoi occhi vedevano, bensì sua moglie. La luminosa, bellissima, dorata Kassandra... la donna che aveva amato così appassionatamente tanto tempo fa... quanti sogni avevano fatto insieme in quella stanza! Adesso era vuota, coperta dai teli come la polvere, cupa, dimenticata. Poco prima, varcando di nuovo quella soglia in compagnia dell'uomo che volevano nascondere, gli era sembrato di sentire qualcosa che si lacerava nel proprio intimo — e Ariana, che aveva gli stessi insondabili occhi azzurro-lavanda... Voltò le spalle alla finestra e al chiaro di luna, con aria addolorata, e infine si decise a spogliarsi e ad andare a letto.

«Gliel'ha domandato?» provò a indagare Frau Klemmer dopo colazione quando si trovarono nell'ingresso.

«Domandato? Che cosa?» Ariana aveva ben altro a cui pensare.

«Se le lascia quella camera. L'appartamento di sua madre.» Che curiosa ragazza, era, Ariana — così distaccata, così chiusa in se stessa a volte... possibile che se ne fosse già dimenticata? Spesso Frau Klemmer si chiedeva quanti misteri si nascondessero dietro quegli occhi dal colore azzurro intenso.

«Oh, quello... sì... voglio dire no. Ha risposto di no.»

«Si è arrabbiato?»

«No. Ma non c'è stato da discutere. Credo che finirò per rimanere nella mia vecchia camera.»

«Ma perché non ha insistito un pochino? Magari si deciderà a pensarci e acconsentirà.»

Ariana, però, scosse la testa con determinazione. «Ha già fin troppe cose a cui pensare.»

La governante alzò le spalle e se ne andò per i fatti suoi. A volte era difficile capire quella ragazza — d'altra parte, anche sua madre era stata una strana donna.

Quando Ariana andò a scuola, quella mattina, Walmar era già uscito a bordo della Rolls-Royce. Lei avrebbe preferito restare a casa quel giorno — caso mai occorresse qualcosa a Max — ma suo padre aveva insistito che continuasse a fare la solita vita e, per assicurarsi che Max non corresse alcun pericolo, era andato personalmente a dare un giro di chiave alla porta dell'appartamento di Kassandra.

Ad Ariana sembrò che il tempo non passasse mai, quel giorno, ma finalmente arrivò l'ora di tornare a casa. Era rimasta seduta nel banco con aria assorta, senza pensare ad altro all'infuori di Max, continuando a domandarsi come stava. Pover'uomo, che strana sensazione doveva essere la sua, sentirsi prigioniero in casa d'altri!

A passo lento, Ariana entrò nell'ingresso, salutò Berthold e salì lo scalone. Rispose con un rifiuto all'offerta di Anna di servirle il tè e passò nella sua stanza da bagno a pettinarsi. Lasciò che trascorresse un altro quarto d'ora prima di azzardarsi a scendere al piano inferiore. Per un attimo si soffermò davanti alla porta della camera da letto di suo padre e, infine, proseguì rapidamente, a passi furtivi, stringendo in mano la chiave che si era fatta prestare da Frau Klemmer solo due giorni prima.

La porta si aprì senza difficoltà non appena girò la chiave nella serratura e ne abbassò la maniglia. Poi entrò in silenzio, in fretta, e nessuno la vide più. A passi furtivi attraversò correndo la camera da letto, un po' ansante, e si arrestò sulla soglia. Per Max fu come trovarsi davanti una visione di paradiso.

«Ciao.» Una parola sussurrata a fior di labbra.

Lui sorrise e le fece segno di sedersi. «Hai mangiato?» Lui

scosse la testa. «Era quello che pensavo. Ecco.» Gli aveva portato un panino imbottito nascosto nell'ampia tasca della gonna. «Più tardi ti porto un po' di latte.» Quella mattina gli aveva lasciato una brocca d'acqua. Gli avevano raccomandato di non aprire i rubinetti perché, dopo tanti anni, probabilmente i tubi erano arrugginiti e avrebbero fatto un fracasso spaventoso, destando sospetti nei domestici. «A parte questo, stai bene?»

«Sì, bene, grazie.» Divorò il panino imbottito in quattro bocconi. «Sei stata gentile, ma non dovevi farlo.» Poi le sorrise. «Però sono contento che tu l'abbia fatto.» Chissà perché, pareva più giovane, come se anni di angosce e di preoccupazioni fossero stati buttati dietro le spalle. Appariva stanco e stremato e un po' diverso dal solito perché aveva la barba lunga; ma non aveva più quello sguardo allucinato e cupo del giorno prima. «Come è andata la scuola?»

«Malissimo. Ero preoccupata per te.»

«Non dovevi! Io, qui, sto benissimo.» Strano, ma per quanto fosse lì nascosto solo da poche ore, gli pareva già di essere tagliato fuori dal mondo. Gli mancavano il fracasso degli autobus, il rumore, il suo ufficio, il telefono, perfino il suono ritmico di quegli stivaloni che marciavano al passo dell'oca lungo la strada. Lì tutto sembrava talmente remoto! Come se fosse entrato senza accorgersene in un altro mondo. Un mondo dimenticato, sbiadito, di satin rosa, nel *boudoir* di una donna che da tempo non esisteva più. Insieme, girarono lo sguardo intorno a loro, osservando il salottino, poi i loro occhi si incontrarono. «Che genere di persona era... tua madre?»

Ariana si guardò intorno di nuovo con una strana espressione. «Non lo so con sicurezza. In fondo, non l'ho mai conosciuta. È morta quando avevo nove anni.» Per un attimo le tornò in mente Gerhard al cimitero; e poi quei pochi istanti in cui era rimasta vicino a suo padre, sotto la pioggia battente, stringendosi alla sua mano. «Era molto bella. Non credo di sapere molto di più su di lei.»

«Io l'ho vista una volta sola. Era straordinaria. Credo che sia stata la donna più stupenda che abbia mai visto in tutta la mia vita!» Ariana assentì.

«Veniva a salutarci di sopra, vestita da sera, circondata da una nuvola di profumo. I suoi abiti facevano un fruscio meraviglioso quando attraversava la stanza, un fruscio di seta, di taffettà o di satin. A me sembrava terribilmente misteriosa. E immagino che lo sarà sempre.»

Ariana rivolse verso di lui i grandi occhi tristi. «Hai già pensato dove vorresti andare?» Gli aveva rivolto la parola a voce bassa, bisbigliando come aveva sempre fatto fin dall'inizio — sembrava una bambina che gli domandasse di confidarle un segreto — e Max sorrise.

«Sì, più o meno. Mi pare che tuo padre abbia ragione. Prima di tutto, la Svizzera. Poi, magari, quando la guerra sarà finita, vedrò di raggiungere gli Stati Uniti. Mio padre aveva un cugino laggiù. Ma non so nemmeno se sia ancora vivo. Comunque potrebbe essere un punto di partenza.»

«Non tornerai più qui?» Per un attimo parve quasi scandalizzata, mentre lui faceva segno di no con la testa. «Mai più, Max?»

«Mai più.» Poi sospirò lievemente. «Non voglio più rivedere questo posto.» Ad Ariana sembrava strano che potesse dare un taglio netto a tutto ciò che era stata, fino a poco prima, la sua vita. Ma forse non sbagliava pensando di chiudersi quella porta alle spalle con tanta fermezza. Si domandò se era un po' come quello che aveva fatto suo padre — perché anche lui non era più entrato nella camera da letto della mamma fino alla sera prima. Sì, esistono luoghi in cui non si torna più. Perché ci procurano un dolore troppo forte da sopportare. Quando alzò di nuovo gli occhi verso di lui, Max stava sorridendo con dolcezza. «Dopo la guerra, verrai a trovarmi in America con tuo padre?»

Lei scoppiò in una risatina sommessa. «Certo, ma mi sembra che debba passare ancora chissà quanto tempo!»

«Io mi auguro il contrario.» Poi, impulsivamente, le prese una mano. La tenne stretta a lungo e, allora, Ariana si chinò lentamente verso di lui e gli diede un bacio lieve sulla testa. Fra loro non furono necessarie altre parole; lui la prese fra le braccia e lei gli accarezzò delicatamente i capelli. Ma subito lui la supplicò di andarsene perché era pericoloso rimanere lì, in quella camera. La verità era un'altra: stava pensando cose assolutamente inconcepibili... e proprio mentre era lì nascosto nella casa di un vecchio amico!

Qualche ora più tardi, quella sera, venne Walmar a trovarlo; sembrava molto più stanco e triste di Max stesso. Aveva già i documenti di viaggio e un passaporto tedesco intestato a un certo Ernst Josef Frei. Avevano usato la stessa fotografia del passaporto di Max e il timbro che vi era stato impresso sopra sembrava proprio autentico.

«Un bel lavoretto, non trovi?» Max lo fissava incantato; poi rivolse un rapido sguardo a Walmar seduto, visibilmente a disagio, in una poltrona rosa. «E adesso?»

«Adesso occorrono una carta geografica, e un po' di denaro. Ti ho anche procurato un permesso di viaggio. Puoi arrivare fino nelle vicinanze della frontiera in treno. Dopo di che, amico mio, ti ritroverai solo e dovrai badare a te stesso. Ma non dovresti avere grandi difficoltà...» fece una pausa impercettibile «... con questo.» Gli consegnò una busta piena di banconote — quel che bastava a consentire di vivere comodamente per parecchie settimane. «Non ho osato ritirare una somma più alta dalla banca perché avevo paura che qualcuno potesse insospettirsi.»

«C'è qualcosa a cui non hai pensato, Walmar?» Max lo guardò pieno di ammirazione. Che vecchio straordinario era von Gotthard!

«Spero proprio di no. Purtroppo anche per me tutte queste sono novità. Ma mi sembra che non sia male fare un po' di pratica.»

«Stai pensando sul serio ad andartene?» Walmar pareva turbato. «Perché proprio tu?»

«Le ragioni sono parecchie. Nessuno può sapere quello che succederà quando arriverà il momento in cui perderanno il controllo. Fra l'altro, io ho anche Gerhard a cui pensare. In autunno compirà sedici anni. Se la guerra non finisce presto, non è escluso che vogliano farlo arruolare. A questo punto, ce ne andremo.» Max annuì senza dire una sola parola. Capiva. Se avesse avuto ancora un figlio, anche lui, da proteggere dai nazisti, si sarebbe comportato allo stesso modo.

Purtroppo non era soltanto Gerhard a preoccupare Walmar, ma anche Ariana. L'enorme quantità di uomini in uniforme che aveva invaso la città rappresentava per lui un continuo tormento. Perché Ariana aveva un garbo, una bellezza così delicata, era tanto attraente con quel suo modo di fare pacato, silenzioso, pieno di distacco! E se le avessero fatto del male, se gliela avessero portata via o, peggio, se qualche alto ufficiale si fosse incapricciato della sua unica bambina? Queste preoccupazioni aumentavano continuamente anche perché adesso Ariana era più grande e, nel giro di pochi mesi, avrebbe terminato gli studi a scuola. Il fatto, poi, di sapere che lavorava già come volontaria all'ospedale Martin Luther lo terrorizzava più di tutto il resto. Stava pensando a tutte queste cose, seduto in poltrona, mentre Max sfogliava il nuovo passaporto.

«Walmar, che cosa posso fare per ringraziarti?»

«Metterti al sicuro. Cominciare una nuova vita. Questo sarà un ringraziamento sufficiente.»

«A me sembra che non sia niente! Posso farti sapere dove mi trovo?»

«Sì, ma con discrezione. Un semplice indirizzo. Nessun nome. Io capirò.» Max annuì. «Il treno lascia la stazione a mezzanotte.» Walmar si frugò in tasca e gli mise in mano le chiavi di un'automobile. «In garage, dietro la casa, troverai una vecchia Ford coupé. Era di Kassandra. L'ho controllata personalmente stamattina. Miracolosamente funziona ancora. Ogni tanto devono adoperarla ancora i domestici perché non si deteriori del tutto. Prendila, vai alla stazione e lasciala lì. Domattina io andrò a denunciarne il furto. Tu ormai sarai già lontano. Stasera poi andremo a letto presto e quindi non dovrebbe esserci nessun problema. Anzi, mi auguro che per l'ora in cui lascerai questa casa, verso le undici e mezzo, tutti saranno già addormentati. E con questo, caro amico, mi pare che abbiamo pensato a tutto... all'infuori di una cosa.»

Max non riusciva a immaginare che cos'altro ci potesse essere. Invece Walmar aveva avuto un'altra idea ancora. Entrò in silenzio nella camera da letto di Kassandra e staccò due quadri dalla parete. Poi con il temperino tolse le tele dalle cornici e le staccò accuratamente dalla intelaiatura di legno a cui erano fissate da più di vent'anni. Si trattava di un piccolo Renoir che era appartenuto a sua madre; l'altro, era un Corot comprato a Parigi per sua moglie durante la luna di miele vent'anni prima. Senza dire una sola parola all'uomo che lo stava osservando, arrotolò strettamente le due tele e gliele consegnò. «Prendile. Fanne quello che vuoi. Vendile, mangiale, barattale. Sia l'una sia l'altra valgono un mucchio di denaro. Saranno sufficienti per iniziare la tua nuova vita.»

«Walmar, no! Anche quello che è rimasto, di mio, alla banca non basterebbe mai a coprire l'ammontare di una simile somma!» Aveva speso moltissimo nella speranza di ritrovare Sarah e i bambini.

«Devi farlo. Del resto, appesi qui non servono a nessuno. Tu ne hai bisogno... io non sopporterei mai più di averli di nuovo sotto gli occhi... no, dopo che sono stati qui. Adesso sono tuoi, Max. Prendili. Come dono di un amico.»

Proprio in quel momento Ariana era entrata di nuovo silenziosamente nella stanza. Rimase sconcertata quando vide che Max aveva gli occhi colmi di lacrime; poi, appena scorse le cornici vuote ai lati del letto di sua madre, intuì subito tutto.

«Dunque adesso te ne vai, Max?»

«Sì, fra qualche ora. Tuo padre ha appena... non so più che cosa dire, Walmar.»

«*Auf Wiedersehen*, Maximilian. Buona fortuna.» Si strinsero la mano con forza mentre Max si sforzava di ricacciare indietro le lacrime. Poi Walmar li lasciò e Ariana rimase ancora con lui per pochi minuti. Ma prima di salutarlo per scendere a cena, Max l'aveva presa fra le braccia e si erano baciati.

La cena si svolse secondo le solite rigorose abitudini, con un'eccezione: Gerhard non fece che tirare palline di pane contro Berthold ogni volta che si allontanava dalla stanza. Rimproverato dal padre, si mise a ridere e, subito dopo, ne buttò una anche a sua sorella.

«Guarda che se continui a fare così, saremo costretti a mandarti di nuovo di sopra, a cenare con Fraülein Hedwig.»

«Scusami, papà.» Tuttavia malgrado le sue chiacchiere e la sua allegria, non riuscì a distrarre dai loro pensieri né il padre né la sorella i quali continuarono a essere taciturni e poco disposti a far conversazione tanto che, alla fine, riprese anche lui a mangiare in silenzio.

Dopo cena Walmar si ritirò nel suo studio, Ariana in camera da letto, e Gerhard venne lasciato a se stesso. Ariana avrebbe voluto tornare di nuovo da Maximilian, ma aveva anche un po' paura di farlo. Suo padre aveva insistito nel raccomandarle di non correre ulteriori rischi per evitare i sospetti della servitù. Il successo della fuga di Max dipendeva dal fatto che nessuno sapesse dove si trovava; la loro stessa salvezza dipendeva dal fatto che nessuno sapesse dove si era nascosto. Quindi rimase seduta nella sua camera per ore e ore, poi ubbidiente, alle dieci e mezzo, secondo gli ordini paterni, spense la luce. Ma rimase ad aspettare in silenzio, pensando, pregando, fino a quando non seppe più resistere e — alle undici e venti — scese le scale in punta di piedi e raggiunse la porta dell'appartamento di sua madre.

Entrò senza un rumore, e lo trovò ad aspettarla come se avesse immaginato che sarebbe tornata da lui. Stavolta la baciò a lungo, con ardore, stringendola convulsamente a sé tanto da toglierle il fiato. Si baciarono ancora per un lungo, ultimo momento; poi, allacciandosi il soprabito, Max si tirò indietro di un passo. «Adesso devo andare, Ariana.» Le sorrise con dolcezza. «Abbi cura di te, mia cara. Fino a quando ci rivedremo.»

«Ti amo.» Parole mormorate a fior di labbra, in un sussurrio, più con gli occhi che con la bocca. «Che Dio ti accompagni.»

Lui annuì, e afferrò la cartella di cuoio sul cui fondo, avvolte in carta da giornale, si trovavano le due tele di valore inestimabile. «Quando tutto questo sarà finito, ci ritroveremo.» Le sorrise come se dovesse uscire semplicemente per andare in ufficio. «Magari a New York.»

Lei scoppiò in una risatina sommessa. «Sei pazzo!»

«Può darsi.» Ma poi i suoi occhi tornarono seri. «Però ti amo anch'io.» Ed era vero. Ariana lo aveva commosso perché gli era stata vicina con la sua dolcezza nel momento in cui aveva avuto bisogno di amicizia e di comprensione.

Poi, senza aggiungere altro, le passò davanti camminando

in punta di piedi e raggiunse la porta. Lei gliela tenne aperta, la richiuse a chiave quando furono usciti e lo salutò con la mano un'ultima volta mentre lui, sempre in punta di piedi, scendeva lo scalone. Infine Ariana corse a rifugiarsi nella propria camera; soltanto allora udì il rumore dell'automobile della mamma che oltrepassava veloce il cancello.

«*Auf Wiedersehen*, amore mio.» Rimase alla finestra a guardar fuori per quasi mezz'ora, pensando al primo uomo che aveva baciato in vita sua, chiedendosi se lo avrebbe mai più rivisto.

10

NIENTE nel modo di comportarsi di suo padre, l'indomani mattina, avrebbe fatto sospettare a chiunque che era successo qualcosa d'insolito, e la stessa cosa si poteva dire per Ariana, quando si trovarono a far colazione insieme. Nel pomeriggio, non appena l'autista venne a riferire con aria solenne che la vecchia Ford di Frau von Gotthard era stata rubata, Walmar si affrettò a chiamare la polizia. L'automobile venne rintracciata poche ore più tardi, quella sera stessa, abbandonata nei pressi della stazione ferroviaria ma senza danni apparenti. Con molta abilità, un pizzico di astuzia e un certo, visibile, divertimento si lasciò capire che, forse, il colpevole era stato Gerhard il quale l'aveva presa per una scappatella. La polizia tentò di nascondere il fatto che la faccenda era, più che altro, umoristica e Gerhard, convocato per l'occasione, si comportò nel modo più appropriato, cioè offendendosi profondamente. In ogni caso si pensò che fosse più opportuno lasciare che la faccenda venisse risolta con le debite spiegazioni in famiglia, la polizia venne ringraziata e l'automobile portata di nuovo in garage.

«Ma non sono stato io a prenderla, papà!» Gerhard era arrossito fino alla radice dei capelli e aveva affrontato suo padre con energia.

«Davvero? Bene, in questo caso non mi resta che pensare che tutto sia risolto.»

«Però sei convinto che sia stato io!»

«Non ha importanza. Ormai la macchina è tornata in garage. Comunque ti pregherei gentilmente di evitare che tu o qualunque dei tuoi amici faccia ulteriori tentativi... di... ehm... prendere in prestito... l'automobile di tua madre un'altra volta!»

Un atteggiamento, questo, che Walmar trovava odioso, ma non gli restava altra scelta. Ariana lo capiva benissimo e infatti tentò di consolare Gerhard non appena lo fece uscire dallo studio.

«Però non è giusto! Non sono stato io!» Poi si fermò di botto scrutandola. «Sei stata tu, per caso?»

«No, assolutamente. Non dire sciocchezze. Non so guidare, io!»

«Eppure scommetto che sei stata tu!»

«Gerhard, non fare lo sciocco!» Tuttavia, improvvisamente, non riuscirono più a trattenersi e scoppiarono in una risata scrosciante; poi salirono sottobraccio nelle loro camere ma Gerhard continuò a restare convinto che la colpa fosse di sua sorella.

Malgrado il comportamento allegro e gioviale che Ariana aveva tenuto con il fratello, Walmar intuì che qualcosa non andava in sua figlia. Alla mattina era più taciturna del solito e, rientrando a casa da scuola o dal lavoro che svolgeva come volontaria, la sera, si ritirava immediatamente nella sua camera. Era difficile convincerla a partecipare a una conversazione qualsiasi, tanto che finalmente, una settimana dopo la partenza di Max, fu lei stessa ad andare a cercare il padre nel suo studio, con gli occhi pieni di lacrime.

«Non hai più saputo niente, papà?» Lui capì immediatamente. Proprio quello che temeva.

«No, niente. Ma sapremo senz'altro qualcosa. Comunque ci

vorrà un po' di tempo perché trovi il modo di darci sue notizie.»

«Però non lo sai nemmeno tu, questo!» Si lasciò cadere in una poltrona accanto al fuoco. «Potrebbe essere morto.»

«Forse.» Walmar pronunciò questa parola con voce triste e sommessa, guardando sua figlia. «E forse no. Comunque, Ariana, ormai lui se ne è andato. Lontano da noi. A vivere la sua vita, ovunque possa condurlo. Non devi sentirti attaccata a lui. Perché in realtà noi siamo soltanto una parte della vecchia vita che si è lasciata alle spalle.» Però lo spaventava vederla in quelle condizioni, tanto che gli uscì di bocca, impetuosamente, una domanda, prima di riuscire a dominarsi: «Ti sei innamorata di lui, Ariana?»

Lei si voltò di scatto a guardarlo, profondamente turbata. Non avrebbe mai immaginato che suo padre arrivasse al punto di chiederle una cosa simile. «Non lo so. Io...» Chiuse gli occhi con forza. «La verità è che cominciavo a essere preoccupata. Lui potrebbe...» Arrossì lievemente fissando il fuoco, poco disposta a confessargli la verità.

«Capisco. Spero che tu non ti sia innamorata. È difficile dettare una regola al proprio cuore, in queste faccende, ma...» come poteva spiegarglielo? Che cosa poteva dirle? «In momenti come quelli che stiamo passando, la cosa migliore sarebbe conservare i propri affetti per giorni più sereni. In guerra, in circostanze difficili, a volte una situazione può assumere un contorno romantico e sentimentale che, molto spesso, è solo frutto della fantasia e non ha aderenza con la realtà. Non è escluso che tu lo riveda chissà fra quanti anni per scoprire che ti sembra completamente diverso... assolutamente cambiato dall'uomo che ricordi di aver visto la settimana scorsa.»

«Questo, lo capisco.» Era lo stesso motivo per il quale si era ben guardata dal lasciarsi coinvolgere in una relazione sentimentale con qualcuno dei feriti dell'ospedale presso cui lavorava. «Lo so benissimo, papà.»

«Mi fa piacere.» Sospirò profondamente guardandola. Ecco un altro giro di boa che stava affrontando. Ecco un altro crocicchio su una strada sempre più irta di inganni. «Potrebbe anche diventare pericoloso innamorarsi di un uomo nella posizione di Max. Adesso è un fuggiasco, ma un giorno i nazisti potrebbero mettersi a inseguirlo, a cercarlo. Se tu dovessi legarti a lui, potrebbero dare la caccia anche a te. E anche se non ne dovessi sopportare direttamente conseguenze dannose, sarebbe il dolore stesso a distruggerti come, sotto certi aspetti, il dolore di perdere Sarah ha quasi distrutto lui.»

«Come si può punire una persona solo perché ne ama un'altra?» Pareva indignata. «Come si può sapere fin dall'inizio che cosa è giusto e che cosa non lo è?»

La sua domanda infantile, tanto ingenua quanto corretta, gli riportò alla memoria innumerevoli ricordi di Kassandra... eppure l'aveva avvisata... lei sapeva...

«Papà?» Ariana lo stava osservando con attenzione perché Walmar era rimasto assorto nelle proprie memorie. Pareva lontano mille miglia.

«Devi dimenticarlo. Sarebbe pericoloso per te.» La guardò severamente ma gli occhi di lei non si abbassarono.

«È stato pericoloso anche per te fornirgli un aiuto, papà.»

«Questo è diverso. Benché, in un certo senso, tu abbia ragione. Ma io non sono legato a Max allo stesso modo; fra me e lui non c'era nessun legame d'amore.» Poi la guardò con maggiore attenzione. «Come spero sia anche per te.»

Lei non rispose e, dopo un po', Walmar si avvicinò alla finestra e si mise a guardare il lago. Di lì, quasi quasi riusciva a scorgere in lontananza il cimitero di Grunewald. E con gli occhi della mente, rivedeva il viso di lei. L'espressione che aveva assunto quando le aveva dato il primo avvertimento. L'espressione che aveva avuto quella notte, prima di togliersi la vita.

«Ariana, adesso ti racconterò qualcosa che avrei preferito non dirti mai. Riguarda il prezzo dell'amore. Riguarda i nazisti... e tua madre.»

La sua voce aveva assunto un'intonazione dolce, remota. Ariana aspettò, sconcertata, con gli occhi fissi sulle spalle che suo padre le voltava. «Guarda che il mio non è un giudizio sulle sue azioni, né una critica. Non ho rancori nei suoi confronti. Non ti racconto niente di tutto questo perché tu debba vergognarti. Ci amavamo profondamente. Ma ci siamo sposati quando lei era molto giovane. Io l'amavo ma non sempre la comprendevo. Sotto certi aspetti era diversa dalle altre donne del suo tempo. Aveva l'anima divorata da una specie di ardore segreto.» A questo punto si voltò a guardarla. «Lo sai che, quando sei nata, voleva occuparsi di te personalmente, senza balie o bambinaie? Una cosa inaudita. E io l'ho giudicato un desiderio stupido. Così ho assunto Fräulein Hedwig, e, a quel punto, credo che qualcosa di grave sia successo a tua madre. Perché, da allora in poi, ha sempre avuto l'aria un po' smarrita.» Tornò a voltarle le spalle, restò silenzioso per un attimo e infine proseguì: «Quando eravamo sposati da dieci anni, le capitò di conoscere un altro uomo, più giovane di me. Era uno scrittore molto famoso, bellissimo e intelligente e lei se ne innamorò. Io lo avevo capito quasi fin dal principio. Forse prima ancora che quella storia incominciasse. Qualcuno venne a riferirmi che li avevano visti insieme. E io, del resto, mi stavo accorgendo che c'era qualcosa di diverso nei suoi occhi. Un'espressione eccitata e felice, di nuovo vitale, a volte meravigliosa». La sua voce si intenerì. «In un certo senso credo che questo me l'abbia fatta amare ancora di più.

«La tragedia di Kassandra, in seguito, non è stata quella di innamorarsi di un altro uomo che non era suo marito, ma il fatto che il suo paese era caduto nelle mani dei nazisti e che l'uomo da lei amato tanto appassionatamente era ebreo. Io l'avevo avvertita, perché non corresse rischi lei, ma non ne corresse nemmeno lui. Kassandra, però, non ha voluto lasciarlo. Anzi, non ha voluto lasciare nessuno di noi due. A modo suo è rimasta leale a entrambi. Non posso dire di aver realmente sofferto per il suo attaccamento a quell'uomo. Nei miei confronti era una moglie devota come prima, forse di più. Ma era altrettanto devota a lui. Perfino quando smisero di pubblicare i suoi libri, perfino quando cominciarono a evitarlo, e a metterlo in disparte e alla fine...» la sua voce si incrinò per la commozione. Adesso faceva fatica a proseguire. «Perfino quando lo uccisero.»

«Era con lui il giorno in cui vennero a prenderlo. Lo trascinarono fuori dalla sua casa, lo picchiarono e quando trovarono tua madre... picchiarono anche lei... e forse l'avrebbero addirittura uccisa se lei non avesse pensato di dichiarare apertamente chi era, per salvarsi. Poi, bene o male, rientrò a casa.

E quando io arrivai, lei non fece che parlare del fatto che mi aveva disonorato. Temeva che potessero fare del male a tutti noi. Le pareva di dover sacrificare la propria vita per assicurare la salvezza a noialtri... capiva di non poter continuare a vivere con quello che avevano fatto a lui. Io dovetti uscire e andare a una riunione per un paio d'ore; quando tornai a casa, lei si era uccisa. Nella stanza da bagno del suo appartamento in fondo al corridoio.» E fece un cenno vago, in direzione delle stanze che Max aveva occupato solo una settimana prima.

«Questa, Ariana, è la storia di tua madre la quale ha amato un uomo che i nazisti volevano morto. Non è stata capace di sopportare l'orrore della realtà che le avevano fatto intravedere... ha capito che non avrebbe potuto vivere con la brutalità, la paura, l'indegnità... quindi...» si voltò a guardare sua figlia «... in un certo senso sono stati loro a ucciderla. Come, più o meno nello stesso senso, potrebbero uccidere te, se decidessi di amare Max. Non farlo... oh, Dio, ti prego, Ariana... non farlo...» Si prese il viso fra le mani e per la prima volta nella sua vita Ariana sentì suo padre che scoppiava in pianto. Allora corse da lui, silenziosa e tremante, lo abbracciò stretto stretto — le sue lacrime gli bagnavano la giacca e quelle di Walmar si confondevano all'oro spento dei capelli di lei.

«Come mi dispiace... oh, papà, come mi dispiace.» Non faceva che ripeterlo, inorridita di fronte a ciò che le aveva raccontato eppure, per la prima volta in vita sua, le pareva che la mamma fosse diventata qualcosa di reale. «Papà... no... ti prego... come mi dispiace... non sapevo quello che era successo... mi sento così confusa. Come è stato strano avere Max nascosto in quella camera da letto... qui in casa nostra, terrorizzato. Volevo aiutarlo. Provavo una tale compassione per lui.»

«Anch'io.» Finalmente Walmar rialzò la testa. «Ma devi lasciarlo andare per la sua strada. Un giorno ci sarà un uomo anche per te. Un brav'uomo, e spero anche che sia l'uomo giusto, in tempi migliori.» Lei annuì in silenzio mentre si asciugava altre lacrime che le sgorgavano dagli occhi.

«Secondo te, lo rivedremo?»

«Sì, forse un giorno.» Walmar abbracciò sua figlia. «È quello che spero.» Lei fece segno di sì con la testa e rimasero immobili, stretti l'uno all'altra, l'uomo che aveva perduto Kassandra e la bambina che Kassandra gli aveva lasciato al proprio posto. «Ti prego, tesoro mio, cerca di stare attenta a quello che fai adesso, finché siamo in guerra.»

«Certo. Te lo prometto.» Alzò gli occhi verso di lui mentre abbozzava un pallido sorriso. «A parte il fatto che non voglio lasciarti mai e poi mai.»

Ma, ascoltando queste parole, anche lui scoppiò in una risata sommessa. «Anche questo, tesoro mio, cambierà.»

Quindici giorni dopo Walmar ricevette una lettera in ufficio. Non portava nessuna indicazione del mittente e conteneva soltanto un foglio di carta sul quale era stato scribacchiato frettolosamente un indirizzo. Max si trovava a Lucerna. E quella fu l'ultima volta che Walmar von Gotthard sentì parlare di lui.

11

L'ESTATE passò priva di eventi. Walmar era sempre molto impegnato alla banca e Ariana all'ospedale, dove si recava tre mattine alla settimana. Adesso che la scuola non costituiva più un ostacolo, aveva più tempo per il suo lavoro di volontaria e per dirigere la casa. Con Gerhard e il padre, andò a trascorrere una settimana di vacanza in montagna; al loro ritorno, Gerhard compì i sedici anni. La mattina del suo compleanno, Walmar annunciò con aria divertita che adesso suo figlio era diventato un uomo. Evidentemente quella doveva anche essere l'opinione dell'esercito di Hitler perché, in un ultimo disperato tentativo di cambiare le sorti della guerra nell'autunno del 1944, stavano chiamando alle armi uomini e ragazzi fino al limite dell'impossibile. Gerhard ricevette l'avviso che avrebbe dovuto arruolarsi quattro giorni dopo il suo compleanno che aveva celebrato festosamente con il padre e la sorella. Nel giro di tre giorni avrebbe dovuto presentarsi in caserma.

«Non ci credo.» Continuava a fissare l'avviso che aveva ricevuto durante la colazione. Era già in ritardo per la scuola. «Ma non possono fare una cosa del genere... oppure sì, papà?» Suo padre lo stava guardando con aria depressa.

«Non ne sono sicuro. Vedremo.»

Quella stessa mattina, qualche ora più tardi, Walmar andò a cercare un vecchio amico, un colonnello, e venne a sapere che non si poteva fare niente.

«Abbiamo bisogno di lui, Walmar. Abbiamo bisogno di tutti.»

«Dunque la situazione è brutta fino a questo punto?»

«Peggio.»

«Capisco.»

Poi avevano parlato un po' della guerra, della moglie del colonnello, della banca; e infine Walmar era tornato in ufficio. Seduto nella Rolls-Royce guidata dall'autista aveva riflettuto sul da farsi. Non voleva perdere suo figlio. Aveva già perso abbastanza.

Quando entrò nel suo studio privato, fece un paio di telefonate. Tornò a casa per l'ora di pranzo, andò a prendere alcune carte dalla cassaforte incassata nel muro del suo studio e ritornò alla banca. Non si fece più vedere a casa fino alle sei, quella sera, e quando vi giunse trovò i ragazzi, al terzo piano, nella camera da letto di Gerhard. Ariana doveva aver pianto disperatamente; Gerhard aveva un'espressione angosciata e impaurita.

«Non possono chiamarlo alle armi, vero, papà?» Ariana era sempre convinta che suo padre fosse capace di rimuovere le montagne. Ma nei suoi occhi non si leggeva la minima speranza. Come in quelli di Walmar quando le rispose a bassa voce.

«Sì, possono farlo».

Gerhard continuava a tacere, seduto sul suo letto, allibito di fronte all'enormità di quello che gli era capitato. La lettera con la quale veniva convocato era ancora aperta sulla sua scrivania. Dal mattino doveva già averla letta almeno cento volte. La chiamata alle armi era arrivata anche per altri due ragazzi della sua classe. Lui, però, non aveva detto niente della sua. Walmar gli aveva raccomandato di tacere almeno fino a quando lui non avesse riflettuto sul da farsi. «Dunque significa che devo partire.» Lo disse con voce spenta, inespressiva, che provocò un nuovo scoppio di pianto da parte della sorella.

«Sì, è proprio questo che significa, Gerhard.» Malgrado il tono di voce severo, Walmar stava guardando con tenerezza i suoi figli. «Sii orgoglioso di servire il tuo paese.»

«Che cosa dici? Sei impazzito?» Con Ariana, il ragazzo stava fissando il padre con l'orrore nello sguardo.

«Zitti.» Pronunciando queste parole Walmar chiuse con fermezza la porta della camera da letto di Gerhard. Poi, portandosi un dito alle labbra li chiamò vicino a sé con un gesto e disse, bisbigliando: «Ma non sarai costretto a partire».

«Davvero?» Gerhard proruppe in un'esclamazione soffocata di giubilo. «Hai sistemato tutto?»

«No.» Walmar scosse la testa con aria grave. «Non ci sono riuscito. Andiamo via.»

«Che cosa?» Gerhard sembrò ancora più allibito e sconvolto mentre il padre e la sorella si scambiavano un'occhiata significativa. Questa sarebbe stata un po' come la fuga di Max avvenuta qualche mese prima. «E come?»

«Ti condurrò in Svizzera domani. Possiamo dire che stai male, che sei a letto, qui a casa. Fra l'altro non devi presentarti in caserma fino a giovedì, cioè fra tre giorni. Ti accompagnerò oltre la frontiera e ti lascerò presso certi amici che ho a Losanna, oppure a Zurigo, se ci sono costretto. Poi tornerò qui a prendere tua sorella.» Rivolse una tenera occhiata alla figlia e le accarezzò una mano. Chissà, forse, dopo tutto, Ariana sarebbe riuscita a rivedere Max.

«Per quale motivo non viene con noi anche lei?» Gerhard pareva sconcertato, ma suo padre scosse la testa.

«Non posso preparare tutto così in fretta mentre, se lei resta qui, non avranno nessun sospetto che abbiamo intenzione di andarcene sul serio, per sempre. In ogni caso io dovrei tornare nel giro di ventiquattr'ore e soltanto allora potrò partire definitivamente con Ariana. Però dovrete tacere nel modo più assoluto su quanto vi ho detto. Ne dipendono le nostre vite. Mi avete capito?» Annuirono entrambi.

«Gerhard, per te ho già ordinato un passaporto diverso. Se ci saremo costretti ce ne serviremo alla frontiera. Ma qualsiasi cosa tu faccia nel frattempo, voglio che tu assuma il contegno di chi è ormai rassegnato ad arruolarsi. Anzi vorrei addirittura che tu avessi l'aria contenta. E non soltanto fuori ma anche qui, in casa.»

«Non ti fidi dei nostri domestici?» Malgrado i suoi sedici anni, Gerhard era ancora molto ingenuo. Non pensava alle preoccupazioni di Berthold per il partito, alla cieca fiducia di Fraülein Hedwig in Adolf Hitler.

«Non mi fido di loro quando c'è di mezzo la nostra stessa vita.» Gerhard si strinse nelle spalle. «Va bene.»

«Niente valigie. Non preparare niente. Compreremo là il necessario.»

«Non portiamo con noi del denaro?»

«Quanto a quello, l'ho già dall'altra parte.» Walmar aveva preparato quella mossa da anni. «Mi spiace soltanto di aver aspettato fino a questo punto. Forse non avremmo mai dovuto tornare a casa dalle vacanze.» Sospirò profondamente ma Ariana cercò di consolarlo.

«Come facevi a immaginarlo? E quando tornerai dalla Svizzera, papà?»

«Oggi è lunedì. Partiremo domattina... tornerò mercoledì notte. Poi, con te, ripartirò giovedì notte perché sarà necessario che quel giorno io vada alla banca. Potremo dire che usciamo a cena e poi non rientreremo più a casa. Naturalmente occorrerà qualche piccola astuzia per convincere i domestici che Gerhard è andato a presentarsi in caserma senza nemmeno salutarli. Ma fintanto che tu, Ariana, riuscirai a non fare entrare né Anna né Hedwig in camera di Gerhard domani e mercoledì, potremo semplicemente dire che, giovedì mattina, è partito talmente presto da non poter salutare nessuno. Dal momento che io e te saremo qui, nessuno sospetterà di niente. Per quel che mi riguarda, cercherò di tornare in tempo per la cena.»

«Alla banca che cosa hai detto?»

«Niente. Non sono costretto a spiegare i motivi della mia assenza. A parte il fatto che, in questi giorni, abbiamo un tal numero di riunioni segrete che non farò fatica a nascondere i miei veri movimenti. Allora siamo d'accordo, con tutti e due? Vi è tutto chiaro?

«La guerra è quasi finita, figlioli, e quando finirà i nazisti cercheranno con ogni mezzo di trascinare nella catastrofe tutti e tutto. Quindi io non voglio che nessuno di voi due aspetti qui quel momento. Ormai, per noi, è ora di partire. Cercheremo di riaggiustare le cose più avanti, quando tutto sarà compiuto. Gerhard, domattina ci troveremo in quel caffè che si trova dietro l'angolo del mio ufficio. Di lì andremo direttamente alla stazione ferroviaria. Sono stato chiaro?»

«Sì.» All'improvviso Gerhard aveva assunto un'espressione grave.

«Ariana? Domani tu rimarrai qui ad assistere Gerhard, vero?»

«Senz'altro, papà. Ma come farà a uscire di casa domattina senza essere visto?»

«Se ne andrà alle cinque prima che si sia già alzato qualcuno. Va bene, Gerhard?»

«Va bene, papà.»

«Mi raccomando, metti un po' di roba pesante per il viaggio. Avremo da camminare nell'ultimo tratto.»

«Anche tu, papà?» Ariana si preoccupò subito e fissò suo padre con aria scrutatrice.

«Sì, anch'io. Ma ti assicuro che sono perfettamente in grado di farlo. Probabilmente sono molto più allenato io di questo ragazzo!» Si alzò in piedi, arruffò i capelli del figlio in un gesto affettuoso e fece per andarsene. Sorrise ai ragazzi ma, da parte loro, non ebbe in cambio un altro sorriso. «Non preoccupatevi. Tutto si risolverà nel modo migliore. E un giorno torneremo.» Ma, mentre Walmar si richiudeva la porta alle spalle, Ariana si domandò se questo sarebbe realmente accaduto.

12

«Frau Gebsen.» Walmar von Gotthard guardò con aria imperiosa la sua segretaria, dall'alto della sua imponente statura, con l'Homburg già in mano. «Non tornerò in ufficio per tutto il resto della giornata, ho una serie di riunioni. Lei mi capisce... sa perfettamente dove sto per andare.»

«Naturalmente, Herr von Gotthard.»

«Benissimo.» E Walmar uscì rapidamente dal suo studio. La donna non aveva la minima idea di dove il suo principale andasse. Anche se credeva di saperlo. Al Reichstag, naturalmente, per parlare di nuovo con il ministro delle Finanze. E se non si fosse più ripresentato in ufficio il giorno dopo, a lei sarebbe stato sufficiente per capire che le riunioni si erano prolungate. Se ne intendeva di queste faccende!

Quanto a Walmar, intuì di aver calcolato alla perfezione i tempi. Il ministro delle Finanze era in Francia, per una settimana, in lunghe consultazioni sulla situazione delle finanze del Reich a Parigi e per fare un inventario dell'enorme quantità di quadri che stavano per venire inviati a Berlino. Una vera e propria manna per il Reich.

Quella mattina aveva detto all'autista di non aspettarlo; quindi girò rapidamente l'angolo dell'edificio per raggiungere il caffè, luogo di ritrovo di impiegati e operai. Gerhard era uscito, come avevano previsto, alle cinque con un bacio della sorella e un ultimo sguardo alla casa in cui era nato prima di mettersi a percorrere a piedi i quindici chilometri che lo separavano dal centro di Berlino. Non appena fu entrato in quel caffè, Walmar scorse suo figlio ma non diede segno di averlo riconosciuto. Invece, si incamminò verso i gabinetti degli uomini con la faccia nascosta dalla ampia tesa dell'Homburg, la cartella di cuoio in mano. Non appena si trovò dietro la porta chiusa a chiave dei gabinetti, si spogliò rapidamente, infilando un vecchio paio di calzoni che aveva preso dal garage. Infilò un maglione sulla camicia, si piantò in testa un vecchio berretto sformato, poi indossò una giacca, anche quella piuttosto sdrucita ma ben calda, e cacciò in fretta e furia il vestito nella cartella. Quanto all'Homburg lo infilò rapidamente in fondo al secchio dei rifiuti. Pochi istanti più tardi raggiungeva Gerhard e, salutandolo con qualche parola a mezza voce e un lieve cenno del capo, gli fece capire che era venuto il momento di andar via.

Presero un tassì per raggiungere la stazione e qui si confusero rapidamente fra la folla. Venti minuti più tardi erano a bordo del treno in partenza per la frontiera, con i documenti di viaggio in ordine, le carte d'identità al sicuro, le facce che non rivelavano niente, come maschere. Walmar si sentiva sempre più orgoglioso di Gerhard, che aveva recitato la sua parte a perfezione. Dalla mattina alla sera eccolo trasformato in un fuggiasco... cosa che suo figlio aveva imparato nel migliore dei modi.

«Fräulein Ariana?... Fräulein Ariana?...» Qualcuno venne a bussare con vigore alla porta. Era Fräulein Hedwig la quale mise dentro la testa, nella camera della ragazza, con aria incuriosita ed eccitata. Ariana, però, si affrettò a portarsi un dito alle labbra per far tacere Hedwig e raggiunse rapidamente la vecchia governante nel corridoio.

«Si può sapere che cosa sta succedendo qui da voi?»

«Zitta... lo sveglierai. Gerhard non si sente bene.»

«Ha la febbre?»

«Non mi pare. Piuttosto, direi che ha un raffreddore spaventoso.»

«Lasciamelo vedere.»

«No, non posso. Gli ho promesso che lo avremmo lasciato dormire tutto il giorno. È terrorizzato all'idea di stare troppo male per presentarsi in caserma giovedì. Vuole dormire perché spera che, dormendo, il raffreddore gli passi.»

«Naturalmente. Capisco. Secondo te, non sarebbe meglio chiamare il dottore?»

Ariana fece segno di no con la testa. «No, a meno che non peggiori.»

Fräulein Hedwig assentì, molto soddisfatta che il ragazzo, di cui si era occupata fin da quando era piccolo, fosse tanto ansioso di servire il suo paese. «È proprio un bravo figliolo.»

Per tutta risposta, Ariana le rivolse un sorriso benevolo e la baciò su una guancia. «È merito tuo.»

Hedwig arrossì per il complimento. «Non dovrei portargli una tazza di tè?»

«No, va bene così. Ci penserò io più tardi. Fra l'altro adesso dorme.»

«Bene, però fammelo sapere se ha bisogno di me!»

«Certo, te lo prometto. Grazie.»

«*Bitte schön.*» Un minuto più tardi Fräulein Hedwig se ne andava.

Tuttavia un paio di volte durante il pomeriggio, e ancora una volta la sera, insistette nell'offrire il suo aiuto ad Ariana ma, in ognuna di queste occasioni, Ariana fu molto ferma nel dichiarare che il fratello si era svegliato poco prima, aveva mangiato qualcosa e aveva ripreso il sonno. Ormai si era arrivati alla tarda serata del martedì; le restava da continuare quel gioco fino al mercoledì notte, quando il padre fosse tornato. Da quel momento in poi sarebbero stati liberi. Papà avrebbe potuto sostenere di essere stato lui in persona ad accompagnare Gerhard in caserma all'alba. Non restava che far passare il mercoledì. Una questione di ventiquattro ore soltanto. Ariana si sentiva di farlo. Poi, il giovedì sera, anche lei e papà sarebbero partiti per sempre.

Tuttavia, quando scese al pianterreno nella tarda serata del martedì, si sentiva stanca, con il corpo dolorante. Era stata una tensione terribile quella di tendere l'orecchio per tutto il giorno nel timore di sentire arrivare Hedwig o Anna, di continuare a fingere, di restare di guardia vicino alla camera di Gerhard. Sì, adesso aveva proprio bisogno di andarsene dal terzo piano, se non altro per pochi minuti. Quindi entrò nello studio del padre e si mise a sedere in una poltrona con gli occhi fissi sulla cenere del focolare. Possibile che fosse accaduto lì in quella stanza, appena quella mattina? Che, sempre lì, l'avesse salutata in fretta e furia? Sembrava una stanza completamente diversa adesso che lui non c'era — carte e documenti accuratamente riordinati sulla scrivania, i libri messi di nuovo al loro posto, sugli scaffali. Si alzò in piedi, guardando verso il lago, ricordando le parole che aveva pronunciato salutandola... «Non ti preoccupare, sarò di ritorno dopodomani. E Gerhard, in salvo.»

«Non è per Gerhard che mi preoccupo. Ma per te.»

«Non dire sciocchezze. Non ti fidi del tuo vecchio papà?»

«Più di qualsiasi altra persona al mondo.»

«Bene. Perché è precisamente lo stesso modo in cui io mi fido di te. E per questo motivo, mia carissima Ariana, ho intenzione di mostrarti adesso alcune cose che un giorno ti potranno tornare molto utili. Ormai son giunto alla conclusione che è necessario che tu le sappia.» Già le aveva fatto vedere la cassaforte nascosta nella sua camera da letto e l'altra che si trovava nella grande biblioteca di casa e infine anche quella nella camera da letto di Kassandra, dove continuava a conservare tutti i suoi gioielli.

«Un giorno saranno tuoi.»

«Perché vuoi farmele vedere proprio adesso, queste cose?» Le erano salite le lacrime agli occhi. No, non voleva che papà facesse così! No, non proprio il giorno in cui la lasciava per condurre Gerhard al sicuro!

«Perché ti voglio bene e voglio che tu sappia prenderti cura di te stessa e salvaguardarti, in caso di necessità. Qualsiasi cosa dovesse succedere, tu rispondi che non sai niente di niente. Ripeti che eri convinta che tuo fratello fosse ammalato, di sopra, nella sua camera e non immagini nemmeno lontanamente dove possa essere andato. Racconta soltanto il minimo indispensabile. E poi menti. Ma proteggi te stessa, con la tua intelligenza, e con questa.» Le mostrò una piccola rivoltella e una dozzina di pacchetti di banconote nuove di zecca. «Se la Germania dovesse cadere, non avranno nessun valore; però basteranno, per le tue necessità, i gioielli della mamma.» Poi le mostrò il falso volume delle opere di Shakespeare nel quale erano contenuti, in un doppio fondo, il grosso smeraldo che era stato il suo anello di fidanzamento e l'altro, con le iniziali in brillanti, che portava sempre alla mano destra. Non appena lo vide, istintivamente Ariana si protese per toccarlo. Il suo luccichio le era familiare. Ricordava di averlo visto alla mano di sua madre molti anni prima. «Lo portava sempre.» La voce di Walmar aveva assunto un'intonazione distaccata, sognante, mentre contemplava insieme con la figlia l'anello tempestato di diamanti.

«Me lo ricordo.»

«Davvero?» Pareva stupito. «Ricorda che è qui, caso mai ne avessi bisogno. Usalo nel modo migliore, bambina mia, e in tal modo avrai servito bene anche la sua memoria.»

Si strappò dai ricordi di quella mattina e pensò che la cosa migliore da farsi era andare a letto, nella propria camera. La mattina dopo si sarebbe dovuta alzare molto presto per riprendere la sua sorveglianza nel timore che Fräulein Edwig, eccessivamente zelante, insistesse di nuovo per poter vedere Gerhard con i suoi occhi.

In silenzio, Ariana spense le luci nello studio del padre, chiuse la porta e salì lo scalone.

Alla stazione di Müllheim, Walmar scosse gentilmente Gerhard che dormiva pacificamente seduto al suo posto. Il viaggio era durato dodici ore e il ragazzo ormai dormiva già da quattro. Che aspetto giovane e innocente aveva, abbandonato così nel sonno, con la testa china nell'angolo, contro la parete dello scompartimento. In parecchie stazioni erano saliti a bordo del treno alcuni soldati, e i loro documenti controllati un paio di volte. Walmar si era limitato ad accennare che Gerhard era un suo giovane conoscente; i documenti sembravano in ordine e, rivolgendo la parola agli ufficiali, aveva ben badato di prendere un tono deferente ma di parlare con un accento rozzo, da popolano. Gerhard aveva detto solo poche parole, sbarrando gli occhi, intimorito di fronte ai soldati; uno di loro gli aveva arruffato amichevolmente i capelli, prendendolo bonariamente in giro e promettendogli presto i gradi di ufficiale. Gerhard gli aveva rivolto un sorriso per conquistarseli e i due uomini in uniforme avevano proseguito.

A Müllheim nessuno salì sul treno e la fermata fu breve; tuttavia Walmar voleva che Gerhard fosse sveglio prima di arrivare a Lörrach, l'ultima fermata. L'aria fresca della notte gli avrebbe schiarito subito il cervello. Poi li aspettava una marcia di una quindicina di chilometri e il rischio più grosso... la traversata della frontiera per raggiungere Basilea più presto che potevano. Di lì sarebbero saliti su un treno per Zurigo. Walmar aveva deciso di lasciarlo in quella città — in Svizzera, Gerhard sarebbe stato al sicuro. Quanto a lui, la sua intenzione era di tornare due giorni dopo con Ariana; successivamente si sarebbero trasferiti tutti a Losanna.

La sua ansia era quella di tornare il più presto possibile da Ariana, che non avrebbe potuto reggere a lungo nella finzione; ma, adesso, la cosa più importante era far arrivare Gerhard senza pericoli a Zurigo. Prima però occorreva raggiungere Lörrach e compiere quella lunga marcia. Da Müllheim a Lörrach la distanza era di una trentina di chilometri; infatti, mezz'ora dopo che Gerhard si era messo a sedere più dritto al suo posto, con aria insonnolita, guardandosi intorno senza capire bene dove si trovava, il treno si fermò definitivamente. Per loro il viaggio finiva lì.

Alla una e mezzo del mattino, con un gruppetto di altri passeggeri, scesero e per un attimo, posando finalmente i piedi a terra, Walmar ebbe la sensazione che le gambe gli si piegassero. Ma non disse niente a Gerhard, si limitò ad abbassarsi il berretto sugli occhi e a rialzare il bavero della giacca; gli fece segno di dirigersi verso la stazione e, insieme, si avviarono. Un vecchio e un ragazzo che tornavano a casa. Male in arnese com'erano, potevano passare inosservati a Lörrach; c'era solo pericolo che Walmar fosse tradito dalle mani troppo curate e dai capelli dal taglio troppo accurato, ma lui aveva pensato bene di tenere in testa il berretto per l'intero viaggio e di sporcarsi le mani di polvere alla stazione, prima di lasciare Berlino.

«Hai fame?» Diede un'occhiata a Gerhard che sbadigliò e si strinse nelle spalle.

«No, sto bene. E tu?»

Suo padre gli sorrise. «Prendi.» E gli offrì una mela che si era messo in tasca quando avevano fatto uno spuntino in treno. Gerhard la divorò a morsi mentre si incamminavano guardandosi intorno sulla strada. Intorno a loro, non si vedeva nessuno.

Ci misero cinque ore a coprire la distanza di quei quindici

chilometri. Gerhard avrebbe camminato anche più in fretta ma Walmar non aveva più la resistenza né il passo di quando era un giovanotto. Comunque, per essere sui settant'anni, se la stava cavando molto bene. Finalmente, a un certo momento, capirono di aver raggiunto la frontiera. Chilometri e chilometri di filo spinato. In distanza sentivano le pattuglie dei soldati che passavano per sorvegliare il confine. Ma loro avevano già abbandonato la strada da un paio d'ore. Nell'oscurità, appena prima delle luci dell'alba, chiunque avrebbe potuto scambiarli per due contadini che andavano nei campi con un po' di anticipo sul previsto. Niente sacchi o valigie che suscitassero qualche sospetto ma solo la cartella di cuoio di Walmar il quale, comunque, era pronto a scaraventarla fra i cespugli se avesse sentito arrivare qualcuno. Tirò fuori rapidamente di tasca una pinza tagliafili e si mise all'opera: Gerhard, che l'osservava, man mano che lui li tagliava, li ripiegava all'indietro. In pochi minuti riuscirono ad aprirsi un varco abbastanza grande per poter passare dall'altra parte strisciando. Walmar si sentiva il cuore in gola... se li avessero sorpresi in quel momento, sarebbe stata la fine... a se stesso non pensava, ormai, ma al ragazzo..., in fretta, sempre più in fretta, passarono dall'altra parte e Walmar si accorse di essersi strappato la giacca, ma pochi minuti più tardi ormai erano in Svizzera, in un prato, vicino a un gruppo di alberi. Walmar fece un gesto e cominciarono a correre tutti e due, a zig-zag fra i tronchi, per quelle che sembrarono ore e ore, un tempo interminabile, finché si fermarono. Nessuno li aveva seguiti, nessuno li aveva uditi. Walmar sapeva che solo un paio d'anni prima sarebbe stato molto più difficile attraversare il confine ma, ormai, negli ultimi mesi, l'esercito aveva un bisogno talmente disperato di soldati che quelli messi a pattugliare la frontiera con la Svizzera diventavano sempre meno.

Continuarono a camminare per un'altra mezz'ora e raggiunsero Basilea nelle prime ore di una mattina luminosa. Il sole che sorgeva sulle montagne era talmente splendido che, per un attimo, Walmar circondò le spalle di Gerhard con un braccio e si fermò a osservare quelle lame di luce rosa e viola che si allungavano nel cielo. E per un attimo pensò anche di non essersi mai sentito tanto libero. Sì, avrebbero potuto trascorrere una vita quieta e tranquilla fino a quando la guerra non fosse finita — e forse anche dopo.

Con i piedi doloranti raggiunsero la stazione ferroviaria appena in tempo per salire sul primo treno. Walmar comprò due biglietti per Zurigo e occupò subito un posto lasciandosi andare, spossato, contro la spalliera. Aveva bisogno di riposare. Chiuse gli occhi e si abbandonò al sonno. Gli sembrò che fossero passati solo pochi minuti quando Gerhard cominciò a scuoterlo per un braccio. Per tutto il viaggio, che era durato quattro ore e mezzo, Gerhard, guardando gli stupendi panorami della valle Frick, non aveva voluto svegliarlo, ma a quel punto era necessario.

«Papà... credo che stiamo per arrivare.»

Walmar si guardò intorno con gli occhi ancora offuscati dal sonno, intravide la Banhof Platz che gli era familiare e, in distanza, la cattedrale di Grossmünster e ancora più oltre gli parve di intravedere le montagne del Uetliberg. Per un attimo gli parve quasi di essere tornato a casa. «Sì, siamo arrivati.» Mentre scendevano dal treno a Zurigo, anche se si sentiva la schiena a pezzi e le gambe doloranti, Walmar provò l'impulso di prendere il figlio per un braccio e di mettersi a ballare. Invece si limitò a un lungo, lento sorriso che gli illuminò tutta la faccia, posando un braccio intorno alle spalle di Gerhard. Ce l'avevano fatta. Erano liberi. La vita di Gerhard adesso era assicurata. Non si sarebbe mai arruolato nell'esercito di Hitler. No, non gli avrebbero mai ucciso suo figlio.

A passo svelto si avviarono verso una piccola pensione che Walmar ricordava vagamente. Vi aveva pranzato in uno dei suoi viaggi, mentre aspettava un treno. C'era ancora, come lui la ricordava, piccola, modesta, semplice. Era un luogo in cui capiva di poter lasciare Gerhard al sicuro, senza preoccupazioni, mentre tornava a trascorrere le ultime ore a Berlino.

Divorarono una colazione pantagruelica, poi Walmar accompagnò Gerhard di sopra, nella sua camera. Si guardò intorno soddisfatto e infine si voltò verso il ragazzo che, in quei pochi giorni, era diventato un uomo. Un momento pieno di commozione, prezioso, fra padre e figlio. E fu Gerhard a parlare per primo, guardando suo padre con gli occhi lucidi di lacrime e pieni di ammirazione — quel padre che lo aveva condotto in salvo, tagliando il filo spinato, attraversando la frontiera. «Grazie, papà... grazie.» Gli buttò le braccia al collo. Questo era il padre che i suoi amici tante volte avevano preso in giro chiamandolo «vecchio»! No, non era un vecchio quello che lo stringeva fra le braccia, era un uomo che per salvare suo figlio sarebbe stato disposto a camminare scalzo e sanguinante fra le montagne. Per un attimo che parve lunghissimo Walmar si strinse Gerhard al cuore; poi, lentamente, si staccò da lui. «È andato tutto bene. Adesso sei al sicuro. E qui non correrai rischi.» Si avvicinò alla piccola scrivania, prese un pezzo di carta e la penna d'oro che aveva accuratamente nascosto. «Adesso ti do l'indirizzo e il numero di telefono di Herr Müller, nel caso Ariana e io ritardassimo.» Il viso di Gerhard si aggrottò ma Walmar non si preoccupò di quei timori. «È solo una precauzione.» Non pensò assolutamente di dargli il numero di Max. Troppo pericoloso. L'altro, invece, era un banchiere che conosceva bene. «Ti lascio anche la mia cartella; ci sono documenti, un po' di denaro. Anche se non credo che ti occorrerà molto nei prossimi due giorni.» Con sé, per il viaggio di ritorno, portava soltanto uno smilzo portafoglio pieno di denaro, in contante, ma niente che potesse farlo identificare se, stavolta, qualcuno lo avesse fermato sulla strada. Perché questa volta tutto sarebbe stato più difficile. Avrebbe dovuto viaggiare in pieno giorno; d'altra parte non voleva correre altri rischi ritardando il ritorno da Ariana. La sua aspirazione era quella di arrivare a casa, da lei, a notte fatta. Poi si voltò a guardare Gerhard e si accorse che stava piangendo. Si abbracciarono di nuovo e si salutarono. «Non fare quella faccia così preoccupata! Piuttosto, cerca di dormire un po'. Quando ti svegli, fai una buona cena, esci a passeggiare, vai a vedere la città. Questo è un paese libero, Gerhard, niente nazisti, niente poliziotti con la fascia al braccio. Divertiti. Ariana e io dovremmo essere di nuovo qui domani sera.»

«Credi che Ariana ce la farà a camminare da Lörrach fino al confine?» In fondo, era stata dura anche per loro.

«Vedrai che se la caverà brillantemente. Le dirò di non mettere quelle scarpe ridicole con i tacchi alti!»

Gerhard sorrise tra le lacrime e si buttò fra le braccia del padre, stretto stretto, un'ultima volta. «Posso accompagnarti alla stazione?»

«No, figliolo, quello che adesso devi fare è andartene a letto.»

«E tu?» Walmar aveva l'aria esausta, ma si limitò a scuotere la testa.

«Io dormirò lungo il viaggio di ritorno a Basilea e, probabilmente, anche quando sarò sul treno per Berlino», rispose infine.

Si guardarono a lungo, con uno sguardo penetrante. Ormai non restava più niente da dire.

«*Wiedersehen*, papà.» Lo disse a bassa voce mentre suo padre lo salutava con un cenno della mano e scendeva in fretta le scale che portavano all'ingresso della pensioncina. Gli restavano dieci minuti per prendere il treno che lo avrebbe condotto a Basilea; fece di corsa gli ultimi isolati per raggiungere la stazione appena in tempo a comprare il biglietto e a salire a bordo. Nella pensioncina, Gerhard, sdraiato sul letto, dormiva già profondamente.

13

«Be', come sta?» Fräulein Hedwig guardò Ariana con aria preoccupata quando la ragazza uscì in corridoio per ritirare i vassoi della prima colazione. Per rassicurarla, Ariana sorrise alla vecchia governante.

«Molto meglio. Però tossisce ancora un po'. Secondo me, un altro giorno di letto lo sistemerà completamente.»

«Quello, e una visita del dottore, Fräulein Ariana. Nessuno di noi vuole che vada ad arruolarsi con la polmonite. Bello scherzo farebbe al Reich!»

«Polmonite! Non c'è neanche da pensarci.» Ariana la guardò con un'espressione gentile, ma altezzosa. «Fra l'altro, se il cattivo umore si può considerare un sintomo di miglioramento, t'assicuro che sarà in forma perfetta per il Reich!» E fece il gesto di rientrare nelle loro stanze con il vassoio del fratello. Poi sarebbe tornata indietro subito a ritirare il proprio, ma Fraülein Hedwig lo aveva già in mano. «Ti ho detto che vengo a prenderlo fra un minuto», insistette Ariana.

«Non essere sempre così indipendente, Ariana. Visto che ormai è da ieri che ti stai occupando da sola di quel ragazzo... credimi, sono sicura che hai bisogno di un po' d'aiuto!» Ridacchiò, bofonchiando fra sé e, entrando nel salottino dell'appartamento dei ragazzi, posò sul tavolo il vassoio di Ariana.

«Grazie.» Poi rimase lì in attesa che la vecchia governante se ne andasse, facendoglielo chiaramente capire.

«*Bitte.*» Poi allungò le mani verso il vassoio che Ariana stava ancora reggendo. «Glielo porto io.»

«No, non gli farà affatto piacere. Credimi, è meglio di no.» Le sue mani erano salde e ferme. «Sai benissimo che detesta essere trattato come un bambino.»

«Non come un bambino, Ariana, ma come un soldato. È il minimo che possa fare.» Con aria severa, si protese verso il vassoio.

«Ascoltami, ti prego», la fermò Ariana. «Anch'io ho ricevuto degli ordini. Mi ha fatto promettere che non avrei permesso a nessuno di entrare.»

«È un po' difficile considerarmi 'nessuno', Ariana.» E si raddrizzò sulla persona. In qualsiasi altra occasione Ariana si sarebbe sentita intimidita. Ma in questo caso non aveva nessuna intenzione di lasciarsi sopraffare da Fraülein Hedwig.

«Naturalmente! Tu non sei come tutti gli altri, però conosci mio fratello, vero?»

«A quanto pare, è diventato ancora più difficile del solito. Spero che la vita da soldato gli farà bene.»

«Glielo riferirò senz'altro.» Le rivolse un allegro sorriso, portò il vassoio in camera di Gerhard e chiuse la porta. Ma lo depose subito, appoggiandosi ai pannelli di legno con tutto il suo peso per la paura che Fraülein Hedwig insistesse. Invece, pochi attimi più tardi, sentì la porta del salotto che si chiudeva con fermezza e si lasciò sfuggire un sospiro di sollievo. Sperava con tutto il cuore che suo padre tornasse durante la notte, secondo il programma. Perché sarebbe stato impossibile tenere a bada Hedwig ancora per molto.

Quella mattina continuò a restare seduta in salotto e, a un certo momento, mise fuori dalla porta i due vassoi dopo aver provveduto a lasciare tracce evidenti che le due colazioni erano state consumate, almeno in parte. Poi ringraziò Anna per un mucchio di asciugamani puliti e in cuor suo pregò che Hedwig non si azzardasse a ripresentarsi fin verso la fine del pomeriggio. Come accadde puntualmente.

«Come sta?»

«Molto meglio. Credo che, per domani, sarà pronto a presentarsi in caserma. Non è nemmeno escluso che faccia saltare in aria la sua camera, prima di andarsene. Mi ha accennato che voleva fare ancora qualche ultimo esperimento con la sua attrezzatura da chimico.»

«Proprio quello di cui abbiamo bisogno!» Lanciò un'occhiataccia di disapprovazione ad Ariana. No, non le piaceva per niente il modo di comportasi così duro e altezzoso di quella ragazza! A diciannove anni poteva essere considerata da tutti una donna adulta, ormai, ma non per lei, non per Fraülein Hedwig. «Digli che voglio una spiegazione di questo modo di comportarsi da scolaretto viziato... dovrà dirmi per quale motivo si nasconde in questo modo nella sua camera!»

«Certo, glielo riferirò, stai tranquilla.»

«Sì, mi raccomando!» Poi si allontanò a lunghi passi furiosi, e stavolta per salire nella propria camera del piano di sopra. Erano passati venti minuti quando Ariana sentì bussare di nuovo, a colpi decisi e sonori, alla porta del salottino. Si aspettava di vedere Hedwig e quindi andò ad aprirla con un sorriso forzato. Stavolta, invece, era Berthold ancora con il fiato corto per aver salito di corsa quelle due rampe di scale.

«Una telefonata dall'ufficio di suo padre. Sembra urgente.

Vuole scendere?» Per un attimo Ariana esitò... doveva proprio lasciare il suo posto di guardia? D'altra parte, con le buone o con le cattive, Hedwig ormai era già stata allontanata definitivamente. Forse non c'era nessun pericolo ad abbandonare la sorveglianza per pochi minuti. Si affrettò a seguire Berthold e prese la telefonata dalla nicchia dell'ingresso dove si trovava l'apparecchio.

«Pronto?»

«Fräulein von Gotthard?» Era Frau Gebsen, la segretaria del padre alla banca.

«Sì. Che cosa c'è?» Che avesse avuto qualche notizia da papà? Che ci fosse stato qualche cambiamento nei loro piani?

«Non so... mi scusi... non vorrei farla preoccupare ma suo padre... mi pareva di aver capito... aveva accennato a qualcosa, andandosene ieri mattina. E mi era sembrato di capire che dovesse incontrarsi con il ministro delle Finanze, ma adesso mi rendo conto che invece non è così.»

«È proprio sicura? Può darsi che abbia avuto qualche altra riunione. In ogni caso, che importanza ha?»

«Ecco, non saprei. Abbiamo ricevuto una telefonata urgente da Monaco e devo assolutamente rintracciarlo. Ma, a quella riunione, non si è visto. Fra l'altro, il ministro si trova a Parigi e ci resterà per tutta la settimana.»

«In tal caso può darsi che lei abbia capito male. Dov'è mio padre, adesso?» Ariana si sentiva il cuore in gola.

«È per questo che telefono. Stamattina non si è visto in ufficio e, se non è a una riunione con il ministro delle Finanze, mi vuole dire dove può essere andato? Lei lo sa, forse?»

«No, assolutamente. Con ogni probabilità a qualche altra riunione. Sono sicura che, più tardi, le telefonerà.»

«Ma non ha telefonato per tutto il giorno, Fräulein e...» sembrò un po' imbarazzata, in fondo Ariana era ancora tanto giovane...! «Berthold mi ha detto che ieri sera non è tornato a casa.»

«Frau Gebsen, forse non deve riguardare né lei, né Berthold, e nemmeno me, dove e come mio padre passa la notte.» La voce le tremava per l'offesa, o almeno questa era l'impressione che dava — in realtà le tremava di paura.

«Naturalmente, Fräulein. La prego di accettare le mie scuse ma la telefonata da Monaco... a parte il fatto che ero preoccupata, pensavo che fosse successa una disgrazia. È una cosa insolita che suo padre non si faccia vivo almeno per telefono.»

«A meno che non abbia qualche riunione riservata, Frau Gebsen. Non è detto che il ministro delle Finanze sia l'unica persona importante con la quale mio padre può incontrarsi. A dir la verità non riesco a capire per quale motivo tutto questo debba essere tanto importante. Le basterà semplicemente dire a chi chiama da Monaco che, al momento, mio padre non può essere rintracciato; comunque, non appena rientrerà a casa, gli dirò di telefonarle. Sono sicura che non mancherà molto.»

«Spero che lei abbia ragione.»

«Ne sono sicurissima.»

«Benissimo, in tal caso la pregherei di dirgli di telefonarmi.»

«È quello che farò.»

Ariana riattaccò con cautela e si augurò che l'espressione della sua faccia non rivelasse il terrore che provava quando si avviò verso lo scalone per salire di sopra, con l'aspetto della persona offesa e indignata. Ma, al primo pianerottolo, si fermò per riprendere fiato prima di continuare. E quando raggiunse il secondo, vide subito che la porta del salottino che dava nelle loro stanze era socchiusa. Si precipitò ad aprirla per scoprire Berthold e Hedwig che confabulavano con aria cupa davanti alla porta spalancata della camera del fratello.

«Si può sapere che cosa state facendo qui?» Senza accorgersene si era messa quasi a gridare.

«Lui dov'è?» La voce di Hedwig era un'accusa, i suoi occhi glaciali.

«Che cosa volete che ne sappia? Probabilmente sarà andato giù a nascondersi in qualcuna delle stanze del pianterreno. Però, se ben ricordo, vi avevo detto espressamente...»

«E dov'è suo padre?» Adesso era la volta di Berthold.

«Vi chiedo scusa. Ma quello che mio padre fa, dove mio padre va, non sono cose che mi riguardano, Berthold, come non riguardano nemmeno te!» Tuttavia, affrontandoli, era diventata paurosamente pallida. In cuor suo pregava che non le tremasse la voce altrimenti si sarebbe tradita... Hedwig la conosceva troppo bene. «Quanto a Gerhard, probabilmente sarà andato in qualche posto. In ogni caso era qui l'ultima volta che sono venuta a controllare come stava.»

«E quando è stato?» Gli occhi di Hedwig erano pieni di sospetto. «Quel ragazzo non si è mai rifatto il letto in vita sua!»

«Gliel'ho rifatto io. E adesso, se volete essere tanto gentili tutti e due da andarvene, vorrei fare un sonnellino.»

«Certo, Fräulein.» Berthold si inchinò precipitosamente e vece segno a Hedwig di seguirlo fuori dalla stanza. Quando se ne furono andati, Ariana si lasciò cadere pallida e tremante nella poltrona preferita di Gerhard. Oh, Dio, che cosa poteva succedere adesso? Con le mani sulla bocca e gli occhi chiusi si abbandonò alle mille immagini, una più terrificante dell'altra, che le affollavano tumultuosamente il cervello. Ma nessuna di queste era terrificante come ciò che accadde mezz'ora più tardi quando sentì bussare con decisione alla porta.

«Adesso no, sto riposando.»

«Davvero, Fräulein? In tal caso la prego di scusare questa intrusione nelle sue stanze private.» L'uomo che le rivolgeva la parola non era uno dei domestici ma un tenente dell'esercito del Reich.

«Mi scusi?» Si alzò in piedi, sbalordita, lasciandolo entrare. Erano venuti a prendere Gerhard? Che cosa faceva quell'ufficiale lì, in casa? Ma purtroppo non c'era soltanto lui... mentre il giovane uomo entrava con aria sussiegosa nella stanza, Ariana si accorse che altri tre soldati camminavano avanti e indietro per il corridoio del terzo piano.

«Temo di doverle chiedere scusa, Fräulein.»

«Per carità, tenente!» Si alzò in piedi con un movimento pieno di decisione, cercò di riacquistare un po' di autorità, e si lisciò i morbidi capelli biondi che quel giorno aveva raccolto in uno chignon doppio, a forma di otto, sulla nuca. Si buttò sulle spalle una giacca di lana di cashmere blu scuro e tentò di avviarsi senza fretta verso la porta. «Le spiace se parliamo giù, al pianterreno?»

«No, affatto.» Assentì garbatamente il tenente. «Così, lungo la strada, potrà prendere il cappotto.»

«Il cappotto?» Ariana si accorse di avere il cuore in gola e le labbra secche.

«Sì, il capitano ha pensato che si andrebbe più per le spicce se lei venisse a parlargli nel suo ufficio, invece di costringerlo a venir qui personalmente a fingere di essere invitato a prendere il tè!» I suoi occhi gelidi, grigio acciaio, ebbero un lampo minaccioso e Ariana scoprì di odiarlo con tutte le sue forze. Perché l'ufficiale che aveva davanti era un nazista fatto e finito, dai risvolti dell'uniforme fino al cuore, allo spirito.

«È successo qualcosa, tenente?»

«Può darsi. In ogni caso lasceremo che sia lei a spiegarcelo.» Dunque avevano catturato Gerhard e papà? Ma no, non era possibile. Non volle nemmeno pensare che fosse successo qualcosa di simile mentre lo seguiva, con aria apparentemente calma, giù, al piano inferiore. Soltanto allora si rese conto della verità. Erano venuti a interrogarla ma non sapevano niente. Non ancora. E lei non doveva parlare. Indipendentemente da tutto quello che poteva succedere.

14

«DUNQUE lei pensava che suo padre si trovasse a una riunione riservata, Fräulein von Gotthard? Davvero? Molto interessante. E con chi?» il capitano Dietrich von Rheinhardt la guardò con curiosità. Era proprio una bella ragazzina. Del resto gliel'aveva già detto Hildebrand appena prima di farla entrare nel suo ufficio. E anche composta, e fredda, per essere tanto giovane. Sembrava tranquillissima, una vera signora dalla cima della testolina bionda alla punta delle scarpe di coccodrillo nero. «Dunque, con chi mi diceva che, da quanto ne sa lei, suo padre doveva avere una riunione?» Ormai andavano avanti così da quasi due ore, cioè da quando l'avevano fatta scendere dalla grossa Mercedes nera sulla Königsplatz, dominata dall'imponente colonnato del Reichstag e l'avevano frettolosamente scortata nell'edificio, e in un grande salone tanto lussuoso da incutere soggezione. Era l'ufficio del comandante in capo e molte persone, prima di lei, ne erano rimaste profondamente intimidite. Tuttavia Ariana non mostrò né terrore, né collera, né esasperazione. Rispose semplicemente alle loro domande, con calma, con cortesia, con quei suoi modi controllati e composti da gentildonna, ripetutamente.

«Non ho nessuna idea di chi fosse la persona con la quale mio padre doveva trovarsi, capitano. Non mi mette mai a parte dei suoi segreti professionali.»

«Dunque secondo lei aveva dei segreti?»

«Soltanto per quello che riguardava il lavoro da svolgere per il Reich.»

«Le sue spiegazioni sono incantevoli.» Poi si appoggiò allo schienale della poltrona e si accese una sigaretta. «Gradisce un tè?»

Per un attimo lei provò una gran voglia di rispondere in tono tagliente ciò che le avevano appena detto, che non volevano recitare la finzione della cerimonia del tè pomeridiano, ed era proprio questo il motivo per il quale l'avevano condotta lì, ma preferì scuotere educatamente la testa.

«No, grazie, capitano.»

«Magari, un bicchierino di sherry?»

Tutte queste banalità, queste cortesie erano sprecate con Ariana. Niente, lì, davanti a quel ritratto a grandezza naturale di Hitler che la fissava in pieno viso, avrebbe ottenuto lo scopo di metterla a suo agio.

«No, grazie, capitano.»

«E queste riunioni riservate e confidenziali di suo padre? Me ne parli.»

«Non ho detto che ne avesse. Io so soltanto che, a volte, la sera tornava a casa piuttosto tardi.» Cominciava a sentirsi stanca e, per quanto si sforzasse di non mostrarlo, la tensione a cui era sottoposta cominciava a trapelare.

«Forse c'è di mezzo una signora, Fräulein?»

«Mi spiace, capitano, non lo so.»

«No, naturalmente. Molto scortese da parte mia un'insinuazione simile.» Intanto la guardava con un'espressione che si era fatta improvvisamente collerica, malvagia. «E suo fratello, Fräulein? Va anche lui a queste riunioni riservate e confidenziali?»

«No, assolutamente! Ha appena compiuto i sedici anni.»

«Però non frequenta nemmeno i raduni della gioventù, vero? Giusto quello che dico o no, Fräulein? Non esiste, quindi, la possibilità che la sua famiglia non abbia per il Reich tutte le simpatie delle quali le abbiamo sempre fatto credito?»

«No, questo non è vero, capitano. Mio fratello ha avuto moltissime preoccupazioni per i suoi studi, oltre a soffrire di asma e poi naturalmente... della morte di mia madre.» Non concluse la frase, nella speranza di scoraggiare ulteriori indagini, ma non le restava molto da illudersi.

«E quando sarebbe morta sua madre?»

«Dieci anni fa, capitano.» *Grazie a persone come lei.*

«Capisco, è proprio commovente che riesca a ricordare sua madre. Dev'essere un ragazzo molto sensibile.» Lei assentì, perché non sapeva bene che cosa rispondere e sfuggì il suo sguardo. «Troppo sensibile per arruolarsi nell'esercito, Fräulein? Si potrebbe pensare che lui e vostro padre abbiano abbandonato la terra natale proprio nell'ora del suo maggior bisogno?»

«Niente affatto. Se avessero pensato a una soluzione simile, per quale motivo mi avrebbero lasciata qui?»

«Questo deve spiegarmelo lei, Fräulein. E dal momento che abbiamo toccato questo argomento, forse potrà anche raccontarmi qualcosa a proposito di un vostro amico di nome Max. Maximilian Thomas. Un uomo ancora giovane che di tanto in tanto veniva a trovare suo padre... oppure era lei alla quale faceva visita?»

«Era un vecchio amico di mio padre.»

«Il quale si è dileguato da Berlino solo cinque mesi fa. E c'è un particolare interessante: è scomparso esattamente la stessa sera in cui una delle auto di suo padre è stata rubata. Poi, naturalmente, l'auto è stata anche ritrovata, in perfetto stato, fuori dalla stazione ferroviaria di Berlino. Una felice coincidenza, naturalmente.» Oh, Dio, dunque erano anche al corrente della faccenda di Max? E, alla fine, avevano trovato un collegamento fra Max e suo padre?

«Non credo che la nostra automobile rubata abbia qualcosa a che vedere con Max.»

Lui tirò una lunga boccata dalla sigaretta. «Adesso torniamo a discutere ancora per un momento di suo fratello, Fräulein. Dove potrebbe essere, secondo lei?» Aveva parlato con quella voce lenta, un po' cantilenante, di chi si rivolge a un bambino molto piccolo oppure a un ritardato mentale. «Mi sembra di aver capito che è stata lei ad assisterlo quando gli è venuto un fortissimo raffreddore in questi ultimi due giorni.»

Lei annuì. «Poi, per un colpo di bacchetta magica, mentre lei era scesa al pianterreno a rispondere a una telefonata, il ragazzo è scomparso. Molto irritante da parte sua, naturalmente. Però quello che mi stavo chiedendo è tutt'altro: il mio sospetto è che sia scomparso parecchi giorni prima. Per esempio ieri mattina, all'incirca alla stessa ora in cui suo padre è stato visto per l'ultima volta nel suo ufficio. Secondo lei che genere di coincidenza potrebbe essere questa?»

«Una coincidenza assolutamente improbabile, direi. È rimasto in casa tutto il giorno, ieri, come ieri sera e anche stamattina, chiuso nella sua camera.»

«Un ragazzo fortunato ad avere una sorella così affettuosa. A quanto mi è stato detto, lei lo ha assistito, curato e difeso con uno zelo di una leonessa che difende i suoi cuccioli.» Mentre pronunciava queste parole, Ariana si sentì correre un brivido gelido lungo la schiena. Esisteva un solo mezzo con il quale avrebbe potuto sapere tutto questo. Da Hedwig oppure da Berthold. Si sentì cogliere da un'ondata di nausea mentre, finalmente, la verità le era rivelata. Per la prima volta, si sentì colpita dalla gravità di quanto era successo. Poi, improvvisamente, fu travolta da una collera sorda al pensiero del loro tradimento. Ma capiva anche di non doverglielo rivelare. Doveva continuare il suo gioco a qualsiasi costo.

Il capitano, però, non mollava. «Vede, Fräulein, quello che

io trovo curioso è il fatto che, a giudicare dalle apparenze, suo padre e suo fratello se la sono squagliata lasciandola qui, magari per salvare il ragazzo dall'arruolamento nell'esercito oppure per qualche altro scopo molto più efferato. In questo caso, qualunque possa essere stato il loro motivo, sembra proprio che l'abbiano abbandonata, cara mia! Eppure lei continua a proteggerli. Lo fa perché è sicura che suo padre tornerà? Sì, mi pare di poter concludere che la spiegazione dev'essere proprio questa. Altrimenti temo di non sapermi spiegare la sua reticenza a rispondermi.»

Per la prima volta Ariana ribatté in tono irritato; si sentiva i nervi a fior di pelle per la tensione di quell'interrogatorio. «Siamo qui a parlare da quasi due ore, ma la verità è un'altra: non ho le risposte alle domande che lei mi pone. Le sue accuse non sono precise e la sua supposizione che mio fratello e mio padre siano scappati, lasciandomi qui, è assurda. Per quale motivo lo avrebbero fatto?»

«A dir la verità, mia cara signorina, non ho mai pensato che lo facessero. Ed è proprio questo il motivo per il quale aspetteremo per vedere come vanno le cose. Poi, al ritorno di suo padre, avrò un paio di faccende delle quali discutere con lui.»

«Faccende? Di che genere?» Ariana lanciò a von Rheinhardt un'occhiata carica di sospetto.

«Un piccolo scambio, vogliamo chiamarlo così? La sua incantevole figlia per... be', preferisco non discutere la questione in dettaglio. Ma sarò lieto di poter sistemare le cose con suo padre non appena tornerà. E adesso, Fräulein, se vuole scusarci, chiederò al tenente Hildebrand di scortarla nella sua camera.»

«La mia camera? Dunque torno a casa?» Dovette fare uno sforzo per ricacciare le lacrime che le erano salite agli occhi. Ma il capitano stava scuotendo la testa con fermezza e continuava a scrutarla con quel suo sorriso tanto falso da risultare insopportabile.

«No, Fräulein, temo che dovremo dare la preferenza a un'altra soluzione e mostrarle qual è la nostra ospitalità, almeno fino al momento in cui suo padre tornerà. Cercheremo di offrire tutti i conforti nella sua... ehm... camera presso di noi.»

«Capisco.»

«Sì.» La guardò per un momento con aria grave. «Immagino che, a questo punto, non sia difficile capire. Però devo fare i miei complimenti a suo padre quando lo vedrò, se lo vedrò, naturalmente. Perché ha una figlia straordinariamente affascinante, molto intelligente e bene educata. Lei non ha pianto, non ha supplicato, non ha implorato. Anzi, le confesso che questo nostro piccolo pomeriggio è stato un piacere.» Il «piccolo pomeriggio» era stato composto da ore e ore di un interrogatorio martellante; e Ariana provò una gran voglia di prenderlo a schiaffi, sentendogli pronunciare quelle parole.

Lui schiacciò un campanello sul lato della scrivania e aspettò che il tenente Hildebrand si presentasse. Aspettarono a lungo. Il capitano schiacciò di nuovo il pulsante. «A quanto pare, il nostro bravo tenente è impegnato; quindi dovrò trovare qualcun altro che l'accompagni nella sua camera.» Ne aveva parlato come se si trattasse di una suite al *Danieli*, a Venezia, ma Ariana sapeva fin troppo bene che, ad aspettarla, non ci sarebbe stata una camera d'albergo ma una cella. Il capitano, visibilmente irritato, andò alla porta. La spalancò afferrando la massiccia maniglia di ottone e guardò fuori con occhi scintillanti di collera. Erano quasi le sette di sera; evidentemente il tenente Hildebrand era andato a mangiare un boccone. L'unico ufficiale che fosse visibile in quel momento, fuori dall'ufficio, era un giovanotto alto dalla faccia severa con una lunga cicatrice sottile su una guancia. «Von Tripp, dove sono gli altri?»

«Credo che siano andati a mangiare. Sono...» lanciò rapidamente un'occhiata all'orologio e poi al suo capitano «... si stava facendo tardi.»

«Porci! Pensano soltanto a riempirsi lo stomaco. E va bene, non importa. Dovrà occuparsene lei. A proposito, per quale motivo non è andato con gli altri?» Scrutò con aria ancora stizzita il tenente, il quale ricambiò lo sguardo irritato del suo superiore con un sorrisino gelido.

«Stasera sono di servizio.»

Il capitano gli indicò la porta del suo ufficio al di là della quale si intravedeva una figura di donna. «Allora la conduca giù lei. Io ho finito.»

«Signorsì.» Si mise sull'attenti, portò la mano alla tempia nel saluto, fece sbattere rumorosamente i tacchi ed entrò rapidamente nella stanza.

«In piedi.» L'ordine era stato pronunciato in tono così brusco che Ariana sussultò sulla poltrona.

«Come ha detto, scusi?»

Il capitano von Rheinhardt le lanciò un'occhiata malevola mentre rientrava nel suo ufficio. «Il tenente le ha ordinato di alzarsi in piedi, Fräulein. Sia tanto gentile da fare quello che le dice. Altrimenti, temo che... be', mi capisce, sarebbe imbarazzante...» Si sfiorò con la punta delle dita il frustino che teneva infilato alla cintola.

Ariana si alzò immediatamente, cercando di mettere ordine nei pensieri che le si affollavano nella mente. E adesso? Che cosa le avrebbero fatto? L'ufficiale alto e biondo che le aveva ordinato di alzarsi in piedi con quel tono tanto brusco aveva un aspetto che la terrorizzava e la brutta cicatrice sulla guancia peggiorava la situazione. Aveva l'aria glaciale e sembrava un automa quando, duro e impettito, si fece da parte perché lei lo precedesse fuori dalla stanza.

«Le auguro una buona serata, Fräulein», sogghignò von Rheinhardt alle sue spalle.

Ariana non gli rispose. Quando si trovarono nella stanza esterna il tenente la afferrò saldamente per un braccio. «Adesso lei mi seguirà e farà esattamente quello che le dirò. Mi piace poco litigare con i prigionieri, soprattutto con le donne. Sia tanto cortese da facilitare le cose non soltanto a lei ma anche a me stesso.» Era un avvertimento severo e Ariana, benché lui si fosse incamminato a lunghi passi, si affrettò a trotterellargli al fianco. Certo, era stato chiarissimo. Ormai doveva considerarsi una prigioniera. Niente di più. Improvvisamente non poté fare a meno di chiedersi se perfino papà sarebbe stato capace di tirarla fuori dai guai.

Il tenente alto e biondo la precedette lungo due corridoi e infine giù per una lunga rampa di scale nelle viscere dell'edificio dove l'atmosfera diventò improvvisamente umida e fredda. Aspettarono che una massiccia porta di ferro venisse spalancata, dopo che una guardia aveva occhieggiato attraverso uno spioncino per scrutarli e aveva fatto un cenno di assenso al suo accompagnatore. Poi la porta si richiuse alle loro spalle. Venne sbarrata, e infine sprangata, e Ariana si ritrovò, inorridita, a scendere un'altra rampa di scale. Sembrava quasi di essere condotta nei sotterranei di una fortezza e, infatti, quando vide la cella nella quale il suo viaggio terminava, si rese conto che il paragone era perfetto.

Il tenente continuò a tacere mentre venne chiamata una donna, con i gradi di sergente, e Ariana perquisita da capo a piedi. Poi la sospinsero nella cella e il tenente rimase a controllare che la donna chiudesse la porta. Nelle altre celle intorno a lei si sentivano voci di donna che chiamavano, piangevano e gridavano e a un certo momento le parve perfino di ascoltare i lamenti di un bambino. Ma non riusciva a vedere nessuna faccia perché quelle porte erano lastre di metallo massiccio con finestrini quadrati, di pochi centimetri, a sbarre. Ariana non avrebbe saputo immaginare un posto più orribile di quello nel quale si trovava; appena entrata nella cella buia fu costretta a lottare contro se stessa, a lungo, per non mettersi a urlare e per non abbandonarsi completamente al terrore. Alla sottile lama di luce che filtrava da quel finestrino, credette di vedere quello che le parve il vaso di un gabinetto ma, pochi istanti più tardi, scoprì che si trattava soltanto di un largo recipiente bianco, smaltato. Sì, era proprio prigioniera... chissà perché quest'ultimo particolare rendeva la realtà dei fatti ancora più cruda.

Nel fetore della cella cominciò a piangere sommessamente e infine si lasciò cadere in un angolo, piegò la testa sulle braccia e si abbandonò ai singhiozzi che la squassavano da capo a piedi.

15

Quando Walmar von Gotthard lasciò la stazione di Basilea quella mattina, si guardò intorno cautamente prima di riprendere il lungo cammino di ritorno a Lörrach dove aveva intenzione di salire sul treno per Berlino. Aveva i muscoli che gli dolevano e, se la mattina del giorno precedente aveva dovuto fingersi rozzo, male in arnese e sporco, adesso tutto questo era diventato realtà. Non assomigliava affatto al banchiere che dirigeva la banca Tilden e partecipava a riunioni riservate con il ministro delle Finanze, anzi, poteva essere considerato il più eminente banchiere dell'intera Berlino. Adesso aveva l'aspetto di un vecchio stanco e affaticato, che aveva compiuto un lungo viaggio — ma nessuno avrebbe sospettato l'entità della somma in contanti che portava nascosta addosso.

Verso mezzogiorno raggiunse la frontiera senza problemi — adesso si trattava di attaccare l'ultimo pezzo della strada, quello da fare a piedi — i lunghi chilometri, quasi una trentina, per raggiungere Lörrach, che aveva appena compiuto in senso inverso, con aria vittoriosa, soltanto sei ore prima per arrivare alla frontiera con la Svizzera. Era a questo punto che cominciava la parte più difficile del viaggio, il ritorno a Berlino. Poi Walmar avrebbe dovuto compierlo un'altra volta provando ancora gli stessi terrori, con Ariana. Ma non appena tutti e due i suoi figli si fossero trovati in salvo al di là della frontiera con la Svizzera, capiva che non avrebbe più avuto importanza se anche fosse crollato al suolo di schianto, morto stecchito. Fra l'altro, mentre strisciava attraverso il varco nel filo spinato, aperto quella mattina stessa, si disse che avrebbe potuto considerarsi molto fortunato se avesse potuto resistere tanto a lungo. Per un uomo della sua età quella che stava compiendo era una vera e propria avventura; d'altra parte se fosse riuscito a salvare Ariana e Gerhard, nient'altro avrebbe avuto importanza. Voleva fare tutto ciò che era in suo potere, e anche di più, per i ragazzi. Si fermò di nuovo, si guardò intorno, tese l'orecchio. Poi si affrettò a raggiungere il gruppo di alberi sotto i quali ripararsi. Disgraziatamente questa volta non fu fortunato come alla mattina; udì un rumore di passi fra i cespugli a pochi metri di distanza. Tentò di accelerare la corsa, di penetrare ancora di più nella boscaglia per nascondersi nel folto degli alberi, ma due soldati gli furono subito alle calcagna. «Ehi, nonno, dove stai andando? Ad arruolarti nell'esercito a Berlino?»

Lui tentò di guardarlo con un mezzo sorriso idiota sulle labbra ma uno dei due uomini che facevano parte delle pattuglie di guardia al confine, tolse la sicura al fucile e con il dito sul grilletto, glielo puntò contro il cuore. «Dove stavi andando?»

Allora lui si decise a parlare, con l'accento rozzo del campagnolo. «A Lörrach.»

«Come mai?»

«Ci sta mia sorella.» Si sentiva il cuore che gli batteva a tonfi sordi. «Davvero? Molto bene.» Agitò lievemente il fucile di nuovo in direzione del petto di Walmar e fece segno al suo compagno di perquisirlo. Gli strapparono la giacca, gli frugarono nelle tasche, gli tastarono la camicia.

«I miei documenti sono in ordine.»

«Davvero? Vediamoli un po'.»

Ma prima che lui facesse in tempo a tirarli fuori, prima che le sue dita ci arrivassero, il soldato che lo perquisiva tastò qualcosa di lungo e liscio nascosto sotto il braccio destro di Walmar.

«Qui che cosa c'è, nonno? Ci nascondi qualcosa?»

Scoppiò in una risataccia strizzando l'occhio all'amico. Com'erano buffi i vecchi. Credevano tutti di essere tanto furbi! I soldati gli strapparono la camicia, che adesso era sporca e spiegazzata, senza nemmeno accorgersi quanto il tessuto fosse fine ed elegante. Non avevano nessun motivo di sospettarlo. In fondo non era che un vecchio contadino. Invece quello che trovarono custodito nel portafoglio nascosto li lasciò senza parole, perché si trattava di un patrimonio in banconote grandi e piccole. Man mano che contavano ciò che avevano trovato, sgranavano gli occhi. «Che cosa stavi facendo? Portavi questi soldi al Führer?» Scoppiarono in una risataccia per questa battuta di spirito e poi sorrisero felici e contenti, guardando il vecchio.

Questo aveva abbassato gli occhi perché temeva che i due soldati vi leggessero la collera che lo divorava; si augurò che si limitassero a portargli via il denaro. Ma ormai i due soldati non avevano più illusioni sul modo di comportarsi quando si è in guerra. Dopo essersi scambiati un rapido sguardo, fecero quello che andava fatto. Il primo dei due si tirò indietro e il secondo sparò. Walmar von Gotthard cadde di schianto, cadavere, in mezzo all'erba alta.

Poi i due soldati lo afferrarono per i piedi e lo trascinarono dove i cespugli erano più folti, gli tolsero i documenti, e, intascato il denaro, tornarono nella loro baracca dove si misero a contare più accuratamente tutti quei soldi e buttarono i documenti del vecchio sul piccolo falò che avevano acceso. Non si presero nemmeno la briga di leggerli. Chi fosse stato, era qualcosa che non aveva importanza per nessuno. All'infuori di Gerhard, in attesa nella camera di una pensioncina di Zurigo. All'infuori di Ariana, rannicchiata, in preda al terrore, nella sua cella di Berlino.

16

Il tenente von Tripp fece un cenno al soldato che teneva il grosso anello con le chiavi perché aprisse la porta della cella di Ariana. Questa si socchiuse lentamente, cigolando, e i due uomini tentarono di non mostrare il loro disgusto per il fetore che emanava dall'interno. Del resto tutte le celle erano più o meno così, per l'umidità, e anche perché, naturalmente, non c'era mai nessuno che le pulisse.

Costretta a uscire dall'oscurità che l'aveva circondata, per un attimo Ariana ebbe l'impressione di sentirsi accecare. Non sapeva nemmeno quanto tempo fosse rimasta in cella. Ma solo che non aveva fatto che piangere per quasi tutto il tempo. Però, sentendoli arrivare, si era asciugata gli occhi in fretta e furia e aveva perfino tentato di ripulirsi dal mascara che doveva esserle colato sulle guance con un angolo della sottoveste guarnita di pizzo.

Si lisciò rapidamente i capelli e aspettò fino a quando non sentì che giravano la chiave nella serratura della porta. Che ci fossero notizie di papà e di Gerhard? Aveva aspettato e pregato, desiderando disperatamente di sentire voci familiari; invece non le giunse che il tintinnio metallico di quelle chiavi. Quando riuscì a intravedere confusamente qualcosa, riconobbe il tenente alto e biondo che l'aveva già accompagnata lì il giorno prima.

«Esca dalla sua cella, per favore, e venga con me.» Ariana si alzò in piedi con le gambe che le tremavano e, per fare qualche passo, si appoggiò al muro della cella. Ma barcollò e, per un attimo, lui dovette dominare l'istinto di allungare una mano per sorreggerla. Aveva un'aria incredibilmente fragile, ed era così piccola! Tuttavia gli occhi che si fissarono nei suoi, pochi istanti più tardi, non erano quelli di una fragile bellezza che chiedeva aiuto ma di una giovane donna decisa, disperata ma ansiosa di sopravvivere, la quale cercava di comportarsi con dignità, per quanto possibile. I suoi capelli adesso erano spettinati e non più raccolti nell'elegante chignon della sera prima. Le scendevano sulle spalle come un fascio di grano maturo. La sua gonna era spiegazzata, ma costosa ed elegante e, malgrado l'orrendo fetore dal quale era rimasta avvolta per quasi ventiquattr'ore, dai suoi capelli esalava ancora lievemente l'aroma del suo profumo.

«Da questa parte, per favore, Fräulein.» Si spostò di lato e poi si mise a camminare dietro di lei per evitare che cercasse di scappargli. Osservandola gli faceva ancora più compassione di prima. Ariana aveva raddrizzato le spalle esili e teneva la testa alta, i tacchi delle sue scarpe battevano con passo deciso sull'impiantito dei corridoi, e anche sui gradini delle scale, quando cominciarono a salirli. Solo una volta vacillò, per un attimo, e chinò la testa sul petto come se si sentisse troppo debole per proseguire o avesse le vertigini. Lui non disse niente ma aspettò e, dopo un attimo, Ariana riprese a salire i gradini, grata, in cuor suo, che il tenente non l'avesse spinta avanti o le avesse gridato di spicciarsi.

Del resto Manfred von Tripp non era come gli altri. Solo che Ariana non lo sapeva. Era un gentiluomo, come lei era una gentildonna; quindi nemmeno per un attimo avrebbe osato spingerla o insultarla, stimolarla ad andare avanti, imprecare contro di lei o frustarla. E c'erano molte persone alle quali lui non era simpatico proprio per questo. Per esempio von Rheinhardt. Ma, questa antipatia aveva poca importanza perché von Rheinhardt era il suo capitano e poteva mettere in riga von Tripp quando e come voleva, oltre che costringerlo a ubbidire ai suoi ordini.

Quando arrivarono in cima all'ultima rampa di scale il tenente von Tripp l'afferrò di nuovo saldamente per un braccio e le fece percorrere di nuovo l'ultimo tratto di corridoio, che ormai ben conosceva. Ed ecco ancora davanti a lei il capitano che l'aspettava e sorrideva, fumando tranquillamente una sigaretta, come il giorno prima. Il tenente si mise sull'attenti, salutò, sbatté i tacchi e scomparve.

«Buon giorno, Fräulein. Ha passato una piacevole nottata? Mi auguro che non sia stata troppo... ehm... scomoda nella sua... stanza.» Ariana non rispose. «Si sieda. Prego. Si accomodi.» Lei ubbidì senza parlare e lo guardò dritto in faccia. «Purtroppo sono spiacente di doverle dire che non sappiamo ancora niente di suo padre. E ho paura che parte delle sue supposizioni si sia rivelata fondata. Suo fratello non si è ancora fatto vedere e, oggi, proprio per questo motivo deve essere considerato un disertore. Quindi, cara Fräulein, al momento la sua posizione non è delle più facili. Posso aggiungere che può considerarsi, più o meno, in mano mia. Di conseguenza, posso sperare che oggi lei voglia metterci a parte di qualcosina di più di quello che sa.»

«Non so niente di più di quello che le ho detto ieri, capitano.»

«Molto spiacevole per lei. Perché in questo caso, Fräulein, non sprecherò né il suo tempo né il mio, prolungando questo interrogatorio. Lascerò che continui a fare di testa sua, seduta nella sua cella, mentre aspettiamo di avere notizie.» *Oh, Dio, per quanto tempo ancora?* Ariana avrebbe voluto mettersi a urlare, sentendogli pronunciare queste parole; e, invece, la sua espressione rimase impenetrabile.

Lui si alzò in piedi e schiacciò il pulsante del campanello. Un attimo più tardi von Tripp ricomparve. «Dove diavolo è andato a cacciarsi Hildebrand? Ogni volta che lo chiamo, non si trova!»

«Mi spiace, signor capitano. Credo che sia uscito a pranzo.» In realtà, Manfred non aveva la minima idea di dove Hildebrand si trovasse, né tantomeno gli interessava. Del resto Hildebrand ormai aveva preso l'abitudine di andarsene per i fatti suoi lasciando qualcun altro a sostituirlo.

«In tal caso toccherà a lei scortare di nuovo la prigioniera nella sua cella. A proposito, dica a Hildebrand che voglio vederlo quando torna.»

«Benissimo, signor capitano.» Il tenente condusse Ariana fuori dalla stanza. Ormai questa sapeva già che cosa l'aspettava, conosceva la strada, i corridoi sterminati, quella camminata che pareva non finisse mai. Per fortuna non era confinata definitamente nella sua cella e, almeno in questi momenti, poteva respirare, muoversi, toccare, vedere. Non avrebbe avuto importanza se l'avessero fatta marciare per quei lunghi corridoi anche per ore e ore. Qualsiasi cosa era meglio della piccola cella lurida.

Incontrarono Hildebrand mentre scendevano la seconda rampa di scale. Aveva l'aria soddisfatta e felice e canticchiava una canzoncina. Trasalì, alzando gli occhi verso von Tripp; poi scrutò con interesse Ariana, da capo a piedi, come aveva già fatto la mattina del giorno prima, quando era entrato nella sua camera, in casa del padre.

«Buongiorno, Fräulein. Gradisce il soggiorno qui da noi?» Lei non rispose ma gli lanciò un'occhiata da incenerire. Hildebrand la guardò di nuovo, visibilmente stizzito, poi sorrise a Manfred. «La riaccompagni giù?» Manfred annuì con aria distaccata. Non aveva voglia di perdere tempo a chiacchierare con Hildebrand. Lo trovava odioso, come gran parte degli ufficiali con i quali lavorava ma, da quando era stato ferito al fronte, aveva dovuto accontentarsi di incarichi di questo genere.

«Il capitano vuole vederti. Gli ho detto che eri fuori, a pranzo.»

«Come era, infatti, caro Manfred. Proprio così.» Sogghignò di nuovo, abbozzò un saluto, e riprese a salire le scale mentre loro continuavano a scenderle. Si voltò ancora a lanciare un'ultima occhiata ad Ariana mentre Manfred la faceva passare attraverso l'ultima porta, e l'accompagnava per i corridoi, giù giù fin nelle viscere dell'edificio, fino alla porta della sua cella. Poco distante una donna urlava disperatamente. Ariana si turò le orecchie per non sentirla e provò quasi sollievo quando, finalmente, poté accasciarsi sull'impiantito della cella.

Dopo tre giorni percorse di nuovo quei lunghi corridoi per andare a parlare con il capitano; e di nuovo il capitano le riferì che suo padre e suo fratello non erano tornati. Ormai Ariana non riusciva più ad accettare questo fatto e si rendeva conto che dovevano mentirle — cioè che avevano trovato sia papà sia Gerhard — oppure che qualcosa nel loro programma non aveva tragicamente funzionato. Ma se le dicevano la verità, bisognava pensare che non ci fossero ancora notizie né di suo padre né di suo fratello; dopo un colloquio di pochi minuti nel suo ufficio, von Rheinhardt la rimandò via di nuovo.

Stavolta fu Hildebrand a ricondurla giù, per quei lunghi corridoi, stringendole il braccio con forza, le dita che le penetravano dolorosamente nella carne. Ma, nello stesso tempo, la teneva talmente in alto, attorno al braccio, in modo da poterle sfiorare il seno. Intanto la incitava a camminare con curiose frasi smozzicate come se lei fosse stata un animale da mandare avanti, anche a spinte e a calci se necessario — e, in ogni caso, come non mancava mai di menzionare, poteva sempre tornargli utile la frusta.

Stavolta, raggiunta la porta del sotterraneo dove era rinchiusa, non aspettò la donna che avrebbe dovuto perquisirla ma le passò le mani lentamente sul corpo, sul ventre, sulle natiche, e trasversalmente sul petto. Ariana, fremendo da capo a piedi, cercò di tirarsi indietro, guardandolo con odio, ma lui scoppiò a ridere quando la donna richiuse con un gesto fermo la porta fra di loro. «Buona notte, Fräulein.» Poi Ariana lo sentì allontanarsi. Il rumore dei suoi passi, tuttavia, si fermò solo a pochi metri di distanza. Si accorse che dava un ordine in tono brusco e asciutto alla guardiana. «Questa. Non l'ho ancora provata.» Con le orecchie tese ma gli occhi chiusi, Ariana sentì il tintinnio della chiave infilata nella serratura, la porta che si spalancava e poi il rumore dei suoi passi che si faceva più attutito. Pochi minuti più tardi le arrivarono grida, urli e suppliche, il suono sferzante del frustino che tagliava l'aria e si affondava nella carne, poi il silenzio e nessun urlo, ma soltanto una lunga serie di orribili grugniti. Non poteva più sentire la voce della donna ma, anche lasciando scatenare al massimo la sua fantasia, e nel senso peggiore, non riuscì a indovinare che cosa il tenente potesse avere commesso. Aveva picchiato quella donna tanto selvaggiamente da farle perdere i sensi? L'aveva frustata a tal punto da farla morire? Invece, dopo un po', le giunse un singhiozzare sommesso e si rese conto che la donna era viva.

Con la schiena appoggiata alla parete della sua piccola cella, restò ad aspettare, cercando di distinguere quel rumore di passi, con il timore che si avvicinassero di nuovo alla porta... invece si allontanarono per il corridoio, con un ritmo regolare, e infine si dileguarono. Sospirando di sollievo, Ariana si lasciò cadere al suo solito posto, sul pavimento.

Le cose continuarono così per giorni e settimane, con visite regolari al capitano il quale le ripeteva l'informazione che nessuno sapeva più niente di suo padre, che lui non era ritornato. Al termine della terza settimana, Ariana era esausta, sudicia, affamata, non riusciva a rendersi conto di quello che poteva essere successo, del perché non erano tornati da lei. C'era invece da pensare che von Rheinhardt mentisse? Forse anche Gerhard e papà erano stati catturati e adesso si trovavano anche loro in prigione? L'unica risposta che si rifiutava di accettare era la peggiore — che fossero stati uccisi.

Nell'ultima occasione in cui venne convocata nell'ufficio

del capitano, ormai dopo una ventina di giorni, Hildebrand la riaccompagnò di nuovo nella sua cella. In genere era capitato che l'accompagnasse l'altro tenente oppure, di tanto in tanto, qualche ufficiale sconosciuto.

Quel giorno, invece, fu lui a sorreggerla per il braccio mentre scendevano nel sotterraneo dove era tenuta prigioniera. Ormai Ariana era esausta tanto che aveva già vacillato tre o quattro volte. I capelli le penzolavano sporchi e arruffati sul dorso, intorno al viso. Lei cercava di buttarli indietro con le dita lunghe e delicate ma, adesso, aveva le unghie rotte e, nei capelli, non era più rimasta nessuna traccia di profumo. Si stringeva intorno al corpo, per sentire un po' di calore, la giacca di cashmere che in quel giorno lontano si era buttata con tanta disinvoltura sulle spalle, la gonna e la camicetta erano lacere e sporche — quanto alle calze, le aveva buttate via dopo i primi giorni. Hildebrand esaminò tutto questo con aria piena di interesse, come un uomo che deve investire una certa somma in un armento di bestiame o ha intenzione di comprare delle pecore e, mentre scendevano l'ultima rampa di scale per arrivare alla cella, incontrarono il tenente Manfred von Tripp. Questi salutò Hildebrand senza entusiasmo ed evitò di incontrare lo sguardo di Ariana. Del resto teneva sempre gli occhi fissi un po' al di sopra della sua testa come se non provasse un particolare interesse a guardarla in faccia.

«Buongiorno, Manfred.» Hildebrand lo salutò con un tono stranamente disinvolto e casuale mentre passavano; quanto a von Tripp, ricambiando il saluto, si limitò a bofonchiare un semplice: «'giorno». Poi, come se volesse osservare quello che facevano, si voltò per un attimo a fissarli. Ariana era troppo stanca per accorgersene ma Hildebrand gli lanciò, di rimando, un'occhiata molto significativa, e sogghignò. Allora von Tripp voltò le spalle e riprese a salire le scale, per tornare nel suo ufficio. Ma quando sedette alla scrivania, si accorse di essere pieno di rabbia e di livore. Hildebrand ci metteva troppo per tornare al suo posto. Ormai aveva accompagnato la prigioniera giù, nei sotterranei, da quasi venti minuti, non c'era motivo di trattenersi tanto. A meno che, e lentamente la verità venne a galla. Che idiota! Figurarsi se non avrebbe tentato anche con lei quello che faceva già con le altre! Ma lo sapeva, Hildebrand, di chi fosse figlia quella ragazza... quale fosse la classe sociale dalla quale proveniva? Come faceva a non capire che era una tedesca, una ragazza di ottima famiglia, appartenente alla migliore società... e che non aveva importanza dove suo padre fosse andato a cacciarsi o che cosa avesse fatto? Se poteva permettersi un modo di comportarsi vergognoso e indecente con qualche prigioniera, era impossibile che si illudesse di farla franca con una ragazza come quella! In ogni caso, chiunque fossero le sue vittime, Manfred non ne poteva più del contegno crudele e oltraggioso di Hildebrand. Non restò lì a pensarci e, seguendo un impulso improvviso, si precipitò lungo i corridoi e poi giù, per quelle scale, dove i suoi passi rimbombarono. In cuor suo Manfred aveva già capito che, per gente come Hildebrand, non aveva nessuna importanza chi diavolo fosse il padre di Ariana... se era un personaggio importante o no! Per gente del suo calibro, lei era soltanto una ragazza. E si scoprì a pregare, dentro di sé, di non arrivare troppo tardi.

Strappò con veemenza dalle mani della guardiana il grosso anello al quale erano appese le chiavi, le fece segno di restare seduta dov'era e le diede un ordine secco: «Lasci stare. Resti dov'è». Poi, voltando appena la testa a guardarla, le domandò: «C'è giù Hildebrand?» La donna in uniforme assentì e Manfred si precipitò per l'ultima rampa di scale con le chiavi, facendo risuonare ritmicamente i tacchi degli stivali.

Bastò un po' di rumore a fargli capire che Hildebrand era nella cella della ragazza. Senza pronunciare una sola parola, Manfred infilò le chiavi nella toppa e spalancò la porta — si trovò davanti Ariana, seminuda, con i vestiti in brandelli, il sangue che le scendeva a fiotti da una ferita sulla guancia. C'era anche Hildebrand, con la faccia raggiante, gli occhi colmi di lussuria selvaggia, il frustino in una mano, l'altra affondata fra i capelli arruffati di Ariana. Tuttavia, dopo una rapida occhiata alla gonna che la ragazza si teneva drappeggiata in qualche modo intorno alla cintola e dalla sua aria combattiva, von Tripp intuì che il peggio non era ancora accaduto. E si rallegrò di non essere arrivato troppo tardi.

«Fuori di qui.»

«Si può sapere che cosa diavolo ti prende? Perché ti interessi di quello che sto facendo, perdio? Questa ragazza è nostra.»

«Niente affatto. Non è 'nostra', appartiene al Reich, esattamente come al Reich appartieni tu, come gli appartengo io, come tutti gli altri.»

«Queste sono fandonie! Tu e io non siamo chiusi qui, in questa prigione.»

«Così hai pensato bene di violentarla, vero?» I due uomini si fissarono stravolti dal furore e, per un attimo Ariana, ansimante e terrorizzata in un angolo, si domandò se il suo aggressore avrebbe adoperato il frustino anche con il tenente che cercava di imporgli la propria volontà. Ma, no, Hildebrand non aveva perso la testa fino a questo punto. Infatti fu von Tripp a parlare per primo, squadrandolo dalla soglia della cella. «Ti ho detto... fuori! Ne discuteremo poi, di sopra.» Hildebrand gli passò davanti in fretta e furia, con un ringhio feroce e, per un attimo, nella buia cella, né Manfred né Ariana aprirono bocca. Infine, asciugandosi con gesto risoluto le lacrime che le bagnavano le guance e scostandosi i capelli che le erano caduti sugli occhi, Ariana tentò di coprirsi alla bell'e meglio, per un minimo di decenza, mentre Manfred, in silenzio, teneva gli occhi abbassati. Quando intuì che si era un po' calmata, la osservò di nuovo — stavolta non tentò di evitare lo sguardo dolente e triste di quegli occhi azzurri. «Fräulein von Gotthard... mi spiace... avrei dovuto capirlo. Provvederò che non succedano più cose del genere. Perché non dovrebbero succedere.» E poi aggiunse: «Non siamo tutti così. Le assicuro che non so come farle capire quanto io sia dolente...» Era la verità. Aveva avuto una sorella più giovane, quasi coetanea di Ariana, anche se lui aveva già trentanove anni. «Come si sente? Tutto bene?» In piedi, l'uno di fronte all'altra, parlavano nell'oscurità quasi assoluta, rotta soltanto da una sottile lama di luce che filtrava dalla porta.

Scuotendo la chioma bionda, Ariana annuì e von Tripp le porse il suo fazzoletto perché si asciugasse il sangue che continuava a colarle sul viso. «Sì, credo. La ringrazio.» Von Tripp non immaginava quanta fosse la gratitudine della ragazza nei suoi confronti. Ormai si era convinta che Hildebrand volesse uccidere; quando, invece, aveva capito che la sua intenzione era quella di violentarla, aveva avuto solo la speranza che, prima di giungere a quel punto, la uccidesse.

Manfred la osservò di nuovo per un attimo che parve interminabile, e infine sospirò profondamente. Benché, in passato, avesse creduto sinceramente nella guerra che stavano combattendo, ormai era arrivato al punto di odiarla. Perché aveva guastato e corrotto tutto quello in cui aveva creduto, quello che aveva difeso. Un po' come assistere al cambiamento di una donna che, in passato, si rispettava e adesso era diventata una sgualdrina. «C'è qualcos'altro che posso fare?»

Allora lei gli sorrise, stringendosi la giacca di lana intorno alle spalle, guardandolo con quei grandi occhi tristi e sperduti. «Ha già fatto tutto quello che poteva. C'è soltanto un'altra cosa che potrebbe fare per me... trovare mio padre.» Poi, all'improvviso, cercò il suo sguardo, azzardandosi a chiedergli la verità. «Forse è anche lui qui, in qualche cella? Qui, nel Reichstag?»

Manfred scosse lentamente la testa. «Non abbiamo avuto ancora nessuna notizia.» E poi: «Forse arriverà un giorno o l'altro. Non rinunci a sperare, Fräulein. Non lo faccia mai!»

«No, non lo farò. Dopo oggi!» Gli rivolse un altro sorriso e von Tripp, guardandola gravemente, assentì, uscì dalla cella e ne chiuse di nuovo a chiave la porta. Ariana si lasciò cadere lentamente sul pavimento, ripensando a tutto ciò che era accaduto e all'ufficiale che era arrivato, provvidenzialmente, appena in tempo. Chiusa nella cella buia, lasciò che l'odio per Hildebrand si stemperasse in gratitudine per quello che von Tripp aveva fatto. Certo che erano uno strano gruppo di persone, tutti quegli ufficiali! Ma non li avrebbe mai capiti.

Non rivide più né l'uno né l'altro dei due uomini fino al termine della settimana successiva. Ormai, a quel punto, era già rinchiusa nella cella del sotterraneo da un mese esatto. Il suo massimo timore era che il padre e Gerhard fossero stati uccisi. Perché non riusciva ancora ad accettare una simile eventualità. Si concedeva di pensare soltanto al presente. O ai suoi nemici. E al modo di vendicarsi.

Un ufficiale che non aveva mai visto venne a prenderla e la

trascinò fuori dalla cella, malmenandola. La sorresse con malgarbo sulla scala quando lei vacillò e la coprì di insulti quando, a un certo momento, inciampò e cadde. A questo punto, ormai, Ariana non riusciva quasi più a camminare, un po' per la debolezza e un po' per la mancanza di esercizio che le faceva sentire le gambe rigide e pesanti. Quando raggiunse l'ufficio di Dietrich von Rheinhardt, era una giovane donna molto diversa da quella che solo un mese prima vi si era seduta, tanto composta, dignitosa e controllata. Von Rheinhardt la guardò con un'espressione quasi di ribrezzo; tuttavia sapeva perfettamente che cosa nascondevano i vestiti laceri e sporchi e i capelli arruffati... perché Ariana era una creatura molto bella, bene educata, intelligente, che sarebbe stata un dono stupendo da offrire a qualsiasi uomo del Reich. A lui non interessava, comunque, aveva altri piaceri, altre necessità. In ogni caso la ragazza sarebbe stata un dono magnifico per chiunque. Ma ancora non sapeva per chi.

A questo punto non perdette altro tempo in discorsetti garbati né in cortesie. Ariana non era più la «Fräulein» di prima, Ariana adesso non serviva più. «Il fatto è che lei è diventata inutile, purtroppo. Una prigioniera che si tiene da conto per ottenere un determinato riscatto non è più considerata un bene prezioso quando non c'è più nessuno disposto a pagare tale riscatto. Invece diventa un peso. Quindi non esiste più nessun motivo per cui dobbiamo darle da mangiare e ospitarla qui. Anzi, posso dire che la nostra ospitalità è finita.» Dunque stavano per fucilarla. Sì, la soluzione non poteva che essere questa... Del resto non aveva più importanza. Era una sorte migliore di tante altre. Perché lei non voleva diventare una prostituta per gli ufficiali e non aveva forze sufficienti, ormai, per i lavori più umili, come quello di pulire i pavimenti. Aveva perso la sua famiglia, la sua ragione di vita. Se avessero deciso di fucilarla, tutto sarebbe finito per sempre. Ascoltandolo, provò quasi un senso di sollievo.

Ma von Rheinhardt non aveva finito: «Verrà riaccompagnata a casa sua per un'ora. Potrà ritirare i suoi effetti personali e poi tornerà via di nuovo. Non potrà prendere niente di particolare valore dalla casa, né denaro né gioielli, solo quel po' di oggetti di cui potrà avere bisogno nell'immediato futuro. Dopo di che, dovrà badare a se stessa da sola».

Dunque non avevano intenzione di fucilarla? E perché? Fissò l'ufficiale con aria incredula. «Lei andrà a vivere nella caserma femminile e lavorerà come tutte le altre. Provvederò che qualcuno l'accompagni in auto a Grunewald fra un'ora. Nel frattempo, resti fuori, nell'ingresso, ad aspettare.» Aspettare fuori, dove tutti potevano vederla, nelle condizioni in cui era ridotta? Mezza nuda, con addosso gli indumenti che Hildebrand aveva tentato di strapparle una settimana prima. Sì, erano proprio bestie, costoro!

«E che cosa succederà della casa di mio padre, adesso?» mormorò con voce rauca, dal momento che in quell'ultimo mese aveva avuto pochissime occasioni di parlare.

Von Rheinhardt si mise a frugare con aria indaffarata fra le carte e i documenti che aveva sulla scrivania ma, alla fine, rialzò gli occhi a guardarla. «Sarà occupata dal generale Ritter. E dal suo personale.» In realtà il suo «personale» era composto di quattro donne, disposte a fare tutto quello che lui voleva, che aveva collezionato, dopo accurata scelta, nel giro degli ultimi cinque anni. «Sono sicuro che sarà molto felice in quella casa.»

«Anch'io.» Perché ci erano stati felici anche loro. Suo padre e suo fratello e, in passato, anche sua madre, come lei. Sì, vi avevano vissuto tutti sereni e contenti. Prima che gente indegna e ignobile come questa arrivasse a distruggere le loro vite, gente che adesso stava depredandoli anche della casa di Grunewald. Per un attimo si sentì gli occhi pieni di lacrime. Chissà... pensò con speranza alle incursioni aeree alle quali ormai si era abituata... chissà... forse sarebbe caduta qualche bomba a ucciderli tutti.

«Non ho altro da aggiungere, Fräulein. Si ricordi che deve presentarsi alla sua caserma per le cinque, questo pomeriggio. Aggiungerò anche che l'alloggiamento in caserma non è definitivo. A sua scelta, è libera di... ehm... di trovare soluzioni diverse, magari anche per andare a vivere altrove... sempre nell'ambito dell'esercito... naturalmente.» Ariana capì perfettamente a che cosa alludeva. Poteva offrire al generale di entrare nel numero delle sue amanti e lui l'avrebbe senz'altro lasciata rimanere lì, nella casa che era stata sua. Provò un impeto d'indignazione mentre andava a sedersi, inebetita, sulla lunga panca di legno dell'ingresso. La sua unica consolazione era il pensiero che, tornando a Grunewald con i vestiti in brandelli, la faccia graffiata, sporca, affamata, maltrattata, Hedwig e Berthold avrebbero potuto vedere con i loro occhi che cosa avevano fatto. Perché questo era il grande partito che quei vecchi sciocchi adoravano! A questo si era arrivati con tutti i loro «*Heil Hitler!*» Era talmente assorta in queste riflessioni, era talmente infuriata che non vide nemmeno avvicinarsi von Tripp.

«Fräulein von Gotthard?» Lei alzò gli occhi di soprassalto. Non si rivedevano più dal giorno in cui von Tripp l'aveva salvata da Hildebrand e dal suo frustino. «Ho ricevuto ordine di accompagnarla a casa.» Non le sorrise; però, adesso, non sfuggiva più il suo sguardo.

«Cioè, vuole dire che tocca a lei condurmi nella mia caserma?» lo guardò glaciale. Poi, pentendosi di quell'impeto di collera, sospirò. In fondo non era colpa sua. «Mi scusi.»

Lui annuì lentamente. «Il capitano dice che devo accompagnarla a Grunewald a prendere la sua roba.» Lei fece segno di sì con la testa, in silenzio — i suoi occhi sembravano ancora più grandi nel viso scavato. Poi, come se non riuscisse a trattenersi, von Tripp riprese a parlare con voce più dolce, e sembrò un poco più umano di prima: «Ha già pranzato?» Pranzare? Non aveva fatto colazione e non aveva nemmeno cenato, la sera prima. I pasti, in quel sotterraneo putrido e fetente, arrivavano soltanto una volta al giorno e non si potevano nemmeno definire con un nome preciso... colazione, pranzo o cena! Erano composti soltanto da una brodaglia disgustosa, indipendentemente dall'ora in cui veniva servita. E se lei l'aveva mangiata, lo aveva fatto soltanto per non morire di fame. Non gli rispose, ma lui intuì quello che stava pensando. «Capisco.» Poi, con un gesto, le fece capire di alzarsi dalla panca. «Adesso dobbiamo andare.» Pronunciò queste parole in tono piuttosto duro e Ariana lo seguì lentamente, lasciandosi alle spalle l'ampio ingresso, vivamente illuminato. Per un attimo si sentì piegare le ginocchia e temette che non la reggessero, la luce del sole la accecò ma, soffermandosi appena uscita, respirò a fondo e, scivolando sul sedile accanto a von Tripp, voltò la testa dall'altra parte, come se volesse osservare le file di case che ormai venivano usate come caserme, perché non la vedesse piangere.

Partirono e il viaggio proseguì in silenzio per qualche minuto; poi lui fece arrestare la macchina lungo il marciapiede e rimase per un attimo a fissarle la nuca. Ariana, seduta al suo posto, letteralmente inebetita, fissava il vuoto davanti a sé, senza badare all'alto uomo biondo, con gli occhi buoni e quella lunga cicatrice su una guancia, caratteristica di tutti gli aristocratici che avevano avuto un duello in gioventù. «Torno subito, Fräulein.» Ariana non rispose; si limitò a lasciar ricadere la testa contro la spalliera e ad avvolgersi più strettamente nella coperta che lui le aveva procurato. Stava pensando ancora a suo padre e a Gerhard, si chiedeva dove potessero essere... Da un mese non si era mai sentita tanto a suo agio, tanto comoda... quindi non le importava niente di quello che avrebbe potuto capitarle adesso, visto che finalmente l'avevano fatta venir via da quella cella puzzolente.

Von Tripp risalì in auto quasi subito con un fagottino fumante in mano che le offrì senza parlare. Erano due grossi e gustosi *bratwurst* avvolti in un po' di carta, con la senape, e un grosso pezzo di pane nero. Ariana guardò, sgranando gli occhi, tutto quel ben di Dio, poi guardò lui. Che uomo strano! Anche lui era un tipo di poche parole, eppure capiva tutto; e adesso, di nuovo, i suoi occhi — come quelli di lei — erano pieni di dolore e di comprensione, come se provasse sulla propria carne le sofferenze del mondo intero e, in quel momento, soffrisse anche per lei.

«Ho pensato che poteva aver fame...»

Avrebbe voluto rispondergli che era stato un pensiero gentile, il suo. Invece si limitò ad assentire e accettò il fagottino che le porgeva. Indipendentemente da tutto il resto, non sarebbe mai stata capace di dimenticare chi era lui o ciò che stava facendo.

Era un ufficiale nazista, la stava riaccompagnando a casa a prendere la sua roba... la sua roba... quale roba? Che cosa, di tutto ciò che possedeva, avrebbe dovuto portare con sé? E dopo la guerra, che cosa sarebbe successo? Avrebbe ottenuto di nuovo di poter occupare la propria casa? Anche se, in fondo, non aveva più molta importanza. Senza papà e Gerhard, niente le interessava molto. Questi pensieri, questi interrogativi le si affollavano angosciosi ed esasperanti nella mente mentre il viaggio proseguiva. A poco a poco, si mise a sbocconcellare lentamente i *bratwurst* che von Tripp le aveva comprato. Se ne avesse avuto il coraggio, li avrebbe mangiati a quattro palmenti... ma non osava. Dopo aver vissuto per tanto tempo di un cibo composto soprattutto di pezzetti di pane e di avanzi di carne, temeva di star male di stomaco divorando troppo in fretta quella salsiccia dal sapore forte e aromatico.

«È vicino al lago di Grunewald?» Lei annuì. Continuava a meravigliarsi che l'avessero addirittura lasciata tornare a casa. Strano come, tutto d'un tratto, non fosse più una prigioniera.

Ma che orrore il solo pensare che la casa, ormai, era diventata una loro proprietà! Gli oggetti d'arte, l'argenteria, tutti i gioielli che vi avevano trovato, persino le sue pellicce sarebbero state offerte alle amanti del generale come, naturalmente, le automobili di papà. Quanto al suo denaro, e a tutti gli investimenti di sua proprietà, dovevano averne già fatto man bassa nelle settimane precedenti. Quindi, tutto sommato, le pareva che non dovessero essere troppo malcontenti dei profitti ricavati da quell'affare. Quanto a lei, Ariana, non era altro che un paio di braccia in più, per eseguire i loro ordini, per lavorare, a meno di non colpire la fantasia di qualcuno. Ormai Ariana c'era arrivata da sola! E non aveva più illusioni. Tuttavia pensava che avrebbe preferito morire piuttosto di diventare l'amante di un nazista. Allora era meglio passare il resto dei suoi giorni in una baracca puzzolente!

«Ecco, siamo quasi arrivati, un poco più avanti, sulla sinistra.»

Ariana sgranò gli occhi e voltò di nuovo la testa, in fretta e furia, per nascondere le lacrime. Ormai era quasi a casa... quella casa che aveva sognato tanto angosciosamente per lunghe ore buie, distesa in una cella oscura, la casa in cui aveva riso e giocato con Gerhard e aspettato il ritorno del papà alla sera, la casa in cui aveva ascoltato per ore e ore le favole che Fräulein Hedwig leggeva accanto al fuoco; dove, di tanto in tanto, aveva potuto dare una rapida occhiata a sua madre tanto, tanto tempo prima... la casa che adesso aveva perso. Perché l'avevano occupata loro. I nazisti. Fremente di odio, scrutò di sottecchi l'uomo in uniforme seduto di fianco a lei. In fondo faceva parte di tutto ciò che i nazisti rappresentavano. Terrore, rapine, distruzioni, violenza. Che importanza aveva se le aveva offerto qualcosa da mangiare e l'aveva salvata da Hildebrand! In fondo, anche lui non era altro che una parte di quel mondo terrificante. E, se gliene avessero offerta l'opportunità, probabilmente, a suo tempo, anche lui le avrebbe inflitto le stesse sofferenze degli altri.

«Eccola, siamo arrivati.» Gliela indicò con un gesto improvviso appena sbucarono dall'ultima curva e von Tripp rallentò non appena la videro. Ariana si mise a contemplarla con sofferenza e rimpianto, lui con rispetto e ammirazione. Avrebbe voluto dirle che si trattava di una casa stupenda, che anche lui, una volta, aveva abitato in un edificio più o meno simile. Che sua moglie e i suoi figli erano morti in quella casa vicino a Dresda durante i bombardamenti e, adesso, non aveva più un posto dove andare. Lo *Schloss* che era appartenuto ai genitori era stato «preso a prestito» da un generale agli inizi della guerra; quindi suo padre e sua madre, che si erano trovati praticamente senza alloggio, avevano raggiunto la moglie e i bambini nella casa di Dresda. Adesso, ormai, di loro non era rimasto più nessuno. Tutti morti sotto le bombe degli Alleati. Il generale che occupava il castello non aveva corso alcun rischio e vi si trovava tuttora sano e salvo — come lo sarebbero stati i figli di Manfred, se ai suoi genitori fosse stato consentito di rimanere.

La Mercedes che Manfred guidava si inoltrò sulla ghiaia del viale facendola frusciare sotto i pneumatici — un suono che Ariana aveva udito milioni di volte, prima. Se chiudeva gli occhi non le sarebbe stato difficile immaginare che era domenica e lei stava tornando con Gerhard e papà dal lungo giro intorno al lago, dopo la funzione in chiesa. Non sarebbe stata lì seduta accanto a uno sconosciuto, malamente coperta dai laceri brandelli di quello che una volta era stato il suo abito. Berthold sarebbe accorso, a riceverli, impettito come al solito. E, una volta rientrati, lei avrebbe servito il tè. «... Mai più...» mormorò sottovoce queste due parole a se stessa, mentre scendeva posando i piedi sulla ghiaia, e alzava gli occhi a contemplare la casa tanto amata.

«Ha mezz'ora a disposizione.» Gli spiaceva essere costretto a ricordarglielo; d'altra parte, dovevano tornare indietro, quelli erano stati gli ordini di von Rheinhardt. Avevano già sprecato fin troppo tempo con quella ragazza. Von Rheinhardt era stato molto chiaro quando aveva fatto capire a Manfred che, per tutta quella faccenda, bisognava sprecare il minor tempo possibile e poi tornare indietro in fretta e furia. «... E non mollarla mai!» gli aveva raccomandato per paura che lei cercasse di portar via, di nascosto, qualcosa di valore dalla casa. Fra l'altro, non si poteva escludere che esistessero cassaforti e ripostigli segreti — qualsiasi cosa Manfred poteva scoprire sarebbe stata utile e preziosa. Avevano già mandato squadre di uomini, addestrati a questo scopo, a perquisire tutta la casa ma, ciò nonostante, non si poteva escludere che Ariana li aiutasse inconsciamente a scoprire qualcosa di più di quello che avevano già trovato.

Ariana suonò il campanello, un po' incerta, chiedendosi se avrebbe rivisto la faccia familiare di Berthold, invece si trovò di fronte all'aiutante del generale. Assomigliava molto all'uomo che aveva dietro alle spalle ma aveva un'aria ancora più severa anche se la squadrò, inorridito di trovarsi di fronte a una ragazza coperta di cenci. Poi i suoi occhi passarono rapidamente da lei a Manfred. I due ufficiali si impettirono sull'attenti, si salutarono. E il tenente von Tripp diede le spiegazioni necessarie.

«Fräulein von Gotthard, signore. È venuta a ritirare alcuni effetti personali.»

Poi ci fu un ulteriore scambio di parole fra i due uomini.

«Non è rimasto molto, sa.» Aveva parlato rivolgendosi a Manfred, non ad Ariana, la quale adesso alzò gli occhi a fissarlo sbalordita. Non era rimasto molto? Non era rimasto molto dei suoi quattro capaci armadi pieni di vestiti? Com'erano stati paurosamente avidi e come avevano fatto in fretta!

«Non credo che mi occorrerà molto.» I suoi occhi ebbero un lampo di collera mentre entrava nell'ingresso. Tutto sembrava identico a prima, ma al tempo stesso diverso. Arredi e mobili si trovavano nello stesso, identico posto eppure, impercettibilmente, qualcosa nell'atmosfera della casa era cambiato. Niente visi familiari, nessuno dei suoni e dei rumori che vi aveva sempre ritrovato, della gente che vi abitava, della casa stessa. Il sommesso fruscio dei passi di Berthold, sempre più vecchio, che trascinava i piedi, lo zoppicare sempre più accentuato di Anna, le corse di Gerhard che sbatteva sempre le porte chiudendole, il passo dignitoso di suo padre che attraversava l'ampio ingresso di marmo. Chissà perché si era aspettata di vedere Hedwig — con tutta la sua devozione al partito, dovevano averla senz'altro trattenuta lì a servirli!... ma neppure il suo viso familiare le apparve fra quelli che, prima, la scrutarono e, poi, la seguirono con lo sguardo mentre si avviava verso lo scalone e cominciava a salire. Dal grande studio di suo padre c'era un continuo andirivieni di persone, in gran parte in uniforme; altre stavano aspettando fuori dalla porta del salone; c'erano attendenti che giravano, reggendo vassoi con caffè e *schnapps*, e parecchie cameriere sconosciute. Un po' come tornare in un'altra vita, in un'altra epoca dopo che tutti coloro che vi appartenevano erano già morti da un pezzo e un'altra generazione aveva ripopolato i luoghi familiari, così amati un tempo. La sua mano sfiorò la balaustra dello scalone, tanto familiare, mentre affrettava il passo e faceva, correndo, gli ultimi gradini... con la sua ombra sempre alle spalle — il tenente von Tripp manteneva una certa distanza, quasi per una forma di discrezione, ma era sempre lì.

Lei si fermò un attimo sul pianerottolo del primo piano fissando la porta della camera del padre. Oh, Dio, che cosa poteva essere accaduto a lui e a Gerhard?

«È qui che vuole entrare, Fräulein?» La voce di von Tripp si levò sommessa dietro di lei.

«Come dice, mi scusi?» si voltò di scatto, squadrandolo come se avesse appena scoperto un estraneo nella sua casa.

«È quella la sua camera?»

«Io... è... la mia camera di sopra. Ma dovrò tornare anche qui, un attimo, dopo.» Perché le era balenato in quel preciso momento. Forse era troppo tardi. Forse quel libro era già sparito. Oppure no. Anche se, in realtà, adesso le pareva che non avesse una grande importanza. Perduti Gerhard e il padre e, dopo di loro anche la casa, in fondo era già come se avesse perso tutto.

«Benissimo. Non abbiamo molto tempo, Fräulein...» Lei annuì e fece di corsa l'ultima rampa di scale verso quella fila di stanze in cui Hedwig l'aveva tradita, verso quella porta varcata per la prima volta, in quei giorni lontani, da un ufficiale. Era stato Hildebrand, con la sua arroganza, a entrare nel salottino mentre lei stava pregando perché papà ritornasse presto. Aprì lentamente la prima porta, e poi quella che dava nella sua camera, evitando di sfiorare anche solo con lo sguardo quella di Gerhard, sull'altro lato dell'ingresso. Non aveva tempo per la nostalgia, e, poi avrebbe sofferto troppo!

Dopo un attimo tornò fuori in fretta e furia per andare a prendere una valigia nel ripostiglio del piano superiore, dove c'erano anche le camere della servitù — e fu proprio lì che la scoprì, la traditrice, che sgattaiolava via a testa bassa.

Ariana gridò una sola parola, come una freccia scagliata verso il dorso e le spalle della vecchia che si allontanava in fretta e furia: «Hedwig!» Questa si fermò sui due piedi ma poi riprese frettolosamente il suo cammino, senza nemmeno voltare la testa a guardare la giovane donna che aveva allevato. Ariana, adesso, non aveva nessuna intenzione di lasciarsela scappare. Del resto non le sarebbe più capitato di rivederla: «Non hai nemmeno il coraggio di guardarmi in faccia? Possibile che tu abbia tanta paura?» Parole che sembravano una carezza velenosa, un invito a bere un veleno, un affilato coltello nascosto in una pelliccia che veniva offerta in regalo. La donna si fermò, voltandosi lentamente.

«Sì, Ariana?» Tentò di guardare in faccia la ragazza, senza perdere la calma, ma i suoi occhi erano timorosi e le sue mani, strette intorno al fagotto di biancheria che stava portando nella propria camera per rammendarla, avevano cominciato a tremare.

«Dunque, adesso ti sei messa a fare lavoretti di cucito per loro? Chissà come ti sono grati! Del resto anche noi avevamo gratitudine per te. Non è vero, Hedwig?» Non provava più nessun rispetto per lei, ma soltanto odio. L'aveva affrontata con le mani strette a pugno, le dita che parevano artigli. «Dimmi un po', dopo aver cucito i loro vestiti, dopo esserti presa cura dei loro figli, se ne hanno, li tradirai, proprio come hai fatto con noi?»

«Io non ti ho tradita, Ariana.»

«Santo cielo, come siamo diventati cerimoniosi. Allora è stato Berthold, non tu, a chiamare la polizia?»

«È stato tuo padre a tradirti, Ariana. Non avrebbe mai dovuto scappare come ha fatto. A Gerhard avrebbe dovuto essere permesso di servire il proprio Paese. È stato un errore quello di scappare.»

«Ma tu chi sei per poterlo giudicare?»

«Sono tedesca. E dobbiamo giudicarci tutti l'uno con l'altro.» Dunque si era arrivati a questo punto. Il fratello contro il fratello. «È un nostro dovere, anzi un nostro privilegio, sorvegliarci l'uno con l'altro in modo da impedire che la Germania venga distrutta.»

Ma Ariana ribatté subito in tono sprezzante: «La Germania è già morta, grazie alla gente come te; è la gente come te che ha distrutto mio padre mio fratello e il mio paese...» Immobile, davanti alla vecchia governante, con le lacrime che le scendevano a fiotti sulle guance, a un certo punto si accorse di non riuscir più a proseguire, e la sua voce si abbassò in un sommesso mormorio «... e io vi odio tutti».

Poi le voltò le spalle, entrò a precipizio nel ripostiglio e ne prese una valigia, una sola, nella quale mettere quel poco che rimaneva degli oggetti di sua proprietà. Silenziosamente von Tripp la seguì quando rientrò nella sua camera e si accese una sigaretta mentre la osservava ammucchiare nella valigia, in fretta e furia, maglioni, gonne e camicette, biancheria e camicie da notte insieme con parecchie paia di scarpe, solide e robuste. Non c'era spazio per i gingilli e le cose frivole. Da quel momento in poi, anche nella vita di Ariana von Gotthard, le frivolezze sarebbero state bandite.

Ma anche tutto ciò che stava mettendo nella valigia era raffinato, di ottimo taglio e di buon gusto, assolutamente inadatto alla vita in una caserma — le gonne che aveva portato per andare a scuola, le scarpe che metteva per assistere alle partite di polo in cui Gerhard giocava oppure per fare lunghe passeggiate con il padre intorno al lago. Si voltò per un attimo a guardare von Tripp mentre infilava nella valigia anche una spazzola d'argento e avorio. «Secondo lei, mi permetteranno di prendere questa? È l'unica spazzola per i capelli che possiedo.»

Per un attimo Manfred sembrò imbarazzato e alzò le spalle. Era uno strano spettacolo quello che gli si presentava davanti agli occhi. La ragazza che si preparava la valigia. La stessa ragazza che, quando era entrata nell'ingresso della grande casa, aveva fatto subito capire che era quello il suo posto, quello l'ambiente al quale apparteneva. Si aggirava per quelle stanze con una sicurezza, una autorevolezza, che istintivamente invitavano a farsi da parte oppure ad abbozzarle un piccolo inchino, come saluto. D'altra parte anche per lui nella casa di Dresda tutto si era svolto più o meno allo stesso modo. Forse, la loro era di proporzioni un poco più piccole ma affidata a una servitù molto più numerosa. In realtà era stata quella di suo suocero ed era diventata di loro proprietà quando lui era morto, due anni dopo il matrimonio. Una stupenda aggiunta allo *Schloss* che avrebbe ereditato alla morte dei genitori. Quindi lo stile di vita di Ariana non gli era sconosciuto; capiva perfettamente quanto fosse straziante per lei lasciare quella casa e affrontare un futuro ignoto. Gli pareva ancora di sentire piangere sua madre quando era stata informata che avrebbe dovuto cedere ad altri lo *Schloss* per la durata della guerra. «Come facciamo a essere sicuri che ce lo restituiranno?» aveva singhiozzato rivolgendosi a suo padre.

«Ce lo restituiranno, Ilse, non dire sciocchezze.»

Adesso, invece, erano tutti morti. E lo *Schloss* sarebbe diventato proprietà di Manfred quando i nazisti si fossero finalmente decisi a lasciarlo, finita la guerra. Ma chissà quando. Del resto, adesso, tutto questo non aveva più una grande importanza per Manfred. Non aveva più nessun motivo di tornare a casa. Perché non c'era nessuno ad aspettarlo. Non vi avrebbe più trovato né sua moglie, Marianna, né i bambini... Si accorse di non riuscire a sopportare questo pensiero mentre scrutava Ariana, la quale stava riponendo in valigia un paio di scarpe da montagna.

«Che cosa ha intenzione di fare, Fräulein von Gotthard, di darsi alle marce?» Si impose di rivolgerle un sorriso per strapparsi a quei ricordi che ancora lo addoloravano moltissimo. Perché, in realtà, Ariana, per riempire la valigia, aveva scelto, fra tutto il suo guardaroba, le cose più solide e resistenti.

«Come dice, scusi? Forse si aspetta che io mi metta a pulire i pavimenti delle stanze da bagno in abito da ballo? È questo che fanno le donne naziste?» Sbarrò gli occhi, con aria sarcastica, mentre aggiungeva un altro maglione di cashmere al mucchio. «Non immaginavo che fossero così formali.»

«Forse no, ma ho molti dubbi che il capitano abbia intenzione di lasciarla a lavare pavimenti fino a quando la guerra sarà terminata. Suo padre aveva degli amici, la inviteranno di qua e di là. Alti ufficiali...»

Ariana lo interruppe bruscamente, fissandolo con uno sguardo durissimo. «Come il tenente Hildebrand, per caso?» Cadde un lungo silenzio fra loro e poi Ariana gli voltò le spalle. «Mi scusi.»

«Capisco. Pensavo semplicemente...» Era così giovane, così carina, che ci sarebbero state molte opportunità per lei, per fare ben altro che lavare i pavimenti. Ma la ragazza aveva ragione e lui lo capiva. La cosa migliore per lei sarebbe stato restare il più possibile nascosta in quella caserma. Perché ci sarebbero stati altri come Hildebrand. Anzi, ancora di più, adesso che lei era libera. Avrebbero potuto vederla ovunque, mentre lucidava le maniglie delle porte, o rastrellava le foglie del giardino, o puliva i gabinetti... avrebbero visto quegli stupendi occhi azzurri, quel visino da cammeo, quelle mani delicate. E l'avrebbero desiderata. Ormai, adesso, sarebbe stata disponibile per tutti. Niente poteva fermarli. Era impotente e indifesa, non fino al punto in cui si era trovata a esserlo quando stava chiusa in quella cella fetida, ma la differenza non era molta... Apparteneva al Terzo Reich, un possesso, un oggetto, un po' come un letto o una seggiola, e come tali sarebbe stata usata, se a qualcuno fosse venuto il capriccio di usarla. Manfred sapeva con certezza che sarebbe accaduto proprio questo. Ma, ripensandoci, provò un vago senso di nausea. «Forse ha ragione.» Non aggiunse altro. Ariana finì di riempire la valigia, poi la chiuse e la posò sul pavimento. Sul letto aveva lasciato una gonna pesante di tweed marrone, un golfino di cashmere marrone scuro e un caldo cappotto marrone, insieme alla biancheria più adatta e un paio di scarpe basse di camoscio marrone.

«Faccio in tempo a cambiarmi?»

Lui annuì in silenzio e lei scappò via. Ufficialmente, era stato incaricato di sorvegliarla di continuo ma non se la sentiva di sottoporre a una prova così dura né lei né se stesso. In fondo, la ragazza non era una di quelle prigioniere che dovessero essere tenute ogni attimo sotto sorveglianza. Erano proprio sciocchezze del genere quelle che avrebbe fatto Hildebrand, invece, costringendola — magari — a spogliarsi di fronte a lui mentre la guardava con avidità e, alla fine, magari tentava di stringerla fra le braccia. No, Manfred von Tripp non era tipo da giochetti simili.

Ariana tornò dalla stanza da bagno pochi minuti più tardi; aveva un'aria più solenne, tutta vestita in marrone, e soltanto i capelli di un pallido colore dorato ravvivavano con la loro luce solare il suo aspetto austero. Infilò il cappotto, sul golf e sulla gonna, e Manfred dovette trattenersi perché il suo primo istinto sarebbe stato quello di accorrere ad aiutarla. Trovò penoso e un po' imbarazzante restare lì impalato, senza alzare un dito. Dopo, fu costretto a lasciare che portasse da sola la propria valigia. Anche questo era in netto contrasto con la sua educazione, con tutto quello che gli avevano insegnato, perfino con tutto quello che provava per la ragazza sconosciuta, esile e fragile, la quale stava per lasciare la sua casa per l'ultima volta. Del resto lui le aveva già comprato da mangiare e, una volta, l'aveva salvata dall'essere violentata. Almeno al momento, non poteva fare molto di più.

Ariana si fermò in cima alle scale, lanciando un'occhiata verso la porta dell'appartamento di suo padre. Poi guardò von Tripp fermo al suo fianco. «Mi piacerebbe...»

«Che cosa c'è lì dentro?» Lui corrugò le sopracciglia.

«Lo studio di mio padre.» Oh, Gesù, che cosa voleva ancora la ragazza? Impadronirsi di denaro in contante che il padre poteva aver nascosto lì dentro, chissà dove? Oppure di qualche oggetto prezioso? Magari di una rivoltella da signora, da puntare alla testa di un aggressore o magari alla propria tempia mentre tornavano verso il centro di Berlino? «È un gesto sentimentale, il suo? Fräulein, quello, adesso è diventato l'ufficio del generale... veramente io dovrei...»

«Per favore.» Aveva un'aria così fragile e indifesa che Manfred non ebbe il coraggio di rifiutare. Quindi assentì lentamente, sospirò e provò ad aprire la porta con cautela. Dentro, un attendente stava tirando fuori l'uniforme di gala del generale. Manfred gli lanciò un'occhiata interrogativa.

«C'è nessun altro?»

«No, tenente.»

«Grazie, rimaniamo solo per un attimo.»

Lei si avvicinò rapidamente alla scrivania, ma non toccò nulla, poi, a passo più lento, andò alla finestra e si mise a fissare il lago. Ricordava quando suo padre, fermo davanti a quella finestra, le aveva parlato di Max Thomas e poi le aveva rivelato la verità sulla mamma e ancora quell'altra volta, quando le aveva parlato, sempre lì, prima di partire con Gerhard. Ah, se almeno avesse immaginato che, da quel giorno, non si sarebbero più rivisti...

«Fräulein...» Finse di non sentirlo, con gli occhi assorti che guardavano la distesa azzurra e immobile del Grunewaldsee. «Dobbiamo andare.» Allora, mentre faceva segno di sì, le tornò in mente subito, di nuovo, il motivo per il quale aveva voluto entrare lì, nello studio. Il libro.

Rivolse uno sguardo che sembrava indifferente alla liberia, ma già sapeva, ancora prima di avvicinarsi, dove si trovasse; intanto il tenente la osservava augurandosi che non commettesse nessun gesto disperato o impulsivo perché, in tal caso, sarebbe stato costretto a fare rapporto, oppure a rispedirla in quella cella. No, la ragazza stava soltanto sfiorando il dorso di un paio di volumi, rilegati in cuoio, antichi, fra i tanti che riempivano gli scaffali dello studio paterno. «Posso prenderne uno?»

«Suppongo di sì.» In fondo, si trattava di un gesto assolutamente innocuo ed era inutile perdere altro tempo; Manfred sapeva che avrebbe già dovuto essere di ritorno nel suo ufficio di Berlino. «Ma cerchi di spicciarsi. Ormai siamo qui da quasi un'ora.»

«Sì, mi scusi... prenderò questo.» Dopo averne guardati tre o quattro, si decise per uno, un volume di Shakespeare, tradotto in tedesco, rilegato in cuoio e dall'aspetto piuttosto consunto. Manfred guardò il titolo, annuì e andò ad aprire la porta. «Fräulein.»

«Grazie, tenente.» Uscì a passo lento, a testa alta, augurandosi che l'espressione vittoriosa dei suoi occhi non la tradisse. Nel libro che aveva preso dalla libreria paterna era nascosto l'unico tesoro che ancora le restasse. Dentro il volume di Shakespeare, infatti, si trovavano l'anello con le iniziali in diamanti e l'altro, quello di fidanzamento della mamma, con lo smeraldo. Infilò prontamente il volume nella capace tasca del cappotto di tweed marrone, dove nessuno poteva vederlo, in modo da non perdere quel poco che ancora le restava. Gli anelli della mamma. Quelli e il libro del papà ormai erano gli unici resti di una vita perduta. Le memorie si affollarono nella sua mente mentre si incamminava a passo lento e tranquillo per il lungo corridoio.

Ma la valigia che le sbatteva contro le gambe, quella valigia così pesante, la trasformavano in una fuggiasca quando in quella casa lei era stata la padrona: improvvisamente una porta si spalancò alla sua destra e, sulla soglia, apparve una persona con l'uniforme pesantemente guarnita da file di innumerevoli medaglie.

«Fräulein von Gotthard, che piacere vederla.»

Lo guardò sbalordita, troppo stupefatta per provare, perfino, disgusto e repulsione. Era l'anziano generale Ritter che, adesso, pareva diventato il padrone della casa paterna. Lui, invece, le tese la mano come se si fossero trovati per caso, mentre andavano a prendere il tè, invitati nello stesso posto.

«Come sta?» Rispose più che altro meccanicamente ma lui le strinse subito la mano, fissandola negli occhi, e infine sorrise come se avesse scoperto qualcosa che gli dava una grande soddisfazione.

«Sono felicissimo di vederla.» Lei non gli rispose, insinuando che aveva molti e validi motivi per esserlo. In fondo, era già diventato l'orgoglioso proprietario della loro casa. «Quanto tempo che non ci vediamo.»

«Davvero?» Non ricordava di averlo mai conosciuto personalmente.

«Sì, se non sbaglio l'ultima volta che ci siamo visti è stato... oh... lei avrà avuto sedici anni... al gran ballo al Teatro dell'Opera.» I suoi occhi ebbero un lampo. «Aveva un aspetto incantevole.» Per un attimo Ariana lo guardò con l aria inebetita. Sì, quello era stato il suo primo ballo. E vi aveva conosciuto quell'ufficiale che le era piaciuto moltissimo... e che papà non aveva trovato pienamente di sua soddisfazione... come si chiamava? «Ma sono sicuro che non può ricordarsi di me. Ormai sono passati tre anni.» Per un attimo Ariana temette che volesse prenderle una guancia fra le mani e darle un'amabile strizzatina, e provò un urto di nausea. Ma si rallegrò con se stessa accorgendosi che la severa educazione avuta le consentiva di sopportare molte cose come anche di fingere. Tutto merito di Hedwig, questo.

«Sì, ricordo.» La sua voce era anonima, impersonale, non del tutto scortese.

«Ah, davvero?» Sembrò che questa risposta gli facesse un grandissimo piacere. «Bene, vuol dire che qualche volta dovrà tornare! Magari per una delle piccole festicciole che organizziamo qui.» Pronunciava le parole con un tono tanto blasé da risultare nauseante e Ariana provò un profondo disgusto. Meglio la morte, prima! Anzi la prospettiva della morte stava diventando sempre più attraente, man mano che cominciava a capire quale sarebbe stato il suo destino. Quindi non gli rispose. Ma i suoi occhi azzurri gli sfuggirono quando il generale allungò una mano per sfiorarle un braccio. «Certo, certo, spero proprio che la rivedremo qui da noi. Facciamo molte piccole riunioni, qui, festicciole, Fräulein. Deve assolutamente venire. Partecipare con noi. In fondo, questa era la sua casa.» *Lo è ancora, bastardo, lo è ancora, non 'lo era'!* Cercò di dominarsi perché avrebbe voluto gridargli queste parole in faccia; invece abbassò educatamente gli occhi in modo che lui non potesse capire quanto era il furore che la dilaniava.

«Grazie.» Gli occhi del generale rivolsero un misterioso messaggio a von Tripp. Poi chiamò con un cenno distratto l'aiutante che stava impalato dietro le sue spalle. «Ricordati di telefonare a von Rheinhardt e di dirgli... ehm... anzi devi fargli un invito per... ehm... Fräulein von Gotthard. Sempre che... ehm... non abbia già ricevuto altri inviti.» Non voleva correre rischi, stavolta. L'ultima concubina che aveva aggiunto al gruppo delle sue donne era stata praticamente portata via sotto il naso di un altro generale. Questo fatto aveva provocato un sacco di guai, molti di più di quanto la donna, in realtà, meritasse. Quindi, anche se Ariana era una bella creatura, lui in quel momento aveva già una vita fin troppo complicata! Per di più, due dei treni carichi di quadri e dipinti che aspettava da Parigi erano stati bombardati. Di conseguenza questa graziosa verginella non era assolutamente uno degli affari più urgenti dei quali doveva occuparsi... Anche se gli avrebbe fatto piacere aggiungerla al gruppetto delle altre. Le sorrise un'ultima volta, si impettì nel saluto e scomparve.

La valigia era sul sedile posteriore, Ariana teneva la testa alta ma aveva le guance bagnate di lacrime. Stavolta non si preoccupò di nascondere il suo pianto al tenente. Che vedesse pure quelle lacrime. Che vedessero tutti che cosa provava per quello che le avevano fatto! Quello che Ariana non vide, però, mentre seguiva con lo sguardo la sua casa che scompariva in lontananza, alle loro spalle, era che le lacrime luccicavano anche agli occhi di Manfred von Tripp. Lui aveva intuito fin troppo bene il misterioso messaggio del generale. Ariana von Gotthard sarebbe diventata un'ulteriore aggiunta all'harem di quel vecchio bastardo lussurioso. A meno che qualcun altro, prima, non si affrettasse ad avanzare le proprie pretese su di lei.

17

«ALLORA, tutto sistemato con la ragazza?» Il capitano von Rheinhardt guardò Manfred con aria stizzita quando passò davanti alla sua scrivania qualche ora più tardi, quello stesso pomeriggio.

«Signorsì.»

«L'ha accompagnata a Grunewald a prendere la sua roba?»

«Signorsì.»

«Bella casa, vero? Un uomo fortunato, il generale. Anche a me non dispiacerebbe abitare in un posto del genere.» Tuttavia non se l'era cavata male nemmeno lui. Un'altra famiglia, con una palazzina che dava sul lago e sullo Schloss di Charlottenburg, era stata tanto fortunata da rinunciare ad abitarvi per cederla a lui.

Poi il capitano si mise a parlare con Manfred di altre faccende. Hildebrand era occupatissimo a rispondere alle telefonate. Di tanto in tanto Manfred si scopriva a domandarsi se una di quelle telefonate non fosse per caso dell'aiutante del generale Ritter che chiedeva informazioni sulla ragazza. Poi, con uno sforzo, si imponeva di non pensare. In fondo, che differenza faceva per lui? Non era niente, e nessuno, per quello che lo riguardava — semplicemente una giovane donna che si trovava in una situazione difficile, che aveva perso la sua famiglia e la sua casa. E con questo? Migliaia di altre erano nelle stesse condizioni. Se poi era tanto carina e attraente da attirare l'attenzione di un generale, erano faccende che riguardavano soltanto lei e avrebbe dovuto imparare a risolverle da sola. Un conto era difenderla e proteggerla dalla depravazione di un giovane ufficiale vizioso e dissoluto che meditava di violentarla nella sua cella, un altro — e ben diverso — portarla via a un generale. Perché poteva significare soltanto cacciarsi nei guai.

Manfred von Tripp era sempre stato molto cauto e attento a evitare attriti con i superiori e gli altri ufficiali durante l'intero corso della guerra. Non aveva mai approvato un conflitto del genere, d'altra parte la Germania era il suo paese, e aveva il dovere di servirla. Prima di tutto, lui era un tedesco, e, più di tanti altri, aveva pagato un duro scotto per il Reich. Con tutto ciò, non discuteva, taceva e sopportava. Un giorno sarebbe arrivata la fine; lui sarebbe ritornato nella proprietà terriera del genitore, allo *Schloss* che era suo. Aveva intenzione di restituire al castello il suo splendore medioevale, di affittare le fattorie, di riportare a nuova e feconda vita tutte le terre che lo circondavano. Laggiù avrebbe potuto ricordare Marianna, il maschietto, la bambina, e i genitori. Sopravvivere alla guerra per lui significava soltanto questo. Non desiderava nient'altro, nient'altro voleva dai nazisti, né quadri di valore incommensurabile, i quadri rubati, né automobili o gioielli portati via a chissà chi; non voleva bottino di guerra, né ricompense, né oro né denaro. Tutto ciò che aveva desiderato e avuto caro, ormai non esisteva più.

Però, mentre era seduto alla sua scrivania e tendeva l'orecchio a quelle telefonate, continuava a essere turbato al pensiero della ragazza, tanto innocente e tanto giovane! In un certo senso, le loro esistenze erano molto simili, adesso, anche se Manfred aveva trentanove anni e lei diciannove. Anche Manfred aveva perso tutto; però non si era mai trovato privo di aiuto e indifeso come era lei adesso. Aveva sofferto, si era sentito il cuore spezzato, colmo di angoscia, però non aveva mai provato né paura né senso di solitudine... Manfred aveva sentito le storie che si raccontavano in giro. Conosceva il genere di giochetti che piacevano al vecchio, le ragazze insieme, lui e le ragazze, piccole perversioni, un po' di brutalità, e di sadomasochismo, poi entrava in azione per un po' il frustino e poi ancora... solo a pensarci si sentiva salire la nausea alla gola. Ma che cosa c'era di torbido, di corrotto, in tutta questa gente? Che cosa accadeva agli uomini quando entravano in guerra? Dio, come era stanco! Come era stanco di tutto!

Non appena il capitano von Rheinhardt fu uscito dal suo ufficio scaraventò la penna sulla scrivania e si lasciò andare contro la spalliera della poltroncina con un sospiro. Fu in quel momento che arrivò una telefonata del generale, o meglio del suo aiutante, il quale parlò con Hildebrand che si limitò a sogghignare. Poi posò di nuovo il ricevitore sulla forcella: aveva preso nota del messaggio per il capitano che avrebbe dovuto richiamare il generale il mattino dopo. «C'è di mezzo una donna. Cristo, quel vecchio stronzo ha intenzione di finire la guerra con il proprio esercito personale... un esercito di donne.»

«Non ha specificato di chi si trattasse?»

Hildebrand scosse la testa. «No, ha detto soltanto che si trattava di una piccola questione da sistemare con il capitano. A meno che, come ha aggiunto, su una bella ragazza come quella non abbia già messo gli occhi qualcun altro. Può darsi che sia già stata mandata altrove. Conoscendo Ritter, credo che sarebbe la sua fortuna! Chissà chi è il bel bocconcino sul quale ha messo gli occhi stavolta!»

«Chi lo sa!» Tuttavia, dopo quella telefonata, Manfred continuò ad agitarsi irrequieto al suo posto... Hildebrand se ne andò definitivamente, non sarebbe più rientrato, e Manfred si ritrovò seduto lì, dentro quella scrivania, per altre due ore. Non riusciva a togliersi dalla mente il pensiero di quella ragazza e continuava a ripetersi ciò che Hildebrand aveva detto. Il generale voleva Ariana... a meno che qualcun altro non avesse già messo gli occhi su un bel bocconcino come lei... a un certo momento si irrigidì, assorto nei propri pensieri, poi, infilandosi in fretta e furia il cappotto, spense la luce dell'ufficio e si precipitò giù dalle scale, fuori, attraversando la strada.

18

Il tenente Manfred von Tripp non fece fatica a rintracciare Ariana von Gotthard in quella specie di caserma. La sua prima idea era stata quella di chiedere informazioni all'ingresso ma non fu necessario. Infatti Ariana era fuori, a raccogliere foglie con un rastrello per infilarle a grandi bracciate in una botte; poi, avrebbe dovuto farne un falò. Non era difficile capire dal suo modo di muoversi che non aveva mai fatto nessun lavoro manuale in vita sua.

«Fraülein von Gotthard.» Aveva un aspetto formale, impettito, spalle dritte, testa eretta, come chi sta per fare una dichiarazione di grandissima importanza, ma se Ariana lo avesse conosciuto un po' meglio, si sarebbe subito accorta che, in quei suoi occhi grigio-azzurro, balenava anche la paura. Invece non lo conosceva bene fino a quel punto. Anzi, tutto sommato non conosceva affatto Manfred von Tripp.

«Sì, tenente?» mormorò con voce fievole, estenuata, ricacciandosi dagli occhi una lunga ciocca dei capelli biondi. Si era messa un paio di guanti leggeri, di camoscio marrone, per fare quel lavoro — del resto erano gli unici che possedesse. Al primo momento pensò che von Tripp fosse venuto a darle altri ordini. In quel pomeriggio aveva già lavato i pavimenti di due stanze da bagno, pulito i vassoi della mensa, trasportato grossi scatoloni dall'ultimo piano fin giù alle cantine, e adesso questo. No, non era certo stato un pomeriggio piacevole.

«La prego, sia tanto cortese da andare a prendere la sua valigia.»

«La mia... come ha detto?» Lo guardò con la più completa confusione.

«La sua valigia.»

«Perché? Non posso tenerla qui?» Oppure la ragione era un'altra... qualcuno ne aveva ammirato il cuoio e adesso volevano portarle via anche la valigia? Nella tasca del cappotto teneva ancora nascosto il volumetto rilegato in pelle con il doppio fondo segreto. Quando era costretta a lasciarlo nella sua camera, lo nascondeva in mezzo a un rotolo di biancheria sotto il letto. Era l'unico posto che fosse stata capace di trovare nella fretta di correre al lavoro perché l'avevano messa a disposizione di un donnone corpulento con una voce più adatta a istruire le reclute che non a comandare in una caserma femminile. Per tutto il pomeriggio non aveva fatto che terrorizzare Ariana.

Ma, adesso, la ragazza guardò Manfred con rinnovato disgusto. «Dunque c'è qualcuno che vuole la mia valigia. Benissimo, se la prendano pure. Tanto non devo andare in nessun altro posto, almeno per un po'.»

«Mi ha frainteso.» Al contrario di quella di Ariana, la voce di Manfred era cortese. Lei fu costretta a ricordarsi con uno sforzo che era stato lui a salvarla da Hildebrand, nella cella, quella sera. Altrimenti sarebbe stato fin troppo semplice giudicarlo alla stessa stregua degli altri. Perché, in fondo, era come gli altri. Anche lui era inesplicabilmente intrecciato alla trama orrenda dei suoi incubi — non riusciva più a distinguerlo dagli altri, a separare le sue richieste da quelle degli altri. Non credeva più in niente, ormai, in nessuno. Nemmeno in questo ufficiale alto, taciturno, che si era messo a guardarla con occhi pieni di gentilezza e, ora, aveva ripreso a parlare in tono fermo: «A dir la verità, Fräulein Gotthard, lei si sbaglia di grosso. Deve venir via di qui e andare in un altro posto».

«Davvero?» Al primo momento lo guardò con improvviso terrore. E adesso? Che cosa stavano meditando di farle, ancora? L'avrebbero internata in qualche spaventoso campo di concentramento? Poi un improvviso impeto di gioia... possibile? «Hanno rintracciato mio padre?» Il rapido sguardo, pieno di sgomento, dell'ufficiale bastò a farle capire tutto quello che era necessario.

«Mi spiace, Fräulein.»

La sua voce era suadente. Aveva letto il terrore sul viso di Ariana. «Sarà al sicuro.» Almeno per un po'. E, in tempi come quelli, era già qualcosa. Sempre meglio di niente. In fondo, chi di loro poteva considerarsi davvero al sicuro? In quell'ultimo anno di continue incursioni aeree, non avevano fatto che cadere bombe!

«Che cosa vuol dire... in che senso sarò al sicuro?» Lo squadrò con aria impaurita e sospettosa, aggrappandosi al rastrello, ma lui si limitò a scuotere la testa e riprese a parlare a voce bassa.

«Si fidi di me.» Cercava di rassicurarla con lo sguardo ma lei continuava a essere terrorizzata. «Adesso, la prego... sia tanto cortese da preparare la valigia. L'aspetterò giù, nell'ingresso.» Ariana lo guardò di nuovo con occhi nei quali si leggeva l'angoscia e la disperazione. Del resto, che importanza aveva tutto questo, ormai?

«Che cosa devo dire alla donna che mi comanda? Non ho ancora finito qui.»

«Glielo spiegherò io.»

Ariana assentì e si allontanò. Manfred, in silenzio, la seguì con lo sguardo. Intanto si scopriva a domandarsi che cosa diavolo stava facendo. Era ammattito come il generale? Ma... no, non si trattava di niente del genere, si ripeté. Stava facendo tutto questo soltanto per proteggere la ragazza. Anche lui non era rimasto indifferente alla sua straordinaria bellezza, che gli abiti semplici e l'espressione angosciata non riuscivano a oscurare del tutto. Ci sarebbe voluto molto poco per ripulire e lucidare quel diamante in modo che assumesse l'antico splendore... ma no, non aveva intenzione di fare niente di tutto questo, non era il motivo per il quale la voleva condurre a Wannsee quella sera. Lo faceva soltanto per salvarla dal generale, per far scomparire quel bel bocconcino sul quale troppi potevano mettere gli occhi. A Wannsee, Ariana von Gotthard sarebbe stata al sicuro, indipendentemente da tutto il resto.

Manfred rivolse poche parole asciutte alla donna che comandava Ariana, spiegandole di dover condurre via con sé la ragazza. Riuscì addirittura a farle capire, con qualche mezza parola e qualche sottile allusione, che si trattava di fare un piacere a qualcuno e, in questo caso, le decisioni di carattere militare non c'entravano! La donna capì al volo. Gran parte delle ragazze come Ariana venivano condotte via dagli ufficiali nel giro di pochi giorni. Soltanto le più brutte restavano ad aiutarla e, quando lei aveva visto Ariana, aveva subito immaginato che non gliel'avrebbero lasciata per molto tempo. Del resto, meglio così. Quella ragazza era troppo fragile e delicata per rendere sul lavoro. Impettita, fece un elegante saluto militare al tenente e mandò a chiamare un'altra ragazza perché uscisse a finire di raccogliere le foglie.

Ariana ridiscese nell'ingresso meno di dieci minuti dopo con la valigia stretta in mano. Manfred non disse niente ma girò sui tacchi e uscì in fretta dall'edificio, aspettandosi che Ariana lo seguisse - cosa che, infatti, lei fece. Le spalancò la portiera della Mercedes, le tolse la valigia, stavolta, e la buttò sul sedile posteriore, poi girò intorno all'auto, si mise alla guida, avviò il motore. Per la prima volta da moltissimo tempo, Manfred von Tripp aveva l'aria contenta e soddisfatta.

Ariana continuava a non capire quello che stava succedendo; si mise a osservare la città con aria incuriosita mentre si allontanavano. Le occorsero quasi venti minuti per indovinare che stavano andando in direzione di Wannsee. E quasi subito raggiunsero la casa di Manfred. Ormai, a quel punto, lei aveva già più o meno capito quello che stava accadendo. Dunque ecco il motivo per il quale l'aveva salvata, quella sera, nella sua cella. E si domandò se anche lui usasse il frustino. Forse era così che si era procurato la ferita di cui si vedeva ancora la sottilissima cicatrice che gli scendeva lungo la guancia, fino alla mandibola.

Pochi attimi dopo si arrestarono di fronte a una palazzina dall'aspetto rispettabile e decoroso, anche se non lussuoso. Appariva completamente buia. Manfred le fece segno di scendere dall'automobile mentre lui prendeva la valigia dal sedile posteriore. Ariana si incamminò verso il portoncino d'ingresso, dritta, impettita, evitando accuratamente il suo sguardo. Aveva proprio combinato tutto nel modo più perfetto! A giudicare dalle apparenze, lei sarebbe diventata sua. Per sempre... si scoprì a domandarsi... oppure soltanto per quella notte?

Senza molte cerimonie, Manfred von Tripp infilò la chiave nella serratura, aprì la porta, le fece segno di entrare e la raggiunse. Poi richiuse la porta con il catenaccio alle loro spalle, accese qualche luce e si guardò intorno. La donna che veniva a fare le pulizie era stata lì proprio quella mattina e tutto appariva nitido e pulito. Un soggiorno semplice ma accogliente, con moltissimi libri e piante, un bel mucchio di legna tagliata di fresco vicino al focolare perché Manfred ogni sera vi accendeva il fuoco. Poi fotografie, in massima parte dei suoi bambini, e una specie di diario chiuso sulla scrivania. Le finestre erano grandi, un po' da casa di campagna e si aprivano su un giardinetto fiorito; la stessa vista si godeva dalla cucina, un piccolo studio e una minuscola ma simpatica sala da pranzo — tutte stanze, queste, che occupavano il pianterreno della palazzina. Una stretta scala in legno, coperta da una passatoia consunta che un tempo doveva essere stata molto bella, lasciava intravedere il pianerottolo del piano superiore, dal basso soffitto.

Come se si aspettasse di farle capire a quel modo le proprie intenzioni, Manfred passò in silenzio da una stanza all'altra, spalancando le porte e mostrandole subito tutti i locali, finché si fermò ai piedi delle scale. La guardò esitante per un attimo, fissandola negli occhi lampeggianti di collera. Aveva ancora addosso il cappotto e, alle mani, infilati i guanti come quando era andata a raccogliere le foglie fuori dalla caserma; qualche ciocca di capelli spettinata era sfuggita dalla crocchia dorata e le ricadeva intorno al viso. La sua valigia era dietro di loro, dimenticata vicino al portoncino d'ingresso.

«Adesso le mostro il piano superiore.» Pronunciò queste parole in tono pacato e le fece segno di precederlo. Ancora non si fidava di non averla sempre sotto gli occhi. Ariana era troppo impaurita, troppo adirata e lui sapeva fin troppo bene che avrebbe dovuto difendersi perfino da una bambina come quella.

Di sopra, non c'era molto da mostrarle. Una sola stanza da bagno e due porte chiuse, dall'aspetto sinistro. Ariana le scrutò terrorizzata e i suoi grandi occhi azzurri passarono lentamente prima sulle mani di Manfred e poi si alzarono verso il suo viso. «Venga, le faccio vedere tutto.» Le parole erano pronunciate con gentilezza ma ormai Manfred capiva che era tutto inutile — bastava guardarla per rendersi conto che era terrorizzata, che quasi non lo ascoltava. Come rassicurarla? Come spiegarle ciò che aveva fatto? Comunque sapeva che, con il tempo, a poco a poco Ariana sarebbe arrivata a capire.

Spalancò la porta della sua camera da letto arredata nelle tonalità del marrone e dell'azzurro cupo. Non c'erano lussi, né frivolezze, né niente di capriccioso in quella casa, tutto però era comodo e accogliente proprio come lo aveva voluto lui quando si era deciso a trovarsi un alloggio in Berlino. Quello era il luogo in cui poteva ritirarsi a dimenticare tutto il resto, in cui starsene in pace alla sera a guardare le fiamme che guizzavano nel focolare, a fumare la pipa, a leggere. La sua pipa favorita era lì, su un tavolo in camera da letto, vicino al camino dove sedeva solitamente in un'accogliente poltrona dalla stoffa consunta. Nonostante l'assoluta innocuità di quanto la circondava, Ariana era rimasta con gli occhi sbarrati, le braccia allungate lungo i fianchi, impietrita.

«Questa è la mia camera da letto.»

Quegli occhi lo fissarono di nuovo, colmi di orrore indifeso. Ariana annuì: «Sì».

Poi, sfiorandole gentilmente un braccio, Manfred le passò davanti e spalancò un'altra porta che lei aveva creduto quella di un armadio a muro. Ne varcò la soglia e scomparve. «Da questa parte, per favore.» Cauta, tremante, lei lo seguì per scoprire che si trattava di un'altra stanzetta. C'erano un letto, una seggiola, un tavolo, una scrivania talmente piccola che avrebbe potuto andar bene per una bambina — ma anche tendine civettuole e un copriletto di stoffa con un motivo di roselline identico a quello della tappezzeria. Non appena vi entrò, Ariana vi trovò qualcosa di rassicurante. «E questa è la *sua* stanza, Fräulein.» La guardò con affetto eppure lei continuava a non capire, Manfred se ne rese conto subito. Lo scrutò di nuovo, con la stessa espressione piena di angoscia negli occhi, tanto che si vide costretto a sorriderle mentre prorompeva in un lungo sospiro.

«Fräulein von Gotthard, perché non si siede? A guardarla si direbbe che è esausta.» Le indicò cortesemente il letto che Ariana fissò per un attimo. Alla fine si decise a sedersi sul copriletto, ma rimase sempre impettita. «Forse sarà meglio che le spieghi qualcosa. Lei non capisce, a quanto sembra.» Mentre pronunciava queste parole, aveva preso un'espressione completamente diversa; non era più l'austero ufficiale che l'aveva accompagnata a passo di marcia su e giù per quei corridoi sterminati, avanti e indietro per quelle scale, ma un uomo qualsiasi, che tornava a casa alla sera a cenare, si metteva a sedere davanti al fuoco e si appisolava leggendo il giornale... tanta era la sua stanchezza! Aveva tutto l'aspetto di una persona normale, stanca e vulnerabile — tuttavia Ariana continuava a guardarlo con sospetto. «Ho pensato che fosse meglio condurla qui stasera perché mi pareva di aver capito che lei fosse in pericolo.» Si appoggiò lentamente allo schienale della seggiola pregando in cuor suo che quella povera ragazza si calmasse un po'. Era impossibile parlarle avendola davanti così rigida, impettita... guardandola in quegli occhi sbarrati. «Lei è una bella donna, Fräulein von Gotthard... o, per meglio dire, è una ragazza molto carina. Quanti anni ha? Diciotto? Diciassette? Venti?»

«Diciannove.» Aveva pronunciato questa parola a fior di labbra, con voce quasi impercettibile.

«Quindi non sbagliavo di molto... ma ci sono persone alle quali questo non interesserebbe affatto.» Per un attimo la sua espressione si fece grave. «Come il nostro amico Hildebrand. Lui se ne infischierebbe altamente se anche avesse dodici anni! E ci sono altri...» *Se tu fossi un poco più vecchia, se tu avessi girato il mondo almeno un po' prima che ti capitassero tutte queste disgrazie, forse avresti una vaga idea di come proteggere te stessa.* Aggrottò le sopracciglia guardandola. Ariana continuò a fissarlo con gli occhi sbarrati. In quel momento sembrava quasi di sentir parlare papà... non un uomo che aveva intenzione di portarsela a letto, e di violentarla. Quanto a Manfred, se la rivedeva davanti agli occhi come quel pomeriggio, a rastrellare le foglie secche fuori dal portone della caserma... in quel momento gli era sembrato che avesse quattordici anni.

«Mi capisce, Fräulein?»

«No, signore.» Gli parve paurosamente pallida, con quegli occhi immensi. Niente, in lei, ricordava la giovane donna che aveva tentato di farla franca, comportandosi con dignità e risolutezza con von Rheinhardt, almeno all'inizio. Questa non era una donna, era una bambina.

«Ecco... da qualcosa che ho sentito, ho supposto che qualcuno avrebbe potuto insistere con lei per... ehm, convincerla ad andare a casa del generale...» Gli occhi di Ariana rivelarono un nuovo, profondo terrore, ma Manfred proseguì. «Ho pensato che sarebbe stato un modo molto poco adatto di cominciare la sua vita indipendente. Di conseguenza, Fräulein...» e girò gli occhi per la stanzetta che sarebbe diventata quella di Ariana «... io l'ho condotta qui».

«Domani mi faranno andare da lui?» Lo guardava con gli

occhi colmi di disperazione e di ansia... mentre Manfred cercava con tutte le sue forze di non distrarsi, ammirando il colore stupendo dei suoi capelli che sembravano d'oro filato.

«No, è del tutto improbabile. Il generale non può imporre la propria autorità fino a questo punto. Se lei fosse rimasta ancora laggiù, nella caserma, con ogni probabilità l'avrebbe condotta con sé a Grunewald. Ma lei adesso è già venuta via da quel posto e quindi non ha niente da temere.» Poi gli balenò un'altra idea. «Oppure le dispiace? Magari lei pensa che non sarebbe stato tanto brutto andare da lui perché, in questo modo, si sarebbe ritrovata a casa?»

Ariana scosse la testa con aria triste. «No, non avrei sopportato di vederla ridotta in quelle condizioni, piena di estranei e...» mentre pronunciava queste parole le morì la voce in gola «... avrei preferito essere morta piuttosto che stare con lui.» Manfred assentì e si accorse che lei lo stava osservando con attenzione, come se volesse cercare di capire che cosa aveva accettato in cambio di quella eventualità... Non poté trattenere una risata. Sapeva benissimo per quale motivo Ariana lo stava esaminando da capo a piedi. In ogni caso, finalmente, aveva capito che lui non aveva nessuna intenzione di strapparle gli abiti di dosso e denudarla non appena fossero entrati in camera da letto.

«Questa sistemazione la soddisfa, Fräulein?» Le lanciò un'occhiata interrogativa e Ariana sospirò lievemente.

«Immagino che potrà andar bene.» Che cosa si aspettava? I suoi ringraziamenti perché aveva deciso di farla diventare la propria amante invece di lasciarla al generale?

«Sono molto dispiaciuto che tutto questo sia accaduto. Questa guerra si sta rivelando terribile... per tutti noi.» Il suo viso aveva assunto un'espressione distaccata, assorta. «Venga. Adesso le mostro la cucina.»

In risposta alla domanda se sapeva cavarsela a cucinare, Ariana sorrise. «A dir la verità, non l'ho mai fatto. Non ce n'era bisogno.» In casa aveva sempre avuto la servitù che se ne occupava.

«Non importa. Le insegnerò. Guardi che non ho nessuna intenzione di farle rastrellare le foglie del giardino o lavare il pavimento dei gabinetti... per tutte queste cose ho una donna che viene a far le pulizie... però sarebbe senz'altro piacevole se, da parte sua, lei si occupasse di cucinare. Crede che ci riuscirebbe?» Com'era serio il tono con il quale le stava parlando! Di colpo Ariana si sentì infinitamente stanca. Adesso era la sua concubina. Un po' come una schiava comprata, per la quale era stato pagato un determinato prezzo.

Sospirò guardandolo. «Immagino di sì. Ma... il bucato?»

«Dovrà preoccuparsi soltanto del suo. Non avrà nient'altro da fare, all'infuori di cucinare qualcosa.» In fondo era un prezzo molto piccolo da pagare per la propria salvezza. Cucinare, oltre al fatto che stava per diventare la sua amante. Almeno fin lì, c'era arrivata anche lei!

Ascoltò in silenzio, tranquillamente, mentre lui le spiegava come preparare le uova, affettare il pane, le faceva vedere come far cuocere carote e patate... poi la lasciò a rigovernare i piatti nell'acquaio. Lei sentì che metteva la legna nel camino e accendeva il fuoco... e lo vide scrivere tranquillamente alla sua scrivania. Di tanto in tanto alzava gli occhi per guardare la fotografia di uno dei suoi bambini; poi abbassava di nuovo la testa e riprendeva a scrivere.

«Gradisce una tazza di tè, signore?» Nel pronunciare queste parole provava la curiosa sensazione di essere una delle cameriere di casa, poi — però — ricordando che solo quella mattina si trovava ancora nell'orribile cella da incubo del Reichstag, si sentì travolgere improvvisamente da un'ondata di gratitudine e di sollievo perché adesso tutto era cambiato ed era lì, in casa del tenente. «Signore?»

«Che cosa c'è, Ariana?» Poi von Tripp arrossì lievemente. Era la prima volta che la chiamava per nome. Ma, in quel momento, era soprappensiero. Per un attimo non era nemmeno stato sicuro se avesse detto Ariana o Marianna! «Mi scusi.»

«Per carità! Venivo semplicemente a domandarle se gradiva una tazza di tè.»

«Sì, grazie.» Avrebbe preferito un caffè, ma ormai era quasi impossibile procurarselo. «Lo prende volentieri anche lei?» Ariana non aveva osato bere nemmeno un sorso di quella sostanza tanto preziosa ma, dietro invito di Manfred, corse in cucina a prendere una tazza e se la riempì. Per un attimo rimase tranquillamente seduta a godersi soltanto la sua fragranza esotica. Era più di un mese, ormai, che sognava lussi simili, ormai dimenticati, come quello di sorseggiare una tazza di tè.

«Grazie.» Per un attimo lui si domandò se gli sarebbe mai capitato di sentire il suono della risata di Ariana. Per ben due volte, quella sera, era riuscito a guadagnarsi un sorriso abbagliante da parte di lei. E provò uno strano fremito, dentro di sé, mentre la guardava. Com'era tragicamente grave e seria, e tanto infelice; i suoi occhi, il suo viso, portavano ancora evidenti i segni del trauma dal quale era appena uscita. Adesso Ariana si stava guardando intorno; ben presto i suoi occhi si soffermarono sulle fotografie dei bambini. «Sono i suoi figli, tenente?» Lo guardava incuriosita, ma lui non sorrise. Era ben strana quella cerimonia del tè alla quale entrambi partecipavano — sia l'uno sia l'altra con una vita spezzata alle spalle. Per tutta risposta lui si limitò ad assentire e le offrì di versarsi un'altra tazza di tè. Intanto si era acceso la pipa allungando le gambe verso le fiamme.

Rimasero in silenzio, seduti tranquillamente l'uno accanto all'altra fin quasi alle undici. Parlavano poco. Ad Ariana bastava semplicemente trovarsi lì e a poco a poco cominciava ad abituarsi all'ambiente che la circondava. Quanto al tenente, gli faceva piacere avere un'altra creatura umana, un altro essere vivo e reale nella sua casa. Di tanto in tanto le lanciava uno sguardo di sottecchi e, a volte, rimaneva a fissarla, lì seduta, con gli occhi sognanti che guardavano le fiamme nel camino senza vederle, come se fosse immersa in ricordi che risalivano a un mondo remoto. Alle undici Manfred si alzò e, dopo averla guardata, cominciò a spegnere le luci.

«Domattina devo alzarmi presto.» Come se non avesse aspettato altre parole, anche Ariana si alzò di scatto. Adesso però i suoi occhi erano illuminati da una nuova espressione di timore. Che cosa stava per succedere? Perché, in fondo, era questo il momento del quale aveva avuto più paura fin dall'inizio della serata.

Lui aspettò che lei uscisse a passo lento dal salotto e poi la seguì. Raggiunsero per prima la porta della sua camera da letto. Qui si fermarono. Manfred esitò per un attimo interminabile e infine, con un lieve sorriso, le tese la mano. Lei rimase a guardarlo sbalordita e soltanto dopo un po' le venne in mente che doveva mettere la propria in quella mano che aspettava. Ma tutto questo era talmente diverso da ciò che aveva previsto che rimase quasi a bocca aperta quando vide che lui gliela stringeva calorosamente. «Spero che un giorno, Fräulein, potremo essere amici. Qui lei non è una prigioniera, se ne rende conto? Mi è sembrato soltanto che fosse la soluzione più saggia... per la sua sicurezza. Mi auguro che capisca.» Allora gli occhi di Ariana si illuminarono lentamente e, infine, gli sorrise.

«Dunque vuole dire...»

«Sì, voglio dire proprio questo.» Gli occhi di Manfred erano pieni di dolcezza e finalmente Ariana si rese conto di avere di fronte un uomo buono e gentile. «Ha creduto sul serio che volessi prendere il posto del generale? Non le pare che sarebbe stato un po' scorretto? Del resto, gliel'ho già spiegato, lei non è una mia prigioniera. Anzi...» le fece un profondo inchino come le convenienze richiedevano, accompagnato da un sonoro sbattere di tacchi «... continuerò a considerarla come un'ospite.» Ariana non faceva che fissarlo con gli occhi sgranati. «Buona notte, Fräulein.» La porta si richiuse alle sue spalle e Ariana, sbalordita, riprese a camminare piano per il corridoio.

19

«Be', dove diavolo è andata a cacciarsi?» Von Rheinhardt si era messo a fissare Hildebrand, visibilmente indispettito. «Von Tripp ha detto di avercela accompagnata proprio ieri. Non ha chiesto all'incaricata?»

«No. Non ho potuto. In quel momento non era alla sua scrivania.»

«In tal caso occorre tornarci di nuovo. A parte il fatto che, perdio, ho ben altre cose di cui preoccuparmi!»

Hildebrand tornò a parlare con la donna che dirigeva il lavoro delle ragazze della caserma e, un'ora più tardi, fece rapporto al capitano. Intanto von Tripp era impegnatissimo con un buon numero di problemi che aspettavano di esser risolti fin dal giorno prima.

«Che cosa ha detto?» Il capitano lanciò un'occhiataccia a Hildebrand. Quel giorno era andato tutto storto! A parte il fatto che lui se ne infischiava altamente del generale e di quella stramaledetta ragazza von Gotthard. Ormai non serviva più, avevano finito di occuparsi di lei e, qualsiasi cosa potesse accaderle da quel momento in poi, per lui non aveva più il minimo interesse. Se il generale Ritter smaniava per averla nel suo harem, affari suoi! Se la sbrigasse come meglio preferiva. A parte il fatto che avrebbe potuto mandare quell'idiota del suo aiutante a dare un'occhiata in giro per rintracciarla.

«Non c'è più. È andata via.»

«Si può sapere che cosa diavolo significa tutto questo? In che senso... 'è andata via'?» Poi, di colpo, s'inalberò. «È scappata?»

«No, assolutamente, capitano. Non è successo niente del genere. Qualcuno è venuto a prendersela. Quella donna, alla caserma, dice che era un ufficiale, ma non si ricorda bene di chi si trattasse.»

«Non avete controllato sul registro?» Von Rheinhardt lo guardò allibito.

«No. Devo tornare a controllarlo?»

«Non importa. Se è andata via, non c'è più niente da fare. Del resto, la settimana prossima lui se ne sarà già dimenticato e ne avrà trovata un'altra dozzina da portarsi a casa. Tutto sommato, questo capriccetto potrebbe costargli un po' troppo caro! Non si può escludere, anche se mi sembra una probabilità piuttosto remota, che suo padre, un giorno o l'altro, salti fuori di nuovo. E allora sì che ne sentiremmo di cotte e di crude se Ritter l'ha presa per metterla nel suo harem!» Von Rheinhardt alzò gli occhi al cielo, con aria esasperata; Hildebrand si mise a ridere.

«Lei è seriamente convinto che il suo vecchio sia ancora vivo?» Intanto guardava con interesse il suo superiore.

«No, assolutamente.» Poi l'ufficiale si strinse nelle spalle e invitò in tono brusco Hildebrand a tornare al lavoro. Fu solo verso la fine del pomeriggio che il capitano si decise a raggiungere la caserma per fare quattro chiacchiere con la direttrice... Pochi minuti più tardi senza dire una sola parola, questa tirò fuori il famoso registro e von Rheinhardt poté ottenere l'informazione che era venuto a cercare. Lesse con evidente curiosità il nome scritto sul registro e, riattraversando la strada per tornare in ufficio, continuò a riflettere con aria assorta. Forse, finalmente, von Tripp aveva deciso di tornare nel mondo dei vivi. Già da molto tempo nutriva il sospetto che non si sarebbe più ripreso dopo la morte atroce della moglie e dei figli, a maggior ragione dopo che era rimasto anche ferito, il Natale dell'anno precedente. Da quel momento in poi Manfred aveva dato l'impressione di non provare più alcun interesse per la vita. Sembrava un automa... un guscio di uomo, svuotato... e non partecipava più, assolutamente, alla vita mondana della capitale, ben più brillante di un tempo! Forse adesso... comunque era interessante... aveva già avuto qualche sospetto in proposito ed era stato proprio questo il motivo per il quale era andato a controllare il famoso registro. C'era molto poco che sfuggisse all'attenzione di Dietrich von Rheinhardt.

«Von Tripp?»

«Signorsì?» Manfred alzò di scatto gli occhi, stupito. Non aveva sentito entrare il capitano. Ma, del resto, non lo aveva nemmeno visto uscire mezz'ora prima. Aveva avuto parecchio da fare in un altro ufficio, sul lato opposto del corridoio, alla ricerca di alcuni dossier che parevano smarriti.

«Per favore, mi raggiunga nel mio ufficio.» Manfred lo seguì con una vaga inquietudine. Il suo superiore non perse altro tempo. «Manfred, mi è capitato per caso di dare un'occhiata al registro della caserma qui di fronte.» Sapevano entrambi, invece, che il capitano non faceva mai niente «per caso».

«Oh?»

«Già, proprio 'Oh'. Ce l'ha lei la ragazza?» Impossibile capire che cosa pensava, dall'espressione della sua faccia, e Manfred si limitò ad annuire lentamente.

«Sì, ce l'ho io.»

«Posso chiedere perché?»

«La volevo, signore.» Era proprio il tipo di risposta dura, decisa e senza fronzoli, che von Rheinhardt poteva accettare con facilità.

«Naturalmente, lo avevo già capito ma non lo sapeva che c'era il generale Ritter che la voleva per sé?»

«No, signore.» Manfred, però, si sentì accapponare la pelle. «No signore, non lo sapevo. Anche se lo abbiamo incontrato per un minuto ieri, nell'ingresso della casa di Grunewald. Comunque non aveva lasciato sospettare in nessun modo...»

«Va bene, va bene, non importa.» I due uomini si squadrarono a lungo. «Sa benissimo che potrei costringerla a consegnare la ragazza a Ritter, vero?»

«Spero che non lo farà, signore.» Anche se la pensava diversamente, la sua risposta non avrebbe potuto essere più corretta. Per un attimo interminabile nessuno dei due aprì bocca.

«Non gliela consegnerò, von Tripp.» Poi dopo un altro silenzio: «Fa piacere vedere che lei si sente di nuovo vivo». Gli rivolse un largo sorriso. «Fa piacere accorgersi che finalmente c'è qualcosa che le importa. Ormai sono tre anni che continuo a ripeterglielo, vero? È proprio quello di cui aveva bisogno.»

«Signorsì.» Manfred abbozzò un sorrisetto d'intesa mentre, in cuor suo, provava una gran voglia di prendere a schiaffi il suo superiore. «Grazie, signore.»

«Per carità, non parliamone.» Poi non poté trattenersi dallo scoppiare anche lui in una risatina chioccia. «Quel Ritter se lo merita! È il più anziano, qui, eppure riesce sempre a procurarsi le ragazzine più giovani. Non si preoccupi, non sarà difficile trovare un'altra ragazza da mandargli. Che lo terrà allegro e contento per qualche settimana.» Poi scoppiò in una risataccia rauca, perché si trovava molto spiritoso, e con un gesto congedò Manfred.

Dunque... se l'era conquistata — e con il consenso del capitano, in conclusione! Si lasciò sfuggire un lungo sospiro di sollievo mentre girava gli occhi lentamente per l'ufficio e, infine, si accorse che era l'ora di tornare a casa.

«Tenente?» Aveva fatto capolino nel piccolo ingresso — i bei capelli biondi erano raccolti in una crocchia elegante in cima alla testa, i grandi occhi azzurri avevano avuto un lampo di nervosismo quando si era accorta che lui era arrivato.

«Buona sera, Ariana.» Gli sembrò di essere esageratamente cerimonioso mentre fissava gli occhi azzurri della ragazza che, ferma di fronte a lui, aveva l'aria ansiosa e preoccupata.

«È stato... hanno...» Balbettava, non riusciva a esprimersi con chiarezza e la sua aria era sempre più terrorizzata... Manfred capì immediatamente a che cosa alludeva.

«Tutto bene. La faccenda è stata sistemata.»

«Erano molto adirati?» I grandi occhi azzurri sembrarono immensi quando lui scosse lentamente la testa. Nella loro espressione vi poteva leggere ogni attimo del terrore provato in quell'ultimo mese. Per quanto molto spesso gli fosse sembrata forte e coraggiosa, adesso che l'aveva lì davanti, gli appariva quasi come una bambina, fragile e indifesa.

«Gliel'ho già detto, è tutto sistemato. Adesso qui resterà al sicuro.» Ariana avrebbe voluto domandargli per quanto tempo avrebbe potuto rimanere, ma non ne ebbe il coraggio.

«Grazie.» Poi: «Gradisce una tazza di tè?»

«Sì.» Un attimo di silenzio. «Se lo prende anche lei.» Ariana annuì silenziosamente e scappò in cucina. Pochi minuti più tardi tornava con il vassoio e due tazze colme della preziosa bevanda fumante. Per lei, dopo quel mese passato in cella, era uno dei lussi più grandi che la casa del tenente potesse offrirle. Potersi sentire di nuovo pulita, poter bere di nuovo un tè. Anzi, si era perfino azzardata a prepararsene una tazza qualche ora prima, quello stesso pomeriggio, mentre girellava senza scopo per il salotto, osservando i libri che vi si trovavano e ripensando di nuovo a suo padre e a Gerhard. Li aveva sempre in mente. Adesso, nei suoi occhi, si leggevano ancora l'angoscia e il tormento. Manfred la guardò con dolcezza mentre posava la tazza. Aveva ben poco da dirle. Sapeva fin troppo bene che cosa significasse dover far fronte a un dolore come quello della perdita dei propri cari. Gli sfuggì un sospiro; poi prese una delle sue pipe mentre si mettevano a sedere. «Che cos'ha fatto oggi, Fräulein?»

Lei scosse lentamente la testa. «Io... niente... io... ho guardato qualcuno dei suoi libri.» Istintivamente Manfred pensò alla magnifica biblioteca che aveva visto nella casa di Grunewald il giorno prima e a quella che lui aveva posseduto in un passato ancora più lontano. E fu proprio quel pensiero che lo fece decidere a prendere il toro per le corna. La guardò con attenzione mentre si accendeva la pipa.

«È una casa splendida, Fräulein.» Lei capì immediatamente a quale casa Manfred alludesse.

«Grazie.»

«Un giorno sarà di nuovo sua. La guerra non può continuare per sempre.» Posò la pipa e, senza accorgersene, con l'espressione dei suoi occhi cominciò a farle capire moltissime cose. «Anche quella dei miei genitori è stata requisita.»

«Davvero?» Un lampo d'interesse le illuminò il viso. «E dove si trova, tenente?»

Gli occhi di lui tornarono tristi quando le rispose. «Nei dintorni di Dresda.» E subito intuì, dallo sguardo di Ariana, la domanda che voleva fargli. «No, non è stata toccata dalle bombe.» Vero, lo *Schloss* era rimasto intatto... ma tutto il resto era in rovina... come tutte quelle persone... i bambini, Theodor e Tatianna... sua moglie Marianna... i genitori, la sorella, tutti... erano scomparsi. Esattamente come il padre e il fratello di Ariana. Nello stesso modo definitivo, per sempre.

«È stato fortunato.» Lui alzò gli occhi, trasalendo a quelle parole e poi ricordò che stavano parlando dello *Schloss*.

«Sì.»

«E la sua famiglia?»

Lui trattenne il fiato bruscamente. «Purtroppo non sono stato altrettanto fortunato.» Ariana aspettò. Il silenzio, fra loro, si fece pesante. «I miei bambini... mia... moglie... mio padre e mia madre... erano tutti in città.» Si alzò in piedi, si avvicinò al caminetto. Adesso Ariana lo vedeva soltanto di spalle. «Sono morti tutti.»

La voce di lei si levò in un bisbiglio. «Come mi dispiace.»

«Né più né meno come dispiace a me per lei, Fräulein.» Manfred si era voltato a guardarla. Rimase lì immobile per un attimo che parve lunghissimo, i loro occhi si incontrarono, si fissarono.

«Ci sono...» Ariana non aveva quasi il coraggio di domandarlo ma capiva di doverlo assolutamente sapere. «Ci sono notizie?»

Lui scosse lentamente la testa. Era venuto il momento che la ragazza affrontasse la verità. Perché aveva già intuito da un po' che, in fondo al cuore, lei continuava a rifiutarsi di affrontare quel problema. «Suo padre, Fräulein, ecco... non credo che l'abbia abbandonata... o dimenticata. Da quanto ho sentito, non doveva essere un uomo del genere.»

Lei scosse lentamente la testa. «No, questo lo capisco. Quindi dev'essere accaduto qualcosa a tutti e due.» Poi alzò gli occhi a guardarlo con aria di sfida. «Li troverò dopo... dopo la guerra.»

Lui la guardò con aria desolata, gli occhi lucidi. «Non credo, Fräulein. Secondo me, lei dovrebbe sforzarsi di capirlo, subito. Una falsa speranza può essere molto crudele.»

«Dunque ha sentito dire qualcosa?» Le pareva di avere il cuore in gola.

«No, non ho sentito dire niente. Ma... mio Dio, provi un po' a pensarci! È andato via per evitare che il ragazzo venisse arruolato nell'esercito, giusto?» Ariana non disse niente. Forse questo non era altro che un trucco, uno scherzo crudele, per costringerla, in definitiva, a tradire suo padre. No, non voleva farlo. Nemmeno con quest'uomo per il quale, quasi quasi, cominciava a provare una certa fiducia. «Va bene, non me lo dica se non vuole. Io però sono arrivato a questa conclusione.» E poi la lasciò sconvolta, scandalizzata. «Perché è quello che avrei fatto io. Qualsiasi uomo con un po' di cervello avrebbe fatto la stessa cosa per salvare suo figlio. Lui però, doveva aver progettato tutto in modo da tornare a prendere anche lei, Ariana. E ad avergliela impedito non può essere stata che la morte. La sua morte, e quella del ragazzo. Non sono riusciti a passare in Svizzera, lui non avrebbe nemmeno potuto rientrare in Germania. Sono sicuro che i soldati che pattugliano la frontiera li hanno sorpresi. Non può che essere stato così.»

«Ma è proprio convinto che non sia arrivata nessuna notizia in proposito?» Adesso piangeva e le lacrime le scendevano lentamente sulle guance mentre ascoltava queste parole — la sua voce, quando si decise a parlare, si levò fievole come un mormorio.

«Non è neppure necessario. Purtroppo quelle che abbiamo mandato a guardia dei nostri confini non sono certo truppe scelte! Se li hanno uccisi, come devono aver fatto, probabilmente si sono affrettati a liberarsi dei loro cadaveri. Io...» la guardò imbarazzato per un momento, «ho già cercato di sapere qualcosa di più. Ma nessuno mi ha voluto dire niente, Fräulein. In ogni caso sono arrivato alla conclusione che lei deve affrontare la realtà, cioè quello che è accaduto. Sono scomparsi. Devono essere morti.»

Lei gli voltò lentamente le spalle scosse dai singhiozzi... e lui, in silenzio, uscì dal salotto. Pochi istanti più tardi Ariana si accorse che la porta della sua camera da letto si richiudeva piano. Rimase immobile dove si trovava, singhiozzando sommessamente e infine si buttò sul divano e scoppiò in un pianto dirotto. Per la prima volta da quando tutto quell'incubo era incominciato, non si controllava più e si abbandonava alla disperazione. Quando riuscì a calmarsi, provò la sensazione di essere intontita.

Non rivide più Manfred fino alla mattina dopo e, quando si incontrarono, lei evitò di guardarlo negli occhi. Non voleva leggervi la compassione, la pietà, il suo stesso dolore... era già una fatica immensa quella di lottare per affrontare e accettare il proprio.

Più di una volta, nelle settimane successive, Ariana sorprese Manfred mentre osservava le fotografie dei suoi bambini e si accorse di sentirsi dolere il cuore, guardandolo, perché non poteva fare a meno di pensare a Gerhard e a suo padre, non poteva fare a meno di accettare l'idea che non li avrebbe mai più rivisti. Adesso, seduta nel salotto sola, per tutto il pomeriggio, le pareva di essere perseguitata dai visetti sorridenti dei bambini di Manfred — come se la rimproverassero di essere lì con il loro papà, quando loro non potevano fargli più compagnia.

A volte le davano quasi fastidio quando fissava quelle fotografie — la bambina con le treccine legate da due fiocchi di raso bianco, il bambino con quei capelli lisci e biondi e i grandi occhi azzurri che la fissavano da un faccino tempestato di lentiggini... Theodor... ma la cosa di cui si risentiva più di tutto era il fatto che rendevano il tenente quasi umano, lo facevano quasi sentire più vero. E lei non voleva che questo accadesse. Non voleva sapere niente di lui, non voleva provare niente nei suoi confronti. Malgrado quello che le aveva raccontato quando l'aveva portata a casa sua, a Wannsee, in un certo senso era il suo carceriere. Non desiderava vederlo sotto un'altra luce. Non voleva sapere niente dei suoi sogni, delle sue speranze, delle sue sofferenze e soprattutto non voleva raccontargli niente delle proprie. Perché il tenente von Tripp non aveva nessun diritto di sapere quanto atroce e disperato fosse il suo dolore. Aveva già visto e conosciuto fin troppo della sua vita, delle sue sofferenze e della sua vulnerabilità. L'aveva vista indifesa di fronte a Hildebrand nella cella del Reichstag; l'aveva vista in quegli ultimi, terribili momenti, laggiù a casa. Aveva visto, e non ne aveva nessun diritto. Come non ne aveva il diritto nessun altro. No, non avrebbe mai più rivelato niente di sé a nessuno... mai più! Manfred von Tripp dovette intuire tutto ciò che passava per la mente di Ariana man mano che, una sera dopo l'altra, sedevano insieme a fissare il fuoco in silenzio; lui fumava la pipa e parlava poco... Ariana, da parte sua, gli faceva compagnia educatamente ma era sempre assorta nei propri pensieri, si nascondeva nella torre d'avorio del proprio dolore.

Ormai abitava in casa sua da una ventina di giorni quando, improvvisamente, una sera, Manfred von Tripp la lasciò a bocca aperta per lo stupore perché, improvvisamente, si alzò in piedi e depose la pipa. «Non le piacerebbe uscire a fare una passeggiata, Fräulein?»

«Adesso?» Lei sembrò sbalordita e, anche, un pochino impaurita. Che cos'era, una trappola? Dove aveva intenzione di condurla, e perché? L'espressione che era apparsa nei suoi occhi addolorò Manfred profondamente perché gli era bastato un attimo per capire fin troppo bene quanto grandi fossero la sua paura e la sua mancanza di fiducia... ancora adesso, dopo tutte quelle giornate tranquille e prive di paura. D'altra parte capiva che ci sarebbe forse voluta una vita intera per cancellare il ricordo dei giorni trascorsi laggiù, nelle viscere del Reichstag. Esattamente come ci sarebbe voluto una vita intera perché lui dimenticasse ciò che aveva visto al suo ritorno a Dresda... quando era andato a setacciare le macerie della sua casa... le bambole smembrate sotto le travi del tetto, i calcinacci e i pezzi d'intonaco, gli stupendi oggetti in argento sbalzato che erano stati l'orgoglio di Marianna... adesso anneriti, contorti, semiliquefatti... come i suoi gioielli... come i loro sogni. Manfred si impose con uno sforzo di non pensare più al passato, di tornare al presente mentre fissava gli occhi azzurri, colmi di terrore, di Ariana.

«Non le farebbe piacere prendere una boccata d'aria?» Sapeva che, in tutte quelle settimane, Ariana non si era mai avventurata fuori dal giardinetto. Era ancora impaurita.

«E se c'è un'incursione?»

«Vuol dire che ci precipiteremo nel rifugio più vicino. Non deve preoccuparsi. Con me, sarà al sicuro.» Ariana si accorse di comportarsi da sciocca, di fronte alla voce calma e profonda, e agli occhi pieni di dolcezza di Manfred, e annuì lentamente. Sarebbe stata la prima volta che tornava fuori, nel mondo, da due mesi. Infatti aveva trascorso in prigione un mese intero e per un tempo altrettanto lungo ormai era lì, a Wannsee, troppo terrorizzata per avere il coraggio di allontanarsi anche solo di pochi passi dalla casa di von Tripp. Era ancora tormentata da mille terrori — soltanto quella sera, per la prima volta, Manfred finalmente si rese conto di quanto fosse profonda la sua paura. La osservò infilarsi il cappotto e assentì lentamente. Ariana non lo sapeva ma la sua faccia aveva assunto la stessa espressione che usava sempre con la figlia, Tatianna, quando capiva che lei aveva paura di qualcosa. «Va bene così. Un po' d'aria farà bene a tutti e due.» Per tutta la sera non aveva fatto che lottare con i propri pensieri. Ormai succedeva sempre più di frequente. Perché non erano soltanto i ricordi dei bambini, dei genitori o della moglie... ma c'erano anche altre riflessioni adesso... il pensiero di Ariana, che aveva cominciato a tormentarlo già da parecchie settimane. «È pronta?» Lei annuì in silenzio, con gli occhi grandissimi e, mentre uscivano nel fresco della sera, Manfred le prese la piccola mano coperta dal guanto e se la infilò sotto il braccio. Poi fece finta di non accorgersi che lei, distrattamente, si aggrappava sempre più stretta alla manica del suo cappotto mentre s'incamminavano.

«Bello, vero?» Lei alzò gli occhi verso il cielo e sorrise di nuovo. Il suo sorriso era talmente stupendo, talmente raro, che istintivamente anche Manfred lo ricambiò.

«Sì, bellissimo. E poi, come vede, niente incursioni.» Però mezz'ora più tardi, mentre stavano già rientrando verso casa, si sentirono le sirene e la gente cominciò a uscire precipitosamente dalle proprie abitazioni per raggiungere i rifugi antiaerei più vicini. Al primo ululato delle sirene, Manfred, circondando le spalle di Ariana con un braccio, la trascinò con sé correndo verso un rifugio, insieme con tutti gli altri.

Ariana lo imitò e si mise a correre come lui ma — in fondo al cuore — si diceva che non aveva nessuna importanza se, in quel momento, correva qualche pericolo o no. Perché non aveva più nessun motivo di continuare a vivere.

Nel rifugio c'erano donne che piangevano, bambini piccoli che strillavano e ragazzini che giocavano, come ormai erano abituati da sempre a fare. Soltanto gli adulti sembravano spaventati. I bambini conoscevano la guerra da quando erano nati. Ce n'era uno che sbadigliava e un paio di altri che cantavano una buffa canzoncina mentre gli ululati e il frastuono si levava sempre più forte sopra di loro e, in distanza, si sentivano i tonfi assordanti delle bombe. Mentre tutto questo accadeva intorno a lui, Manfred non staccò per un attimo gli occhi da Ariana che aveva il viso sereno, gli occhi tristi, e impulsivamente, senza pensare, le prese una mano e la strinse nella propria. Lei non disse niente; rimase seduta dov'era, lasciando la mano in quella grande, morbida, di lui, osservando le persone che la circondavano, domandandosi per quale motivo continuavano a vivere, perché bene o male tiravano avanti.

«Adesso credo che non ci sia più nessun pericolo, Fräulein.» Continuava a chiamarla ancora così, quasi sempre. Si alzò in piedi e lei lo seguì fuori; s'incamminarono a passo svelto verso casa. Ma stavolta tutto fu molto diverso da quando erano usciti. Manfred non vedeva l'ora di ricondurre Ariana a casa perché soltanto lì sarebbe stata al sicuro. Quando entrarono nel piccolo ingresso, rimasero immobili per un attimo, in silenzio, a fissarsi — nei loro occhi si leggeva qualcosa di nuovo, di diverso da prima. Però Manfred si limitò a salutarla con un cenno della testa; poi le voltò le spalle e cominciò a salire le scale.

20

Il giorno dopo Ariana era arrampicata su una seggiola in cucina quando lui tornò a casa. Cercava di allungarsi più che poteva per raggiungere una grossa scatola di latta che era stata riposta su uno dei ripiani più alti. Entrando in cucina dall'ingresso, vedendola in quella posizione, Manfred si precipitò a raggiungerla, alzò un braccio, prese la scatola di latta e gliela consegnò. Poi, senza pensarci, le mise le mani intorno alla cintola e l'aiutò a scendere dalla sedia. Lei arrossì lievemente ringraziandolo e si affrettò a preparargli la solita tazza di tè. Tuttavia era come se avesse intuito anche lei che qualcosa pareva diverso, ora. Una specie di tensione elettrica che prima non esisteva, o forse non si era mai fatta sentire, ma era rimasta repressa tra quelle due persone tormentate. Stavolta, quando gli offrì la tazza di tè, Ariana si accorse di aver dimenticato lo zucchero e arrossì di nuovo mentre andava a prenderlo.

A cena furono tutti e due piuttosto taciturni e un po' imbarazzati; dopo, Manfred le propose un'altra passeggiata. Stavolta tutto andò liscio e non ci furono incursioni aeree fino a notte avanzata. Si svegliarono tutti e due quasi subito, ma ormai era troppo tardi per scappare; dovettero accontentarsi di scendere in cantina, infagottati nelle vestaglie, con scarpe robuste ai piedi. Manfred teneva sempre in cantina una valigia con un cambio completo di abiti, nel caso fosse costretto a fuggire rapidamente, ma adesso si rese conto di non aver mai consigliato ad Ariana di portar giù anche lei qualcosa della sua roba. Glielo disse ma lei si strinse lievemente nelle spalle. Manfred notò ugualmente quel gesto alla tenue luce della pipa che aveva acceso — le finestre erano state coperte da pezzi di stoffa nera e, quindi, anche se fumava, nessuno avrebbe notato quel lieve chiarore. Al primo momento ne rimase sconcertato, ma poi afferrò al volo.

«Sopravvivere per lei non ha più nessuna importanza, Ariana?»

Lei scosse lentamente la testa. «Per quale motivo dovrebbe importarmi?»

«Perché è ancora così giovane! Potrebbe ripartire da capo e rifarsi una vita. Quando tutto questo sarà finito, avrà ancora il futuro... tutto... Davanti a lei.» Ma lei non pareva convinta.

«Invece lei ci tiene?» Aveva visto l'espressione dei suoi occhi quando guardava le fotografie dei suoi bambini e della moglie. «La sopravvivenza significa davvero tanto per lei?»

«Sì, adesso più di una volta.» La sua voce si era fatta curiosamente tenera e sommessa. «E col tempo significherà senz'altro qualcosa di più anche per lei.»

«Per quale motivo? Che importanza può avere qualcosa di tutto ciò? Niente finirà mai.» Intanto, insieme, tendevano l'orecchio ai tonfi lontani delle bombe. Del resto Ariana non sembrava impaurita, ma solo profondamente triste. Come avrebbe voluto che quelle bombe uccidessero tutti i nazisti... perché soltanto allora lei si sarebbe sentita libera... oppure sarebbe morta come tutti gli altri.

«Finirà, un giorno, e presto... glielo prometto, Ariana!» La sua voce si era fatta dolcissima, quasi un mormorio, e come la notte precedente, anche adesso che erano lì seduti nel buio, lui allungò una mano in silenzio a cercare quella di lei. Stavolta, quando gliela prese, Ariana provò uno strano fremito che la percorse da capo a piedi. Manfred le tenne stretta quella mano molto a lungo; poi lei si accorse che lentamente l'attirava verso di sé. Capì di non avere la forza di resistere a quel movimento lieve e gentile, si accorse di non avere più nessuna volontà di respingerlo. Come se fosse stato quello che aveva sempre desiderato, si trovò stretta da quelle braccia possenti; sentì che la bocca di Manfred si avvicinava lentamente alle sue labbra. Il sordo fragore delle bombe, in lontananza, a poco a poco diminuì... ad Ariana pareva di sentire soltanto il sangue che le rombava nelle orecchie quando Manfred, dopo averla abbracciata, cominciò a baciarla e ad accarezzarla... allora, ansante, si tirò indietro. Fra loro cadde un breve silenzio pieno di imbarazzo. Poi Manfred sospirò. «Mi spiace... non so come scusarmi... Ariana... non avrei dovuto...» Stavolta, però, fu lui a restare stupefatto quando lei lo fece tacere con un bacio. Subito dopo uscì in silenzio dalla cantina e salì nella propria camera. La mattina seguente nessuno dei due menzionò quello che era successo durante la notte. Ogni giorno, però, si sentivano sempre più vicini, provavano un'attrazione reciproca sempre più forte alla quale era sempre più difficile resistere, finché una mattina presto Ariana, svegliandosi, se lo trovò davanti.

«Manfred?» Lo guardò ancora mezzo addormentata, senza accorgersi che, per la prima volta, lo chiamava per nome. «È successo qualcosa?» Lui scosse lentamente la testa e si avvicinò al letto. Portava un pigiama di seta azzurra sotto la vestaglia di seta, blu scuro. Per un attimo che parve lunghissimo Ariana rimase incerta, senza capire quello che lui voleva... poi lentamente lo intuì. Si accorse che non sapeva nemmeno che cosa dire all'uomo che le stava impalato di fronte, però capì, guardandolo, di desiderarlo con tutte le proprie forze. Si era innamorata del suo carceriere, del tenente Manfred von Tripp. Ma lui, mentre la guardava con occhi pieni di desiderio e di tristezza, si rese conto di aver commesso un terribile errore e, prima che lei potesse aggiungere una sola parola, le aveva già voltato le spalle avviandosi alla porta. «Manfred... che cosa stai facendo... dove...»

Lui si voltò a guardarla. «Scusami... non avrei dovuto... non sapevo che cosa...» ma lei gli tese le braccia. Non erano più le braccia di una bambina, erano quelle di una donna. Manfred si voltò lentamente, la guardò in faccia, le si avvicinò con un sorriso pieno di tenerezza, scuotendo la testa. «No, Ariana... sei soltanto una bambina. Non... non riesco a capire come sia successo. Ero nel mio letto e ho pensato a te per ore e ore... poi, per un momento, ho perso la testa.» A questo punto Ariana scese in silenzio dal letto e rimase immobile aspettando che lui capisse, che si avvicinasse a lei. Manfred, invece, la guardò con aria sempre più sbalordita. Ariana era immobile, chiusa da capo a piedi nella camicia di flanella bianca. Sorrideva lievemente. «Ariana?» No, non riusciva a credere a ciò che le vedeva negli occhi. «Tesoro?...» Pronunciò questa parola in un sommesso bisbiglio mentre le si avvicinava, la prendeva fra le braccia, la stringeva con forza cercandole la bocca. Lei si rannicchiò contro il suo petto.

«Ti amo, Manfred.» Fino a quel momento non si era nemmeno accorta del valore del significato di queste parole; e lo capì soltanto quando lui la strinse ancora di più contro un cuore che batteva pazzamente, a tonfi sordi. Pochi minuti dopo erano insieme, a letto, e lui la fece sua con la tenerezza di un uomo appassionatamente innamorato. Poi le dimostrò ancora il suo amore, da uomo esperto, con dolcezza e ardore.

Le cose continuarono così fino a Natale — Manfred e Ariana vivevano felici in un loro mondo segreto. Ariana trascorreva tutta la giornata girellando per casa e per il giardino, riordinando le stanze, leggendo — alla sera cenavano tranquillamente, poi restavano per un po' davanti al fuoco del camino ma, adesso, salivano di sopra sempre più in fretta perché c'era l'attrazione delle cose stupende e meravigliose che Manfred insegnava ad Ariana a letto. Il loro era un amore profondo e romantico e malgrado la perdita del padre e di Gerhard, Ariana si accorse di non essere mai stata tanto felice in vita sua. Quanto a Manfred, aveva riacquistato tutto il suo gusto per la vita e lo mostrava con entusiasmo, con gioia, e buon umore. Chi lo aveva conosciuto dopo la morte dei suoi bambini non riusciva più a credere che fosse sempre lo stesso uomo. Invece, ormai da due mesi, con Ariana, erano profondamente felici, anche se l'approssimarsi del Natale insinuava un po' di tristezza nella gioia ritrovata perché, con Natale, tornavano i fantasmi degli anni passati e non c'era più nessuno intorno a loro a condividere tanta felicità.

«Be', che cosa facciamo per Natale? Io non ho nessuna voglia di restare qui seduto a guardarti in faccia e a lasciarci rattristare pensando a tutto quello che non c'è più.» Manfred le lanciò uno sguardo di sottecchi con aria saggia, una mattina mentre prendevano il tè a letto, come si erano abituati a fare in quegli ultimi tempi. Stavolta era toccato a lui portare di sopra il vassoio. «La mia intenzione sarebbe quella di festeggiare tutto quello che abbiamo in questo Natale, non di piangere quello che non abbiamo più. A proposito, che cosa vuoi come regalo?» Mancavano ancora quindici giorni e, in quell'ultima settimana, il tempo era diventato molto freddo.

Lei gli sorrise, sprofondata fra i guanciali: il solo sguardo dei suoi occhi era una carezza. «Sai che cosa voglio per Natale, Manfred?»

«No, dimmelo, tesoro mio.» Doveva dominarsi con uno sforzo per non ricominciare ad accarezzarla, quando se la trovava davanti come adesso, con i capelli biondi allargati intorno al viso come matasse di oro filato, il delicato seno scoperto, l'espressione degli occhi colma di amore, invitante.

«Voglio un bambino. Il tuo bambino.» Per un attimo lui rimase in silenzio. Perché ci aveva già pensato più di una volta.

«Stai parlando sul serio, Ariana?» Era ancora tanto giovane e potevano cambiare tante cose! E dopo la guerra... no, a Manfred non faceva molto piacere pensarci, ma non si poteva nemmeno escludere che lei non continuasse più a vivere sotto la sua protezione... magari sarebbe capitato qualcun altro, più giovane... e allora... ma inorridiva a questo pensiero.

Ariana, invece, lo stava guardando con la massima serietà. «Certo che parlo sul serio, amore mio. Non c'è niente che io desideri di più. Un figlio nostro.»

Lui la strinse a sé con forza per un attimo lunghissimo, senza riuscire a pronunciare una sola parola. Certo, era quello che anche lui desiderava... un giorno, ma non ancora. No, non in momenti così terribili. «Ariana, tesoro mio, ti prometto che...» si staccò da lei per guardarla con dolcezza, «... quando la guerra sarà finita avremo un bambino. Avrai il dono di un figlio.»

«Me lo prometti?» Gli sorrise raggiante.

«Sì, te lo giuro.»

Allora fu lei ad abbracciarlo stretto stretto e a scoppiare in quella risata argentina che a Manfred piaceva tanto. «In tal caso, non ho nessun altro desiderio per Natale. Perché è quella la cosa che desidero di più al mondo.»

«Però, al momento, non puoi averla.» La sua gioia era contagiosa e, adesso, Manfred si scoprì a ridere con lei. «Non c'è qualcos'altro che desideri allo stesso modo?»

«No, salvo una cosa.» Continuava a guardarlo con gli occhi luminosi pieni di felicità.

«E... sarebbe?» Ma lei si accorse di essere imbarazzata. Non sapeva come dirlo. Parlare di un bambino era una cosa, ma domandare a un uomo di sposarti, non stava bene... quindi, invece di dirglielo, cercò di prendere tempo borbottando, imbarazzata, parole senza senso, prendendolo in giro ma senza volergli dare una risposta precisa anche se Manfred le giurò e spergiurò che, prima di sera, sarebbe riuscito a farglielo dire. Fra l'altro aveva anche lui le sue idee ben precise in tal senso. Sposare Ariana era il suo più grande desiderio, ma avrebbe preferito aspettare che la Germania fosse di nuovo in pace. Del resto la guerra non poteva durare in eterno! E gli sarebbe piaciuto moltissimo, perché avrebbe avuto un significato particolare per lui, celebrare il matrimonio nello *Schloss* di famiglia.

In ogni caso le idee non mancavano né a lui né ad Ariana per quello che riguardava Natale e quando arrivò la mattina del giorno fatidico, sotto l'albero c'erano tantissimi pacchetti. Uno conteneva un maglione che Ariana gli aveva sferruzzato con le proprie mani, un altro una serie di poesie scritte per lui e arrotolate con una pergamena. Il terzo era una scatola dei suoi biscotti preferiti che si era sforzata di impastare e far cuocere per parecchie mattine di seguito e finalmente era riuscita a ottenere proprio come piacevano a lui. Erano i *Lebkuchen* natalizi, in tutte le forme tradizionali, alcuni rivestiti di cioccolato, altri no, altri decorati da minuscoli confettini di zucchero dai colori vivaci. Manfred rimase profondamente commosso quando capì come lei per prepararglieli doveva aver lavorato sodo.

I suoi doni, invece, erano un po' meno casalinghi; infatti, prima di aprire tutti quei pacchetti, Ariana provò a scuoterli per indovinare, curiosa e felice, quello che contenevano.

«Quale devo aprire per primo?»

«Quello grande.» A dir la verità, Manfred aveva altri due di quegli scatoloni nascosti nel ripostiglio dell'anticamera, ma non voleva né confonderla né sopraffarla. Il primo pacco che Ariana aprì conteneva uno stupendo abito da sera azzurro-ghiaccio che le lasciava le spalle scoperte e le accarezzava morbidamente la pelle nuda, con una profonda scollatura a V sulla schiena. Dopo aver trascorso un intero inverno portando soltanto gonne sportive, maglioni pesanti e scarpe robuste, Ariana si lasciò sfuggire gridolini di entusiasmo di fronte a quella stupenda toilette da sera.

«Oh, Manfred, me lo metto stasera per cena!» Non immaginava certo che lui avesse avuto più o meno la stessa idea. Il secondo pacchetto conteneva uno stupendo collier di acquamarine, il gioiello più adatto da portare con quel vestito; nel terzo, c'erano un paio di squisite scarpine da sera d'argento. Dopo aver indossato tutto quanto immediatamente, Ariana si buttò di traverso sul letto, sorseggiando tè come se fosse stato champagne e mettendosi a cantare con voce baritonale. Manfred scoppiò a ridere allegramente, guardandola, poi andò a prendere gli altri scatoloni che contenevano un abito di cashmere bianco completamente diverso, per stile e taglio, da tutto quello che le aveva visto addosso fino a quel giorno e un altro, di lanetta nera, semplicissimo, di tale classe ed eleganza da poter stare all'altezza del suo guardaroba di un tempo. Poi lui le aveva comperato anche un paio di scarpe nere, scollate, una borsa di coccodrillo nero e un cappotto di lana nera, dal taglio semplice e lineare, che Ariana infilò subito, estasiata, mentre provava uno dopo l'altro anche gli abiti. «Oh, come sarò elegante,

Manfred!» Lo abbracciò con entusiasmo e scoppiarono a ridere insieme.

«A dir la verità, sei già elegantissima!» Infatti indossava il collier di acquamarine, le scarpine d'argento e il cappotto nero nuovo sopra la biancheria bianca, guarnita di pizzi. «Anzi, devo dire che hai un aspetto proprio fantastico! Però manca qualcosa...» E cominciò a frugarsi nella tasca della vestaglia per offrirle l'ultimo dono, stavolta chiuso in un piccolo astuccio. Glielo buttò nelle mani aperte che Ariana gli tendeva e poi si riappoggiò di nuovo contro la testiera del letto con un sorriso.

«Che cos'è?»

«Aprilo e vedrai.» Lei aprì l'astuccio lentamente, con cautela; quando se lo trovò spalancato fra le mani, i suoi occhi si illuminarono della gioia di chi sa di essere amata. Perché si trattava di uno stupendo anello di fidanzamento acquistato nel negozio di Louis Werner nella Kurfürstendamm. «Oh, Manfred, devi essere impazzito!»

«Davvero? Ecco, veramente... dal momento che volevi avere un bambino, ho pensato che sarebbe un'idea simpatica se, lungo il percorso, ci fossimo fidanzati.»

«Oh, Manfred, è talmente bello!»

«Sei bella anche tu.» Le infilò al dito l'anello con il brillante rotondo e Ariana si sdraiò di nuovo sul letto sorridendo mentre lo guardava. Era sempre vestita alla zingaresca, in quella specie di buffo costume che aveva messo insieme scegliendo a caso i vari capi dalla montagna di regali appena ricevuti.

Si appoggiò a un gomito: «Come vorrei che potessimo uscire in modo da pavoneggiarmi anche per la strada con tutte queste belle cose addosso!» Lo aveva detto con aria pensosa, ma senza un particolare entusiasmo. Da tre mesi si erano sempre accontentati di qualche passeggiata spingendosi verso, e intorno, al Wannsee, oppure un altro dei laghetti circostanti. Occasionalmente andavano al ristorante a pranzare ma, tutto sommato, avevano fatto una vita da eremiti perché si erano accorti di essere molto più felici quando stavano insieme a casa. Adesso, però, che lui le aveva comprato tante belle cose da indossare, Ariana si sentiva tentata di ritornare in circolazione.

«Ti piacerebbe sul serio?» domandò lui cautamente.

Lei annuì, eccitata. «Sì, mi piacerebbe.»

«Perché stasera c'è una festa da ballo, sai, Ariana?»

«Dove?» A dir la verità, ne avevano organizzate parecchie. Per esempio ne dava una Dietrich von Rheinhardt, come il generale Ritter nella casa di suo padre; ce n'era un'altra al quartier generale e un paio di ricevimenti importanti organizzati da personaggi molto in vista. Se ne avevano voglia, non restava che l'imbarazzo della scelta. Manfred, però, voleva evitare di farsi vedere da Ritter. Esclusa quindi la festa data da lui, le elencò le altre e finirono per sceglierne tre. «Metterò il mio vestito azzurro nuovo, la collana... e l'anello di fidanzamento.» Gli sorrise estasiata; poi, improvvisamente, le venne in mente qualcosa che non gli aveva mai mostrato.

«Manfred?» Gli lanciò un'occhiata esitante.

«Che cosa c'è, amore mio?» Di punto in bianco lei era diventata talmente seria che lui rimase interdetto. «Qualcosa che non va?»

«Ti arrabbieresti molto se ti mostrassi qualcosa?» Lui rise alla domanda.

«Come faccio a saperlo fintanto che non me la mostri?»

«Ma se poi ti arrabbi?»

«Cercherò di dominarmi.» Lei corse nella camera da letto che aveva occupato nei primi tempi e tornò con il libro di suo padre. «Che cosa ti salta in testa? Vuoi metterti a leggermi le opere di Shakespeare proprio adesso? La mattina di Natale?» Si lasciò ricadere sul letto con un gemito.

«No, cerca di essere serio, Manfred. Ascoltami... c'è qualcosa che voglio farti vedere. Forse ti ricorderai il giorno in cui mi hai accompagnato a Grunewald e io ho preso uno dei libri di papà. Ecco, la sera prima della sua partenza con Gerhard...» per un attimo i suoi occhi diventarono tristi, ricordando il passato. Ormai, già da molto tempo gli aveva raccontato tutto, e adesso, stringendo il volumetto fra le mani, continuò: «Mio padre mi ha lasciato questi, nel caso avessero dovuto occorrermi, se qualcosa non andava come previsto. Erano di mia madre». Senza aggiungere altro, fece scattare il congegno che apriva il doppio fondo segreto e gli mostrò i due anelli, quello con le iniziali in brillanti e lo smeraldo. Non aveva osato portar via con sé anche la piccola rivoltella consegnatale dal padre. Al momento di togliere il volumetto dallo scaffale della biblioteca, vi aveva infilato in fretta e furia la rivoltella, spingendola fino in fondo, perché sapeva che se fosse stata sorpresa con un'arma nascosta addosso... sarebbe stata la morte! Gli anelli, invece, erano i suoi tesori... tutto quello che le rimaneva. Manfred, che non si aspettava che lei gli mostrasse niente di simile, rimase senza parole.

«Dio mio, Ariana!» poi: «C'è qualcuno che lo sa?» No, naturalmente. Non lo sapeva nessuno. Lei fece segno di no con la testa. «Devono valere un patrimonio.»

«Non so. Papà ha detto che, se fossi stata costretta a venderli, avrebbero potuto essermi di aiuto.»

«Ariana, voglio che tu nasconda di nuovo questo libro. Se qualcosa non dovesse andare come noi speriamo, se la guerra dovesse finire senza la nostra vittoria, questi anelli potranno servirti, un giorno, a rifarti una vita oppure ad aiutarti ad andare in un luogo dove potrai sentirti libera.»

«Quando parli così, si direbbe che tu voglia abbandonarmi!» Adesso i suoi occhi erano diventati grandissimi, e tristi.

«No, assolutamente. Ma potrebbe succedere qualsiasi cosa. Per esempio, potremmo rimanere separati per un certo tempo.» Oppure poteva capitare che lui venisse ucciso, ma preferiva non farglielo nemmeno pensare, proprio la mattina di Natale! «Devi tenerli sempre con te. Dal momento che sei così brava a mantenere un segreto, Fräulein von Gotthard...» e la guardò con aria di finto rimprovero «... sarà meglio, allora, che tu sappia anche questo.» Senza altre spiegazioni, andò ad aprire un cassetto e le mostrò un nascondiglio segreto, dove teneva del denaro e una piccola rivoltella già carica e pronta per l'uso. «Nel caso tu dovessi avere bisogno di questo, Ariana, sai dov'è. Vuoi nascondere qui anche i tuoi anelli?» Lei assentì e vi riposero gli anelli di sua madre. Poi Ariana riprese a contemplare felice quello che aveva al dito. Fu così che la mattina di Natale dell'anno 1944, Ariana Alexandra von Gotthard celebrò il suo fidanzamento con il tenente Manfred Robert von Tripp.

21

La loro serata cominciò al Teatro dell'Opera sul grande viale che Ariana amava tanto, Unter den Linden, fiancheggiato da alberi, che si allungava a perdita d'occhio, interrotto soltanto dalla Porta di Brandeburgo.

Malfred la ammirò, felice, vedendola scendere dall'automobile chiusa, con quel vestito azzurro-ghiaccio che la inguainava dalle spalle fino ai piedi, la collana di lucenti acquamarine al collo. Era la prima volta da mesi che Ariana si metteva abiti che le ricordassero, sia pure alla lontana, quelli di un tempo ma, almeno per una sera, era bello dimenticare le tragedie dell'anno appena passato.

Si aggrappò più stretta a Manfred mentre si facevano largo fra una marea di uniformi per raggiungere i personaggi di rango più elevato, ai quali Manfred doveva rendere omaggio, prima di unirsi alla folla, sulla pista da ballo. Manfred la presentò con aria solenne a due generali, a qualche capitano, a un certo numero di colonnelli che conosceva, e ogni volta si ripeté la stessa breve cerimonia: Ariana impettita, silenziosa, a testa alta, tendeva la mano. Era una donna che avrebbe fatto inorgoglire chiunque e il cuore di Manfred era gonfio di orgoglio mentre notava con quanta dignità si comportasse. Era la prima volta che le capitava di trovarsi sotto lo scrutinio di una buona metà degli ufficiali di rango più alto del Reich poiché, in fondo, lei era soltanto una piccola principessa prigioniera. Li lasciava tutti incuriositi di fronte alla padronanza di sé che ostentava; soltanto Manfred si era reso conto di quanto fosse stata impaurita all'inizio della serata, quando le aveva sentito la mano tremare nella propria mentre l'accompagnava sulla pista per ballare un valzer.

«Ho l'impressione che mi guardino tutti!»

«Lo fanno soltanto perché sei splendida, Ariana.» Anche se stava ballando con lui, lei sapeva che non si sarebbe mai più sentita al sicuro. Perché quella era gente capace di qualsiasi cosa, capace di toglierle di nuovo la sua casa, di uccidere Manfred, di rinchiuderla in una cella. Ma poi si costrinse ad allontanare simili pensieri: in fondo era Natale, e stava ballando con Manfred. D'un tratto mentre roteavano lentamente intorno alla pista da ballo, le sovvenne qualcosa e i suoi occhi ebbero un lampo di allegria mentre cercava quelli di lui.

«Sai una cosa, Manfred? È stato qui che sono venuta per il mio primo ballo! Con papà.» Gli occhi le brillavano al ricordo di quella sera, quando era entrata in quello stesso salone, piena di eccitazione e di un vago timore.

«Dunque dovrei essere geloso, Fräulein?»

«Per carità, non è il caso! Avevo soltanto sedici anni.» Lo guardò con aria piena di sussiego e Manfred scoppiò in una risata.

«Ma, certo, come sono sciocco, Ariana! Adesso sei tanto più vecchia!» In realtà, era proprio così — sotto molti aspetti. Come se appartenesse addirittura a un'altra vita la ragazzina che, solo tre anni prima, era venuta al suo primo ballo in quello stesso salone, con un vestito di organdis bianco dalla soffice gonna a teli sovrapposti, e i fiori nei capelli. Pareva che fosse passato un millennio! E mentre era assorta in questi pensieri, qualcuno scattò la loro fotografia. Ariana trasalì per la sorpresa e cercò lo sguardo di Manfred con gli occhi abbagliati.

«Che cosa è stato?»

«Ci hanno fatto la fotografia, Ariana. Qualcosa che non va?» Era l'usanza — raccogliere dozzine di fotografie degli ufficiali e delle signore in loro compagnia, a ogni ricevimento, a ogni ballo. Venivano pubblicate sui giornali, attaccate nei club degli ufficiali, ne facevano fare copie per parenti e amici. «Ti dispiace, Ariana?» Per un attimo nei suoi occhi balenò la delusione. Soltanto sei mesi prima si sarebbe infuriato a venire fotografato con una donna, invece adesso voleva una istantanea che li rappresentasse, come se vedere le loro due facce su un giornale potesse servire a rendere la loro unione ancora più vera e reale. Ariana intuì al volo che cosa significasse quello sguardo e piegò appena la testa con un lieve sorriso.

«Certo che va bene! Sono soltanto rimasta meravigliata, ecco! Credi che riuscirò a vedere le foto?» Lui assentì e lei gli sorrise.

Rimasero al Teatro dell'Opera per più di un'ora; poi, dopo aver guardato l'orologio, Manfred le mormorò qualcosa all'orecchio e andò a prenderle il mantello. Perché quella non era che la prima sosta e avevano in lista ricevimenti ben più importanti ai quali andare. Manfred aveva soprattutto cercato di farla abituare a quella marea di uniformi, agli sguardi di curiosità, ai lampi dei flash che l'abbagliavano, facendole apparire mille puntini neri davanti agli occhi, perché sapeva che, nel posto dove stavano per andare, lei sarebbe stata scrutata con attenzione ancora maggiore. Il solo fatto che fosse la sua fidanzata avrebbe suscitato una notevole curiosità; fra l'altro aveva il vago sospetto che ci sarebbe stato anche il Führer.

Quando arrivarono davanti al Palazzo reale, infatti, Manfred scorse immediatamente la Mercedes 500 K nera di Hitler. Il palazzo era circondato da dozzine delle sue guardie personali e, non appena entrarono nella splendida, antica Sala del Trono, con le sue pareti intarsiate e adorne di specchi dorati, Manfred si accorse che Ariana gli stringeva il braccio più forte di prima. Le accarezzò dolcemente la mano e abbassò la testa a rivolgerle un sorriso incoraggiante. A una a una, fece le presentazioni necessarie, spostandosi lentamente lungo quella linea di persone in uniforme, facendo conoscere Ariana a generali, e alle loro mogli o amanti. Ancora una volta si sentì il cuore pieno di orgoglio osservandola inclinare con garbo la testa e tendere con grazia la piccola mano. Fino a quando si trovarono di fronte a una faccia che ben conoscevano: stavolta fu il generale Ritter ad afferrare la mano di Ariana.

«Ah, Fräulein von Gotthard... che piacevole sorpresa!» Le lanciò un'occhiata giubilante e, subito dopo, ne rivolse un'altra, breve ma carica di disapprovazione, a Manfred che era al suo fianco. «Tenente.» Manfred si irrigidì sull'attenti, sbattendo i tacchi e gli fece un inchino. «Avrebbe piacere di venire da noi più tardi, Fräulein? Abbiamo organizzato una piccola cena a casa mia.»

A casa «sua». Manfred si accorse che negli occhi di Ariana era apparso un lampo di collera ma si limitò a stringerle più forte la mano sinistra e, subito, a infilarsela con disinvoltura sotto il braccio in modo che il generale potesse vedere l'anello con il brillante.

«Sono desolato, generale...» la voce di Manfred, adesso, era diventata melliflua «... purtroppo la mia fidanzata e io abbiamo già un impegno precedente per la serata, ma forse...» E continuò pronunciando queste parole in tono quasi reverenziale e abbozzando un sorriso speranzoso «... ci sarà un'altra occasione...»

«Certamente, tenente. E... la sua fidanzata, ha detto?» La domanda era rivolta a Manfred ma, parlando, il generale continuava a fissare Ariana. A lei pareva di sentirsi quasi spogliare da quegli occhi... si sentiva accapponare la pelle per il disgusto, anche se doveva fingere di non essersi accorta di niente.

Stavolta però non aspettò che fosse Manfred a rispondere, e fissando dritto negli occhi il generale, ribatté in tono cortese ma gelido: «Sì, adesso siamo fidanzati, generale».

«Che bellezza!» Ritter arricciò le labbra. «Suo padre ne sarebbe molto soddisfatto.» *Molto, ma molto più soddisfatto, certo, di sapere che lei, caro generale, occupa la sua casa adesso... sporco bastardo...* Provava una gran voglia di schiaffeggiarlo e, invece, si costrinse a sorridere, fissando la sua faccia ripugnante. «Posso fare le mie congratulazioni?» Manfred si inchinò di nuovo e Ariana chinò la testa educatamente prima di lasciarlo.

«Mi sembra che ce la siamo cavata brillantemente.» Ariana alzò gli occhi verso Manfred con un lieve sorriso.

«Sì, è quello che penso anch'io.» Era divertito e, nello stesso tempo, follemente innamorato di lei. Che gioia, condurla fuori! «Ti diverti, Ariana?» Dall'alto della sua statura la contemplò con una vaga preoccupazione mentre il suo sguardo rivelava tutta la fierezza e l'orgoglio di essere con lei.

Ariana ricambiò quello sguardo con un altro pieno di gioia, e annuì.

«Sì, certo.»

«Bene. Allora lunedì andiamo a far spese.»

«Dio santo, che cosa vuoi comprare ancora? Mi hai già regalato tre vestiti e un cappotto stamattina... e una collana... le scarpe e un anello di fidanzamento.» Elencando tutte queste cose le contava sulla punta delle dita delle mani, come una bambina.

«Non importa, Fräulein. Sono convinto che sia venuto il momento di cominciare a uscire un po', noi due!» Aveva appena finito di parlare che sulla sala calò un improvviso silenzio e in distanza poterono sentire le bombe. Perfino la notte di Natale la guerra incombeva su di loro — e Manfred si scoprì a domandarsi quale bel monumento, quale casa, i figli di chi fossero stati colpiti. Ma il bombardamento cessò rapidamente, nessuno fu costretto a scendere a precipizio nel rifugio situato sotto l'edificio e la musica riprese a suonare. E tutti continuarono a comportarsi fingendo che quella fosse una notte di Natale come le altre. Purtroppo il Grosses Schauspielhaus era stato distrutto di recente e, ormai, quasi ogni giorno chiese e monumenti scomparivano, ridotti in macerie... Da quasi un anno molti berlinesi avevano preso l'abitudine di andare a letto completamente vestiti, tenendo a portata di mano una valigia, pronti a scendere nei rifugi, dove molti di loro passavano quasi ogni notte. La morsa dell'attacco alleato si era fatta ancora più terrificante e Manfred ne era enormemente preoccupato. E se Berlino si fosse trasformata in un'altra Dresda? Se fosse successo qualcosa anche ad Ariana prima della fine della guerra? Ma lei, che gli era vicino, dovette intuire immediatamente ciò che pensava e gli cercò la mano, la strinse forte nella propria, alzando quei profondi occhi azzurri verso i suoi come per rassicurarlo, allargando in un sorriso quella bocca così dolce e sensuale. E Manfred, piegando la testa a guardarla, non poté far altro che sorridere.

«Non ti preoccupare, Manfred. Andrà tutto per il meglio.»

Il suo sorriso si allargò, lentamente, mentre la guardava. «Lunedì andiamo a far spese.»

«Va bene, se questo ti fa sentire meglio!» Poi, alzandosi in punta di piedi, gli bisbigliò all'orecchio: «Non possiamo tornare a casa?»

«Adesso?» Al primo momento Manfred parve meravigliato, poi scoppiò a ridere e bisbigliò di rimando alla sua principessina: «Ma non hai proprio un briciolo di vergogna?»

«No, assolutamente. Preferisco essere a casa con te piuttosto di restare qui ad aspettare di vedere il Führer.» Ma lui si portò un dito sulle labbra.

Andò a finire, comunque, che lo videro ugualmente. Entrò nel salone circondato dalla sua guardia del corpo appena prima che Manfred e Ariana si decidessero ad andarsene — piccolo, con capelli e baffi scuri, l'aria antipatica e poco attraente, eppure fu come se l'intera sala fosse stata attraversata da una corrente elettrica. Ariana ebbe quasi l'impressione di «sentire» i corpi dei presenti che si irrigidivano, le voci che si levavano — all'improvviso si sentì un grido, violento e selvaggio, per salutare il Führer e lei, attonita e sbalordita, assistette a quella specie di follia collettiva da cui parevano colti uomini in uniforme e signore in abito da sera. Rimase con Manfred fino a quando quell'impeto di entusiasmo si spense e la folla tornò a divertirsi come prima — soltanto allora, lentamente, si fecero strada fra la gente. Erano quasi arrivati alla porta quando qualcuno toccò Ariana — fu una specie di rapida carezza che le sfiorò un braccio e lei, voltandosi, vide Manfred improvvisamente irrigidito sull'attenti, con il braccio alzato nel saluto. Allora si accorse che era stato Hitler a toccarla e che, adesso, le rivolgeva un sorriso benevolo prima di proseguire — come se le avesse dato la sua benedizione. Poi, in fretta e furia, con Manfred, uscirono. Per un attimo lunghissimo non dissero niente e soltanto quando si ritrovarono in auto, Ariana disse: «Manfred, sembrava quasi che fossero impazziti!»

Lui annuì lentamente. «Lo so. È quello che fanno sempre.» Poi si voltò a guardarla. «Non lo avevi mai visto prima in carne e ossa?»

Lei scosse la testa. «No, papà non voleva assolutamente che venissi coinvolta anch'io in tutto questo.» Poi si pentì di quello che aveva detto... forse Manfred poteva prenderlo come un rimprovero nei propri confronti. Invece lui assentì subito. Aveva capito.

«Aveva ragione. E tuo fratello?»

«Ha tenuto anche lui al di fuori di tutto questo, per quanto è stato possibile. Ma credo che, per quello che riguardava me, avesse paura in un modo differente.»

«E con molta ragione.» Continuò a guidare per qualche minuto e, infine, si voltò di nuovo verso di lei: «Sai che cosa faranno stasera alla festicciola del generale Ritter? Ci saranno spogliarelliste e travestiti a intrattenere gli ospiti. Hildebrand mi dice che è quello che succede di regola, da lui». Nel pronunciare queste parole gli si era dipinta in viso un'espressione di disgusto.

«Chi sarebbero le spogliarelliste e i travestiti?» Appoggiandosi meglio allo schienale, Ariana lo scrutò con grandi occhi curiosi da bambina, e Manfred sogghignò.

«Oh, mia tenera innocente, come ti amo!» In momenti come quello Manfred si ricordava che Ariana aveva soltanto cinque anni di più dell'età che avrebbe avuto sua figlia se fosse stata ancora viva. «Una spogliarellista è una donna nuda che danza in modi molto suggestivi per intrattenere il pubblico e un travestito è un uomo che si veste da donna, di solito scegliendo un abito da sera. Anche loro cantano e ballano e possono essere affascinanti.»

Ariana, però, si era messa a ridere guardandolo. «Ma non sono tremendamente buffi?»

Lui strinse le spalle. «A volte, ma in genere no. Ritter non sceglie quelli 'buffi', sceglie quelli bravi. E poi, quando lo spettacolo è finito, tutti...» di colpo si ricordò con chi stava parlando. «Non importa, Ariana. È un modo di divertirsi abbastanza ripugnante. Non vorrei che tu ti trovassi a dovervi assistere.» Eppure da un po' di tempo capitava sempre più spesso. Non solo a casa di Ritter, a Grunewald; c'erano parecchi altri che si abbandonavano, con gusto, a capricci più o meno simili. Come se ogni giorno, man mano che la guerra intorno a loro diventava più terrificante, sentissero la necessità di cedere alle fantasie più ardite, di arrivare al culmine dell'indecenza. No, non erano cose del genere che Manfred voleva insegnarle adesso. D'altra parte, avendola condotta fuori quella sera, si era ricordato quanto fosse grande il piacere di andare in giro e di farsi vedere, tenendo sottobraccio una bella donna, di passare fra sguardi pieni di ammirazione, di vederla rifulgere in un modo tutto particolare.

«Ti dispiace non essere andato anche alle altre feste stasera,

Manfred?» gli chiese lei. Lui scosse la testa, felice.

«C'è n'era una al Palazzo d'Estate a Charlottenburg che probabilmente era molto bella. A dir la verità, però, sto pensando che ce n'è un'altra molto, ma molto più simpatica, a Wannsee.» La guardò con occhi pieni d'amore e si sorrisero.

Salirono le scale in fretta e furia e caddero felici l'uno nelle braccia dell'altra, sul grande letto.

La mattina dopo, a colazione, Ariana aveva l'aria pensierosa e Manfred più di una volta la scrutò di sottecchi senza dire niente. Era domenica e lui non doveva andare in ufficio. Stavolta era il turno di Hildebrand.

Andarono a fare una lunga passeggiata nel Tiergarten. Manfred la persuase ad arrischiarsi a una pattinata sul ghiaccio del Neuer See e si avventurarono insieme sulla pista, sorridendo come bambini in mezzo a belle donne e uomini in uniforme. Si faceva fatica a credere di essere ancora in guerra.

Poi Manfred la condusse in un caffè sulla Kurfürstendamm che ad Ariana aveva dato sempre la sensazione di essere simile agli Champs-Elysées di Parigi dov'era stata prima della guerra, con Gerhard e suo padre, per un breve viaggio. Sulla Kurfürstendamm sedettero fra i pochi artisti e scrittori che ancora restavano a Berlino. C'erano molti uomini in uniforme ma l'atmosfera era simpatica e vivace. Nel calduccio dell'accogliente caffè, Ariana soffocò uno sbadiglio.

«Stanca, tesoro?» Manfred le sorrise ma, improvvisamente, sentirono in distanza il sibilo delle bombe. Uscirono subito e raggiunsero in fretta e furia l'automobile. Mentre ripartivano, percorrendo a ritroso la Kurfürstendamm per raggiungere Wannsee, Ariana si fece più vicina a Manfred e gli infilò una mano sotto il braccio.

«La vedi quella chiesa, Manfred?» Gliela indicò e per un attimo lui distolse gli occhi dalla strada. Era la famosa chiesa alla memoria del Kaiser Wilhelm, sulla Kurfürstendamm.

«Sì? Sei diventata tutto d'un tratto religiosa a quest'ora di sera?» La prendeva in giro. Si sorrisero.

«No, volevo soltanto farti sapere che è quella la chiesa in

cui, un giorno o l'altro, io ti sposerò.»

«Qui, nella Kaiser Wilhelm?»

«Sì.» E Ariana guardò di nuovo il bell'anello col brillante. Manfred le circondò le spalle con un braccio in un gesto pieno di dolcezza. «Me ne ricorderò, amore mio. Felice?» La guardò meglio, nell'oscurità. Le bombe non cadevano più, almeno per il momento.

«Sì, non sono mai stata tanto felice in vita mia.»

E quando ricevettero le fotografie scattate al ballo della notte di Natale, non fu difficile vedere che Ariana diceva la verità a Manfred quando affermava di essere felice. Rivolgeva alla macchina fotografica un viso raggiante, con la testa alta, gli occhi colmi di amore e, un poco più indietro, alle sue spalle, Manfred, in uniforme di gala, teneva gli occhi fissi verso l'obiettivo con una chiara espressione di orgoglio.

22

VERSO la fine della settimana di Natale, dietro le insistenze di Manfred, andarono a fare un giro di acquisti nel centro di Berlino, da Grunfeld. Manfred doveva comprarle altri vestiti. Il capitano von Rheinhardt adesso aveva cominciato a insistere perché non se ne stesse più rintanato in casa ma partecipasse anche lui alle riunioni degli altri ufficiali del Reich.

«Era in collera, Manfred?» Ariana non gli nascose di essere preoccupata mentre, in auto, raggiungevano il centro della città. Lui però, si limitò ad allungarle un colpetto affettuoso su una mano e a sorridere.

«No, però credo che, d'ora in avanti, non potrò più fare l'eremita. Non saremo costretti a uscire tutte le sere ma dovremo cominciare ad accettare qualche invito a cena. Credi di farcela a sopportarlo?»

«Certo. Possiamo andare anche a vedere i travestiti del generale Ritter?» Aveva preso un'aria maliziosa e lui non poté trattenere una risata.

«Ariana, mi meraviglio di te!»

Tre ore più tardi uscivano dal negozio talmente carichi di pacchi da far fatica a raggiungere l'auto di Manfred. Un altro cappotto, una giacca, una mezza dozzina di incantevoli abiti di lana, tre abiti da cocktail e uno da ballo, e un tailleur da sera, che sembrava uno smoking da uomo con una sola differenza: al posto dei calzoni c'era una gonna lunga e stretta con uno spacco laterale. E, per onorare la memoria di sua madre, Ariana aveva scelto anche un vestito lungo, affusolato e aderente, di lamé d'oro.

«Mio Dio, Manfred, dove potrò andare a mettere tutta questa roba?» Lui l'aveva viziata in un modo vergognoso. Gli pareva di avere di nuovo una moglie, una donna da adorare, da coccolare, da proteggere, far divertire, alla quale comprare dei vestiti. Ormai si conoscevano a fondo e Ariana si sentiva molto più a suo agio con Manfred di quanto non le fosse mai capitato, con qualsiasi altra persona, in tutta la sua vita.

In realtà c'erano molti posti in cui avrebbe potuto andare indossando quegli abiti. Infatti cominciarono ad assistere ai concerti della Filarmonica, parteciparono a un ricevimento ufficiale al Reichstag in onore dell'apertura del Parlamento e si misero a frequentare parecchie famiglie degli ufficiali di stanza a Berlino — ci fu una festa al Castello Bellevue, seguita da parecchie cenette a Wannsee, vicino a casa, perché anche altri ufficiali avevano preferito abitare in una località residenziale più tranquilla e silenziosa del centro della città. A poco a poco, Manfred e Ariana finirono per essere considerati una coppia fissa, e accettati come tale, anche perché tutti davano per scontato che si sarebbero sposati alla fine della guerra.

«Ma perché aspettare, perdio, Manfred? Perché non farlo adesso?» domandò un amico, tenente come lui, a Manfred prendendolo da parte una sera, a una di queste cene.

Manfred si limitò a sospirare, abbassando gli occhi sul semplice anello d'oro con le iniziali che portava alla mano sinistra. «Perché è così giovane, Johann; è solo una bambina.» Sospirò ancora. «E viviamo in momenti difficili. Dovrebbe avere l'opportunità di prendere una decisione del genere in tempi normali.» Poi, scuotendo lentamente la testa, aggiunse: «Se mai riusciremo a tornare a tempi normali!»

«Hai ragione, Manfred. Sono brutti momenti. Proprio per questo motivo credo che sarebbe più saggio se ti sposassi subito con Ariana.» Poi abbassò la voce in tono confidenziale. «Non possiamo resistere in eterno, Manfred.»

«Gli americani?»

Johann scosse la testa. «Sono i russi che mi preoccupano molto di più. Se arrivassero loro, qui, per i primi, sarebbe la fine. Lo sa Dio che cosa ci farebbero e, anche se qualcuno di noi riuscisse a sopravvivere, sta' tranquillo che quei pochi verrebbero subito spediti nei campi di concentramento. Invece se vi sposate, potreste avere una piccola speranza di rimanere insieme. A parte il fatto che, da un punto di vista pratico, gli americani potrebbero mostrare maggiore considerazione per Ariana se fosse la moglie legittima di un tenente dell'esercito tedesco invece della sua concubina.»

«Dunque pensi che la fine sia tanto prossima?»

Un attimo di silenzio. Johann evitò di guardarlo. «Comincio a pensare che non si possa escludere, Manfred. E credo che sia l'opinione anche delle persone più vicine al Führer.»

«Quanto tempo credi che potremo resistere ancora?»

L'altro si strinse nelle spalle. «Due mesi... tre... se succede un miracolo, magari quattro. Ma ormai siamo, praticamente, alla fine. La Germania non tornerà mai più a essere quella che tu e io abbiamo conosciuto.» Manfred annuì lentamente... ai suoi occhi, già da molto tempo, non era più la patria tanto amata. Però, ora, se gli alleati non la distruggevano totalmente, avrebbe avuto una possibilità di rinascere.

Durante i giorni immediatamente successivi Manfred cominciò a fare qualche piccola indagine riservata, con discrezione. Le notizie che Johann gli aveva dato vennero confermate da tutte le altre persone di una certa influenza che conosceva. Ormai non si trattava più di domandarsi se Berlino sarebbe caduta ma — piuttosto — quando. Manfred si rese conto che doveva fare i suoi piani.

Bastò qualche domanda rivolta alle persone giuste per fargli trovare immediatamente la prima cosa che aveva messo nell'elenco degli acquisti da fare. La portò a casa ad Ariana due giorni dopo e lei si abbandonò a gridolini deliziati di gioia.

«Manfred, è stupenda! Ma non hai più intenzione di tenere la Mercedes?» Si trattava di una brutta Volkswagen grigia, che aveva già tre anni, ma era stata una delle prime fabbricate nel 1942. Il vecchio proprietario aveva insistito nel ripetere che era utile, e ancora in ottime condizioni. In realtà lui la vendeva soltanto perché purtroppo non ne aveva più bisogno — aveva perso tutte e due le gambe in un'incursione aerea dell'anno precedente. Manfred non riferì ad Ariana il motivo per il quale l'automobile era stata messa in vendita. Si limitò ad annuire in silenzio, poi le spalancò la portiera perché vi salisse.

«Sì, ho intenzione di tenere la Mercedes.» E dopo un momento aggiunse: «Ariana, questa è per te».

Fecero un giro intorno all'isolato e Manfred si tranquillizzò subito perché si accorse che Ariana era in grado di guidare la piccola auto con una certa disinvoltura. Del resto già da un mese aveva cominciato a insegnarle a guidare la Mercedes e questa era molto più maneggevole. Quando si arrestarono davanti a casa, Manfred aveva l'aria molto seria. In silenzio lei gli accarezzò una mano.

«Manfred, perché l'hai comprata?» Sospettava già quale fosse la verità ma voleva saperla direttamente da lui. Stavano per partire? Era venuto il momento di fuggire?

Lui si voltò a guardarla con gli occhi colmi di angoscia e di preoccupazione. «Ariana, credo che la guerra finirà molto presto. E sarà un sollievo per tutti noi.»

Prima di continuare, la prese fra le braccia e la strinse forte. «Però, prima che finisca, tesoro mio, può darsi che le cose diventino molto difficili per noi. Non è escluso che Berlino venga occupata. E l'esercito di Hitler non abbandonerà la città in mano al nemico tanto facilmente. Stavolta non si tratta di un altro Anschluss oppure di qualcosa di simile all'occupazione della Francia. I tedeschi combatteranno fino alla morte ma anche americani e russi faranno la stessa cosa... quindi quest'ultima battaglia potrebbe essere la più sanguinosa della guerra.»

«Ma noi, qui, saremo al sicuro, Manfred.» Ariana si spaventava quando si accorgeva che Manfred aveva paura — come in quel momento.

«Può darsi. Ma forse, no. In ogni caso non voglio correre rischi. Qualsiasi cosa dovesse succedere, se la città dovesse cadere e venire occupata, se dovesse succedere qualche cosa a me, voglio che tu prenda questa automobile e parta. Cerca di andare il più lontano possibile da Berlino.» Pronunciò queste parole con voce dura e decisa e, immediatamente, gli occhi di Ariana si colmarono di orrore. «E quando non potrai più continuare a guidarla, abbandonala e mettiti a camminare.»

«Già, lasciandoti qui? Sei impazzito? Dove vuoi che vada?»

«In qualsiasi posto che riesci a raggiungere. Alla frontiera più vicina. Magari l'Alsazia e, di lì, potresti raggiungere la Francia. Agli americani dirai che sei alsaziana, in caso ci fossi costretta. Non capiranno la differenza.»

«Al diavolo gli americani, Manfred. Ma... e tu?»

«Io verrò a cercarti. Dopo aver sistemato le cose qui. Io non posso scappare, Ariana. Devo fare il mio dovere. Indipendentemente da qualsiasi altra cosa... sono un ufficiale.»

Ma lei scosse enfaticamente la testa. Poi allungò le braccia, gliele buttò al collo e si strinse a lui più forte che mai. «No, io non ti lascio, Manfred. Né adesso né mai. Non mi importa se mi uccidono, non mi importa se l'intera Berlino mi crolla intorno, non ti lascerò mai. Resterò qui con te fino alla fine; se vogliono, ci porteranno via insieme.»

«Non essere così drammatica!» Lui l'accarezzò teneramente e la strinse al cuore. Capiva che tutto quanto le stava dicendo serviva soltanto a spaventarla — d'altra parte, non poteva farne a meno. Ormai erano passati tre mesi da Natale e la situazione era peggiorata considerevolmente. Gli inglesi e i canadesi avevano raggiunto il Reno, gli americani erano a Arbrucken. «Ma dal momento che sembri così decisa a non lasciarmi...» la guardò con dolcezza. Aveva preso la decisione di seguire il consiglio di Johann. Sì, forse molte cose avrebbero potuto cambiare, proprio per la salvezza di Ariana, ed era per questo che aveva deciso di non perdere altro tempo. «Visto che ti sei incaponita senza speranza, gentil signorina, e dal momento che, a quanto pare, dovremo affrontare il futuro insieme...» sorrise, guardandola «... credi che riuscirei a persuaderti a sposarmi?»

«Adesso?» Ariana lo fissò con gli occhi sgranati, sbalordita. Sapeva che Manfred era convinto di aspettare ma, quando lui assentì, gli rivolse un sorriso.

«Sì, adesso. Sono stanco di aspettare il momento di farti diventare mia moglie.»

«Evviva!» Lo abbracciò con passione, gli allungò un paio di pacche affettuose sulla schiena, felice e contenta, poi si staccò di nuovo da lui, piegando la testa su una spalla, con gli occhi splendenti di una gioia quasi infantile, un sorriso radioso sulle labbra. «Possiamo avere un bambino subito?»

Stavolta Manfred si limitò a una risata. «Oh, Ariana, tesoro... non ti pare che potremmo aspettare qualche mese dopo la fine della guerra? Oppure pensi che sarò troppo vecchio per diventare padre a quell'epoca? È per questo che hai tanta fretta?» Abbassò gli occhi a sorriderle teneramente e lei ricambiò quel sorriso scuotendo la testa.

«Tu non sarai mai troppo vecchio, Manfred. Mai.» Poi, buttandogli di nuovo le braccia al collo con entusiasmo, chiuse gli occhi. «Ti amerò sempre, tesoro mio, per tutta la vita.»

«Ti amerò sempre anch'io.» Mentre pronunciava queste parole, Manfred pregò in cuor suo che riuscissero tutti e due a sopravvivere a ciò che li aspettava.

23

Dieci giorni più tardi, il primo sabato di aprile, Ariana si incamminò lentamente per la navata della piccola Maria Regina Kirche che si trovava nei paraggi della Kurfürstendamm al braccio di Manfred Robert von Tripp. Non c'era nessuno ad accompagnarla all'altare; non c'erano damigelle d'onore, né madrina della sposa. C'erano soltanto Manfred e Ariana, e Johann, venuto ad assistere alla cerimonia.

Mentre procedeva attraverso la graziosa chiesetta verso l'altare, dove un anziano sacerdote li aspettava, Manfred sentiva la leggera pressione della mano di lei sul braccio. Indossava un tailleur bianco semplicissimo con le spalle imbottite, che faceva risaltare la sua figura esile e snella. I capelli biondi le incorniciavano il viso in una soffice crocchia alla quale aveva appuntato con destrezza una lieve nuvola di velo. Manfred pensò che non l'aveva mai vista così bella come in quel momento. Per un vero e proprio miracolo, era stato capace di trovare qualche gardenia bianca e Ariana ne portava due appuntate al risvolto della giacca e una fra i capelli. Poiché quello era un giorno particolare della sua vita, aveva infilato alla mano destra l'anello con le iniziali in brillanti di sua madre e, alla sinistra, l'anello di fidanzamento che lui le aveva regalato.

La fede nuziale, che Manfred aveva acquistato da Louis Werner, era un sottile cerchietto d'oro. Glielo fece scivolare al dito al termine della cerimonia e poi la baciò provando una sensazione di immenso sollievo. Era fatta, ci erano riusciti. Ariana adesso era Frau von Tripp e, qualunque fosse la sorte di Berlino, questo titolo le avrebbe offerto un minimo di protezione. Solo adesso, che tutto era finito, Manfred pensò alla sua prima moglie, Marianna, che sembrava tanto più matura e forte di questa delicata bambina. E gli parve che appartenesse a un'altra vita. Adesso si sentiva legato ad Ariana come mai a nessun'altra e, guardandola negli occhi, capì che per lei era la stessa cosa.

«Ti amo, tesoro.» Glielo mormorò a fior di labbra, mentre salivano in automobile. Ariana gli rivolse un sorriso raggiante e capì che non erano mai stati tanto felici come quando, dopo aver salutato con un cenno della mano Johann, partirono dirigendosi verso la Kurfürstendamm e il ristorante dove Manfred aveva promesso di condurla per la loro «luna di miele», prima di tornare a casa. Ariana si voltò ancora una volta a guardarsi indietro, verso la chiesa, proprio mentre raggiungevano la Kurfürstendamm e vi svoltavano. Intorno a loro, all'improvviso, si sentì il cupo rimbombo delle esplosioni; terrorizzata, Ariana si aggrappò al braccio di Manfred. Si era voltata nel preciso istante in cui la chiesa esplodeva alle loro spalle; Manfred diede un violento colpo di acceleratore e le ordinò di rannicchiarsi sul fondo della vettura perché macerie e rottami che venivano scagliati in tutte le direzioni dagli altri edifici colpiti non fracassassero il parabrezza, ferendola alla faccia.

«Giù, Ariana!» Guidava all'impazzata, sbandando terribilmente, di tanto in tanto, per evitare i pedoni e i carri dei vigili del fuoco, che arrivavano veloci. Al primo momento Ariana, troppo sbalordita, non aveva neppure reagito; ma dopo, quando si accorse che erano scampati alla morte soltanto per pochi minuti, scoppiò a piangere sommessamente. Arrivarono fin quasi a Charlottenburg prima che Manfred arrestasse l'automobile. E, quando lo fece, si chinò verso di lei a stringerla fra le braccia. «Oh, tesoro, come mi dispiace...»

«Manfred... avremmo potuto... la chiesa!» Adesso singhiozzava istericamente.

«Va tutto bene, tesoro mio, è passato... è tutto finito... Ariana...?»

«Ma... che cosa sarà accaduto a Johann? Secondo te...»

«Sono sicuro che, ormai, doveva già essersi allontanato almeno quanto noi.» In cuor suo, invece, Manfred non ne era affatto sicuro anche se cercava con tutte le sue forze di farglielo credere. Poi, mentre ripartivano, si sentì travolgere da un'ondata di estenuazione. Era terribilmente stanco della guerra. Tutte le persone alle quali aveva voluto bene, tutti i luoghi che aveva amato, e le case e i monumenti e le città... era andato tutto distrutto.

Raggiunsero la loro casa senza più aprire bocca; Ariana silenziosa, tremante vicino a lui, con il grazioso tailleur bianco e il velo, e le gardenie dalle quali gli arrivava, a folate, la fragranza esotica. Sapeva che il profumo delle gardenie gli avrebbe ricordato sempre quella sera, la sera delle loro nozze, in cui erano scampati alla morte. Provò un improvviso desiderio di mettersi a piangere, a gridare, per il sollievo, per la stanchezza, per il terrore e la preoccupazione per quella donna che aveva fatto finalmente sua! Invece si limitò a stringerla forte contro di sé, a prenderla in braccio, e a condurla così dentro casa, su per le scale, nella loro camera da letto dove stavolta, pensando solo l'uno all'altra, abbandonarono ogni riserbo, ogni preoccupazione e divennero una cosa sola.

24

«Hai trovato Johann?» Ariana guardò Manfred con aria preoccupata quando lui tornò a casa dall'ufficio il giorno seguente.

«Sì, sta bene.» Lo disse in tono brusco, temendo che lei scoprisse che era una bugia. In realtà Johann era morto davanti alla chiesa la sera prima. Manfred era rimasto seduto nel suo ufficio per un'ora, tremando da capo a piedi, perché si rifiutava di accettare la realtà dei fatti, cioè che un'altra persona ancora, alla quale voleva bene, non esistesse più. Con un sospiro si lasciò cadere pesantemente nella sua solita poltrona.

«Ariana, devo parlarti di una questione molto seria.» Lei avrebbe voluto stuzzicarlo, prenderlo in giro, far scomparire un po' di quell'espressione terribilmente grave che avevano i suoi occhi, ma le bastò osservarlo con attenzione per capire che era inutile. La vita, a Berlino, in quei giorni era una faccenda molto seria.

Si mise a sedere in silenzio e lo guardò negli occhi. «Che cosa c'è, Manfred?»

«Voglio preparare un piano per te, così potrai sapere che cosa devi fare se succedesse qualcosa. Ormai, da questo momento in poi, devi essere sempre pronta a metterlo in atto. E, Ariana... guarda che sto parlando sul serio... devi ascoltarmi.»

Lei annuì pacatamente. «Va bene, ti ascolto.»

«Sai dove tengo il denaro e la rivoltella, di sopra in camera da letto. Se dovesse succedere qualcosa di terribile, voglio che tu prenda quegli oggetti, gli anelli di tua madre, e parta.»

«Per andare dove?» Per un attimo era rimasta sopraffatta.

«Verso il confine... c'è una carta geografica nella tua Volkswagen. E voglio sempre che tu abbia il serbatoio di quella automobile pieno di benzina. Metterò una latta pronta in garage, per te. Ricordati di riempire il serbatoio prima di partire.» Lei assentì, ma odiava sentirsi dare quelle istruzioni. No, non sarebbe mai andata in nessun posto! Non lo avrebbe mai lasciato.

«Ma potresti almeno spiegarmi per quale motivo pensi che debba succedere qualcosa del genere? Che io debba salire in automobile e andarmene lasciandoti qui, Manfred?» Era un consiglio ridicolo, lei non lo avrebbe mai seguito.

«Ariana, può darsi che ti ci sia costretta. Se la tua vita fosse in pericolo, voglio che tu parta. Non hai nessuna idea di come diventerebbe questa città se venisse occupata dalle truppe alleate. Ci saranno distruzioni e saccheggi, assassinii e violenze.»

«A sentirti, sembra che parli del Medioevo!»

«Ariana, sarà il momento più tragico che questo paese abbia mai conosciuto e, per quello che ti riguarda, ti troveresti assolutamente indifesa e impotente, se io non potessi raggiungerti per qualche motivo! Potrei restare bloccato nel Reichstag, per esempio, per settimane... o almeno per giorni.»

«E credi sul serio che mi lasceranno partire di qui, andar via a bordo di quella ridicola automobile, con gli anelli di mia madre e la tua rivoltella? Manfred, sii ragionevole!»

«Cerca di essere ragionevole tu, accidenti! Ascoltami! Voglio che tu arrivi il più lontano possibile in automobile, poi abbandonala. E mettiti a correre, a camminare, ad andare carponi, ruba una bicicletta, nasconditi fra i cespugli ma vattene, assolutamente, fuori dalla Germania! Gli alleati si trovano già a ovest, rispetto a noi, fino al confine francese. Secondo me, il posto più sicuro sarebbe la Francia. Riuscirai a passare attraverso le linee alleate. Non credo che saresti più in grado, ormai, di entrare in Svizzera, Ariana. Voglio che tenti di raggiungere Parigi.»

«Parigi?» Lei sembrava sbalordita. «Ma si trova a novecento chilometri da qui, Manfred.»

«Lo so. Non ha importanza quanto ci metterai ad arrivarci, ma devi assolutamente raggiungere quella città. A Parigi ho un amico, siamo andati a scuola insieme.» Tirò fuori un taccuino e vi scrisse con somma cura un nome.

«Che cosa ti fa pensare che sia ancora a Parigi?»

«Dalle notizie che ho avuto su di lui in questi ultimi sei anni, direi che deve esserci ancora. Ha avuto la poliomielite da bambino, quindi ha potuto salvarsi perché non è stato arruolato né dal suo esercito né dal nostro. È uno degli assistenti del ministro della Cultura, a Parigi, e ti posso assicurare che ha fatto letteralmente impazzire i nostri ufficiali.»

«Credi che lavori per la Resistenza?» Ariana trovava tutto questo molto affascinante.

«Conoscendo Jean-Pierre, direi che esiste questa possibilità. Ma anche nel caso fosse così, è molto intelligente e sa essere prudente. Ariana, se c'è qualcuno che può aiutarti, è lui. E io saprò che lui ti terrà al sicuro fino a quando non potrò venire a raggiungerti. Rimani a Parigi, se è questo il suo consiglio, oppure vai dove pensa che sarebbe più opportuno mandarti. Ho in lui la più completa fiducia.» La guardò con aria grave. «Questo significa che ti affido a lui.» Scrisse quel nome e le consegnò il foglietto. Jean-Pierre de Saint-Marne.

«E poi?» Suo malgrado, mentre spiegazzava fra le mani il foglietto, stava cominciando a domandarsi se Manfred non avesse ragione.

«Aspetti. Non ci vorrà molto.» Le sorrise con tenerezza. «Te lo prometto.» Poi la sua espressione si indurì di nuovo.

«Ma d'ora in avanti, voglio che tu sia pronta in qualsiasi momento. La rivoltella, gli anelli, il denaro, l'indirizzo di Saint-Marne, alcuni abiti pesanti, ricordati di portare con te un po' di viveri, e il serbatoio della macchina pieno di benzina.»

«Signorsì, signor tenente!» Gli rivolse un dolcissimo sorriso e gli fece un saluto militare, ma lui non lo ricambiò.

«Mi auguro che non sia mai necessario niente di tutto questo, Ariana.»

Lei annuì e il sorriso si spense. I suoi occhi tornarono assorti. «Anch'io.» Poi, dopo un po': «Voglio cercare di rintracciare mio fratello dopo la guerra». Era ancora convinta che Gerhard fosse riuscito a mettersi al sicuro. Il tempo e la distanza a poco a poco le avevano fatto capire quanto maggiore fosse stato il rischio per suo padre, mentre esisteva sempre una possibilità che Gerhard l'avesse fatta franca.

Manfred annuì con aria piena di comprensione. «Faremo del nostro meglio.»

Trascorsero il resto della serata tranquillamente e il giorno dopo andarono a fare una lunga passeggiata su una spiaggia deserta dei dintorni. D'estate, la spiaggia allo Strandbad del Grosser Wannsee era una delle più popolari vicino a Berlino. Ma adesso appariva solitaria e deserta mentre Manfred e Ariana camminavano sulla sabbia.

«Chissà! Magari per l'estate prossima tutto sarà finito e potremo tornare qui a rilassarci.» Gli sorrise speranzosa e lui si chinò a raccogliere una conchiglia. Pochi istanti più tardi, gliela mise in mano, e lei la girò lentamente fra le dita. Era liscia, bella, aveva esattamente lo stesso colore grigio-azzurro degli occhi di Manfred.

«Spero proprio che lo faremo, Ariana.» Sorrise con lo sguardo rivolto verso l'acqua.

«Potremo andare nel tuo *Schloss*?»

Lui sembrò divertito di fronte all'espressione pratica e posata degli occhi di Ariana.

«Se me lo avranno restituito per quell'epoca. Ti piacerebbe?»

Lei annuì. «Moltissimo.»

«Bene. In tal caso vuol dire che andremo anche là.» Stava

diventando una specie di gioco, come se il loro desiderio fosse quello di affrettare la fine della guerra e l'inizio di una nuova vita, imponendosi con la forza della volontà di scacciare l'incubo nel quale stavano vivendo e di parlare soltanto di quello che avrebbero fatto «dopo». La mattina seguente, però, come gli aveva promesso prima che andasse in ufficio, Ariana raccolse tutti gli oggetti che Manfred voleva tenere pronti — la rivoltella, gli anelli della mamma nascosti nel doppio fondo segreto del volumetto, alcuni viveri, un po' di denaro, e l'indirizzo del suo amico francese — andò perfino fuori a controllare che il serbatoio della Volkswagen fosse pieno di benzina. Era appena uscita quando in distanza... ma non, poi, molto lontano... sentì una scarica di fucileria. Quel pomeriggio altre bombe caddero sempre più nell'interno della città. Manfred tornò a casa presto. Come al solito durante le incursioni, lei lo stava aspettando in cantina con la radio e un libro.

«Che cosa è successo? Alla radio hanno detto...»

«Lascia perdere quello che hanno detto alla radio. Sei pronta, Ariana?»

Lei assentì, terrorizzata. «Sì.»

«Devo rientrare al Reichstag stanotte. Vogliono che tutti gli uomini disponibili siano lì a difenderlo. Quindi non so se potrò tornare presto. Adesso devi essere brava e comportarti da persona grande. Aspetta, ma se dovessero occupare la città, ricordati tutto quello che ti ho detto.»

«Come farò a lasciare la città se la occuperanno?»

«Ci riuscirai. Perché lasceranno andar via i profughi, soprattutto le donne e i bambini. È quello che fanno sempre.»

«E tu?»

«Ti troverò quando tutto sarà finito.» Poi, dopo aver lanciato un'occhiata all'orologio da polso, salì a prendere un po' della sua roba e quando ridiscese lentamente le disse: «Devo andare». Si aggrapparono l'uno all'altra in silenzio per un attimo che parve interminabile; Ariana avrebbe voluto supplicarlo di non lasciarla. Che andasse al diavolo Hitler con il suo esercito, con il Reichstag, con tutto il resto. Lei voleva soltanto che Manfred rimanesse lì, dove potevano essere entrambi al sicuro.

«Manfred...» Dall'intonazione piena di panico della sua

voce lui intuì quello che stava per succedere. La costrinse al silenzio con un lungo bacio tenerissimo e scosse la testa.

«Non dirlo, tesoro mio. Adesso devo andare, ma tornerò presto.»

Ariana aveva gli occhi pieni di lacrime quando risalì al pianerottolo con lui e si fermò accanto alla Mercedes. Manfred si voltò ad asciugarle dolcemente le guance bagnate di lacrime, con la mano. «Non piangere, tesoro. Vedrai, non mi succederà niente. Te lo prometto.»

Allora lei gli buttò le braccia al collo. «Se dovesse succederti qualche cosa, Manfred, morirei.»

«Non mi succederà niente, te lo giuro.» Poi, tentando di sorriderle malgrado l'angoscia, si tolse dal dito l'anello con le iniziali e glielo mise nel palmo della mano, costringendola a chiudervi intorno le dita. «È meglio che lo abbia tu fino a quando non sarò tornato.» Poi Manfred ripartì, percorrendo il viale in retromarcia, le fece ancora un cenno di saluto, e si allontanò diretto verso il Reichstag a Berlino.

Un giorno dopo l'altro Ariana continuò a seguire le comunicazioni della radio; si parlava di violenti scontri che si susseguivano in ogni zona di Berlino. Ma la notte del ventisei aprile si rese conto che ormai ogni quartiere della città non era più sicuro, Grunewald come Wannsee. Per quello che la riguardava, non usciva più dalla cantina da parecchi giorni. Aveva sentito spari, scoppi ed esplosioni tutt'intorno a lei e non si era nemmeno azzardata a salire al pianterreno. Sapeva che i russi stavano avanzando lungo la Schonhouserallee verso la Stargarderstrasse ma quello che non sapeva, invece, era che ovunque, a Berlino, la gente come lei era ormai bloccata nelle cantine e, in maggioranza, senza cibo, acqua o aria. Nessun piano era stato fatto per l'evacuazione dei civili. Perfino i bambini erano condannati allo stesso destino dei genitori, intrappolati come topi, in attesa che tutto finisse. Ciò che la gente ancora ignorava, invece, era che l'intero Stato Maggiore aveva già abbandonato Berlino, in fuga.

La notte del primo maggio venne annunciata alla radio la morte di Hitler — che la popolazione ascoltò con un misto di stupore e di angoscia, intrappolata nelle cantine, mentre la battaglia infuriava e la città era in preda alle fiamme. Gli alleati ormai avevano scatenato un bombardamento incessante della città. Dopo l'annuncio della morte di Hitler, dalla radio, nella piccola cantina dove Ariana si nascondeva, si levarono le note della musica di Wagner e della Settima Sinfonia di Brückner. Le sembrò una cosa strana ascoltare quella musica mentre nel sottofondo si susseguivano le esplosioni e i colpi di mitraglia, perché ricordava di averla già ascoltata un'altra volta al Teatro dell'Opera anni prima, con Gerhard e suo padre. Adesso, invece, era lì, ad aspettare che tutto finisse e a chiedersi dove si trovasse Manfred, mentre Berlino viveva il suo olocausto. Qualche ora più tardi quella stessa sera sentì la notizia che tutta la famiglia Goebbels si era suicidata — avvelenandosi — compresi i bambini.

Il 2 maggio sentì alla radio la notizia del cessate il fuoco, data in tre lingue. Non riuscì a capirla in russo e le sembrò irreale in tedesco ma quando una voce dall'accento americano si aggiunse alle altre due, ripetendo in un tedesco incerto che tutto era finito, finalmente se ne rese conto. Tuttavia per lei continuava a non avere un senso logico — le giungeva ancora alle orecchie il rombo dell'esplosione, in distanza, e si rendeva conto che la battaglia infuriava ancora intorno a lei, lì a Wannsee. Adesso tacevano i bombardamenti aerei; la battaglia si svolgeva sulla terraferma, man mano che i soldati saccheggiavano le case circostanti, benché nel cuore della città i berlinesi avessero già abbandonato tutto. Lì a Wannsee, invece, il conflitto continuò per altri tre giorni; poi calò uno strano silenzio. Sembrava che tutto si fosse fermato. Per la prima volta da varie settimane non si udiva alcun rumore all'infuori di un grido occasionale; poi era di nuovo il silenzio. Ariana rimase lì in casa ad aspettare, ad ascoltare, sola, fino a quando non sorse il sole nell'aria tacita e immota del 5 maggio.

Non appena spuntò il giorno, prese la decisione di andare alla ricerca di Manfred. Se gli alleati avevano occupato la città, lei doveva assolutamente sapere dove si trovasse suo marito. Non era più costretto a difendere il Reichstag perché non c'era più un Reich da difendere.

Per la prima volta da vari giorni salì le scale fino in camera da letto e qui si vestì, indossando una gonna brutta, ma calda, calze di lana e il paio di scarpe più robuste che aveva. Poi si infilò un maglione, cercò affannosamente una giacca, cacciando la rivoltella di Manfred in fondo alla tasca e nascondendola, con i guanti ripiegati sopra. Non avrebbe fatto altri preparativi. Dopo tutto andava soltanto a cercare Manfred; se non fosse riuscita a trovarlo, sarebbe tornata a casa ad aspettare. Pochi minuti dopo, appena fuori, all'aperto, per la prima volta da un tempo lunghissimo, respirò profondamente una lunga boccata d'aria ma si accorse subito di un acre odore di fumo. Salì rapidamente a bordo della piccola Volkswagen senza essere vista, girò la chiavetta dell'accensione e spinse a fondo il pedale dell'acceleratore.

Ci mise soltanto venti minuti a raggiungere il centro della città e quando vi arrivò rimase allibita di fronte a quello che vedeva. Le strade erano ingombre di macerie e di rottami ed era impossibile procedere. Alla prima occhiata di sarebbe detto che la distruzione fosse completa. Poi, osservando meglio, si poteva notare ancora qualche edificio in piedi anche se nessuno era rimasto indenne e ovunque erano visibili i segni della battaglia che aveva infuriato per giorni e giorni. Ariana, seduta al posto di guida, si mise a scrutare incredula ciò che aveva intorno a sé e, alla fine, capì che sarebbe stato inutile sperare di poter continuare in automobile in mezzo a tutte quelle rovine. Fece lentamente marcia indietro, entrò in una viuzza secondaria e cercò di nascondere la macchina come meglio poteva. Mise in tasca le chiavi, controllò che la rivoltella fosse ancora dove la teneva nascosta, si allacciò più saldamente il foulard sulla testa e scese dalla vettura. Sapeva soltanto una cosa: di dover ritrovare Manfred.

Ma tutto ciò che vide, mentre cercava di raggiungere il Reichstag, furono frotte e frotte di soldati inglesi e americani che passavano correndo mentre gruppetti di berlinesi curiosi li fissavano dalle porte delle case oppure si affrettavano a cercare scampo fuori dalla città, domandandosi quale futuro li aspettasse. Solo molto più tardi, quando arrivò nelle vicinanze del Reichstag, vide uomini in divisa tedesca, radunati disordinatamente, rannicchiati gli uni vicino agli altri, coperti di sporcizia, estenuati, in attesa degli autobus che dovevano venire a prenderli, sotto la guardia di soldati americani che li tenevano d'occhio con i fucili mitragliatori puntati. Osservandoli mentre procedeva a fatica, incespicando, sul marciapiede pieno di buche, Ariana si rese conto con il cuore straziato che la battaglia doveva essere stata durissima. Ecco, dunque, ciò che stava accadendo al suo paese; ecco in conclusione, in quali condizioni i nazisti li avevano ridotti. Più di cinquemila soldati avevano tentato un'ultima, disperata difesa del Reichstag e una metà era morta. Mentre rimaneva incerta per un attimo, senza sapere quale decisione prendere, le passò di fianco un secondo gruppo di uomini in uniforme tedesca. Ariana trasalì quando riconobbe Hildebrand, con un occhio pesto, la testa avvolta da bende macchiate di sangue, l'uniforme in brandelli e lo sguardo fisso nel vuoto. Si mise ad agitare le braccia disperatamente per richiamare la sua attenzione; poi gli corse incontro. Lui avrebbe saputo senz'altro dirle dove si trovava Manfred. Ma venne subito fermata da due americani che le impedirono di procedere con i fucili incrociati. Si mise a supplicarli in tedesco. Ma era chiaro che non si sarebbero mai commossi. Allora si mise a gridare chiamando ripetutamente, con insistenza, il nome di Hildebrand fino a quando lui si voltò.

«Dov'è Manfred... Hildebrand... Hildebrand... Hildebrand... Dov'è...» gli occhi dell'ufficiale si girarono rapidamente verso la sua sinistra e Ariana seguì quello sguardo... Rimase annientata di fronte allo spettacolo che le si parò davanti. Un mucchio di corpi maciullati, in attesa degli autocarri che avrebbero dovuto portarli via. Uniformi lacere, sporche, praticamente irriconoscibili; facce contratte dalla maschera della morte. Si incamminò lentamente verso di loro e, come se il destino glielo avesse voluto far ritrovare, scorse quasi subito quel viso così ben conosciuto.

Fu il suo cuore a intuire la verità prima ancora del cervello; rimase paralizzata, impietrita dove si trovava, in preda al terrore, con la bocca spalancata anche se non ebbe nemmeno la forza di lasciarsi sfuggire un urlo disperato. Perfino il soldato americano non fu capace di strapparla di lì. Si inginocchiò vicino a Manfred e gli ripulì la faccia.

Poi rimase ancora lì, vicino a lui, per quasi un'ora fino a quando, in preda al terrore, si rese conto dell'ineluttabilità di quanto vedeva e, con un ultimo bacio sugli occhi chiusi per sempre, gli fece un'ultima carezza e scappò via. Si mise a correre più in fretta che poteva verso la viuzza dove aveva lasciato quella sua buffa automobile. Quando la raggiunse, scoprì due uomini che ci stavano già trafficando intorno nella speranza di farla partire anche senza la chiave. Socchiudendo gli occhi, con la voce che le tremava, tirò fuori la piccola rivoltella puntandola contro quei due concittadini, quei due berlinesi come lei, finché loro si ritrassero alzando le mani. Allora salì al posto di guida senza dire una sola parola, bloccò le portiere, sempre tenendo la pistola puntata contro di loro con una mano e, con l'altra, avviò il motore. Infine, lanciando l'automobile alla massima velocità, percorse a marcia indietro la viuzza e si allontanò.

Ormai non aveva più niente da perdere... nessun motivo per cui continuare a vivere... Mentre continuava la sua corsa, non faceva che vedere gente che si dedicava accanitamente al saccheggio, altri tedeschi, qualche soldato... perfino qualche russo. La sua città stava per trasformarsi di nuovo di un inferno. Che la uccidessero pure... in quel momento nulla aveva più importanza. Che cosa poteva interessarle... che la ammazzassero o no? Però a Manfred aveva promesso che avrebbe cercato di fuggire, di mettersi in salvo. E, proprio per questo, avrebbe tentato di farlo.

Tornò a Wannsee alla massima velocità che la situazione le consentiva e caricò sulla vettura le poche cose che teneva già pronte. Qualche patata bollita, un po' di pane, un avanzo di stufato di carne. Poi andò a prendere la busta con il denaro, l'indirizzo di quel francese e il volumetto che nascondeva nel doppio fondo i due anelli. Non si tolse dal dito, invece, l'anello di fidanzamento che Manfred le aveva regalato... che qualcuno si provasse a portarglielo via!... insieme con la sottile vera nuziale e con l'anello d'oro di lui, con le iniziali. Avrebbe ucciso chiunque prima di farsi strappare quegli anelli. Con lo sguardo spietato, la bocca contratta in una linea dura, si mise la rivoltella in grembo e avviò di nuovo il motore della macchina; poi, voltando rapidamente la testa, diede un'ultima occhiata alla casa dove Manfred l'aveva condotta, sentendosi straziare il cuore e scoppiando in singhiozzi angosciati. Lui se n'era andato per sempre... Fra i suoi documenti aveva infilato l'unica lettera di Manfred, una lettera piena di tenerezza e di promesse, scritta dopo la prima volta che avevano fatto l'amore. Portò con sé anche qualche fotografia — quella scattata alla prima festa del ballo al Teatro dell'Opera, qualche altra di un altro ballo a cui avevano partecipato, a Palazzo Reale, le poche istantanee prese al Tiergarten, e perfino quelle dei bambini e della prima moglie di Manfred. No, non le avrebbe lasciate lì perché vi si posassero sopra gli occhi di altre persone. Erano sue, come suo sarebbe rimasto Manfred, per sempre.

25

INSIEME con migliaia di altri profughi che lasciavano Berlino a piedi, in bicicletta, perfino in automobile, Ariana abbandonò la città dirigendosi verso ovest. Gli alleati non cercarono di fermare donne, bambini e vecchi che fuggivano dalla città come topi terrorizzati. Rimase sconvolta di fronte allo spettacolo atroce che le si presentava davanti agli occhi e, più di una volta, si fermò per aiutare qualcuno fino a quando capì che non avrebbe più potuto farlo. Perché ogni volta che si fermava qualcuno tentava di portarle via l'automobile e, quindi, si decise a offrire per l'ultima volta un passaggio a due donne anziane che abitavano a Dahlem e volevano soltanto uscire dalla città. Il loro negozio sulla Kurfürstendamm era stato distrutto proprio quella mattina, qualche ora prima, i mariti erano morti e, ormai, temevano più che altro per la propria vita.

«Gli americani ci uccideranno tutti, Fräulein», le disse la più anziana, scoppiando in lacrime. Ariana non era della sua stessa opinione, ma si sentiva troppo stanca per mettersi a discutere. Era talmente angosciata da non avere neppure voglia di scambiare qualche parola. Sapeva che, in realtà, se gli americani avessero proprio voluto ammazzarli tutti, la migliore opportunità per farlo era proprio in quel momento, mentre i profughi ingorgavano le strade. Anche viaggiare in automobile al loro fianco significava procedere molto lentamente; per fortuna, alla fine, riuscì a raggiungere alcune strade secondarie che le erano familiari. E ad arrivare fino a Kassell, a più di duecentocinquanta chilometri da Berlino, dove si trovò senza una goccia di benzina. Aveva già fatto scendere da un bel po' le sue passeggere, a Kalbe, dove avevano dei cugini che le avevano accolte a braccia aperte, in lacrime. Guardandole, Ariana provò una fitta d'invidia. A differenza di quelle due vecchie, lei ormai non aveva più nessuno. E dopo averle lasciate, aveva continuato a guidare assorta nei suoi pensieri fino a quando l'automobile si era lentamente fermata. La latta di benzina che teneva sul sedile posteriore era vuota. Adesso si trovava all'incirca a mezza strada fra Berlino e Saarbrücken, la città a nord di Strasburgo dove Manfred avrebbe voluto che lei cercasse di passare il confine con la Francia... Prima di arrivarci, però, le mancavano ancora altri duecentocinquanta chilometri e più. Rimase per un attimo seduta al posto di guida, pensando alla marea di profughi che stava abbandonando Berlino. In fondo, adesso, lei non era che un'altra faccia in mezzo a tante altre, a frotte di gente che venivano avanti trascinando i piedi, lentamente, senza un posto dove andare, senza amici, senza più nulla. Ricacciando indietro le lacrime, si voltò ancora una volta a contemplare la piccola vettura grigia, che le aveva dato una sicurezza sulla quale ormai non poteva più far conto. Poi rafforzò vigorosamente la stretta sul fagotto che portava con sé e cominciò il lungo viaggio a piedi verso la Francia.

Ci mise due giorni a percorrere i sessantacinque chilometri che la separavano da Marburg; di qui un vecchio medico condotto le offrì un passaggio fino a Magonza. Per tutto il viaggio, che durò all'incirca tre ore, chiacchierarono poco. A questo modo riuscì a coprire un'altra distanza di centoventi chilometri circa e, quando furono a Magonza, il vecchio medico la osservò con aria piena di simpatia e le propose di accompagnarla a Neunkirchen — dopo tutto, era sempre sulla sua strada. Lei accettò con gratitudine anche se si sentiva ancora sconvolta per tutto ciò che era accaduto la sera prima.

A Neunkirchen, Ariana lo ringraziò fissandolo con occhi vacui... cercando qualche altra parola da dirgli ma, durante quelle ore interminabili in cui aveva guidato l'automobile e poi camminato e infine si era lasciata trasportare nella sua vettura, qualcosa, dentro di lei si era come bloccato — provava un senso di vuoto, di speranze che non si sarebbero mai più realizzate, di immensa disperazione. Non sapeva più nemmeno il motivo per il quale stava fuggendo — lo faceva soltanto perché Manfred glielo aveva raccomandato, ed era sua moglie. L'aveva pregata di raggiungere Parigi, quindi era quello che lei avrebbe fatto. Chissà, forse l'amico di Parigi avrebbe avuto tutte le risposte necessarie; forse le avrebbe raccontato che non c'era niente di vero, che tutto quello che aveva visto all'alba di tre giorni prima non era reale. Forse a Parigi c'era già Manfred, che l'aspettava.

«Fraülein?»

Il vecchio medico aveva visto la fede nuziale al suo dito, ma trovava difficile credere che fosse sposata. Sembrava tanto giovane! Forse l'aveva messa per un senso di difesa. Purtroppo non sarebbe servita a proteggerla dai soldati mentre non le occorreva nessuna protezione del genere per quello che riguardava lui! Le sorrise bonariamente, mentre lei tirava giù dal sedile il suo fagottello.

«Grazie, signore.» Rimase a guardarlo per un attimo lunghissimo con occhi vacui.

«Non ha bisogno di nient'altro? Si sente bene?» Lei assentì. «Le interessa tornare a Marburg da Neunkirchen con me fra qualche giorno?» No, lei non aveva più intenzione di tornare indietro. Il suo era un viaggio di sola andata, senza ritorno — si accorse di avere gli occhi pieni di lacrime al pensiero degli ultimi tragici addii.

Fece segno di no con la testa, lentamente. «Ho intenzione

di fermarmi da mia madre. Grazie.» Non voleva confessare nemmeno a lui che avrebbe tentato di abbandonare la Germania. Ormai non si fidava più di nessuno. Nemmeno di un vecchio.

«*Bitte*.» Gli strinse educatamente la mano, si tirò indietro e lui ripartì. Adesso doveva soltanto percorrere quella trentina di chilometri che la dividevano da Saarbrücken, poi un'altra quindicina per raggiungere il confine con la Francia — e tutto sarebbe andato bene. Ma stavolta non trovò nessun anziano signore alla guida di una vettura e le occorsero tre lunghi giorni per compiere quel tragitto. Si sentiva dolere le gambe, era stanca, infreddolita e affamata. Fin dal primo giorno, aveva esaurito le sue scorte di viveri. In un paio di occasioni aveva scorto qualche contadino dall'aria terrorizzata — uno le aveva regalato due mele, l'altro aveva semplicemente scosso la testa. Finalmente, però, raggiunse il confine sei giorni dopo l'inizio del viaggio. Ce l'aveva fatta... ormai non le restava che passare, strisciando, sotto il filo spinato ed entrare in Francia. Lo fece con cautela, sentendosi il cuore in gola, continuando a domandarsi se qualcuno l'avrebbe vista e uccisa, lì, sul posto. Invece pareva che la guerra fosse davvero finita — nessuno si degnò di occuparsi di una ragazzina sudicia e stanca, che indossava una gonna sdrucita e un maglione a brandelli, mentre strisciava sotto il filo spinato graffiandosi la faccia, le braccia e il corpo. Poi Ariana si guardò intorno estenuata e mormorò: «Benvenuta in Francia», prima di buttarsi per terra a riposare.

Si svegliò sei ore più tardi ai rintocchi delle campane di una chiesa; era indolenzita da capo a piedi e sentiva i muscoli tesi e contratti. In realtà niente l'aveva preparata a tutto questo, nella vita trascorsa sotto l'ala protettrice del padre a Grunewald né durante gli otto mesi passati con Manfred. Ricominciò a camminare; mezz'ora più tardi, sulla strada, si sentì male e svenne. Una vecchia la trovò dopo un paio d'ore e pensò che fosse morta. Rimase incerta soltanto quando si accorse che sotto il maglione le batteva debolmente il cuore; allora si precipitò a casa a chiamare la nuora e, insieme, la trascinarono al coperto. La toccarono, cercarono di riscuoterla, la sorressero ma quando finalmente lei riprese i sensi, cominciò a soffrire di violentissimi urti di vomito e, per un paio di giorni, ebbe anche la febbre. In certi momenti le due donne cominciarono ad aver paura che morisse lì, a casa loro. Di lei, la vecchia sapeva soltanto che era tedesca perché aveva scoperto la rivoltella tedesca e i marchi fra le altre banconote che portava con sé. Comunque non le nutriva rancore per questo; perfino suo figlio, quattro anni prima, era andato a lavorare con i nazisti a Vichy. In tempo di guerra bisognava arrangiarsi e se la ragazza adesso stava cercando di scappare, la vecchia contadina non si sarebbe rifiutata di aiutarla. Dopo tutto la guerra era finita. La assistettero per altri due giorni durante i quali Ariana continuò a restare a letto, e a vomitare, ma alla fine insistette nel dire che si sentiva abbastanza bene per ripartire. Rivolse la parola alle due donne nella loro stessa lingua — dopo tutto, parlando un francese disinvolto e scorrevole, con quell'accento da persona istruita, poteva arrivare semplicemente da Strasburgo, come da Berlino.

La vecchia la osservò con l'aria di chi la sa lunga. «Deve andare lontano?»

«A Parigi.»

«Sono quasi trecento chilometri. Non può fare a piedi tutta la strada. No, assolutamente, nelle condizioni in cui si trova.» Infatti Ariana rivelava già da parecchi segni di essere denutrita e poi aveva quegli urti di vomito così violenti e quel dolore atroce, che sentiva dietro agli occhi. Sembrava invecchiata di dieci anni dal giorno in cui aveva cominciato il viaggio.

«Posso provare. Magari qualcuno mi darà un passaggio.»

«Con che cosa? I tedeschi ci hanno portato via tutte le automobili e gli autocarri, quello che era rimasto se lo sono preso gli americani. Sono tutti in stanza a Nancy e sono risaliti fin qui più di una volta a cercare altre vetture.» Alla nuora, però, venne in mente che il vecchio parroco, al cader della notte, sarebbe partito per Metz. Lui aveva un cavallo di cui si serviva per i suoi spostamenti. Se Ariana aveva un po' di fortuna, il parroco avrebbe accettato di condurla con sé. Ebbe fortuna, infatti, e il parroco accettò di farla partire in sua compagnia.

Raggiunsero Metz alla mattina ma Ariana, dopo quelle lunghe ore di viaggio, sul carro traballante, per la campagna, ricominciò a stare malissimo. Si sentiva troppo debole e nauseata per mangiare o per muoversi, anche se vi era ugualmente costretta. Da Metz doveva percorrere ancora una sessantina di chilometri fino a Bar-le-Duc. Si mise subito in cammino ma, stavolta, pregando in cuor suo che passasse un veicolo qualsiasi... e dopo i primi sei o sette chilometri le sue preghiere vennere esaudite — infatti arrivò sulla strada un uomo con un carro trainato da un cavallo. Non era né vecchio né giovane. Né ostile né cordiale. Lei lo persuase a scendere sulla strada, gli offrì un po' di soldi, in valuta francese, e si arrampicò a bordo del veicolo. Per parecchie ore rimase seduta accanto a lui, intontita dal sole a picco che le batteva spietatamente sulla testa; anche l'uomo taceva e il cavallo procedeva lentamente. Verso il tramonto l'uomo finalmente si fermò.

«Siamo a Bar-le-Duc?» Ariana lo guardò meravigliata, ma lui scosse energicamente la testa.

«No, ma io sono stanco. E anche il mio cavallo è stanco.» A dir la verità, anche lei si sentiva esausta, ma era soprattutto ansiosa di continuare. «Mi fermerò a riposare per un po', poi proseguiremo. Va bene anche per lei?» Purtroppo Ariana non aveva altra scelta. Del resto l'uomo aveva già allargato la giacca per terra e stava preparandosi a mangiare pane e formaggio. Si buttò avidamente sul cibo senza offrirne nemmeno un po' ad Ariana, la quale stava troppo male e si sentiva troppo stanca per aver voglia di mangiare o tantomeno di assistere al suo pasto. Preferì andare a distendersi sull'erba a una certa distanza da lui, senza parlare, con la testa appoggiata al prezioso fagotto, e gli occhi chiusi. L'erba era morbida e tiepida tutt'intorno a lei, perché splendeva un bel sole di maggio, e lei era talmente stanca, che a poco a poco finì per appisolarsi. Proprio in quel momento si accorse che l'uomo le aveva infilato una mano sotto la gonna. L'aveva afferrata bruscamente, con violenza, buttandosi addosso a lei mentre tentava di rialzarle la gonna e di tirarle giù le mutandine. Ariana, sbalordita, cercò di respingerlo, divincolandosi, lottando selvaggiamente, allungando le mani verso la faccia per graffiarlo. Lui, però, sembrava del tutto indifferente ai suoi tentativi di difesa; si sforzava di dominarla con la forza delle mani e del corpo: poi, nel preciso momento in cui le parve di sentire qualcosa di duro e di caldo che le pulsava fra le gambe, appena prima che l'uomo riuscisse a penetrarla, si levò un fruscio seguito da un grido, da un colpo di fucile sparato in aria. L'uomo, con uno scatto, si tirò indietro, impaurito e sconcertato, vergognandosi — anche — di essere seminudo. Ariana si affrettò a balzare in piedi ma barcollò subito, perché era stata colta all'improvviso da una sensazione di vertigine — e rischiò di cadere. Due mani forti la afferrarono per le spalle, aiutandola con delicatezza a sedersi di nuovo sull'erba.

«Come si sente? Tutto bene?» Lei abbassò la testa e annuì, non voleva guardare quell'uomo in faccia, come non voleva che lui vedesse la sua. Perché la voce che l'aveva salvata le stava rivolgendo la parola in inglese — e Ariana intuì di essere ormai in mano agli americani. Pensando che non lo avesse capito, il soldato le rivolse di nuovo la parola in un cattivo francese. Ariana si sforzò di non sorridergli quando si decise finalmente ad alzare gli occhi e a guardarlo. Le pareva buffo che l'avesse presa tanto facilmente per una francese.

«Grazie.» Lui aveva l'espressione bonaria, i capelli morbidi, castani, ricci sotto l'elmetto e, guardando un po' più in là, scorse altri tre uomini e una jeep.

«Le ha fatto male?» Le domandò ancora in tono fermo e lei scosse la testa. Senza prolungare la discussione, il giovane americano con l'elmetto allungò un violento manrovescio al francese, colpendolo in piena faccia. «Questo dovrebbe servirgli di lezione.» La scocciatura era che accusavano sempre loro di violenze alle donne del luogo, mentre, in realtà, erano quei figli di puttana dei francesi a violentarle! Poi scrutò di nuovo la ragazza così piccola e bionda che cercava di alzarsi in piedi, togliendosi qualche filo d'erba dalla gonna e scuotendo i capelli d'oro filato per liberarsi dalla polvere. «Le può far comodo un passaggio in qualche posto?»

«Sì.» Gli sorrise debolmente. «A Parigi.»

«Si acconterebbe di Châlons-sur-Marne? Si trova all'incirca a centotrenta chilometri da Parigi ma, di lì, credo che non avrò difficoltà a trovare qualcuno che possa darle un passaggio in automobile per il resto del percorso.» Possibile che l'americano volesse aiutarla sul serio ad arrivare a Parigi? Lo guardò con gli occhi sgranati mentre le lacrime le scendevano a fiotti sulle guance.

«Okay? Le può andar bene?» I suoi occhi erano gentili e il suo sorriso si allargò quando lei fece segno di sì con la testa. «Allora, venga!»

Il francese stava ancora ripulendosi gli abiti dalla polvere quando Ariana seguì l'americano fino alla jeep. Ripartirono; i quattro uomini erano giovani, allegri, chiassosi; ogni tanto fissavano con curiosità Ariana silenziosa, stipata con tutti loro sul veicolo; sfioravano con gli occhi quei capelli d'oro, quel viso delicato, gli occhi tristi, poi alzavano le spalle e ricominciavano a chiacchierare oppure, di tanto in tanto, a cantare in coro, stonatissimi, una canzone. Il ragazzo che l'aveva salvata dal francese portava il nome di Henderson scritto sulla uniforme da fatica e fu sempre lui a combinare le cose in modo che altri due soldati la conducessero in macchina fino a Parigi, un'ora dopo l'arrivo a Châlons. «Con loro, signorina, potrà stare tranquilla», la rassicurò nel suo maldestro francese e le offrì la mano.

«Grazie, signore.»

«Si figuri!» Lei si voltò per seguire i due soldati, i quali stavano partendo per Parigi incaricati di una misteriosa missione — pareva che due colonnelli avessero l'abitudine di mandarsi a questo modo i loro messaggi, almeno tre volte al giorno. In ogni caso non era certo ai due colonnelli che Henderson stava pensando. Ma, piuttosto, all'espressione addolorata e piena di angoscia che aveva visto su quel visino smunto. Quante altre volte, in guerra, gli era capitato di vedere un'espressione simile! E poi, a guardarla meglio, aveva anche capito qualcos'altro: quella faccia tutta pelle e ossa, gli occhi azzurri, così infossati, le occhiaie segnate... quella ragazza doveva essere molto malata.

26

I DUE giovani americani spiegarono ad Ariana che avrebbero dovuto raggiungere un determinato indirizzo, in rue de la Pompe. Quanto a lei, sapeva dove stava andando? Allora Ariana tirò fuori il foglietto di carta che Manfred le aveva consegnato. Vi era scritto un indirizzo di rue de Varenne.

«Mi pare che sia sulla Riva Sinistra, ma non sono sicura.» Poi scoprirono che era proprio così. Parigi stava già rivelando le tracce della guerra ma in un modo ben diverso da quello, terrificante, di Berlino. Parigi aveva sofferto non tanto per i danni provocati dai bombardamenti, quanto per ciò che vi avevano commesso i tedeschi, i quali avevano tentato di portar via tutto quanto era ancora reperibile per spedirlo alla Pinakothek di Berlino.

Un vecchio in bicicletta spiegò ai due giovani soldati dove Ariana voleva andare e loro, molto cortesemente, si offrirono di accompagnarla. Fu così che lei rivide per la prima volta Parigi da quando c'era stata, da ragazzina, con il padre e il fratello. Ma era troppo stanca per apprezzare il panorama e la bellezza della città. L'Arc de Triomphe, Place de la Concorde, il ponte Alexandre III passarono rapidamente ai lati della vettura. Alla fine lei si limitò a chiudere gli occhi e a lasciarsi trasportare, tendendo l'orecchio alle indicazioni che il vecchio gridava di tanto in tanto e alle urla di ringraziamento che il giovane americano seduto al posto di guida gli rivolgeva in cambio. Finalmente arrivarono dove Ariana voleva andare e, qui, riaprì gli occhi. Non aveva altra scelta, doveva scendere... anche se avrebbe preferito enormemente continuare a dormire all'infinito sul sedile posteriore del veicolo. In conclusione la sua fuga da Berlino aveva richiesto nove giorni interi; adesso, eccola a Parigi senza immaginare nemmeno lontanamente per quale motivo ci fosse venuta o chi potesse essere l'uomo che stava cercando. Forse, ormai, poteva già essere morto anche lui! Come tutti gli altri... almeno questa era la sua impressione! Ferma di fronte al grande portone, provò più che mai una spasmodica nostalgia per la piccola casa accogliente di Wannsee dove aveva vissuto con Manfred. Purtroppo anche questa non esisteva più, fu costretta a rammentare a se stessa. Non restava più niente. Manfred se n'era andato per sempre.

«*Oui, mademoiselle?*» Ad aprirle il portone era venuta una donna grassa, anziana, con i capelli bianchi: dietro alle sue spalle si intravedeva un bellissimo cortile e, al di là di esso, uno stupendo *hôtel particulier* del XVIII secolo e una piccola rampa di scalini di marmo. «*Vous désirez?*» Nell'oscurità le luci del palazzo splendevano invitanti.

«Monsieur Jean-Pierre de Saint Marne.» Ariana le rispose in francese e per un attimo interminabile la donna la scrutò con attenzione da capo a piedi, come se non volesse capire. Ma Ariana insistette: «Non è in casa?»

«No.» La donna scosse lentamente la testa. «Ma la guerra è finita, mademoiselle. E non c'è più bisogno di disturbare monsieur de Saint Marne.» Era stanca di tutte quelle persone che, per tanto tempo, erano venute a cercarlo supplichevoli, insistenti. Che andasse dagli americani, adesso! Con le loro storie, una più struggente dell'altra, i loro terrori, le loro emozioni avrebbero finito per uccidere monsieur. Per quanto tempo ancora una simile imposizione sarebbe continuata? Accanirsi a torturare così quel pover'uomo! Ariana, che la guardava in faccia, continuava a non capire.

«Io... io sono spiacente... però mio marito e monsieur de Saint Marne erano vecchi amici. È stato lui a consigliarmi di cercarlo quando fossi arrivata qui...» Balbettava e non finì la frase ma la vecchia scosse la testa.

«Già, è quello che dicono tutti.» Anche questa non aveva certo un aspetto migliore degli altri! Con l'aria malaticcia, ridotta pelle e ossa, pallida da far spavento, gli abiti stracciati e le scarpe scalcagnate, solo un fagottino in mano. Signore benedetto, a guardarla si sarebbe detto che non faceva il bagno da almeno una settimana! Insomma, per il semplice fatto che monsieur era danaroso, non c'era nessuna ragione perché tutti questi profughi si affannassero a mettergli le grinfie addosso.

«Vado a vedere se monsieur è in casa.» Ma la stupenda Rolls nel cortile era già una precisa indicazione che non poteva essere fuori. «Aspetti qui.» Ariana si lasciò cadere, piena di gratitudine, su una stretta panca del cortile, rabbrividendo lievemente al fresco dell'aria notturna. Eppure si era abituata ad avere freddo, a essere stanca e affamata. Quando mai era stato diverso? Mentre chiudeva gli occhi si accorse che le riusciva difficile ricordarlo. Dopo quelle che le sembrarono parecchie ore, qualcuno si mise a scuoterla e, alzando gli occhi, vide la vecchia, con una smorfia di disapprovazione sulle labbra che faceva segno di sì con la testa. «Adesso può riceverla.» Ariana si sentì travolgere da un'ondata di sollievo non tanto alla prospettiva di vedere monsieur de Saint Marne, quanto perché, almeno per quella notte, non sarebbe stata costretta ad andare altrove. Se non altro, era quello che sperava. Non aveva importanza se, anche, l'avesse fatta dormire in soffitta; ormai non aveva più la forza di fare un solo passo. Si augurò con tutto il cuore che la lasciasse rimanere.

Seguendo la vecchia, salì la breve rampa di gradini di marmo fino al portone padronale e qui un maggiordomo dall'aspetto grave e austero lo spalancò, tirandosi da parte. Per un attimo le fece venire in mente Berthold, ma quest'uomo aveva gli occhi meno severi. Anche lui la guardò con un certo sussiego e poi, senza pronunciare una sola parola, girò sui tacchi e sparì. Allora alla vecchia scosse di nuovo la testa con visibile disapprovazione e mormorò ad Ariana, ferma con lei nell'ingresso: «È andato ad avvertire il padrone. La manderanno a chiamare fra un minuto. Adesso io vado».

«Grazie.» Ma la vecchia se ne infischiava dei ringraziamenti di Ariana.

Il maggiordomo ritornò e lei venne accompagnata lungo un elegante corridoio, fra drappeggi di velluto, dove — a intervalli regolari — alle pareti erano appesi i ritratti degli antenati di Saint Marne. Ariana li fissò senza vederli, mentre procedeva e, alla fine, arrivarono a una grande porta dove il maggiordomo spalancò uno dei due lucidi battenti. Ciò che Ariana vide nell'interno della stanza che il maggiordomo le aveva appena aperto, le fece venire subito in mente il Palazzo Reale di Berlino. Con cherubini e pannelli dorati, legni intarsiati e pavimenti di marmo a scacchi ed enormi specchi appesi al di sopra delle mensole di caminetti in marmo bianco... in mezzo a tutto quello splendore c'era un uomo dall'aspetto grave, dell'età di Manfred, ma di corporatura più mingherlina, con due profonde rughe di preoccupazione che gli segnavano la fronte. La scrutava dalla sua poltrona a rotelle sistemata al centro della stanza.

«Monsieur de Saint Marne?» Ariana si accorse di trovare insopportabile l'etichetta che pareva richiesta da questo salone e dalle circostanze.

«Sì.» Non fece nessun movimento con la poltrona a rotelle ma fu l'espressione della sua faccia a invitarla ad avvicinarsi. Si voltò verso di lui come per darle il benvenuto con gli occhi sempre molto seri eppure pieni di calore. «Sì, sono io. E adesso, mi dica un po', chi è lei?»

«Ariana...» esitò per un attimo. «Sono la moglie di Manfred von Tripp.» Pronunciò queste parole sommessamente, scrutando quegli occhi pieni di dolcezza che la osservavano. «Manfred mi ha raccomandato, se Berlino fosse caduta, di venire qui. Mi spiace, speravo che...» Le rotelle della poltrona si avvicinarono rapidamente mentre lei si sforzava di continuare. L'uomo si fermò vicinissimo ad Ariana e le tese la mano.

«Benvenuta, Ariana. La prego, si accomodi.» Però il suo viso non aveva ancora assunto un'espressione festosa. Intuiva che la ragazza sconosciuta aveva ancora qualcosa da dirgli e cominciava a temere che non si trattasse di buone notizie.

Ariana si mise a sedere in silenzio, continuando a fissare in faccia il francese. A modo suo era piuttosto bello, anche se talmente diverso da Manfred che le riusciva quasi difficile immaginare che fossero stati amici. Osservando l'antico compagno di scuola di suo marito, Ariana si sentì più sola che mai per la perdita dell'uomo che non avrebbe mai più rivisto.

«Quanto ci ha messo ad arrivare qui?» I suoi occhi la scrutavano con attenzione mentre le faceva questa domanda. Quante altre donne aveva già visto simili a lei. Malate, stanche, impaurite, senza più coraggio.

Lei sospirò. «Nove giorni.»

«Come è arrivata?»

«In automobile, su un carro a cavalli, a piedi, con una jeep...» *e passando sotto il filo spinato con l'aiuto delle preghiere, correndo il rischio di essere violentata da un uomo repellente...* I suoi occhi fissavano con uno sguardo inespressivo Saint Marne, che si decise a farle la domanda che gli era salita subito alle labbra, non appena l'aveva vista.

«E Manfred?» disse sommessamente e lei abbassò gli occhi.

La sua voce si fece sentire lieve come un mormorio nel grandioso salone. «È morto... durante la... caduta di Berlino.» A questo punto alzò gli occhi e lo fissò direttamente in viso. «Ma era stato lui a dirmi di venire qui. Non riesco ancora a capire per quale motivo ho lasciato la Germania; forse perché adesso non mi è rimasto più niente laggiù. Dovevo venir via.»

«La sua famiglia?» Gli occhi di Saint Marne parevano impassibili anche di fronte alla gravissima notizia che aveva appena ricevuto sul suo amico. In risposta alla domanda, Ariana si lasciò sfuggire un sospiro rotto dall'emozione. «Credo che mio padre sia morto. La mamma era già morta prima della guerra. Mio fratello, però... potrebbe essere ancora vivo. In Svizzera. Papà ce lo aveva accompagnato nell'agosto scorso per evitargli di essere arruolato. Ma mio padre non è più ritornato dalla Svizzera e io non ho più avuto notizie di Gerhard. Adesso non so nemmeno se sia vivo o no.»

«Gerhard doveva fermarsi in Svizzera?» Lei annuì. «E suo padre era aspettato di ritorno?»

«Sì, doveva tornare a prendere me. Ma... la nostra governante... cioè, loro hanno chiamato i nazisti. Mi hanno portata via e mi hanno tenuto prigioniera nella speranza di farsi pagare un riscatto. Anche loro erano convinti che papà sarebbe tornato.» Alzò gli occhi a guardarlo con pacatezza. «Dopo un mese, mi hanno lasciata andare. Manfred e io...» Ma s'interruppe perché non voleva scoppiare in pianto.

Jean-Pierre sospirò e si tirò vicino un foglio di carta sul tavolo. «Mi pare di capire che sia questo il motivo per il quale Manfred l'ha mandata da me.»

Ma Ariana, a questo punto, parve confusa. «Credo che mi abbia mandato da lei semplicemente perché era un amico e ha pensato che qui sarei stata al sicuro.»

Jean-Pierre de Saint Marne le rivolse un pallido sorriso. «È vero, Manfred è proprio stato un ottimo amico. E anche molto saggio. Sa perfettamente tutto quello che io ho fatto durante la guerra. Mi ero tenuto in contatto con lui. Con discrezione, naturalmente.» Indicò con un gesto vago la poltrona a rotelle. «Come può vedere io sono un po'... incapacitato... ma ho saputo cavarmela discretamente a dispetto di tutto questo. Sono diventato una specie di filantropo, vogliamo dire così, perché ho cercato di riunire le famiglie, a volte in altri paesi e a volte organizzando per loro una 'vacanza' in climi più caldi.»

Lei assentì di fronte a quegli eufemismi. «In altre parole, ha aiutato dei profughi a scappare.»

«In gran parte. E adesso ho intenzione di passare i prossimi anni nel tentativo di riunire le famiglie disperse. Questo dovrebbe tenermi occupato per un po'.»

«In tal caso può aiutarmi a trovare mio fratello?»

«Tenterò. Provi a darmi tutte le informazioni possibili e immaginabili... e vedrò che cosa riesco a scoprire. Ma temo che ci saranno anche altre questioni da risolvere, Ariana. E lei? Dove vuole andare? Di nuovo a casa in Germania?»

Lei fece segno di no con la testa, lentamente, poi lo guardò sempre con gli stessi occhi spenti. «Non ho più nessuno in Germania.»

«Allora potrebbe rimanere qui per un po'.» Ma lei capiva che quella non avrebbe potuto essere una soluzione permanente e... dopo... dove andare? Perché non aveva pensato anche a questo, no, non aveva pensato a niente di tutto questo!

Saint Marne annuì senza parlare, per mostrarle la sua comprensione, mentre prendeva qualche appunto. «Va bene, domattina vedrò quello che posso fare per lei. Però deve dirmi tutto ciò che sa e che potrebbe aiutarmi a trovare Gerhard. Sempre che desideri che io lo ritrovi!» Lei assentì lentamente, perché faticava ad accettare di colpo tutte quelle nuove idee. La sua presenza, quel salone, l'offerta di aiutarla a ritrovare Gerhard. «Nel frattempo...» le sorrise gentilmente «... deve fare qualcos'altro.»

«Che cosa sarebbe?» Cercò di ricambiare quel sorriso ma scoprì che costituiva uno sforzo enorme soltanto cercare di guardarlo negli occhi senza addormentarsi, seduta com'era in quella poltrona incredibilmente comoda e accogliente...

«Quello che adesso deve fare, mia cara Ariana, è prendersi un periodo di riposo. Perché lei ha l'aria molto, molto stanca.»

«Sono stanca.»

Avevano tutti lo stesso aspetto quando arrivavano da lui, esausti, feriti, spaventati. Però nel giro di un paio di giorni si sarebbe ripresa. Che graziosa ragazza... e com'era strano pensare che Manfred avesse sposato una creatura così fragile, così eterea, così giovane. Marianna era stata una donna molto più forte. Al primo momento Jean-Pierre era rimasto sbalordito di fronte alla notizia che Ariana era la nuova moglie di Manfred. Chissà perché non si aspettava più che Manfred si risposasse. Era rimasto talmente sconvolto, quando la moglie e i bambini erano morti! Invece eccolo di fronte a questa creatura. Del resto non faceva fatica a comprendere la passione di Manfred. Aveva un aspetto così delicato, quasi fatato, così bella, perfino se portava addosso quegli abiti sporchi e stracciati. Gli sarebbe piaciuto vederla con Manfred nei tempi migliori. Più tardi, quando si ritrovò di nuovo solo nel grande salone, si mise a ripensare al vecchio amico. Per quale motivo l'aveva mandata proprio da lui? Per aspettarlo lì, come le aveva detto, se fosse riuscito a sopravvivere alla battaglia di Berlino? Oppure Manfred voleva qualcos'altro? Una protezione particolare per lei? Aiuto nelle ricerche del fratello? O che cos'altro? Chissà perché aveva la sensazione che Manfred, tramite Ariana, gli avesse mandato una specie di messaggio e avrebbe voluto saperlo decifrare nel senso giusto. Forse, si disse mentre guardava fuori dalla finestra, col tempo tutto si sarebbe chiarito.

Intanto nella sua camera, che guardava sul bel cortile pavimentato a ciottoli, Ariana era già profondamente addormentata. Una donna di mezza età, cortese e gentile, che portava un'ampia gonna coperta da un grembiule, l'aveva aiutata a entrare in un letto fornito di pesanti coperte, una trapunta e lenzuola pulite. Ariana pensò che le pareva fosse passato un secolo dall'ultima volta in cui si era trovata di fronte a un letto e a una stanza così comodi e accoglienti e vi si era infilata, sprofondando subito in un sonno pesante, senza più pensare né a Jean-Pierre né a suo fratello né a Manfred.

27

La mattina successiva Ariana tornò da Jean-Pierre dopo la prima colazione. Alla piena luce del giorno si vedeva subito che non stava bene. Quando si mise a sedere, la sua faccia aveva un pallore malaticcio, giallastro.

«Stava già male prima di partire da Berlino?»

«No, assolutamente.»

«Può darsi che si sia stancata molto durante il viaggio... e per la perdita che ha subìto.» Quante volte aveva visto reazioni simili di fronte al dolore e alla disperazione, anche prima di lei! Sudori freddi, vomito, vertigini. Gli era capitato di vedere svenire uomini fatti, unicamente per il sollievo di avere finalmente raggiunto la sicurezza data dalla sua casa! In quel momento, però, Jean-Pierre si preoccupava di più del suo stato psichico che delle condizioni fisiche. «In seguito la farò visitare da un medico. Ma, per prima cosa, voglio cercare di sapere tutto il possibile riguardo a suo fratello. Mi deve dare una descrizione con peso, altezza, corporatura. Poi mi deve spiegare esattamente dove aveva intenzione di andare, che cosa aveva addosso, quali erano i suoi precisi progetti. Chi conosceva?» La guardava direttamente in viso e, a una a una, Ariana rispose a tutte quelle domande spiegando con dovizia di particolari il piano che suo padre intendeva seguire, procedere a piedi dalla stazione ferroviaria di Lörrach fino alla frontiera con la Svizzera che voleva attraversare per raggiungere Basilea dove avrebbero preso un altro treno per arrivare a Zurigo. Soltanto a questo punto suo padre sarebbe tornato da lei. «E, a Zurigo, che cosa doveva fare?»

«Niente. Aspettare, semplicemente.»

«E in seguito, dove avevate intenzione di andare?»

«A Losanna, da amici di mio padre.»

«Questi amici sapevano che stavate per arrivare?»

«Non ne sono sicura. Può darsi che papà abbia evitato di avvertirli telefonando da casa o dall'ufficio. Forse pensava di chiamarli non appena fosse arrivato a Zurigo.»

«È possibile che abbia lasciato il loro numero di telefono a suo fratello?»

«Sono sicura di sì.»

«Invece non ha più avuto notizie di nessuno di loro, né degli amici, di suo fratello o di suo padre?»

Lei scosse lentamente la testa. «No, nessuno. Poi Manfred mi ha detto che era sicuro che mio padre fosse morto.»

Dal tono della sua voce, Jean-Pierre capì che ormai — almeno riguardo a questo lutto — Ariana si era già rassegnata. Al momento era la perdita di Manfred che non riusciva a sopportare.

«Ma mio fratello...» I suoi occhi adesso lo guardavano supplichevoli. Lui scosse la testa.

«Vedremo. Devo fare qualche telefonata. Perché non torna a letto? Le assicuro che l'avvertirò non appena verrò a sapere qualche cosa.»

«Mi sveglierà, anche se dormo?»

«Glielo prometto.» Ma, in conclusione, evitò di farlo. Infatti scoprì tutto quello che c'era da scoprire nel giro di un'ora, ma purtroppo non pareva abbastanza per prendersi il disturbo di andare a svegliare Ariana. Lei continuò a dormire fino alla sera e fu soltanto quando Lisette venne ad avvertirlo che, finalmente, aveva un'aria decisamente migliore di prima ed era seduta a letto, che lui spinse la poltrona a rotelle nella camera. «Salve, Ariana, come si sente?»

«Meglio.» A guardarla, nessuno lo avrebbe detto. Pareva addirittura peggiorata. Più pallida, di quel pallore verdastro — a parte il fatto che si capiva subito come lottasse con tutte le forze per non stare male di stomaco. «Nessuna notizia?»

Lui tacque solo per pochi attimi ma lei aveva già capito. Allora lo guardò più attentamente e lui alzò una mano. «Ariana, no! In realtà non abbiamo nessuna notizia, di nessun genere. Adesso le riferirò dettagliatamente tutto quello che sono venuto a sapere ma, in pratica, è meno di niente. Il ragazzo è scomparso.»

«Morto?» Le tremava la voce. Aveva sempre avuto la speranza che Gerhard fosse ancora vivo. Indipendentemente da quella che era l'opinione di Manfred.

«Può darsi. Non saprei. Questo è tutto quanto sono venuto a sapere. Ho telefonato alla persona della quale lei mi aveva dato il nome. Sia lui sia sua moglie sono rimasti uccisi in un incidente d'auto esattamente due giorni prima che suo padre e il ragazzo lasciassero Berlino. Poiché erano una coppia senza figli, la casa è stata venduta ma né i nuovi proprietari né i soci di quel conoscente di suo padre, alla banca, hanno mai sentito parlare di suo fratello. Ho avuto un colloquio io, personalmente, con un funzionario della banca che, come è logico, conosceva suo padre, però non ha mai avuto sue notizie. Non si può escludere che lui abbia lasciato il ragazzo e sia venuto a prendere lei e, sulla strada del ritorno, in una località qualsiasi, lo abbiano ucciso. In tal caso, non si può escludere anche che il ragazzo abbia, magari, telefonato alla persona di cui vostro padre gli aveva dato il nome ma, purtroppo, per venire a sapere che sia il marito sia la moglie erano morti. A rigor di logica, ci sarebbe da pensare che si sia messo in contatto o con la banca dove questo conoscente di vostro padre lavorava oppure, calcolando di dover contare soltanto sulle proprie forze, si sia rimboccato le maniche e abbia cercato lavoro in qualche posto... più che altro per sopravvivere. Ma non esistono tracce di suo fratello, Ariana, né a Zurigo, né alla sede centrale della polizia, e nemmeno presso i banchieri di Losanna. Come non ci sono più tracce di Max Thomas.» Ariana gli aveva dato anche il suo nome. Jean-Pierre la guardò con aria malcontenta. Aveva fatto una serie di tentativi, con accanimento, per tutto il giorno. Purtroppo, non era emerso niente. Nessuna traccia. «Ho seguito tutte le solite strade e ho interpellato alcuni dei miei migliori contatti. Nessuno ha mai incontrato il ragazzo, né sentito parlare di lui. Questo potrebbe essere un segno buono, ma anche cattivo.»

«Lei che cosa ne pensa, Jean-Pierre?»

«Che lui e il padre sono morti insieme fra Lörrach e Basilea.» Capì dal suo silenzio che era paralizzata dal dolore. Per cercare di riscuoterla continuò a parlare.

«Ariana, ma noi dobbiamo andare avanti!»

«Già, ma dove? Verso quale meta? Perché?» gridò lei singhiozzando disperatamente. «Io non voglio andare avanti. Adesso, no. Non è rimasto più nessuno. Soltanto io!»

«È già abbastanza. È tutto quello che ho anch'io, adesso!»

«Anche lei?» Lo guardò sgranando gli occhi. Poi si soffiò il naso mentre lui faceva segno di sì, lentamente.

«Mia moglie era ebrea. Quando i tedeschi hanno occupato Parigi, l'hanno portata via con...» la sua voce ebbe uno strano fremito e lui si affrettò a spostare la poltrona a rotelle in modo da non vedere Ariana in faccia «... la nostra bambina.» Ariana chiuse gli occhi, stringendo disperatamente le palpebre per un attimo. Improvvisamente si sentiva di nuovo malissimo. No, non avrebbe sopportato nient'altro, ancora! Quelle perdite continue, innumerevoli, la pena infinita. Quest'uomo, e Manfred, e Max, e lei stessa, tutti avevano perso le persone che amavano, bambini, mogli, fratelli e padri. Ebbe l'impressione che la stanza le girasse intorno, di essere risucchiata anche lei da un vortice — provò a distendersi di nuovo nel letto, nel disperato tentativo di trovare un punto d'appoggio. Lui spinse di nuovo la poltrona a rotelle al suo fianco, in silenzio, e le accarezzò dolcemente i capelli. «Capisco, *ma petite*, capisco.» Non si azzardò nemmeno a riferirle l'unica notizia più concreta delle altre che aveva avuto. Perché avrebbe reso la verità ancora più amara da sopportare. C'era stato un impiegato di un albergo di Zurigo che per un attimo aveva creduto di ricordarsi un ragazzo più o meno simile a quello descritto da Jean-Pierre. Aveva anche chiacchierato un po' con lui e si ricordava di avergli sentito dire che era lì ad aspettare i suoi parenti. Era rimasto solo in quell'albergo ad attendere per quindici giorni. Poi, però, l'impiegato ricordava che si era riunito a questi parenti e se n'era andato. Impossibile che si trattasse di Gerhard. Perché lui non aveva altri parenti. Il padre di Ariana glielo avrebbe detto, se qualcosa di simile avesse fatto parte del suo piano. Si capiva che doveva essere stato un uomo molto preciso e scrupoloso. L'impiegato dell'albergo ricordava che il ragazzo era partito, alla fine, con una coppia e la loro figlia. Quindi impossibile pensare che si trattasse di Gerhard. E non c'era stato altro. Nessun altro indizio, nessun altro segno che inducesse a sperare. Il ragazzo se n'era andato — e Ariana, come migliaia di altre persone in tutta Europa, non aveva più nessuno.

Dopo un lungo silenzio, Jean-Pierre riprese a parlare. «Mi è venuta un'idea per lei. Se ha sufficiente coraggio. Sta a lei decidere. Ma se io fossi abbastanza giovane, lo farei. Partire, andare lontano da tutti questi paesi che sono stati distrutti, bombardati, invasi. Me ne andrei lontano per ripartire da capo — ecco quello che lei dovrebbe fare secondo me.»

Ariana alzò la testa e si asciugò gli occhi. «Ma dove?» Pareva terrificante. No, lei non aveva voglia di andare in nessun posto. Voleva stare ancorata al passato, nascosta per sempre nei ricordi.

«Negli Stati Uniti», le rispose molto pacatamente Jean-Pierre. «C'è una nave di profughi che parte domani. È stata una organizzazione di New York a pensare a tutto. Saranno i loro incaricati ad accogliere i profughi quando la nave attraccherà in porto, saranno loro ad aiutarli a trovare una sistemazione.»

«Ma... e la casa di mio padre a Grunewald? Secondo lei, non sarebbe meglio che ci tornassi?»

«È proprio quello che vuole, in realtà? Se la sentirebbe di vivere lì? Sempre che riesca a farsela restituire, cosa che dubito.» La verità di queste parole la colpì con durezza. Poi, proprio mentre le stava parlando, Jean-Pierre si rese conto di quale fosse stato il messaggio di Manfred. Era questo il motivo per cui Ariana era stata mandata dal vecchio amico d'adolescenza di suo marito. Manfred aveva sempre saputo che Jean-Pierre avrebbe trovato una soluzione. Adesso capiva che questa era la soluzione giusta.

L'unica preoccupazione che aveva era quella della salute di Ariana — se stava abbastanza bene per affrontare quel viaggio... D'altra parte, sapeva per una lunga esperienza che si era formata aiutando tante persone in quegli ultimi sei anni, che sarebbero passati mesi e mesi prima che lei tornasse a essere quella di prima. Perché aveva perso troppe cose e compiuto quel viaggio pazzesco della durata di nove giorni attraverso la Germania, dopo l'orrore di vedere Manfred morto. Fra l'altro, c'era anche il problema della nave — perché non si sapeva dopo quanto tempo si sarebbe presentata un'altra occasione simile. «Vuole farlo?» Gli occhi di Jean-Pierre non la mollavano nemmeno per un istante. «Potrebbe essere una vita completamente nuova.»

«Ma... Gerhard? Secondo lei non potrebbe essere andato a Losanna, in definitiva? O essersi fermato a Zurigo, di modo che se ci andassi anch'io forse riuscirei a trovarlo?» Ma perfino i suoi occhi non riflettevano più una luce di speranza.

«Ne ho la certezza praticamente assoluta, Ariana. Non esistono tracce di Gerhard, mentre se fosse vivo sarebbe il contrario. Credo proprio che le cose siano andate come dicevo prima. Sia lui sia il padre devono essere stati uccisi.» Ariana scosse lentamente la testa, cercando di accettare tutto ciò che c'era di definitivo in queste conclusioni. Sì, li aveva persi tutti. Poteva abbandonare la lotta e morire, anche lei... oppure continuare.

Lottando contro le ondate successive di vertigine e il senso di nausea che la assalivano, rivolse gli occhi verso Jean-Pierre, nella sua poltrona a rotelle, vicino al letto, e assentì. Era l'istinto che, dal profondo del suo io, la faceva parlare ma la voce che pronunciò queste parole le suonò irriconoscibile perfino alle sue stesse orecchie: «Va bene. Partirò».

28

La grossa Rolls nera di Jean-Pierre entrò lentamente nel porto di Le Havre. Ariana sedeva affranta sul sedile posteriore. Non avevano quasi scambiato parola durante tutto il viaggio, da Parigi. Le strade erano ingombre di autocarri e jeep e piccoli convogli che trasportavano merce di ogni genere da Parigi verso il porto. Nel complesso, la situazione intorno a Parigi era discreta e, a parte il colore tetro dei veicoli militari, le strade sembravano tornate quasi alla normalità.

Jean-Pierre aveva continuato a osservarla senza farsi notare per buona parte del viaggio; per la prima volta in tanti anni di assistenza a profughi senza una patria, distrutti nel corpo e nello spirito, e spaventati, si accorgeva di non avere parole che le offrissero un po' di conforto. Bastava l'espressione degli occhi di Ariana a far capire chiaramente che nessuno avrebbe potuto dire qualcosa di adatto ad alleviare il suo terribile dolore.

Man mano che il viaggio procedeva, il quadro della situazione, in tutta la sua atroce realtà, si faceva sempre più chiaro davanti ai suoi occhi. Non era rimasto più nessuno al mondo di tutti coloro ai quali aveva voluto bene, non aveva nessuno a cui rivolgersi; nessuno con cui dividere i ricordi di quello che era stato il passato, nessuno che potesse capire la lingua che lei parlava senza che le venisse tradotta, come non aveva più la possibilità di dividere con nessuno i ricordi del fratello, del padre, della casa di Grunewald, della madre... di Fräulein Hedwig... delle estati al lago... oppure delle risatine dietro le spalle di Berthold a tavola... Nessuno che avrebbe più annusato con lei gli orribili odori degli intrugli che Gerhard preparava con la sua attrezzatura da chimico, prima che scoppiassero in una fiammata. Come non ci sarebbe più stato nessuno che avesse conosciuto Manfred... no, di certo, nel Nuovo Mondo nel quale stava per andare. E non ci sarebbe nemmeno stato nessuno capace di comprendere che cosa aveva significato sentirsi chiusa in quella cella come in una trappola. E quando era stata aggredita da Hildebrand... e poi salvata da Manfred, e condotta via, in fretta e furia, a Wannsee. Nessuno con cui dividere i ricordi dello «stufato» che aveva cucinato con il *liverwurst*, oppure il colore del copriletto della sua prima camera... o l'espressione degli occhi di Manfred quando avevano fatto l'amore per la prima volta... o come era stata la sua faccia, sotto le carezze, quando finalmente lo aveva trovato davanti al Reichstag, a Berlino. Nessuno avrebbe mai saputo niente di quell'ultimo anno della sua vita e nemmeno degli eventi precedenti. No, le pareva impossibile che non avrebbe mai più potuto dividere niente di se stessa con qualche altra persona.

«Ariana?» La voce calda e profonda di Saint-Marne, con quel forte accento francese, la riscosse dai suoi pensieri. Fin dalla mattina, quando erano partiti per Le Havre, Jean-Pierre non aveva quasi osato parlarle. Si era sentita troppo male addirittura per alzarsi dal letto. E il giorno prima era svenuta due volte. Adesso Jean-Pierre notò che sembrava un poco più forte e pregò in cuor suo che avesse tanta resistenza da sopravvivere al viaggio a New York. Purché ce la facesse, non l'avrebbero certo rimandata indietro dagli Stati Uniti, che avevano spalancato le loro braccia a tutti i profughi di guerra! «Ariana?» Ripeté gentilmente quel nome e, a poco a poco, lei si riscosse dai suoi pensieri.

«Sì.»

«Quanto tempo siete rimasti insieme, lei e Manfred?»

«Quasi un anno.»

Lui annuì. «Immagino che, adesso, quell'anno debba sembrarle lungo una vita intera. Ma...» con un pallido sorriso tentò di offrirle almeno questa speranza «... a vent'anni, un anno sembra lunghissimo. Fra vent'anni a partire da oggi, non sembrerà più altrettanto lungo.»

La voce di lei era glaciale quando gli rispose: «Che cosa mi vuole suggerire? Di dimenticarlo?» Era addirittura indignata che Saint-Marne osasse dire qualcosa di simile, ma lui scosse tristemente la testa.

«No, mia cara. Non lo dimenticherà.» Per un attimo pensò a sua moglie, alla bambina, che aveva perso solo tre anni prima, e si sentì straziare dalla disperazione. «No, non lo dimenticherà. Però penso che, con il tempo, il dolore sarà meno lancinante. Non le sembrerà più insopportabile come adesso.» Le circondò le spalle con un braccio. «Si rallegri, Ariana, di essere ancora giovane. Per lei, niente è finito.» Cercava di infonderle coraggio, ma non riusciva a scorgere, nei grandi occhi azzurri di lei, nemmeno un briciolo di speranza.

Quando finalmente arrivarono a Le Havre, non scese dall'automobile per accompagnarla fino al piroscafo. Era troppo complicato tirar fuori dal bauletto la poltrona a rotelle e costringere l'autista ad aiutarlo a salirci. D'altra parte, ormai, non poteva più fare niente per lei. Le aveva organizzato tutto per la traversata fino a New York, dove sapeva che si sarebbero preoccupati di assisterla i funzionari del Women's Relief Organization.

Le tese una mano dal finestrino aperto mentre lei rimaneva ferma vicino alla vettura con, ai piedi, la valigetta di cartone che la governante era andata a prendere in cantina, nella quale aveva messo alcuni vestiti di sua moglie — anche se probabilmente non ce ne sarebbe stato uno solo che le sarebbe andato bene. Era talmente esile, sembrava una bambina, adesso che se la vedeva di fronte, con quegli occhi immensi che le divoravano il viso dai lineamenti delicati... di colpo, si domandò se non avesse commesso un enorme errore nell'organizzare tutto per la sua partenza. Forse era troppo fragile per fare quel viaggio. D'altra parte se era riuscita a compiere un percorso di quasi novecento chilometri da Berlino, a piedi, in automobile, con un carro a cavalli e in jeep per nove lunghi giorni... come si faceva a pensare che non riuscisse a resistere per un'altra settimana attraverso il mare? Quel viaggio meritava di essere fatto, se non altro per mettere una grande distanza fra lei e i suoi incubi, per farle scoprire una nuova vita in una nuova terra. «Mi darà notizie, vero? Mi farà sapere come sta?» Si sentiva un po' come un padre che manda un figlio adorato a scuola in un paese straniero.

Lentamente un pallido sorriso le fece socchiudere le labbra e le illuminò gli occhi azzurri. «Certo, la terrò informata. E... e Jean-Pierre... grazie... per tutto quello che ha fatto.»

Lui annuì. «Vorrei soltanto... che le cose fossero state diverse.» Come avrebbe voluto vedere Manfred lì, al fianco della sua sposa!

Ma lei aveva capito il significato di queste parole, infatti assentì: «Anch'io».

Poi, con voce piena di dolcezza, lui bisbigliò: «*Au revoir*, Ariana. Che tutto vada bene durante il viaggio!» Gli occhi di lei lo ringraziarono un'ultima volta. Poi gli voltò le spalle per avviarsi verso la passerella. Ma tornò ancora a girarsi, facendogli lenti cenni di saluto con la mano, e gli bisbigliò: «*Adieu*» con gli occhi inondati di lacrime.

Libro terzo

ARIANA
NEW YORK

29

Il piroscafo *Orgoglio del Pellegrino* aveva un nome appropriato. A guardarlo si sarebbe detto che era già stato usato molto a lungo dai pellegrini prima che si decidessero di servirsi del *Mayflower*. Era piccolo, stretto, buio, e puzzava di muffa. Però teneva magnificamente il mare. Ed era letteralmente stracarico. L'*Orgoglio del Pellegrino* era stato acquistato da parecchie organizzazioni americane per gli aiuti ai profughi ma chi se ne serviva in maggioranza era la Women's Relief Organization di New York. Infatti aveva già provveduto ad altri quattro viaggi più o meno dello stesso genere trasportando più di mille profughi dall'Europa dilaniata dai conflitti bellici a New York. L'organizzazione si era anche preoccupata di fornire a ciascuno di essi un «garante» che si impegnasse alla sua assistenza. Avevano ottenuto tutto questo servendosi di organizzazioni più o meno analoghe sparse qua e là in tutti gli Stati Uniti; infine avevano assunto un equipaggio onesto e laborioso per la traversata, che trasportasse uomini, donne, bambini e anziani, dai paesi distrutti e desolati del continente europeo agli Stati Uniti dove sarebbe cominciata la loro nuova vita.

Tutte le persone che viaggiavano su quel piroscafo erano in condizioni di salute piuttosto precarie; avevano raggiunto Parigi da altri paesi oltre che da varie regioni della Francia stessa. C'era chi aveva marciato per settimane e per mesi; altri, come parecchi bambini, avevano girato a lungo, sperduti, senza una casa, senza nessuno. Nessuno poteva dire di ricordarsi dell'ultima volta in cui aveva fatto un pasto normale e molti di loro non avevano mai visto il mare.

La Women's Relief Organization non era stata in grado di trovare un medico che accettasse di compiere la traversata, però avevano assunto una giovane infermiera capace e competente. In ciascuna di quelle traversate, almeno fino a quel momento, la sua assistenza era stata di importanza vitale. Aveva già aiutato nove bambini a nascere, aveva assistito a parecchi tragici aborti, a quattro attacchi cardiaci e a sei decessi. Quindi Nancy Townsend, nella sua qualità di infermiera del piroscafo, si era vista costretta a lottare contro la nostalgia della casa perduta, la fatica, la fame e le privazioni e tutte le gravissime necessità di persone che avevano pagato fin troppo a lungo lo scotto di quella terribile guerra. Durante l'ultimo viaggio erano salite a bordo quattro donne, rimaste in carcere nei dintorni di Parigi per quasi due anni prima che arrivassero gli americani a liberarle. Ma soltanto due di loro avevano sopportato la traversata ed erano riuscite a giungere fino a New York. Ogni volta, osservando la gente che saliva a bordo, Nancy Townsend sapeva che non tutti sarebbero arrivati a destinazione. Spesso era facile individuare quelli che sembravano i più forti e quelli che non avrebbero mai dovuto intraprendere il viaggio. Altre volte, però, e con la stessa frequenza, erano proprio le persone che sembravano più robuste a crollare all'improvviso, proprio durante l'ultima parte della loro fuga. E si sarebbe detto che la donna bionda, così esile e mingherlina, che viaggiava sul ponte inferiore, in una cabina con altre nove donne, fosse fra queste ultime.

Una ragazzina che proveniva dai Pirenei si era precipitata di corsa a cercare Nancy, urlando che qualcuno stava per morire nella cuccetta situata sotto la sua. Quando Nancy aveva avuto davanti agli occhi la giovane donna, si era resa conto che stava morendo di mal di mare, fame, disidratazione, dolore e delirio... impossibile dire quale fra tutte queste possibilità l'avesse ridotta in condizioni simili, ma aveva gli occhi rovesciati nelle orbite, la fronte che scottava, quando la Townsend l'aveva sfiorata, la bocca arida, ed era divorata da una febbre altissima.

Mentre le sentiva il polso, l'infermiera si inginocchiò lentamente di fianco alla sua cuccetta facendo segno alle altre di scostarsi. Era già da un po' che scrutavano Ariana sconfortate e si domandavano se sarebbe morta nella loro cabina, quella notte. Qualcosa di simile era già accaduto due gioni prima, durante il quarto viaggio di traversata, dopo la partenza da Le Havre. Un'esile e ossuta ragazza ebrea, che aveva raggiunto

Parigi da Bergen-Belsen non era riuscita a sopravvivere alle fatiche e al dolore ed era morta nell'ultimo tratto del viaggio.

Venti minuti dopo aver esaminato Ariana per la prima volta nella cabina sovraffollata, l'infermiera Townsend l'aveva fatta trasportare in uno dei due locali adibiti alle malattie da isolamento. Ed era stato lì che la febbre era salita ancora, e aveva cominciato a soffrire di violentissimi crampi alle braccia e alle gambe. Nancy aveva avuto paura che venisse colta dalle convulsioni ma, per fortuna, questo non era mai successo e durante l'ultimo giorno di viaggio la febbre, finalmente, si era abbassata. Ariana non aveva fatto che vomitare; ogni volta che cercava di sedersi sul letto la sua pressione scendeva a tal punto da farla svenire. Non era stata più capace di ricordare nemmeno qualche parola dell'inglese che aveva imparato, e adesso si rivolgeva all'infermiera in un tedesco colmo di disperazione, smozzicato... Nancy non capiva quasi nulla all'infuori di un certo numero di nomi sempre ricorrenti... Manfred... papà... Gerhard... Hedwig... E più di una volta si era messa a urlare «*Nein*, Hedwig?» quando aveva fissato negli occhi, apparentemente senza vederla, l'infermiera americana. E quando continuava a singhiozzare fino a notte inoltrata non era stato possibile consolarla. A volte Nancy Townsend si domandava se quella ragazza stava tanto male perché non desiderava più continuare a vivere. Non sarebbe stata la prima.

L'ultima mattina Ariana la guardò con occhi spenti. Il suo sguardo era meno febbricitante, ma carico di angoscia.

«Spero che si senta meglio», le disse Nancy Townsend sorridendole dolcemente.

Ariana annuì con aria incerta e si riaddormentò. Non vide neppure il piroscafo che entrava nel porto di New York o la Statua della Libertà con il sole che strappava riflessi dorati dal suo braccio che reggeva la torcia. Coloro che potevano reggersi in piedi erano sui ponti e avevano cominciato a gridare di gioia, inebriati, con le guance bagnate di lacrime, strettamente abbracciati... sì, ce l'avevano fatta! Ariana, invece, non seppe mai nulla di tutto questo. E continuò a non rendersi conto di nulla anche quando il funzionario dell'Ufficio Immigrazione, che si occupava dei profughi, scese nell'infermeria dove lei era ricoverata, dopo che la nave ebbe attraccato. Salutò a voce bassa l'infermiera e cominciò a leggere i suoi rapporti. Di solito era possibile mandare subito gran parte dei passeggeri presso le persone che si erano offerte di ospitarli; tuttavia, nel caso di questa ragazza, chi la aspettava per dedicarle l'assistenza necessaria avrebbe dovuto attendere. Visto il delirio e la febbre, era più opportuno assicurarsi che non fosse affetta da qualche malattia contagiosa. Il funzionario dell'Immigrazione, dopo aver dato un'occhiata alla ragazza che dormiva, fece i suoi elogi all'infermiera per averla messa in isolamento e, alzando un sopracciglio, le domandò con molta schiettezza: «Che cosa ne pensa?»

Con un cenno, l'infermiera gli fece capire che era più opportuno uscire in corridoio e lasciarono Ariana addormentata.

«Non ho nessun elemento per poter dire la mia opinione con sicurezza, ma non si può nemmeno escludere che sia stata torturata oppure che sia finita in uno di quei campi... non lo so, ecco. Dovrete tenerla in osservazione.» Lui annuì per tutta risposta, allungando ancora un'occhiata, piena di comprensione, attraverso la porta socchiusa.

«Niente ferite non rimarginate, infezioni, lesioni evidenti?»

«Niente, da quello che ho potuto vedere. Però ha vomitato di continuo durante la traversata. Secondo me, è soprattutto a questo che dovreste stare attenti. Potrebbe avere qualche lesione interna. Mi spiace...» lo guardò con aria di scusa «... ma non sono assolutamente riuscita a fare una diagnosi.»

«Non si preoccupi, signorina Townsend. È proprio questo il motivo per il quale la affida a noi. Immagino che le abbia dato parecchio da fare!» e diede un'occhiata alla cartella clinica.

Intanto l'infermiera, volgendo la testa verso il porto, abbozzò un lento sorriso. «Sì, però ce l'ha fatta.» Incontrò di nuovo il suo sguardo. «Adesso credo che vivrà. Ma c'è stato un momento in cui...»

«Posso immaginarlo.» Si accese una sigaretta e diede un'occhiata più in basso, dove gli altri stavano sbarcando. Aspettò fino a quando non si presentarono due infermieri che, con le debite precauzioni, trasferirono Ariana dal letto a una barella. Lei si mosse solo lievemente. Poi lasciò la nave, rivolgendo soltanto un ultimo sguardo all'infermiera che era riuscita a tenerla in vita. Non aveva nessuna idea di dove la portassero e, in fondo, non gliene importava neanche un po'.

30

«ARIANA?... Ariana... Ariana...» Sembrava che una voce la chiamasse da una distanza infinita e, ascoltandola, lei non riusciva a capire se era quella della mamma o di Fräulein Hedwig o di chissà chi... ma non riusciva a rispondere. Si sentiva terribilmente stanca, e pesante, stava facendo un lungo viaggio ed era troppo faticoso tornare indietro. «Ariana...» La voce era così insistente! Aggrottando lievemente le sopracciglia nel sonno, Ariana ebbe l'impressione di tornare indietro da una lunga distanza. Sì, in fondo, avrebbe dovuto sforzarsi di rispondere... ma non voleva rispondere... che cosa desideravano da lei? «Ariana...» La voce continuava a ripetere il suo nome e, dopo quello che sembrò un tempo lunghissimo, lei aprì gli occhi.

Era una donna alta, con i capelli grigi, vestita di nero. Portava una gonna nera, un golfino nero e aveva i capelli raccolti severamente sulla nuca in una crocchia pesante. Stava scostando lentamente dal guanciale, lisciandoli, i capelli di Ariana con mani forti e fresche. Quando, a un certo momento, la mano si allontanò, poté notare che portava un anello con un grosso brillante.

«Ariana?» Lei, intanto si stava accorgendo di non avere più voce. Poteva rispondere soltanto con un lieve cenno d'assenso. E non riusciva a ricordare che cosa fosse accaduto. Dove si trovava? Dove era stata fino a quel momento? E chi era quella donna? Tutto, nel suo cervello era un ammasso confuso di idee e di ricordi ai quali non sapeva dare ordine. Non era a bordo di un piroscafo? Oppure a Parigi?... A Berlino?

«Sai dove sei?» Il sorriso era dolce come quelle mani, nel lisciare i capelli arruffati di Ariana. La donna parlava inglese. Adesso Ariana cominciava a ricordare, o almeno così credeva, mentre le rivolgeva un'occhiata interrogativa. «Sei a New York, in un ospedale. Ti abbiamo trasportata qui per assicurarci che stessi bene.» La cosa più strana era che, da quanto avevano potuto capire, non aveva assolutamente nulla.

Ruth Liebman purtroppo aveva già intuito fin troppo bene che molto spesso c'erano tante cose impossibili da sapere o da scoprire in persone come lei... forse nessuno le avrebbe mai sapute o scoperte, soprattutto perché non si aveva nemmeno il diritto di domandarlo. «Ti senti meglio?» Il medico aveva spiegato a Ruth che non erano riusciti a trovare nessun motivo per l'estenuazione, il sonno profondo e la debolezza di Ariana, all'infuori del fatto che qualcosa poteva essere spiegato con il vomito e la febbre che l'aveva divorata per tutto il viaggio in mare. Adesso, però, ritenevano che occorresse trovare con urgenza una persona in grado di aiutare quella ragazza a tornare indietro dall'orlo dell'abisso sul quale continuava a rimanere. Ufficialmente, non si poteva trovare altra spiegazione all'infuori del fatto che la ragazza aveva semplicemente rinunciato alla volontà di lottare per vivere; quindi era cruciale che qualcuno intervenisse per aiutarla in tal senso prima che fosse troppo tardi. Poiché era lei a dirigere le volontarie della Women's Relief Organization di New York, Ruth Liebman aveva ritenuto opportuno venire a dare personalmente un'occhiata alla ragazza. Questa era la sua seconda visita. La prima volta, malgrado le lunghe carezze sui capelli e i ripetuti richiami, Ariana non si era strappata dal suo torpore. Ruth l'aveva esaminata da capo a piedi, in silenzio; aveva anche controllato furtivamente se ci fosse una serie di numeri tatuata all'interno del braccio destro. Ma no, niente di simile. Doveva essere stata una delle più fortunate, che erano sfuggite a quel destino. Forse era rimasta nascosta chissà dove, accolta da una famiglia, oppure l'avevano scelta per essere una delle loro vittime particolari, quelle che non portavano lo sfregio del numero tatuato addosso ma venivano usate in altri modi. Il bel viso sereno della magra ed esile creatura, bionda e bella, addormentata, non le rivelava niente; tutto ciò che sapevano era il suo nome e che il suo viaggio era stato organizzato tramite l'organizzazione per i profughi a capo della quale si trovava Saint-Marne, in Francia. Ruth lo conosceva solo di vista, sapeva che era paralizzato e aveva perso moglie e figlia durante la guerra.

Anche lei aveva dovuto affrontare le sue tragedie private da quando Pearl Harbour aveva trascinato l'America nel conflitto. Allo scoppio delle ostilità, aveva quattro figli allegri, sani e felici; adesso le rimanevano soltanto due ragazze e un maschio. Simon era stato abbattuto sopra Okinawa e avevano rischiato di perdere Paul a Guam. Quando il telegramma era arrivato, Ruth si era quasi sentita svenire ma era corsa a rinchiudersi nello studio di suo marito con l'espressione impenetrabile anche se le mani le tremavano. Sam era fuori, in ufficio, le ragazze nelle stanze di sopra e lei, invece, adesso stringeva fra le mani quel pezzo di carta che assomigliava tanto, troppo, al primo... il pezzo di carta che le avrebbe rivelato quale fosse stata la sorte del suo ultimo figlio. Ruth aveva deciso di affrontare la notizia da sola. Letto il telegramma, il suo era stato più che altro uno shock di sollievo. Paul era rimasto soltanto ferito e sarebbe stato rimandato a casa nel giro di qualche settimana. Quando telefonò a Sam, si abbandonarono tutti e due a una gioia addirittura isterica. Ruth capiva che non sarebbe più stato necessario obbligarsi a conservare una calma ferrea. Per loro, la guerra era finita. E la gioia le aveva consentito di lavorare e di compiere ogni gesto con rinnovato vigore. Anche i suoi pensieri ne risentivano. Ciò che aveva saputo sugli orrori che accadevano in Germania, l'aveva sconvolta; fra l'altro si sentiva, a volte, in preda a uno strano senso di colpa che scaturiva dal fatto di non aver sofferto come era accaduto agli ebrei in Europa. Così si era gettata anima e corpo nel lavoro di volontaria. Adesso osservava questa gente con un amore e una compassione ancora più grandi; per la gratitudine che provava perché suo figlio Paul era salvo, si dedicava con un entusiasmo ancora maggiore alle lunghe ore di lavoro per loro; aiutava a rintracciare le sconosciute persone che avevano offerto la loro assistenza, le faceva salire sui treni in partenza per lontane città del Sud oppure del Midwest e ora, eccola a visitare questa ragazzina spaventata. Ariana la guardò attentamente, sgranando gli occhi; poi li richiuse.

«Perché sono qui?»

«Perché sei stata molto male sul piroscafo, Ariana. Volevamo assicurarci che tutto andasse bene.» A queste parole Ariana sorrise, con stanca ironia. Come potevano essere sicuri di una cosa simile? Tutto andava malissimo, invece!

Tuttavia con l'aiuto della donna anziana riuscì a mettersi a sedere lentamente sul letto e a sorseggiare un po' del brodo caldo che l'infermiera le aveva lasciato; poi ricadde sui guanciali, esausta. Perfino quel piccolo sforzo era stato eccessivo per lei. Con gentilezza, Ruth Liebman le sistemò, sprimacciandoli, i guanciali e la scrutò negli occhi azzurri, turbati. E infine capì ciò che avevano detto ripetutamente i medici. C'era qualcosa di terrificante in quegli occhi, qualcosa che lasciava capire come la ragazza distesa in quel letto avesse già rinunciato a ogni speranza.

«Sei tedesca, Ariana?» Lei assentì per tutta risposta e chiuse gli occhi. Ma, adesso, che cosa significava essere tedeschi? In realtà era solo una profuga come tutte quelle altre persone che si erano date alla fuga da Berlino venti giorni prima. Ruth notò che le palpebre della ragazza palpitavano, sotto l'ondata dei ricordi, e le accarezzò dolcemente una mano. Ariana riaprì gli occhi. Forse sentiva la necessità di confidarsi con qualcuno, forse doveva parlarne, dirlo a voce alta... in modo che quei fantasmi non la tormentassero più. «Sei venuta via sola dalla Germania, Ariana?» Di nuovo lei si limitò ad annuire. «Sei stata molto coraggiosa a intraprendere un simile viaggio.» Parlava con parole precise, scelte attentamente. L'infermiera l'aveva informata che Ariana parlava inglese ma non sapeva fino a che punto conoscesse quella lingua. «È stato un viaggio lungo, il tuo?»

Ariana scrutò insospettita quel viso gentile ma poi decise di rispondere. Se anche questa donna apparteneva all'esercito, alla polizia o all'Ufficio Immigrazione, per lei non aveva più nessuna importanza. Per un attimo le si affollarono alla mente i ricordi degli interminabili interrogatori subiti da parte del capitano von Rheinhardt, ma questo ottenne soltanto lo scopo di farle ricordare anche Manfred. Chiuse gli occhi con forza per un attimo e, quando li riaprì, due lacrime enormi le scesero lentamente sulle guance. «Ho viaggiato per novecento chilometri... per raggiungere la Francia.»

Novecento chilometri?... ma... da dove? Ruth non ebbe il coraggio di domandarglielo. Bastava guardarla per capire che, solo a far riaffiorare quelle memorie, la ragazza si abbandonava a una nuova angoscia.

Ruth Liebman, però, non era donna da rinunciare alla speranza. Un atteggiamento, il suo, che diventava contagioso, che era in grado di comunicare anche agli altri. In gioventù le sarebbe piaciuto trovare un impiego come assistente sociale, ma una volta diventata moglie di Samuel Liebman, si era accorta che i suoi doveri la portavano in tutt'altra direzione.

Adesso rimase immobile, seduta vicino al letto, a osservare Ariana, tentando di scoprire quale fosse il dolore della ragazza, chiedendosi come poteva aiutarla. «E la tua famiglia, Ariana?» Parole queste, pronunciate con grande dolcezza; e, tuttavia, fu subito chiaro che Ariana non era ancora pronta ad ascoltarle. Piangendo disperata, senza più dominarsi, si mise di nuovo a sedere sul letto e scosse la testa.

«Sono morti tutti... ormai... tutti... mio padre... mio fratello... mio...» fu lì lì per pronunciare la parola «marito» ma non ci riuscì e Ruth, senza aspettare altre spiegazioni, impulsivamente la prese fra le braccia. «Tutti... tutti. Non ho più nessuno... nessun luogo dove andare... niente...» si abbandonò a una nuova ondata di disperazione, pregando in cuor suo Dio di farla morire.

«Adesso non puoi più guardare indietro, Ariana.» Ruth Liebman pronunciò queste parole dolcemente, continuando a tenerla stretta fra le braccia e, per un attimo, Ariana ebbe l'impressione di aver trovato una madre. Lasciandosi andare a quell'abbraccio continuò a singhiozzare. «Devi guardare davanti. Questa è una nuova vita per te, un nuovo paese... le persone che ti hanno amato in quell'altra vita non ti lasceranno mai. Saranno sempre con te. In spirito, Ariana, le porterai tutte sempre con te.» Come faceva lei con Simon... perché era un po' come se non avesse mai perso il suo primogenito. Era convinta di quello che diceva, e Ariana ebbe l'impressione di intravedere un barlume di speranza mentre si aggrappava alla donna alta, asciutta, dalla quale irradiavano un ottimismo e una forza d'animo che parevano addirittura tangibili. I loro sguardi si incontrarono.

«Ma adesso... che cosa farò?»

«Che cosa facevi prima?» Purtroppo, perfino Ruth capiva che era una domanda stupida. Malgrado il suo aspetto, che la fatica e gli stenti avevano invecchiato prima del tempo, era fin troppo chiaro che quella ragazza non doveva avere più di diciotto anni. «Lavoravi, per caso?»

Ariana scosse la testa lentamente. «Mio padre era banchiere.» Poi sospirò. Pareva tutto così assurdo, adesso! Tutti quei sogni privi d'importanza che erano andati in frantumi! «Dopo la guerra avrei dovuto studiare all'università.» Ma perfino lei capiva che un'istruzione del genere non le sarebbe mai stata di alcuna utilità. La sua sorte era quella di sposarsi e di avere dei figli, di organizzare pranzi e cene, di giocare a carte, come le altre donne. Perfino con Manfred non avrebbe potuto fare molto di più — all'infuori di spostarsi dalla casa di città allo *Schloss* per il fine settimana e le vacanze, e anche qui avrebbe dovuto badare che tutto fosse in ordine per suo marito... poi, naturalmente, avrebbero avuto dei figli... chiuse con forza gli occhi, di nuovo. «Ma tutto questo appartiene a un tempo molto lontano. Adesso non ha più importanza.» Niente aveva più importanza. E lo lasciava capire.

«Quanti anni hai, Ariana?»

«Venti.» Paul ne aveva soltanto due di più; Simon ne avrebbe avuti ventiquattro. Possibile che avesse soltanto vent'anni e una vita simile alle spalle? Come mai era rimasta separata dalla sua famiglia? Eppure, mentre la osservava, Ruth non poté fare a meno di provare una fitta di angoscia che le fece dolere il cuore per la pietà. Ariana era incredibilmente graziosa anche nelle condizioni in cui si trovava, con quegli enormi occhi azzurri, pieni di tristezza. Ruth, di colpo, ebbe la certezza che i nazisti avessero abusato di lei, della sua bellezza. Le parve di intuire con chiarezza quale fosse stata la sorte di Ariana durante la guerra. Ecco il motivo per il quale non l'avevano uccisa, ecco perché non le avevano segnato il corpo, tatuato le braccia. A quel pensiero si sentì commuovere profondamente e dovette fare uno sforzo per ricacciare le lacrime che le erano salite agli occhi. Un po' come se avessero portato via una delle adorate figliole di Ruth e l'avessero usata come era accaduto ad Ariana...

Un silenzio calò fra loro e parve protrarsi all'infinito; infine Ruth prese dolcemente la mano di Ariana. «Devi dimenticare tutte queste cose. Ormai te le sei lasciate alle spalle. Devi dimenticare tutto. Devi consentire a te stessa di avere una nuova vita.» Altrimenti il marchio le sarebbe rimasto impresso per sempre. Bastava guardarla per capire che si trattava di una ragazza di ottima famiglia, ma se non lottava, e si abbandonava ai ricordi, l'incubo di quello che aveva vissuto con i nazisti le avrebbe rovinato la vita. Non ci sarebbe stato da meravigliarsi se fosse finita alcolizzata. Se fosse diventata una sgualdrina, se avessero dovuto ricoverarla in preda a gravi disturbi psichici in qualche istituto, come c'era addirittura da temere che avesse deciso di lasciarsi morire lì, in quel letto dell'ospedale Beth David. Fu così che Ruth, mentre stringeva la mano di Ariana, promise a se stessa di offrire a questa creatura distrutta dal dolore una nuova possibilità di ricominciare a vivere. «Da oggi stesso, Ariana, tutto sarà nuovo. Avrai una nuova casa, un nuovo paese, nuovi amici, un mondo nuovo.»

«E le persone che dovevano ospitarmi?» Ariana fissò Ruth con occhi smarriti. La risposta fu vaga.

«Dobbiamo ancora avvertirli. Prima volevamo assicurarci che tu fossi guarita. Abbiamo pensato che era inutile spaventarli telefonando prima di sapere quale fosse la situazione.» La verità era un'altra. Avevano telefonato a quella gente ma si trattava di una famiglia ebrea del New Jersey la quale aveva fatto quello che considerava il proprio dovere, anche se non ne provava il minimo entusiasmo. Una ragazza giovane sarebbe stato un grave problema; avevano un'industria e non avrebbe potuto aiutarli molto; fra l'altro, odiavano i tedeschi. Avevano detto chiaro e tondo alla Women's Relief Organization di desiderare una persona francese. E poi... che cosa diavolo potevano farsene di quella ragazza se adesso era ricoverata in un ospedale di New York?... Si è trattato soltanto di una precauzione, si era affrettata ad assicurarli Ruth, niente di grave, volevano soltanto eseguire alcuni controlli. Tuttavia quella gente era stata asciutta e poco cortese. Adesso Ruth non era nemmeno più sicura che volessero accoglierla. A meno che... le balenò improvvisamente un'idea... a meno di non convincere Sam che Ariana venisse come ospite a casa loro. «Anzi, a dir la verità...» Ruth Liebman guardò Ariana con aria assorta e infine si alzò in piedi. Un sorriso si allargò lentamente sulla sua faccia larga, piena di bontà; poi si chinò di nuovo a dare un colpetto affettuoso alla mano di Ariana. «Anzi, a dir la verità, devo proprio vederli stamattina. Sono sicura che le cose si sistemeranno nel modo migliore.»

«Quanto tempo dovrò rimanere qui?» Ariana si guardò in giro. La stanzetta era squallida. Avevano continuato a tenerla in isolamento più che altro perché soffriva di incubi lunghissimi, durante i quali si agitava, urlava e piangeva, ma non avrebbero potuto ospitarla ancora per molto. Fra l'altro Ruth, proprio quella mattina, li aveva sentiti parlare di riportarla in corsia.

«Probabilmente rimarrai qui in ospedale soltanto pochi giorni ancora. Fino a quando non ti sarai messa un po' in forze.» Le sorrise dolcemente. «Mi raccomando... è meglio non uscire dall'ospedale troppo presto, Ariana... perché se tu dovessi star male quando ti hanno dimesso, sarebbe peggio. Goditi un po' di riposo.» Tuttavia mentre si preparava ad andarsene, notò che Ariana era di nuovo in preda a un'altra ondata di panico. Adesso si guardava in giro terrorizzata per la stanza vuota.

«Mio Dio, le mie cose... dove sono?» Fissò, agitatissima, Ruth Liebman la quale si affrettò a rassicurarla con un sorriso.

«Sono al sicuro, Ariana. L'infermiera del piroscafo ha consegnato la tua valigia all'autista dell'ambulanza e, da quanto ho capito, l'hanno messa sotto chiave. Sono sicura che ci troverai tutto quello che avevi, Ariana. Non è il caso di preoccuparsi.» Ariana invece era preoccupata... gli anelli della mamma! Anzi, subito le venne in mente qualcos'altro e abbassò gli occhi a guardarsi le mani. Erano scomparsi la vera nuziale e l'anello d'oro di fidanzamento che Manfred le aveva regalato, come l'anello d'oro di lui, con lo stemma. Guardò, stravolta, la donna anziana la quale comprese al volo. «L'infermiera ha messo tutti i tuoi oggetti preziosi in cassaforte, Ariana. Cerca di avere un po' di fiducia in noi.» Poi, più dolcemente aggiunse: «La guerra è finita, figliola. Adesso sei al sicuro».

C'era davvero da crederlo? Era davvero al sicuro? E aveva importanza?...

Pochi minuti più tardi suonò il campanello e l'infermiera accorse. Era curiosa anche lei di vedere la strana ragazza di cui tutti parlavano. Quella che era fuggita dai campi di concentramento tedeschi e aveva dormito per quattro giorni consecutivi.

Ariana aspettò ansiosamente che la donna tornasse con la valigia.

«Dove sono i miei anelli? Quelli che avevo infilati alle dita?» Il suo inglese era ancora un po' arrugginito. Purtroppo, da quando era scoppiata la guerra, le lezioni con il suo professore d'inglese erano cessate. «Mi scusi... portavo degli anelli.»

«Dice davvero?» L'infermiera sembrava incerta ma si precipitò a informarsi. Tornò pochi minuti più tardi con una piccola busta che Ariana le tolse dalla mano e strinse forte fra le dita. Quando l'infermiera se ne fu andata, si decise ad aprirla lentamente. Sì, c'erano tutti, la sottile fede nuziale d'oro che l'aveva unita per sempre a Manfred, l'anello di fidanzamento che lui le aveva regalato a Natale, e l'altro anello, quello che gli era appartenuto, con lo stemma, che portava sempre dietro tutti gli altri perché era largo e non voleva perderlo. I suoi occhi si colmarono ancora di lacrime mentre se li infilava al dito. E compiendo quel gesto si accorse che doveva essere stata molto più malata di quanto non si fosse resa conto, in quei ventidue giorni trascorsi dal momento in cui aveva lasciato Berlino. Perché se abbassava le dita, gli anelli le scivolavano in grembo. Nove giorni per arrivare a Parigi, due giorni durante i quali era stata malissimo, lì in città, esausta, sconvolta dal dolore; altri sette giorni, quelli della traversata dell'Atlantico, durante i quali era stata gravemente ammalata e adesso quattro giorni in questo ospedale... ventidue giorni... che sembravano quasi ventidue anni. Solo un mese prima ricordava di essere stata stretta fra le braccia di un marito che adesso non avrebbe mai più rivisto. Strinse convulsamente gli anelli nel palmo della mano sinistra e si impose con determinazione di riacquistare tutto il proprio controllo. Aprì la valigia.

Gli indumenti che la governante di Jean-Pierre de Saint Marne vi aveva messo erano ancora ripiegati accuratamente. Infatti dopo i primi due giorni di traversata, si era sentita troppo male per muoversi e, anche, per cambiarsi. Sotto i vestiti, un altro paio di scarpe e, in fondo, il fagottino che cercava disperatamente: la busta con le fotografie e il volumetto rilegato in cuoio con il doppio fondo segreto nel quale erano nascosti gli anelli di sua madre. Lentamente li tirò fuori, il grosso smeraldo, stupendo; l'anello con le iniziali in brillanti che suo padre le aveva consegnato la notte precedente alla sua partenza. Ariana, però, non se li infilò, si mise a fissarli attentamente stringendoli fra le mani. Erano le uniche cose rimastele, la sua unica sicurezza, le uniche memorie tangibili del passato. Tutto quello che possedeva di un mondo perduto. I due anelli della mamma, gli anelli che le aveva regalato Manfred, il suo, semplicissimo, d'oro con lo stemma, e un mucchietto di fotografie che raffiguravano un uomo in uniforme di gala e una ragazza di diciannove anni, felice e sorridente.

31

La segretaria che occupava la stanza esterna difendeva l'ufficio privato di Sam Liebman, in Wall Street, quando lui era presente, come un angelo vendicatore armato della spada fiammeggiante. Nessuno, nemmeno la moglie e i figli, aveva il permesso di entrare a meno che non fosse lui stesso a convocarli. A casa era completamente a loro disposizione ma, al lavoro, considerava il suo ufficio un luogo sacro. Tutti lo sapevano in famiglia, soprattutto Ruth, la quale capitava di rado a trovarlo in ufficio a meno che non si trattasse di questioni di grandissima importanza. Era proprio per questo motivo che adesso si trovava lì, seduta ad aspettare.

«Potrebbe continuare a essere impegnato per chissà quante ore», disse Rebecca Greenspan, lanciando un'occhiata piena di esasperazione alla consorte del principale. Ruth Liebman era già lì seduta ad aspettare da quasi due ore. Ma il signor Liebman aveva dato ordini severissimi dichiarando che nessuno doveva disturbarlo.

«Se oggi non è uscito a pranzo, Rebecca, presto o tardi dovrà decidersi a venir fuori per mangiare qualcosa. Mentre mangerà, potrò scambiare due parole con lui.»

«Non potrebbe aspettare stasera?»

«Se potessi aspettare fino a stasera, non sarei qui adesso. Non le pare?» Rivolse un sorriso garbato ma fermo alla ragazza che aveva quasi la metà dei suoi anni... ed era anche alta la metà di lei! Ruth Liebman infatti era una donna alta e robusta, anche se, al confronto dell'altezza straordinaria di suo marito, persino lei sembrava piccola. Senza scarpe, Samuel Julius Liebman misurava infatti un metro e ottantanove; aveva le spalle larghe, le sopracciglia folte e cespugliose e una criniera leonina di capelli a proposito della quale i suoi figli lo prendevano sempre in giro... perché era quasi del colore delle fiamme. Adesso, che era più vecchio, quel rosso acceso si era un po' smorzato assumendo le tonalità del bronzo ramato, e stava diventando sempre più chiaro man mano che il grigio e il bianco prendevano il sopravvento. Come lui, anche il loro figlio maggiore, Simon, aveva avuto i capelli rossi; gli altri figlioli, invece, erano bruni come sua moglie.

Era un uomo molto saggio, gentile e caritatevole. Nel mondo finanziario e bancario era una persona di enorme importanza. La banca Langendorf & Liebman era addirittura riuscita a venir fuori indenne dal famoso crack del '29 e nei vent'anni successivi da quando lui vi si era dedicato, si era trasformata in una banca d'investimenti che aveva riscosso la stima generale. Il sogno di Sam era che un giorno Paul prendesse il suo posto. Prima, naturalmente, la sua speranza era stata che prendessero il suo posto Sam e Paul. Adesso quel grave fardello sarebbe ricaduto interamente sulle spalle del figlio minore, non appena fosse definitivamente guarito.

Finalmente alle tre, la porta del *sancta sanctorum* si aprì e ne emerse un gigante dalla criniera leonina, che portava un abito gessato scuro, in mano stringeva un cappello di feltro morbido a larga tesa e una cartella di cuoio. Aggrottò le sopracciglia.

«Rebecca, vado a una riunione.» Poi, sbalordito, notò Ruth, la quale era rimasta pazientemente seduta in una poltrona, in fondo alla stanza. Per un attimo fu colto da un improvviso terrore.

Che cosa c'era, ancora, adesso? Ma lei si affrettò a rivolgergli un sorriso malizioso e ogni preoccupazione scomparve dal viso di lui. Sam ricambiò il suo sorriso e la baciò affettuosamente quando lei si alzò in piedi per andargli incontro mentre la segretaria, con molta discrezione, si allontanava.

«No, questo non è il modo più rispettabile in cui dovrebbero comportarsi delle persone anziane, Ruth. E, assolutamente no, alle tre del pomeriggio!»

«E se fingessimo che è più tardi?» Lei gli sorrise teneramente buttandogli le braccia al collo.

«In tal caso non potrei assistere alla riunione alla quale sto andando. Fra l'altro sono già in ritardo.» Scoppiò in una risatina sommessa. «Va bene, signora Liebman, mi vuoi dire che cosa ti è saltato in testa?» Si mise a sedere e accese un sigaro, disponendosi ad ascoltare. «Ti avverto che posso concederti soltanto dieci minuti esatti. Quindi andiamo al sodo il più in fretta possibile. Credi che ci riusciremo?» I suoi occhi, al di sopra del sigaro, ebbero un lampo festoso e Ruth sorrise. Si conoscevano e sapevano che le battaglie fra le loro due volontà di solito duravano molto a lungo. Ruth aveva idee molto precise su parecchie questioni; Sam aveva le proprie e, quando queste non coincidevano, scoppiavano conflitti che potevano protrarsi anche per settimane. «Che cosa ne dici se, in questo caso, cercassimo di risolvere la questione in fretta?» Il sorriso si accentuò, trasformandosi in una risata. Ormai sposati da ventinove anni, avevano imparato che, alla fine, il compromesso consentiva a tutti e due di tirar fuori il meglio sia dalle opinioni dell'uno sia da quelle dell'altra.

«Per me, va benissimo! Ma sei tu che devi decidere, Sam.»

«Oh, Dio, Ruth... no, non vorrei che fosse ancora uno di quei problemi! L'ultima volta che mi hai detto che stava a me decidere, mi hai quasi fatto impazzire per la faccenda di quella automobile da comprare per Paul prima che andasse a fare il soldato. Non venire ancora a dirmi che tocca a me decidere... quante storie! Gliel'avevi già promessa prima ancora di domandarmelo. 'Tocca a me decidere'!» scoppiò in una risatina sciocca. «E va bene, di che cosa si tratta?»

Ruth tornò seria e decise di non perdere altro tempo ma di andare direttamente al nocciolo della questione. «Vorrei che diventassimo noi i garanti di una ragazza che abbiamo fatto venire nel nostro paese qualche giorno fa, Sam. È stata la nostra organizzazione, la Women's Relief, a farla viaggiare attraverso l'Atlantico. Da quando è arrivata, si trova ricoverata all'ospedale Beth David e la famiglia che aveva accettato di occuparsene non ne vuole più sapere.» I suoi occhi adesso erano carichi di amarezza e di collera. «Volevano una persona francese... Già, magari una di quelle camerieri francesi... come le vedi in certi film... o magari, addirittura, una sgualdrinella francese!»

«Ruth!» La guardò con aria piena di disapprovazione. Capitava di rado che sua moglie si abbandonasse a espressioni così crude. «E lei invece sarebbe?...»

«Tedesca.» Ruth aveva pronunciato questa parola a bassa voce. Sam annuì in silenzio.

«Perché si trova ricoverata in ospedale? È molto malata?»

«Veramente, no.» Ruth sospirò e si alzò in piedi cominciando a girellare per la stanza. «Non lo so, Sam; secondo me non ha più la forza di riprendersi. I medici non sono riusciti a trovare sintomi di nessuna malattia specifica e, in ogni caso, non si tratta di niente che sia contagioso.» Ruth esitò per un attimo che parve interminabile. «Oh, Sam, è talmente... talmente indifesa e fragile! Ha vent'anni e ha perso l'intera famiglia. Una cosa straziante.» Lo guardò con aria supplichevole.

«Ma sono tutti così, Ruth.» Sospirò sommessamente. Ormai, da più di un mese, ogni giorno veniva a scoprire qualcosa di più sugli orrori di quei campi. «Non puoi portarteli tutti a casa.» La verità, però, era un'altra: malgrado lavorasse già da molto tempo e con entusiasmo per la Women's Relief Organization, non era mai accaduto prima che esprimesse il desiderio di portarsi uno dei profughi a casa.

«Sam, ti prego...»

«E... Julia? Debbie?»

«Be'... che cosa c'entrano loro?»

«Come reagiranno al pensiero di avere in casa una perfetta sconosciuta?»

«Come avrebbero reagito se avessero perso l'intera famiglia, Sam? Se non sono nemmeno capaci di provare un po' di compassione per i problemi degli altri, allora devo confessarti che ci hanno deluso, come genitori. Perché c'è stata una guerra, Sam. E questo, le ragazze devono capirlo. Dobbiamo accollarci tutti le conseguenze.»

«Quanto a questo, hanno sofferto anche loro.»

Il pensiero di Sam Liebman si era rivolto immediatamente al suo primogenito. «Tutti abbiamo sofferto e subìto le conseguenze. Domandi molto alla tua famiglia, Ruth, e che cosa ne penserà Paul, al suo ritorno a casa? Magari sarà difficile per lui sopportare la presenza di una sconosciuta mentre dovrà lottare con tutti i problemi che potrebbe dargli quella gamba e...» Sam s'interruppe, perché non riusciva più a concludere ciò che stava dicendo, ma Ruth comprese al volo. «Al suo ritorno a casa, avrà da affrontare un bel numero di shock, Ruth, lo sai perfettamente. E una ragazza sconosciuta in casa non gli faciliterà certo le cose.»

Ruth sorrise a suo marito. «Invece potrebbe avere l'effetto opposto. Anzi sono convinta che gli farebbe un gran bene.» Sia l'uno sia l'altra, sapevano fin troppo chiaramente che cosa avrebbe dovuto affrontare Paul al suo ritorno a casa! «Ma non è questo il punto. Si tratta della ragazza. Abbiamo anche posto in abbondanza per ospitarla. Però quello che voglio sapere da te, adesso, è se mi consentiresti di condurla a casa nostra perché rimanga a vivere con noi per un po'.»

«Quanto sarebbe... il tuo 'per un po'?»

«Non saprei, Sam. A voler essere realistici, almeno sei mesi, o un anno. Non ha famiglia, non ha denaro, non ha niente, però sembra bene educata e parla correttamente l'inglese. Col tempo, quando si sarà riavuta dallo shock di tutto quello che le è accaduto, sono sicura che potrà trovarsi un lavoro e badare a se stessa.»

«E se non fosse in grado di riuscirci, che cosa ce ne facciamo? La teniamo con noi in eterno?»

«No, assolutamente. È un argomento che potremmo discutere con lei. Potremmo offrirle la nostra ospitalità per sei mesi e magari, in seguito, prolungarla di altri sei; però dovrà essere subito molto chiaro che dopo un anno dovrà andarsene e badare a se stessa.»

Sam si rese conto che sua moglie aveva vinto. A modo suo, lei vinceva sempre. Anche quando Sam era convinto di averla spuntata, bene o male era sempre Ruth a far valere la propria opinione. «Signora Liebman, ti trovo persuasiva in un modo indecente. Sono molto contento che non lavori per qualche società concorrente!»

«Significa sì?»

«Significa che ci penserò.» Poi dopo un momento: «Dov'è?»

«All'ospedale Beth David. Quando andrai a vederla?» Ruth Liebman sorrise e suo marito, sospirando, depose il sigaro.

«Cercherò di farlo tornando a casa stasera. Ma mi riconoscerà se mi presenterò con il nostro nome?»

«Dovrebbe. Sono rimasta con lei tutta la mattina. Altrimenti puoi dirle che sei il marito di quella volontaria che si chiama Ruth.» Poi si accorse che lui stava già pensando a qualcos'altro che lo preoccupava. «Che cosa c'è?»

«È sfigurata?»

Ruth gli si avvicinò e gli sfiorò dolcemente una guancia. «No, naturalmente.» Amava la debolezza e i timori che, di tanto in tanto, scorgeva in lui; la rendeva ancora più consapevole della sua forza e lo riduceva a dimensioni che le sembravano più umane. Sorprendere di tanto in tanto quelle incertezze glielo faceva amare di più. Lo guardò con un pallido sorriso e una strizzatina d'occhi. «Anzi, è molto carina. Ma è talmente... talmente sola adesso... disperatamente sola... lo capirai non appena la vedrai. Come se avesse perso ogni speranza.»

«Probabilmente è così, dopo tutto quello che ha passato! E per quale motivo dovrebbe credere in qualcuno, adesso? Dopo quello che le avranno fatto...» Un lampo minaccioso illuminò di nuovo gli occhi di Sam Liebman. Lo fece impazzire di rabbia il pensiero di ciò che quei bastardi avevano commesso! Dopo aver avuto per le mani i primi rapporti su Auschwitz, si era chiuso nel suo studio a leggere, a pensare e a pregare e, alla fine, anche a piangere per tutta la sera. Guardò di nuovo Ruth mentre afferrava il cappello. «Si fida di te?»

Ruth ci pensò per un minuto. «Credo di sì. Almeno nei limiti di quello che può fidarsi di qualsiasi altra persona, adesso.»

«Allora va bene.» Afferrò la cartella di cuoio. «Vado a trovarla.»

La guardò per un lungo momento e poi si avviò all'ascensore. «Ti amo, Ruth Liebman. Sei una donna straordinaria, e ti amo.» Per tutta risposta lei lo baciò dolcemente e infine, mentre gli sportelli dell'ascensore si aprivano per loro, aggiunse: «Anch'io ti amo, Sam. E allora... quando me lo dirai?»

Lui alzò gli occhi al cielo con aria esasperata mentre entrava nell'ascensore. «Te lo dirò stasera quando tornerò a casa. Ti può bastare?» ma le stava sorridendo e lei annuì felice; poi lui le diede ancora un veloce bacio su una guancia mentre scendeva per andare alla famosa riunione. Ruth, invece, si mise al posto di guida della sua Chevrolet nuova, e tornò a casa.

32

NELLA sua stanzetta d'ospedale Ariana rimase seduta tranquillamente sul letto tutta la mattina, guardando fuori dalla finestra dove splendeva un bel sole e, quando la troppa luce cominciò a darle fastidio, spostò lo sguardo sul pavimento. Dopo un po', un'infermiera insistette perché si alzasse e cominciasse a muovere qualche passo. Dopo un debole tentativo di arrancare lungo il corridoio, aggrappandosi all'apposito corrimano e agli stipiti delle porte, finalmente Ariana si decise a tornare a letto. Ma dopo il pranzo la informarono che l'avrebbero portata altrove e, per l'ora di cena, si trovò in un altro letto, in una corsia piena di gente e di un continuo andirivieni. L'infermiera le aveva spiegato che le avrebbe fatto bene vedere altre persone, ma quasi subito lei la pregò di nascondere il suo letto con un paravento; ascoltare i rumori e le risate, sentirsi arrivare a folate l'odore dei vassoi per la cena che circolavano intorno a lei, le provocò altre violente ondate di nausea. Era semisdraiata, profondamente infelice, ancora con un asciugamano stretto fra le mani, contro la bocca, e gli occhi pieni di lacrime, quando si sentì bussare lievemente al paravento che la riparava dalle altre ammalate. Con una vaga sensazione di panico, depose l'asciugamano e alzò gli occhi.

«Chi è?» Anche se non aveva importanza... non conosceva nessuno. Aveva pronunciato queste parole a fior di labbra; poi i suoi occhi si allargarono, diventando immensi, quando un uomo alto e corpulento comparve da dietro il paravento e rimase lì immobile, a torreggiare su di lei. Non si era mai sentita piccola e spaventata come in quel momento e, quando Samuel Liebman dall'alto della sua statura si mise a scrutarla, cominciò a tremare da capo a piedi e dovette dominarsi con uno sforzo per non mettersi a urlare. Chi era? Che cosa voleva? Con quel cappello di feltro a larga tesa e l'abito scuro aveva un aspetto talmente ufficiale che Ariana si convinse subito di trovarsi davanti a qualche funzionario dell'Ufficio Immigrazione o della polizia... La rispedivano in Francia?

Lo sconosciuto, invece, la guardò con dolcezza — i suoi occhi erano pieni di affetto e di calore umano. «Signorina Tripp...?» questo era il nome che compariva sui suoi documenti. Saint Marne aveva pensato che fosse opportuno lasciar cadere il «von» che lo precedeva.

«Sì?» mormorò con voce fievole.

«Come sta?» Lei non ebbe il coraggio di rispondere. Tremava a tal punto che Sam si domandò se fosse opportuno rimanere o se non sarebbe stato meglio andarsene subito. Era malata, spaventata, sola — adesso poteva capire per quale motivo Ruth si fosse commossa tanto profondamente per la sorte di questa ragazza. Fra l'altro era una creatura incantevole. E gli bastò osservarla un momento per capire che doveva essere poco più di una bambina. «Signorina Tripp, sono il marito di Ruth Liebman.» Avrebbe voluto porgerle una mano, ma aveva paura che, se avesse fatto anche il minimo movimento verso di lei, la ragazza sarebbe balzata fuori da quel letto tremante, pronta a darsi alla fuga, tanto gli pareva terrorizzata. «Si ricorda, vero... Ruth Liebman, la signora che è venuta qui stamattina? La volontaria.» Sam cercò di costringerla a ricordare. Lentamente qualcosa di vago le balenò negli occhi. Perfino in preda al panico, come in quel momento, il nome «Ruth» le rievocava qualcosa.

«Sì, sì, lo so... è stata qui... oggi.» Ariana parlava un inglese abbastanza corretto, addirittura da persona colta, ma mormorava le parole con voce talmente sommessa che Sam riusciva a malapena a sentirla.

«Mi ha pregato di venire a trovarla. Così ho pensato di passare un momento mentre tornavo a casa.»

Davvero? È questo che la signora aveva pensato? E perché? Che cos'era, una visita mondana? Possibile che la gente facesse ancora cose del genere? Ariana lo fissò sbalordita, con gli occhi vacui, che non capivano... poi ricordando il modo in cui era stata allevata e la buona educazione ricevuta, annuì lentamente. «Grazie.» Poi, come se questo le costasse uno sforzo immenso, gli tese una mano piccola e gracile, da bambina.

«È un piacere», la rassicurò Sam, anche se sapevano benissimo entrambi che quella era soltanto una formula convenzionale. In realtà la corsia era deprimente in modo spaventoso; le urla, i lamenti, parevano aumentare invece che diminuire, mentre loro cercavano di conversare. Con un gesto Ariana gli fece segno di sedersi ai piedi del letto e lui si accomodò, visibilmente a disagio, continuando a lottare contro se stesso per non scrutarla con troppa attenzione. «Le serve qualcosa? Posso procurarle qualche oggetto di cui può aver bisogno?» I grandi occhi della ragazza lo fissavano penetranti; tuttavia si limitò a scuotere leggermente la testa e lui si rimproverò per averle fatto una domanda tanto stupida. Non era facile venire incontro alle sue necessità...

«Mia moglie e io vogliamo che lei sappia che è nostro desiderio aiutarla in ogni modo possibile.» Sospirò e proseguì con voce un po' commossa. «È difficile per chi vive in questo paese capire a fondo che cosa è accaduto là, da voi... però ci pensiamo e ce ne preoccupiamo... ce ne preoccupiamo profondamente... e il fatto che lei sia sopravvissuta è un miracolo di cui dobbiamo rallegrarci. Lei, e altre persone come lei, diventeranno una specie di monumento a ricordo di quei tempi e a ricordo degli altri... quindi d'ora in avanti lei deve vivere nel modo migliore che sarà possibile... per se stessa, e per loro». Si alzò in piedi e le si avvicinò.

Era un discorso difficile per lui e Ariana lo guardò sgranando gli occhi. Chissà che cosa pensava veramente? Sapeva che lei era fuggita da Berlino? Di quali «altri» stava parlando? Oppure voleva semplicemente alludere ai tedeschi che erano sopravvissuti? In ogni caso qualunque fosse il significato delle sue parole, a chiunque volesse riferirsi, si capiva subito che era un uomo sensibile, che si prendeva molto a cuore quello che era accaduto. Con questa statura imponente e la criniera di capelli spettinati, pareva molto diverso da suo padre, eppure Ariana si commosse e provò un impeto di affetto nei suoi confronti, come se fosse stato un vecchio amico. Era innegabile che si trattasse di un uomo pieno di dignità, capace di provare compassione, un uomo da rispettare, che suo padre avrebbe onorato. Allora si sporse verso di lui appoggiandogli lentamente le mani sulle spalle gli diede un bacio su una guancia.

«Grazie, signor Liebman. Lei mi fa sentire felice di trovarmi qui.»

«Così deve essere!» Le sorrise pieno di tenerezza, commosso da quel bacio. «Questo è un grande paese, Ariana.» Era la prima volta che la chiamava con il suo nome ma adesso capiva di poterlo fare. «Scoprirà presto come si vive qui. È un mondo nuovo. E anche una vita nuova per lei; conoscerà persone nuove, nuovi amici.» Purtroppo gli occhi della ragazza, mentre lo ascoltava, diventavano sempre più tristi. No, lei non voleva conoscere gente nuova; voleva quella del passato... mentre purtroppo se n'erano andati tutti per sempre. Come se avesse intuito il motivo della sua sofferenza, Sam Liebman le accarezzò una mano. «Ruth e io siamo i suoi amici adesso, Ariana. Ecco perché sono venuto a trovarla.» Poi, mentre finalmente lei capiva ciò che le stava dicendo, che era venuto a trovarla lì in quell'ospedale, in quella orribile corsia, che era venuto perché provava qualcosa, dell'affetto o della compassione, per lei... i suoi occhi si colmarono lentamente di lacrime. Però, dietro le lacrime, c'era un sorriso.

«Grazie, signor Liebman.»

Osservandola, lui si accorse di dover lottare contro la commozione. Si alzò in piedi lentamente, stringendo sempre quella piccola mano. «Adesso devo andare, Ariana. Domani, però, Ruth tornerà a trovarla. E la rivedrò presto anch'io.» Come una bambina che si sente abbandonata, lei assentì, cercando di sorridere, lottando disperatamente contro le lacrime che le facevano groppo alla gola. Poi, incapace di trattenersi, Samuel Liebman la prese fra le braccia. E la tenne stretta contro di sé, con quella sua figura così alta e goffa, in un abbraccio impacciato, per quasi una mezz'ora, mentre Ariana piangeva, scossa da singhiozzi che non riusciva più a dominare. Finalmente, quando riuscì a calmarsi, Sam le mise in mano il proprio fazzoletto.

«Come mi dispiace... non volevo... è stato solo che...»

«Zitta... basta così.» Le accarezzò la testa con affetto. «Non è necessario dare spiegazioni, Ariana. Io capisco.» Poi, lanciando un'ultima occhiata a quella personcina dai capelli d'oro, con quelle fattezze da creatura di un mondo fatato, che teneva la testa e la faccia abbassate nel suo fazzoletto, seduta su quel grande letto, si domandò come fosse riuscita a salvarsi. Pareva troppo fragile per essere uscita indenne anche da un solo momento di crudeltà e di violenza — eppure non gli sfuggì che, dietro quei lineamenti così delicati, da cammeo, nascosta in quell'esile figurina, c'era una donna di carattere, capace di sopravvivere quasi a qualsiasi cosa. E non solo nel passato, ma anche in futuro. In lei esisteva qualcosa di forte e di invincibile che le aveva permesso di sopravvivere. E Sam Liebman, guardando la ragazza che era diventata in quel momento la sua terza figlia, ringraziò Dio che ce l'avesse fatta.

33

I PREPARATIVI per l'arrivo di Ariana vennero intrapresi con un misto di gioia e di timore. Sam, tornando a casa dopo essere andato a trovare Ariana in ospedale, aveva praticamente ordinato a Ruth di portar via quella bambina dalla corsia dov'era ricoverata entro il giorno successivo. Dal momento che i medici erano convinti che non soffrisse di nessuna malattia e non avrebbe potuto mettere in pericolo la vita dei suoi figli, voleva che Ariana fosse portata nella casa sulla Quinta Avenue il più presto possibile. Dopo cena, le ragazze vennero convocate nel suo studio e si sentirono spiegare che presto a loro si sarebbe aggiunta Ariana, una tedesca che aveva perso l'intera famiglia e che avrebbero dovuto comportarsi con gentilezza con lei per qualche tempo.

Come il padre e la madre, Julia e Debbie erano ragazze piene di sensibilità. Anche loro erano rimaste sconvolte dall'orrore man mano che arrivavano, quotidianamente, notizie sulla Germania, e ora volevano contribuire con il loro aiuto. La mattina seguente supplicarono la madre di lasciare che l'accompagnassero all'ospedale. Ma su questo punto sia Sam sia Ruth furono irremovibili. Le ragazze avrebbero avuto tutto il tempo che volevano per fare la conoscenza di Ariana lì, in casa. Poiché Ariana era stremata dopo quel disastroso viaggio per mare, avevano paura che la loro visita la stancasse troppo. Anzi, dietro consiglio del dottore, stavano pensando di tenerla a letto, lì a casa, almeno per la prima settimana. Poi, se si fosse sentita meglio, avrebbero potuto condurla fuori con loro a pranzo, a cena, magari anche a un cinematografo. Prima, però, era chiaro che doveva riacquistare completamente le forze.

Ruth si presentò all'ospedale e annunciò subito ad Ariana che lei e suo marito volevano condurla a casa, e non per i famosi sei mesi dei quali aveva parlato inizialmente a Sam, ma fintanto che lei avesse avuto bisogno di una famiglia. Ariana la guardò sbalordita. Era sicura che la sua conoscenza non perfetta dell'inglese le avesse fatto prendere un abbaglio — non doveva aver capito bene.

«Mi scusi?» guardò Ruth con aria interrogativa. No, non poteva essere vero. Non aveva sentito bene. Invece Ruth aveva preso nelle proprie le mani di Ariana e si era seduta sul letto della corsia con un sorriso.

«Mio marito e io vorremmo che tu venissi a vivere con noi, Ariana. Fintanto che vorrai.» Dopo averla vista, era stato Sam ad abbandonare l'idea di mettere il limite di sei mesi, oppure di un anno, alla loro offerta.

«A casa vostra?» Ma per quale motivo? Ariana aveva già una famiglia che si sarebbe occupata di lei; fra l'altro questa donna aveva già dedicato molto del proprio tempo a farle compagnia. Guardò la sua benefattrice con un'espressione stupefatta e intimorita al tempo stesso.

«Sì, a casa nostra, con le nostre figlie, Deborah e Julia. Fra qualche settimana anche nostro figlio tornerà a casa. Paul era nel Pacifico ma, qualche tempo fa, è stato ferito a un ginocchio dalle schegge di un proiettile. Non appena starà meglio, lo manderanno a casa.» Non le parlò di Simon. Le pareva inutile.

Continuò a chiacchierare, sempre più felice, raccontando ad Ariana qualcosa dei suoi figli, in modo da consentirle di mettere ordine nei propri pensieri.

«Signora Liebman...» Ariana adesso la guardava con gli occhi sgranati, «... non so che cosa dire.» Per un attimo si era messa di nuovo a parlare tedesco, ma Ruth Liebman che lo conosceva solo un po' riuscì a capire vagamente. «Non devi dire niente, Ariana.» Poi improvvisamente, le sorrise. «Se vuoi parlare, però, dovrai cercare di farlo in inglese, altrimenti le ragazze non ti capiranno.»

«Ho parlato di nuovo in tedesco? Mi scusi.» Ariana arrossì e, per la prima volta da settimane, guardando Ruth Liebman in faccia, scoppiò in una risata. «Non sta scherzando? Ha detto che vuole proprio portarmi a casa sua?» Adesso guardava la nuova amica con il più completo stupore. Mentre Ruth annuiva, si scambiarono un lungo sorriso. Poi Ruth afferrò le mani di Ariana stringendogliele con forza. «Ma perché vuole fare questo? Per quale motivo? È un impegno troppo grosso per lei e per suo marito.» Poi, all'improvviso, si ricordò di Max Thomas nei due giorni in cui era rimasto a casa loro. Anche lui doveva aver provato ciò che stava provando lei adesso... ma in un modo diverso. Max era stato un vecchio amico. E suo padre non gli aveva offerto di abitare lì, in casa loro, per sempre. Anche se adesso, ripensandoci, si rese conto che, con ogni probabilità, papà non si sarebbe rifiutato di farlo. Forse, adesso, si trattava più o meno della stessa cosa..

Ruth la stava guardando con espressione grave. «Ariana, desideriamo farlo. Perché siamo molto addolorati per tutto quanto è accaduto.»

Lei la guardò tristemente. «Ma non è colpa vostra, signora Liebman. Solo che... la guerra...» Per un attimo sembrò talmente indifesa e avvilita che Ruth Liebman le circondò le spalle con un braccio e le accarezzò lentamente i morbidi capelli d'oro, che le scendevano sulle spalle.

«Abbiamo sentito l'atroce morso della guerra, le ingiustizie, l'orrore e l'angoscia anche qui.» E mentre pronunciava queste parole pensò a Simon che era morto per il suo paese ma... in realtà per che cosa veramente era morto? «Certo noi non abbiamo mai avuto esperienze come quelle di voi europei. Chissà che un giorno non si riesca a ripagarti... sia pure in misura infinitesimale... per quello che ti è accaduto, in modo che tu riesca a dimenticare almeno per un momento, e che tu possa sentire la voglia di ripartire da capo.» Poi, la guardò con affetto e concluse: «Ariana, sei ancora tanto giovane!»

Ma lei scosse lentamente la testa. «No, non più.»

Qualche ora più tardi la Daimler al volante della quale c'era l'autista di Sam Liebman condusse lentamente Ariana fino alla casa della Quinta Avenue. Al di là della strada si intravedeva Central Park con i suoi alberi fronzuti e rigogliosi, i fiori dai colori vivaci, e — mentre avanzavano lentamente lungo i viali del parco — Ariana riusciva anche a scorgere qualche carrozzella a bordo della quale si trovavano giovani coppie abbracciate. Era una stupenda mattinata di primavera, verso la fine di maggio. E quella era la prima occhiata che Ariana dava a New York. Sembrava quasi una bambina, seduta fra Samuel e Ruth.

Sam aveva lasciato l'ufficio per andare all'ospedale ed era stato lui, personalmente, a caricare sull'automobile quella patetica valigetta di cartone. In essa Ariana aveva sistemato i suoi pochi tesori pensando di scegliere fra quei capi di abbigliamento i più adatti da indossare quando i Liebman fossero venuti a prenderla per condurla a casa loro. Ruth, invece, quella mattina era passata da Best & Co; e lo scatolone che aveva consegnato orgogliosamente ad Ariana conteneva un delizioso abito estivo azzurro chiaro, quasi dello stesso colore dei suoi occhi, con la vita stretta e la gonna ampia, a palloncino. Così vestita, Ariana sembrava più che mai la principessina di una favola e Ruth non poté trattenersi dall'indietreggiare qualche passo ad ammirarla con un sorriso compiaciuto. Le aveva anche portato un paio di guanti bianchi, una giacchetta di lana, e una graziosissima cloche di paglia grezza che, leggermente inclinata da un lato, le metteva in risalto i lineamenti. Per un miracolo, poi, le scarpe scollate che aveva comprato andavano a pennello, anche se Ariana aveva piedi minuscoli. Quando uscirono dall'ospedale, pareva addirittura un'altra persona e, dopo, seduta a bordo della stupenda vettura marrone bruciato di Sam Liebman, mentre guardava fuori dei finestrini a osservare per la prima volta la città, aveva più l'aspetto di una turista che quello di una profuga.

Per un attimo Ariana si scoprì a domandarsi se quello non fosse un gioco o una finzione... chissà, se chiudendo gli occhi solo per un attimo, sarebbe riuscita a provare la sensazione di trovarsi di nuovo a Berlino, in automobile, diretta verso la casa di Grunewald... ma solo un tentativo del genere bastò a farle sentire come fosse ancora lacerante il dolore delle ferite del suo spirito. No, era più facile tenere gli occhi aperti, guardarsi intorno, osservare attentamente ogni cosa. Di tanto in tanto, Sam e Ruth si sorridevano al di sopra della sua testa, soddisfatti della decisione presa. Un quarto d'ora dopo aver lasciato l'ospedale, la Daimler si arrestò e l'autista scese per aprire la portiera. Era un anziano uomo di colore, dall'aspetto severo e dignitoso, in uniforme nera, berretto nero, camicia bianca e cravatta a farfalla.

Si sfiorò con la mano l'ala del berretto mentre Sam scendeva; poi offrì a Ruth il braccio. Lei lo rifiutò con un'occhiata gentile, voltandosi a guardare Ariana e, infine, le tese una mano per aiutarla a scendere. Ariana non aveva riacquistato completamente le forze e, malgrado il grazioso vestito e il cappello, appariva ancora pallidissima.

«Ti senti bene, Ariana?»

«Sì, grazie, sto bene.» Ruth e Sam, però, la osservarono più attentamente. Mentre si vestiva, a un certo momento le era sembrato di svenire e aveva dovuto mettersi a sedere; una vera fortuna che Ruth fosse rimasta lì ad aiutarla! Ma c'era anche qualcos'altro in lei che a Sam non era sfuggito: la raffinatezza, l'autocontrollo, la calma con la quale aveva cominciato a comportarsi dallo stesso momento in cui era salita in vettura. Un po' come se finalmente fosse entrata di nuovo in un mondo nel quale si era sempre sentita a proprio agio. Il suo primo istinto fu quello di farle un mucchio di domande. Perché Ariana non era semplicemente una ragazza bene educata e istruita; quella che avevano in loro compagnia, era una giovane donna di alta classe sociale e dall'intelligenza brillante. Per fortuna adesso c'erano loro a pensare a lei, si disse consolandosi mentre Ariana si soffermava per un attimo di fianco a Ruth, a rivolgere una lunga occhiata stupita al parco e ad abbozzare un lento sorriso. Stava pensando al Grunewaldsee, con gli alberi e le barche. Eppure, al tempo stesso, la sua sensazione era quella di trovarsi in un altro pianeta, tanto le pareva di essere lontano da casa.

«Allora sei pronta a entrare, adesso?» Ariana annuì e Ruth la condusse lentamente nel grande ingresso, che occupava due piani in altezza, arredato con pesanti drappeggi di sontuoso velluto dai colori di pietre preziose e i mobili antichi che avevano acquistato nei vari viaggi fatti in Europa prima della guerra. C'erano quadri di soggetto medioevale, statue di cavalli, lunghi tappeti persiani, una piccola fontana di marmo e in fondo, nel giardino d'inverno, s'intravedeva un piano a coda. Al centro, un ampio scalone saliva a spirale, e ai piedi dello scalone si trovavano due adolescenti alte e con i capelli scuri.

In silenzio fissarono prima Ariana, poi la mamma, poi di nuovo Ariana, come se aspettassero un segnale che non veniva... poi, all'improvviso, senza preoccuparsi minimamente di quello che ci si sarebbe aspettato da loro, si precipitarono verso Ariana, le buttarono le braccia al collo, ridendo e gridando dalla gioia.

«Benvenuta, Ariana! Benvenuta a casa!» Questa accoglienza festosa fece salire altre lacrime agli occhi di Ruth Liebman. Le ragazze erano riuscite a cancellare l'iniziale imbarazzo di Ariana e avevano trasformato tutto in una festa, come doveva essere... Infatti c'era una torta ad aspettare, e palloncini e stelle filanti, e Debbie aveva messo insieme un enorme mazzo di rose colte dai cespugli del giardino. Julia aveva preparato la torta; poi erano uscite insieme, quella mattina, a comprare per Ariana tutte le cose che, secondo loro, parevano assolutamente indispensabili per una giovane donna di età ben più matura della loro: tre tubetti di rossetto rosa intenso, parecchie scatole di cipria e due enormi piumini rosa, un barattolino di fard, parecchie forcine e fermagli di tartaruga per i capelli e perfino una buffissima retina azzurra che, a dar retta alle insistenze di Debbie, sarebbe stata l'ultimo grido della moda in autunno. Poi avevano avvolto in carta da regalo ciascuno di questi oggetti, ammucchiandoli sul tavolino da toilette della camera degli ospiti, che Ruth aveva preparato per Ariana fin dalla sera prima.

Quando lei entrò, si sentì commuovere profondamente e le salirono di nuovo le lacrime agli occhi. Sotto molti aspetti le faceva tornare alla memoria l'appartamento, chiuso da tanto tempo, di sua madre a Grunewald. Anche qui era tutto un tripudio di sete e di satin nella tonalità del rosa confetto; forse questa stanza era ancora più civettuola, il letto più grande e tutto talmente fresco, perfetto e allegro! Il letto era coperto da un grandioso baldacchino di organza bianca, la trapunta era di satin, con un raffinato motivo rosa e bianco. Poi c'erano un piccolo scrittoio di legno intarsiato con motivi di fiori e *trompe l'œil*, un grande armadio antico per gli abiti, un caminetto di marmo bianco sormontato da uno stupendo specchio con la cornice dorata e alcune graziose poltroncine, elegantemente imbottite di raso rosa, dove avrebbero potuto sedersi le ragazze, venendo a trovare Ariana per chiacchierare con lei fino alle ore piccole. Attiguo alla camera da letto, un piccolo spogliatoio e, al di là dello spogliatoio, una stanza da bagno tutta in marmo rosa. Ovunque Ariana posasse gli occhi c'erano mazzi di rose color rosa. In sala, c'era un tavolo apparecchiato per cinque persone sul quale troneggiava la torta di Julia.

Incapace di trovare la parole adatte per ringraziarli, Ariana si limitò ad abbracciare le due ragazze ridendo e piangendo. Poi andò di nuovo a buttare le braccia al collo a Sam e a Ruth. Quale miracolo era accaduto per consentirle di andare ad abitare in una casa simile? Un po' come se il cerchio si fosse compiuto — dalla casa di Grunewald alla piccola cella in cui von Rheinhardt l'aveva lasciata, alla caserma femminile e infine alla sicurezza della casa di Manfred e, dopo tutto questo... dopo l'angoscia di essersi trovata completamente sola, eccola tornata al mondo di lusso e di agi al quale era abituata, un mondo di domestici e grosse automobili e stanze da bagno di marmo rosa, come quella che adesso stava osservando con aria incredula. Ma l'immagine che lo specchio le rimandò non era più quella della ragazza giovane che aveva conosciuto. Questa era una estranea scarna, macilenta e stanca, che stonava quasi in una casa simile. In realtà lei adesso non aveva più nessuno, e non apparteneva nemmeno a un determinato ambiente, ma se queste persone desideravano essere gentili con lei almeno per qualche tempo, le avrebbe lasciate fare, e avrebbe manifestato la propria gratitudine, pienamente consapevole che quel mondo di stanze da bagno di marmo rosa non le sarebbe appartenuto più.

Per celebrare più solennemente l'arrivo di Ariana, sedettero tutti intorno alla torta dalla elaborata decorazione che Julia aveva preparato. Sulla glassa, aveva scritto la parola «Ariana» in petali di rose di zucchero rosato, e Ariana sorrise mentre cercava di lottare contro la nausea violentissima dalla quale non sembrava ancora essersi liberata, mentre ne tagliavano una fetta anche per lei. Si accorse di non riuscire quasi a mangiarla e, per quanto le ragazze fossero adorabili, fu grata a Ruth quando, alla fine, le mandò via. Sam doveva tornare in ufficio, le ragazze erano aspettate a casa dalla nonna a pranzo e Ruth voleva che Ariana andasse subito a letto. Era venuto il momento di lasciarla sola a riposare. Le preparò una vestaglia e una delle quattro camicie da notte che le aveva comprato quella mattina da Best e di nuovo Ariana guardò con gli occhi sgranati tutti quei doni. Pizzo e raso bianco... pizzo rosa... satin azzurro... tutto le sembrava familiare e al tempo stesso nuovo e straordinario.

«Come ti senti, Ariana?» Ruth le rivolse un'occhiata scrutatrice mentre lei si lasciava cadere sul letto.

«Bene, signora Liebman... siete stati tutti così buoni con me... non so davvero che cosa dire.»

«Non dire niente. Goditi quello che hai.» Poi, dopo un momento di silenzio nel quale rimase profondamente assorta, tornò a guardarla: «In un certo senso ho l'impressione che questo sia il nostro modo di espiare la colpa».

«Quale colpa?» Ariana la guardò confusa.

«La colpa di essere stati qui sani e salvi mentre voi tutti in Europa...» fece una pausa per un attimo. «Voi non eravate diversi da noi, eppure avete pagato lo scotto di essere ebrei.»

In un attimo di silenzio sbalordito Ariana comprese. La credevano ebrea. Ecco perché l'avevano accolta come una dei loro figli... ecco perché erano così buoni con lei... pensavano che fosse ebrea. Sconvolta, fissò Ruth Liebman con gli occhi sgranati. No, doveva dirlo. Non poteva permettere che pensassero... ma che cosa poteva spiegarle? Che era *tedesca*, una tedesca fatta e finita... che apparteneva anche lei alla razza di coloro che avevano ucciso tanti ebrei? Che cosa avrebbero pensato? Che era nazista, anche se lei non lo era. Come non lo erano stati né papà né Gerhard. Si accorse che aveva gli occhi colmi di lacrime... no, non l'avrebbero mai capito... l'avrebbero scacciata... l'avrebbero costretta a ripartire su un piroscafo. Le sfuggì un singhiozzo e Ruth Liebman si precipitò vicino a lei e l'abbracciò stretta, poi si mise a sedere al suo fianco sul letto. «Oh, mio Dio... mi spiace, Ariana... se sapessi come mi spiace. No, non è necessario parlare di quello adesso.»

Eppure doveva dirlo... doveva... tuttavia una vocina piccola piccola nel suo intimo le impose il silenzio. *No, solo per ora. Quando fossero giunti a conoscerla meglio, forse avrebbero capito.* Sopraffatta dalla stanchezza, lasciò che Ruth Liebman le rimboccasse le coperte del letto a baldacchino, si rannicchiò sotto la trapunta di satin rosa, e con un lungo sospiro, rotto dall'emozione, dopo pochi minuti si era già addormentata.

Quando si svegliò ripensò di nuovo al suo problema. Era il caso di dirlo subito o di aspettare? Ma, a quel punto, Debbie aveva già scritto una poesia per lei e Julia bussava lievemente alla porta per entrare con una tazza di tè e un'altra fetta di torta. Impossibile dirlo, adesso. Aveva già trovato la propria nicchia, il proprio posto nella trama delle loro esistenze. Era già troppo tardi.

34

«Sì può sapere che cosa state combinando voi tre?» Ruth mise dentro la testa a dare un'occhiata alle ragazze che ridacchiavano nella camera da letto di Ariana. Quest'ultima stava mostrando come truccarsi il viso con il fard. «Aha!, tutte queste donne dipinte!» Ruth guardò i tre visi che aveva di fronte e si mise a ridere. Quello di Ariana aveva un aspetto ancora più buffo degli altri, con la sua bionda bellezza da cammeo e i lunghi capelli d'oro che le scendevano sulle spalle a darle l'aspetto di una bambina, quel rosso sulle guance sembrava ridicolmente fuori luogo.

«Possiamo condurre Ariana fuori, domani?» Julia guardò sua madre con aria di supplica; aveva l'aspetto di una puledrina, con le gambe lunghe, i grandi occhi scuri e qualcosa di sensuale nell'espressione che la faceva apparire più matura dei suoi sedici anni. Era alta come sua madre ma nelle sue fattezze c'era qualcosa di più delicato. Ariana la trovava molto graziosa e, in un certo senso, le pareva che, la sua, fosse una bellezza rara, esotica. E poi com'era incredibilmente schietta e sincera... e molto brillante... con un'intelligenza e un umorismo sempre pronti e vivi.

Debbie, invece, era più gentile, più quieta, ma anche lei molto graziosa. Pareva che fosse rimasta ancora un po' una sognatrice e, a differenza di Julia, non provava il minimo interesse per i ragazzi. L'unico che la interessasse era il fratello che adorava, il fratello che nel giro di una settimana era aspettato a casa. Ma per quell'epoca — era stata una promessa di Ruth — Ariana avrebbe potuto cominciare a uscire con le ragazze, perfino ogni giorno, se voleva. Nel frattempo preferiva che rimanesse tranquilla e capiva che, malgrado le proteste, lei le era molto grata di essere lasciata sola, a riposare.

«Ariana, ti senti male, cara, o soltanto molto stanca?» le chiedeva spesso Ruth, preoccupata che le sofferenze avessero impresso il loro marchio indelebile su Ariana per il resto della sua vita. A volte si dimostrava piena di vivacità e ormai partecipava con gioia all'allegria e agli scherzi che tutti si facevano in famiglia durante il fine-settimana o dopo i pasti; ma Ruth capiva che non si era ancora ripresa dalle durissime prove subìte. Aveva ottenuto da Ariana la promessa che sarebbero andate da un medico, di nuovo, perché si facesse visitare se non si fosse sentita meglio durante la settimana successiva.

«Glielo assicuro... non è niente... sono semplicemente stanca... credo che la colpa sia stata tutta del mal di mare durante la traversata.» Ruth, invece, sapeva fin troppo bene che non si trattava soltanto del viaggio per mare. Era un malessere del cuore, dello spirito. Ariana, però non si lamentava mai, non aveva mai un momento di debolezza. Aiutava le ragazze ogni giorno mentre facevano i compiti delle vacanze, puliva e teneva in ordine la propria camera, faceva qualche lavoretto di cucito per Ruth e, un paio di volte, questa l'aveva scoperta al piano terreno mentre aiutava la governante a dare una nuova sistemazione agli armadi della biancheria, spostando montagne di lenzuola e tovaglie e tovaglioli, in uno sforzo di mettere ordine in quella parte della casa dove lei raramente aveva il tempo di dare un'occhiata. L'ultima volta che l'aveva sorpresa a fare un lavoro del genere, Ruth l'aveva spedita nella sua camera con l'ordine di distendersi sul letto a riposare. Invece l'aveva trovata nella camera di Paul, a cucire le tende nuove che lei aveva cominciato ma non aveva trovato il tempo di finire. Era chiaro che Ariana voleva partecipare ai preparativi per accoglierlo festosamente, come tutti gli altri membri della famiglia.

Mentre, seduta tranquillamente nella camera di Paul, si era messa a cucire, Ariana si domandò che tipo di persona fosse. Conosceva, ormai, l'infinita tenerezza che provavano i genitori nei suoi confronti ma sapeva molto poco sul suo conto, all'infuori del fatto che aveva quasi la sua stessa età ed era un ragazzo alto, dall'aspetto atletico, con le spalle larghe e un'espressione sbarazzina negli occhi, come lo raffiguravano le fotografie appese alle pareti della sua camera. Anche se non lo aveva ancora visto di persona, le piaceva il suo aspetto, e non vedeva l'ora di conoscerlo. Lo aspettavano a casa per il sabato successivo e Ariana sapeva che fremevano per l'impazienza di vederlo tornare, soprattutto dopo la morte del figlio maggiore. Ruth le aveva parlato con molta delicatezza di Simon, e Ariana aveva capito fin troppo bene che un simile shock aveva reso Paul ancora più prezioso agli occhi dei genitori. Ariana si rendeva anche conto che, ora, il ritorno a casa di Paul non sarebbe stato facile.

Ruth le aveva raccontato che, al momento della sua partenza, due anni prima, la massima aspirazione di Paul era stata quella di assomigliare il più possibile al fratello maggiore. Ogni cosa che faceva rispecchiava la sua ansia di imitarlo. Quando Simon era partito, si era appena fidanzato. Così, appena prima di partire, Paul si era fidanzato. Con una ragazza che conosceva da quando era nato. «Era un tesoro», le aveva raccontato Ruth con un sospiro. «Ma avevano vent'anni tutti e due e, sotto molti aspetti, Joan era più matura di Paul.» Guardando Ruth fisso negli occhi, Ariana improvvisamente intuì. «Sei mesi fa Joan si è sposata con un altro. Non è la fine del mondo, naturalmente, e non dovrebbe esserlo ma...» alzò verso Ariana due occhi colmi di angoscia. «Non l'ha mai detto a Paul. Credevamo che glielo avesse scritto ma, in conclusione, siamo venuti a sapere che non gli aveva mai confessato niente.»

«E lui non lo sa ancora?» chiese Ariana con voce piena di compassione. Ruth scosse la testa, con aria afflitta. «Oh, mio Dio, e adesso dovrete dirglielo, appena tornerà a casa?»

«Per forza! Ma è l'ultima cosa al mondo che vorrei fare.»

«Ma quella ragazza... non pensate che forse potrebbe dirglielo lei stessa? In fondo, non è obbligata a raccontargli che si è sposata. Potrebbe semplicemente rompere il fidanzamento e, in questo caso, lui finirebbe per scoprirlo soltanto più tardi.»

Ruth le rivolse un sorriso pieno di tristezza. «Vorrei che fosse così, ma purtroppo è incinta di otto mesi.» Ariana sorrise. «Ho proprio paura che toccherà a me e a suo padre.»

Ariana non poteva fare a meno di domandarsi come Paul avrebbe accolto la notizia. Aveva già sentito raccontare dalle sue sorelle che era un ragazzo dal carattere appassionato e violento, che lo era sempre stato fin da ragazzo. Quindi Ariana si chiedeva anche che tipo di reazioni avrebbe avuto trovando una sconosciuta in casa, al ritorno. Dopo tutto, per Paul, lei era un'estranea anche se la cosa ormai non poteva più considerarsi reciproca, dopo tutto quello che aveva sentito raccontare su di lui: ricordi della sua infanzia, scherzi e birichinate commesse. Le pareva di poterlo già considerare un amico. Ma... che cosa avrebbe provato lui nei confronti della misteriosa ragazza tedesca che era piombata improvvisamente tra loro? Non poteva fare a meno di chiedersi se gli avrebbe fatto piacere, dopo aver considerato per tanto tempo i tedeschi come nemici oppure se, come il resto della famiglia, l'avrebbe accettata e si sarebbe mostrato pieno di fiducia nei suoi confronti come se fosse una di loro.

Erano stati proprio il modo in cui si era vista accettare e la fiducia che avevano nei suoi riguardi a persuaderla di non rivelare che non era ebrea. Dopo giorni di tormenti sopportati in silenzio, aveva preso una decisione. No, non lo avrebbe detto. Perché così facendo avrebbe rovinato tutto. Non sarebbero mai riusciti a capire che una tedesca non ebrea potesse essere una persona buona e onesta. Erano troppo accecati dal dolore e dall'indignazione per tutto quanto i tedeschi avevano fatto. Molto più semplice, le pareva, tacere e soffrire in silenzio i tormenti che il senso di colpa le procurava. Del resto tutto ciò non aveva più importanza. Il passato era morto e sepolto. Non avrebbero mai scoperto la verità. Se l'avessero saputa, ne avrebbero soltanto sofferto. Avrebbero avuto l'impressione di essere stati traditi. E lei, che aveva già perso tutto, come tanti altri, aveva bisogno dei Liebman esattamente come loro avevano capito fin dall'inizio. No, non voleva rischiare di perdere anche loro. Non c'era motivo di raccontare niente. A parte il fatto che adesso sarebbe stato impossibile; non sopportava nemmeno il pensiero di perdere una famiglia come la loro. Sperava semplicemente che anche Paul la accettasse. Di tanto in tanto si preoccupava, temendo che lui potesse farle troppe domande, ma ormai non le restava che aspettare.

Dal canto suo, Ruth pensava invece che l'avere intorno una ragazza giovane e carina come Ariana avrebbe potuto servire a distrarlo. Malgrado l'enorme fatica e la stanchezza che continuavano a farsi sentire pesantemente, era addirittura rifiorita in quei quindici giorni. Aveva la carnagione più perfetta che Ruth avesse mai visto... un po' come la pelle vellutata e morbida di una pesca; e gli occhi avevano la luminosità dell'erica appena bagnata dalla rugiada. La sua risata era argentina e felice; il corpo snello, elegante e aggraziato, l'intelligenza acuta e brillante. Sarebbe stata la figlia perfetta per qualsiasi madre e questa riflessione si presentava con insistenza sempre maggiore alla mente di Ruth, ogni volta che cominciava a preoccuparsi per Paul. D'altra parte, adesso, non poteva pensare soltanto a Paul; c'era anche Ariana da prendere in considerazione e questo le fece venire in mente che aveva qualcosa da domandarle. Socchiuse gli occhi, ora, guardandola, e lei, vedendosi così osservata, si sentì immediatamente come una bambina colta in fallo. «Dimmi un po', signorina, per quale motivo non mi hai detto che eri svenuta ieri mattina? Ti ho vista a pranzo e mi avevi risposto che stavi bene.» Erano state le domestiche ad avvertirla, nel pomeriggio.

«Infatti, ormai all'ora di pranzo stavo bene.» Sorrise a Ruth, ma questa non sembrò soddisfatta.

«Devi sempre dirmelo quando ti succedono cose del genere. Lo capisci, Ariana?»

«Sì, zia Ruth!» Era il nome con il quale lei aveva deciso di farsi chiamare e, infatti, dava una maggiore familiarità al loro rapporto.

«Finora quante volte è successo?»

«Solo una o due. Credo che succeda quando sono molto stanca o quando non mangio.»

«Cioè, da quanto mi pare di capire, praticamente sempre! Infatti, cara signorina, non mangi abbastanza!»

«Sì, signora!»

«No, non scherziamo! Se ti dovesse capitare di nuovo di svenire, voglio essere informata subito e da te, non dalle domestiche. Sono stata chiara?»

«Sì, mi spiace! Volevo semplicemente non dare preoccupazioni a nessuno.»

«Invece io preferisco una piccola preoccupazione piuttosto di avere sempre il sospetto che non mi si dica quello che succede.» Poi il suo viso si addolcì di nuovo e Ariana sorrise. «E ti prego, cara, credimi... sono preoccupata sul serio per te. La cosa più importante di questi primi mesi è pensare a rimetterti bene in salute. Perché se non ci riuscirai, finirai per portarti sempre dietro il brutto ricordo del passato. E, se non ti curi la salute, c'è il rischio di portare i segni di quanto è successo per il resto dei tuoi giorni.»

«Scusami, zia Ruth.»

«Non scusarti. Piuttosto bada a te stessa. E se continui a svenire, ti avverto che ti faccio visitare di nuovo dal nostro dottore. Ci siamo capite?» Era già andato a visitarla all'ospedale, prima di farla dimettere.

«Ti prometto che la prossima volta te lo dirò. Ma non preoccuparti per me, la prossima settimana avrai già abbastanza da fare con Paul. Dovrà rimanere a letto?»

«No. Credo che riuscirà a muoversi e andare in giro, basta che non si strapazzi. Ma comincio a pensare che dovrò seguirvi passo passo, tutti e due, per stare attenta che non facciate pazzie!»

In realtà Ruth non fu costretta a seguire in modo particolare suo figlio quando ritornò a casa. Non appena lo informarono del matrimonio di Joanie, rimase talmente sconvolto dalla notizia che passò due giorni interi chiuso nella propria camera. Non permise a nessuno di entrare, nemmeno alle sorelle, e fu il padre che, alla fine, ottenne di farlo ragionare e lo convinse a uscire dal suo isolamento. Quando Paul lo fece, aveva un aspetto spaventoso, con la barba lunga. Del resto, anche gli altri familiari non avevano un aspetto migliore. Dopo i lunghi anni di angoscia e di preoccupazione, averlo finalmente a casa, ma tanto disperato per un fidanzamento andato in fumo, li faceva sentire terribilmente frustrati e dispiaciuti per lui. Tuttavia, alla fine, fu il padre a riscuoterlo da quello stato d'animo. Accusandolo di autocompassione e criticandolo per aver messo il broncio come un bambino, riuscì a tirarlo fuori dal suo guscio. La mattina seguente si presentò alla prima colazione sbarbato, pallido, con gli occhi arrossati, disposto a non scambiare più di qualche parola con tutti i presenti. Anzi, fu soltanto verso la fine del pasto che cominciò a rivolgersi direttamente a qualcuno. Fino a quel momento non aveva fatto altro che fissare furibondo gli altri commensali, all'infuori di Ariana, perché sembrava non essersi nemmeno accorto della sua presenza. Poi, all'improvviso come se qualcuno avesse richiamato la sua attenzione battendogli la mano sulla spalla, alzò gli occhi, guardò dritto di fronte a sé e la scrutò esterrefatto.

Per un attimo Ariana non seppe decidersi: non sapeva se sorridergli o se rimanere impassibile. Era troppo impaurita perfino per valutare l'espressione dei suoi occhi. Perché si trattava di uno sguardo penetrante, che la toccava nell'intimo, nel segreto del suo essere, si incuriosiva per la sua presenza in casa, a tavola con il resto della famiglia, le domandava tacitamente per quale motivo fosse lì con loro.

Seguendo l'istinto, Ariana si limitò a un lieve cenno col capo e poi girò gli occhi dall'altra parte — ma si accorgeva ugualmente che Paul continuava a scrutarla, osservandola per un tempo che le parve interminabile.

«Da quale parte della Germania viene?» Non pronunciò il suo nome e la domanda si insinuò in modo curioso nella conversazione dei genitori, mentre la dardeggiava con gli occhi.

Lei ricambiò il suo sguardo, impassibile. «Da Berlino.»

Lui assentì, corrugando improvvisamente le sopracciglia. «L'ha vista dopo la caduta?»

«Solo per pochissimo.» Ruth e Samuel si scambiarono uno sguardo imbarazzato ma Ariana non batté ciglio. Solo le mani avevano cominciato a tremarle lievemente, mentre si imburrava un pezzetto di pane tostato.

«Com'era?» La guardò con interesse crescente. Nel Pacifico avevano sentito soltanto notizie molto vaghe di quella che era stata la caduta di Berlino.

Quella domanda fu sufficiente a farle tornare alla memoria di visione di Manfred in mezzo a quel mucchio di cadaveri fuori dal Reichstag; involontariamente chiuse gli occhi come se quel gesto bastasse a cancellarne il ricordo. Per un attimo un silenzio terribile calò sulla tavola; fu Ruth a interromperlo rapidamente.

«Mi pare che non sia necessario discutere cose del genere. Per nessuno di noi. Perlomeno non adesso, e non a tavola, durante la colazione.» Lanciò un'occhiata preoccupata ad Ariana, la quale aveva aperto di nuovo gli occhi. Adesso però erano offuscati dalle lacrime.

Ma si affrettò subito a scuotere la testa e, impulsivamente, tese una mano attraverso il tavolo verso Paul. «Mi spiace... solo... che... è così...» aveva un nodo alla gola. «... È così... molto difficile, per me... ricordare...» adesso le lacrime le scendevano sulle guance senza che si sforzasse di trattenerle. «Ho perso... talmente tanto...» allora, di colpo, anche gli occhi di Paul si colmarono di lacrime. Allungò di scatto le mani attraverso il tavolo e strinse convulsamente quelle di Ariana.

«Sono spiacente! Che sciocco! No, non le domanderò mai più niente di simile.» Lei assentì con un pallido sorriso di gratitudine e Paul si alzò cautamente in piedi, girò intorno alla tavola, le andò vicino e le asciugò le lacrime con il tovagliolo di lino. Mentre compiva tutti questi gesti il silenzio calato sulla sala da pranzo era totale; poi, senza che venisse pronunciata una sola parola, il resto della famiglia si riprese dallo stupore e tutto procedette come al solito. Ma si era formato rapidamente un legame fra Paul e Ariana — e lei intuì che poteva considerarlo un amico.

Paul era alto quasi quanto suo padre ma aveva ancora la figura esile e scattante dell'uomo molto giovane. Aveva gli occhi scuri, dall'espressione intensa, di sua madre e i capelli di un nero corvino quasi come quello delle ragazze, però lei sapeva, dopo aver visto le sue fotografie, che il sorriso era diverso da quello di tutti gli altri. Irrompeva improvviso, gli illuminava d'un lampo tutto il viso, si allargava radioso su fattezze che, altrimenti, sarebbero state serie e gravi. Infatti Ariana lo aveva visto così quella mattina, cupo, quasi imbronciato, con le sopracciglia nere aggrottate, gli occhi scuri scintillanti di collera... un po' come una burrasca che sta per scoppiare e attende soltanto un segnale per scatenarsi. Quando assumeva quell'espressione, c'era quasi da aspettarsi tuoni e saette! Ripensandoci una volta che fu in camera sua, Ariana sorrise istintivamente, mentre si infilava l'abitino di cotone bianco e calzava i sandali Wedgie con la suola di sughero che aveva comprato con Julia qualche giorno prima. Ruth aveva insistito per mandarla fuori, a fare un giro di acquisti, a comprare qualcos'altro. Ariana, invece, non sapeva ancora come comportarsi di fronte alla costante generosità che manifestavano verso di lei. L'unica soluzione che trovò fu quella di segnare minuziosamente ogni spesa; in seguito, quando si fosse sentita abbastanza bene per trovarsi un lavoro, li avrebbe ripagati di tutto, dei cappellini e dei cappotti, degli abiti, della biancheria, delle scarpe. L'armadio della sua camera da letto si riempiva rapidamente di tanti indumenti uno più bello dell'altro.

Quanto agli anelli che continuava a tenere nascosti, non pensava nemmeno di venderli. Non ora. Erano l'unica ricchezza che le rimanesse. Di tanto in tanto prendeva fra le mani e si infilava gli anelli della mamma; in un'occasione era stata addirittura tentata di mostrarli a Ruth ma, poi, aveva avuto paura. Non voleva dare la sensazione di pavoneggiarsi di ciò che aveva. Fra l'altro, gli anelli che Manfred le aveva regalato erano ancora troppo larghi, perché era dimagrita in un modo pauroso. Però le sarebbe piaciuto portare almeno quelli. In un modo differente, provando sensazioni diverse da quelle che le davano gli anelli della mamma, intuiva che gli anelli di Manfred facevano parte della sua anima, del suo spirito, né più né meno come Manfred stesso. Certo le sarebbe piaciuto parlare di lui ai Liebman, ma era troppo tardi. E, in ogni caso, spiegare che era stata sposata e suo marito era morto, anche lui, era troppo... non aveva ancora la forza di affrontare quel discorso... e, magari, a loro non interessava nemmeno sentire la sua storia.

«Perché hai quell'espressione così seria, Ariana?» Julia era entrata di soppiatto nella sua camera con un sorrisino. Si era messa un paio di sandali identici e Ariana, guardandole i piedi, sorrise.

«Non c'è nessun motivo particolare. Mi piacciono le tue nuove scarpe.»

«Anche a me. Vuoi uscire con mio fratello?»

«Non preferite essere soli, voi tre?»

«No, lui non è come Simon. Paul e io litighiamo sempre e allora lui si mette a stuzzicare Debbie e cominciamo a gridare tutti insieme...» Ridacchiò rivolgendosi ad Ariana con aria invitante, un po' da donna, un po' da bambina. «Non la trovi attraente, come proposta? Su, vieni, ti divertirai.»

«Senti, forse sbagli, sai, credendo che lui ricomincerà a comportarsi come una volta. È stato in guerra e non lo hai più visto per due anni, Julia. Potrebbe essere cambiato moltissimo.» Se n'era già accorta lei stessa, a tavola, quella mattina.

Ma Julia si limitò ad alzare le sopracciglia. «Non devi giudicarlo dalle scenate che ha fatto per la faccenda di Joanie. Figuriamoci, Ariana, in fondo, non era tutta questa meraviglia! Lui, a dir la verità, era semplicemente furibondo che lo avesse piantato per sposare un altro. E...» Julia ridacchiò, molto poco gentilmente «dovresti vederla...» e allargò le braccia di fronte a sé «... da quando è rimasta incinta, sembra una elefantessa. La mamma e io l'abbiamo vista la settimana scorsa.»

«Davvero?» La voce che le raggiunse dalla soglia della stanza era glaciale. «Be', preferirei che non si facesse questo discorso. Né con me né con chiunque altro in questa casa.» Paul entrò nella stanza, letteralmente livido di collera. Julia diventò rossa fino alla radice dei capelli per la vergogna. Le spiaceva che l'avesse sorpresa mentre spettegolava sulle faccende che lo riguardavano.

«Scusami. Non sapevo che fossi lì.»

«Me ne sono accorto.» Tuttavia, mentre la guardava con aria di superiorità, Ariana intuì improvvisamente che stava recitando una parte. In fondo era soltanto un ragazzo che fingeva di essere un uomo. Era rimasto offeso, ferito. Forse era per questo che aveva tentato di confortarla in un momento di dolore. Sotto molti aspetti assomigliava incredibilmente a Gerhard. Quindi, osservandolo, non poté fare a meno di abbozzare un sorriso; quando Paul se ne accorse, la guardò fisso per un attimo che parve lunghissimo e infine sorrise anche lui. «Scusami se sono così brusco, Ariana!» e dopo un attimo aggiunse: «Ho paura di essere stato la villania fatta persona con tutti, qui, da quando sono tornato a casa». Effettivamente sembrava che assomigliasse sempre di più a Gerhard e Ariana si sentì sempre più intenerire nei suoi confronti. I loro occhi si fissarono pieni di simpatia reciproca.

«Ne avevi i tuoi buoni motivi! Sono sicura che dev'essere molto difficile tornare a casa, in famiglia, dopo tanto tempo.

Sono tante le cose che si trovano cambiate.» Per tutta risposta, lui si limitò a sorriderle e poi aggiunse a voce bassa: «Certe cose sono cambiate perfino in meglio».

Salirono in automobile e andarono fino a Sheepsehead Bay, oltre Brooklyn, a farsi una bella mangiata di ostriche, poi scesero fino alla punta estrema di Manhattan per mostrarle quella Statua della Libertà che Ariana, poche settimane prima, era stata troppo male per ammirare e infine risalirono lentamente lungo la Quinta Avenue. Poi Paul le accompagnò fino alla Terza Avenue perché voleva fare una gara con la sopraelevata. Ma mentre la vettura era lanciata a tutta velocità sull'acciottolato della Terza Avenue, Ariana cominciò a diventare sempre più pallida.

«Scusami!»

«Figurati.» Ma era imbarazzata.

Paul le rivolse un sorriso bonario. «Che guaio sarebbe stato se avessi vomitato nella macchina nuova della mamma!» Perfino Ariana fu costretta a ridere a quel pensiero. Poi si trasferirono in Central Park dove mangiucchiarono allegramente qualcosa vicino al laghetto e, alla fine, si spostarono fino allo zoo per divertirsi ad ammirare gli animali. Le scimmie giocherellone facevano un mucchio di capriole nelle loro gabbie, il sole splendeva piacevolmente caldo, il pomeriggio di giugno era perfetto — e loro, così giovani! Per la prima volta da quando aveva perso Manfred, Ariana provò quasi l'impressione di sentirsi di nuovo felice.

«Ehi, che cosa facciamo quest'estate?» Paul affrontò l'argomento quella sera a cena. «Restiamo in città?»

Suo padre e sua madre si scambiarono una rapida occhiata. Era sempre Paul che voleva risolvere in fretta questi problemi. E ci voleva un po' di tempo per abituarsi alla sua presenza in casa. «Ecco, a dire la verità, caro, non sapevamo quali sarebbero stati i tuoi progetti.» Ruth gli sorrise mentre si serviva di un po' di roast-beef dal grande piatto d'argento offertole da una delle cameriere. «Avevo pensato di affittare qualcosa nel Connecticut oppure a Long Island, però né io né tuo padre abbiamo ancora preso una decisione.» Dopo la morte di Simon avevano venduto la vecchia casa di campagna nell'interno dello Stato di New York. I ricordi che quella casa raccoglieva erano stati troppo penosi da sopportare.

«A proposito», esclamò suo padre, rivolgendosi direttamente a lui in tono apparentemente casuale «mi fai venire in mente che c'è anche qualche altra decisione da prendere per quello che ti riguarda. Ma non abbiamo fretta, Paul. Sei appena tornato a casa.» Alludeva allo studio, nei locali della sua banca, che era stato completamente trasformato e arredato di fresco per il figlio.

«Sì, credo che ci siano molte cose di cui parlare, papà.» Guardò dritto in faccia il vecchio Liebman che sorrise.

«Davvero? In tal caso perché non vieni in centro a pranzare con me, domani?» Avrebbe dato ordine alla sua segretaria di mandargli in ufficio un pranzo speciale, su un vassoio, direttamente dalle cucine che erano situate sotto la sala del consiglio di amministrazione.

«Certo, volentieri.»

Tuttavia Sam Liebman non era assolutamente preparato ad affrontare tutti quelli che erano i desideri di suo figlio, il quale voleva discutere con lui l'acquisto di una nuova Cadillac a due posti, e desiderava avere un'ultima estate di completa vacanza prima di mettersi a lavorare in autunno. Del resto, perfino Sam fu costretto ad ammettere che le richieste del figlio non erano del tutto assurde. In fondo aveva soltanto ventidue anni, e se avesse finito in quell'epoca il college, sarebbero state applicate le stesse regole. Aveva il pieno diritto a un'ultima estate di baldoria... e in fondo, anche l'automobile non era una richiesta eccessiva. Ormai provavano una tale gioia al pensiero di averlo a casa...

Quel pomeriggio alle quattro Paul si presentò sulla soglia della camera da letto di Ariana, che aveva la porta spalancata, e rimase meravigliato di trovarla sola. «Be' ce l'ho fatta.» Non sprizzava gioia da tutti i pori ma aveva l'aria felice e soddisfatta — per un attimo sembrò più un uomo che un ragazzo.

«In che senso ce l'hai fatta, Paul? Che cosa vuol dire?» Ariana gli sorrise e gli indicò con un cenno della mano una sedia. «Entra, accomodati e raccontami che cosa c'è.»

«Sono riuscito a ottenere da mio padre di avere un'intera estate di vacanza prima di cominciare a lavorare con lui in autunno. E, fra l'altro...» le rivolse un sorriso raggiante, ridiventato un ragazzo «... ha anche acconsentito a regalarmi una Cadillac a due posti. Che cosa ne dici?»

«Magnifico.» Aveva visto una sola Cadillac in Germania prima della guerra e se la ricordava molto vagamente. Non era nemmeno sicura che fosse un'automobile sportiva a due posti. Questo, sì, era davvero un mondo completamente nuovo. «Come sarebbe, questa Cadillac a due posti?»

«È una macchina stupenda. Sai guidare, Ariana?» La guardò con un sorriso pieno di curiosità e lei aggrottò la fronte.

«Sì, so guidare.»

Non poteva sapere, Paul, tutto ciò che era accaduto, però intuì subito di aver rievocato qualche antico dolore. Con dolcezza allungò una mano e prese quella di Ariana, ma in quel momento lei scoprì che le ricordava più che mai Gerhard e dovette sforzarsi di ricacciare indietro le lacrime. «Scusami, non avrei dovuto domandartelo. La verità è che a volte mi dimentico che sarebbe meglio non farti domande sul tuo passato.»

«Non fare lo sciocco!» Si aggrappò ancora più strettamente alla sua mano. Avrebbe voluto fargli capire che non aveva fatto niente di male. «Non puoi continuare a trattarmi come un oggetto troppo fragile. Non ho paura che tu mi faccia certe domande. E, col tempo, smetterò anche di soffrirne... la verità è che adesso ci sono alcune cose che mi addolorano molto, Paul... sono tutte ferite troppo fresche.» Lui assentì, pensando a Joanie e a suo fratello... le uniche perdite che avesse mai avuto. Una reale, definitiva; l'altra differente ma non meno dolorosa. Mentre lo osservava, assorto, a testa china, Ariana sorrise di nuovo. «A volte mi fai venire in mente mio fratello.» Allora gli occhi di Paul cercarono quelli di lei... era la prima volta che si azzardava volontariamente a raccontargli qualcosa del suo passato. «Che tipo era?»

«Spesso addirittura insopportabile. C'è stata una volta in cui ha letteralmente fatto saltare in aria la sua camera con l'attrezzatura da 'piccolo chimico'.» Per un attimo sorrise ma non era difficile accorgersi che, contemporaneamente, i suoi occhi si colmavano di lacrime. «E un'altra volta è salito sulla nuova Rolls-Royce di papà, in un momento in cui l'autista era occupato altrove, ed è andato a sbattere contro un albero.» Ma a questo punto Paul si accorse che anche la sua voce era roca, soffocata da un nodo di lacrime. «Io mi ripetevo sempre...» chiuse gli occhi per un attimo, come se non avesse la forza di sopportare il dolore e l'angoscia di ciò che stava per dire. «Io mi ripetevo sempre che un ragazzo come lui... come Gerhard... non poteva, non può, essere morto. Che deve aver senz'altro trovato il modo di sopravvivere... di rimanere vivo...» Aprì gli occhi e le lacrime le scesero lentamente sulle guance, in silenzio, come simbolo del suo dolore, e quando guardò di nuovo Paul, si accorse che il suo sguardo era più angosciato di quanto non lo fosse mai stato in quei due anni di guerra. «Adesso, invece, sono mesi che non faccio che ripetermi di abituarmi... di credere a quanto mi hanno detto, di rinunciare a ogni speranza.» La sua voce si era trasformata in un mormorio rotto dall'emozione. «Devo convincermi, ormai, che è morto... e non ha importanza quanto fosse allegro in passato... o quanto giovane e forte e bello... non ha più importanza...» i singhiozzi le salivano alle labbra soffocati, strazianti, mentre sussurrò ancora qualche parola... «Non ha importanza quanto gli volessi bene. Indipendentemente da tutto questo... è morto.» Calò un silenzio lunghissimo fra loro; poi, senza dire niente, Paul la prese fra le braccia e la strinse a sé mentre lei scoppiava in pianto.

Passò un tempo lunghissimo, prima che Paul si decidesse a parlare di nuovo e quando lo fece, accompagnò le sue parole con un gesto dolcissimo, quello di asciugarle gli occhi con l'immacolato fazzoletto di lino. Ma, anche se le sue parole sembravano spensierate e maliziose, i suoi occhi le fecero capire che provava una profonda angoscia per il suo dolore. Non c'era niente di scanzonato o di impertinente in ciò che provava per questa ragazza.

«Dunque, eri così ricca? Talmente ricca da avere una Rolls-Royce?»

«Non so quanto fossimo ricchi, Paul.» Gli sorrise dolcemente. «Mio padre era banchiere. Ma da noi, in Europa, non si parlava mai molto di queste cose.» Poi, sospirando profondamente, tentò di rievocare di nuovo il passato senza piangere. «Quando io ero molto piccola, mia madre aveva un'automobile americana. Credo che fosse una Ford.»

«Una Ford coupé?»

«Non saprei.» Si strinse nelle spalle per dimostrargli la propria ignoranza. «Immagino di sì. Ti sarebbe piaciuta. Dopo, è rimasta ferma in garage per anni.» Ma le bastò pensare a quell'automobile per tornare, anche, con i suoi ricordi, a Max e... chissà come e chissà perché... anche a Manfred e alla Volkswagen che aveva usato per il primo tratto della sua fuga... ogni ricordo era strettamente collegato a un altro. Era un gioco ancora pericoloso. E, malgrado tutto, in quel momento non poté fare a meno di sertirsi gravare sulle spalle il pesante fardello di ciò che aveva perduto. Un po' come se avesse vissuto in un mondo che non esisteva più.

«Ariana, che cosa stavi pensando poco fa?»

Lei lo guardò con un'espressione sincera. Ormai lo considerava un amico. E avrebbe cercato di essere schietta con lui almeno per quanto era possibile. «Stavo pensando com'è strano che tutto questo sia scomparso, che non ci sia più niente di tutto questo che esista ancora... nessuna di quelle persone... nessuno di quei luoghi... sono tutti morti, e ogni luogo è stato distrutto dai bombardamenti...»

«Tu, invece, no.» La guardò con affetto. «Adesso, tu sei qui.» Le strinse forte una mano e si fissarono a lungo negli occhi. «Per quel che mi riguarda, vorrei che tu sapessi come sono felice di averti con noi!»

«Grazie.» Poi fra loro calò un lungo silenzio e, subito dopo, Julia entrò rumorosamente nella stanza.

35

Una settimana più tardi Paul portò a casa la due posti Cadillac verde scuro e offrì ad Ariana, per la prima, di uscire a fare una corsa con lui. E, dopo di lei, propose la stessa cosa, a turno, a Julia, a Debbie e infine alla mamma. Poi invitò di nuovo Ariana per una scarrozzata in Central Park. L'imbottitura della vettura era di cuoio morbido, color panna; all'interno aveva ancora l'odore dell'auto nuova di zecca e Ariana scoprì che le piaceva.

«Oh, Paul, è stupenda!»

«Sì, vero?» ridacchiò felice. «Ed è tutta mia. Papà ha detto che si tratta semplicemente di un prestito fino a quando non comincerò a lavorare per lui, ma io ho mangiato la foglia! Questa automobile è un regalo.» Sorrise pieno di orgoglio, contemplando l'automobile nuova. In quell'ultima settimana Paul era anche riuscito a convincere sua madre ad affittare una casa a Long Island e si stavano già facendo i piani per trovarne una abbastanza comoda da ospitarli tutti per un mese, come minimo, se non due. «E poi, giù, in miniera, a sgobbare.» Sorrise ad Ariana mentre passavano lentamente attraverso il parco.

«E poi ancora... che cosa farai? Ti cercherai un appartamentino dove vivere solo?»

«Probabilmente. Sono troppo vecchio per continuare a vivere in famiglia.»

Ariana annuì lentamente. Sì, era vero. Fra l'altro pareva diventato molto più maturo. Ormai il cordone ombelicale era stato tagliato da un pezzo. «Ci resteranno male, però, se andrai a vivere per conto tuo. Soprattutto tua madre e le ragazze», disse lei.

A questo punto lui la guardò con una strana espressione e Ariana si accorse di provare un curioso tremito. Poi, accostandosi al bordo della strada, Paul spense il motore. «E tu, Ariana?» le chiese. «Sentirai anche tu la mia mancanza?»

«Certo che la sentirò, Paul.» La sua voce era sommessa, pacata. Però, all'improvviso, non poté fare a meno di ricordare il loro colloquio che aveva avuto come argomento il passato. Paul l'aveva profondamente commossa e lei si sentiva piena di affetto nei suoi confronti. Sarebbe stato doloroso perderlo, ora.

«Ariana... se me ne andassi di casa, troveresti ugualmente un po' di tempo da trascorrere con me?»

«Certamente!»

«No.» La guardò con aria significativa. «Non intendevo come un'amica.»

«Paul, che cosa stai dicendo?»

«Che ti voglio bene, Ariana.» Adesso gli occhi di lui continuavano a fissarla, sempre più penetranti. «Sto dicendo che ti voglio molto, molto bene. Mi sono subito sentito attratto da te, fin dal primo giorno.» Istintivamente, lei tornò con la memoria a quella colazione durante la quale Paul l'aveva fatta piangere perché le aveva domandato qualcosa a proposito della caduta di Berlino e poi si era precipitato ad asciugarle le lacrime che le rigavano le guance. Fin da allora, aveva sentito qualcosa di strano, un sentimento particolare che la legava a lui. Però aveva tentato di resistere, subito. Era un grosso errore provare qualcosa del genere nei suoi confronti, ed era troppo presto.

«So benissimo quello che stai pensando.» Si appoggiò meglio alla spalliera del sedile ma continuò a fissare negli occhi Ariana, che indossava una camicetta aderente di seta bianca ed era splendente come sempre. «Stai pensando che io quasi non ti conosco, che fino a quindici giorni fa ero convinto di essere fidanzato con un'altra ragazza. Stai pensando che tutto questo viene detto troppo precipitosamente, che lo faccio più che altro per ripicca...» continuò con lo stesso tono pratico; Ariana gli rivolse un lieve sorriso.

«No, veramente non è proprio così.»

«Ma in parte, secondo te, è vero?»

Lei assentì. «In fondo, Paul, tu non mi conosci.»

«Sì, che ti conosco! Sei spiritosa, affettuosa e gentile, e non sei piena di rancore, malgrado tutto quello che hai passato. E io me ne infischio se tu sei tedesca e io sono americano. In fondo veniamo da due mondi simili, da ambienti simili, siamo ebrei tutti e due.» Per un attimo l'espressione di Ariana rivelò una sofferenza atroce. Ogni volta che qualcuno di loro pronunciava un'affermazione simile, le tornava in mente la sua menzogna. Eppure era così importante per i Liebman che lei fosse ebrea! Un po' come se dovesse essere ebrea per meritare il loro affetto. Ariana ci aveva pensato spesso. Tutte le loro conoscenze, come le amiche delle ragazze, e tutte le persone con le quali Sam aveva rapporti di affari, erano ebrei. Era essenziale. Era scontato. Un comune denominatore invariabile. Il solo fatto che Ariana non potesse essere ebrea era addirittura inconcepibile per loro. Ma c'era di peggio, Ariana capiva che sarebbe stato un tradimento nei loro confronti, forse il tradimento più terribile. Perché si era conquistata il loro affetto.

Sam e Ruth odiavano i tedeschi, o per meglio dire i tedeschi che non fossero ebrei. Per loro ogni tedesco, non ebreo, era un nazista. Se avessero saputo la verità, ai loro occhi anche Ariana sarebbe stata una nazista. Puttroppo si era resa conto molto presto di tutto ciò, e se ne addolorava ancora profondamente. Lei girò di scatto la testa dall'altra parte, mentre in viso le si disegnava un'espressione di angoscia. «No, Paul... lascia perdere... per favore.»

«Perché?» le sfiorò la spalla con la mano. «Possibile che sia ancora troppo presto? Non senti anche tu quello che sento io?» Le sue parole erano colme di speranza e, per un attimo che si prolungò all'infinito, lei non rispose. Per Ariana era, e sarebbe sempre stato, troppo presto. In cuor suo, si considerava ancora sposata. Se Manfred fosse stato vivo, era adesso che avrebbero cercato di avere il primo figlio. Non voleva pensare a un altro uomo. Non ancora, non adesso, no, per molto, molto tempo.

Dunque, tornò a voltarsi lentamente verso Paul, con la sofferenza negli occhi. «Paul, esistono certe cose del mio passato... può darsi che io non sia mai pronta a una relazione... non sarebbe onesto lasciarti credere...»

«Ma ti sono simpatico, almeno come amico?»

«Sì, molto.»

«Va bene; allora... cerchiamo di non avere fretta. Prendiamoci un po' di tempo.» I loro occhi si fissarono... Ariana si accorse di provare un improvviso spasimo di desiderio nei suoi confronti che la spaventò. «Basta soltanto che ti fidi di me. È tutto quello che chiedo.» Poi, con incredibile tenerezza, la baciò sulla bocca. Lei avrebbe voluto resistergli, sentiva di dovere almeno questo a Manfred... ma si accorse di non desiderare che Paul smettesse... e quando lui staccò le labbra dalle sue, si trovò rossa fino alla radice dei capelli, emozionata e ansante.

«Ariana, aspetterò, se ci sarò costretto. E nel frattempo...» le diede un altro bacio dolcissimo sulla guancia e accese di nuovo il motore dell'automobile. «... mi accontenterò di essere il tuo amico.» Tuttavia, mentre lui pronunciava queste parole, lei si rese conto di dover dire qualcosa d'altro. Non poteva lasciare che quel discorso si concludesse così.

«Paul...» cominciò posandogli una mano sulla spalla in una carezza piena di affetto «... come posso farti capire quanto apprezzo i tuoi sentimenti? Posso semplicemente dirti che provo per te l'affetto che si prova per un fratello ma...»

«Il tuo non è stato un bacio da sorella», la interruppe lui.

Lei arrossì. «Tu non capisci... io non posso... io non... io non sono preparata a diventare la donna di nessun uomo.»

Allora Paul non riuscì più a dominarsi e, prima di tornare nella casa dove gli altri li aspettavano, tornò a chiederle, con gli occhi colmi di una sofferenza che Ariana non aveva mai letto: «Ti hanno fatto del male, Ariana?... Parlo dei nazisti... ti hanno fatto del male?» Di fronte alla tenerezza e all'affetto che gli leggeva negli occhi, Ariana si sentì un nodo di lacrime alla gola e, buttandogli le braccia al collo e abbracciandolo stretto stretto non fosse altro perché adesso dimostrava di volerle sinceramente bene, scosse la testa facendo segno di no.

«No, Paul, i nazisti non mi hanno fatto quello che pensi.» Però quella notte Paul capì che non poteva crederle... perché fu quella notte che sentì il suo urlo disperato e terribile. Già parecchie volte, prima, si era accorto come fosse tormentato il suo sonno ma, stavolta, invece di girarsi dall'altra parte nel letto e riprendere sonno, pensando che Ariana, se combatteva ancora quella battaglia, doveva combatterla da sola, entrò a piedi nudi, senza far rumore, nella sua camera e la trovò sull'orlo del letto. Era accesa una debole luce; lei singhiozzava debolmente, nascondendosi il viso fra le mani, nelle quali stringeva un volumetto rilegato in cuoio.

«Ariana?» Avanzò verso di lei e Ariana si voltò. In quel momento Paul si trovò davanti agli occhi ciò che non aveva mai visto prima, in lei — l'angoscia disperata di un tormento profondo. Non aggiunse altro. Si mise semplicemente a sedere al suo fianco e la tenne stretta fra le braccia fino a quando i singhiozzi si calmarono.

Nei suoi sogni aveva visto di nuovo Manfred... morto davanti al Reichstag. Purtroppo non esisteva nessun modo di spiegare tutto ciò a questo ragazzo. Dopo averla tenuta stretta contro di sé, con la sua testa appoggiata alla spalla, Paul le tolse dalle mani il volumetto e guardò che cosa c'era scritto sulla costa. «Shakespeare? Come siamo intellettuali a quest'ora di notte! Non mi meraviglio che tu piangessi. Shakespeare farebbe anche a me lo stesso effetto.» Lei sorrise fra le lacrime, anche se il suo pianto si andava placando, poi scosse la testa.

«Non è un libro vero.» E, togliendoglielo dalle mani, gli spiegò: «L'ho salvato dai nazisti... è tutto quello che mi resta». Aprì il doppio fondo segreto e per un attimo Paul rimase sbalordito. «Erano di mia madre.» Le lacrime ricominciarono a cadere. «Adesso sono tutto quello che ho.»

Paul era riuscito a vedere uno smeraldo e un anello con le iniziali in brillanti, in mezzo al resto, ma non ebbe il coraggio di domandarle niente. Bastava guardarla per capire che era sconvolta.

Ariana aveva avuto la presenza di spirito di nascondere le fotografie di Manfred sotto la fodera della borsetta e fu pensando proprio a quelle che le lacrime ricominciarono a scendere sulle guance... si disperava al pensiero di essere costretta a tenerle segrete a quel modo!

«Basta... Ariana, smettila.» La strinse più forte a sé, accorgendosi che tremava, con gli occhi ancora fissi su quei due anelli. «Santo cielo, sono due pietre preziose straordinariamente grosse! E dici che sei riuscita a portarle via con te senza che i nazisti le vedessero?» Lei annuì con aria vittoriosa. Paul prese fra le dita l'anello con il grosso smeraldo. «Questo è un gioiello stupendo e anche molto prezioso, Ariana.»

«Dici sul serio?» sorrise. «Se non sbaglio, doveva essere della nonna, ma non ne sono del tutto sicura. Dicono che la mamma lo portava sempre.» Poi tirò fuori l'anello con le iniziali in brillanti. «Anche questo. Infatti le iniziali sono quelle della nonna.» Ma la lavorazione era talmente elaborata che era difficile leggerle chiaramente.

Allora Paul la guardò con occhi stupiti e ammirati. «È un vero miracolo che nessuno te li abbia portati via durante la traversata.» O in qualsiasi altro posto Ariana fosse stata prima. Non osò dirle ciò che pensava, ma doveva essere stata molto abile e ingegnosa per essere riuscita a portare con sé per tutto il viaggio quel volumetto. Sì, doveva essere stata ingegnosa ma anche piena di coraggio — del resto Paul aveva già capito che erano due doti che possedeva.

«Non avrei permesso a nessuno di portarmeli via! Erano tutto quello che mi rimaneva. Prima, avrebbero dovuto ammazzarmi!» Guardandola negli occhi, Paul si rese conto che Ariana credeva seriamente in ciò che diceva.

«Non c'è nessuna cosa al mondo, Ariana, per la quale valga la pena di morire.» Adesso nei suoi occhi si riflettevano le esperienze che aveva vissuto. «L'ho imparato a mie spese.» Lei assentì lentamente. Anche Manfred lo aveva scoperto. In realtà, che cosa esisteva a questo mondo per cui valesse la pena di morire? Niente. I suoi occhi erano freddi quando tornò a guardare Paul e, stavolta, quando lui la baciò, non si ritrasse. «Adesso cerca di riprendere sonno.» Le sorrise dolcemente e le fece capire di infilarsi di nuovo sotto le coperte per potergliele rimboccare. Ma lei si stava già rimproverando in silenzio per avergli permesso di baciarla. Non era giusto. Tuttavia, quando Paul se ne fu andato, si accorse di tornare con il pensiero a quanto le aveva detto, della guerra... di se stesso... erano le stesse cose che Manfred avrebbe potuto dire. Paul era giovane ma, di giorno in giorno, agli occhi di Ariana stava diventando sempre più uomo.

36

«Ariana, ti senti bene?» Ruth Liebman la scrutò la mattina seguente mentre erano a tavola per la prima colazione. Le pareva stranamente pallida. Durante la notte, ci aveva messo parecchie ore a riaddormentarsi, quando Paul se n'era andato. Provava un tremendo senso di colpa perché capiva di avergli dato delle speranze. Eppure sapeva che, dopo un po', se avesse cominciato a farsi vedere di nuovo in giro, a frequentare i vecchi amici e a trovarne di nuovi, a poco a poco si sarebbe disinteressato di lei. Nel frattempo, però, assomigliava quasi a un cucciolone festoso — e lei non voleva ferirlo nei suoi sentimenti. Era in collera con se stessa; d'altra parte Paul era stato molto gentile quando aveva avuto quell'incubo... e, dopo tutto, anche lei era un essere umano! Quindi alzò i grandi occhi tristi verso Ruth Liebman che aggrottò le sopracciglia, preoccupata. «Mia cara, qualcosa non va?»

Lei scosse lentamente la testa. «No, credo di essere semplicemente stanca, zia Ruth. Non è niente. Cercherò di riposarmi più del solito e starò subito bene.» Ma Ruth Liebman era tanto preoccupata che, mezz'ora più tardi, fece una telefonata e, qualche ora dopo, sempre quella stessa mattina, si presentò in camera di Ariana.

Ariana alzò la testa dal guanciale rivolgendole un pallido sorriso. La notte insonne aveva lasciato le sue tracce. Dopo aver fatto colazione quella mattina, tornata in camera da letto, aveva vomitato per una buona mezz'ora. Adesso bastava guardarla in faccia per capire, dal suo pallore, che qualcosa non funzionava e Ruth, avvicinata una seggiola al letto, si accomodò. «Credo che sarebbe una buona idea se tu andassi a farti visitare dal dottor Kaplan, oggi.» Ruth tentò di nascondere la preoccupazione parlando con finta noncuranza come se si trattasse di una cosa da nulla.

«Veramente io sto bene... sul serio...»

«Via, via, Ariana!» guardò con aria di rimprovero la giovane donna nascosta sotto le coperte e Ariana, sia pure con riluttanza, assentì.

«E va bene. Però non voglio andare dal dottore, zia Ruth. Non c'è niente che non funzioni in me!»

«A sentirti, sembri Debbie o Julia. Anzi, adesso che ci penso», e si mise a ridere, «quando parli a questo modo si direbbe di sentire Paul!» Poi, visto che ormai era lanciata decise di andare a fondo. «Non è stato troppo insistente, Ariana?» Intanto scrutava con attenzione il viso di lei che scosse la testa.

«No, assolutamente.»

«Volevo semplicemente saperlo... perché, vedi, si è preso una grossa sbandata per te.»

Ariana non aveva mai sentito la parola «sbandata», prima, tuttavia intuì subito di che cosa si trattava.

«Ho avuto anch'io quell'impressione, zia Ruth.» E si rannicchiò sull'orlo del letto. «Però non ho fatto niente per incoraggiarlo. Mi sembra un fratello e io sento talmente la mancanza del mio...» Lasciò la frase in sospeso e guardò Ruth dritto negli occhi. «A parte il fatto che non farei mai una cosa che potesse darti dispiacere.»

«È proprio quello che volevo dirti, Ariana. Non mi dispiacerebbe affatto.»

«Non ti dispiacerebbe?» Ariana sembrava stupefatta.

«No, non mi dispiacerebbe affatto.» Ruth Liebman sorrise. «Ne abbiamo parlato con Sam proprio qualche giorno fa. Sappiamo che quel ragazzo è ancora furioso per il brutto scherzo che gli ha fatto Joanie, e magari, per ripicca... Però, Ariana, guarda che è un bravo figliolo. Guarda che non voglio insistere in un senso piuttosto che nell'altro... basta solo che tu sappia, caso mai l'argomento venisse sollevato...» guardò con tenerezza la giovane donna rannicchiata sul letto della camera per gli ospiti «... che ti vogliamo molto bene.»

«Oh, zia Ruth!» Ariana buttò le braccia al collo della donna che era stata tanto buona con lei fin dal giorno in cui l'aveva conosciuta. «Vi voglio tanto bene anch'io!»

«Il nostro desiderio è che tu ti senta libera di fare *quello che vuoi*. Ormai fai parte della famiglia. Devi semplicemente fare la cosa più giusta per te. Se lui adesso si è preso una cotta, non lasciare che insista troppo, non permettergli di fare pressione su di te se non è quello che desideri. Lo conosco, e so come è testardo!» Ariana, per tutta risposta, rise.

«Non credo che arriveremo mai a un punto simile, zia Ruth.» Ma lei insistette. Continuava a non sembrarle giusto.

«Perché, vedi, non ho potuto fare a meno di domandarmi se era proprio quello che stava succedendo... Paul che continua a insistere e tu che ti senti dilaniata dal senso di colpa nei nostri confronti!»

«No...» Ariana scosse la testa con aria incerta «... anche se Paul ha accennato a qualcosa del genere l'altro giorno, credo...» si strinse nelle spalle e sorrise «... credo che sia soltanto una 'sbandata' da parte sua.» Pronunciò con aria dubbiosa quella parola nuova.

«Tu devi semplicemente ubbidire a quello che ti dice il tuo cuore.» Ruth le sorrise con espressione speranzosa e Ariana scoppiò a ridere mentre scendeva dal letto.

«Non credevo che toccasse alle mamme recitare la parte di Cupido!»

«A dir la verità non saprei. Non l'ho mai fatto prima.» Per un attimo i loro sguardi si incontrarono e si fissarono a lungo. «In ogni caso non credo che preferiremmo nessun'altra al tuo posto, come nuora, Ariana. Tu sei una creatura tutta particolare, una creatura adorabile.»

«Grazie, zia Ruth.» Con un ultimo sguardo pieno di gratitudine Ariana andò all'armadio e tirò fuori un vestito estivo, scollato, a righe rosa e un paio di sandali bianchi. Il sole di giugno scottava già. Quando stava per voltarsi di nuovo verso Ruth a ripeterle che era una sciocchezza quella di volerla costringere ad andare dal dottore... senza che niente lo lasciasse prevedere... di colpo, si sentì girare la testa e lentamente si accasciò sul pavimento.

«Ariana!» Ruth si alzò di scatto dalla poltrona e accorse.

37

Lo studio del dottor Stanley Kaplan era situato all'incrocio fra la Cinquantatreesima Strada e Park Avenue. Ruth lasciò Ariana sulla soglia del palazzo e andò a parcheggiare l'automobile.

«Be', cara signorina, come si sente? Immagino che la mia sia una domanda stupida. Non molto bene, evidentemente, altrimenti non sarebbe qui.» L'uomo anziano le sorrise: Ariana era seduta dall'altra parte della sua scrivania. L'ultima volta che l'aveva vista era pallida, terrorizzata, ridotta pelle e ossa. Adesso aveva finalmente riacquistato l'aspetto della stupenda ragazza che, in realtà, era. O, perlomeno quasi... perché i suoi occhi avevano sempre quell'espressione da creatura perseguitata... e, del resto, non sarebbe scomparso in fretta quello sguardo pieno di tristezza per le perdite e le sofferenze subite! A parte questo la sua carnagione era florida, gli occhi luminosi; adesso i lunghi capelli biondi erano pettinati alla paggio e questa pettinatura le donava molto. Con quell'abitino così fresco, a righe che sembravano di zucchero candito, sembrava più la figliola di uno qualsiasi dei suoi pazienti che una giovane donna fuggita soltanto poche settimane prima da un'Europa dilaniata dalla guerra. «Allora vuole dirmi qual è il suo problema? Ha sempre quegli incubi, la nausea, il senso di vertigine, soffre sempre di svenimenti? Mi spieghi.» Le sorrise con calore e afferrò la penna.

«Sì, ho sempre quegli incubi, però non spesso come una volta. Adesso, se non altro, riesco a dormire un po'.»

«Infatti», assentì lui, «ha l'aria più riposata.»

Poi Ariana che aveva annuito come lui, fu costretta ad ammettere di provare uno strano senso di nausea praticamente dopo ogni pasto. Lui restò stranamente colpito da questa risposta. «Ruth lo sa?» Stavolta Ariana fece segno di no con la testa. «Bisogna avvertirla. Forse lei dovrebbe seguire una dieta particolare. Le capita a ogni pasto, Ariana?»

«Quasi.»

«Non c'è da meravigliarsi che sia così magra. Ma lo aveva anche prima, questo problema con lo stomaco?»

«Solo da quando ho fatto quasi completamente a piedi la strada fino a Parigi. Una volta non ho mangiato per due giorni e un paio di volte, in seguito, ho cercato di mangiare qualcosa che avevo trovato in un campo...» Lui assentì senza parlare.

«Gli svenimenti?»

«Quelli mi capitano ancora molto di frequente.»

A questo punto Kaplan fece qualcosa che Ariana non si aspettava. Depose la penna e la guardò a lungo, con aria penetrante — ma i suoi occhi erano talmente pieni di gentilezza e di compassione che, quando le rivolse di nuovo la parola, lei capì di aver trovato un amico. «Ariana», cominciò, passando dal lei al tu, «vorrei che tu capissi che mi puoi raccontare tutto. Non occorre nascondermi niente. Adesso desidero che mi racconti tutto il possibile sulla tua vita precedente. Altrimenti non riuscirò ad aiutarti, senza avere un'idea di quello che hai passato. Però voglio che tu sappia che tutto quanto mi racconterai sarà considerato come una cosa sacra. Sono un medico e ho fatto un giuramento. Quello della segretezza. Qualsiasi cosa tu mi racconti adesso non la riferirò a nessuno. Non lo farei mai. Non la riferirò a Ruth, nemmeno a Sam e nemmeno ai loro figli. A nessuno, Ariana. Io sono il *tuo* medico, e anche il *tuo* amico. E sono un vecchio che, nella vita, ha visto molte cose — forse non tante quante ne hai viste tu... però credo di averne viste abbastanza! Non c'è più niente che mi possa meravigliare o scandalizzare. Quindi se senti la necessità di raccontarmi qualcosa, per il tuo stesso bene, se vuoi parlarmi di quello che ti hanno fatto, perché i tuoi problemi di adesso potrebbero esserne la conseguenza, vorrei che lo facessi.» L'espressione del suo viso era talmente buona e gentile che Ariana provò una gran voglia di dargli un bacio. Invece si limitò a sospirare lievemente.

«Cercherò di spiegarle, dottor Kaplan. A un certo momento sono stata chiusa in una cella per più di un mese; mi davano da mangiare soltanto una brodaglia con qualche pezzetto di patata, pane secco e acqua. Una volta alla settimana anche qualche avanzo di carne. Ma ormai tutto questo risale a molto tempo fa; quasi a un anno fa.»

«È stato allora che gli incubi sono incominciati?»

«In parte. Ero... ero... profondamente angosciata per mio padre e mio fratello.» Poi la sua voce si fece dolorosa, sommessa. «Dopo, non li ho più rivisti.»

Il medico assentì lentamente. «E questi disturbi allo stomaco, sono cominciati sempre nello stesso periodo?»

«Veramente, no.» Il barlume di un sorriso le illuminò il viso perché, all'improvviso, le erano venuti in mente i suoi primi tentativi di cucinare a casa di Manfred e il famoso «stufato» a base di salsiccia di fegato. Forse era stato quello a rovinarle lo stomaco. Tuttavia non spiegò il suo sorriso.

«Ariana, ho l'impressione che adesso ci conosciamo un poco meglio.» Affrontò l'argomento cautamente. La prima volta che l'aveva vista, non aveva osato domandarglielo.

«Sì?» lo guardò con aria di aspettativa.

«Hanno...» cercò il modo più delicato di farglielo capire «... hanno abusato di te?» A giudicare dalla sua delicata bellezza, ne era stato praticamente sicuro, fin dall'inizio; invece Ariana adesso scosse la testa e lui si domandò se gli dicesse davvero la verità o se ne avesse paura. «Mai, proprio mai?»

«Una volta. Quasi. Sempre in quella cella.» Ma non aggiunse altre spiegazioni e lui assentì.

«In tal caso sarà meglio che ti dia un'occhiata.» Suonò il campanello per chiamare l'infermiera che aiutò Ariana a spogliarsi.

Il vecchio medico, man mano che la esaminava, si accorse di provare una strana sensazione. Aggrottando le sopracciglia, la esaminò con maggiore attenzione, le chiese qualche altra informazione e infine, sia pure con rammarico, le propose un esame pelvico. Era praticamente sicuro che, per Ariana, sarebbe stata una prova durissima. Lei, invece, si dichiarò disposta ad accettare e rimase stranamente silenziosa mentre lui la esaminava e trovava la conferma di quanto aveva già sospettato: l'utero aveva, praticamente, una grossezza doppia rispetto a quella normale. «Ariana, adesso puoi metterti a sedere.» Lei ubbidì. Il vecchio medico la guardò con tristezza. Dunque gli aveva mentito. Non soltanto l'avevano violentata, ma anche ingravidata.

«Ariana.» Lei rimase immobile anche quando l'infermiera ebbe lasciato la stanza — così pallida, così giovane, avvolta nel lenzuolo. «Ho paura di doverti dire qualcosa; poi, forse, sarà necessario prolungare il nostro colloquio.»

«C'è qualcosa che non va, dottore?» Sembrava spaventata. In fondo, si era sempre convinta che tutti i suoi malesseri fossero dovuti alla stanchezza e all'esaurimento. Non aveva mai creduto sul serio di essere gravemente ammalata. Perfino quando si era accorta di non avere più il ciclo mensile, se lo era spiegato con lo shock, il viaggio, la necessità di adattarsi a una nuova vita.

«Temo proprio di sì, figliola. Sei incinta.» Si era aspettato di vederle manifestare il dolore e l'orrore. Ciò che lesse nei suoi occhi, invece, fu un'espressione di profondo stupore e, poi, vide che sorrideva lievemente.

«Non lo sospettavi?» Lei fece segno di no con la testa e il suo sorriso si accentuò. «Ti fa piacere?» Adesso era lui a guardarla sconcertato.

Perché sembrava che Ariana avesse ricevuto un dono inestimabile, al di là di qualsiasi speranza o aspettativa — e fissò il dottor Kaplan con gli immensi occhi azzurri colmi di amore e di reverenza. Doveva essere accaduto subito dopo che si erano sposati... probabilmente verso la fine di aprile, forse quell'ultima volta prima che lui la lasciasse per andare a difendere il Reichstag... il che significava che era incinta da sette settimane circa. Guardò ancora il dottore con aria incredula. «Ne è proprio sicuro?»

«Possiamo fare il test di gravidanza, se vuoi, ma ti confesso che non ho, praticamente, il minimo dubbio. Ariana, sai...»

Lei alzò gli occhi a guardarlo sorridendo dolcemente. «Sì, so.» Capiva di potersi fidare di quest'uomo. Doveva fidarsi di lui. «Il bambino è di mio marito. È l'unico uomo che io abbia mai... conosciuto.»

«E dov'è adesso tuo marito?»

Ariana abbassò lentamente gli occhi e due lunghe lacrime

le scesero sulle guance. «È morto... come tutti gli altri.» Alzò di nuovo la testa e disse lentamente: «È morto».

«Ma avrai il suo bambino», mormorò Kaplan sommessamente e, in silenzio, si rallegrò per lei. «Avrai sempre quello, vero?» Lei gli rivolse un dolce sorriso; finalmente poteva permettersi di pensare a Manfred, di rivedere il suo volto con gli occhi della mente, di ricordare le sue carezze. Era come se potesse consentire al suo ricordo di ritornare pienamente a lei, in modo da condividere la gioia di questo figlio. Fino a quel giorno non aveva fatto altro che lottare disperatamente con i ricordi, piena di terrore all'idea che le si affollassero alla mente senza più lasciarla. Ma adesso, dopo che il medico l'ebbe lasciata sola, rimase immobile per dieci minuti buoni, a crogiolarsi in quei dolcissimi ricordi, e nei suoi sogni... Ora, quando le lacrime cominciarono a caderle a fiotti sulle guance, sorrideva. Perché era il momento più felice della sua vita.

Quando lo raggiunse nel suo studio, il medico la guardò con aria grave. «Ariana, che cosa hai intenzione di fare adesso? Dovrai dirlo a Ruth.» Per un attimo che sembrò interminabile calò il silenzio. Ariana, a questo, non aveva ancora pensato. Tutti i Liebman erano stati letteralmente cancellati dalla sua mente. Ma, adesso, capiva che avrebbe dovuto dirlo; sapeva quella che sarebbe stata la loro risposta. Come potevano accoglierlo con gioia... e di chi era, poi, questo bambino? Il figlio di un ufficiale nazista? Ma lei doveva difendere questo figlio non ancora nato! Che cosa avrebbe fatto? In silenzio pensò agli anelli di sua madre. Se ci fosse stata costretta, li avrebbe usati per mantenersi fino alla nascita del bambino. Avrebbe fatto tutto quello che era necessario ma senza più imporre la sua presenza a nessuno in quella casa. Nel giro di qualche mese, se ne sarebbe andata.

«Non voglio dirlo alla signora Liebman, dottore.»

«Ma... perché?» Lui sembrava preoccupato. «È una brava donna, Ariana, una donna gentile e affettuosa... capirà.»

Ma lei fu irremovibile. «Non posso pretendere da lei più di quanto non abbia già fatto. Perché, nei miei confronti, ha fatto moltissimo. E questo sarebbe troppo.»

«Però devi pensare al bambino, Ariana. Questa creatura ha

ogni diritto di avere una vita decente, le possibilità migliori di sopravvivere, anche a lui deve essere offerta un'occasione come quella che è stata offerta a te, come quella che i Liebman ti hanno dato!» Era un discorso molto serio che continuò a tornarle in mente per tutta la sera anche dopo essersi fatta promettere dal dottore che non avrebbe detto niente à Ruth. Si sarebbe limitato a spiegarle che Ariana, evidentemente, era ancora un po' stanca, ma che non c'era nessun motivo di preoccuparsi. Quanto a lei, non avrebbe mai dovuto stancarsi troppo, ma cercare di mangiare bene, dormire molto... all'infuori di questo, era sanissima.

«Oh, sono molto più tranquilla adesso che l'ho sentito da Kaplan», le disse Ruth mentre tornavano a casa. Quel giorno sembrò ancora più affettuosa e gentile del solito. Ariana si sentiva rodere dal senso di colpa perché capiva che stava continuando a ingannarla per quello che riguardava il bambino. Ma non le pareva giusto pretendere ancora qualcosa in più da loro. Adesso doveva pensare a tutto da sola, doveva pensare al proprio figlio senza l'aiuto di nessuno. Perché era il figlio suo... tutto suo... e di Manfred. Era il bambino che avevano desiderato tutti e due tanto appassionatamente... concepito in mezzo alla cenere dei loro sogni. Lui, adesso, tornava a rivivere su colline più verdeggianti — nel ricordo di quanto appassionato e felice fosse stato il loro amore. Seduta, da sola, nella sua camera, quella sera, Ariana non poté fare a meno di chiedersi con aria assorta e sognante se sarebbe stato una femminuccia o un maschietto. Sarebbe assomigliato a Manfred... oppure a papà? Un po' come aspettare la visita di qualcuno che arrivasse da un antico mondo, ben conosciuto... Il dottore le aveva detto che il bambino sarebbe nato alla fine di gennaio, forse all'inizio di febbraio. Spesso, aveva insistito, i primogeniti nascono con un po' di ritardo. Tra l'altro, era anche convinto che si sarebbe cominciato a vedere qualcosa verso settembre, magari addirittura ottobre, se lei stava un po' attenta agli abiti che portava. Quindi era per quell'epoca che avrebbe dovuto lasciare i Liebman. Una volta sistemata, una volta trovato un lavoro, lo avrebbe rivelato. E nato il bambino, Julia e Debbie sarebbero venute a trovarla. Sorrise a se stessa pensando a quel fagottino avvolto in morbidi indumenti di lana che le ragazze sarebbero venute a vedere...

«Come mai hai l'aria così felice, Ariana?» Era Paul, venuto a piantarsi davanti a lei. Non si era nemmeno accorta che fosse entrato.

«Non so. Stavo pensando.»

«A che cosa?» Si mise a sedere sul pavimento, al suo fianco, e alzò gli occhi a guardare il suo viso dai lineamenti perfetti.

«A niente di particolare.» Gli rivolse un lento sorriso. La sua felicità era praticamente impossibile da nascondere e, adesso, si rifletteva anche su Paul.

«Sai che cosa stavo pensando io, oggi? Alla nostra estate. Sarà una cosa magnifica trovarci fuori città, in campagna. Potremo giocare a tennis e fare belle nuotate. Potremo prendere il sole e andare alle feste. Non ti sembra tutto molto eccitante?» Certo, ma adesso non aveva da pensare soltanto a se stessa.

Annuì. Poi, prendendo l'aria molto seria, scrutò con attenzione il suo giovane amico. «Paul, sono arrivata adesso adesso a prendere una grossa decisione.»

«E quale sarebbe?» Lui sorrise, pregustando già la notizia.

«In settembre ho intenzione di cercarmi lavoro e di trovarmi una casa.»

«Benissimo, è quello che voglio fare anch'io... Non ti interesserebbe dividere un appartamento con me?»

«Molto spiritoso! Ma io sto parlando sul serio.»

«Anch'io. A proposito, quale genere di lavoro hai intenzione di cercarti?»

«Ancora non lo so, ma ci penserò. Chissà che tuo padre non possa darmi qualche idea.»

«Ne ho una migliore.» Si chinò su di lei e la baciò teneramente sui capelli soffici e biondi. «Ariana, perché non vuoi ascoltarmi?»

«Perché non sei abbastanza vecchio per dire cose sensate.» Era più felice di quanto non si fosse sentita da molti mesi; lui rise per tutta risposta. Si era accorto che Ariana era di ottimo umore.

«Senti, se hai proprio l'intenzione di cercarti un impiego in settembre, vuol dire che, anche per te, questa sarà l''ultima estate'. Il nostro ultimo periodo di follie prima di sistemarci definitivamente.»

«Infatti», e Ariana gli rivolse un sorriso radioso. «Sarà proprio così.»

Anche lui le sorrise e si alzò. «E allora, cerchiamo di godercela, Ariana... questa sarà la nostra estate più bella.» Lei gli sorrise, sentendosi al settimo cielo per la felicità.

38

Una settimana dopo si trasferirono tutti nella grande casa di East Hampton. Il corpo principale di questa era composto da sei camere da letto, tre camere per le domestiche, una sala da pranzo talmente ampia che vi avrebbe potuto alloggiare un esercito, un grande salone molto elegante, un piccolo studio, e un soggiorno al piano terreno. La cucina era enorme, accogliente; alle spalle di questa costruzione si trovava un villino per gli ospiti e, sulla spiaggia, un'altra piccola costruzione che fungeva da spogliatoio. Il villino per gli ospiti era attrezzato con cinque camere da letto. I Liebman pensavano già di tenerlo sempre a disposizione, tutta l'estate, per amici e parenti. Quel periodo di vacanza pareva che dovesse essere ottimo per tutti, ma le cose cambiarono quando il giorno seguente Ruth venne a sapere da Paul che Ariana, in autunno, aveva intenzione di andarsene e di cercarsi un impiego.

«Ma perché, Ariana? Non fare la sciocca! Nessuno di noi vuole vederti andar via!» Ruth Liebman la guardò sconvolta.

«Ma non posso imporvi la mia presenza in eterno.»

«Non ci imponi un bel niente! Sei una dei nostri figli. Ariana, tutto questo è assurdo. A parte il fatto che, anche se vuoi proprio metterti a lavorare, per quale motivo non potresti continuare a vivere in casa nostra?» Pareva angosciata alla prospettiva di perderla. «Vai all'università, se vuoi... una volta avevi detto che ti sarebbe piaciuto. Puoi fare tutto quello che vuoi, ma non c'è nessun motivo perché tu debba lasciare la nostra casa.»

«Oh, Paul, se tu sapessi come sembrava addolorata!» Ariana lo guardò con aria piena di angoscia mentre lui la riaccompagnava in città, a bordo della sua automobile sportiva, per andare a ritirare, a New York, un mucchio di cose, fra le più disparate, che potevano procurarsi soltanto lì. C'erano ancora due costumi da bagno per Debbie da ritirare, alcune medicine per Julia, un fascio di documenti che riguardavano la Women's Relief Organization, che Ruth aveva dimenticato sulla propria scrivania. Radunarono tutto rapidamente; poi Ariana diede un'occhiata all'orologino da polso che Ruth le aveva regalato. «Secondo te, avrei tempo per un'altra commissione?»

«Certo, di che cosa si tratta?»

«Ho promesso al dottor Kaplan che, se ne avevo il tempo, sarei passata da lui a ritirare certe vitamine.»

«Senz'altro!» La guardò con aria severa. «È quello che avremmo dovuto fare prima di tutto il resto.»

«Sissignore!» Lo guardò ridendo mentre radunavano tutti gli oggetti che avevano promesso di portare in villa, al loro ritorno, e ripartirono diretti verso il centro. Era bello sentirsi giovani e godersi l'estate. Il sole splendeva, radioso, su di loro. Ariana si stiracchiò, felice e soddisfatta

«Non vuoi provare a guidare un po' anche tu, durante il ritorno?»

«La tua preziosissima due posti? Paul, hai bevuto?»

Lui si mise a ridere, felice di sentirla parlare con tanta spensieratezza. «Mi fido di te. Hai detto che sapevi guidare.»

«Sono lusingatissima al pensiero che mi lasceresti sedere al volante della tua automobile!» Era commossa da quella proposta perché sapeva fin troppo bene quanto la Cadillac fosse importante per Paul.

«Ti affiderei tutto quello che possiedo, Ariana. Perfino l'automobile nuova di zecca.»

«Grazie.» Percorsero l'ultimo tratto di strada in silenzio, e presto arrivarono davanti alla porta dell'ambulatorio di Kaplan. Ariana si preparò a scendere ma Paul si precipitò ad aiutarla. Con i calzoni di lino bianco, un blazer, il passo lungo e scattante e il sorriso festoso, aveva un aspetto straordinariamente giovanile ed elegante.

«Vengo dentro anch'io un minuto. È un po' che non lo vedo.» In realtà non aveva particolari motivi per vedere Kaplan... Il ginocchio, per il quale era stato congedato definitivamente dall'esercito, poteva considerarsi, in pratica, guarito. Anzi nessuno ormai si accorgeva più che lui fosse ancora un po' claudicante. Con un buon esercizio fisico durante l'estate, in autunno si sarebbe ritrovato con il ginocchio praticamente rimesso a nuovo.

Il dottor Kaplan, invece, si mostrò felice di vederlo. Per qualche minuto chiacchierarono amichevolmente tutti e tre ma, ben presto, il medico chiese di poter vedere Ariana a quattr'occhi. Paul accettò di buon grado e rimase in sala d'aspetto a sedere, buttando sulla seggiola vicina alla sua il cappello di paglia che portava.

Quando si trovò da sola nello studio, Ariana guardò Kaplan con gli occhi sgranati per lo stupore. «Come ti senti, Ariana?»

«Bene, grazie. Basta che stia un po' attenta a quello che mangio, e va tutto benissimo.» Gli sorrise e lui pensò di non averla mai vista tanto serena e tranquilla. Indossava un abito estivo dalla gonna ampia, la vita stretta, e in testa portava un grande cappello di paglia legato sotto il mento da nastri azzurri, che avevano lo stesso colore dei suoi occhi.

Poi, dopo una pausa imbarazzante, la guardò più attentamente: «Non lo hai detto a nessuno di loro, vero?»

«No.» Lei scosse lentamente la testa. «Ho preso una decisione. Lei mi aveva detto che in settembre si sarebbe incominciato a vedere qualcosa; così, quando torneremo da Long Island, quest'estate, li lascerò per cercarmi un impiego. E poi spiegherò tutto. Sono sicura che mi capiranno. Ma mi rifiuto assolutamente di imporre ancora la mia presenza a questa famiglia o di aspettarmi che possano mantenere anche il mio bambino.»

«È un gesto molto nobile da parte tua, Ariana. Ma hai già una vaga idea su come ve la caverete, tu e il bambino? Non hai pensato seriamente al bambino, o anche a te stessa?» Era un discorso molto serio e insolito da parte sua, tanto che Ariana, se per un attimo ne rimase irritata, subito dopo si sentì offesa.

«Certo che ho pensato al bambino. È l'unica cosa alla quale penso. Si vuole spiegare meglio?»

«Certo. Dunque tu hai vent'anni, non hai né un mestiere né una professione, e ti troverai sola con un bambino piccolo in un paese che non conosci, dove ci sono addirittura persone che potrebbero semplicemente rifiutarsi di assumerti, perché sei tedesca! Abbiamo appena finito di combattere una guerra con la Germania e a volte capita che la gente continui a nutrire rancore per molto tempo. Io ti voglio semplicemente far notare che non ti stai preparando a dare le opportunità migliori a quel bambino mentre, invece, potresti farlo... ma se non aspetterai troppo a lungo. Se ti decidi adesso.» La guardò attentamente e lei ricambiò quello sguardo, sgranando gli occhi.

«Si può sapere che cosa significa questo discorso?»

«Significa, Ariana...» e la sua voce si fece più dolce «... che potresti sposarti. E offrire un futuro migliore a te e al bambino. Capisco che è una decisione gravissima ma, Ariana, dall'ultima volta che ti ho vista non ha fatto che tormentarmi, ripensandoci. Credo che sia l'unica soluzione. Ci ho pensato e ripensato, mi sono lambiccato il cervello. Conosco Paul fin da quando era piccolo. Capisco che è innamorato di te. Mi sento rimordere la coscienza a consigliartelo... ma chi potrebbe rimanerne danneggiato? Se sposerai il ragazzo che ti sta aspettando, qui fuori, nella mia sala d'attesa, potrai garantire un futuro non soltanto al tuo bambino, ma anche a te stessa.»

«A me, non penso.» Era sbalordita di fronte alla proposta del dottore.

«Però pensi al bambino. E allora?»

«Non posso fare niente di simile... è disonesto.»

«Non credi che ci siano moltissime ragazze pronte a fare la

stessa cosa? E si tratta di persone che hanno motivi infinitamente meno validi dei tuoi per farlo... Ariana, il bambino non nascerà ancora per sette mesi. Io potrei dire che è nato in anticipo sul previsto. Nessuno lo saprà. Nessuno. Nemmeno Paul.»

Ariana guardò il medico, sconvolta di fronte alla sua proposta. «Lei non è convinto che io sarei in grado da provvedere da sola al bambino?»

«No, assolutamente. Mi sai dire quando mai hai visto una donna incinta che lavora? Chi ti assumerebbe? E per fare che cosa?»

Lei rimase a lungo in silenzio e infine assentì con aria assorta. Forse il dottor Kaplan aveva ragione. A dir la verità lei si era illusa di riuscire a trovare lavoro in qualche negozio. Ma il dottor Kaplan aveva ragione: nessuno l'avrebbe assunta nelle sue condizioni. E d'altra parte, le risultava difficile accettare la proposta che lui le aveva fatto. Si sarebbe trattato di un inganno... perché giocare uno scherzo del genere proprio a Paul? Sarebbe stata capace di mentirgli fino a questo punto? Era un amico, per lei; in un certo senso gli voleva bene. Anzi, gli voleva moltissimo bene!

«Come potrei fare una cosa del genere? È disonesto.» Si sentiva piena di vergogna, turbata da un profondo senso di colpa soltanto a pensarci.

«Potresti farlo per amore del tuo bambino non ancora nato. Che cosa hai fatto per arrivare a Parigi, per arrivare qui? Sei sempre stata così onesta? Non avresti avuto il coraggio di mentire, di sparare o di uccidere per salvarti la vita? È la stessa cosa che devi fare per il bambino, Ariana. Provvedergli una famiglia, un padre, un genere di vita decoroso, sapere che avrà sempre di che nutrirsi, che potrà studiare...» Ariana, poco a poco, si stava accorgendo di essere stata molto ingenua a pensare che quei pochi anelli, nascosti in una scatoletta, le avrebbero consentito di ottenere tutto questo. Lentamente assentì. «Devo pensarci.»

«D'accordo, ma non metterci molto. Se aspetti troppo a lungo, sarà troppo tardi. In questo modo, se il bambino nascesse di sette mesi, potrei spiegarlo facilmente... con il pretesto della tua salute fragile, del viaggio per arrivare qui dall'Europa, e via dicendo.»

«Ha proprio pensato a tutto, vero?» Lo guardò e si rese conto che il vecchio dottore era pronto a darle la spinta necessaria alla sopravvivenza. Le insegnava le regole di un gioco che stava diventando molto brava a giocare — e, in cuor suo, capiva che aveva ragione. Ma, quando, questo gioco sarebbe finito?

Intanto il vecchio medico aveva ripreso a parlare: «Se lo farai, Ariana, ti garantisco che il tuo segreto sarà sempre al sicuro con me».

«Grazie, dottore... per la mia vita... per la vita di mio figlio.» Lui le consegnò le vitamine e le allungò un colpetto affettuoso sulla spalla mentre usciva. «Prendi in fretta la decisione, Ariana.»

Lei assentì lentamente. «Sì, lo farò.»

39

«Ariana, non hai voglia di venire a fare una nuotata?» Julia stava bussando rumorosamente alla sua porta, alle nove del mattino. Ariana, ancora piena di sonno, aprì un occhio.

«Così presto? Non sono ancora sveglia.»

«Non era sveglio nemmeno Paul. Lui, però, viene!»

«Proprio così», confermò Paul, entrando dalla porta spalancata nella sua camera. «Se sono costretto ad alzarmi tanto presto per andare a fare una nuotata con questi due mostriciattoli, la stessa cosa deve valere anche per te.»

«Oh, davvero?» Si stiracchiò pigramente e gli sorrise mentre lui, sedendosi sull'orlo del letto, baciava le ciocche di capelli biondi che le ricadevano sul viso.

«Certo che devi venire immediatamente, altrimenti ti tiro fuori dal letto e ti trascino urlante fin giù alla spiaggia!»

«Un pensiero squisito, il tuo, Paul!»

«Sì, vero?» Si sorrisero lentamente per un attimo. «A proposito, ti piacerebbe andare a una festa a Southampton stasera? Papà e mamma conducono le ragazze non so dove e si fermano anche a dormire.»

«Come mai?»

«Perché questo è il fine-settimana del 4 luglio, mia cara! Il giorno dell'Indipendenza americana. Aspetta e vedrai... è un vero e proprio avvenimento!»

E, in realtà, fu così. Andarono a fare una nuotata con le ragazze, quella mattina, e nel pomeriggio, a un picnic con l'intera famiglia. Poi Sam e Ruth partirono con le figlie e Ariana si ritirò nella sua camera a fare un sonnellino. Ma, alle sette, era pronta, vestita di tutto punto, per uscire e, quando scese le scale della grande villa, Paul si lasciò sfuggire un fischio di ammirazione e sogghignò: «Ehi, ragazza mia, nessuno mi aveva detto che avresti fatto sensazione così abbronzata!» Ariana indossava un abito di seta turchese che faceva risaltare la leggera abbronzatura. Anche Paul era altrettanto affascinante con un completo di lino bianco, camicia bianca, cravatta blu a pallini bianchi... insieme uscirono per andare alla festa, a bordo dell'automobile nuova.

Esuberante, festoso, Paul lasciò che fosse Ariana a guidarla fino alla casa in cui erano invitati e quando ci arrivarono, si affrettò a portarle un gin fizz. Lei, un po' esitante perché non sapeva quale sarebbe stata la sua reazione al liquore, ne bevve solo qualche piccolo sorso. Ma, ormai, la festa intorno a lei era al culmine. Cerano due orchestrine che suonavano, una nell'interno della casa e l'altra fuori, sul prato. Parecchi yacht erano arrivati per l'occasione e adesso si vedevano attraccati al lungo pontile dove erano rimasti a sorvegliarli una mezza dozzina di marinai; in cielo splendeva una piena luna estiva.

«Hai voglia di ballare, Ariana?» Paul le sorrideva teneramente e lei si abbandonò con piacere fra le sue braccia. Era la prima volta che ballavano insieme; al chiaro di luna non era difficile illudersi che si trattasse di Manfred, o di papà, o di chiunque altro. «Non ti ha mai detto nessuno che balli come un angelo?»

«Veramente è da un po' di tempo, purtroppo, che non me lo sentivo più ripetere!» Rise sommessamente a questo complimento. Continuarono a ballare fin quando si trovarono sul bordo della pista da ballo. Allora s'incamminarono lentamente verso la balaustra del giardino dalla quale si potevano vedere le barche e i battelli che ondeggiavano sull'acqua, più sotto. Paul guardò Ariana con un'aria talmente grave che lei rimase stupita. Non lo aveva mai visto così serio.

«Se sapessi come sono felice quando sono con te, Ariana. Non ho mai conosciuto nessuno che ti somigliasse... in tutta la mia vita!» Lei avrebbe dovuto prenderlo in giro e ribattere, stuzzicandolo, che aveva dimenticato Joanie, però capì che non era il momento adatto.

«Ariana...» la guardò per un attimo in silenzio «... ho qualcosa da dirti.» Poi le prese le mani, e gliele baciò dolcemente, prima una e poi l'altra. «Ti amo. Non so come esprimerlo in altro modo. Ti amo. Non sopporto più di vivere senza di te. Quando sono con te... mi sento... bene... così felice e così forte... come se potessi fare tutto, come se tutto ciò che tocco si trasformasse in una sorta di dono... come se tutto fosse prezioso... e non voglio che una sensazione del genere finisca, mai e poi mai! Se te ne andrai per conto tuo dopo l'estate, e io andrò a vivere per conto mio, perderemo tutto questo.» Mentre pronunciava queste parole aveva gli occhi offuscati dalle lacrime. «Poi... Ariana... non sopporto di lasciarti andare.»

«Non sarà necessario.» La sua voce era ridotta a un fievole surrurrio. «Paul... io...»

Come se il suo tempismo fosse stato perfetto, in quel preciso momento vennero lanciati in cielo i primi fuochi artificiali. Lui si frugò in tasca e tirò fuori un anello con un grosso brillante, dal taglio a smeraldo. Prima che Ariana si fosse resa conto di quello che stava succedendo, gliel'aveva fatto scivolare al dito e, adesso, la sua bocca le premeva avida e ardente sulle labbra... adesso le lasciava capire tutta l'intensità della propria passione. Lei provò dentro di sé un languore, un fremito che aveva creduto di non provare mai più. Per un attimo gli si aggrappò, quasi con disperazione, ricambiando quel bacio e lottando contro la nostalgia che le colmava il cuore.

Poi, quando si staccarono, lei gli disse che era stanca — e tornarono a casa del padre e della madre di Paul, a East Hampton, molto più silenziosi di prima. Ariana continuava ancora a lottare contro la propria coscienza. Fino a quando avrebbe dovuto proseguire con quel giochetto? Fra l'altro, non poteva nemmeno affermare, con se stessa, di non amarlo. In realtà lo amava, o — meglio — il suo era una specie di affetto intenso, amichevole; d'altra parte, era un errore approfittarsi del sentimento che Paul provava nei suoi confronti, non era onesto lasciare che si assumesse la responsabilità di un figlio non suo. Quando, all'arrivo, scesero dall'automobile sul viale, Paul le circondò dolcemente le spalle con un braccio e la condusse in casa. Nell'ingresso la guardò con occhi pieni di tristezza.

«So quello che stai pensando. Non lo vuoi, non vuoi quell'anello, non vuoi ciò che quell'anello significa, non vuoi nemmeno me... non vuoi niente di tutto questo. Non importa, Ariana. Capisco.» Però la sua voce era commossa, quasi piangente, quando riprese: «Ma... oh, Dio, come ti amo... ti prego, lasciami stare con te, noi due soli, soltanto una notte. Lasciami sognare, lasciami immaginare quello che avrebbe potuto essere... se fossimo nella nostra casa, sposati, se tutti i miei sogni si trasformassero in realtà».

«Paul.» Ariana si staccò gentilmente dall'abbraccio ma, facendo quel gesto, si accorse che il bel viso giovanile di lui era inondato dalle lacrime. Allora non riuscì più a trattenersi; lo abbracciò forte, alzò il viso verso quello di lui, offrendogli un amore che non aveva più creduto di poter dare di nuovo a qualcuno. Pochi attimi più tardi erano nella sua camera da letto; con una dolcezza e una delicatezza da uomo molto più maturo dei suoi anni, Paul le tolse lentamente l'abito di seta. Poi rimasero distesi a lungo al chiaro di luna, abbracciandosi, accarezzandosi, sognando, baciandosi, senza dire più nulla. E infine, quando alle prime luci dell'alba, tutta la loro passione si era ormai consumata, caddero addormentati l'uno fra le braccia dell'altra.

40

«Buon giorno, mio tesoro.» Ariana socchiuse gli occhi, infastidita dalla luce del sole troppo viva, quando lo vide. Le aveva appoggiato un vassoio con la prima colazione sulle coperte e stava spalancando qualche cassetto per riporne il contenuto in una piccola valigia che aveva già spalancato sul letto.

«Si può sapere che cosa stai facendo?» Lei si mise a sedere di scatto lottando contro un'ondata di nausea. Il caffè aveva un aroma troppo acre e la nottata era stata lunga.

«Sto preparandoti la valigia.» Le sorrise, girando appena la testa sulla spalla.

«Ma dove andiamo? Tuo padre e tua madre saranno di ritorno stasera e si preoccuperanno a non trovarci...»

«Per stasera saremo già di ritorno.»

«E allora perché la valigia, Paul? Non capisco.» Si sentiva totalmente disorientata, seduta sul letto, ancora nuda, mentre uno sconosciuto dalle gambe lunghe impaludato in una vestaglia di seta blu, le preparava la valigia. «Paul, vuoi smettere un momento e spiegarmi che cosa stai facendo?» C'era una lieve nota di panico nella sua voce.

«Sì, fra un minuto.» Poi, quando ebbe finito, si voltò, venne a sedersi tranquillamente sul letto, le prese una mano, quella che aveva ancora infilato al dito l'enorme anello con il brillante dal taglio a smeraldo. «E va bene, adesso te lo dico. Partiamo per il Maryland, stamattina, Ariana.»

«Il Maryland? Perché?»

Ma stavolta lui l'affrontò senza perdere altro tempo. Come se dalla sera alla mattina si fosse trasformato in un uomo. «Andiamo nel Maryland a sposarci, perché io sono stufo di questi giochetti e non mi piace di vedere che ci comportiamo come due quattordicenni. Non lo siamo né tu né io, Ariana. Io sono un uomo e tu sei una donna e se questa notte è successo qualcosa fra noi, non si può escludere che succeda ancora, e più di una volta. Non mi piace fare certi giochetti con te, e non ti pregherò nemmeno di continuare a farli. Ti amo, credo che mi ami anche tu.» Poi la sua voce si addolcì lievemente. «Vuoi sposarmi, Ariana? Tesoro, ti amo con tutto il cuore.»

«Oh, Paul.» Gli tese le braccia con gli occhi colmi di lacrime. Possibile che lei, proprio lei, riuscisse a renderlo tanto felice? Se lo sposava, soprattutto per gratitudine pensando a quello che avrebbe dato a suo figlio, sarebbe sempre stata buona nei suoi confronti. Adesso, però, riusciva soltanto a piangere stretta fra le sue braccia. Era stata una decisione molto grave e, persino in quel momento, non era ancora sicura sul da farsi.

«La vuoi smettere di piangere? Perché non mi rispondi?» La baciò dolcemente sul collo, poi sul viso, sui capelli. «Oh, Ariana, ti amo... come ti amo...» La baciò di nuovo e stavolta lei annuì, e infine alzò il viso a guardarlo; e, in quel momento, altri volti le si presentarono alla memoria... quello di Manfred... quello di papà... per un attimo le parve perfino di rivedere con gli occhi della mente Max Thomas che la baciava nell'appartamento della mamma, la sera della fuga da Berlino. Che cosa avrebbero pensato se lei avesse sposato quell'uomo? Poi si rese conto che non aveva nessuna importanza; che questa era una decisione sua, che questa vita era solo sua. Loro non c'entravano più. Se n'erano tutti andati per sempre. Tutti. Lei era l'unica a rimanere... lei... e il bambino... e Paul. Adesso lui era molto più reale di quanto potessero sembrarle gli altri. Gli tese una mano con un lungo sorriso. Stava raggiungendolo da una vita completamente diversa, ma voleva unirsi a lui con il cuore, lo spirito... e mentre compiva quel gesto... giurò solennemente tra sé che non avrebbe mai tradito il loro amore.

«Ebbene?» Paul la guardò, tremante, quasi con la paura di prendere quella mano, con la paura di muoversi, di fare un gesto. Fu lei ad afferrargli le mani e a portarle lentamente alle labbra. Poi, a una a una, gli baciò le dita e chiuse gli occhi. Quando li riaprì, erano illuminati da una tale tenerezza che lui se ne sentì commosso fin in fondo al cuore.

«Sì.» Gli sorrise, gli si strinse più vicino. «Sì, mio tesoro. Sì! La risposta è sì.» Poi, nascondendogli la testa contro la spalla, si sentì colmare di gioia. «Come ti amerò, Paul Liebman!» Fece un passo indietro per contemplarlo. «Che uomo meraviglioso sei!»

«Mio Dio!» la guardò ridendo. «Devi essere ammattita. In ogni caso... a caval donato non si guarda in bocca! Continua pure a restare così, pazzerella che sei, e lascia che pensi io a tutto il resto!»

E così fece. Un'ora dopo erano già in viaggio per il Maryland. Con le valigie nel bauletto e la carta d'identità di Ariana, un documento di permesso temporaneo, in tasca. Qualche ora più tardi la moglie di un giudice di pace, in una località nei dintorni di Baltimora, scattava la loro fotografia mentre suo marito fissando solennemente Paul e facendo segno di sì con la testa, gli mormorava in tono fermo: «E adesso può baciare la sposa».

«Mamma... papà...» la voce di Paul era quasi tremante quando si decise ad affrontarli. Intanto, con tenerezza, aveva cercato la mano di Ariana. Gliela prese, la strinse con orgoglio e sorrise ai genitori con un'espressione che lasciava capire come fosse diventato un uomo. «Ariana e io siamo fuggiti per sposarci.» E rivolse un sorriso ad Ariana, così piccola, così nervosa. «Sono stato quasi costretto a usare la forza per convincerla, ecco perché ho preferito non perdere tempo ad aspettare il vostro ritorno per parlarne. Così...» rivolse un'occhiata piena di affetto al padre e alla madre e notò che, per quanto apparissero sbalorditi, non sembravano malcontenti «... posso presentarvi la moglie di Paul Liebman?» Si inchinò garbatamente verso Ariana, la quale si sprofondò a sua volta in una riverenza. Poi, con un movimento rapido e improvviso, si allungò a dargli un bacio e infine tese le braccia a Ruth. Questa la accolse sul proprio petto, la tenne stretta, per un attimo che parve lunghissimo, ricordando la ragazzina spaventosamente debole e malata che aveva salvato dopo il viaggio per mare. Sam rimase a guardarle per un attimo e infine aprì le braccia a suo figlio.

41

Come previsto, Ariana e Paul rimasero a East Hampton fino a settembre e soltanto dopo il Labor Day rientrarono in città con l'intenzione di mettersi a cercare un appartamento dove vivere per conto proprio. Paul cominciò anche a lavorare nell'ufficio del padre. Ruth unì le proprie forze a quelle di Ariana per andare a caccia dell'alloggio più adatto. Avevano appena finito la celebrazione del Rosh Hashanah tutti insieme, quando si rese libera una casetta piccola e civettuola verso la Settantesima Strada e dopo averci rapidamente riflettuto, Paul decise di prenderla. Per il momento, solo in affitto, tuttavia il proprietario lasciò capire che non gli sarebbe dispiaciuto venderla, sempre a loro, quando il contratto di affitto fosse scaduto. La giovane coppia giunse alla conclusione che non avrebbe potuto trovare un affare migliore. In tal modo, infatti, avrebbero avuto anche la possibilità di stabilire se era proprio quella la casa dei loro sogni.

A questo punto occorrevano soltanto i mobili per arredarla e, dal momento che le ragazze erano tornate a scuola, Ruth aveva più tempo a sua disposizione per aiutarli. Fra l'altro aveva anche meno impegni per la sua organizzazione di aiuto ai profughi e quindi finiva per passare praticamente quasi tutta la giornata con Ariana. E al suo sguardo attento non poteva sfuggire il fatto che lei aveva ricominciato a non stare bene.

«Ariana, sei tornata da Kaplan?» Ruth la guardò con aria piena di preoccupazione e Ariana annuì, mentre cercava di decidere, in mezzo a un mucchio di campioni, quale fosse il tessuto più adatto ad armonizzarsi al nuovo tappeto. «Insomma, ci sei stata, sì o no?»

«Certo. Giovedì scorso.» Per un attimo sfuggì lo sguardo di Ruth; poi alzò gli occhi verso la suocera con un lieve sorriso.

«Che cos'ha detto lui?»

«Che i frequenti svenimenti e i fastidi che adesso mi dà lo

stomaco continueranno ancora per un po'.»

«È convinto che si tratti di un malessere permanente?» Ruth, adesso, la stava guardando quasi con costernazione e Ariana si affrettò a far segno di no con la testa.

«No, assolutamente. Anzi, non è nemmeno preoccupato come prima per quello che mi riguarda! Ha spiegato che, prima, la colpa è stata tutta di quel viaggio così faticoso per arrivare qui. E che, adesso, è il prezzo che devo pagare per quello che ho fatto dopo il mio arrivo.»

«Mi vuoi spiegare che cosa significa tutto questo?» Poi, di colpo, capì che cosa voleva dire quel messaggio così misterioso. Spalancò gli occhi, scrutando Ariana, mentre le sue labbra si allargavano in un sorriso. «Vuoi dire che sei incinta?»

«Sì, sono incinta.»

«Oh, Ariana!» La guardò felice e attraversò in fretta la stanza per venire ad abbracciarla. Ma, subito, si mise di nuovo a scrutare quella giovane donna così esile e mingherlina con un'espressione che si era fatta di nuovo preoccupata. «Secondo lui andrà tutto bene? Non è troppo presto dopo che sei stata tanto male... sei così fragile e minuta... non una specie di cavallona come la sottoscritta!» Intanto stringeva forte la mano ad Ariana, eccitata e felice per la notizia. Per un attimo le sembrò di rivivere la gioia provata quando aveva saputo di aspettare il suo primo figlio.

«L'unica cosa che vuole da me è che vada a farmi visitare da uno specialista fra qualche tempo, quando saremo più vicini al momento della nascita.»

«Mi sembra ragionevole... ma quando sarà, a proposito?»

«Verso i primi di aprile.» Ariana si sentì sconvolta al pensiero di quella bugia e pregò in cuor suo che Ruth non venisse mai a sapere la verità per quello che riguardava il bambino. In silenzio giurò a se stessa e a Ruth che, un giorno, ci sarebbe anche stato un altro bambino, un vero Liebman. Era un dovere nei confronti di Paul avere anche un figlio suo; infatti, non appena fosse stata più in forze, voleva restare incinta un'altra volta e non una sola, se era questo che lui desiderava. Gli doveva ogni cosa per la protezione che stava per dare al figlio di Manfred.

Man mano che i mesi passavano, Paul diventava sempre più conscio delle proprie responsabilità, assumeva sempre più il tono e il modo di agire del futuro padre, aiutando Ariana a preparare la camera del bambino e sorridendole quando lei trascorreva le serate a sferruzzare per il nascituro. Anche Ruth aveva cominciato a portare scatole e scatole di tutto quello che aveva conservato dall'epoca in cui erano nati i suoi figli e adesso pareva che, ovunque Paul posasse gli occhi, ci fossero soltanto berrettini, cuffiette, scarpine, coprifasce e golfini.

«Be', basta girare gli occhi per queste stanze, signora Liebman, e si capisce subito che stiamo per avere un bambino.» Mancavano due settimane a Natale. Paul era convinto che lei fosse incinta soltanto da cinque mesi e mezzo mentre, in realtà, alla nascita del bambino mancavano più o meno soltanto sei settimane. Tuttavia non sembrava che nessuno si meravigliasse in modo particolare delle sue dimensioni esagerate. Tutti facevano il ragionamento che, se dava l'impressione di essere enorme, ciò era dovuto soltanto al fatto che la gravidanza era più appariscente in una donna esile e minuta come Ariana. Ormai, a questo punto, a Paul cominciava perfino a piacere il suo pancione — lo chiamava con una quantità di nomi buffi e diceva che doveva assolutamente accarezzarlo almeno un paio di volte prima di uscire per andare in ufficio ogni mattina, perché gli portava fortuna.

«No, ti prego!» gemeva lei ridendo, quando Paul le faceva il solletico. «Otterrai soltanto lo scopo di farlo scalciare di nuovo.»

«Dev'essere un maschio!» esclamò Paul una sera, con aria molto seria, mentre ascoltava quello che succedeva dentro di lei. «Secondo me sta cercando di giocare a football.»

Ariana si lasciò sfuggire un'esclamazione e alzò gli occhi al cielo; poi si mise a ridere prendendo in giro suo marito. «Certo che sta giocando a football qui dentro... credo che prenda a calci le mie reni, a giudicare da come si comporta.»

La mattina seguente, quando Paul fu uscito per andare in ufficio, accadde qualcosa di strano: per ore e ore Ariana si sentì sopraffatta da una terribile nostalgia della sua vita precedente. Rimase seduta in una poltrona per parecchio tempo a pensare a Manfred, poi andò a tirar fuori la scatola dei gioielli e si provò i suoi anelli. E infine ricominciò a pensare ai loro progetti e alle promesse... e si scoprì a domandarsi che cosa ne avrebbe pensato lui di questo bambino. Arrivò addirittura al punto di lambiccarsi il cervello al pensiero del nome che gli sarebbe piaciuto dargli. Paul pareva deciso a chiamarlo Simon, lo stesso nome del fratello che era morto, e non mollava su questa idea. Del resto, le pareva giusto. Era il minimo che potesse fare. Mentre era assorta nei suoi ricordi e frugava fra le poche cose che le erano rimaste, le capitò fra le mani la busta con le fotografie sue e di Manfred, nascoste in un libro, in un cassetto che teneva sempre chiuso a chiave, l'ultimo in basso della sua scrivania. Le tirò fuori, se le allargò in grembo e, fissando quel viso che aveva amato, non poté fare a meno di ricordare tutto di lui, della sua uniforme, centimetro per centimetro, e di risentirsi nelle orecchie le parole che lui aveva pronunciato quel lontano primo Natale passato insieme. Pareva incredibile che le fotografie, scattate la vigilia di Natale a quelle feste da ballo, risalissero solo a un anno prima. Con le lacrime che scendevano a fiotti sulle guance e sull'enorme pancione, si mise a fissarle stringendole fra le mani e non si accorse che era entrato suo marito. Pochi minuti dopo, Paul era di fianco a lei e stava fissando quelle fotografie con un'espressione che, da confusa, diventava sempre più inorridita, man mano che i gradi dell'uniforme dell'ufficiale tedesco gli apparivano più chiari davanti agli occhi.

«Mio dio, e questo... chi è?» Lo stava fissando sbalordito ma anche furioso; non gli era sfuggita l'espressione amorevole del viso di Ariana mentre, nella foto, si rivolgeva all'uomo che aveva vicino. Sentendolo parlare, lei trasalì terrorizzata. Non si era nemmeno accorta che fosse arrivato!

«Si può sapere che cosa sei venuto a fare?» Non piangeva più, ma stringeva ancora le foto fra le mani, alzandosi.

«Sono venuto a vedere come stava mia moglie! Volevo sapere se le avrebbe fatto piacere uscire a pranzo con me... Però mi accorgo di essere arrivato a interromperla mentre lei sta occupandosi di cose sue, private e, a quanto sembra, piuttosto misteriose. Dimmi, Ariana, è quello che fai ogni giorno o ti riserbi questo divertimento soltanto per le feste più importanti?» Poi, dopo un silenzio glaciale, riprese domandandole: «Ti spiacerebbe dirmi di chi si tratta?»

«Era... era un ufficiale tedesco.» Ariana guardò Paul quasi con angoscia. Non era questo il modo in cui avrebbe voluto che lui sapesse tutto!

«Me ne sono accorto dalla fascia che porta al braccio, da nazista. Non hai altro da dirmi? Per esempio, quanti sono gli ebrei che ha trucidato? Oppure qual era il campo di concentramento dove comandava?»

«Non ha ucciso nessun ebreo e non ha mai comandato in nessun campo! Anzi, mi ha salvato la vita. Ha impedito che fossi violentata da un tenente e diventassi la sgualdrina al seguito di un generale. Se non ci fosse stato lui...» cominciò a singhiozzare senza riuscire a fermarsi mentre stringeva fra le mani il ritratto dell'uomo che ormai era morto da sette mesi «... se non ci fosse stato lui... molto probabilmente anch'io adesso sarei morta.»

Per un attimo Paul si pentì di quello che le aveva detto ma poi, esaminando di nuovo quelle fotografie che Ariana stringeva fra le mani tremanti, si sentì sopraffare dalla collera. «In tal caso, si può sapere perché diavolo ridi e hai l'aria così divertita in queste fotografie... se la tua vita era in continuo pericolo?» Allungò le mani, le prese e, con crescente furore, si accorse che in una di esse Ariana stava ballando con l'ufficiale nazista. «Ariana, chi è quest'uomo?» Poi, di colpo, si rese conto del motivo per il quale lei era riuscita a sopravvivere anche ai campi di concentramento. La mamma aveva avuto ragione. E lui, adesso, non aveva nessun diritto di accanirsi contro di lei per quello che aveva fatto. Poverina, non le era rimasta altra scelta! Con tenerezza, profondamente sconvolto, tese le braccia ad Ariana e se la strinse al cuore come meglio poté... anche se, con quel pancione, non era facile! «Mi spiace... oh, tesoro mio, mi spiace. Per un attimo capisco di aver dimenticato quello che ti era successo. Ho visto soltanto quella faccia e quell'uniforme e mi è sembrato tutto talmente tedesco... che mi è sembrato di smarrire la ragione.»

«Ma anch'io sono tedesca, Paul.» Ariana continuava a

piangere, singhiozzando sommessamente fra le sue braccia.

«Certo, ma tu non sei come loro; e, se per salvarti dal campo di concentramento hai dovuto accettare di essere l'amante di quest'uomo, Ariana ti giuro che me ne infischio altamente di tutto quello che è successo.» Tuttavia, mentre pronunciava queste parole si accorse che Ariana si irrigidiva nelle sue braccia. Poi, lentamente in silenzio, si staccò da lui e tornò a sedersi.

«Dunque è questo che credi, Paul?» Lo squadrò per un attimo di un silenzio che parve interminabile e, poiché lui non rispondeva, riprese con voce sommessa: «Tu credi che io sia diventata l'amante di quest'uomo per salvarmi la pelle. Be', non è vero e adesso voglio che tu sappia la verità. Dopo la morte di mio padre e di Gerhard, lui... Manfred... mi ha portato nella sua casa e non si è aspettato niente da me, niente. Non mi ha violentata, non mi ha nemmeno toccata, non mi ha fatto del male. Mi ha dato semplicemente la sua protezione ed è diventato il mio unico amico».

«Questa è una storia molto commovente, ma perché quell'uniforme nazista, allora, Ariana?» La sua voce era glaciale ma lei rimase immobile dov'era, accorgendosi di non provare più nessuna paura... aveva capito che stava per fare la cosa più giusta.

«Sì, Paul, proprio così. Esistevano anche uomini bravi e onesti che portavano l'uniforme nazista, e lui era fra questi. Non si tratta soltanto di una divisione netta fra i buoni e i cattivi. La vita, a volte, non è tanto semplice!»

«Santo cielo, tesoro! Grazie per la lezioncina! Però ti confesso che, francamente, non è facile accettare di entrare in casa e di scoprire la propria moglie che lacrima sulla fotografia di uno stramaledetto nazista... e poi venire a sapere che era il suo 'amico'! I nazisti non erano amici di nessuno, Ariana. Come fai a non capirlo? Come puoi dire quello che stai dicendo? Tu sei un'ebrea!» Adesso non riusciva più a dominarsi, era furibondo e se la prendeva con lei che, invece, capì di doverlo affrontare. E fece segno di no con la testa.

«No, Paul, io non sono ebrea. Sono tedesca.» Lui rimase ammutolito, tanto era sconvolto e stupefatto; Ariana ne approfittò, perché aveva paura che, se avesse taciuto in quel momento, non sarebbe mai più riuscita a trovare le parole adatte per spiegarsi.

«Mio padre era un bravo tedesco, un banchiere; era a capo della banca più importante di Berlino. Ma quando chiamarono alle armi mio fratello che aveva appena compiuto sedici anni, papà non permise che Gerhard venisse arruolato.» Adesso cercava di sorridergli. Che sollievo raccontargli tutta la storia, raccontargli la verità, indipendentemente da quello che avrebbe potuto costarle.

«Le simpatie di mio padre non erano mai state a favore del nazismo e, quindi, quando cercarono di arruolare Gerhard, capì che dovevamo fuggire. Studiò un piano in modo da condurre mio fratello in Svizzera; poi sarebbe tornato a prendere me il giorno dopo. Solo che dev'essere accaduto qualcosa, perché lui non è mai più ritornato. I nostri domestici mi hanno tradita... erano persone nelle quali avevo sempre avuto la più completa fiducia, fin da quando ero nata...» la sua voce si alzò più forte «... allora sono arrivati i nazisti e mi hanno portata via. Mi hanno tenuta in una cella per un mese, Paul, nella speranza di poter ottenere un 'riscatto', nel caso papà fosse tornato... ma non è più tornato! Per un mese ho vissuto in una cella sudicia e puzzolente, mezza morta di fame, quasi fuori di me per l'angoscia, in un locale che era grande la metà di uno degli armadi a muro delle domestiche di tua madre. Poi mi hanno lasciata andare perché ero diventata inutile. Mi hanno portata in casa di mio padre, si sono tenuti tutte le nostre cose, e mi hanno buttata di nuovo fuori, in strada. A quanto pare, però, il generale che aveva occupato la casa di papà a Grunewald avrebbe voluto anche me. Manfred, quest'uomo...» e gli indicò le fotografie con le mani tremanti mentre le lacrime le scendevano a fiotti sulle guance «... mi ha salvata da lui, e da tutti gli altri. E mi ha tenuto al sicuro, mi ha protetta fin quando la guerra non è finita.» A questo punto la voce le si spezzò per l'emozione. «Fino alla caduta di Berlino, quando venne ucciso.» Alzò gli occhi verso Paul ma la sua faccia era dura, impenetrabile.

«E siete stati amanti, tu e questo schifoso nazista?»

«Come fai a non capire? *Lui mi ha salvata*! Ma non provi niente nei miei confronti per tutto questo?» Lo squadrò a lungo perché adesso si accorgeva di essere travolta, anche lei, da una collera sorda.

«Mi importa che tu sia stata l'amante di un nazista.»

«In tal caso sei uno sciocco. Io sono riuscita a sopravvivere, accidenti! Mi sono salvata!»

«Gli volevi bene?» La sua voce era glaciale — di colpo, per quanto avesse imparato a volergli molto bene, adesso Ariana si accorse di odiarlo. E che voleva fargli del male esattamente come lui stava facendone a lei.

«Ci tenevo moltissimo a lui. Gli volevo bene. Era mio marito, e lo sarebbe anche adesso se non fosse morto.»

Per un attimo rimasero immobili a squadrarsi, ben consapevoli di quanto era stato detto... poi, quando Paul riprese a parlare, aveva la voce che gli tremava. Guardò con aria significativa il pancione di Ariana e, infine, alzò gli occhi a fissarla in faccia.

«Di chi è questo bambino?»

Lei avrebbe voluto mentirgli, più che altro per la salvezza del nascituro, ma non ne aveva più la forza. «Di mio marito», gli rispose. La sua voce era forte, piena di fierezza — come se in quel modo restituisse la vita a Manfred.

«*Io* sono tuo marito, Ariana.»

«È di Manfred.» Rispose a voce bassa, rèndendosi conto improvvisamente di quello che aveva fatto a Paul. Quando ne misurò tutto l'orrore, provò quasi una vertigine.

«Grazie», bisbigliò Paul; poi, girando sui tacchi, uscì sbattendosi la porta alle spalle.

42

La mattina dopo Ariana ricevette un fascio di documenti dal legale di Paul. Era la notifica che il signor Paul Liebman aveva intenzione di intentarle causa di divorzio. Contemporaneamente riceveva la notifica ufficiale che un mese dopo la nascita del bambino avrebbe dovuto lasciare libera la casa anche se, nel frattempo, poteva continuare a occuparla. Per lo stesso breve periodo si sarebbe anche provveduto al suo mantenimento; quando se ne fosse andata di lì, una volta nato il bambino, le sarebbe stato consegnato un assegno per l'ammontare di cinquemila dollari. Nessun ulteriore aiuto era previsto in futuro per il bambino, dal momento che, a quanto sembrava, non era figlio del signor Liebman, né tantomeno per lei, date le circostanze del loro matrimonio, durato tanto poco e, apparentemente, fondato sulla frode. Nello stesso mucchietto di documenti si trovava anche una lettera firmata dal suocero che le confermava quelle disposizioni di carattere finanziario e un breve biglietto della suocera nel quale la accusava di averli traditi tutti. Come aveva osato fingersi ebrea! Quello, come Ariana aveva sempre sospettato, era il tradimento più atroce, per non menzionare il fatto che era incinta del figlio di 'qualche nazista'. La guerra li aveva colpiti tutti duramente. «Qualche nazista»... Ariana trasalì leggendo queste parole. Non solo, ma Ruth vietava formalmente ad Ariana di mettere piede nella casa della Quinta Avenue come di ripresentarsi davanti a loro in futuro. Se mai avessero scoperto che Ariana aveva tentato di rivedere Deborah o Julia, non avrebbero fatto tanti complimenti e si sarebbero affrettati ad avvertire la polizia. Dall'appartamento nel quale stava leggendo i documenti e le lettere che le avevano mandato, Ariana scoprì di provare un'ansia disperata: voleva mettersi di nuovo in contatto con Paul. Ma lui aveva cercato rifugio in casa dei suoi rifiutandosi assolutamente di rispondere alle sue telefonate. Preferiva tenersi in rapporto con lei attraverso il suo legale. Ben presto ebbero inizio i procedimenti relativi al divorzio di cui venne inoltrata domanda; i Liebman la tagliarono fuori completamente dalla loro vita e il ventiquattro dicembre, poco dopo mezzanotte, con un mese di anticipo, Ariana — sola — sentì le prime doglie del parto. Dimenticò di colpo tutta la sua sicurezza e le smanie di fare qualche bravata; e, per un poco, le mancò anche il coraggio. Si sentiva paralizzata dalla paura — paura dell'ignoto, della propria solitudine... tuttavia riuscì a mettersi in contatto con il dottore e a raggiungere l'ospedale con un tassì.

Dodici ore più tardi soffriva ancora, i dolori erano atroci, a tal punto che non era quasi più capace di ragionare. In preda al terrore, ancora sotto shock per quello che era accaduto con Paul e i Liebman, non si sentiva nelle condizioni di affrontare gli eventi; di tanto in tanto urlava il nome di Manfred, fino a che, in ultimo, le diedero qualcosa per calmare i dolori. Alle dieci della sera di Natale finalmente nasceva il bambino, con un taglio cesareo. Fortunatamente, malgrado le difficoltà del parto madre e figlio apparvero subito in buone condizioni. Mostrarono il neonato ad Ariana per pochi istanti — un fagottino minuscolo, grinzoso, con le mani e i piedi più piccoli che lei avesse mai visto.

Non assomigliava né a lei né a Manfred, nemmeno a Gerhard o a suo padre. Non assomigliava a nessuno.

«Come vuole chiamarlo?» domandò a bassa voce l'infermiera prendendole la mano.

«Non so.» Era talmente stanca e lui era così piccino... si domandò se non c'era pericolo, visto che era tanto minuscolo! Eppure, malgrado le sofferenze, ancora sotto l'influsso dell'anestetico, si accorse di sentirsi invadere da un'ondata di gioia profonda.

«È Natale, potrebbe chiamarlo Noel.»

«Noel?» Ariana ci pensò per un attimo sorridendo, ancora semintorpidita. «Noel? Sì, è carino.» Poi girando il viso nella direzione in cui immaginava che si trovasse il piccino, sorrise serena, in pace. «Noel von Tripp», si disse, abbandonandosi al sonno.

43

Quattro settimane esatte dopo la nascita del bambino, Ariana si trovava nell'ingresso della sua casa con le ultime valigie. Secondo gli accordi, lasciava libero l'appartamento; aveva già sistemato il bambino, bene infagottato, nel tassì. Erano diretti a un albergo che le aveva raccomandato un'infermiera dell'ospedale. Accogliente, non caro; la proprietaria era disposta a passare anche i pasti. In realtà Ariana non avrebbe dovuto essere già in circolazione, così presto dopo un taglio cesareo. Aveva fatto un ultimo tentativo di mettersi in contatto con Paul, telefonandogli in ufficio e, una volta ancora, si era decisa di tentare di rintracciarlo a casa. Tutto inutile. Non voleva parlare con lei. Era finita! Le aveva mandato i cinquemila dollari. Adesso voleva soltanto le chiavi di casa.

Ariana richiuse lentamente la porta dietro di sé con i propri vestiti e gli indumenti del bambino, le fotografie di Manfred, il volumetto delle opere di Shakespeare con il doppio fondo segreto che conteneva gli anelli, cominciò una nuova vita. Aveva già restituito a Paul il grosso brillante regalatole e portava di nuovo alle dita gli anelli di Manfred. Chissà perché si sentiva molto più à suo agio così — ormai capiva che non li avrebbe mai più tolti. Sarebbe rimasta per sempre Ariana von Tripp. E se fosse sembrato più opportuno lì, negli Stati Uniti, avrebbe lasciato cadere quel «von», tuttavia non avrebbe mai tradito la sua vita precedente, non avrebbe mai più mentito né finto di essere quella che non era. Aveva sofferto per colpa dei nazisti eppure sapeva meglio di chiunque altro che erano stati soltanto un'orda confusa di esseri umani — e in quell'orda, qua e là, c'era stato anche qualche uomo buono. Non avrebbe mai più tradito Manfred.

Lui era il marito che avrebbe continuato ad amare per il resto dei suoi giorni. L'uomo del quale parlare a suo figlio. L'uomo che aveva servito il suo paese con eroismo; e lei era la donna che lo aveva amato fino in ultimo. Poi gli avrebbe anche parlato del nonno e del simpatico Gerhard. Forse sarebbe addirittura arrivata a confidargli che aveva sposato Paul, ma non ne era del tutto sicura. Capiva di aver commesso un errore cercando di ingannarlo anche se, alla fine, lo aveva scontato duramente. In ogni caso, e sorrise abbassando gli occhi sul bambino addormentato, avrebbe sempre avuto questo figlio.

44

QUANDO Noel compì due mesi, Ariana, che aveva risposto a un'inserzione sul giornale, trovò un impiego in una libreria specializzata in libri stranieri. Le permisero perfino di portare con sé il bambino; le pagavano uno stipendo molto modesto con il quale, se non altro, lei e il piccino riuscivano a mantenersi.

«Ariana... secondo me dovresti farlo... sul serio!» La giovane donna la stava fissando con aria decisa mentre Ariana cercava di tener d'occhio il suo vivacissimo bambino. Ormai lavorava nella libreria da più di un anno e Noel aveva imparato presto a camminare; già lo incantavano quei volumi dai colori vivaci ammucchiati negli scaffali più bassi, vicino al pavimento.

«Non credo di volere niente da loro, Mary.»

«D'accordo, ma... per il bambino? Non vorrai continuare a fare questo lavoro per il resto dei tuoi giorni!» Ariana la guardò esitante. «Non c'è niente di male a domandare. In fondo non domandi la carità, ma semplicemente quello che è tuo.»

«Quello che *era* mio. È diverso. Quando sono venuta via, era tutto nelle mani dei nazisti.»

«Se non altro, vai al consolato e prova un po' a chiedere a loro!» Mary continuò a insistere e Ariana giunse alla decisione che forse sarebbe stato opportuno chiedere un giorno di permesso, l'indomani. Il governo tedesco aveva già aperto un servizio mediante il quale le persone che avevano perso beni e proprietà per colpa dei nazisti avrebbero potuto chiedere un compenso per tutto ciò che non possedevano più. Ariana non aveva nessuna prova di ciò che era stato suo — né della casa di Grunewald né dello *Schloss* della famiglia di Manfred che, per diritto, avrebbe dovuto essere suo.

Quindici giorni dopo, un giovedì — il suo giorno di libertà — sistemò Noel nel passeggino e lo condusse al consolato. Era una giornata di marzo, fredda e tempestosa; quasi quasi, Ariana aveva rinunciato a uscire perché aveva paura che nevicasse. In ogni caso aveva infagottato ben bene il bambino nella sua copertina più pesante. Entrò varcando l'imponente porta di bronzo.

«*Bitte?* In che cosa posso esserle utile?» Per un attimo Ariana si guardò intorno sgranando gli occhi. Da quanto tempo non sentiva più parlare la propria lingua, da quanto tempo non vedeva più una persona europea oppure le cose eseguite con tanto rigore, in modo tanto ufficiale... com'era stata abituata una volta... e per un attimo non poté far altro che guardarsi intorno sbalordita. Era come se, in un istante, fosse stata trasportata di nuovo in patria. Lentamente cominciò a rispondere e a spiegare il motivo per il quale era venuta. Con sua grande meraviglia venne trattata con estrema cortesia, con il più profondo rispetto; ottenne le informazioni che desiderava, si vide consegnare un mucchietto di moduli da compilare e si sentì invitare a tornare la settimana successiva.

Questa volta l'ingresso era piuttosto affollato. Aveva in tasca tutti quei moduli debitamente compilati; adesso non le restava che aspettare che la facessero parlare con qualche funzionario del consolato, di quelli di grado più basso, che avrebbe provveduto a inoltrarli. E poi... chi sapeva quanto tempo ci sarebbe voluto. Magari anni... e chissà se sarebbe riuscita a ottenere qualcosa! In ogni caso, valeva sempre la pena di tentare.

Mentre si trovava nell'interno del consolato, con Noel addormentato nel suo passeggino, non poté resistere all'impulso di chiudere gli occhi per immaginarsi di nuovo a casa. Intorno a lei, c'erano soltanto tedeschi, e suono di voci che parlavano il bavarese di Monaco, o la lingua con l'accento di Lipsia o di Francoforte... perfino quello con la cadenza particolare di Berlino. Tutto le sembrava così dolce e così familiare e al tempo stesso così doloroso. Fra tante parole e tanti accenti, tante pronunce familiari, non poteva ascoltare nemmeno il timbro di una voce conosciuta. Poi, improvvisamente, come in un sogno, si sentì prendere per un braccio, qualcuno proruppe in un'esclamazione di sorpresa, con la voce spezzata e il fiato corto, e quando lei alzò la testa a guardare, si scoprì a fissare un paio di occhi scuri che non le erano ignoti. Occhi che aveva già visto prima, chissà dove... occhi che aveva conosciuto... e fissato per l'ultima volta... solo tre anni prima.

«Oh, mio Dio! Oh, mio Dio!» Poi, improvvisamente, Ariana scoppiò in lacrime. Era Max... Max Thomas... D'impeto, senza pensarci, gli si buttò fra le braccia. E lui la tenne stretta contro di sé per quelle che le sembrarono ore e ore, ridendo e piangendo con lei. L'abbracciò, la baciò, prese in braccio il bambino... era per tutti e due un sogno che non avrebbero mai creduto di vedere trasformato in realtà. E infine, mentre erano lì seduti, l'uno vicino all'altra, nell'ingresso ad aspettare, Ariana gli parlò del padre e di Gerhard, e di come avevano perso la loro casa. Poi, con voce sommessa, gli parlò di Manfred; senza più timore né vergogna, spiegò a Max che lo aveva amato, che si erano sposati, che Noel era figlio suo. Ma scoprì quasi subito che, salvo per quanto riguardava Noel, lui sapeva già tutto. Aveva battuto a tappeto Berlino, dopo la guerra, per rintracciare lei e suo padre.

«Non li hai più cercati dopo la guerra, Ariana?»

Lei esitò per un attimo e infine scosse la testa. «A dir la verità non sapevo come fare. Mio marito ripeteva di essere ormai convinto che papà fosse morto. Poi, quando mi sono messa in contatto con un suo amico di Parigi, che dirigeva una specie di organizzazione di assistenza ai profughi, prima di partire dall'Europa, lui ha controllato ogni possibile indizio, battuto ogni possibile strada, cercando le loro tracce, soprattutto quelle di

Gerhard.» Sospirò lievemente. «Ha perfino cercato di rintracciare te, ma nessun segno... né di te, né di Gerhard.» Soltanto in quel momento si rese conto, sbalordita, del significato di ciò che aveva appena finito di dire. Se a quell'epoca non si era trovata traccia di Max e lui era vivo... non avrebbe potuto capitare la stessa cosa anche per Gerhard? Per un attimo restò sbalordita; Max le prese delicatamente la faccia fra le mani e scosse lentamente la testa.

«No, non pensarlo. Se ne sono andati per sempre, Ariana. Lo so. Li ho cercati anch'io. Dopo la guerra sono tornato a Berlino per tentare di mettermi in contatto con tuo padre e...» era stato lì lì per dire «rivedere te». «Ho saputo dai funzionari della banca di Berlino quello che era successo.»

«Che cosa ti hanno raccontato?»

«Che era scomparso. Ed erano quasi tutti convinti che con molta preveggenza se ne fosse andato per salvare Gerhard dal servizio militare. In ogni caso non esisteva più la minima traccia né di lui né di Gerhard. In un'occasione, in Svizzera, la cameriera di un albergo ha riconosciuto una sua fotografia che avevo con me; credeva che fosse, o somigliasse, al ragazzo che aveva alloggiato lì, presso di loro, all'incirca un anno prima, però non ne era sicura e, dopo aver guardato con maggiore attenzione la fotografia per un po', ha dichiarato che non si trattava dello stesso ragazzo. Io sono tornato in Svizzera e li ho cercati per tre mesi.» Sospirò profondamente, appoggiandosi al muro con aria stanca. «Secondo me, sono stati sorpresi dai soldati che pattugliavano il confine. È l'unica risposta che abbia un senso. Se fossero vivi, a un certo punto sarebbero tornati a Berlino. Cosa che non hanno mai fatto. E io sarei rimasto in rapporto con loro.»

Mentre lo ascoltava, Ariana aveva l'impressione di essere di nuovo in contatto con la realtà — e Max aveva ragione. Se fossero stati vivi, si sarebbero visti di nuovo in giro; se Max era rimasto in rapporto con i funzionari della banca di Berlino, bisognava accettare la sua opinione. Tuttavia, ascoltando le notizie che le dava, Ariana ebbe l'impressione che il suo dolore si rinnovasse e si sentì straziare il cuore una volta di più. Max le circondò le spalle con un braccio. Si mise ad accarezzarle i capelli d'oro. «Sai che è incredibile? Sapevo che eri venuta negli Stati Uniti, Ariana, ma non credevo che ti avrei mai più rivista.»

Lei si voltò a guardarlo stupita. «Sapevi? E come?»

«Te l'ho detto, vi ho cercato tutti e tre. Dovevo cercarvi. Dovevo la vita a tuo padre e...» per un attimo la sua espressione diventò quella di un adolescente. «Non ho mai... dimenticato quella sera... la notte in cui...» abbassò la voce «... ti ho baciata. Te ne ricordi?»

Lei lo guardò con tristezza. «Credi sul serio che avrei potuto dimenticarmene?»

«Perché no? È passato tanto tempo!»

«È stata una strada molto lunga per tutti. Però tu hai ricordato. E anch'io.» Poi le venne in mente qualcos'altro. Voleva essere informata anche nei minimi particolari di tutta quella storia. «Come hai fatto a sapere che ero venuta negli Stati Uniti?»

«Non te lo so dire... È stato più che altro un sospetto, una sensazione. Pensavo che dovevi essere sopravvissuta alla caduta di Berlino, se non ci eri rimasta. Come moglie di un ufficiale tedesco... vedi, lo sapevo.» Esitò per un attimo, frugandole nello sguardo con occhi penetranti. «Ci sei stata costretta?»

Lei fece segno di no con la testa. Possibile che dovesse continuare per tutta la vita a negare questo fatto? «No, Max, assolutamente. Era un uomo meraviglioso.» Ricordò all'improvviso Hildebrand e il generale Ritter... e von Rheinhardt e i suoi interminabili interrogatori... tornare lì al consolato, tendere l'orecchio ai brani di conversazione che sentiva intorno a lei, pronunciati in tedesco, le faceva riaffiorare tutto ciò alla memoria. Con uno sforzo riportò la propria attenzione su Max. «Mi ha salvato la vita, Max.» Fra loro cadde una lunga pausa di silenzio; poi Max la prese lentamente fra le braccia. «Qualcuno mi ha detto che lui è stato ucciso.» Lei fece segno di sì con aria grave, a confermarglielo. «Così ho cercato di studiare le varie possibilità — e la Francia era una di queste. All'Ufficio Immigrazione di Parigi esisteva la registrazione dei documenti di viaggio che ti erano stati consegnati. In questo modo ho saputo la data della tua partenza dalla Francia. E da te sono risalito a Saint Marne.» Ariana si accorse di essere commossa.

«Che cosa ti ha spinto a cercarmi con tanto accanimento?»

«Lo sentivo come un dovere nei confronti di tuo padre, Ariana. Ho assunto un investigatore per cercare tutti voi, dopo essere tornato a Berlino. Ma di tuo padre e di Gerhard...» esitò per un attimo, «non è stata trovata la minima traccia.» Poi abbozzò un sorriso. «Mentre per quello che ti riguardava, *Liebchen*, sapevo che eri viva e non volevo rinunciare a trovarti.»

«E allora perché lo hai fatto? Perché non sei venuto a cercare subito qui? Sono sicura che Jean-Pierre deve averti detto che ero partita per New York.»

«Infatti. Sai che è morto?»

«Jean-Pierre? Morto?» La notizia la lasciò molto sconvolta.

«Sì, in un incidente d'auto nei dintorni di Parigi.» Un attimo di silenzio calò su di loro; poi Max continuò.

«Mi aveva fornito il nome di certa gente del New Jersey. Io ho scritto e quelli mi hanno detto chiaro e tondo di non averti mai neanche vista! Hanno confermato che avrebbero dovuto diventare i tuoi 'garanti', come si dice, e accoglierti in casa loro ma che avevano cambiato idea». Lentamente Ariana ricordò quella gente del New Jersey. Erano scomparsi dalla sua vita durante il periodo in cui era ricoverata in ospedale.

«Mi hanno risposto che ignoravano a chi tu fossi stata affidata e nessun altro lo sapeva. Quelli che avevano rilevato l'archivio dell'organizzazione di Saint Marne a Parigi non ne avevano la minima idea. È stato soltanto parecchi mesi dopo, quando anch'io sono venuto qui, che qualcuno, alla Women's Relief Organization mi parlò dei Liebman. Ma quando cercai di avere un colloquio con loro, le cose cominciarono a diventare confuse.»

Ariana provò un tuffo al cuore, sentendo pronunciare quel nome.

«Che cosa hanno detto?» Pareva stranamente ansiosa.

«Hanno detto che non ti avevano mai vista e che non avevano la minima idea di dove tu potessi essere. La signora Liebman mi ha dichiarato di ricordarsi il tuo nome ma che non aveva altre informazioni da fornirmi.» Ariana annuì lentamente. Sì, poteva immaginare che Ruth avesse fatto qualcosa del genere. Era talmente furibonda contro di lei che sarebbe stata capace di negare qualsiasi cosa, soprattutto il matrimonio con suo figlio. Lentamente Ariana sollevò gli occhi... fino a fissarli in quelli di Max con una tale espressione da fargli capire che c'era sotto molto, ma molto di più.

«Da quel momento in poi, non sono più stato capace di seguire le tue tracce.»

«Non importa, Max.» Gli accarezzò dolcemente un braccio. «Alla fine mi hai trovata.» Esitò per un attimo e infine si decise a raccontarglielo. Perché no? «Ruth Liebman ti ha mentito. Sono stata sposata con suo figlio.» Max non le nascose la propria meraviglia man mano che Ariana gli confessava tutto, così piccola, così pallida, e continuava a rivelargli quanto era accaduto, senza nascondergli niente. Mentre l'ascoltava, gli salirono le lacrime agli occhi. Senza accorgersene le prese una mano e si mise a stringergliela forte mentre lei gli confidava tutta la sua storia, dall'inizio alla fine.

«E adesso?»

«Aspetto il divorzio. La sentenza definitiva sarà pronunciata in luglio.»

«Mi spiace, Ariana. Che cos'altro posso dire?»

«È stata tutta colpa mia. Non avrei dovuto comportarmi in quel modo, ma ero sciocca e ignorante! Mi spiace soprattutto perché adesso li ho persi tutti ed erano persone molto speciali, diverse dalle altre! Ruth ha salvato la mia vita... e quella di Noel.»

«Chissà che un giorno non cambino idea!»

«Ne dubito.»

«Il bambino?» Max sorrise pensoso, ricordando i propri figli alla stessa età. «Come si chiama?»

«Noel.» Ariana ricambiò il suo sorriso. «È nato il giorno di Natale.»

«Che bel regalo per te!» Poi, rivolgendole un'occhiata piena di tenerezza: «Eri sola?» Lei assentì lentamente.

«Mi dispiace, Ariana.» Lei, invece, era dispiaciuta per tutti. Quanta strada avevano fatto, quante cose avevano perso in pochi anni! Eppure le pareva di essere fortunata guardandosi intorno, osservando le persone che aspettavano come lei di inoltrare la propria domanda per ottenere un compenso di ciò che avevano perduto... lei aveva un bambino adorato come Noel, così prezioso, un bambino che valeva senz'altro tutto questo!

«E tu? Che cosa mi racconti di te?» Mentre continuavano ad aspettare nei corridoi del consolato, Max le raccontò che erano stati i quadri di suo padre a consentirgli di vivere per tutto il periodo della guerra e non solo a mantenersi, ma, addirittura, a frequentare l'università, studiare legge, e diventare avvocato al suo arrivo negli Stati Uniti. Era rimasto in Svizzera fino al termine del conflitto, facendo i mestieri più vari, vivendo precariamente, aspettando finché — arrivati all'armistizio — si era deciso a vendere l'ultimo dei due dipinti e, poco dopo, era partito per gli Stati Uniti. Tutto questo era accaduto un paio d'anni prima.

Adesso era ridiventato ufficialmente avvocato, come allora. Ecco il motivo che lo aveva portato lì, al consolato. Anche lui voleva inoltrare la propria domanda e prendere contatti con i funzionari del consolato perché gli consentissero di occuparsi personalmente delle stesse richieste, da parte di altre persone, che ormai stavano arrivando in una vera fiumana. Sperava che il consolato lo raccomandasse, come legale, dal momento che aveva una laurea valida sia in Germania sia negli Stati Uniti.

«Non diventerò ricco, ma potrò guadagnarmi da vivere. E tu? Sei riuscita a salvare qualcosa, quando sei venuta via, Ariana?»

«La pelle, qualche gioiello... e le fotografie di Manfred.» Lui annuì lentamente, ricordando tutto quello che avevano avuto una volta, il fasto della casa paterna. Pareva incredibile che venissero da tanto lontano e che a nessuno dei due fosse rimasto nulla di quel mondo. Solo i ricordi e qualche gingillo, le memorie e i sogni.

Per Max erano memorie che gli impedivano di recarsi di nuovo in patria.

«Hai mai pensato di ritornare, Ariana?»

«Veramente, no. Non ho più niente laggiù, come qui, del resto. E non ho nessuno all'infuori di Noel. Qui credo che potrà avere una buona vita.»

«È quello che gli auguro.» Max sorrise dolcemente guardando il bambino. Gli ricordava i propri figli. Poi lo prese in braccio, con gentilezza, togliendolo alla mamma, e gli arruffò i capelli con una carezza. Lì in piedi, l'uno vicino all'altra, sembravano quasi una famiglia, ridente, felice, unita; e nessuno, all'infuori di chi c'era stato, avrebbe immaginato quanto era stata lunga la strada che avevano percorso.

Libro quarto

NOEL

45

La cerimonia si svolse in una luminosa mattina piena di sole nel grande cortile di Harvard fra la Widener Library e la Appleton Chapel. Pareva di avere davanti agli occhi una marea di luminosi volti giovanili, di figure alte, snelle, avvolte nella cappa, con il tocco sulla testa, in attesa di ricevere quel diploma per il quale avevano lottato e faticato tanto a lungo. Ariana li osservava con un sorriso, e gli occhi offuscati di lacrime; Max, seduto al suo fianco su una delle scomode poltroncine pieghevoli, le stringeva la mano e osservava scintillare al sole il grosso smeraldo che lei, adesso, portava sempre.

«Come è bello, Max, eh?» Si chinò lievemente verso l'anziano signore con i capelli bianchi e l'aria distinta che Max era diventato, e lui le allungò un colpetto affettuoso sul braccio e sorrise.

«Come faccio a dirtelo, Ariana? Non riesco nemmeno a capire chi è, in mezzo a tutti!»

«Insomma, c'è gente che non ha proprio il minimo rispetto per niente e per nessuno!» Bisbigliavano fra loro come bambini, gli occhi ancora luminosi e ridenti. Lui era stato il suo fedele compagno e lo era ancora, da quasi venticinque anni, ormai; e continuavano sempre a godere pienamente l'uno la compagnia dell'altra.

Ariana alzò gli occhi a sorridergli; la sua bionda bellezza non era ancora appassita. Col tempo si era fatta soltanto un po' meno splendente. Le fattezze erano ancora perfette, i capelli di un tenuo colore dorato, gli occhi sempre grandissimi e dello stesso intenso colore azzurro. Era Max che appariva cambiato più profondamente per quanto fosse ancora alto, magro, quasi allampanato, con quelle folta criniera di capelli ormai tutti candidi. Poiché aveva diciannove anni più di Ariana, toccava adesso i sessantaquattro.

«Oh, Max, come sono orgogliosa di lui!»

Stavolta lui le circondò dolcemente le spalle con un braccio e assentì. «Hai tutti i motivi per esserlo. È un bravo ragazzo.» Poi sorrise ancora. «E un ottimo avvocato. Peccato che voglia mettersi a lavorare per quello studio che è tanto sulla cresta dell'onda! Sarei stato fiero di farlo diventare mio socio.» Tuttavia per quanto lo studio legale di Max, a New York, avesse assunto proporzioni considerevoli, era sempre relativamente piccolo a confronto di quello che aveva già avanzato un'offerta di lavoro a Noel l'estate precedente. E lui ci aveva lavorato, come impiegato, per quell'estate; ma presto gli era arrivata la proposta di farsi assumere definitivamente non appena si fosse laureato alla facoltà di legge di Harvard. E adesso quel momento era venuto.

Verso mezzogiorno la cerimonia si concluse e lui si precipitò ad abbracciare affettuosamente sua madre e a stringere la mano allo zio Max.

«Be', siete riusciti a sopravvivere? Avevo quasi paura che mi prendeste un colpo di sole!» I grandi occhi azzurri erano ridenti e luminosi mentre si rivolgeva a sua madre e lei alzò la testa a guardarlo in viso — a volte restava ancora sbalordita... tanto assomigliava a quella di Manfred! Aveva la corporatura alta e snella di suo padre, le spalle larghe, le mani lunghe e sottili eppure... per quanto strano potesse sembrare... di tanto in tanto un movimento, un'espressione... anche qualcosa che ricordava alla lontana Gerhard e, in queste occasioni, Ariana non poteva fare a meno di sorridere guardandolo... Sì, vivevano ancora, loro, in suo figlio.

«Tesoro, è stata una magnifica cerimonia. Se tu sapessi come siamo orgogliosi!»

«Anch'io, sapete?» Chinò le ampie spalle per esserle più vicino mentre parlava e Ariana gli accarezzò il viso con la mano in cui aveva infilato, al mignolo, l'anello con le iniziali in brillanti di sua madre e all'anulare l'altro, che le aveva donato Manfred — nessuno dei due aveva mai più lasciato le sue mani da quando Noel era nato. In quei primi anni dopo che Paul l'aveva lasciata, non aveva mai rinunciato a quegli anelli che erano il suo bene più prezioso. Non solo rappresentavano l'ultima sicurezza, ma costituivano anche l'unico ricordo del passato.

Col tempo Max era riuscito a farle ottenere un compenso per la casa di Grunewald e parte dell'arredamento che questa conteneva oltre che per lo *Schloss* di Manfred. L'ammontare della somma non costituiva un patrimonio favoloso; era tuttavia una cifra piuttosto considerevole, la quale, investita con oculatezza, aveva fornito a lei e al bambino una solida rendita e avrebbe continuato a fornirgliela per tutto il resto della vita. A lei non occorreva molto di più. Considerava ormai finiti i giorni di gloria. Aveva potuto lasciare l'impiego nella libreria. Si era acquistata una casetta nell'East Side, verso la Settantesima Strada, aveva investito tutto quel denaro e dedicato ogni attimo della vita al suo unico figlio.

Durante quei primi anni Max aveva cercato di convincerla a sposarsi con lui ma, dopo un po', aveva smesso... Nessuno dei due desiderava avere altri figli; a modo loro, ciascuno si sentiva ancora troppo legato alle persone a cui aveva voluto bene in passato. Max, quindi, per qualche tempo aveva conservato un piccolo appartamento in affitto ma, alla fine, dietro le insistenze di Ariana, ne aveva comperato uno, piccolo ma molto bello, in un condominio situato proprio davanti alla casa di lei. Andavano all'opera, a teatro, a cena, a volte scomparivano insieme per l'intero fine-settimana ma, in conclusione, tornavano sempre ciascuno al proprio rifugio. Per parecchio tempo Ariana si era comportata in questo modo più che altro a motivo di Noel ma, a un certo punto, era diventata un'abitudine. Adesso, perfino in quei sette anni durante i quali Noel aveva studiato a Harvard, Ariana continuava a passare moltissimo tempo a casa propria.

«Hai ogni diritto di essere orgoglioso, tesoro.» Lo guardò da sotto l'ala del cappello di paglia e lui si domandò per un attimo — cosa che Max faceva molto spesso — quando e, se mai, avrebbe mostrato i segni dell'età. Era ancora straordinariamente bella, pressappoco come lo era stata da ragazza.

Noel, però, adesso stava scuotendo la testa e sorrideva. «Non intendevo dire che mi sentivo orgoglioso di me stesso», bisbigliò. «Ma che sono orgoglioso di te.» Lei gli rivolse una lieve risatina, divertita, gli accarezzò il viso e infilò il braccio sotto quello di Max.

«Non credo che tu debba dire cose simili a tua madre, Noel.»

«Giusto. A parte il fatto...» Max sorrise a tutti e due «... che potrei diventare geloso. Risero insieme e Ariana prese fra le proprie la mano di Max. «Allora... quando cominci a lavorare, Noel?»

«Figurati se ho intenzione di mettermi a sgobbare subito, zio Max! Neanche per sogno! Vuoi scherzare, vero? Mi prendo una vacanza!»

Ariana si voltò a guardarlo di scatto, meravigliata e compiaciuta. «Davvero? Dove avresti intenzione di andare?» Infatti Noel fino a quel momento non le aveva detto niente. Ormai era un uomo. Né lei si aspettava che la mettesse a parte di tutti i suoi progetti. Con molta saggezza, e con l'aiuto di Max, aveva imparato a lasciarlo andare lentamente per la sua strada soprattutto da quando, nell'autunno del 1963, aveva lasciato la casa materna per frequentare l'università a Harvard.

«Pensavo di andare in Europa.»

«Davvero?» Lo guardò stupita. Per i viaggetti, sempre fatti insieme, avevano scelto la California, l'Arizona, la visita del Grand Canyon, New Orleans, il New England... Ovunque fossero andati, avevano sempre evitato l'Europa perché né Max né lei si erano mai sentiti abbastanza forti da ritornarci. Che significato aveva ritornare negli antichi luoghi, rivedere le case dove abitavano, i posti che frequentavano, le persone che avevano amato — persone ormai scomparse per sempre anche se non erano mai dimenticate? Già da molto tempo Max e Ariana si erano trovati d'accordo nel dire che non ci sarebbero più ritornati. «E dove, in Europa, Noel?» Per un attimo Ariana era impallidita.

«Non ho ancora deciso.» Lui la guardò con dolcezza: «Però credo che probabilmente mi fermerò in Germania, mamma. Devo farlo... voglio farlo...» Lei annuì lentamente. «Puoi capirlo?»

Ariana sorrise con tenerezza a quel figlio che era diventato, di punto in bianco, un uomo. «Sì, tesoro, lo capisco.» Eppure si meravigliava accorgendosi che quella notizia le faceva male. Aveva sempre desiderato appassionatamente offrirgli tutto ciò che era americano, creare per lui un mondo, una vita, nella quale non potesse esserci posto per la Germania — un'esistenza in cui il ragazzo fosse contento di ciò che aveva lì, negli Stati Uniti, senza provare mai neppure il più vago desiderio di tornare in quello che era stato il vecchio mondo di lei.

«Non fare quella faccia, Ariana! Non essere così triste.» Max la guardò con tenerezza mentre Noel correva via a procurarsi il necessario per il loro pranzo. «Prima di tutto per lui non è un 'ritorno'. Lui va semplicemente a vedere qualcosa di cui ha sentito parlare, di cui ha letto. Non è necessario che questo viaggio abbia il significato più profondo che tu vuoi dargli. Fidati di me.» Lei alzò gli occhi a guardarlo e sorrise lentamente.

«Forse hai ragione.»

«È una curiosità, legittima, credimi. A parte il fatto che non è soltanto il tuo paese, Ariana, ma il paese di suo padre.» E sapevano entrambi che, per Noel, tutto ciò era sacro. Per Noel, Manfred era sempre stato una specie di Dio. Ariana gli aveva raccontato tutto di suo padre, come l'aveva salvata dai nazisti, com'era stato buono, quanto si erano voluti bene. Aveva visto le fotografie di suo padre in uniforme. Niente gli era stato nascosto, né risparmiato.

Max la guardò di nuovo, mentre se ne stavano lì seduti, sotto il tiepido sole di Cambridge; poi le accarezzò teneramente la mano. «Sei stata bravissima con lui, Ariana.»

«Trovi?» Le lanciò un'occhiata maliziosa da sotto l'ala del cappello.

«Sì, trovo!»

«E tu non hai contribuito per nulla, vero... è così?»

«Be', soltanto un po'...»

«Max Thomas, sei un gran bugiardo. In realtà Noel è tanto figlio tuo quanto mio!» Per un lungo momento Max non le rispose, poi la baciò dolcemente sul collo.

«Grazie, tesoro.»

Trasalirono, sconcertati, perché Noel era lì davanti a loro, carico di due vassoi, con un sorriso che gli andava da un orecchio all'altro. «Insomma, se vi mettete a farvi le coccole a questo modo, tutti capiranno che non siete sposati...» Scoppiarono tutti in una risata, e Ariana arrossì.

«Ma... Noel!»

«Inutile guardarmi in quel modo, mamma. Non ero io, seduto qui a comportarmi come una adolescente... e per di più *alla luce del sole*!» calcò con la voce su queste parole provocando un'altra risata generale; poi li guardò di nuovo con un altro tenero sorriso. «È bello vedervi così felici.»

«Perché? Non lo siamo sempre?» Ariana rivolse uno sguardo stupito a Max, e poi a suo figlio, che annuì lentamente.

«Sì, è incredibile, ma siete sempre felici. Anche se credo che sia una cosa abbastanza rara.» Sorrise di nuovo. Stavolta Ariana diede un bacio a Max senza parlare.

«Forse lo è.»

Poi si misero a mangiare e, poco dopo, arrivò il momento in cui l'oratore ufficiale avrebbe dovuto fare il suo discorso. Noel si alzò in piedi di scatto a salutare qualcuno. Per un attimo la toga gli si gonfiò intorno alla figura mentre si sbracciava a fare segnali, tentando di insistere verso qualcuno perché li raggiungesse, e infine tornò a sedersi sorridendo felice e scambiò un'occhiata vittoriosa con sua madre e con Max.

«Adesso lei viene.»

«Chi è *lei*?» lo stuzzicò Max e stavolta toccò a Noel arrossire. Pochi minuti più tardi erano raggiunti da una signorina. Noel si alzò subito in piedi. Era incredibilmente alta ma con una bella figura slanciata e piena di grazia, tanto bruna quanto Noel era biondo. Aveva grandi occhi verdi, la carnagione olivastra e folti capelli neri e lucenti. Aveva anche gambe lunghe e affusolate; Ariana notò che portava i sandali.

«Max, mamma, questa è Tamara.» Una presentazione piena di disinvoltura, simpatica. La ragazza sorrise, mettendo in mostra una dentatura perfetta.

«Tammy, mia madre e lo zio Max.»

«Piacere.» Lei strinse educatamente la mano poi, scuotendo la testa, si buttò di nuovo i lunghi capelli corvini sulle spalle e, infine, guardò Noel negli occhi. Per un attimo sembrò che si trasmettessero un segreto, che si scambiassero un messaggio misterioso. Involontariamente, Max si accorse di guardarli sorridendo. Perché quell'espressione fra due persone poteva significare una cosa sola.

«Studi anche tu legge, Tamara?» Ariana la guardò educatamente, cercando di non sentirsi turbata dalla presenza di quella ragazza nella vita di suo figlio. In realtà non c'era niente di inquietante in lei; sembrava una ragazza schietta e cordiale.

«Sì, però lei ne deve ancora mangiare di pagnotte... prima di diventare avvocato!» esclamò Noel in tono malizioso, accarezzandole una ciocca di quei capelli lucenti. «È soltanto una miserabile pivella», insistette, sempre più malizioso, e lei gli lanciò un'occhiataccia, ma senza cattiveria.

«Effettivamente mi mancano ancora due anni per finire», spiegò a Max e Ariana. «Oggi, Noel è gongolante... molto soddisfatto di sé!» Lo aveva detto come se ci fosse una grande intesa fra loro. Come se Noel fosse più suo che di quelle altre due persone. Ariana afferrò al volo, e sorrise.

«Effettivamente siamo tutti un po' commossi e intimiditi, Tamara. Ma verrà anche il tuo turno. Continuerai a restare qui a Harvard?»

«Sì, credo.» Di nuovo fra i due ragazzi passò un'altra rapida occhiata.

Noel tentò di affrontare la situazione con disinvoltura e rivolse uno sguardo pacato a Tamara: «La vedrete a New York, qualche volta. Se sarà brava e studierà come si deve. Dico bene, bambina?»

«Oh! Sentite un po' chi parla!» Di colpo, mentre li osservavano divertiti, Ariana e Max si accorsero che i due ragazzi avevano dimenticato la loro presenza. «Chi ti ha finito l'ultima ricerca per l'esame? Chi ti ha copiato a macchina tutti gli appunti in questi ultimi mesi?» Ridevano entrambi e Noel si portò rapidamente un dito alle labbra.

«Zitta, quello è un segreto, per amor di Dio, Tammy! Vuoi che mi portino via il diploma?»

«No.» Lo guardò con un'aperta risata. «Voglio semplicemente che lo diano a me, così potrò andarmene di qui anch'io!» In quel momento l'oratore ufficiale si preparò a fare il suo discorso; Noel zittì Tamara, la quale strinse di nuovo la mano a Max e alla mamma e poi scappò per raggiungere i suoi amici.

«Una signorina molto graziosa», bisbigliò Max a Noel con

un sorriso. «Anzi di una bellezza straordinaria!»

Noel annuì. «Un giorno sarà un avvocato molto in gamba!» La seguì con lo sguardo pieno di ammirazione e Ariana, osservando suo figlio, così giovane, così alto e biondo, si appoggiò meglio alla spalliera della seggiola, e sorrise.

46

QUELLA sera cenarono da *Locke Ober* ma erano tutti e tre stanchissimi e l'argomento di Tamara non venne più affrontato. Max e Noel parlarono più che altro di questioni legali mentre Ariana un po' li ascoltava, un po' guardava la gente che avevano intorno, e un paio di volte si ritrovò a pensare a quella ragazza. Chissà per quale motivo le pareva di averla già vista; forse la spiegazione era semplice: Noel doveva avere una sua istantanea da qualche parte, nella casa di New York. In ogni caso non aveva particolare importanza. Per quanto sembrassero molto legati l'uno all'altra, adesso le loro strade stavano per prendere una direzione diversa.

«Non sembra anche a te, Ariana?» Max la guardò alzando le sopracciglia e poi si mise a ridere. «Che cosa stai facendo, mia cara? Ti sei messa a flirtare con i giovanotti?»

«Oh, povera me! Mi hai sorpresa! Scusami, tesoro. Come dicevi?»

«Ti domandavo se non dovrebbe piacergli più la Baviera della Foresta Nera. Che cosa ti sembra?»

Lei si rabbuiò a quella domanda. «Può darsi. Però, francamente, Noel, secondo me faresti meglio a preferire l'Italia.»

«Perché?» La affrontò senza mezzi termini. «Per quale motivo non dovrei andare in Germania? Di che cosa hai paura, mamma?» In cuor suo, Max era contento che il ragazzo avesse avuto il coraggio di dirlo.

«Non ho paura di niente. Non dire sciocchezze.»

«Sì, invece, che hai paura!»

Lei esitò per un lungo momento, poi guardò Max e infine abbassò gli occhi. Tutti e tre erano sempre stati talmente onesti che adesso le faceva male sentirsi obbligata a dire ciò che stava pensando: «Ho paura che, se tu tornassi in Germania, finiresti per trovare qualche parte di te che appartiene a quei luoghi. Ti sentiresti come a casa tua».

«E con questo? Temi che mi ci potrei fermare?» Sorrideva teneramente a sua madre. Poi senza aggiungere altro, le cercò una mano e gliela strinse.

«Forse.» Ariana sospirò lievemente. «A dir la verità, non capisco di che cosa dovrei aver paura all'infuori del fatto che... ne sono venuta via talmente tanto tempo fa... ed era un periodo così brutto! Per me, tutto quello a cui posso pensare è solo ciò che ho perduto... e le persone alle quali ho voluto bene.»

«Ma non ti pare che abbia un diritto anch'io di sapere qualcosa di più su di loro? Di vedere il paese dove hanno vissuto? Dove hai vissuto tu, da bambina? Di rivedere la casa dove abitavi con tuo padre, e quella dove mio padre viveva con i suoi genitori? Per quale motivo non dovrei vedere anch'io tutto questo, più che altro per sapere che c'è, in qualche posto, una parte di me... allo stesso modo come tutto quello continua a essere una parte di te?»

Fra loro calò un lungo silenzio. Max fu il primo a parlare. «Il ragazzo ha ragione, Ariana. Ha il diritto di farlo.» Poi guardò Noel. «È un gran bel paese, figliolo. Lo è sempre stato, e sono sicuro che lo sarà sempre. Può darsi che uno dei motivi per i quali non desideriamo tornare è quello che gli vogliamo talmente bene che soffriamo ancora, profondamente, al pensiero di quello che è successo.»

«Questo posso capirlo, Max.» Poi guardò di nuovo sua madre, dolcemente, con compassione. «Ma non può farmi del male, non può ferirmi. Perché io non l'ho mai conosciuto com'era. Vado soltanto a vederlo, e basta; e poi tornerò da te, qui, nel mio paese... un poco più ricco di prima per quello che sarò riuscito a comprendere su di voi e su me stesso.»

Ariana sospirò lievemente e guardò prima l'uno e poi l'altro. «Siete talmente eloquenti... dovreste fare gli avvocati!» Allora scoppiarono tutti e tre in una risatina divertita, finirono di bere il caffè e Max chiese il conto.

Quindici giorni dopo l'aeroplano di Noel partiva dall'aeroporto Kennedy; la sua idea era di fermarsi in Europa per un mese e mezzo circa. Voleva rientrare a New York verso la metà di agosto in modo da avere tutto il tempo necessario a trovarsi un appartamento prima di cominciare a lavorare il primo settembre.

Le settimane che precedettero la sua partenza per l'Europa furono addirittura frenetiche. Aveva amici da salutare, feste alle quali andare e, ormai, quasi ogni giorno si trovava con Max a riflettere e a fare progetti sul suo viaggio. Ariana continuava a sentirsi inquieta a quel pensiero ma, ormai, si era messa il cuore in pace. Fra l'altro la vita esuberante di Noel la divertiva. E una sera, vedendolo andar via in automobile con un gruppo di amici, pensò che, tutto sommato, in vent'anni i ragazzi non erano cambiati molto!

«Che cosa stavi pensando poco fa?» le chiese Max, che aveva visto un lampo di nostalgia nei suoi occhi.

«Che niente cambia.» Sorrise teneramente all'uomo che amava.

«Dici davvero? Io, invece, stavo pensando che le cose cambiano. Ma forse è solo colpa del fatto che ho quasi vent'anni più di te.»

Pensarono di nuovo all'appartamento abbandonato della mamma di Ariana nella casa di Grunewald, quando lui l'aveva baciata per la prima volta, mentre si nascondeva dai nazisti. I suoi occhi le chiesero se anche lei si ricordava.

Lentamente Ariana assentì. «Sì, mi ricordo.»

Max ricambiò il suo sorriso. «Allora ti avevo detto che ti amavo. Ed era la verità, sai?»

Lei gli baciò lievemente una guancia. «Anch'io ti ho amato, perlomeno come sapevo amare a quell'epoca.» Poi sorrise, fissandolo negli occhi scuri, così pieni di affetto. «Sei stato il primo uomo che avessi mai baciato.»

«E, adesso, spero di essere l'ultimo. Di conseguenza credo che sarò costretto a vivere fino a toccare come minimo il secolo!»

«Guarda che ci conto, Max.» Si sorrisero per un lungo momento e poi lui le prese una mano con un gesto significativo. «Ho qualcosa da dirti, Ariana... o piuttosto qualcosa da domandarti.»

Lei, di colpo, intuì. Possibile? Possibile che avesse ancora importanza dopo tutti quegli anni?

«Sì, per me è molto importante. Ariana, vuoi sposarmi?» Lo disse con voce piena di tenerezza; e i suoi occhi erano colmi di amore, e di supplica.

Per un attimo lei non rispose; poi lo guardò, piegando lievemente la testa su una spalla. «Max, perché proprio adesso, amore mio? Credi che faccia una grande differenza... sul serio, ora?»

«Sì. Per me, sì. Ormai Noel se n'è andato per la sua strada. È un uomo, Ariana. Quando tornerà dall'Europa, andrà a vivere in un appartamento per conto suo. E noi? Dobbiamo salvare le apparenze come abbiamo sempre fatto? Per chi e per che cosa? Per il mio portiere e per la tua cameriera? Perché non vendere la tua casa? Oppure posso vendere il mio appartamento. Perché non sposarci? Adesso tocca a noi. Tu hai dedicato venticinque anni a Noel. Perché non dedichiamo i prossimi venticinque a noi stessi?» Lei non poté fare a meno di sorridere di fronte alle sue argomentazioni. In un certo senso capiva che Max aveva ragione; e le piaceva ciò che lui aveva in mente.

«Ma per questo dobbiamo essere sposati?» Lui la guardò con un largo sorriso. «Non vuoi essere rispettabile alla tua età?»

«Ma se ho soltanto quarantasei anni, Max!» Poi gli sorrise e lui finalmente si rese conto di averla convinta. La baciò di nuovo, ventotto anni dopo la prima volta.

Lo dissero a Noel la mattina dopo, e lui ne rimase entusiasta. Diede un bacio a sua madre e, stavolta, anche a Max.

«Adesso mi sento meglio, visto che devo partire. Soprattutto al pensiero di andarmene di casa in settembre. Hai intenzione di tenere questa dove abitiamo, mamma?»

«Finora non abbiamo deciso niente.» Lei si sentiva ancora un po' commossa e confusa, per la decisione presa. Allora Noel scoppiò improvvisamente in una risata, baciandola di nuovo su una guancia.

«Pensate un po'... non a tutte le coppie capita di sposarsi per celebrare il venticinquesimo anniversario...»

«Noel!» Le faceva una strana impressione l'idea di sposarsi alla sua età. Sposarsi, almeno nell'opinione di Ariana, era qualcosa che si faceva a ventidue, al massimo a venticinque anni, non dopo un paio di decenni, quando si aveva un figlio che era già un uomo.

«Allora... a quando le nozze?»

«Non abbiamo ancora deciso. Ma aspetteremo il tuo ritorno.»

«Spero bene! Be', non vi sembra che sia il caso di approfittarne per fare un po' di festa?» A dir la verità sembrava che non avessero fatto altro da varie settimane, cioè da quando lui aveva lasciato Harvard. Il giorno seguente sarebbe partito per l'Europa.

Così, quella sera Max li invitò entrambi a cena alla *Côte Basque*. Un pranzo sontuoso, un'occasione da ricordare. Festeggiarono Noel che partiva per la sua ricerca del passato; festeggiarono la loro comune avventura nel futuro e — come sempre — Ariana versò qualche lacrima.

Parigi si rivelò esattamente quello che Noel aveva sperato. Andò a vedere la Torre Eiffel, visitò il Louvre. Di tanto in tanto si fermava in un *café*, a leggere i giornali, a scrivere una cartolina a casa, indirizzandola alla «Cara Coppia Fidanzata» firmandola «Vostro Figlio». Quella sera, prima di cena, telefonò a un'amica di Tammy perché aveva promesso che si sarebbe fatto vivo con lei. Si chiamava Brigitte Goddard ed era la figlia di un famoso mercante d'arte, proprietario della Galerie Gérard Goddard. Noel aveva conosciuto Brigitte solo superficialmente durante il suo breve soggiorno a Harvard mentre la ragazza era diventata ottima amica di Tammy. Era una creatura affascinante, con una curiosa famiglia, una madre che odiava, un padre che, a sentirla, aveva l'ossessione del suo passato, e un fratello che, ridendo, insisteva nel giudicare completamente matto. Del resto anche lei era una burlona sempre pronta a ridere e a scherzare. Era molto bella e spiritosa.

Eppure, in lei, c'era anche un senso di tragico... come se vi fosse qualcosa che le mancava. Una volta, Noel provò a farle qualche domanda in proposito, senza scherzare, e lei gli rispose: «Hai ragione. È la famiglia che mi manca, Noel. Mio padre vive nel suo mondo. Nessuno di noi ha una vera e propria importanza per papà... ma solo... il passato... gli altri... le persone che ha perso in un'altra vita... noi, i vivi... non contiamo. Almeno per lui». Poi aveva aggiunto qualcos'altro, di cinico e buffo, ma Noel non aveva mai dimenticato l'espressione dei suoi occhi — pieni di dolore e di vuoto... un'espressione molto più matura dei suoi anni. Adesso Noel aveva un grande desiderio di rivederla, tanto che rimase amaramente deluso quando venne a sapere che non si trovava a Parigi.

Per consolarsi si offrì una lussuosa cena, innaffiata da abbondanti bevute, alla *Tour d'Argent*, e successivamente un'altra da *Maxim*. Se lo era ripromesso, giurando di andarci prima di lasciare Parigi; peccato che non ci fosse Brigitte ad accompagnarlo! In ogni caso gli restava tanto tempo in abbondanza per quella raffinata cenetta e ne approfittò per godersela a osservare le donne francesi, raffinate ed eleganti, e i loro accompagnatori, dall'aria curata e distinta. Si accorse che gli stili erano molto diversi, a Parigi; che la gente aveva un'aria molto più cosmopolita. Gli piacque il modo di comportarsi delle donne, come si muovevano, come si vestivano, come si acconciavano i capelli. In un certo senso, gli ricordavano sua madre. Insomma avevano un tocco di perfezione che era molto gradevole d'ammirare — una piccola civetteria in più, qualcosa di raffinato ma anche di molto sexy, un po' come un fiore nascosto in un giardino... niente che fosse una vera e propria aggressione dei sensi, eppure se ne intuiva subito la presenza. A Noel piacque la cura raffinata che queste donne mettevano nel vestirsi e nel truccarsi; faceva scattare un gusto, un segreto piacere del suo io... qualcosa che c'era sempre esistito anche se non se n'era mai accorto. Il giorno seguente partì molto presto per Orly, prese il volo per Berlino e atterrò all'aeroporto di Tempelhof con il cuore che gli batteva per l'emozione e l'aspettativa. Non era certo la sensazione di un ritorno a casa, ma piuttosto di una scoperta — la speranza di trovare le risposte a segreti per molto tempo taciuti, di rintracciare persone che parevano scomparse da lunghissimi anni, di sapere dove avevano vissuto, che cosa erano state, quale era il significato che avevano avuto l'una per l'altra. Chissà perché, Noel era convinto che le risposte dovevano essere tutte lì.

Lasciò la sua roba all'*Hotel Kempinski* dove aveva già prenotato la camera e uscì subito dalla grande hall per contemplare a lungo la Kurfürstendamm. Questa era la strada di cui Max gli aveva parlato — dove scrittori, artisti e intellettuali si erano ritrovati per decenni. Intorno a sé poteva vedere caffè e negozi, e il traffico intenso della gente che andava e veniva sottobraccio. Gli pareva che l'atmosfera avesse qualcosa di festivo — come se fossero stati tutti ad aspettare... come se finalmente fosse giunto il momento, anche per lui, di arrivare...

Con una pianta della città e un'automobile a noleggio, si mise in movimento, senza fretta. Aveva già visto le macerie della Maria Regina Kirche dove sapeva che suo padre e sua madre si erano sposati. I pochi ruderi esistevano ancora, levati verso il cielo. Ricordò la descrizione della mamma di quando erano stati bombardati. Adesso ecco ciò che ne rimaneva, a tragica memoria di un'altra epoca. In gran parte, Berlino non mostrava più le proprie cicatrici e i danni erano già stati riparati; tuttavia qua e là restava ancora il guscio vuoto di un palazzo, come un monumento a quei tempi tragici. Passò lentamente, guidando la vettura, davanti alla Anhalter Station, anche quella ridotta a un cumulo di macerie; poi proseguì verso il Teatro della Filarmonica e infine, a piedi, attraversò il Tiergarten fino alla Colonna della Vittoria, che si ergeva dove era sempre stata, intatta, e al palazzo Bellevue, subito dietro — stupendo, proprio come Max gli aveva detto. Poi, oltre quel palazzo, Noel si fermò bruscamente. Perché, splendido sotto la luce del sole, si ergeva il Reichstag, che era stato il quartier generale dei nazisti, quello che suo padre aveva difeso fino alla morte. Intorno a lui altri turisti contemplavano il Reichstag in riverente silenzio.

Per Noel, non era un monumento ai nazisti; aveva ben poco a che fare con la storia o la politica o con quell'ometto dai baffi che era stato divorato da un'insaziabile bramosia di dominare il mondo. Aveva soprattutto a che fare con l'uomo che Noel aveva sempre sospettato molto simile a sé, l'uomo che aveva amato sua madre, che lui, Noel, non aveva mai conosciuto. Come ricordava bene le descrizioni che gli aveva fatto la mamma di quella mattina... le esplosioni, i soldati, i profughi, le distruzioni delle bombe... e poi... quando lei aveva visto il papà morto. Mentre restava lì immobile, Noel si accorse di avere le guance rigate da lacrime. Piangeva per se stesso e per Ariana, rivivendo la sua atroce angoscia quando si era trovata a fissare il volto senza vita di suo padre, buttato in un mucchio con altri cadaveri lì, su una strada ingombra di macerie. Come aveva fatto, in nome di Dio, a sopravvivere a tutto questo?

Infine Noel si allontanò in silenzio dal Reichstag e fu soltanto allora che intravide per la prima volta il Muro, intransigente, spietato, che si allungava attraverso Berlino da un lato del Reichstag fino a raggiungere, tagliandola nettamente in due, la Porta di Brandemburgo, trasformando lo splendido Unter der Linden di un tempo in una specie di vicolo cieco. Guardò, osservò con profondo interesse, in un silenzio fatto anche di curiosità per tutto quello che ci si trovava più oltre. Effettivamente si trattava di un panorama ignoto a Max e alla mamma, i quali non dovevano aver avuto nessuna esperienza del genere e non avevano mai visto il Muro che faceva di Berlino una città divisa. In seguito, durante il suo soggiorno, aveva intenzione di andare a vedere la Marienkirchen, il municipio e la cattedrale. A quanto sapeva, anche in quei quartieri dovevano esserci molte rovine rimaste intatte. Prima, però, c'erano altri luoghi che desiderava visitare, i luoghi che era venuto appositamente a cercare.

Con la pianta della città allargata sul sedile della Volkswagen che aveva noleggiato, raggiunse il centro della città, intorno allo stadio olimpico, e di qui si spostò verso Charlottenburg dove si soffermò per un attimo vicino al lago a guardare il castello. Benché non potesse immaginarlo, era proprio lo stesso posto in cui trentacinque anni prima sua nonna, Kassandra von Gotthard, soleva incontrarsi con l'uomo che amava, Dolff Sterne.

Da Charlottenburg si trasferì a Spandau, e rimase a contemplare l'enorme fortezza. Scese dalla macchina per osservare le famose porte. Qui erano scolpiti gli elmi e i copricapi di innumerevoli guerre, in modo minuzioso e particolareggiato, dal medioevo fino all'ultimo pannello, sul quale era incisa una data, «1939». La fortezza ospitava un solo prigioniero, Rudolf Hess, che costava al governo della città, per le spese di mantenimento, più di quattrocentomila dollari l'anno. Da Spandau si spinse a Grunewald, prendendo la strada lungo il lago, osservando tutte le case e cercando l'indirizzo che si era fatto dare da Max. Avrebbe voluto chiederlo alla mamma, ma quando era venuto il momento di farlo, non ne aveva avuto il coraggio. Max gli aveva dato le indicazioni necessarie e gli aveva descritto in modo succinto la palazzina, spiegandogli che era stata stupenda; poi gli aveva raccontato per l'ennesima volta la storia di come il nonno di Noel gli aveva salvato la vita quando si era deciso ad abbandonare il suo paese e di come aveva staccato dalla parete due tele preziosissime, di valore inestimabile, e poi — toltele dalle cornici — gliele aveva consegnate.

Al primo momento Noel credette di essersela lasciata sfuggire ma, improvvisamente, ne intravide la cancellata. Non era cambiato nulla, almeno a giudicare dalla descrizione di Max e, quando scese dall'automobile a guardare attraverso le sbarre, un giardiniere lo chiamò con un cenno.

«*Bitte?*» Il tedesco di Noel era piuttosto arrugginito. Sapeva soltanto quello che aveva imparato a Harvard durante tre semestri di lezioni, parecchi anni prima. Bene o male, comunque, riuscì a far capire al vecchio che curava i giardini come molto, molto tempo prima, che quella era stata la casa di suo nonno.

«*Ja?*» L'uomo lo squadrò con interesse.

«*Ja.* Walmar von Gotthard.» Noel pronunciò quel nome con fierezza e il vecchio sorrise, alzando le spalle. Un nome che non aveva mai sentito. A un certo momento si avvicinò una donna anziana, incitandolo a continuare il proprio lavoro perché la signora sarebbe tornata a casa da un viaggio la sera del giorno seguente.

Sorridendo, il giardiniere spiegò alla moglie per quale motivo Noel fosse venuto. E lei, prima lo scrutò insospettita poi lanciò un'occhiata al marito. Inizialmente era sembrata esitante ma, dopo un attimo, fece un burbero cenno di assenso e un gesto in direzione di Noel. Questo guardò il vecchio con aria interrogativa non essendo ben sicuro di aver capito.

Ma costui, adesso, sorrideva. Prese Noel per un braccio. «Ti lascia dare un'occhiata in giro.»

«Anche in casa?»

«Sì.» Il vecchio gli rivolse un sorriso gentile. Aveva capito. Trovava simpatico che il giovane americano provasse tanto affetto per la patria del suo vecchio nonno da essere addirittura venuto a conoscerla. Quanti di loro avevano dimenticato le proprie origini! Quanti di loro non sapevano niente di tutto quello che era accaduto prima della guerra! Questo ragazzo sembrava diverso e la cosa gli fece piacere.

Sotto alcuni aspetti la casa sembrava molto diversa da quello che si era aspettato; sotto altri, appariva esattamente come gliel'aveva descritta sua madre, tornando con la memoria ai propri ricordi di quando era una bambina... Il terzo piano, quello che aveva occupato con la governante e il fratello, appariva ancora come glielo aveva descritto. La grande sala che era stata la loro stanza dei giochi, le due camere da letto, l'ampia stanza da bagno. Adesso i locali erano stati trasformati in camere per gli ospiti; tuttavia Noel non fece fatica a immaginare come dovevano essere stati quando li occupava ancora la mamma. Al piano inferiore, sembrava che i cambiamenti fossero stati più radicali. Adesso vi si trovava una fila di stanze da letto piuttosto piccole, di salottini, di biblioteche, un guardaroba, e un piccolo locale rigurgitante di giocattoli. Evidentemente la casa era stata ristrutturata e ben poco del passato vi era rimasto. Gli ampi saloni del piano terreno avevano sempre il loro aspetto imponente, anche se apparivano un po' troppo severi e antiquati. Noel riusciva a immaginare il nonno seduto a capotavola nella grandiosa sala da pranzo. E immaginò, per un attimo, un generale nazista che vi faceva qualche piccola orgia con le sue donne... ma cancellò rapidamente queste immagini dalla propria mente.

Lasciando i due anziani domestici, li ringraziò con calore e scattò una foto della casa dal posto in cui aveva lasciato l'automobile. Chissà... forse sarebbe riuscito a convincere Tammy a ricavarne uno schizzo per regalarlo alla mamma, un giorno o l'altro. Questo pensiero lo rallegrò mentre procedeva verso il cimitero di Grunewald dove impiegò parecchio tempo a trovare la tomba di famiglia. Eppure eccoli, c'erano tutte, le zie e gli zii, i bisnonni, e quanti nomi, quante storie che non conosceva! L'unico che gli fosse familiare era quello della nonna, Kassandra von Gotthard. Si commosse al pensiero che era morta a soli trent'anni e si domandò fuggevolmente come aveva incontrato la sua fine.

C'erano altre cose che la mamma non gli aveva mai raccontato — cose che non era necessario lui sapesse. Per esempio la verità sul suicidio della sua mamma, un fatto — questo — che aveva sempre turbato profondamente Ariana. E il fatto che lei stessa fosse stata sposata, per brevissimo tempo, con Paul Liebman. Non le pareva necessario che Noel dovesse essere informato anche di questo. Quando Noel era stato abbastanza adulto per comprendere certe cose, con Max avevano raggiunto la decisione che si trattava di un capitolo chiuso nella sua vita — inutile, quindi, che ne venisse messo al corrente.

Noel si aggirò lentamente per il cimitero osservando quei tumuli verdeggianti, circondati da una quiete profonda e, infine, risalì in automobile e si spinse verso Wannsee. Stavolta non ebbe fortuna. La casa di cui ricordava vagamente l'indirizzo, secondo quanto Ariana gli aveva raccontato, non esisteva più. Al suo posto, si ergevano nitide file di villette moderne. La casa in cui lei aveva vissuto con Manfred era scomparsa.

Rimase a Berlino altri tre giorni, tornando ancora una volta a Grunewald e a Wannsee, ma passando quasi tutto il tempo dall'altra parte del Muro. Berlino Est lo lasciò stupefatto e affascinato — com'era diversa qui la gente, com'erano squallide le loro facce, com'erano tristi e poveri i loro negozi. Era la sua prima, unica occasione di conoscere il comunismo e gli parve molto più reale dei fantasmi sbiaditi del nazismo, che qualcuno tentava ancora di conservare in vita.

Da Berlino raggiunse Dresda e — anche qui — andò a visitare i pochi luoghi che lo interessavano. Soprattutto lo *Schloss* per il quale a sua madre era stato pagato un lauto compenso, poiché non ne aveva più ottenuta la restituzione. Adesso, a quanto sapeva, era stato trasformato in un piccolo museo di campagna di cui si potevano visitare occasionalmente i locali. Il giorno in cui ci arrivò, era praticamente deserto. Solo un custode vi sonnecchiava. Cupo e piuttosto squallido, era arredato con pochi e rari pezzi, poiché quasi tutto quello che conteneva era già stato portato via, a quanto diceva una targa, durante la guerra. Eppure anche qui, come già gli era successo a Grunewald, poté girare per le stanze, toccare le stesse pareti che suo padre aveva toccato da bambino. Era una sensazione strana e piena di commozione, quella di guardare fuori dalle stesse finestre, di soffermarsi sulla soglia delle stesse stanze, di sfiorare con le dita le stesse maniglie delle porte, di respirare la stessa atmosfera. In fondo avrebbe potuto essere questa la casa della sua infanzia se, invece, non avesse vissuto nella Settantesima Strada di New York. Mentre usciva, la guardia gli rivolse un sorriso dalla sedia dalla quale lo stava osservando.

«*Auf Wiedersehen.*»

Senza pensarci, Noel gli sorrise, e mormorò: «Addio».

Invece di sentirsi depresso dopo queste visite, provava, finalmente, un meraviglioso senso di libertà. Libertà da tanti interrogativi, libertà dalle curiosità che avevano provocato luoghi deserti che «loro» avevano visto, e lui no. Adesso li aveva visti tutti, anche lui. E li aveva visti come erano nel presente, come una parte del mondo attuale, e dei suoi tempi, non dei loro, non come essi li avevano visti e vissuti. Adesso facevano parte anche della sua stessa vita, aveva l'impressione di comprenderli — ma si sentiva più libero che mai di essere soltanto se stesso.

Aveva avuto il tempo necessario per collocare il passato nella giusta prospettiva, per capire ancora di più sua madre, per rendersi conto di quante cose avessero sopportato, di quanta forza d'animo avesse. Giurò a se stesso che avrebbe fatto tutto il possibile, per il resto dei suoi giorni, per renderla orgogliosa di lui.

All'aeroporto Kennedy scese dall'aereo con l'aria distesa e felice — per un lungo momento strinse convulsamente sua madre fra le braccia. Indipendentemente da tutto ciò che aveva visto o da quanto potesse significare per lui, non aveva più il minimo dubbio: questa era la casa, la patria.

47

«ALLORA, bella gente, a quando le nozze?»

Al suo ritorno, Noel si era trovato un appartamentino verso la Cinquantesima Strada Est, con le finestre che davano sull'East River, piacevolmente situato nelle vicinanze di un certo numero di bar del quartiere uno più simpatico e accogliente dell'altro. Si divertiva ancora ad andare a farsi una bevuta con i vecchi compagni di università — in fondo, per quanto fosse già seriamente impegnato a lavorare, non aveva ancora finito completamente di spassarsela. Non aveva ancora compiuto i ventisei anni e, quindi, Max e Ariana capivano che aveva ancora tutto il tempo che voleva per sistemarsi definitivamente. «Avete già fissato la data?» Era la prima volta che si trovavano a cenare insieme da quando lui se n'era andato definitivamente di casa e, di conseguenza, la vestaglia di Max aveva cominciato a essere appesa molto più regolarmente al gancio dietro la porta della camera da letto di Ariana.

«Ecco...» Ariana sorrise prima a Max, e poi a Noel. «Stavamo pensando all'epoca di Natale. Che cosa te ne sembra?»

«Fantastico. Si potrebbero celebrare le nozze prima del mio

compleanno.» Poi ebbe un sorriso di timidezza: «Avete intenzione di fare le cose in grande stile?»

«No, affatto.» Ariana fece segno di no con la testa, ridendo. «Alla nostra età, no assolutamente! Solo pochi amici.» Tuttavia, mentre pronunciava queste parole, aveva preso un'espressione assorta e sognante. Per la terza volta in vita sua si sposava — e le memorie dei familiari perduti continuavano ad affollarsi al suo cuore e alla sua mente. A Noel bastò rivolgerle un'occhiata per capire la direzione presa dai suoi pensieri. Dopo il ritorno dal suo viaggio in Europa, avevano scoperto di essere ancora più vicini di prima. Come se, adesso, lui *capisse*. Ne parlavano di rado, però il nuovo legame che li univa era più stretto.

«Chissà se potrei portare una persona amica al matrimonio, mamma. Avresti qualcosa da ridire?»

«No, affatto, caro.» Ariana gli sorrise subito. «Si tratta di qualcuno che conosciamo?»

«Sì. L'avete conosciuta quest'estate, alla mia festa di laurea. Ti ricordi di Tammy?» Tentava disperatamente di avere un tono indifferente ma sul suo viso si era disegnata un'espressione talmente inquieta che Max non poté trattenere una risata.

«Quella creatura affascinante, con i lunghi capelli neri, se non erro! Tamara, vero?»

«Sì.» Noel lanciò un'occhiata colma di gratitudine a Max, e sua madre sorrise.

«Me ne ricordo anch'io. Quella ragazza che studiava legge... mi pare che avesse appena finito il primo anno.»

«Giusto. Ecco... verrà in città anche lei a trovare i suoi per Natale e pensavo che... voglio dire... immagino che le farebbe piacere essere presente al matrimonio.»

«Certamente, Noel. Senz'altro.» Max si affrettò a toglierlo d'impaccio cambiando subito argomento ma l'espressione che si era disegnata sul viso di suo figlio non sfuggì ad Ariana. Quella sera prima di andare a letto, domandò a Max: «Secondo te, ha intenzione di fare le cose sul serio?» Pareva preoccupata e Max le sorrise dolcemente mentre si sedeva sull'orlo del letto.

«Può darsi, ma ne dubito. Non mi pare che sia già pronto.»

«È quello che spero! Non ha ancora ventisei anni.» Max Thomas rivolse un largo sorriso alla donna che stava per sposare.

«Ma tu... quanti anni avevi quando lo hai avuto?»

«Allora era diverso, Max. D'accordo, avrò avuto soltanto vent'anni ma eravamo in guerra e...»

«Sei proprio sicura che saresti rimasta zitella fino ai ventisei anni se non ci fosse stata la guerra? Al contrario, io credo che ti saresti sposata ugualmente in un batter d'occhio.»

«Oh, Max, quello era un altro mondo. Era un'altra vita!» Per un lungo momento non dissero niente. Poi, Ariana entrò a letto in silenzio e lo abbracciò. Aveva un gran bisogno di lui adesso — per scacciare i ricordi e la sofferenza. Max lo capiva. «Dimmi un po', Ariana, dopo tutti questi anni, accetterai di prendere il mio cognome?»

Lei lo guardò sbalordita. «Naturalmente! Per quale motivo non dovrei farlo?»

«Non so.» Si strinse nelle spalle... «Questa è un'epoca in cui alle donne piace talmente essere indipendenti! Pensavo che forse avresti preferito restare Ariana Tripp.»

«Invece preferirei diventare tua moglie, Max, ed essere la signora Thomas.» Poi sorrise lentamente. «E mi pare che sia proprio ora!»

«Quello che mi piace in te, Ariana», disse lui dolcemente mentre le accarezzava il corpo sotto le lenzuola, «è la capacità di essere rapida nelle decisioni. Ci hai messo soltanto venticinque anni.» Ma lei scoppiò in una risatina sommessa, sbeffeggiandolo. Quel modo di ridere, così argentino, non era cambiato da quando era ancora una ragazza e non era mutata nemmeno la passione con la quale lo accolse, stupita come sempre dall'impeto del suo desiderio, mentre lui la prendeva e la stringeva a sé, colmandola del suo amore.

48

«E VUOI tu, Maximilian prendere questa donna per...» la cerimonia fu breve, stupenda; Noel li guardava con gli occhi colmi di lacrime, ben contento — per fortuna era così alto! — che fossero poche le persone ad accorgersi che aveva gli occhi umidi. «Adesso può baciare la sposa.» Si baciarono per un lungo momento, prolungando il piacere di quel bacio più a lungo di quello che sarebbe stato opportuno. Gli amici che avevano invitato scoppiarono in risatine maliziose e Noel, dopo aver battuto sulla spalla di Max, gli sorrise: «Okay, voi due, smettetela! La luna di miele è stata fissata in Italia. Qui siamo soltanto al ricevimento nuziale». Max si voltò a guardarlo con un lungo sorriso divertito e Ariana, scoppiando in una risata, si riaggiustò i capelli con la mano.

Avevano deciso di celebrare le nozze, e il ricevimento, al *Carlyle*. Era vicino a casa e vi si trovava uno stupendo salone che pareva adattissimo alle loro esigenze. Perché, alla fine, le persone invitate per la cerimonia e il pranzo nuziale erano state quasi una quarantina, adesso un quartetto suonava già per chi desiderasse ballare.

«Posso, mamma? Se non sbaglio il primo ballo dovrebbe essere quello della sposa con suo padre, ma immagino che accetterai questa variazione moderna sul tema!»

«Ne sarò felice.» Noel le fece un profondo inchino, lei lo prese sottobraccio e lentamente si spostarono sulla pista da ballo dove cominciarono a danzare un valzer. Noel era un ballerino perfetto, impeccabile come suo padre, tanto che Ariana si domandò se anche questa dote non avesse a che fare con l'ereditarietà! Perché Noel aveva movimenti fluidi, aggraziati, praticamente irresistibili per qualsiasi donna che lo osservasse in quel momento, mentre girava lentamente, con eleganza, intorno alla pista da ballo. Sorridendo felice, e fissando il suo nuovo marito al di là della spalla di Noel, Ariana scorse Tammy, in silenzio, in un angolo, con i capelli scuri raccolti in una elegante crocchia. Portava un grazioso abito di lanetta nera e piccoli orecchini di brillanti.

«Ti degneresti di dare un'occhiata anche a noi due?» Noel sorrideva a sua madre quando Tammy si avvicinò. La ragazza si sentiva vagamente a disagio in mezzo a quella folla di sconosciuti; però — al fianco di Noel — era sempre felice. Però le faceva uno strano effetto vederlo come lo vedeva adesso. Era abituata a incontrarlo quando lui portava i blue jeans e un maglione a collo alto, oppure quando si allenava a rugby con i suoi amici sul campo sportivo di Harvard. Era già stato un paio di volte a trovarla quell'inverno e lei aveva appena finito di raccontargli quale era la sua nuova idea.

«Che cosa ne pensi, Noel?»

«A che proposito?» Lui stava sorridendo con aria distratta a sua madre da lontano.

«Sai benissimo di che cosa sto parlando.»

«A proposito di trasferirti alla Columbia University? Secondo me, sei pazza. Tu hai tutte le possibilità di prenderti una laurea in legge a Harvard, ragazza. E un diploma di questo genere non si lascia perdere a nessun costo!»

«Dunque per te si tratta soltanto di questo?» socchiuse gli occhi. Aveva l'aria arrabbiata, ma anche offesa. Lui si affrettò a prenderle una mano e a baciargliela dolcemente.

«No, e lo sai benissimo. Ma quello che sto cercando di farti capire è che sei una stramaledetta testarda...» sogghignò garbatamente, guardandola «... e, quindi, non te la senti di restare a Harvard per i prossimi due anni anche se io mi metterò a fare il pendolare.»

«Ma è una sciocchezza! Sarà complicato per te e per me. Adesso che hai cominciato a lavorare, sarai molto più impegnato. Quanto tempo credi che potrai dedicare ai viaggetti su, a Cambridge? Fra l'altro, quest'anno io avrò da studiare molto più di prima e, quindi, non riuscirò facilmente a venir via. Mentre, se sarò qui, potremo fare tutti e due tutto quello che abbiamo sempre fatto insieme.» Gli occhi grandissimi lo guardavano supplichevoli; Noel fu costretto a lottare contro se stesso per non supplicarla a sua volta di fare senza esitazione quello che si proponeva.

«Tammy, non voglio influenzare la tua decisione. È troppo importante. Stai parlando di un cambiamento radicale che potrebbe influire profondamente sulla tua carriera futura.»

«Oh, non essere così snob, accidenti! Sto parlando della Columbia University, non di qualche sperduta università di una località sconosciuta!»

«Come fai a sapere che accetteranno la tua richiesta di essere trasferita?» Stava cercando con tutte le sue forze di compiere quello che riteneva un dovere mentre, in cuor suo, desiderava con tutto il cuore che lei si trasferisse.

«L'ho già domandato e mi hanno detto che potrei cominciare con il prossimo trimestre.» Lui la fissò con aria significativa, senza fare commenti. «Be'?» Lo guardò con aria piena di aspettativa.

Lui si lasciò sfuggire un lungo sospiro. «Mi pare che dovrebbe essere questo il momento di scoraggiarti e mostrare tutta la mia nobiltà d'animo.»

«È proprio quello che vuoi?» gli chiese lei, scrutandolo attentamente. Noel incontrò il suo sguardo senza sfuggirlo.

«No. Io voglio vivere con te. Qui. Adesso. Ma è spaventosamente egoista. Dovresti rendertene conto.» Si fece più vicino a Tamara e i loro corpi si sfiorarono mentre si tenevano affiancati. «Ti amo e ti voglio con me.»

«E allora lasciami fare quello che voglio.» Gli sorrise e lui la imitò mentre Max e Ariana si avvicinavano, osservandoli con un risolino significativo.

Erano così giovani, così belli e così felici che si sentiva subito un gran desiderio di fermarsi lì con loro, di essere parte di ciò che avevano davanti a loro. Un po' come guardare la lunga strada libera che si aveva di fronte.

«Mamma, ti ricordi di Tammy?»

«Certo che me ne ricordo.» Ariana rivolse uno sguardo pieno di affetto alla ragazza. Le piaceva. Le piacevano il suo aspetto fisico e le piaceva anche come carattere. Non era altrettanto convinta che le piacesse quell'espressione piena di tenerezza, così seria e grave, negli occhi di suo figlio.

«Forse dovrei rifare le presentazioni. Dopotutto, la mamma adesso ha un nuovo cognome.» Stavolta fu Ariana ad arrossire lievemente. Max, che le era vicino, si raddrizzò sulla figura con aria fiera e ridacchiò. «Mia madre, la moglie del signor Maximilian Thomas, il mio patrigno, Max Thomas, la mia amica Tamara Liebman.»

«Liebman...» Ariana rimase stupita ma riuscì a dominare con prontezza la sua emozione. «Saresti per caso imparentata con Ruth e Samuel Liebman?» Non aveva osato menzionare il nome di Paul. Tamara annuì in silenzio, un po' sconcertata dall'espressione che aveva assunto la donna di fronte a lei. Non la capiva.

«Erano i miei nonni, ma sono morti molto tempo fa. Non li ho mai conosciuti.»

«Oh.» Ariana era ammutolita. Si sforzò di riprendere a parlare. «Dunque tu saresti...»

«La figlia di Paul e Marihorie Liebman. Mia zia Julia vive a Londra. Forse ha conosciuto anche lei.»

«Sì...» Ariana aveva sentito improvvisamente un nodo alla gola ed era diventata pallidissima.

Tammy non riusciva a capire che cosa ci fosse dietro l'aria visibilmente sconvolta di Ariana. Ma capiva, e molto bene, quanto fosse angoscioso sentirsi rifiutata — tanto è vero che pochi minuti dopo, mentre giravano lentamente sulla pista al ritmo della musica, non riuscì a trattenere le lacrime.

«Tammy? Stai piangendo?» Noel abbassò gli occhi a guardarla con tenerezza e lei fece segno di no con la testa. Ma i suoi dinieghi erano inutili. «Vieni, usciamo di qui per un minuto.» Noel la condusse al pianterreno, nella hall dell'albergo e, mentre cominciavano lentamente a passeggiare per i saloni, le domandò: «Si può sapere che cosa c'è?»

«Tua madre mi odia.» Mentre pronunciava queste parole, le sfuggì un lieve singhiozzo. Eppure... come avrebbe voluto che tutto filasse liscio! Sapeva quanto fosse l'affetto che legava Noel a sua madre e capiva come fosse essenziale vedersi accolta favorevolmente fin dal principio. Lo aveva intuito subito. Ma adesso poteva considerare svaniti i suoi sogni.

«Non hai visto la sua faccia quando ha sentito come mi chiamo? È quasi svenuta perché sono ebrea. Non gliel'avevi detto?»

«Non mi è sembrato necessario, accidenti! Insomma, Tammy, siamo negli anni Settanta. Essere ebrea non è una cosa tanto importante!»

«Magari, per te, no! Ma per lei, sì. Esattamente come il fatto che tu fossi un tedesco è stato un shock per i miei genitori. Io, però, li avevo almeno avvertiti! Possibile che tu non abbia mai capito almeno questo di tua madre? È un'antisemita, per amor di Dio! E non lo sapevi neanche!»

«No che non lo è! Fra un po' dirai che è anche una nazista!» Poco probabile... eppure era esattamente la definizione che suo padre aveva usato nei confronti di Noel.

«Noel, non capisci niente.» Ferma, tremante, nella vasta hall, si era messa a guardare senza vederla la gente che passava frettolosa sulla strada.

«Al contrario. Capisco benissimo! Sei tu che non ti rendi conto che noi siamo fuori da questi conflitti, Tammy. Non è stata la nostra guerra. Possiamo essere neri, bianchi, rossi, gialli, ebrei, irlandesi, arabi. Noi siamo americani... è questa la grande bellezza del nostro paese. Le questioni razziali non hanno più nessuna importanza.»

«Per loro, ce l'ha!» Pareva disperata mentre pensava di nuovo alla madre di Noel. Lui, però, la prese fra le braccia con un gesto pieno di decisione.

«Per me, invece, non ha nessuna importanza. Credi almeno a questo?» Lei annuì. «E stasera ho intenzione di parlarne alla mamma prima che parta. Così capirò se hai ragione.»

«So di aver ragione, Noel.»

«Non esserne tanto sicura!» Ma Tammy si rifiutò di tornare al ricevimento. Salirono soltanto un attimo perché potesse ritirare il cappotto. Dopo aver salutato educatamente la madre di Noel, venne via subito e Noel le cercò un tassì.

«La tua amica stava molto bene vestita così, Noel. È molto carina», disse Ariana in tono piuttosto asciutto mentre, nel soggiorno della sua casa, aspettavano l'ora di partire per l'aeroporto. Tornavano in Europa per la luna di miele ma si sarebbero fermati soltanto a Ginevra e a Roma. «Sembra una ragazza molto simpatica.» Dopo che Ariana ebbe pronunciato queste parole, sulla stanza calò uno strano silenzio. Lei aveva già discusso l'argomento con Max nei pochi minuti in cui erano riusciti a rimanere soli.

Noel, adesso, si decise ad affrontarla. Era fermo, in piedi, vicino al caminetto, ma l'espressione dei suoi occhi faceva chiaramente capire come non riuscisse a comprendere il motivo della strana intonazione della voce di sua madre. «È convinta di esserti antipatica, mamma.» Nessuna risposta. «Perché è ebrea. Giusto?» Ariana abbassò lentamente gli occhi.

«Mi spiace che tu lo pensi, Noel.» Poi alzò di nuovo la testa per fissare suo figlio. «Ma no, il motivo non è questo.»

«E allora, almeno in parte aveva ragione... non ti piace, vero?» Pareva in collera, offeso da quello che stava ascoltando e Ariana si sentì angosciata al pensiero di dover procedere nelle spiegazioni.

«Non ho detto questo. Mi sembra una ragazza molto carina e simpatica. Però Noel...» lo guardò quasi con durezza, «devi smettere di frequentarla.»

«Che cosa? Stai scherzando?» Si staccò dal caminetto e attraversò a lunghi passi la stanza.

«No, non sto affatto scherzando.»

«Be', mi vorresti almeno spiegare che cosa significa un comportamento del genere? Io ho ventisei anni e, a quanto pare, sei convinta che tocchi a te indicarmi chi devo e chi non devo frequentare?»

«Te lo dico per il tuo bene.» L'eccitazione, le emozioni delle ultime ore parevano scomparse; di colpo Ariana sembrava vecchia e stanca. Max si allungò ad accarezzarle teneramente una mano ma perfino lui non poteva darle alcun conforto.

«Non ficcare il naso nei miei stramaledetti affari perché non ti riguardano.»

Lei trasalì. «Mi spiace di sentirti parlare così. In ogni caso, quando suo padre verrà a sapere tutto sul tuo conto, sarai tu che dovrai soffrire — e molto, Noel. Tanto vale che tu venga informato di tutto subito.»

«Perché?» chiese lui con voce strozzata. «Si può sapere, che cosa accidenti sai riguardo a suo padre?»

Nella stanza calò un lungo silenzio; Max stava per interromperlo, ma Ariana alzò lentamente una mano per farlo tacere. «Non appena arrivata negli Stati Uniti, sono stata sposata con lui, Noel.» Stavolta sì, che suo figlio non nascose di essere sconvolto! Si lasciò cadere di schianto su una poltrona.

«Non capisco.»

«Me ne rendo conto.» La sua voce era tenera, dolce. «Me ne dispiace. Il fatto è che non ho mai pensato che tu dovessi saperlo.»

«Ma, allora, non sei mai stata sposata con mio padre?»

«Sì, ma quando sono arrivata negli Stati Uniti, vedova e terrorizzata, mi sono ammalata gravemente. Ho dovuto partire a bordo di un piroscafo che viaggiava per conto della Women's Relief Organization, un'organizzazione americana. Non credo che esista nemmeno più, ma a quell'epoca avevano molta importanza. E ho trovato una donna adorabile, che mi è diventata subito amica...» tacque per un attimo, pensando a lei; le spiaceva aver saputo da Tammy che Ruth era morta «... Ruth Liebman. Era la nonna di Tammy. Poi i Liebman decisero di accogliermi in casa loro. Da quel momento sono state persone straordinarie nei miei confronti. Mi hanno assistito e curato perché mi rimettessi in salute, mi hanno dato tutto, mi hanno voluto bene. Però anche loro credevano che io fossi ebrea. Io sono stata tanto sciocca da non chiarire subito l'equivoco.» Tacque per quello che parve un tempo molto lungo. E infine guardò suo figlio dritto negli occhi.

«Avevano un figlio. Appena rientrato dal Pacifico perché era stato ferito. Si è innamorato follemente di me. Io avevo vent'anni e lui soltanto ventidue. E dopo tuo padre, mi sembrava... ecco, quasi un ragazzino. Però era tenero e dolce, appena abbandonato dalla ragazza con la quale si era fidanzato durante la guerra. E...» aveva un nodo alla gola e inghiottì faticosamente un po' di saliva «... ho scoperto che ero incinta di te, Noel. La mia intenzione era quella di lasciarli, fino a quando tu non fossi nato, ma... non so bene, ancora adesso non capisco come le cose possono essere andate... Paul continuava a pregarmi di sposarlo e, allora, tutto mi è sembrato così semplice! Io non avevo niente da offrirti ma se avessi sposato Paul Liebman, avrei potuto darti tutto!» Si asciugò una lacrima che le era colata su una guancia. «Pensavo che... lui potesse darti tutto quello che io non ero in grado di fare per te e mi dicevo che gli sarei sempre stata grata per questo.» Si asciugò le lacrime con la mano. «Ma quindici giorni prima che tu nascessi, un giorno, lui è tornato a casa e mi ha sorpresa mentre stavo guardando le fotografie di tuo padre. Allora è venuta fuori la verità. Non me la sono più sentita di mentirgli. Gli ho detto come stavano le cose. In quel momento lui ha capito che il bambino era di Manfred, e non suo.» La voce di Ariana sembrava lontana, assorta... i suoi occhi fissavano il vuoto... «Se n'è andato di casa quello stesso giorno e io non l'ho più rivisto. Da allora si è limitato a comunicare con me per mezzo dei suoi legali.» La voce di Ariana si fece ancora più sommessa. «Non ho mai più rivisto nessuno di loro. Per i Liebman, io ero una nazista.»

Noel, a questo punto, si alzò dalla poltrona e si precipitò da sua madre, si inginocchiò al suo fianco, accarezzandole teneramente i capelli. «Non possono fare niente, mamma, né a me né a Tamara. I tempi sono diversi, ormai.»

«Non importa.»

Lui le alzò dolcemente la testa, prendendole il mento fra le dita: «Sì, importa a me».

«Non posso che essere pienamente d'accordo, Noel.» Max si alzò in piedi e aprì bocca per la prima volta da una buona mezz'ora. «E adesso, se vorrai perdonarmi di essere un po' egoista, gradirei avere tua madre tutta per me fino al momento della nostra partenza.» Capiva che Ariana era arrivata al limite... non ce la faceva più a continuare.

«Certo, Max.» Noel baciò prima l'uno e poi l'altra e si soffermò sulla soglia per un lungo momento.

«Non sei in collera per quello che ti ho detto, Noel?» Ariana lo guardò con costernazione mentre lo raggiungevano sulla porta, ma lui scosse lentamente la testa.

«No, mamma. Non sono arrabbiato. Semplicemente sorpreso.»

«Si riprenderà presto», la rassicurò Max, mentre la riaccompagnava dentro. «Tu non devi spiegazioni a nessuno, tesoro. Nemmeno a lui.» Dopo aver pronunciato queste parole le diede un tenerissimo bacio... Noel era già salito su un tassì e, pochi minuti dopo, quando si trovò nel suo appartamento, alzò il ricevitore del telefono. Tammy venne subito a rispondere ma sembrava insolitamente depressa.

«Tammy? Devo vederti.»

«Quando?»

«Subito.»

Venti minuti più tardi era lì, da lui.

«Ho una sorpresa per te.»

«E cioè?...»

Lui non sapeva da dove cominciare. Così decise di affrontare la realtà tutta d'un colpo. E si buttò a capofitto nelle spiegazioni: «Cioè, c'è mancato poco che tuo padre non fosse anche il mio.»

«Come?» Lei lo fissò confusa, ma lui si affrettò a spiegarle tutto, lentamente. Ci volle una buona mezz'ora perché riuscissero ad avere le idee chiare, in ogni particolare, e dopo rimasero immobili a fissarsi negli occhi. «Non credo che nessuno, in famiglia, sappia che era già stato sposato una volta.»

«Be', è evidente che suo padre e sua madre lo sapevano, come le sue sorelle. Chissà se anche tua madre è al corrente della faccenda!»

«Probabilmente.» Tacque, pensandoci per un attimo. «Papà è sempre così scrupoloso per tutto ciò che riguarda l'onestà delle nostre azioni; non nasconde mai niente... glielo avrà raccontato senz'altro quando si sono conosciuti!»

«Comunque lui non ha nessuna colpa. È stata la mamma che ha cercato di confondergli le cose!» Noel pronunciò questa spiegazione senza rancore — in fondo non provava che tenerezza e pietà per quello che sua madre aveva tentato di fare. Poteva facilmente immaginarla... una profuga di vent'anni, incinta... e si sentì commuovere profondamente, pensando a lei.

La tragedia, che in realtà faceva parte degli eventi di un'altra generazione, era diventata, con il passare degli anni, soltanto un pezzetto in più del mosaico della storia. Per loro, ormai, non cambiava nulla; aveva importanza soltanto per chi aveva vissuto quel dramma tanto tempo prima. «Hai intenzione di parlargli di noi, Tammy?»

«Non so. Può darsi.»

«Credo che a questo punto dovresti farlo. Non aspettiamo a svelare i segreti più tardi! Ormai, io preferirei mettere tutte le carte in tavola... Mi pare che i nostri genitori, nella loro vita, abbiano già avuto fin troppe sorprese!»

«Questo significa che vuoi vivere con me, Noel?» Gli occhi verdissimi e profondi di Tamara erano colmi di speranza — e lui annuì con aria solenne.

«Sì. Certo.»

49

Quando il trimestre invernale si concluse, Tamara aveva già preso le proprie decisioni. Già da tempo aveva organizzato ogni cosa e preparato tutti i documenti necessari per essere trasferita alla facoltà di legge della Columbia University — ormai non le rimaneva che fare i bagagli e lasciar libero il piccolo appartamento, affittato a Cambridge in compagnia di altre quattro ragazze. Noel si presentò molto presto un sabato mattina e, insieme, fecero il breve viaggio fino a New York.

Nel suo appartamento lui le aveva già fatto posto in ogni armadio e c'erano fiori e palloncini e lo champagne che aspettava nel frigorifero. Ormai erano passati tre mesi e non era mai sorto nessun problema fra loro — all'infuori di uno. Né il padre e la madre di Tamara né Ariana sapevano qualcosa di questa nuova sistemazione. Contrariamente ai suoi soliti principi di completa onestà nei confronti della mamma, Noel non le aveva mai confessato di vivere con Tammy. Quanto a lei, aveva installato sulla scrivania un telefono privato e, se squillava, Noel sapeva di non dover assolutamente rispondere. Di solito era suo padre che la cercava.

Tuttavia, verso la fine di maggio, il loro segreto venne brutalmente scoperto. Un giorno Ariana passò di lì per lasciare un mucchietto di posta a Noel — tutta roba che era stata spedita a lei per errore. Stava per consegnarla al portiere quando Tammy uscì in fretta e furia dal palazzo, carica della loro biancheria da portare in lavanderia lungo la strada per l'università, e dei suoi libri.

«Oh... oh... salve, signora Tripp... voglio dire signora Max... signora...» Era diventata rossa fino alla radice dei capelli. Da parte sua, Ariana l'aveva salutata freddamente.

«Sei venuta a fare un salutino a Noel?»

«Io... sì... dovevo controllare qualcosa dei suoi vecchi testi di quando andava all'università. Sto facendo delle ricerche per una piccola tesi...» Avrebbe voluto che la terra si aprisse per inghiottirla, lì, sul posto. Noel aveva avuto ragione. Già da mesi avrebbero dovuto dirlo in famiglia. Adesso Ariana appariva delusa. Con l'aria di chi si sente tradita.

«Sono sicura che ti sarà di grande aiuto.»

«Sì, sì... molto... e lei... come è stata in questo periodo?»

«Benissimo, grazie.» Poi, dopo un cortese cenno di saluto, Ariana si era allontanata entrando nella prima cabina telefonica per chiamare suo figlio che, invece, si mostrò contento di quello che era successo. Ormai era venuto il momento che lo sapessero. E se Tamara non aveva ancora l'intenzione di parlarne con suo padre, Noel aveva preso la decisione di farlo personalmente. Quindi con mano ferma compose all'apparecchio il numero delle Informazioni sull'Elenco Abbonati e, successivamente, quello dell'ufficio di Paul Liebman, fissando un appuntamento per le tre meno un quarto.

Il palazzo davanti al quale il tassì venne a fermarsi era lo stesso in cui Sam Liebman aveva aperto i propri uffici quasi cinquant'anni prima; e l'ufficio, dal quale Paul Liebman dirigeva la propria società d'investimenti finanziari, era sempre quello occupato da Sam per tanto tempo. Si trattava, quindi, dello stesso ufficio dove Ruth era venuta a cercare il marito supplicandolo di accogliere in casa la smunta ragazzina tedesca. Fu, quindi, in quell'ufficio che il figlio della ragazzina tedesca entrò con il suo passo lungo e sicuro; strinse la mano al padre di Tamara e poi si mise a sedere in silenzio.

«Ci conosciamo, signor Tripp?» Paul aveva squadrato attentamente Noel, da capo a piedi — gli pareva di trovare qualcosa di familiare in quel ragazzo. Dal biglietto da visita che gli era stato consegnato, risultava che lavorava per uno studio legale fra i più famosi tanto che, al primo momento, non poté fare a meno di domandarsi se il ragazzo veniva a cercarlo per questioni relative al suo studio legale oppure per questioni personali.

«Ci siamo già conosciuti in un'occasione, signor Liebman. L'anno scorso.»

«Oh, mi scusi.» L'uomo di mezza età sorrise amabilmente. «Purtroppo la mia memoria non è più quella di una volta.»

Noel gli rivolse un cortese sorriso. «Con Tamara. Io mi sono laureato a Harvard, in legge, l'anno scorso.»

«Oh, capisco.» Poi, all'improvviso gli tornò in mente qualcosa e il suo sorriso cominciò lentamente a scomparire. «In ogni caso, devo presupporre, signor Tripp, che lei non sia venuto qui oggi a parlare di mia figlia. Quindi in che modo posso esserle di aiuto?» Infatti aveva dato quell'appuntamento al ragazzo soltanto perché era stato impossibile rifiutarglielo di fronte all'importanza del nome dello studio legale per il quale lavorava.

«Purtroppo, signore, temo che questo non sia del tutto esatto. Effettivamente sono proprio venuto a parlarle di Tamara. E di me. Si tratta di un argomento un po' difficile da affrontare, ma desidero essere sincero con lei fin dall'inizio.»

«Tamara si trova in qualche pasticcio?» chiese Paul impallidendo. Adesso si ricordava benissimo chi fosse quel ragazzo. Se lo ricordava perfettamente. E scopriva di odiarlo già, cordialmente!

Ma Noel si affrettò a rassicurarlo. «No, signore. Tamara

non si trova affatto nei guai. Anzi, direi che la sua è una situazione molto piacevole.» Sorrise e cercò di dare l'impressione di essere meno nervoso di quanto non si sentisse. «È già parecchio tempo che ci vogliamo bene, signor Liebman.»

«Mi pare un po' difficile crederlo, signor Tripp. Sono mesi che mia figlia non menziona il suo nome.»

«Credo che non abbia mai parlato di me perché temeva la sua reazione. Però, prima che lei vada avanti, c'è qualcosa che devo dirle perché, se non lo facessi, presto o tardi salterebbe fuori. Tanto vale parlarne subito.» Per un attimo distolse lo sguardo dalla faccia dell'uomo anziano che aveva di fronte e si domandò se non era stata una pazzia quella di venire a cercarlo. Sì, era assurdo. Oltre a essere la cosa più difficile che mai gli fosse capitata di fare. «Ventisette anni fa, se non sbaglio, sua madre lavorava per una organizzazione che si occupava dei profughi, qui a New York.» L'espressione di Paul Liebman si indurì ma Noel continuò, senza badargli. «Diventò amica di una giovane donna, una ragazza tedesca, profuga da Berlino. Indipendentemente da quelli che possono essere stati i suoi motivi, lei ha sposato questa ragazza poco tempo dopo, solo per scoprire che era incinta del marito, morto nella caduta di Berlino. L'ha lasciata, ha chiesto il divorzio e...» tacque ma solo per un attimo «... io sono quel figlio.» Ci fu un attimo di silenzio, un silenzio carico di elettricità, poi Paul Liebman si alzò in piedi di scatto.

«Fuori da questo ufficio!» Indicò a Noel la porta, letteralmente furioso, ma il ragazzo non si mosse.

«No, non uscirò da questo ufficio prima di averle detto che amo sua figlia, signore, e che sua figlia mi ama. E che...» a questo punto si alzò, raddrizzandosi sulla persona e torreggiando con la sua statura perfino su una persona alta come Paul Liebman «... le mie intenzioni nei suoi confronti sono le più serie.»

«Osa forse venire a dirmi che vorrebbe sposare mia figlia?»

«Sì, signore, precisamente.»

«Mai! Mi ha capito? Mai! È forse sua madre che si è mostrata favorevole a questa soluzione?»

«No, assolutamente.» Per un attimo anche gli occhi di Noel

scintillarono di collera ma, ormai, lo sguardo di Paul era tornato glaciale. Qualsiasi cosa fosse avvenuta fra loro, Liebman non se la sentiva di criticare Ariana. Quindi preferì lasciar cadere il discorso.

«Le proibisco di rivedere Tamara.» I suoi lineamenti erano deformati da un'espressione di collera, scaturita da un antico dolore che non era mai riuscito a dimenticare.

Noel, invece, rispose con la massima calma: «Preferisco dirle subito, chiaramente, che né lei né io le ubbidiremo. La sua unica possibilità è quella di mettersi il cuore in pace e di accettare le cose come stanno». Poi, senza aspettare che Liebman gli riversasse addosso il resto del suo furore, Noel si avviò alla porta e uscì. Sentì ancora il tonfo di un pugno che si abbassava con violenza sul piano della scrivania alle sue spalle ma, ormai, la porta dell'ufficio di Paul si era già richiusa.

Non appena Tamara fu in grado di conoscere la madre di Noel per quello che realmente era, finì per affezionarsi a lei quasi come alla propria. Tutto ciò avvenne a Natale, quando Noel decise di annunciare il fidanzamento. Ariana, in quella occasione, offrì a Tammy un dono che la commosse profondamente. Noel, in realtà, sapeva già quello che stava per accadere, e per un attimo, madre e figlio si scambiarono un sorriso d'intesa. Tamara stava aprendo lentamente il pacchetto confezionato con una carta a colori vivaci... e improvvisamente l'anello scintillante le scivolò fra le mani. Era quello con le iniziali tempestate di brillantini, l'anello che era appartenuto a Kassandra tanti anni prima.

«Oh, mio Dio... oh, no!» Guardò sbalordita prima Noel, poi Ariana che le era venuta vicino e, infine, con un largo sorriso, Max. In ultimo, cercò a tentoni l'abbraccio di Noel, perché aveva gli occhi offuscati dalle lacrime.

«È il tuo anello di fidanzamento, tesoro mio. La mamma ha fatto sistemare la montatura perché ti vada bene. Vieni, provalo!» Ma quando se lo fece scivolare al dito, Tamara scoppiò in un pianto ancora più commosso. Ormai sapeva fin troppo bene la storia di quell'anello tempestato di brillantini... sapeva anche come fosse stato portato dalle donne di quattro generazioni prima di diventare suo. Le si adattava perfettamente al medio della mano sinistra; mentre lo ammirava, scoprì come fosse squisita e raffinata la sua lavorazione e quale lo scintillio dei brillanti che lo adornavano.

«Oh, Ariana, grazie.» Abbracciando stretta la madre di Noel, non poté trattenere altre lacrime di commozione.

«Va bene così, cara. Va bene così! Adesso è tuo. Che ti possa portare tanta felicità.» Ariana guardò la giovane donna con tenerezza — Tamara l'aveva completamente conquistata. Tra l'altro, aveva deciso di prendere in mano personalmente la situazione.

Natale era passato da tre giorni quando, con mani tremanti, cercò un numero sull'elenco telefonico e lo compose all'apparecchio. Disse subito di chiamarsi semplicemente signora Thomas, chiese che le fosse fissato un appuntamento e, l'indomani, senza dire niente a nessuno, prese un tassì e si fece portare in centro. Non aveva parlato della sua intenzione né a Max né a Noel; non le pareva opportuno che dovessero saperlo, mentre era convinta che fosse ormai venuto il momento di affrontare Paul.

Dopo essere stata annunciata dalla sua segretaria, Ariana, che portava un vestito nero e una pelliccia di visone scuro, entrò lentamente nell'ufficio di Paul. Alla mano sinistra aveva infilato l'anello con il grosso smeraldo. Ormai l'anello con le iniziali tempestate di brillantini apparteneva a Tamara.

«Signora Thomas?» Tuttavia, mentre si alzava per andarle incontro, Paul Liebman, dopo averla fissata con gli occhi sbarrati, rimase ammutolito per lo shock. E, benché fosse letteralmente strabiliato, non poté fare a meno di pensare che, in quasi trent'anni, era cambiata pochissimo.

«Ciao, Paul.» Rimase dritta davanti a lui, coraggiosamente, aspettando che la invitasse ad accomodarsi. «Ho pensato che dovevo assolutamente venire a discutere una questione. Si tratta dei nostri figli. Posso sedermi?» Lui le indicò con un gesto una poltrona e poi, continuando a fissarla stralunato e ammutolito, si mise a sedere anche lui. «Credo che mio figlio sia già venuto a parlarti una volta.»

«Non è servito a niente.» La sua espressione s'indurì ulteriormente. «Come non servirà a niente anche la tua visita.»

«Può darsi. In ogni caso sono convinta che il nocciolo della faccenda non sia quello di capire ciò che proviamo noi, ma ciò che provano i nostri figli. Al primo momento anch'io ho avuto la tua stessa reazione. Mi sono opposta violentemente all'eventualità che vivessero insieme. Che si sposassero. Ma, che a noi piaccia o no, è quello che loro desiderano.»

«Posso chiederti per quale motivo eri stata contraria?»

«Perché sono convinta che tu nutra ancora del rancore nei miei confronti e, quindi, lo avresti nutrito anche nei confronti di Noel.» Tacque per qualche istante e infine, quando riprese a parlare, la sua voce si fece più dolce. «So di avere commesso un terribile errore. Soltanto in seguito me ne sono resa conto ma, nell'angoscia di quel momento, cercando disperatamente di ottenere tutte le cose migliori per il mio bambino... le cose che tu gli avresti potuto dare mentre io non ero in grado di farlo. Che cosa ti posso dire, Paul? Ho sbagliato.»

Lui rimase a guardarla, in silenzio, per molto tempo. «Hai avuto altri figli, Ariana?»

Lei scosse la testa con un lieve sorriso. «No. E non mi sono più risposata fino all'anno scorso.»

«Non credo che tu l'abbia fatto perché languivi d'amore, rimpiangendo me!» Il tono della sua voce non era più incollerito come prima; anzi, nei suoi occhi apparve un lampo dell'antico affetto.

Lei sospirò lievemente. «No, semplicemente perché capivo di essere già stata sposata, di avere scelto la mia sorte per il bene e per il male dopo quanto era accaduto. Avevo mio figlio e non ho più provato il desiderio di sposarmi di nuovo.»

«Chi ti ha fatto cambiare parere?»

«Un vecchio amico. Invece mi pare di capire che tu devi esserti risposato molto presto.»

Lui assentì. «Non appena la sentenza di divorzio è diventata esecutiva... Lei era una mia ex compagna di scuola.» Poi sospirò, fissando Ariana da dietro la sua scrivania, come se appartenesse a un'altra vita. «In fondo, sono le migliori. Ecco perché mi ero opposto con tanta violenza all'idea di Tamara e di tuo figlio. Non tanto perché sia tuo figlio.» Sospirò di nuovo. «È un bel ragazzo, Ariana. Una brava persona. Ha avuto il coraggio di venir qui a parlarmi e di raccontarmi tutto, da cima a fondo. E queste sono cose che io rispetto in un uomo.» Poi si lasciò sfuggire un brontolio sommesso. «È stato più di quanto Tamara abbia avuto il coraggio e la decenza di fare! Comunque, il nocciolo della questione, adesso, non è quello che tu e io siamo stati sposati ma, piuttosto, che genere di persone loro due possono essere! Pensiamo a quella che è l'origine del ragazzo, a ciò che ha ereditato dai suoi padri. Pensiamo alla tua famiglia, Ariana, a quello che oggi io ne so. E noi siamo ebrei. Trovi sul serio una giustificazione valida alla loro unione?»

«Se possono trovarla loro, sì. Non credo che in fondo abbia una grande importanza il fatto che io sia tedesca e tu sia ebreo. Forse aveva un significato molto diverso allora, subito dopo la guerra. Ma mi piacerebbe pensare che, adesso, un concetto simile ha perso molto del suo valore.»

Tuttavia Paul Liebman scosse di nuovo la testa con determinazione. «Non è vero, ce l'ha ancora. Sono cose che non cambiano mai, Ariana. Molto tempo dopo che tu e io ce ne saremo andati, cose come queste continueranno a esistere.»

«Non vuoi lasciare almeno una possibilità ai ragazzi?»

«Per fare che cosa? Convincermi che sbaglio? In modo che mettano al mondo in fretta e furia tre figli e, fra cinque anni, vengano a dirmi che divorziano perché avevo ragione e il loro matrimonio non ha funzionato?»

«Credi sul serio di poterglielo impedire?»

«Forse.»

«E che cosa succederà con il prossimo uomo? E con quello dopo ancora? Non ti rendi conto che lei farà quello che vuole in ogni caso? Indipendentemente da tutto il resto? Sposerà chi vuole, farà la sua vita, andrà per la sua strada. Ormai è un anno che vive con Noel, e non ha importanza quale possa essere la tua opinione in proposito. Alla fine, l'unico a perderci sarai tu, Paul. Chissà che non sia venuto il momento di concludere il nostro conflitto e di meditare su questa generazione. Mio figlio non vuole nemmeno essere tedesco. Può darsi che tua figlia sia stanca anche lei di sbandierare a destra e a sinistra di essere ebrea.»

«Ma insomma, che cosa vuol essere, allora?»

«Una persona, una donna, un avvocato. Di questi tempi hanno idee che io, in fondo, non capisco. Sono molto più indipendenti e hanno una maggiore libertà di pensiero.» Gli sorrise lentamente. «Forse hanno ragione. Mio figlio mi dice che la guerra di cui parliamo è stata la nostra guerra, non è più la loro. Per i ragazzi di oggi, fa parte soltanto della storia. Invece credo che a volte per noi sia ancora reale.»

«L'ho guardato, Ariana...» la voce di Paul si fece bassa e dolorosa «... e mi è sembrato di rivedere le fotografie che avevi fra le mani quel giorno. Riuscirei facilmente a immaginarlo in uniforme... l'uniforme nazista, come quella di suo padre...» Strinse gli occhi con forza e poi la guardò smarrito. «Gli assomiglia moltissimo, vero?»

Lei sorrise dolcemente e assentì. «Invece Tamara non assomiglia molto a te.» Non riusciva a trovare nient'altro da dirgli ma, se non altro, lui sorrise.

«Lo so, è tutta sua madre. Invece sua sorella ricorda molto Julia e il mio figliolo...» lo disse con fierezza «... assomiglia a me.»

«Mi fa piacere.» Poi, dopo un lungo silenzio gli chiese: «Sei stato felice?»

Lui assentì lentamente. «E tu? A volte mi domandavo di te, che cosa ti era accaduto, dove fossi andata. Avrei voluto raggiungerti, almeno farti sapere che continuavo a pensarti, ma ne avevo paura...»

«Perché?»

«Avevo paura di sembrare uno stupido. Al primo momento era rimasto così offeso e addolorato! Credevo che tu mi avessi preso in giro fin dall'inizio. Invece è stata la mamma che, con il tempo, ha capito tutto. Sapeva che lo avevi fatto per il bambino e aveva il vago sospetto che, forse, tu mi volessi bene.» Al ricordo della madre di Paul, gli occhi di Ariana si riempirono di lacrime.

«Ti ho voluto bene, Paul.»

Lui annuì. «Quando ha pensato che tutto fosse finito, ha

compreso.» Poi rimasero lì immobili, per un attimo, uniti dopo tanto tempo. «E adesso che cosa facciamo, Ariana, per i nostri figli?»

«Lasciamo che facciano quello che devono fare. E accettiamolo.»

Poi sorrise e si alzò in piedi, porgendogli la mano. Ma lui non la accettò; girò intorno alla scrivania e per un attimo la strinse fra le braccia.

«Per quello che è accaduto tanto tempo fa, sono addolorato. Mi dispiace di non essere stato abbastanza maturo da capirlo e da consentirti di darmi una spiegazione.»

«Tutto è andato come doveva andare, Paul.» Lui si strinse nelle spalle e assentì; poi Ariana gli diede un bacio sulla guancia e lo lasciò solo con i suoi pensieri, a fissare con occhi vacui il panorama di Wall Street che si vedeva dalla finestra.

50

Il matrimonio venne fissato per l'estate successiva, non appena Tamara avesse terminato gli studi di legge. Insieme i due ragazzi andarono a cercare un appartamento, trovarono quello che volevano e Tamara si vide perfino offrire un lavoro da cominciare in autunno. «Prima, però, andiamo in Europa!» Lo aveva annunciato ad Ariana e a Max con un sorriso felice.

«Dove?» Max la guardò con interesse.

«Parigi, la Riviera, l'Italia e, poi, Noel vuole condurmi a Berlino.» Ma stavolta non ci furono ombre che incupirono gli occhi di Ariana.

«È una splendida città. O, almeno, lo era.» Ma aveva visto le foto che Noel aveva scattato durante il suo viaggio due anni prima e teneva molto cara quella della casa di Grunewald — adesso non doveva più far fatica a rammentare qualche particolare che le era sfuggito. Le bastava fissare quella fotografia e vedere tutto. Noel le aveva anche dato le foto dello *Schloss* di cui aveva tanto sentito parlare da Manfred, senza mai vederlo. «Quanto tempo rimarrete all'estero?»

«Un mese circa.» Tammy sospirò felice. «Questa è la mia ultima estate di libertà e, quanto a Noel, ha dovuto fare una vera e propria battaglia per ottenere quattro mesi di ferie.»

«Che cosa farete sulla Riviera?»

«Ci fermeremo a trovare una mia ex compagna di scuola.» Avevano deciso di andare a far visita a Brigitte. «Ma prima...» Tammy rivolse un sorriso ad Ariana «... dobbiamo sopravvivere al matrimonio!»

«Andrà tutto a gonfie vele!» Ormai erano mesi che Ariana sentiva parlare dei loro progetti. Alla fine Paul si era piegato; aveva confessato che Noel gli riusciva simpatico e, a poco a poco, si erano messi a progettare in febbraio il matrimonio che si sarebbe celebrato in giugno.

Quando finalmente arrivò il gran giorno, Tamara si presentò stupendamente bella in un abito composto di una sottogonna di satin color avorio che dava risalto a un sontuoso modello in prezioso pizzo Chantilly. Soffici nuvole di velo le fluttuavano intorno, avvolgendola in una nube che conferiva alla sua figura un'impressione di delicato ed etereo splendore. Persino Ariana ne rimase colpita.

«Mio Dio, Max, è stupenda.»

«Certo!» Rivolse un sorriso pieno di fierezza alla moglie. «Ma anche Noel.» In tight, sembrava più elegante che mai con i luminosi occhi azzurri e il ciuffo di capelli biondi. Mentre sorrideva tra sé, Ariana fu costretta ad ammettere in cuor suo che aveva un aspetto incredibilmente tedesco — eppure perfino quello pareva che non avesse più nessuna importanza! Paul Liebman stava sorridendo con aria benevola alla giovane coppia, dopo aver accettato di spendere un patrimonio per la festa di nozze che vedeva realizzati alcuni dei sogni più arditi di sua moglie. Ariana l'aveva finalmente conosciuta — era una donna simpatica, la quale, con ogni probabilità, si era anche rivelata un'ottima compagna per Paul. Debbie aveva sposato un produttore di Hollywood. Julia era la più bella, e anche la più brillante e intelligente — del resto bastava guardare i suoi figli per capire che dovevano avere le stesse doti della madre. Tuttavia le due donne rivolsero solo poche parole ad Ariana. Si sentivano ancora troppo profondamente ferite e offese dal passato. Per tutti loro, Ariana aveva cessato di esistere il giorno in cui Paul l'aveva lasciata.

Paul la guardò un paio di volte durante il matrimonio e per una volta, per un lungo momento, i loro sguardi s'incontrarono, e Ariana riuscì a ricordarsi di lui con amore. Ma non poté fare a meno di provare anche una fitta di dolore al pensiero che Ruth e Sam non c'erano più.

«Bene, signora Tripp, ce l'abbiamo fatta.» Noel sorrise guardando Tamara e lei gli coprì il collo di lievi baci.

«Ti amo, Noel.»

«Anch'io, ma se continui così... cominceremo la nostra luna di miele addirittura sull'aereo!» Lei sorrise maliziosa al marito e tornò a sedersi al suo posto con un sospiro felice. Poi diede un'occhiata all'anello bellissimo, importante, con le iniziali in brillanti, che portava. Non avrebbe mai dimenticato che Ariana glielo aveva regalato come anello di fidanzamento. Era arrivata a provare un affetto incredibile per la madre di Noel e sapeva che questo affetto, da parte di Ariana, era ricambiato.

«Voglio comprare qualcosa di stupendo per tua madre a Parigi, Noel.»

«Per esempio?» Le sorrise alzando gli occhi dal suo libro. Era piacevole pensare che, avendo vissuto insieme per quasi due anni, al loro matrimonio fosse mancato il solito contorno di agitazione e di inquietudine. In fondo stavano bene l'uno con l'altra e, ovunque si trovassero, avevano la sensazione di essere a proprio agio. «Dunque, si può sapere che cosa vuoi comprarle?»

«Ancora non lo so. Qualcosa di fantastico, che la lasci senza fiato! Per esempio un quadro o un vestito di Dior.»

«Dio santo, questo sì che è emozionante! Ma come farai?»

Per tutta risposta lei gli fece guizzare per un attimo davanti agli occhi il suo anello — e Noel sorrise. Come dono del padre di Tammy, avevano ricevuto un soggiorno al *Plaza-Athenée* in un'elegantissima suite. Scesero dopo la prima cena della luna di miele, consumata a lume di candela nelle loro stanze, per trovarsi con Brigitte nel famoso bar dell'albergo.

Tamara non riconobbe quasi la ragazza che era stata sua compagna di scuola al Radcliffe. Pallidissima, con le labbra pesantemente truccate, i capelli biondi che le circondavano la testa in un'aureola di ricciolini fitti... però gli occhi azzurri, sempre luminosi e splendenti, avevano il solito sguardo malizioso. Brigitte aveva una figura esile, stupenda. Portava un completo da smoking maschile, con un cappello a cilindro di satin nero e sotto la giacca soltanto un reggiseno di satin rosso.

«Mia cara, non avevo idea che tu fossi diventata così conservatrice!» Scoppiarono a ridere tutti e tre. Brigitte Goddard appariva ancor più provocante e anticonformista che mai.

«Sai, Noel, che ti trovo perfino più bello di una volta?» Ridacchiò maliziosa e Tamara scoppiò in una risata.

«Troppo tardi, gente, siamo sposati, o ve ne siete dimenticati? Siamo spiacenti, figlioli...» Ma Noel le rivolse uno sguardo carico di affetto e Brigitte non disse niente, limitandosi a scoppiare in una risata.

«In ogni caso per me è troppo alto. Non è il mio tipo.»

«Stai attenta a come parli, è così suscettibile!» Tammy si portò un dito alle labbra e risero tutti e tre insieme. Trascorsero una serata piacevolissima. Durante la settimana successiva Brigitte non fece che trascinarli da un capo all'altro di Parigi, da un pranzo da *Fouquet* a una cena alla *Brasserie Lipp* nel Quartiere Latino, a ballare da *Castel* e da *Chez Regine*. E poi alle Halles a fare la prima colazione e, l'indomani, a cena da *Maxim*. E continuarono così, passando da un bar a un ristorante a un ricevimento a una festa, dove tutti conoscevano Brigitte e lei conosceva tutti e gli uomini la corteggiavano insistentemente. Brigitte, a sua volta, non faceva che passare da un abbigliamento strampalato a uno ancora più folle, mentre Tammy e Noel la fissavano con sincera ammirazione.

«Non è divina?» bisbigliò Tammy a Noel mentre girellavano per l'elegante boutique di Courrèges.

«Sì, ma è anche una bella matta! Sono sempre più convinto che preferisco te, mia cara.»

«Una buona notizia!»

«E ti confesso che non ho nessun entusiasmo al pensiero di conoscere la sua famiglia.»

«Oh, è gente perbene.»

«E non mi va neanche di rimanere un'eternità con loro. Due giorni e basta, Tammy. Ho voglia di stare solo con te per un po'. In fondo, questa è la nostra luna di miele.» La guardò con aria petulante e lei lo baciò e scoppiò in una risata.

«Mi spiace, tesoro.»

«No, non devi dispiacerti. Però promettimi che non ci fermeremo più di due giorni sulla Riviera e continueremo subito il viaggio in Italia. Ci siamo capiti?»

«Sissignore.» E si irrigidì sull'attenti, facendogli un bel saluto militare. Intanto Brigitte era tornata per trascinarli di nuovo da Balmain, Givenchy e Dior.

Da Dior, Tammy trovò quello che cercava per Ariana — un raffinatissimo abito da cocktail in seta color malva che, a suo giudizio, si sarebbe accordato alla perfezione con gli immensi occhi azzurri di Ariana. C'era anche una sciarpa in tinta e, in aggiunta, Tammy comperò un paio di orecchini. Tutte queste spese pazze le costarono una follia e Noel rimase allibito. «Con settembre, mi metterò a lavorare anch'io, Noel. Non fare quella faccia.»

«Farai meglio a lavorare, e sodo, se hai intenzione di continuare a comperare regali del genere!» Però sapevano tutti e due che, in questo caso, si trattava di un regalo tutto speciale. Era il modo di ringraziarla per il dono di quell'anello. Brigitte lo aveva notato quasi subito quando si erano visti, quella prima sera, al *Plaza*; dopo averlo osservato piena di ammirazione, aveva confessato a Tammy di non riuscire a staccare gli occhi dalla sua mano. A quanto pareva, nella galleria di suo padre adesso era stato aperto un nuovo settore per i gioielli antichi ma non avevano niente che potesse essere paragonato al nuovo anello di Tamara.

Il pomeriggio dell'ultimo giorno, prima della loro partenza

da Parigi, Brigitte li condusse alla Galerie Gérard Goddard nel Faubourg St.-Honoré. Vi trascorsero più di un'ora girando per le sale e ammirando dei Renoir, dei Picasso, delle scatoline di Fabergé, antichi braccialetti di brillanti dal valore inestimabile, piccoli busti, statuette. Al momento di andarsene Noel guardò Brigitte con un sincero piacere, perché quella visita lo aveva lasciato incantato.

«È una specie di piccolo museo, solo che è più bello di un museo!»

Lei assentì con fierezza. «Effettivamente papà ha qualche bel pezzo.» A dir la verità, era una definizione piuttosto modesta di ciò che avevano visto e, alle sue spalle, Noel e Tammy sorrisero. Era questo il motivo per il quale il padre l'aveva mandata a studiare a Radcliffe nella speranza che si facesse una solida istruzione nei campi della storia e dell'arte. Brigitte, invece, aveva preferenze di altro genere come le partite di football, le feste, gli studenti di medicina e l'erba. Così alla fine di due anni uno più disastroso dell'altro, il padre l'aveva richiamata a casa perché si divertisse in modo meno dispendioso in Francia. Al momento, stava parlando piuttosto vagamente di studiare fotografia o di fare un film, ma era chiaro che non aveva particolari ambizioni e ci teneva soprattutto a divertirsi. Effervescente, sempre spassosa e divertente, in realtà non approfondiva nessuna cosa e non si soffermava mai molto a lungo su niente.

«La cosa strana, in lei, è che non sembra una persona adulta. Come se non fosse ancora del tutto cresciuta», osservò Tamara con aria meditabonda pensando a lei. Noel si strinse nelle spalle.

«Capita, con certa gente. Il fratello è come lei?»

«Ancora peggio.»

«Come mai?» Noel sembrava sconcertato.

«Non lo so. Viziato, forse infelice. Non te lo so spiegare. Forse dovresti vedere i genitori per rendertene conto meglio. La mamma è una di quelle classiche donne che adorano spendere e spandere, piene di idee grandiose; suo padre una persona molto chiusa in se stessa, sempre assorto, come se fosse tormentato da chissà quali fantasmi.»

51

Per arrivare a Nizza ci misero soltanto poco più di un'ora di volo. Bernard Goddard li aspettava davanti all'uscita dell'aeroporto. Era biondo, bello come sua sorella. Scalzo, indossava una camicia e un paio di pantaloni di seta. Aveva l'aria di chi è totalmente assorto in qualcos'altro, come se fosse stato depositato lì per opera divina, senza capirne il motivo. Tuttavia sembrò che riacquistasse un po' di lucidità quando la sorella gli buttò le braccia al collo. La grossa scatola d'argento piena di marijuana nello scompartimento del cruscotto della sua Ferrari, in ogni caso, bastò a far capire il motivo di quel suo modo di comportarsi così vago e distratto.

Quando si vide costretto a conversare con Tammy e Noel, tuttavia, riacquistò un po' della sua vitalità.

«Avrei intenzione di venire a New York in novembre.» Rivolse a tutti e due un sorriso pieno di cortesia e, per un attimo, Noel provò la strana sensazione che assomigliasse a fotografie che aveva visto, non ricordava bene dove, molto tempo prima. «Ci sarete?»

«Sì, certo.» Fu Tammy a rispondere a nome di Noel.

«Quando avresti intenzione di andare?» Brigitte guardò suo fratello stupita.

«In novembre.»

«Mi pare di aver capito che in quell'epoca volessi andare in Brasile!»

«Veramente era fissato per più avanti; comunque non credo che andrò più in Brasile. Mimi vuole andare a Buenos Aires.» Brigitte annuì come se tutto quello che suo fratello diceva avesse una sua logica mentre Tammy e Noel si scambiavano una tacita occhiata di ammirazione e stupore. A Tammy non sembrava di ricordarseli così stravaganti tanto che, improvvisamente, si pentì di aver combinato ormai definitivamente di fermarsi a St.-Jean-Cap-Ferrat prima di proseguire in auto per Roma.

«Vuoi partire domattina?» bisbigliò Tammy a Noel mentre seguivano i due fratelli in una spaziosa villa in stile provenzale.

«Benissimo. Dirò che devo assolutamente trovarmi con un cliente del nostro studio legale e ho fissato un appuntamento lungo il viaggio.» Lei annuì con aria da cospiratrice. Poi entrarono nella camera da letto già pronta per loro — grandissima, con un soffitto molto alto, un letto antico italiano e un panorama che consentiva di vedere un largo tratto di mare. Il pavimento era di marmo beige chiaro; sulla terrazza era stata sistemata una stupenda portantina sulla quale Brigitte aveva fatto collocare un apparecchio telefonico a loro unico uso e consumo.

Il pranzo venne servito in giardino e — malgrado le loro esistenze e i loro progetti uno più pazzo dell'altro — Brigitte e Bernard riuscirono ugualmente a essere spiritosi e divertenti. Avendo ormai deciso di partire il giorno successivo, Tammy e Noel si accorsero di sentirsi più a loro agio. Provavano l'impressione di essere di nuovo tornati, bene o male, ospiti di quella casa e non prigionieri in una ignota colonia da romanzo di fantascienza.

L'impressione si accentuò quando, quella sera, entrarono nella grande sala da pranzo e Noel venne presentato da Brigitte e da Bernard ai loro genitori. Si trovò di fronte a una donna dalla corporatura piuttosto imponente, ma ancora molto bella, con luminosi occhi verdi. Aveva un sorriso smagliante, gambe lunghe e affusolate, eppure non mancava qualcosa di tenace e di duro nella sua espressione. Come se fosse sempre stata abituata a comandare tutti a bacchetta. Non pareva particolarmente divertita dai suoi figli, tuttavia sembrò trovare simpaticissimi sia Tammy sia Noel e si sforzò di comportarsi da squisita padrona di casa, provvedendo a ogni cosa, occupandosi anche del marito che era un uomo alto, bello e biondo, con occhi azzurri tristi e cupi. Più di una volta durante la sera Noel si sentì attratto dalla sua personalità. Gli pareva quasi di averlo già conosciuto o di averlo già visto ma, in conclusione, se lo spiegò con il fatto che assomigliava moltissimo a suo figlio.

Dopo cena, mentre erano tutti raccolti in salotto, madame accompagnò Tammy a vedere un piccolo Picasso. Gérard Goddard si rivolse a Noel per parlargli e fu soltanto allora che questo si accorse che aveva uno strano accento. Per un attimo Noel si chiese se non fosse di origine svizzera o belga. Non ne era sicuro, eppure continuava a essere più che mai incuriosito dall'espressione di sofferenza del suo viso.

Quando Tammy rientrò, ripresero le solite chiacchiere sugli argomenti più banali. A un certo momento Tammy posò una mano sul tavolino e l'anello con le iniziali tempestate di brillantini ebbe un improvviso scintillio al lume delle candele. Per un attimo Gérard Goddard lo fissò, stupito, e si interruppe senza concludere ciò che stava dicendo. Poi, senza chiederle il permesso, le prese la mano, se la portò davanti agli occhi e la scrutò più attentamente.

«Carino, vero papà?» Brigitte si affrettò ad ammirare di nuovo anche lei l'anello. Madame Goddard, invece, non pareva interessata come gli altri e, infatti, continuò a chiacchierare con suo figlio.

«È stupendo.» Monsieur Goddard continuava a tenere la mano di Tammy nella propria. «Posso vederlo?» Lentamente lei se lo tolse e glielo consegnò con un sorriso.

«È l'anello di fidanzamento che mi ha regalato Noel.»

«Davvero?» Osservò con maggiore attenzione il suo giovane ospite. «Dove se lo è procurato? In America?» Pareva che avesse mille domande da fargli.

«Era di mia madre.»

«Davvero?» Per un attimo Gérard Goddard diede l'impressione di riandare con il pensiero a qualcosa di molto lontano. Anche i suoi occhi parevano assorti nel passato.

«È una lunga storia di famiglia che potrebbe raccontarle molto meglio di me, casomai le capitasse di venire a New York.»

«Sì, sì...» per un attimo aveva assunto un'espressione vaga, ma poi sorrise ai giovani amici. «È quello che farò senz'altro... mi piacerebbe andarla a trovare.» Poi si affrettò ad aggiungere: «Sapete che abbiamo appena aperto un nuovo settore per i gioielli nella nostra galleria? Sarei molto interessato in qualsiasi altro oggetto lei potesse avere».

Noel gli sorrise educatamente. Era molto insistente, il signor Goddard. In un certo senso pareva addirittura che parlasse con angoscia, con un'infinita tristezza... «Non credo che sarebbe disposta a vendere qualcosa, monsieur Goddard; però possiede anche un altro degli anelli di mia nonna.»

«Davvero?» si interessò Goddard spalancando gli occhi.

«Certo.» Tammy gli sorrise. «Ha uno smeraldo favoloso.» Gliene mostrò le dimensioni con le dita. «Più o meno di questa grossezza.»

«Dovete assolutamente dirmi come posso fare per mettermi in contatto con lei.»

«Certamente!» Noel tirò fuori un taccuino, una piccola matita d'argento e cominciò a scrivere. All'indirizzo di sua madre aggiunse anche il numero di telefono. «Sono sicuro che sarà felicissima di parlarle, nel caso avesse intenzione di venire a New York.»

«Durante l'estate la troverò in città?» Noel annuì e l'uomo sorrise.

Poi la conversazione si spostò su altri argomenti e, alla fine, venne il momento di andare a letto. Tammy e Noel non volevano fare troppo tardi perché ci tenevano a essere freschi per il lungo viaggio in automobile del giorno successivo. La loro intenzione era quella di noleggiare un'automobile a Cannes e proseguire di lì. Brigitte e Bernard dovevano andare a una festa ma insistettero nel ripetere che non sarebbe cominciata fino a mezzanotte o alla una. Di conseguenza, dopo pochi minuti, solo Gérard e sua moglie rimasero nel salotto, guardandosi in faccia, meditando su quello che rimaneva della loro vita.

«Non avrai intenzione di ricominciare con tutte quelle storie assurde, vero?» La signora Goddard, osservando suo marito alla tenue luce delle candele, aveva parlato con voce aspra. «Ti ho visto, sai, mentre esaminavi l'anello di quella ragazza!»

«Sarebbe un ottimo pezzo per la galleria, e mi piacerebbe sapere se la suocera ne ha qualche altro. In ogni caso questa settimana devo assolutamente andare a New York.»

«Sul serio?» Lo guardò insospettita. «Per quale motivo? Non ne avevi mai parlato!»

«C'è un collezionista che vuole vendere uno stupendo Renoir. E vorrei vederlo prima che venisse messo in vendita ufficialmente.» Di fronte a questa notizia lei assentì, con l'aria di chi aveva capito. Anche se come uomo non era stato perfetto, era stato molto abile nell'occuparsi della galleria, migliore anche di quello che suo padre avesse mai immaginato — ed era per questo che lei aveva permesso che Gérard desse il proprio nome alla galleria. Del resto, su questo, si erano accordati fin dall'inizio, quando lo avevano accolto, gli avevano dato una casa, un impiego, e infine un'istruzione in campo artistico. Quando, cioè, lei e suo padre erano fuggiti a Zurigo durante la guerra.

Era stato in quell'occasione che lo avevano conosciuto, gli avevano offerto ospitalità, un lavoro e una casa. Poi, rientrati a Parigi alla fine della guerra, se lo erano portati con loro. Ormai, a quell'epoca, Giselle era incinta e il vecchio signore non aveva lasciato a Gérard — come loro lo chiamavano — altra scelta. Con tutto ciò, in conclusione, era stato lui ad avere la meglio sui due scaltri parigini; sempre lui che aveva imparato tanto bene il mestiere da trasformare la galleria in un grandioso successo. Quanto a Giselle, non aveva più importanza. Ormai erano ventiquattro anni che lui recitava la sua parte. Gli avevano dato ciò che desiderava, una casa, una vita sicura, fortuna in affari, denaro e i mezzi che gli occorrevano per le sue ricerche. E, in fondo, erano state proprio queste ricerche che gli avevano consentito di tirare avanti per tanti anni.

Ormai da ventisette anni Gerhard cercava suo padre e sua sorella, e già da molto tempo si era reso conto che non li avrebbe mai trovati. Con tutto ciò continuava a cercarli — gli bastava illudersi di aver scoperto un nuovo indizio, gli bastava convincersi che qualcuno pensasse di conoscere qualche altra persona che forse... era tornato più di sessanta volte a Berlino. Sempre senza risultato. In cuor suo Gerhard si rendeva conto che era inutile farsi illusioni. Se fossero stati ancora vivi, li avrebbe indubbiamente trovati, oppure loro avrebbero trovato lui. In fondo, il suo nome non era poi così diverso. Da Gerhard von Gotthard, era diventato Gérard Goddard. Purtroppo portare un nome tedesco dopo la guerra, in Francia, sarebbe stato come coprirsi di ridicolo e vedersi diventare il bersaglio di aggressioni, pestaggi, collera cieca. Dopo un po', non ce l'aveva fatta più a resistere. Era stata un'idea del vecchio suocero, quella di persuaderlo a cambiarsi nome e, al momento, era anche sembrata un'idea saggia. Adesso, dopo tanti anni, lui si sentiva più francese che tedesco. Ma non aveva importanza. Niente più aveva importanza. I suoi sogni erano finiti.

A volte si domandava che cosa avrebbe fatto se li avesse trovati. Che cosa sarebbe cambiato, in realtà? In cuor suo sapeva che *tutto* sarebbe cambiato per lui. Avrebbe avuto finalmente il coraggio di lasciare Giselle e magari, chissà , di prendere più saldamente in pugno i propri figli... addirittura di vendere la galleria e di godersi piacevolmente la ricchezza che aveva accumulato! Sorrise alla serie infinita di queste possibilità, ben sapendo che il solo fatto di ritrovarli non sarebbe stata una fine, ma l'inizio del sogno di tutta la sua vita.

La mattina successiva Tammy e Noel salutarono Brigitte e il fratello ma, appena prima della loro partenza, Gérard Goddard scese frettolosamente. Fissò Noel negli occhi con uno sguardo penetrante, domandandosi se... ma sarebbe stato assurdo... lui non poteva essere... eppure, forse questa signora, la moglie di un certo Max Thomas avrebbe saputo... in fondo era una specie di follia, quella nella quale Gérard Goddard viveva da quasi trent'anni!

«Non sappiamo come ringraziarla, signor Goddard.»

«Per carità, Noel... Tamara... ci auguriamo di rivedervi di nuovo qui da noi.» Non disse una sola parola a proposito dell'indirizzo che gli avevano dato, ma si limitò a salutarli con ampi gesti della mano mentre loro gridavano ancora i loro saluti e si allontanavano a bordo dell'automobile.

«Mi piacciono i tuoi amici di New York, Brigitte.» Sorrise entusiasta a sua figlia, e una volta tanto, lei ricambiò quel sorriso. Perché papà era sempre stato così vago, così distaccato e infelice. In fondo, per tutta la vita, aveva sempre l'impressione di non avere avuto un vero padre che si occupasse di loro.

«Piacciono anche a me, papà. Li trovo molto simpatici.» Poi lo seguì con lo sguardo mentre lui si allontanava con aria pensosa verso la camera da letto. Quella stessa mattina, poche ore più tardi, lo sentì al telefono mentre parlava con l'Air France. Allora entrò, con aria noncurante nella sua camera. La mamma era già uscita. «Hai intenzione di andare in qualche posto, papà?»

Lui assentì lentamente. «Sì, a New York. Stasera.»

«Affari?» Lui assentì di nuovo. «Potrei venire con te?» Guardandola, Gérard trasalì. Improvvisamente aveva l'aria sola, abbandonata, proprio come lui stesso si sentiva! Purtroppo questo era un viaggio che doveva assolutamente fare senza di lei. Chissà la prossima volta... se...

«E se ti conducessi con me la prossima volta? Questa è una faticaccia! Fra l'altro devo anche concludere un affare piuttosto difficile. E non credo che resterò via molto.»

Lei lo squadrò in silenzio dalla porta della camera da letto. «Lo giuri che mi porti con te la prossima volta, papà?»

Lui annuì lentamente, sbalordito di fronte alla proposta che si sentiva fare.

«Sì, lo giuro.»

Fu piuttosto vago parlandone con Giselle, sempre quella mattina, un poco più tardi. Poi tornò nella sua camera a preparare la valigia. Non aveva intenzione di restare assente più di un paio di giorni, forse nemmeno quelli. Dopo aver baciato frettolosamente Giselle e i ragazzi, si precipitò all'aeroporto. A passi lunghi e scattanti riuscì a raggiungere in tempo il cancello appena prima della partenza del suo volo. Da Nizza andò a Parigi e, di qui, direttamente a New York. Arrivato all'aeroporto Kennedy, prese un tassì. Quando fu nelle vicinanze dell'indirizzo che possedeva, pregò l'autista di fermarsi davanti a una cabina telefonica.

«Signora Thomas?»

«Sì.»

«Purtroppo lei non mi conosce, però mia figlia è un'amica di Tammy...»

«È successo qualcosa?» Ariana si era spaventata — la voce, però, non aveva niente di familiare per il suo interlocutore che la ascoltava attentamente. Con ogni probabilità si trattava di un'altra impresa disperata. Del resto, quante ne aveva già tentate prima!

«No, affatto», si affrettò a rassicurarla. «Sono partiti per l'Italia stamattina e tutto andava splendidamente. Io pensavo soltanto... ho qualche affare di cui occuparmi qui... un Renoir... e sono rimasto molto colpito dall'anello di sua nuora. Mi ha accennato al fatto che lei ne avrebbe anche un altro, uno smeraldo, e poiché avevo un po' di tempo libero mi domandavo se...» Restò incerto, senza concludere ciò che stava dicendo, mentre si chiedeva sempre più stupito per quale motivo avesse fatto quel viaggio così lungo.

«Il mio anello con lo smeraldo non è in vendita.»

«Certo, certo. Questo lo capisco.» Poveretto. Aveva un tono di voce così infantile... e timido. Intanto Ariana si stava accorgendo che, con ogni probabilità, si doveva trattare di quel Gérard Goddard, di cui Tammy le aveva parlato spesso. Di colpo si sentì imbarazzata perché non lo aveva accolto con il dovuto calore ed era stata piuttosto scortese.

«In ogni caso, se le fa piacere anche solo vederlo, perché non viene qui da me, fra un po'?»

«Ne sarei molto felice, signora Thomas... mezz'ora? Andrebbe benissimo.» Non aveva nemmeno prenotato una camera in un albergo; tutto ciò che aveva a disposizione erano un tassì e una valigia — e doveva occupare un'altra mezz'ora. Disse all'autista di condurlo un po' in giro, per Madison Avenue, per la Quinta Avenue e infine di portarlo a fare un lungo giro nel parco. Così arrivò anche il momento di incontrarla. Con le gambe che gli tremavano per l'emozione, scese dalla vettura.

«Vuole che aspetti?» gli propose l'autista. Il tassametro segnava già quaranta dollari. Diavolo, perché no? Ma il francese scosse la testa, gli mise in mano una banconota da cinquanta dollari che aveva cambiato all'aeroporto e prese la borsa e la cartella. Suonò il campanello che si trovava vicino a un grosso battacchio d'ottone e aspettò per quello che gli parve un tempo lunghissimo. Alto, magro, portava un completo grigio di ottimo taglio che gli stava a pennello e una cravatta blu di Dior; la camicia bianca, dopo un viaggio così lungo, non appariva freschissima però era confezionata a mano — come le scarpe, fatte su misura anche quelle, a Londra. Tuttavia, malgrado l'eleganza con la quale era vestito, Gérard provò l'impressione di essere ridiventato un ragazzino, un ragazzino che aspettava il padre che non sarebbe mai ritornato.

«Sì? Signor Goddard?» Ariana si affrettò a spalancargli la porta e alzò gli occhi a guardarlo con un sorriso pieno di gentilezza. Al dito portava l'anello con lo smeraldo. I loro occhi si incontrarono — erano dello stesso colore azzurro intenso. Per un attimo lei non lo riconobbe e non capì chi fosse — invece l'uomo che aveva davanti, l'uomo che era stato Gerhard von Gotthard, si rese conto di avere finalmente trovato almeno una di loro. E scoppiò in lacrime silenziose, senza pronunciare una sola parola. Perché questa era la stessa creatura che gli era apparsa di continuo, insistentemente, davanti agli occhi della memoria... aveva lo stesso viso... gli stessi ridenti occhi azzurri.

«Ariana?» mormorò in un bisbiglio, ma fu sufficiente per riportare alla memoria di lei le stesse sillabe pronunciate allo stesso modo tanto tempo prima... le urla e le grida su e giù per lo scalone... gli strilli che provenivano dal suo laboratorio... i giochi che avevano fatto insieme in giardino... Ariana... le pareva di sentirsi ancora chiamare così... Ariana!... «Ariana!» Sembrava un'eco e, mentre un singhiozzo le saliva alle labbra, si buttò fra le sue braccia.

«Mio Dio... mio Dio... sei tu... oh, Gerhard...» Lo strinse a sé, mettendo in quell'abbraccio tutte le sofferenze e l'angoscia di una vita intera, e — stretto ad Ariana — quel bell'uomo alto, con gli occhi azzurri, scoppiò anche lui in singhiozzi.

Rimasero così, immobili, per lunghi momenti, stringendosi convulsamente al presente e al passato e, quando alla fine Ariana fece entrare in casa il fratello, alzò gli occhi a sorridergli e lui la ricambiò pieno di affetto. Finalmente, dopo aver portato ciascuno il proprio pesante fardello da solo per una buona metà della vita si erano ritrovati. E finalmente erano liberi.

FINE

L'autrice

Danielle Steel è la scrittrice più popolare del mondo, con più di 580 milioni di copie vendute in 47 Paesi. Dal 1981 è sempre presente nella classifica dei bestseller del *New York Times* con almeno un libro, ed è addirittura entrata nel Guinness dei primati per esserci rimasta 381 settimane consecutive, primato da lei stessa successivamente battuto. Autrice di oltre 70 bestseller internazionali, ha anche scritto un memoir, *Brilla una stella*, dedicato alla vita del figlio Nick, scomparso prematuramente.
www.daniellesteel.com

Superbestseller

S. Casati Modignani, *Saulina (Il vento del passato)*
D. Steel, *Cose belle*
S. Sheldon, *La congiura dell'Apocalisse*
S. King, *Christine - La macchina infernale*
D. Steel, *Il cerchio della vita*
S. Casati Modignani, *Lo splendore della vita*
M. Higgins Clark, *Le piace la musica, le piace ballare*
S. Sheldon, *E le stelle brillano ancora*
D. Steel, *Il caleidoscopio*
D. Steel, *Zoya*
S. King, *Scheletri*
S. King, *La metà oscura*
D. Steel, *Daddy - Babbo*
M. Higgins Clark, *La Sindrome di Anastasia*
S. Casati Modignani, *Il Cigno Nero*
D. Steel, *Messaggio dal Vietnam*
M. Higgins Clark, *In giro per la città*
S. Casati Modignani, *Come vento selvaggio*
S. King, *Quattro dopo mezzanotte* (Volume primo)
D. Steel, *Batte il cuore*
S. King, *Quattro dopo mezzanotte* (Volume secondo)
D. Steel, *Nessun amore più grande*
M. Higgins Clark, *Un giorno ti vedrò*
S. King, *Cose preziose*
D. Steel, *Gioielli*
G. Pansa, *Ma l'amore no*
S. Sheldon, *Nulla è per sempre*
S. King, *Il gioco di Gerald*
D. Steel, *Star*
M. Higgins Clark, *Ricordatevi di me*
S. King, *Il Miglio Verde*
D. Steel, *Le sorprese del destino*
M. Higgins Clark, *Domani vincerò*
S. King, *Dolores Claiborne*
S. Sheldon, *Giorno & notte*
D. Steel, *Scomparso*
G. Pansa, *Siamo stati così felici*
S. Casati Modignani, *Il Corsaro e la rosa*
M. Higgins Clark, *Un colpo al cuore*
D. Steel, *Il regalo*
N. Sparks, *Le pagine della nostra vita*
S. King, *Incubi & deliri*
D. Steel, *Scontro fatale*
M. Higgins Clark, *Bella al chiaro di luna*
S. Casati Modignani, *Caterina a modo suo*
D. Steel, *Cielo aperto*
G. Pansa, *I nostri giorni proibiti*
D. Steel, *Fulmini*
R. Bachman (S. King), *L'occhio del male*
M. Higgins Clark, *Una notte, all'improvviso*
M. Higgins Clark, *Testimone allo specchio*
D. Steel, *La promessa*
D. Steel, *Cinque giorni a Parigi*
G. Pansa, *La bambina dalle mani sporche*
S. Sheldon, *Una donna non dimentica*
S. Casati Modignani, *Lezione di tango*
S. King, *Desperation*
R. Bachman (S. King), *I vendicatori*
S. King, *Riding the bullet - Passaggio per il nulla* (Libro + CD)
D. Steel, *Perfidia*
S. King, *Mucchio d'ossa*
D. Steel, *Silenzio e onore*
M. Higgins Clark, *Sarai solo mia*
S. Sheldon, *Dietro lo specchio*
D. Steel, *Il ranch*
G. Pansa, *Ti condurrò fuori dalla notte*
D. Steel, *La lunga strada verso casa*
D. Steel, *Il fantasma*
M. Higgins Clark, *Ci incontreremo ancora*
S. King, *Insomnia*
N. Sparks, *Le parole che non ti ho detto*
G. Pansa, *Il bambino che guardava le donne*

S. Casati Modignani, *Vaniglia e cioccolato*
S. King, *Rose Madder*
D. Steel, *Un dono speciale*
R. Bachman (S. King), *L'uomo in fuga*
M. Higgins Clark, *Accadde tutto in una notte*
D. Steel, *Dolceamaro*
R. Bachman (S. King), *La lunga marcia*
S. King, *La bambina che amava Tom Gordon*
S. Sheldon, *L'amore non si arrende*
S. King, *Cuori in Atlantide*
N. Sparks, *Un cuore in silenzio*
M. Higgins Clark, *Prima di dirti addio*
D. Steel, *Immagine allo specchio*
M. Higgins Clark e C. Higgins Clark, *L'appuntamento mancato*
D. Steel, *Forze irresistibili*
S. King e P. Straub, *La casa del buio*
D. Steel, *Le nozze*
M. Higgins Clark, *Sapevo tutto di lei*
S. King, *L'acchiappasogni*
S. Casati Modignani, *Vicolo della Duchesca*
D. Steel, *Aquila solitaria*
M. Higgins Clark, *Dove sono i bambini?*
D. Steel, *Granny Dan - La ballerina dello zar*
S. Casati Modignani, *6 aprile '96*
N. Sparks, *I passi dell'amore*
D. Steel, *La casa di Hope Street*
D. Steel, *Un uomo quasi perfetto*
M. Higgins Clark e C. Higgins Clark, *Ti ho guardato dormire*
S. King, *Tutto è fatidico*
D. Steel, *Atto di fede*
M. Higgins Clark, *La seconda volta*
S. Sheldon, *Hai paura del buio?*
D. Steel, *Brilla una stella*
N. Sparks, *Come un uragano*
M. Higgins Clark, *Una luce nella notte*
S. King, *Buick 8*
D. Steel, *Il bacio*
N. Sparks, *Un segreto nel cuore*
D. Steel, *Il cottage*
S. Casati Modignani, *Qualcosa di buono*
M. Higgins Clark, *Quattro volte domenica*
D. Steel, *Una preghiera esaudita*
B. Mills, N. Sparks, *Il bambino che imparò a colorare il buio*
S. Sheldon, *Una stella continua a brillare*
N. Sparks, *Quando ho aperto gli occhi*
S. King, *Torno a prenderti*
D. Steel, *Tramonto a Saint-Tropez*
M. Higgins Clark, *La notte mi appartiene*
S. King, *La storia di Lisey*
M. Higgins Clark, *La figlia prediletta*
N. Gardner, *Un amico come Henry*
M. Higgins Clark, *Dimmi dove sei*
N. Sparks, *Come la prima volta*
D. Steel, *Un angelo che torna*
S. Casati Modignani, *Rosso corallo*
S. Sottile, *Più scuro di mezzanotte*
E. Segal, *Love Story*
S. Foster, *A spasso con Ollie*
M. Higgins Clark, *Due bambine in blu*
A. Thomas, *Sempre con me*
M. Higgins Clark, *Ho già sentito questa canzone*
N. Sparks, *Il posto che cercavo*
A. Caprarica, *Gli italiani la sanno lunga... o no?!*
J. Fletcher & D. Bain, *La Signora in Giallo - Assassinio nel vigneto*
J. Fletcher & D. Bain, *La Signora in Giallo - Caffè, tè e il delitto è servito*
J. Fletcher & D. Bain, *La Signora in Giallo - Long drink con delitto*
R.J. Waller, *I ponti di Madison County*
J. Fletcher & D. Bain, *La Signora in Giallo - Omicidio in primo piano*
J. Fletcher & D. Bain, *La Signora in Giallo - Brandy & pallottole*
J. Fletcher & D. Bain, *La Signora in Giallo - Manhattan & omicidi*
A. Caprarica, *Dio ci salvi dagli inglesi... o no?!*
L. Dalby, *La mia vita da geisha*

J.P. Sasson, *Schiave*
J.P. Sasson, *Dietro il velo*
B. Mahmoody con W. Hoffer, *Mai senza mia figlia*
P. Gregory, *Caterina la prima moglie*
J. Fletcher & D. Bain, *La Signora in Giallo - Una recita quasi perfetta*
G. Musso, *Perché l'amore qualche volta ha paura*
S. Casati Modignani, *Singolare femminile*
N. Sparks, *Ogni giorno della mia vita*
S. Johnson, *Chi ha spostato il mio formaggio?*
G. Pansa, *La Grande Bugia*
C.J. Sansom, *L'enigma del gallo nero*
C.J. Sansom, *I sette calici dell'eresia*
B. Taylor Bradford, *La voce del cuore*
B. Taylor Bradford, *Come un angelo*
B. Taylor Bradford, *L'uomo giusto*
B. Taylor Bradford, *Un posto per me nel tuo cuore*
B. Taylor Bradford, *Una promessa dal passato*
B. Taylor Bradford, *Gli imprevisti del cuore*
B. Taylor Bradford, *L'amore non può attendere*
B. Taylor Bradford, *Le maree del destino*
G. Pansa, *Prigionieri del silenzio*
G. Pansa, *Sconosciuto 1945*
O. Bowden, *Assassin's Creed - Rinascimento*
R. Cook, *Fattore di rischio*
D. Koontz, *Il bravo ragazzo*
D. Steel, *Il miracolo*
H. Bashir con D. Lewis, *La bambina di sabbia*
S. King, *Cell*
V. Della Valle, G. Patota, *Viva il congiuntivo!*
D. Safier, *L'orribile karma della formica*
J. Grogan, *Io & Marley*
L. Kahney, *Nella testa di Steve Jobs*
S. Casati Modignani, *Il gioco delle verità*
L.V. Rigler, *Shopping con Jane Austen*
L. Gounelle, *L'uomo che voleva essere felice*
A. Fortier, *La chiave del tempo*
S. Sheldon, *Se domani verrà*
M.J. Losier, *Come funziona la Legge d'Attrazione*
V. Myron con B. Witter, *Io e Dewey*
M. Dooley, *L'arte di far accadere le cose*
S. King, *Le notti di Salem*
G. Sims, *Portami con te*
A. Walker, *Il colore viola*
V. Varesi, *Il fiume delle nebbie*
M. Gamba, *Vermicino. L'Italia nel pozzo*
T.R. Smith, *Bambino 44*
I. Sundaresan, *La Principessa Indiana*
J. Fletcher & D. Bain, *La Signora in Giallo - Fuochi d'artificio con cadavere*
G. Cooper, *Omero gatto nero*
M. Higgins Clark, *Prendimi il cuore*
J. Stepakoff, *Regalami le stelle*
N. Sparks, M. Sparks, *Tre settimane, un mondo*
G. Pansa, *I figli dell'Aquila*
A. Gavalda, *Vorrei che da qualche parte ci fosse qualcuno ad aspettarmi*
A. Gavalda, *Io l'amavo*
S. Bambarén, *Vela bianca*
S. Bambarén, *Stella*
S. Bambarén, *Serena*
S. Bambarén, *Il vento dell'oceano*
D. Steel, *Il viaggio*
F. Petrizzo, *Memorie di una cagna*
E. Chabrol, *Una sposa conveniente*
M. Rizzoli, *Perché proprio a me?*
N. Sparks, *Ho cercato il tuo nome*
A. Gavalda, *Insieme, e basta*
B. Taylor Bradford, *Una donna contro*
V. Varesi, *La casa del comandante*
A. Caprarica, *C'era una volta in Italia*
M. Hack, V. Domenici, *Notte di stelle*
S. King (R. Bachman), *Blaze*
M. Higgins Clark e C. Higgins Clark, *Furto al Rockefeller Center (Il ladro di Natale)*
P. Delerm, *La prima sorsata di birra*

Gentile lettore,
la ringraziamo per aver scelto uno dei libri della linea Paperback. Per poter soddisfare sempre meglio le sue esigenze e i suoi gusti, le chiediamo di voler gentilmente compilare il seguente questionario. Se ci fornirà anche il suo indirizzo, le invieremo le informazioni relative alle nuove pubblicazioni del gruppo Sperling & Kupfer e alle iniziative speciali rivolte ai nostri lettori. Se invece preferisce registrarsi sul nostro sito www.sperling.it, riceverà nella sua casella e-mail la nostra newsletter informativa.

Ho trovato questo questionario nel volume dal titolo

....

Ho acquistato questo volume

☐ in libreria ☐ al supermercato

Numero libri acquistati in un anno: ....

Il mio autore preferito è: ....

Preferisco leggere:

☐ Romanzi femminili ☐ Romanzi per ragazzi
☐ Gialli e thriller ☐ Saggi
☐ Romanzi storici ☐ Manuali

INFORMAZIONI ANAGRAFICHE

Età: ...... Sesso: ☐ M ☐ F

Professione: ....

FACOLTATIVO

Nome ....

Cognome ....

Via .... n. ....

Città .... Provincia .... CAP ....

E-mail ....

Informativa ai sensi dell'art. 13 D. Lgs n. 196/2003

I suoi dati saranno trattati da Sperling & Kupfer Editori S.p.A. e dalle società con essa in rapporto di controllo e collegamento ai sensi dell'art. 2359 cod. civ. – titolari del trattamento – per evadere la sua richiesta di invio di materiale d'informazione libraria delle titolari anche attraverso la nostra newsletter e più in generale per finalità di marketing, attività promozionali, offerte commerciali e per indagini di mercato da parte delle stesse titolari.

Nome, cognome, indirizzo sono indispensabili per il suddetto fine. Il suo indirizzo di posta elettronica è necessario solo se desidera ricevere via mail i suddetti materiali.

Inoltre, previo suo consenso, i suoi dati potranno, altresì, essere comunicati a soggetti operanti nei settori editoriale, largo consumo e distribuzione, vendita a distanza, arredamento, telecomunicazioni, farmaceutico, finanziario, assicurativo, automobilistico, e a enti pubblici e Onlus, per propri utilizzi aventi le suddette medesime finalità.

Responsabile del trattamento è il Responsabile Dati presso Sperling & Kupfer Editori S.p.A. L'elenco completo e aggiornato delle società in rapporto di controllo e collegamento ai sensi dell'art. 2359 cod. civ. con Sperling & Kupfer Editori S.p.A., delle aziende terze a cui i dati possono essere comunicati e dei responsabili può essere ottenuto scrivendo al seguente indirizzo e-mail: privacy@mondadori.com.

I suoi dati saranno resi disponibili agli incaricati preposti alle operazioni di trattamento finalizzate all'elaborazione e gestione dei dati.

Ai sensi dell'art. 7 D. Lgs. n. 196/2003, potrà esercitare i relativi diritti, fra cui consultare, modificare e cancellare i suoi dati o opporsi al loro trattamento scrivendo a Sperling & Kupfer Editori S.p.A. Ufficio Promozione - Via Durazzo 4 - 20134 Milano.

Acconsente che i suoi dati siano trattati da Sperling & Kupfer Editori S.p.A. e dalle società con essa in rapporto di controllo e collegamento per le finalità illustrate nell'informativa e che i suoi dati siano comunicati a soggetti terzi e da questi utilizzati per le finalità e secondo le modalità illustrate nell'informativa sì ☐ no ☐

La preghiamo di tagliare lungo la linea tratteggiata e di inviare in busta chiusa e affrancata a:

Sperling & Kupfer Editori S.p.A. Ufficio Promozione
Via Durazzo 4 - 20134 Milano

Finito di stampare nel gennaio 2012
presso la Mondadori Printing S.p.A.
Stabilimento N.S.M. di Cles (TN)
Printed in Italy

Prova d'acquisto
978-88-8274-364
2012